세계 최고의 여행기, 열하일기 (하)

세계 최고의 여행기, 열하일기 (하)

발행일 개정신판12쇄 2024년 3월 25일 | **지은이** 박지원 | **옮긴이** 고미숙, 길진숙, 김풍기 | **일러스트** 한유사랑 | **펴낸 곳** 북드라망 | **펴낸이** 김현경 | **주소** 서울시 종로구 사직로8길 24, 1221호(내수동, 경희궁의아침 2단지) | **전화** 02-739-9918 | **이메일** bookdramang@gmail.com

ISBN 978-89-97969-27-2 04810 | 이 도서의 국립중앙도서관 출판시도서목록(CIP)은 서지정보유통지원시스템 홈 페이지(http://seoji.nl.go.kr)와 국가자료공동목록시스템(http://www.nl.go.kr/kolisnet)에서 이용하실 수 있습니 다.(CIP제어번호: CIP2013018097)| **Copyright** © **고미숙·길진숙·김풍기** 저작권자와의 협의에 따라 인지는 생략 했습니다. 이 책은 지은이와 북드라망의 독점계약에 의해 출간되었으므로 무단전재와 무단복제를 금합니다. 잘못 만들어진 책은 서점에서 바꿔 드립니다.

책으로 여는 지혜의 인드라망, 북드라망 **www.bookdramang.com**

세계 최고의 여행기, 열하일기 (하)

박지원 지음
고미숙 길진숙 김풍기 엮고 옮김

BookDramang
북드라망

세계 최고의 여행기, 열하일기 (하)
차례

태학유관록太學留館錄

환연도중록還燕道中錄

세계 최고의 여행기, 열하일기 (상)
차례

일러두기

1 『열하일기』 판본은 크게 필사본과 활자본 두 종류가 있다. 필사본에는 연암 박지원의 수택본手澤本으로 불리는 충남대본을 비롯하여 규장각본, 전남대본, 대만본 등이 있다. 활자본에는 육당六堂 최남선崔南善이 편집하여 간행한 광문회본, 박영철朴榮喆이 편집하여 간행한 박영철본이 있다. 초고에 가까웠을 것으로 추정되는 필사본은 박지원의 시선을 비교적 객관적으로 묘사하고 있는 데 비해, 활자본은 표현이나 문체 면에서 양반의 체면을 손상시키거나 당시의 시대적 조류를 거스르지 않으려는 태도를 보인다. 필사본과 활자본의 차이가 어디서 비롯된 것인지 지금으로서는 알 수 없지만, 박지원이 청나라를 다녀온 후 꾸준히 글을 쓰고 퇴고하는 과정에서부터 그와 같은 차이가 나타났을 것으로 보인다. 이 편역본에서는 영인본으로 가장 널리 알려진 '박영철본'을 대본으로 하였다.

2 박영철본 『열하일기』의 전체 목차는 아래와 같다. 이 중 검은색으로 표시한 편들은 여행의 과정을 매일매일 기록한 편들로 이 책에 전체 내용이 다 번역되어 실렸고, 푸른색으로 표시한 편들은 편역자들이 중요하다고 생각해 가려 뽑은 글들로 여행 일정과 맞물리는 곳에 편집·수록되었다. 나머지 초록색으로 표시한 편들은 이 책에서는 제외한 편들이다.

〈연암집 권 11〉 도강록渡江錄 | 성경잡지盛京雜識

〈연암집 권 12〉 일신수필馹汛隨筆 | 관내정사關內程史 | 막북행정록漠北行程錄 | 태학유관록太學留館錄

〈연암집 권 13〉 환연도중록還燕道中錄 | 경개록傾蓋錄 | 황교문답黃敎問答 | 반선시말班禪始末 | 찰십륜포札什倫布 | 행재잡록行在雜錄 | 망양록亡羊錄

〈연암집 권 14〉 심세편審勢編 | 산장잡기山莊雜記 | 환희기幻戲記 | 피서록避暑錄 | 구외이문口外異聞 | 옥갑야화玉匣夜話

〈연암집 권 15〉 황도기략黃圖紀略 | 알성퇴술謁聖退述 | 앙엽기盎葉記 | 동란섭필銅蘭涉筆 | 보유補遺

3 『열하일기』에 연암이 기록한 매일의 날짜는 음력 날짜이다.

『열하일기』 여정도

연암 박지원이 참가했던 사행단은 1780년 5월에 한양을 출발하여, 6월 24일에 압록강을 건넜다. 그후 사행단은 정해진 길을 따라 이동했다. 따라서 이 여정도에서 압록강을 건넌 후 북경에 이르기까지의 경로는 다른 사행단과 다름이 없다. 다만, 북경에서 열하까지 오간 점이 특별하다. 『열하일기』에 실린 날짜별로 기술된 부분은 이 길 위에서 쓰여진 것이다.

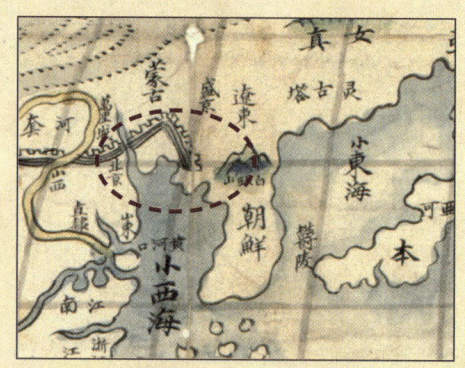

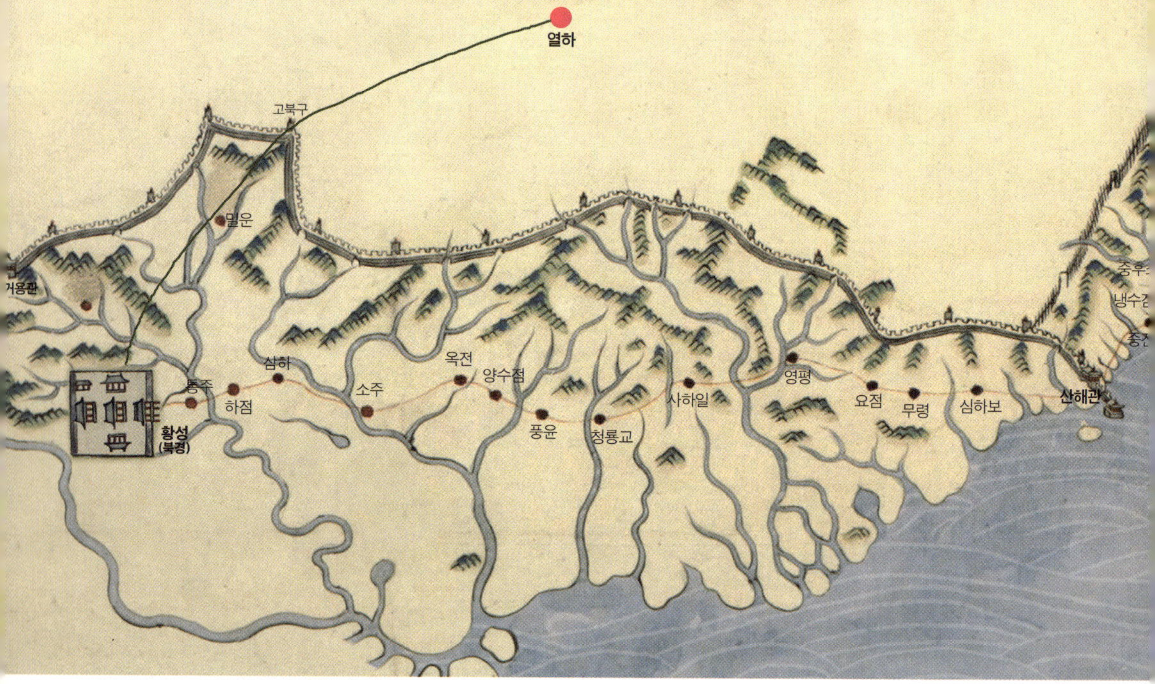

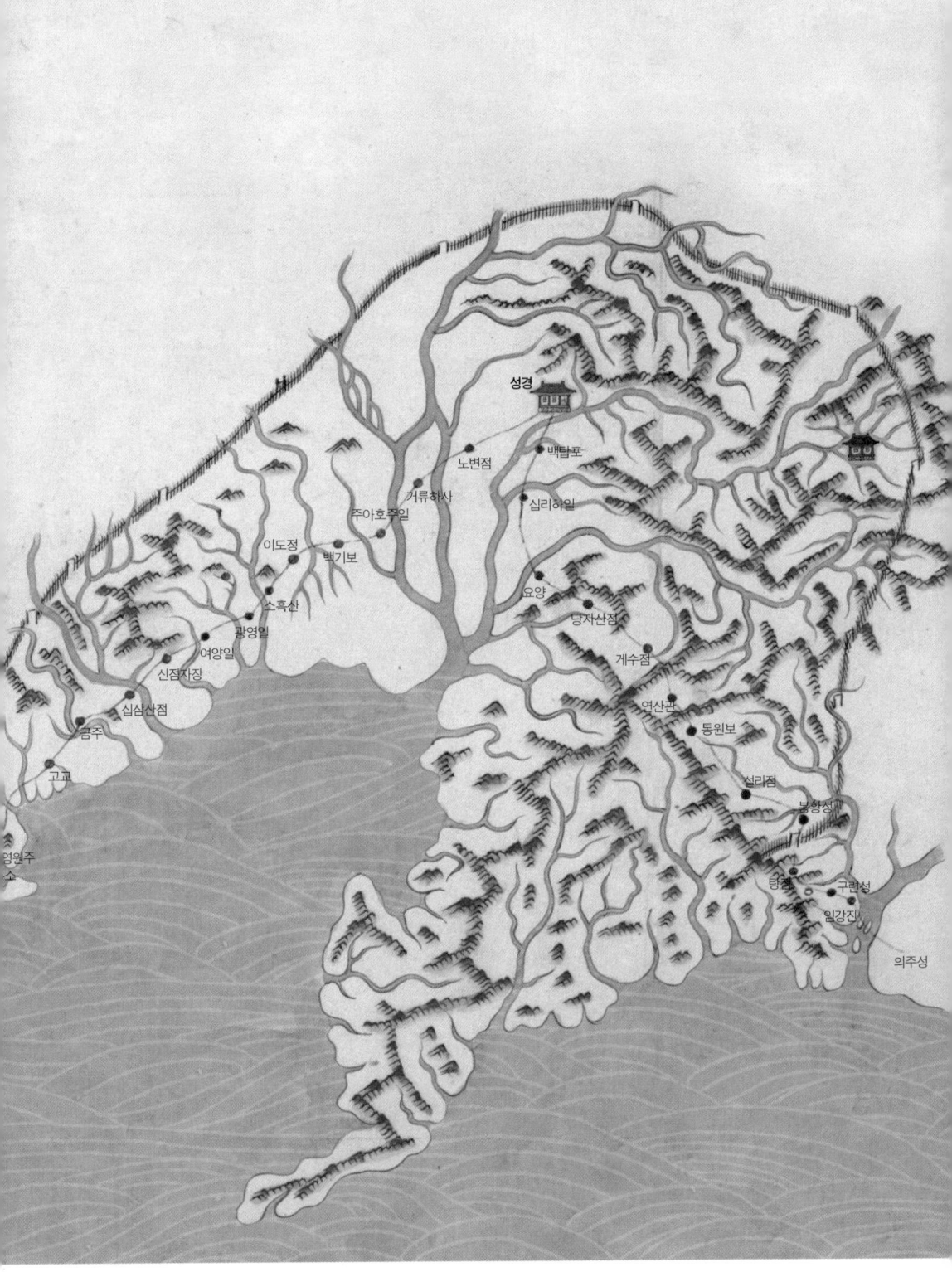

이 글에는 비록 지은이의 성명은 없으나 아마 가까운
시기에 중국 사람이 비분강개를 이기지 못하여 지은
것으로 보인다. 세상의 운세가 긴 밤의 어둠으로
접어들면서 오랑캐의 재앙이 맹수보다도 사납다.
선비들 가운데 부끄러움을 모르는 이는 글귀나 모아서
세상에 아첨을 해대는 형편이다. 이들이 하는 짓이란
무덤을 파헤치는 것과 비슷하여 시랑조차도 잡아먹기를
달게 여기지 않을 정도이다. 이제 이 글을 읽어 보면
말이 대부분 이치에 어긋나고 그 뜻은 거협, 도척과
다르지 않다. 그러나 천하의 뜻있는 선비라면 어찌
한시라도 중국을 잊을 수 있겠는가.

관내정사

7월 24일부터 8월 4일까지
모두 열하루 동안의 기록이다.
산해관부터 연경까지,
모두 640리 길이다.

경자일 7월 24일
庚子日

/

맑음

홍화포를 떠나 이날 모두 68리를 와서, 유관楡關에서
묵었다. 유관은 유관兪關이라고도 한다. 지금의
임유현臨兪縣이다.
산해관 안쪽은 분위기가 관 밖 동북쪽과는 영 딴판이다.
밝고 아름다운 산천이 굽이굽이 그림처럼 펼쳐져 있다.
홍화포에서부터 5리나 10리마다 돈대**¹**가 하나씩
있다. 네모난 형태에 높이는 다섯 길이다. 그 위에
3칸짜리 집을 올렸고, 옆에는 세 길쯤 되는 깃대를 세워

이날 연암의 여정로

홍화포에서 범가장范家庄까지 20리를 가서 점심을 먹었다. 범가장에서 양하제楊河堤까지
3리, 대리영大理營까지 7리, 왕가령王家嶺까지 3리, 봉화점鳳凰店까지 2리, 망해점望海店까지 8리,
심하역深河驛까지 5리, 고포대高舖臺까지 8리, 왕가포王家舖까지 2리, 마봉포馬棚舖까지 7리,
유관楡關까지 3리, 모두 48리이다. 이날 총 68리를 왔다.

1.

돈대墩臺

평지보다 높게 두드러진 평평한 땅을 옹벽으로 받친 부분을 돈대라고 한다. 보통 성곽이나 변방의 요충지에 이 돈대를 쌓은 뒤 적을 감시하고 봉화를 올렸다. 위 사진은 강화도에 있는 돈대의 모습이다.

놓았다. 돈대 아래쪽에도 5칸짜리 집을 올려 담에는 활집·살통·표창·화포火砲 등을 그려 놓고, 집 앞으로는 칼·창·검·극戟 중국 고대의 무기과 같은 병기을 주욱 꽂아 두었다. 봉화를 올리고 연기를 살피는 일에 대한 조목들을 써서 벽에다 붙여 놓았다.

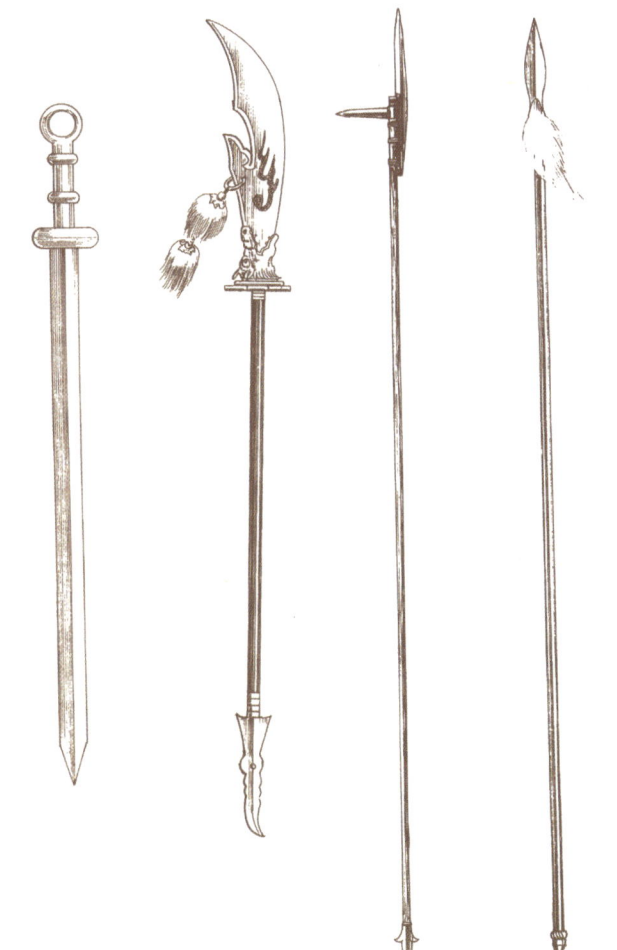

여러 무기들

왼쪽에서부터 검, 도, 극, 창. 한쪽 날만 있는 것을 도라고 하며, 양날로 되어 있는 것을 검이라 한다. 그림의 도는 『삼국지』의 관우가 사용했던 언월도(偃月刀)이다.

신축일 7월 25일
辛丑日

/

맑음

유관을 출발하여 이날 총 89리를 와 영평부永平府에서 묵었다.
무령현을 지나면서부터 산천경개가 훤히 트이기 시작했다. 성 안에 들어서니,
거리거리 집집마다 금빛 글씨와 옥소리가 낭자했다. 현판에 걸린 누각들이
곳곳에서 화려하게 빛났다. 길 오른편에 있는 한 집 앞에 부사와 서장관의
하인들이 가마를 세워 둔 채 기다리고 있었다. 진사進士 서학년徐鶴年의 집인데,
부사와 서장관이 지금 이 집을 구경하는 중이라 한다. 나도 말에서 내려 안으로

이날 연암의 여정로

유관에서 영가장榮家庄까지 3리, 상백석포上白石舖까지 2리, 하백석포下白石舖까지 3리,
오가장吳家庄까지 3리, 무령현撫寧縣까지 9리, 양장하羊腸河까지 2리, 오리포午哩舖까지 3리,
노가장蘆家庄까지 2리, 시리포時哩舖까지 3리, 노봉구蘆峯口까지 5리, 다붕암茶棚菴까지 5리,
음마하飮馬河까지 3리, 배음보背陰堡까지 3리, 모두 46리를 가서 점심을 먹었다. 배음보에서
쌍망점雙望店까지 8리, 요참要站까지 5리, 달자영㺚子營까지 3리, 부락령部落嶺까지 6리,
노룡새蘆龍塞까지 3리, 여조驪慒까지 13리, 누택원漏澤園까지 3리, 영평부永平府까지 2리, 모두
43리. 이날 총 89리를 왔다.

1.

악이태鄂爾泰
만주족 출신의 관료.
옹정제 재위 시 운남 지방
총독을 지내며 이 지역에
대한 청의 통치를 강화하는
데 크게 기여했고, 이후
군기대신의 자리에 올랐다.
옹정제 사망 후 건륭제도
계속 보좌했다.

들어갔다. 예전에 듣기로 서학년의 집이 호화롭고 기물들이 화려하기 이를 데 없다더니, 정말 소문대로였다. 서학년은 십여 년 전에 세상을 떠났고, 아들 둘을 두었다. 맏이는 초분苕芬이고, 둘째는 초신苕信이다. 초신은 제법 문필文筆에 능하여 『사고전서』四庫全書를 베껴 쓰는 일을 맡아 지금은 연경에 있다고 한다. 초분 혼자 집을 지키는데, 그의 학식은 매우 짧다고 한다. 집안 곳곳에 과친왕果親王 강희제의 열일곱번째 아들, 아극돈阿克敦 건륭제 때의 명신, 우민중于敏中 건륭제 때의 관료이자 학자, 악이태[1], 황제의 셋째 아들, 다섯째 아들 등의 시詩를 새겨 걸어 놓았다. 그들은 모두 홍경興京에 제관祭官으로 가던 중 이곳에서 묵었는데, 대부분 떠나면서 시를 남겼다 한다. 우민중과 아극돈은 모두 천하의 명필이지만 과친왕과 견주어 보니, 그에 다소 못 미친다는 생각이 들었다.

과친왕 윤례

아극돈

우민중

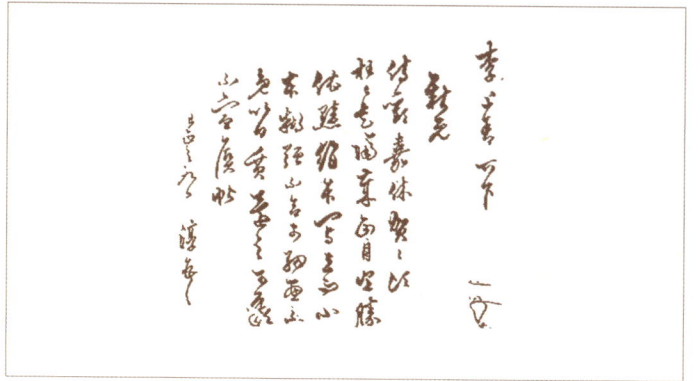

윤순의 글씨
윤순은 조선 후기의
문신으로 시문과 그림에
뛰어났다. 특히 그의
글씨가 유명한데, 한국과
중국의 서법을 아울러
익혔으며, 미불, 소식,
왕희지 등 중국의 옛
명필가들의 서체도
자유자재로 구사했다고
한다.

그 집 침실 문설주 위에 백하白下 윤순尹淳이 쓴 칠언절구 한
수가 걸려 있었다. 문 바깥 처마에는 참판 조명채曹命采가
윤순의 시에 차운次韻한 시를 걸어 놓았다. 윤순은
우리나라의 명필이다. 과연 한 점 한 획이 옛 법도에
어긋나는 바가 없었다. 천재의 화려하고 고운 필체가 마치
흘러가는 구름과 흐르는 물처럼 매끄러웠다. 그뿐 아니라
먹빛의 짙고 연함은 서로 조화를 이루고, 굵은 획과 가는
획이 기막히게 어울렸다. 그런데도 이곳에 걸려 있는 여러
글씨들과 차이가 나니 무엇 때문일까?
대체로 우리나라 사람들은 글씨를 익힐 때, 옛날 사람의
진짜 글씨를 접할 기회가 없어 금석에 새겨 놓은 글씨만
본뜬다. 금석문을 통해서는 그저 기본 틀만을 막연히
추측할 뿐, 붓과 먹 사이에 녹아든 오묘한 정신을
찾아내기란 실로 어려운 일이다. 설령 글자 모양이나
글씨의 기운을 엇비슷하게 흉내낸다 해도, 글씨의 기본
바탕이 뻣뻣하기 때문에 도무지 붓놀림에 운치라고는 없다.

금석문金石文
금석문은 금속이나 돌 등에 새긴 그림과 글씨를 말한다. 청동이나 쇠로 만든 그릇에 새긴 금문과 비석처럼 돌로 만든 물건에 글을 새긴 석문을 합해서 이르는 말이다. 중국 은나라나 주나라 때는 청동기로 만든 그릇과 제사그릇 등이 많이 출토되었는데, 이 그릇들 안에는 글씨가 새겨져 있어 당시의 상황을 아는 데 중요한 자료가 되고 있다. 위 사진의 맨 오른쪽은 북위 시대 탁본.

그리하여 먹이 짙은 곳은 돼지마냥 펑퍼짐하고, 먹이 흐린 곳은 말라빠진 등나무 줄기처럼 퍼석퍼석하다. 쇠나 돌에 새긴 글씨체에 익숙해져 버린 탓이다.

아울러, 종이와 붓의 품질이 중국과는 영 다른 탓도 있다. 중국에서는 예로부터 고려의 백추지白硾紙 백지를 다듬질한 종이와 낭모필狼毛筆 이리의 털로 만든 붓을 높이 쳐주었다. 허나, 이는 다른 나라에서 생산되는 특이한 물건이라 그런 것일 뿐이다. 그저 이름만 났다 뿐이지, 실제 글씨를 쓰거나 그림을 그리는 데에 진짜 좋다는 뜻은 아니다.

원래 종이는 먹빛을 잘 빨아들여 붓의 움직임을 제대로 드러내 주는 걸 높이 치지, 뻣뻣하고 질겨서 찢어지지 않는 걸 높이 쳐주지는 않는다. 서위徐渭는 "고려 종이는 그림에는 적합하지 않고, 다만 지전紙錢처럼 두터운 것은 좀 낫다"
하여, 좋지 않게 여겼다. 우리나라 종이는 다듬지 않으면
결이 거칠어 쓰기 힘들고, 다듬질을 지나치게 하면 표면이
빳빳해져서 붓이 잘 머무르지 않고 먹을 잘 받지 못한다.
그런 이유로 조선의 종이가 중국의 종이만 못하다고 하는
것이다.

붓은 부드러워 손이 가는 대로 잘 따라 주는 것을 최고로
치지, 빳빳하고 날카로운 붓을 좋은 붓이라 일컫지는
않는다. 중국에서 호주湖州의 붓이 좋다고들 하는 이유는
오직 양털만을 쓰고 다른 털을 섞지 않기 때문이다. 양털은
털 중에 가장 부드러워 끝이 잘 닳지 않는다. 종이에 갖다
대면 먹을 마음대로 놀리는 모양이 마치 부모가 속마음을
드러내기도 전에 미리 알아차려 받드는 효자와 흡사하다.
'낭'狼의 꼬리털로 만든다는 낭모필의 경우는 어처구니
없다. 나는 '낭'이란 짐승이 어떤 짐승인지 듣도 보도
못했는데, 대체 그 꼬리를 어디서 구한다는 말인지. 서랑鼠狼
족제비을 속칭 '광'獷이라고 하는데, 이른바 '황필'黃筆이
이것이다獷獷 자에서 녹犭 변을 떼고 또 엄广을 버리면 곧 '황' 자가 되기 때문
이 붓은 빳빳하고 억세기만 해서, 마치 제멋대로 이리저리
뛰어다니는 철부지 어린애와 같다. 이런 까닭에 조선의
붓이 중국의 붓만 못하다고 하는 것이다.
종이와 붓의 품질이 이런 마당에, 안동安東 지방의 명품인
마간석馬肝石 벼루에다가 해주海州의 명품인 후칠厚漆 먹을
갈아서 명필가 왕희지王羲之의 『필진도서』筆陣圖序의 글씨체를

모필과 벼루

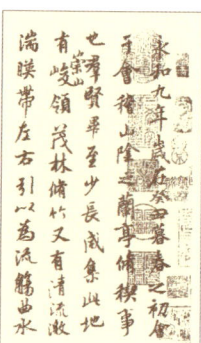

왕희지체

『천공개물』天工開物에 실린 종이 제작 과정

1.
대나무를 길게 잘라 못에 담그는 장면. 이것을 한 달여 발효시킨 후 부드러워지면 두드리고 갈라서 겉을 떼어 낸다. 대 한 겹에 석회 한 겹씩 층층이 쌓아서 못에 펴 둔다.

2.
층층이 펴 둔 대와 석회를 대나무로 만든 가마에 넣고 3일 내내 삶는 장면. 이렇게 삶은 원료를 다시 못에 쌓아서 발효시킨 후 표백 작업을 한다.

3.
표백한 종이를 틀에 살짝 담근 다음 아교 같은 액을 넣고서 종이를 떠낸다.

4.
젖어 있는 종이를 압착틀에 넣어 물기를 제거한다.

5.
불을 때어서 그 열기로 데워진 벽에 종이를 펴서 말린다.

본뜨고, 제 아무리 삼절법三折法 서예에서 획을 한 번 긋는 데 세 번의 꺾임이 있어야 한다는 법칙을 사용한다 한들 글씨가 앙상하고 볼품이 없어, 아이들이 분판粉版에 글씨 연습하는 것과 같으니 또한 무엇 때문이겠는가?**2**

서학년 집의 후당後堂은 깊숙하고 정갈하여 세속의 요란한 소리를 끊어 버린 듯하였다. 강진향降眞香 열대산 향나무으로 만든 침상이 있었는데, 그 위에 펴 둔 자리는 일반 사람들이 걸터앉기 부담스러울 정도로 귀해 보였다. 서가 위에는 비단과 옥으로 장식한 두루마리 서화들이 가지런히 정리되어 있었다.

정사와 부사의 수행 비장들은 왁자하게 떠들면서 이것저것 뽑아들고는 빙 둘러서서 서로 펼쳐 보겠다고 아우성이다. 그 모양이 마치 조보朝報 조정에서 발행하는 소식지를 펴 보는 듯도 하고, 가죽이나 천의 길이를 재는 것 같기도 하였다. 움켜쥐었다 꺾었다 하면서 함부로 날뛰는 작태라니. 마치 성을 함락하고, 적진을 무너뜨리고, 적장을 베고, 적기敵旗라도 빼앗을 듯한 기세다. 게다가 마음이 급한 탓에 긴 두루마리는 다 펴 보지도 못하고, 애초에 괜히 펼쳤다고 투덜거리면서 도리어 만든 사람을 탓한다.

2.
종이와 붓이 별로 안 좋은데 벼루와 먹을 최상품으로 쓰고 왕희지 교본을 그대로 베낀다 한들 좋은 글을 쓰기는 어렵다는 뜻이다.

옛날 그림 형태와 그림 감상

중국에서는 두루마리나
화첩의 형태로 그림을
보관했다. 아래의 그림은 명대
화가 사환(謝環)의 대표작
「행원아집도」(杏園雅集圖)이다.
명나라 시기 관리들이 행원에
모여 그림을 보고 감상하는
모습이 담겨 있다.

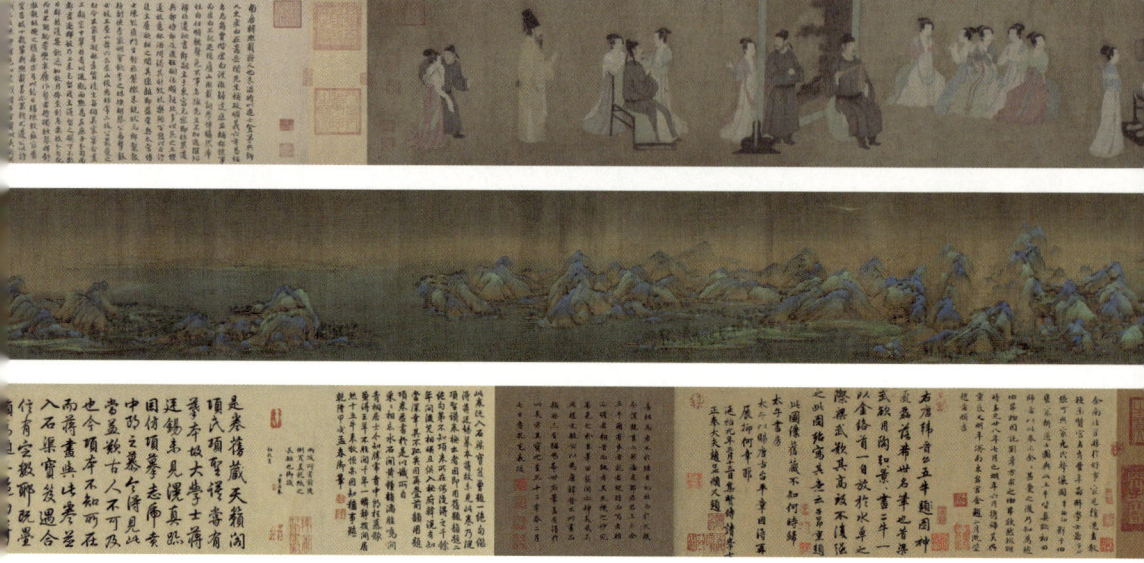

"이렇듯 긴 두루마리를 어디다 써먹는단 말이야. 병풍으로
만들기도 어렵고 족자를 만들기도 어렵겠구만."
또 어떤 이는 "내가 그림 볼 줄은 모르지만, 그림 하면 역시
알록달록한 게 제일 아닌가" 한다.
진晉나라 때 환현桓玄 같은 이는 자기 집에 손님이 찾아와도
혹여 귀중한 서화를 더럽힐까 염려하여 기름과자를
대접하지 않았다고 하니, 이 정도는 되어야 진짜
명사名士라고 할 수 있겠다.
서쪽 벽 아래편에서 별안간 요란한 소리가 나기에
깜짝 놀라서 돌아다보니, 몇몇 사람이 솥과 술잔 등의
골동품들을 제멋대로 들추며 난리법석을 떨고 있었다.
이렇듯 무례한 행동들이 너무도 민망하여 나는 도망치듯
문을 빠져 나왔다. 나와서 보니 아래윗집에 모두 금빛
글씨로 된 현판이 달려 있다. 장복과 둘이서만 이집 저집을

대표적인 두루마리 그림들

중국 회화사를 논할 때
두루마리 형식의 그림에서
빠짐 없이 거론되는
그림들이 있다. 위의
그림들은 두루마리의
전체가 아니며, 그림을
바라볼 때 각각 왼쪽으로
글씨나 그림이 더 남아
있다. 맨 위부터 중국
오대 10국 시기 남당의
화가 고굉중(顧閎中)의
「한희재야연도」
(韓熙載夜宴圖), 북송
시기 왕희맹(王希孟)의
「천리강산도」(千里江山圖),
당(唐)나라 때 한황(韓滉)의
「오우도」(五牛圖)이다.

둘러보았으나 집집마다 모두 주인이 없었다.

한 집에 이르니, 담장 밑으로 수십 그루의 자죽이 자라 있고 층계 옆으로는 벽오동碧梧桐 한 그루가 있었다. 벽오동 서쪽 편에 두어 평 정도의 네모난 연못이 있는데, 흰 돌로 난간을 만들었다. 못 안에는 대여섯 자루 연방蓮房 연꽃의 열매가 들어 있는 송이이 있고, 난간 곁에선 거위 새끼 세 마리가 노닐고 있다. 연못으로 다가가 잠시 난간에 기대어 서 있었다. 당 안은 쥐 죽은 듯 조용한데 주렴 너머로 이쪽을 훔쳐보는 그림자가 어른거린다. 그래서 나도 일부러 이리저리 서성이며 당 안쪽을 향해 짐짓 헛기침을 해대었다. 이윽고 아이 하나가 당 뒤편을 돌아 나오며 멀찍이 선 채 읍을 하고는 소리 높여 말했다.

"어르신께서는 무슨 용무로 오셨는지요?"

장복이 나섰다.

자죽紫竹
볏과에 속하는 대나무의 하나로 겉껍질은 갈색 바탕에 자줏빛 무늬가 있다. 죽순은 식용하고, 관상용으로 재배한다.

세계 최고의 여행기, 열하일기

"너희 주인께서는 어디 가셨기에 멀리서 온 손님을 맞으러 나오시지 않는 게냐?"

"아버지께서는 아까 친척 되시는 이공李公과 함께 태의관太醫官을 만나러 조선의 사행단이 계신 곳으로 가셨습니다."

아이의 말에 내가 나서며 "의원을 찾으러 가셨다니 필시 우환이 있는 모양이로구나. 내가 태의관이니 이왕 온 김에 진찰을 해주마. 또 진짜 청심환도 있으니 가서 아버님을 모셔 오너라" 하였으나, 아이는 들은 체도 않고 옷을 펼쳐 거위 새끼를 우리에 몰아넣는다. 또 난간에 걸쳐 둔 낚싯대로 연못 속에 떠 있는 연잎을 건져 내어 우산처럼 들고는 어기적어기적 가 버렸다. 주렴에 예닐곱 사람의 그림자가 어른거렸다. 자기네끼리 소곤대다가 또 입을 막고 피식댄다. 한참 동안 기웃거리다 문을 나서며 문득 장복을 돌아보았다. 요즘 들어 귀밑의 사마귀가 부쩍 더 커진 듯하다.

주부主簿 조명회趙明會와 함께 나란히 말을 타고 가면서 이야기를 나누었다.

"무령 땅 인심이 그리 좋지는 않더군."

"무령 사람들은 조선 사람을 귀찮은 손님이라 생각하지요. 서학년은 본래 사람을 좋아하는 편이라 백하 윤순을 처음 만났을 때 흉금을 터놓고 정성껏 대접하며, 소장했던 서화를 다 보여 주었지요. 이후로 무령현 서학년의 이름이 우리나라 사람들 사이에 널리 퍼졌습니다. 그래서 해마다 사신 일행이 그 집을 방문하는 것이 그만 관례가 되어 버렸습니다. 사실 그 고을에 서학년 집보다 형편이 더 나은 집들이 적지 않고, 서학년만큼 손님을 좋아하는 사람도 많습니다. 하지만 공교롭게도 윤공이 먼저 서학년을 만났고, 그 뒤로 서학년 집의 물건들이 우리나라 재상도 놀랄 정도로 어마어마하다는 소문이 좌악 퍼지는 바람에 이후 역관들이 으레 서씨 집으로 찾아 들게 되었지요. 애초엔 다른 집에 폐를 끼치지 않으려는 의도도 있었습니다.

그러나 우리네 사신 일행은 하인 수십 명을 거느리는 탓에, 두어 길 되는 거리의

대문을 출입할 때에도 반드시 일제히 소리를 쳐서 알립니다. 조선의 관례대로
조심하라고 소리를 치는 것이지요. 그러니 이 얼마나 시끄럽겠습니까? 또
한꺼번에 당에 오르니 그 번잡함이란 이루 말할 수가 없는데, 그것은 다 중국의
집들은 물러나 기다릴 대청이 없기 때문이지요. 그러다 보니 대접이 점차
소홀해지기 시작했고, 서학년이 죽은 뒤 그 자식들은 조선 손님을 아주 성가시게
여겼답니다. 그래서 우리 사신 일행이 올 무렵이면 좋은 물건들은 감추어 버리고
너저분한 것들만 벌여 놓는 식으로 겨우 이전의 관례를 지키는 수준이랍니다.
방금 그 옆집이 우리를 피하고 숨은 것도 서학년의 집처럼 될까봐 조심스러워서
그런 것이지요.”
이 말을 듣고 우리는 서로 한바탕 크게 웃었다. 윤순이 조선에 돌아와 되놈의
새끼에게 재주를 팔았다고 탄핵당한 것은 서학년 집의 그 시를 지었기 때문이다.
당시의 말이 점잖지 못함이 이와 같았다.
유주幽州와 기주冀州의 산엔 투명하고 맑은 기운이 감돌았다. 태항산太行山이
서쪽에서 다가서서 연경을 에워쌌고 의무려산은 동으로 내달려 뒤편을
제압하는 형세였다. 용이 날고 봉이 춤을 추는 듯하다가 각산角山에 이르러서는

산시성山西省**과 허베이성**河北省**의 경계,**
태항(타이항)산맥

급작스레 잘리어 산해관이 되었다. 산해관에 들어선 이후로
산들은 억세고 거칠던 기운을 털어내고, 남쪽으로 탁 트여
맑고 밝은 얼굴을 드러내었다. 창려현에 이르자 바다
가까이로 이어진 마을의 산 기운은 더욱 아름다웠다.
우공禹貢의 갈석碣石이 창려현昌黎縣 서쪽 20리 되는 가까운
곳에 있으니, 조조曹操의 시에 "동으로 갈석에 다다라,
아득한 저 바다 구경코저"라 함은 곧 이를 말함이다.
이 고을에는 한유³와 한상韓湘의 사당이 있다.『당서』唐書
본전인「한유전」韓愈傳에는 그를 등주鄧州 남양인南陽人이라
하였고, 명나라 육응양陸應陽이 지은『광여기』廣輿記에는
곧 창려인昌黎人이라 하였으며, 송 원풍元豊 송나라 신종神宗의
연호 연간에 한유를 창려백昌黎伯으로 봉하였고, 원 지원至元
원나라 세조世祖의 연호 때에 이르러서야 비로소 이곳에다
사당을 세워서 지금도 한유의 소상塑像 찰흙으로 만든 인물 형상이
있다 한다. 내 평생에 문공을 꿈에서도 그리워했으므로
여러 사람더러 함께 가 보자고 했으나 선뜻 나서는 이가
없으니, 이는 20리나 길을 돌아가야 하기 때문이다. 혼자서
가기도 난감하고, 한스러운 일이다. 지나는 길에 동악묘⁴에
들렀다. 뜰에 비석 다섯이 있고 전각 위에는 금빛 글자로
'동악대제'東嶽大帝라 써 붙였고, 그 가운데에는 금신金神 둘을
앉혔는데, 모두 단정히 손을 모으고 홀笏을 잡았다. 후전後殿
제도도 전전前殿과 같은데, 여상女像 셋을 앉혀 놓고 이름을
'낭랑묘'娘娘廟라 한다. 여상은 모두 머리에 면류관을 썼다.
영평부에 이르렀다. 긴 강물이 성을 감싸고 흐르는 모양이

3.
한유韓愈
중국 당나라의
문학가이자 사상가.
자는 퇴지(退之), 시호는
문공(文公). 산문의
문체개혁과 시에
있어 지적인 흥미를
정련(精練)된 표현으로
나타낼 것을 시도하는
등 문학상의 공적을
세웠다. 이는 송대 이후
중국 산문문체의 표준이
되었다.

4.
동악묘東嶽廟
동악묘는 도교의
사원으로 태산의
천제(天帝)인 동악대제를
기리는 곳이다.
동악대제는 불교에서
염라대왕의 역할을
하는 지옥의 왕이다. 묘
내부는 세 개의 부분으로
나뉘어져 있다. 연암이
말하는 '낭랑묘'는 동악묘
동쪽 부분에 있다. 위
사진은 현재 동악묘의
입구 쪽 모습이다.

평양과 비슷하다. 훤하게 트이기는 평양보다 갑절 낫지만,
강물은 대동강처럼 맑지 않았다. 전하는 이야기에 따르면,
고려시대 김황원金黃元이 대동강 부벽루浮碧樓에 올라서 시를
지었다고 한다.

길게 뻗은 성 저 편 넘실대는 강물 長城一面溶溶水
드넓은 벌 동쪽 끝 점점이 박힌 산 大野東頭點點山

이 두 구절을 짓고는 아무리 끙끙거려도 시상이 떠오르지
않아 그 다음을 잇지 못하고 울면서 부벽루를 내려왔다고
한다. 이에, 평양의 아름다운 경치는 이 두 구절로 다
표현되었으므로 천 년이 흘러도 다시 한 구절이라도
덧붙이는 이가 없을 것이라고 말하는 사람도 있다. 그러나
나는 늘상 이 구절이 그리 대단치 않다고 생각해 왔다.
넘실댄다는 뜻의 '용용'溶溶은 큰 강물의 형상을 표현하는
데 적당치 않을뿐더러, '드넓은 벌 동쪽 끝 점점이 박힌
산'이라고 하지만 그 거리가 40리에 지나지 않으니 어찌
드넓은 벌판이라 할 수 있겠는가. 이 글귀를 연광정練光亭
기둥에다 붙여 놓았으나 만일 중국 사신이 이 정자에
올라가서 이 시를 읽는다면, 필시 '드넓은 벌판'이라고
운운한 글자를 보고 비웃음을 금치 못할 것이다. 하지만
이곳, 영평성永平城 누대에서라면, '드넓은 벌판 동쪽 끝
점점이 박힌 산'이라는 표현이 실감날 만도 하다. 더러는
영평도 역시 기자의 땅이라고 말하는 이도 있으나 이는

엄연한 잘못이다. 영평은 한나라의 우북평右北平이요,
당나라의 노룡새盧龍塞로서, 옛날에는 궁벽한 땅이었는데
요나라·금나라 때부터 수도인 북경에 가까이 있어
거리와 점포가 다른 데보다 번화하고 진사의 패액이
무령에 비해 훨씬 많다. 영평부 앞 원문轅門 병영 앞에 세운 문에
'고지우북평'古之右北平이라 써 붙였다.

어두워진 다음 정진사와 함께 조용히 거닐다가 우연히 한
집에 들르게 되었는데 마침, 등불을 켜 놓고 조선 사행을
그린 「고려진공도」高麗進貢圖를 새기고 있었다. 지나오던
길가의 벽에서도 여러 차례 이런 그림을 보았다. 그림은
졸렬했고 새긴 솜씨는 거칠어서 괴상하고 우스웠다. 그
그림에서 붉은 도포를 입은 이가 서장관이다(몇십 년 전에는
당하관堂下官이 붉은 도포를 입었는데, 이제는 푸른 도포로
바뀌었다). 검은 삿갓을 쓴 이는 역관이고, 우바새優婆塞
속세에 있으며 불교를 믿는 남자 같은 얼굴에다 입에 담뱃대를 문
이는 행렬 앞쪽의 비장이며, 곱슬 수염에 고리눈을 한 이는
군뢰다. 지금 여기서 새기고 있는 벽화는 더욱 볼품이
없어서, 몰골이 모두 원숭이 같았다.

당堂 가운데에는 세 사람이 있었으나 더불어 이야기할 만한
위인들은 아니었다. 탁자 위에 연병⁵이 놓여 있는데, 높이가
두 자, 너비는 한 자쯤 되는 화반석花斑石으로 만든 것이다.
강산江山·수목樹木·누대樓臺·인물人物 등을 그려 새겼는데,
모두 돌 무늬를 따라 천연으로 빛깔을 내어 그 미묘함이
신의 경지에 들 지경이다. 강진향 받침대로 세워 놓았다.

5.
연병硯屛
바람을 막거나 먼지나
먹물이 튀는 것을 막기
위하여 벼루 머리에
치는 작은 병풍이다.
중국에서는 문방용구를
말할 때 연병도 꼭 손꼽을
만큼 애용되었다.

현재의 그림
조선 후기의 대표적 문인
화가인 현재 심사정은
20세 전후에 겸재 정선의
문하에서 본격적으로
그림을 배웠다. 공재
윤두서, 겸재 정선과 함께
'삼재'(三齋)라 불린다.

6.
정진사의 착각
정진사는 이 화보가
중국의 것이라 생각했다.
하여, 겸재가 정선이고
현재가 심사정임을
알아채지 못하고
중국에도 겸재, 현재라는
화가가 있다고 여긴
것이다.

소주蘇州 사람 호응권胡應權이란 이가 화첩畵帖 하나를 가지고
나왔다. 겉표지 글씨는 허접했고 먹 딱지가 더덕더덕
붙어 있었다. 떨어지고 해진 품이, 한 푼의 값어치도 없어
보이는데도 그의 자세를 보니 마치 세상에 둘도 없는
보배인 양 꿇어앉아 받들고, 여닫을 때도 무척 조심스런
모습이다. 정진사가 침침한 눈으로 두 손에 움켜쥐고
책장을 바람처럼 빠르게 넘기자, 호생이 얼굴을 찡그리며
못마땅하다는 듯 '끄~응' 소리를 낸다. 정진사가 다 보고
나서는 획 하고 집어 던진다.

"겸재謙齋와 현재玄齋가 모두 되놈의 호였네."[6]

내가 웃으면서 말했다.

"안 봐도 알조다."

호응권이란 이에게 물었다.

"이걸 어디서 구하셨소?"

"초저녁 때 조선의 김상공金相公이 우리 점포에 오셔서 팔고
갔습니다. 김상공은 믿음이 가는 분으로, 나와는 정분이
각별하여 동기간이나 다름없지요. 제가 책을 은 석 냥 닷
푼을 주고 샀으니, 겉표지만 손질해도 일곱 냥은 충분히
나갈 겁니다. 다만 화가의 낙관이나 서명이 없으니, 청컨대
선생께서 다 밝혀 적어 주시길 바랍니다."

그러고는, 품속에서 붉은 먹통 하나를 사례로 내놓으며
화가의 이력을 간략하게나마 적어 달라고 졸라 댄다.
주인이 술상을 내왔다. 우리나라 사람들은 대체로
서화 책에 연호年號를 적지 않으며, 이름을 밝히는 것도

달가워하지 않는다. 시축詩軸의 끝에도 흔히들 시골에 살며 세상을 멀리 하는 사람이라 하여, '강호산인'江湖散人이라 할 뿐, 어느 때 어느 곳 아무 성 어떠한 사람인지를 밝히지 않는다. 이 책에도 두 글자로 된 별호別號가 적혀 있기는 하나 그것만으로는 누가 누군지를 분간할 길이 없으므로 정진사가 겸재와 현재를 청인이라 착각한 것도 퍽 괴이한 일만은 아니다.

정진사는 중국말이 서투른 데다 또 이가 성기어서 달걀볶음을 매우 좋아하므로, 책문에 들어온 뒤로 하는 중국말이라고는 다만 '초란'炒卵뿐이다. 그나마 혹시 말할 때 발음이 샐까, 잘못 들을까 걱정하여, 가는 곳마다 사람을 만나면 '초란' 하고 말해 보아 혀가 잘 돌아가는지를 시험한다. 그 때문에 정鄭을 '초란공'炒卵公이라 부르게 되었다(우리나라의 광대놀이에 쓰는 탈 중의 하나를 '초란'俏亂이라 부르는데, 달걀볶음이라는 중국말 '초란'과 발음이 비슷하기 때문이다). 주인이 곧 가서 초란 한 접시를 가져 왔다. 얼떨결에 잘 먹긴 했으나 마치 음식을 빼앗아 먹은 것같이 되었기에 한바탕 웃고 나서 주인에게 사연을 말하고 값을 치르려 하니, 주인이 도리어 몹시 민망해한다.

"여기는 음식점이 아니어요."

자못 노여워하는 기색까지 있기에 나는 곧 그림 옆에 적힌 별호를 상고하여 그들의 성명을 적어 주는 것으로 사례를 대신하였다.

열상화보 洌上畵譜

이조화명도二鳥和鳴圖 — 충암冲菴 김정金淨. 자는 원충元冲, 명나라 가정嘉靖 때 사람이다.

한림와우도寒林臥牛圖 — 김식金埴

석상분향도石上焚香圖 — 이경윤李慶胤 학림정鶴林正이다.

녹죽도綠竹圖 — 탄은灘隱 이정李霆. 자는 중섭仲燮, 석양정石陽正이니, 익주군益州君의 지자枝子이다.

묵죽도墨竹圖 — 위와 같다

노안도蘆雁圖 — 이징李澄. 자는 자함子涵, 호는 허주재虛舟齋, 학림정鶴林正의 아들이다.

노선결기도老仙結碁圖 — 연담蓮潭 김명국金鳴國, 명나라 천계天啓 연간 사람이다.

연강효천도煙江曉天圖, 임지사자도臨紙寫字圖 — 공재恭齋 윤두서尹斗緒. 자는 효언孝彦, 강희康熙 연간 사람이다.

춘산등림도春山登臨圖 — 겸재謙齋 정선鄭敾. 자는 원백元伯, 강희·건륭 연간 사람이다. 나이 여든이
넘어서도 겹돋보기 안경을 끼고 촛불 아래에서 세밀한 그림을 그려도 털끝만큼의 그릇됨이 없었다.

산수도山水圖 네 폭 — 겸재

사시도四時圖 여덟 폭 — 겸재

대은암도大隱巖圖 — 겸재 이상의 것은 모두 '정선鄭敾·원백元伯이라는 소인小印이 있다.

부장임수도扶杖臨水圖 — 종보宗甫 조영석趙榮祏. 자는 종간宗間, 호는 관아재觀我齋, 강희·건륭 연간
사람이다.

도두환주도渡頭喚舟圖 — 진재眞宰 김윤겸金允謙. 자는 극양克讓, 강희·건륭 연간 사람이다.

금강도金岡圖 — 현재玄齋 심사정沈師正. 자는 이숙頤叔, 강희·건륭 연간 사람이다.

초충화조도草蟲花鳥圖 여덟 폭 — 현재 '심사정사인'沈師正私印과 '현재'玄齋라는 소인이 있다.

심수노옥도深樹老屋圖 — 낙서駱西 윤덕희尹德熙. 자는 경백敬伯, 공재恭齋의 아들이다.

백마도白馬圖, 군마도羣馬圖, 팔준도八駿圖, 춘지세마도春池洗馬圖, 쇄마도刷馬圖 이상은 모두 낙서駱西의
'윤덕희사인'尹德熙私印과 '낙서'라는 소인이 있다.

무중수죽도霧中睡竹圖 — 수운岫雲 유덕장柳德章. '수운사인'岫雲私印이 있다.

설죽도雪竹圖 '수운'岫雲이란 두 글자와 '수운'의 인이 있다.

검선도劍仙圖 — 인상麟祥 이인상李麟祥. 자는 원령元靈, 호는 능호관凌壺觀, '이인상'李麟祥의 인이 있다.

송석도松石圖 — 원령 '인상'麟祥이란 인과 '기미삼월삼일'己未三月三日이란 소지小識가 있다.

난죽도蘭竹圖 — 표암豹菴 강세황姜世晃. 자는 광지光之, '표암광지'豹菴光之의 인이 있다.

묵죽도墨竹圖 — 위와 같다

추강만범도秋江晚泛圖 — 연객烟客 허필許佖. 자는 여정汝正, '연객'烟客이라는 소인이 있다.

임인일 壬寅日 7월 26일

/

맑음. 오후에 우레가 일고
비바람이 몹시 불다 곧 멈춤

영평부에서 출발하여 이날 모두 61리를 가서 사하역의 성 밖에서 묵었다.

아침 일찍 영평부를 출발할 무렵, 새벽 기운이 서늘하였다. 성 밖 강 가까이에 장이 열렸다. 온갖 물건이 그득했고 수레와 말들로 혼잡스러웠다. 직접 장터 안으로 들어가 사과 두 개를 사려는데, 싸리 바구니를 멘 자가 있었다. 바구니를 열어 수정합水晶盒 다섯을 내놓는데, 수정합 하나마다 뱀이 한 마리씩 들어 있다. 뱀은 그 속에서 또아리를 틀고 한가운데로 머리를 내밀고 있다. 마치 솥뚜껑에 달린 손잡이 같은데, 뱀의 두 눈은 빛을 발하며 번쩍인다. 검은 뱀 한 마리, 흰 뱀 한 마리, 초록색 뱀 두 마리, 빨간 뱀이 한 마리 있었다. 뱀들은 밖에서도 훤히

이날 연암의 여정로

영평부永平府에서 청룡하靑龍河까지 1리, 남허장南墟庄까지 2리, 압자하鴨子河까지 7리, 범가점范家店까지 3리, 난하灤河까지 2리, 이제묘夷齊廟까지 1리, 모두 16리를 가서 점심을 먹었다. 이제묘에서 망부대望夫臺까지 5리, 안하점安河店 8리, 적홍포赤紅鋪 7리, 야계타野鷄坨 5리, 사하보沙河堡 8리, 조장棗庄 10리, 사하역沙河驛 2리, 모두 45리였다.

금강저
승려들이 불도를 닦을
때 쓰는 법구의 하나로
번뇌를 깨뜨리는
보리심을 상징한다.

보였지만, 죽었는지 살았는지는 쉽게 분간하기 어려웠다.
뱀 주인에게 물어보았으나 대답이 신통치 않다. 뱀은
악창惡瘡 고치기 힘든 부스럼에 쓰면 탁월한 효험이 있다고들
한다.
또 다람쥐, 토끼, 곰을 데리고 재주를 피우는 이도 있는데,
이들은 모두 동냥아치들이다. 곰은 크기가 개만 한데
칼춤도 추고 창춤도 추며, 사람마냥 걸어다니다가 절도
하고 꿇어앉기도 하며 머리를 조아리기도 한다. 시키는
대로 여러 시늉을 보여 주기는 하나, 생김새는 몹시
흉측하고, 민첩함은 원숭이만 못하다. 토끼와 다람쥐는
하는 짓이 더욱 용하고, 또 사람의 말귀도 제법 알아듣는다.
갈 길이 바쁜 터라 자세히 살펴보지는 못하였다.
도사道士 두 사람과 동자 하나가 장터에서 동냥짓을 한다.
운관雲冠에다 하대霞帶 차림에 맑은 눈매를 가졌다. 손으로는
영저鈴杵 자루를 금강저 모양으로 만든 방울를 흔들고 입으론 주문을
왼다. 하는 짓이 너무도 요망스러워 사람인지 귀신인지
분간이 잘 가지 않았다. 여자 세 사람은 옷을 차려입고
말을 달린다.
배로 청룡하와 난하를 건넜다. 따로 「이제묘기」,
「난하범주기」, 「고죽성기」를 썼다.
이제묘를 떠나서 야계타 몇 리 밖에 이르렀을
무렵이다. 날은 찌는 듯 덥고 바람도 한 점 없었다.
노참봉·정진사·주명신·변계함 등 몇 사람들과 앞서거니
뒤서거니 가며 수다를 떠는 중에, 갑자기 손등에 냉수 한

종지가 떨어졌다. 등골이 오싹하여 사방을 둘러보아도 물을 끼얹는 이를 찾을 수 없었다.

그러다 또 다시 주먹만 한 물방울이 떨어졌다. 창대의 모자챙에 부딪혀 퉁하는 소리가 났고, 노참봉의 갓에도 물방울이 떨어졌다. 그제서야 모두들 머리를 들어 하늘을 쳐다본다. 해 옆으로 바둑돌만 한 구름이 나타난다. 맷돌 가는 소리가 들리더니, 삽시간에 지평선 너머 사방에서 자그마한 구름이 일어난다. 한 줄기 흰 번갯불이 버드나무 위에 번쩍하더니 이내 해가 구름 속에 가려진다. 천둥치는 소리가 바둑판을 밀치는 듯 명주를 찢는 듯 요란하다. 수많은 버들잎에서 번갯불이 번쩍인다.

일제히 채찍을 날려 말을 달렸다. 등 뒤로 수많은 수레가 다투어 달리는 듯하다. 산은 미친 듯 하고 땅은 뒤집힐 듯하다. 나무들은 노한 듯이 부르짖는다. 하인들은 서둘러 우장을 꺼내려 하나 손발이 떨려 선뜻 끈을 풀지 못한다. 비바람과 천둥번개가 동시에 휘몰아치니, 한치 앞도 분간하기 어려운 상태다. 말도 두려워 떨고 사람은 숨이 가빠져서 하는 수 없이 말머리를 서로 대고 둥그렇게 모여 섰다. 하인들은 모두 얼굴을 말갈기 밑으로 파묻었다.

이따금 번갯불에 노참봉의 모습이 비치었다. 소름끼친 얼굴로 벌벌 떨며 두 눈은 꼭 감은 채 숨이 곧 넘어갈 듯하다. 조금 있다가 비바람이 다소 진정되어 서로를 쳐다보니 다들 몰골이 말이 아니었다. 사태가 진정된 뒤에야 길 양편으로 겨우 40~50보 정도의 가까운 곳에 인가가 있었다는 사실을 알아차렸다. 비가 한참 퍼부을 때는 인가가 있으리라고는 생각도 못했다. 다들 조금만 더 그러고 있었으면 졸도하고 말았을 거라고들 한다.

가게 안으로 들어가 잠시 쉬고 있자니 비바람이 멎고 해가 나기 시작한다. 술 한 잔 마시고 즉시 길을 나섰다. 도중에 부사를 만나 어디서 비를 피했냐고 물었더니, "바람이 어찌나 세던지 가마 창이 떨어져 나가고 빗발이 들이치는데

1.

여마동呂馬童
항우의 고향 친구로
초나라 사람이었으나
한나라의 장수가 된
인물이다. 항우는
유방과의 마지막
전투에서 스스로 목숨을
끊었는데, 그때 자신의
장수였던 여마동으로
하여금 자기 목을 가져가
공을 세우게 해주었다.

밖에 서 있는 거나 다름없었지요. 술잔만 한 빗방울이 떨어지니 대국은 빗방울조차 무섭더이다" 한다.

내가 계함더러 "난 오늘부터 역사의 기록은 더이상 믿지 않을 작정이네" 하니, 정진사가 말을 채찍질하여 앞으로 나서면서 "무슨 말씀이오?" 한다.

"항우가 아무리 노하여 고함친다고 한들 어찌 우레 소리만 하겠소. 그런데도 『사기』史記에 적천후赤泉侯의 병사들과 말이 항우의 꾸짖음에 모두 놀라 몇 리를 물러났다 하니, 이게 다 거짓 아니고 무엇이겠소. 또 항우가 아무리 눈을 부릅뜬다 하기로 번갯불만은 못할 터, 한나라 장수 여마동[1]이 항우의 부릅뜬 눈을 보고는 말에서 떨어졌다는 말도 믿기 어려운 일이지요."

내 말에 다들 크게 웃었다.

항우項羽
진나라 말기에 한나라를
세운 유방과 더불어
천하를 놓고 경쟁했던
초나라 장수 항우는 초
패왕이라고도 한다.

백이 숙제 묘당을 둘러보며 이제묘기夷齊廟記

난하 강가에 자그마한 언덕이 있는데, '수양산'首陽山이라 한다. 산 북쪽으로 조그만 성곽이 있는데 '고죽성'孤竹城이라 한다. 뜰에는 고송古松 수십 그루가 서 있고, 섬돌에는 흰 돌로 난간을 둘렀다. 가운데에 '고현인전'古賢人殿이라는 이름의 큰 전각이 있다. 전각 안에 곤룡포를 입고 면류관을 쓰고서 홀을 들고 서 있는 이가 바로 백이伯夷·숙제叔齊이다. 전각 문에는 '백세지사'百世之師라 써 붙였다. 전각 안에 크게 쓴 '만세표준'萬世標準은 강희제의 글씨고, '윤상사범'倫常師範은 옹정제의 글씨다. 전각 안에 간직된 값비싼 기물들은 대부분 명나라 만력萬曆 명 신종의 연호. 1573~1619년 시절의 물건이다. 양편 기둥에는 이렇게 적혀 있다.

인을 구하다 인을 얻었으니, 고죽국의 맑은 기풍 만고에 영원하리.求仁得仁萬古淸風孤竹國
폭력으로 폭력을 대신한 무왕에 저항했으니, 수양산의 의로운 절개 천년토록
영원하리.以暴易暴千秋孤節首陽山

뜰에 문이 둘 나 있는데, 그 안으로 들어서면 명 헌종 성화成化 1465~1487년 연간에 세운 비석이 있다. 비석 뒤편으로 '청풍'淸風이라는 대臺가 있다. 그 기둥에는 또 이런 글귀가 적혀 있다.

산은 인자를 닮아 고요하고 山如仁者靜
바람은 성인을 닮아 맑구나. 風似聖人淸
빼어난 산수의 고죽국에 佳山佳水孤竹國
난형난제의 옛 성인들이시다. 難兄難弟古聖人

중국에는 수양산이라는 이름의 산이 다섯 군데나 있다. 하동河東의 포판蒲坂인 화산華山 북쪽 하곡河曲의 어름에 산이 있는데, 그 또한 '수양산'이라 부른다. 혹은 농서隴西에도 있다 하며, 혹은 낙양洛陽 동북쪽에도 있다고 한다. 또 언사偃師 서북쪽에 이제묘가 있다 하며, 요양遼陽에도 수양산이 있다고 하는 등 이런저런 기록에 나타난다. 『맹자』에는 "백이가 주왕紂王을 피해 북쪽 바닷가에 가서 살았다"고 하였다. 우리나라 해주海州에도 수양산이 있어서 백이·숙제를 제사 지내지만, 이 사실은 잘 알려져 있지 않다. 내 생각엔 이렇다. 기자箕子가 동쪽 조선으로 건너온

20세기 초의 이제묘 모습

것은 단지 주나라 땅에서는 살기 싫었기 때문이다. 백이도 차마 주나라의 곡식을 먹을 수 없었다 하니, 혹시 기자를 따라와서 기자는 평양에 도읍을 정하고, 백이·숙제는 해주로 가서 산 것은 아닐까. 우리나라 항간에는 예에 밝은 동이족 형제 대련大連과 소련少連이 해주 사람이라는 속설이 있다. 이 사실은 어떻게 고증할 수 있을지 모르겠다. 문과 담장에 당唐·송宋 역대의 제문祭文을 많이 새겨 놓은 것을 보아서는 이 묘가 영평에 있은 지 오래되었음을 알 수 있다. 어떤 이는 "홍무洪武 명 태조의 연호. 1368~1398년 초년에 영평부 성 동북쪽 언덕에 옮겨 세웠다가 경태景泰 명 대종의 연호. 1450~1456년 연간에 다시 이곳에 세웠다" 한다. 행궁의 제도는 강녀묘나 북진묘와 같으나 지키는 자가 막아서 구경을 하지는 못하였다.

고죽국과 백이, 숙제

고죽국은 중국 은나라 때 제후국에 봉해진 나라로,
발해만 근처에 있었던 것으로 추정된다.
이 고죽국의 왕자였던 백이와 숙제는 서로
왕위를 양보하고 숨어 살았다.

孤竹清風

난하를 건너며 난하범주기灤河泛舟記

난하는 만리장성 북쪽 개평開平이 발원지다. 동남쪽으로 흘러서 천안현遷安縣을 거쳐
노룡새盧龍塞에 이른다. 그곳에서 칠하漆河와 합류한 다음, 다시 남쪽으로 흘러 낙정현樂亭縣에
이르러서 바다로 들어간다. 요동과 요서에 '하'河라는 이름을 가진 강물들은 물빛이 흐리다.
그러나 이 난하의 물길만은 고죽사孤竹祠 아래에 이르러 깊게 고여 호수를 이루는데, 물빛이
거울처럼 맑다. 고죽성은 영평부 남쪽 10여 리 되는 곳에 있다. 난하의 남쪽 언덕에는
깎아지른 듯 절벽이 솟아 있다. 그 위에 청풍루淸風樓가 있는데, 청풍루 아래편 강물이 특히
맑다. 강 복판에 작은 섬이 있고, 섬에다가 병풍 모양으로 돌을 쌓아 두었다. 그 앞쪽에
고죽군의 사당이 있다. 사당 아래에 배를 띄웠다. 맑은 물 하얀 모래밭에 넓은 들과 그윽한
숲, 강가에 늘어선 인가 수십 채, 그 모두가 그림자 되어 호수에 비친다. 사당 아래편으로는
고기잡이 배 서너 척이 그물을 놓는다. 물을 거슬러 올라가니 중간에 대여섯 길 되는
돌봉우리가 있다. 이름을 '지주'砥柱라고 한다. 기암괴석이 지주를 둘러싼 채 솟구쳐 있다.
교청새와 뜸부기 수십 마리가 모래밭에 늘어 앉아 날갯죽지를 다듬는다. 배에 타고 있던
사람들이 이 경치를 돌아보고 즐거워하며 감탄한다. "산수가 그림 같습니다." 나는 이렇게
말했다. "그대들은 산수도 모르고 그림도 모르네그려. 산수가 그림에서 나온 것인가, 그림이
산수에서 나온 것이지. '닮았다' '같다' '비슷하다' 따위의 말은 결국 비유를 통해 서로 다른
것을 같은 것으로 만드는 표현일 뿐이라네. 그리고 비슷하다 뿐이지 실제로 같은 것은
아니라네. 옛날에 어떤 사람이 장강에서 나는 요주瑤柱 조개의 일종를 두고 여지茘支 남방에서 나는 과실와
같다 하고, 서호西湖 중국 항주에 있는 경치가 좋은 호수를 서시西施와 같다 하였지. 그러자 어떤 어리석은
작자가 조개인 담채淡菜는 용안수龍眼樹의 열매와 같고, 전당錢塘 호수는 조비연趙飛燕 같다고
대꾸했지 뭔가. 이게 어디 가당키나 한가."

사호석기射虎石記

영평부에서 남쪽으로 10여 리 정도 가다 보면 가파른 언덕에 바위 하나가 드러난다. 바위의
빛깔은 희고, 그 밑에는 '한비장군사호처'漢飛將軍射虎處 한비 장군이 호랑이를 쏜 곳이라는 뜻. 한비 장군은 한나라 때
장수 이광라 새겨진 비석이 있다. 나는 거기에 "청의 건륭 45년 가을 7월 26일에 조선인 아무아무
이를 구경하다"라고 썼다.

난하 발원지 전경

계묘일 7월 27일
癸卯日

/

맑음. 아침에 잠깐 시원한
듯하더니 한낮에는 무척 더움

이날 사하역沙河驛에서부터 모두 100리를 와서 풍윤성 밖에서 묵었다.
어제 이제묘 안에서 점심을 먹을 때 고사리를 넣은 닭찜이 나왔다. 맛이 매우
좋았다. 길에서 지내다 보니 입맛이 없어진 지 꽤 오래된 터에, 갑작스레 맛난
음식을 만났던 것이다. 입에 당기는 대로 거나하게 먹어 치우면서도, 이곳을
지날 때는 으레 고사리 나물을 먹는다는 것은 생각지 못했다. 도중에 소나기를
만났더니, 몸은 춥고 속은 더부룩하여 먹은 음식이 소화가 되지 않고 체한 듯
가슴이 답답했다. 트림을 하면 고사리 냄새가 코를 찌른다. 생강차 한 잔을 따라

이날 연암의 여정로

사하역沙河驛에서 홍묘紅廟까지 5리, 마포영馬鋪營까지 5리, 칠가령七家嶺까지 5리,
신점포新店鋪까지 5리, 건초하乾草河까지 5리, 왕가점王家店까지 5리, 장가장張家莊까지 5리,
연화지蓮花池까지 10리, 진자점榛子店까지 5리, 모두 50리를 가서 점심을 먹었다. 진자점에서
연돈산烟墩山까지 10리, 백초와白草窪까지 6리, 철성감鐵城坎까지 4리, 우란산포牛欄山鋪까지 4리,
판교板橋까지 6리, 풍윤현豊潤縣까지 20리, 모두 50리 길이었다.

백이(왼쪽)와 숙제의 초상

마셔도 속은 여전히 불편하다.

"지금은 가을철인데 고사리가 대체 어디서 났는가?" 하고 물었더니, "대체로
이제묘에서 점심을 먹는 것이 관례인데, 일 년 중 어느 때건 가리지 않고,
여기서는 반드시 고사리를 먹습니다. 우리나라에서 출발할 때부터 주방이 마른
고사리를 가지고 와서는, 이곳에 오면 국을 끓여 일행에게 먹입니다. 이미 오래된
이야기입니다만, 십수 년 전에 건량청乾糧廳 중국에 가는 사신이 지니고 갈 양식을 준비하는
부서에서 고사리 챙기는 일을 잊어버려 빠뜨리고 온 적이 있었습니다. 이곳에
이르러 고사리를 내놓지 못하게 되자, 건량관이 서장관에게 매를 맞고는 물가에
앉아서 '백이·숙제, 백이·숙제야! 나하고 무슨 원수를 졌느냐. 나하고 무슨
원수를 졌느냐' 하며 통곡하였지요. 듣기로 백이와 숙제는 고사리로 연명하다가
굶어 죽었다 하니 고사리는 사람 잡는 독초인가 봅니다."

이 말에 여러 사람들이 웃음을 터뜨렸다.

노참봉의 마두로, 태휘太輝란 자가 있다. 이번이 초행인 데다가 됨됨이가
경망스러워 조장棗庄을 지나다가 대추나무가 비바람에 꺾이어 담 밖으로 넘어진
것을 보고, 대추를 따먹었다. 대추가 아직 덜 익은 터라 복통에 설사가 멎지

않아서 괴로워하고 있던 차에 고사리가 사람 잡는 독초
같다는 말을 듣고는 큰 소리로 외쳤다.

"아이고, 백이·숙채熟菜 삶은 나물가 사람 잡네. 백이·숙채가
사람 잡아."

숙제叔齊와 숙채熟菜가 발음이 서로 비슷해서 그런 것이었다.
당 안의 사람들이 크게 웃었다.

내가 한양 부근의 백문白門에 살 적 얘기다. 숭정崇禎 기원
후 137년, 세번째 찾아오는 갑신년1764년이었다. 3월 19일은
바로 의종 열황제毅宗烈皇帝가 자결하신 날이었다. 시골
훈장이 동리 아이 수십 명을 거느리고 한양 서대문 밖에
있는 송씨宋氏의 집을 찾아가 송시열宋時烈 선생 영정에
절을 했는데, 초구貂裘 효종이 하사한 담비 모피로 만든 방한복를 내어
어루만지며 비분강개하여 눈물을 흘리기도 하였다. 그리고
돌아오는 길에 성 밑에 이르러 팔을 드러내고는 서쪽을
향해 "되놈들!" 하고 외쳤다. 시골 훈장은 여수旅帥 제사를
마친 뒤 술잔을 나누는 것를 벌려 고사리 나물을 차렸다. 당시는
금주령이 내린 상태라 술 대신 꿀물을 가지고 무늬가
그려진 그릇에 가득 담았다. 거기엔 '대명大明 성화成化
연간에 만든 것이다'라고 적혀 있었다. 음복하는 이들은
반드시 머리 숙여 그릇을 들여다보았으니,『춘추』의 대의를
잊지 않기 위해서1라고 한다. 그런 다음 서로 시를 읊는데,
소년 하나가 이렇게 썼다.

만약 무왕께서 싸움에 졌다면 武王若敗崩

1.
『춘추』春秋의 대의
『춘추』의 대의란
중화를 높이고
오랑캐를 물리친다는
존화양이(尊華攘夷)를
뜻하는 것으로, 여기서는
명나라에 대한 의리를
지키고 청나라 만주족
오랑캐에 대한 적개심을
북돋우는 것을 의미한다.

천 년의 역사 내내 주왕의 역적이 되었으리. 千載爲紂賊

강태공은 백이를 살려 보내고도 望乃扶夷去

어찌하여 역적을 비호했단 소리 듣지 않는지. 何不爲護逆

오늘날 춘추의 의리 그대로라면 今日春秋義

어찌 오랑캐놈 역적이라 하지 않는가. 胡看爲胡賊

주위에 앉아 있던 이들이 모두 한바탕 크게 웃었다. 선생은 겸연쩍은 낯빛으로 한동안 있더니, "아이들에겐 일찍부터

강태공
물고기가 아니라
세월을 낚으며 자신의
능력을 알아줄 사람을
기다렸다는 강태공은
주나라 문왕의 눈에 들어,
은나라를 멸망시키는 데
공을 세운다.

『춘추』를 읽혀야 돼. 아직 분별력이 모자라기에 이런 요상한 말들을 지어내는
게지. 그럼 이번엔 즉경卽景 그 자리에서 보이는 광경을 보고 한 수 지어 보거라” 한다.
<u>그러자 다른 한 소년이 시를 짓는다.²</u>

고사리 먹어본들 배부를 수 없어 採薇不眞飽

백이도 결국에는 굶어 죽었지. 伯夷終餓死

꿀물은 술보다 훨씬 달콤해 蜜水甘過酒

꿀물 먹다 죽는다면 그 아니 원통하리. 飮此亡則寃

선생은 눈썹을 찌푸리며 “또 이상한 소리를 지껄이는구나!” 한다. 앉아 있던
이들이 모두 웃었다. 그로부터 27년이나 흘렀다. 그때의 노인들도 다 사라지고

2.
소년들의 시의 의미
소년들의 시가 갖는 의미를 파악하려면 사마천의 『사기열전』에 나오는 백이, 숙제에 관한 고사를 알아야 한다. 그
내용을 간추리면 다음과 같다. 백이와 숙제는 고죽국의 왕자들이었다. 아버지는 동생인 숙제에게 왕위를 잇게 할
생각이었지만, 숙제는 형인 백이에게 양보했다. 하지만 백이는 아버지의 명을 좇아야 한다며 도망가 숨어 버렸다.
그러자 숙제 또한 백이를 좇아 숨어 버려 백성들은 하는 수 없이 둘째 아들을 왕으로 삼았다. 그후 백이와 숙제는
주나라 문왕이 늙은이를 잘 돌본다는 말을 듣고 주나라로 갔다. 당시 주나라는 문왕이 죽고 그 뒤를 이은 무왕이
은나라의 폭군 주왕을 치려고 군사를 일으킨 상황이었다. 백이와 숙제는 무왕이 탄 말의 고삐를 붙잡고 이렇게
충고했다. “부왕이 돌아가신 후 아직 장례도 끝나기 전에 무기를 손에 잡으니 효(孝)라 할 수 있으리요. 신하로서
임금을 죽이려 하니 인(仁)이라 할 수 있으리까?” 옆에 있던 신하들이 백이와 숙제를 죽이려 했으나 강태공이 “이들은
의로운 사람이라”며 풀어 주었다. 무왕은 마침내 은나라를 평정하여 멸망시켰고, 백이와 숙제는 이를 부끄럽게 여겨
주나라 곡식을 먹지 않고 수양산에 숨어 고사리를 캐어 연명하다 굶어 죽었다.
이 사건은 동아시아 유학사의 큰 딜레마였다. 백이·숙제를 추앙하자니 무왕의 거사를 비난해야 하고, 무왕의 정당성을
인정하자니 백이·숙제의 행위를 깎아내려야 했던 것이다. 본문에 나오는 소년들의 시(詩)도 그 점을 염두에 둔 것이다.
무왕의 거사는 분명 효와 인의 측면에서 문제가 있다. 만약 무왕이 폭군 주왕을 물리치지 못했다면, 무왕이 오히려
역적으로 기록되었을 것이다. 즉, 정당하기 때문에 이긴 것이 아니라, 이겼기 때문에 정당성을 얻었을 뿐이라는 것. 또
무왕의 거사가 정당하다면 그 진군을 만류한 백이와 숙제는 왕의 뜻을 거스른 역적이 된다. 그런데도 강태공은 그들을
살려 보냈다. 만약 춘추의 의리를 그대로 적용한다면 강태공 역시 역적이 되어야 마땅하다. 이런 식으로 역사를 뒤집어
봄으로써 춘추의 의리가 얼마나 공허한 것인지를 비꼬고 있는 것이다.

연밥과 연근
연꽃은 아시아 각지에서
거의 모든 부분이
식재료로 사용된다.
연꽃 씨인 연밥(사진
위)은 약재로도
널리 사용되었으며,
중국에서는 말린
연밥으로 디저트를
만들기도 한다.
땅속줄기가 연근(사진
아래)인데, 역시 익숙한
식재료이다.

없는데, 지금 다시 백이의 고사리가 이런저런 말거리가
되니 이국의 등불 밑에서 옛 이야기를 적다가 잠을 이루지
못하였다.

새벽에 길을 나섰다가 상여를 만났다. 관 위에 놓인 흰 수탉
한 마리는 홰를 치며 울고 있었다. 잇달아 상여를 만났는데
하나같이 닭을 관 위에 놓아 두었다. 닭이 혼백을 인도하기
때문이란다.

길옆으로 넓이가 수백 묘나 되는 못이 있었다. 연꽃이 벌써
진 이후라 마을 사람들이 저마다 작은 배를 타고 들어가
마름이나 연밥, 연근 따위를 캐고 있다. 돼지 수천 마리를
몰고 가는 이도 있는데, 그 모는 방법이 마소를 다루는
것 같다. 아름드리 버드나무들이 백여 리 걸쳐 여기저기에
밑둥이 뽑힌 채 쓰러져 있다. 어제 몰아친 비바람 탓이다.
진자점榛子店에 이르렀다. 이곳은 본디 기생이 많기로
소문난 곳이다. 이전에 강희제가 천하의 창기를 엄금하여
양자강과 판교板橋 같은 곳의 창루娼樓나 기관妓館들은
모조리 쑥대밭이 되었으나, 이곳만은 살아남았다.
여기 있는 이들을 '양한적'養閒的이라 부르는데, 인물도
그럴싸하고 풍악도 곧잘 울린다. 재봉과 상삼이 뒤채로
들어가다 나를 보고는 슬쩍 웃더니 이내 가 버린다.
나도 무슨 뜻인지 짐작하고 그 뒤를 따라가서 문틈으로
들여다보았다. 상삼은 벌써 여자 한 명을 끼고 앉아 있다.
아마 전부터 아는 사이인 듯싶다. 젊은 남자 두 사람이
의자에 마주 앉아 비파를 탄다. 여인 하나도 의자와

마주한 채 봉황새 모양의 젓대가로로 부는 관악기를 불고 있다.
봉황새 부리에 금고리를 매달고, 고리에는 붉은 술을
드리웠다. 재봉은 의자 아래쪽에 서서 손으로 붉은 술을
만지작거리고 있다. 한 여인이 주렴을 걷고 박拍 옛사람들이

타악기, 박

노래를 부를 때 곡조의 빠르고 더딤을 이끄는 데 쓰던 악기을 들고 나와서,
재봉을 부축하여 자리에 앉기를 권하나 재봉은 말을 듣지
않는다. 늙은이 하나가 주렴을 걷고 서서 재봉을 향하여
"하오"(안녕하시오) 한다.

내가 밖에서 큰 기침 소리를 내며 침을 뱉자, 방 안에 있던
이들이 다들 놀랐다. 상삼과 재봉이 서로 보고 웃으며
곧장 일어나 문을 열어 나를 맞아들인다. 나는 문 안으로
들어서며 인사했다. "하오."(안녕하시오)

늙은이와 두 젊은이가 함께 일어나 웃음을 지으며 답한다.
"하오."(예, 안녕하십니까)

양한적 세 사람도 천복千福을 누리라는 말로 인사한다.

기생 고횡파顧橫波
고횡파는 명나라
말기 남경 지방의
유명한 가기(歌妓)로,
고미생이라고 불린다.
"서시가 다시 태어났다"는
말을 들을 만큼 뛰어난
미모를 지녔으며, 노래를
잘하는 것 외에 서화에도
능통하였다. 특히 난을
매우 잘 그렸다고 한다.

재봉이 노란 저고리에 붉은 바지를 입은 여인을 가리키며
"저 아이 이름은 유사사柳絲絲랍니다. 병신년1776년에 이곳을
지날 때는 나이 스물넷에, 그 자태가 정말 고왔습니다.
그러던 것이 5년이 지난 지금은 얼굴이 망가져 보잘 것이
없습니다" 하자, 상삼이 "유사사는 일찍이 열네 살 때부터
소리를 잘한다고 이름이 났습니다" 한다.

또 상삼은 검은 웃옷에 주홍색 바지를 입은 여인을
가리키며, "저 아이는 요청幺靑이고 올해 스물다섯입니다.
작년부터 이곳에 와 있는데, 고향은 산동이랍니다."

내가 검은 저고리에 초록 치마를 입은, 가장 어려 보이는 여인을 가리키자
상삼이, 저 아이는 자기도 처음 보는 터라 이름이나 나이는 모르겠다고 한다.
세 기생이 모두 인물이 고운 편은 아니나 대체로 중국 미인도美人圖에서 보는
모습과 비슷하다. 아까 그 늙은이는 이곳의 주인이고, 두 젊은이는 산동의
장사치들이다. 나는 상삼에게 눈짓하여 기생들이 악기를 연주토록 하였다.
상삼이가 젊은이들에게 무어라고 하니, 젊은 남자 하나가 노래를 하고
요청은 박을 두드리며 호흡을 맞추어 합창한다. 다른 기생들은 모두 하던
연주를 멈추고 귀 기울여 듣기만 한다. 젊은 남자 하나가 자리를 옮겨와서는
"알아들으시겠습니까?" 하고 말을 건넨다. 못 알아듣겠다고 하니, 글로 적어
보여 준다. "이 노래는 「계생초」雞生草라 합니다. 가사는 이렇습니다."

중국 미인도
조선의 미인도에는
중국의 사녀도(仕女圖)
계열이 있다고 한다.
사녀도는 궁중 여인들을
그린 그림으로,
중국에서는 옛부터
다수의 사녀도가 그려져
왔다. 오른쪽 그림은
강희제에 의해 등용되어
궁중화가로 활약했던
초병정(焦秉貞)의
사녀도이다.

앞선 왕조가 낳은 영웅 같은 장수들 前朝出了英雄尉

도원에서 결의하니 유비, 관우, 장비로세. 桃園結義劉關張

세 사람 제갈량을 군사로 모셔와 他三人請了軍師諸葛亮

신야와 박망파는 불살라 버리고[3] 火燒新野博望屯

상양성 무너뜨렸네. 炮打上陽城

주유는 원망하며 탄식했도다. '하늘이 이미 나를 낳아놓고
제갈량은 왜 또 내었는가!'[4] 怨老天既生瑜又生亮

3.
삼고초려 끝에
제갈공명을 맞아들인
유비, 관우, 장비는
'신야'에서 주둔하고
있었다. 하루는 10만의
조조군과 맞서게 되었다.
이들은 맹장 하후돈을
선봉으로 하여 기습해
왔다. 유비군은 참모
제갈량의 계책에 따라
아군 진영에 불을
지르고 도주하는 것
같이 가장하여 적장
하후돈을 유인한 다음,
복병을 써서 '박망파'에서
조조군을 대파한다. 이
박망파 전투는 유비군의
참모 제갈량의 전략이
실전에서 처음으로
선보인 전투로 유명하다.

**유비, 관우, 장비가
도원결의 하는 장면**

4.
주유(周瑜)는 중국
위·촉·오 삼국시대
오나라의 명장이다.
손책을 도와 강동에 손오
정권을 세웠고, 손책이
죽자 장소(張昭)와 함께
손권을 보좌했다. 조조가
강남을 압박해 왔을
때 항전을 결사하고,
손권을 찾아온 제갈량과
손잡고 적벽대전을
승리로 이끌었다.
이때 자신보다 뛰어난
제갈량을 질투하여
하늘을 원망했다고 한다.
노래가사에 나온 이
구절은 주유가 하늘을
원망하며 탄식한 말이다.

청년은 글을 제법 아는 듯하나 인물은 없는 축이었다.
스스로 소개하기를, 신성新城 사람으로 이름이
왕용표王龍標라고 한다. 내가 혹시 왕사록王士祿 선생의
후손이 아니냐고 물었더니, 그는 "아닙니다. 저는 평민
출신으로 장사꾼입니다" 하고 대답했다. 그 젊은 남자가
다시 노래를 부르니 어떤 기생은 박을 치고 어떤 기생은
비파를 타고 혹은 젓대를 불며 화답한다. 왕용표가 묻는다.
"선생께서는 이 노래를 아시는지요?"
"모른다네. 제목이 무엇인가?"
"「답사행」踏莎行이라는 곡으로, 가사는 이렇습니다."

달리듯 가는 세월은 티끌과 아지랑이 日月隙駒塵埃野馬
동으로 흐르는 강물은 그침이 없구나. 東流不盡江河鴻
명리나 다투던 족속들 向來爭奪名利人
백 년 세월 속에 몇이나 남았는가. 百歲幾個長存者

유사사가 노래를 이어받는다.

고기잡이 나무꾼의 하찮은 이야기도 漁樵冷話
시비를 가리자면 『춘추』에 뒤질소냐 是非不在春秋下
제가 부어 제 마시고 제 흥에 노래하니 自斟自飮自長吟
알아줄 이 있든 없든 그 무슨 대수런가. 不須贊嘆知音寡

유사사의 노랫소리가 너무도 처량해서 남의 혼을 녹이는

듯하니, 참으로 "들보의 티끌이 저절로 나부낄[5]" 만한
경지였다. 상삼이가 다시 계속 노래하라고 청하니,
유사사가 눈을 흘기며 "제가 나물 파는 사람인가요? 더
달라고 하게" 한다. 청년이 비파를 뜯으면서 유사사에게
계속 노래하라고 권한다. 노랫소리는 한층 더 부드럽고
아름답다. 왕용표가 다시 알려준다.
"이 곡조는 「서강월」西江月이라 합니다. 가사는 이렇습니다."

흐르는 세월 속에 쓰르라미 바삐 우니 蟋蟀忍忍甲子
산에서 물에서 모기떼가 어지럽다. 蚊蚋擾擾山河
한바탕 폭풍우 밤사이 지난 다음 疾風暴雨夜來過
눈을 돌려 둘러보니 흔적도 없구나. 轉眼都無一個

요청이 뒤를 이어 노래한다.

술동이의 좋은 술을 모조리 다 비우고 且盡尊中美酒
달빛 아래 한가로이 노랫소리 들어 본다. 閑聽月下高歌
부귀공명이 도대체 무엇인가 功名富貴竟如何
닥쳐올 앞일일랑 묻지를 마라. 莫問收場結果

요청의 목청은 다소 거칠어서 유사사의 그윽한 애잔함에는
미치지 못한다. 내가 일어서서 나오자 재봉도 따라 나온다.
재봉의 말로는 상삼이가 주인에게 은 두 냥과 대구 한 마리,
부채 한 자루를 주었다 한다.

5.
들보의 티끌이 날린다
음악의 수준이 빼어날
때 쓰는 표현. 옛날
노(魯)나라에 음악의 명수
우공(虞公)이 있었는데,
이 사람이 노래를 하면
들보 위의 먼지까지
들썩였다는 고사에서 온
말이다.

식암息菴 김석주金錫胄 선생이 보았다는 계문란季文蘭의 시를 찾았으나 보이지

않는다(이 일은 「피서록」에 따로 썼다[6]). 수천 리 길 위에서 들었던 여인네들의

음성은 모두 꾀꼬리 소리 같아 거친 목소리는 좀처럼 듣지를 못했다.

"모를레라 어여쁜 님 어디에 계시는지, 주렴 너머 들리는 눈썹 그리는 소리"라는

시구처럼 그들의 앳된 노랫소리를 한번 듣고 싶던 차였다. 조금 전에 부른

노래는, 그 의미는 이해할 수 있었으나 발음은 알아듣지 못하였다. 아울러 그

곡조도 알지 못하는 처지여서 그런지, 차라리 듣기 전 마음속에 남아 있던

6.

연암이 계문란의 시에 대해서 「피서록」避暑錄에 쓴 글

강희 무오년(1678년)에 강우(江右)에 살던 계문란이라는 여인이 오랑캐들한테 붙들려 팔려 가게 되었다.
심양으로 붙들려 가다가 진자점에 이르러서 바람벽 위에 시 한 구절을 썼다.

초라한 뭉텅머리 옛단장을 서글퍼하고 椎髻空憐昔日粧
다 낡은 비단치마로 길을 나섰네 征裙換盡越羅裳
어머니 아버지의 생사 어디에서 알 수 있으려나 爺孃生死知何處
봄 바람에 통곡하며 심양으로 예는구나. 痛哭春風上瀋陽

시 아래에 이렇게 덧붙였다.
"저라는 계집은 강우에 사는 우상경(虞尙卿) 수재(秀才)의 아내입니다. 지아비는 오랑캐놈들에게 죽임을 당했고, 저는
왕장경(王章京)에게 팔린 몸이 되어 지금 심양으로 가는 중입니다. 무오년 정월 21일에 눈물을 뿌려 벽을 닦고 이 시를
쓰오니, 천하에 인정이 있는 분들은 이 몸을 가엾이 여겨 부디 구해 주시기를 바랍니다. 제 나이는 지금 스물한
살입니다."
6년 뒤, 계해년(1683년)에 청성부원군(淸城府院君) 김석주(金錫胄) 공이 사신으로 이곳을 지나다가 이 일을 기록하여 돌아왔다.
그때부터 다시 30여 년이 지나서 노가재(老稼齋) 김창업(金昌業) 공 역시 이곳을 지났는데, 바람벽에 쓴 글자가 여전히
남아 있다고 전했다. 나는 노가재보다도 60여 년 뒤에 또 이곳을 지나게 되었다. 그 일을 떠올리며 배회했지만 벽
사이의 글자는 다시 찾아볼 수 없었다. 우연히 시로써 그때 일을 기풍액에게 이야기해 주었다. 그러자 그는 주루룩
눈물을 흘리며 진자점이 어디에 있느냐고 물었다. 산해관 밖에 있다고 답했더니, 그는 즉석에서 시 한수를 읊었다.

붉은 단장 하루아침에 오랑캐에게 팔렸으니 紅粧朝落鎭黃旗
호가의 슬픈 박자 그 다섯째 글귈러라 笳拍傷心第五詞
천하에 조조 같은 이는 다시 없으리니 天下男兒無孟德
그 누가 천금으로 채문희를 속량하랴 千金誰贖蔡文姬

여운만 못한 느낌이었다.

저녁에 풍윤성豊潤城 아래에 당도했다. 주인집 뒷문은 연못 쪽으로 열려 있고 문 앞으로는 실버들 몇 그루가 있었다. 정사께서 정유년1777년 봄에 사신 갔다 돌아오는 길에 이 집에 묵었는데, 당시 서장관이던 신사운申思運과 함께 이 버드나무 아래서 정담을 나누었다고 한다. 정사는 가마에서 내려 뒷문 바깥에 자리를 마련하라고 하였다. 그 덕에 비장 몇 사람과 잠시 술잔을 나누었다. 못은 넓이가 십여 보 정도였다. 그늘 짙은 버드나무는 물 위에 살포시 잠겨 있다.

성城 위로 처마가 셋 달린 높은 망루가 구름 속에서 어른거린다. 몇 사람과 함께 성으로 들어가 그곳에 올랐다. 망루의 이름은 '문창루'文昌樓인데, 문창성군文昌星君 북두칠성의 여섯번째 별 이름을 딴 하늘의 선관仙官. 문창성은 글을 관장하는 별이다을 모시는 곳이라 한다.

길에서 초楚 지역 출신인 임고林皐란 자를 만나 함께 호형항胡迥恒 선생 댁에 갔다. 거기서 촛불을 밝히고, 박제가朴齊家가 써 놓은 이덕무李德懋의 시를 구경하였다. 저녁을 먹고 나서 다시 오기로 약속하면서 성문을 닫지는 않는지 묻자, "곧 닫겠지만 반경半更 하룻밤을 다섯으로 나누어 부르는 시간이 '경'인데 밤 7시부터 2시간씩 나눈다. 따라서 반경은 1시간쯤에 해당한다이 안 되어 다시 연답니다" 한다. 저녁을 마친 다음에 등불을 켜고 다시 가 보니 성문은 닫혀 있지 않았다. 하인들이 헝클어진 머리를 드러낸 채 삿갓도 쓰지 않고, 말 먹일 사료를 구하느라 분주하게 오가고 있었다.

호형항과 임고 두 사람이 반가운 표정으로 맞아 준다. 방 안엔 이미 주안상이 차려져 있다. 호형항이 먼저 묻는다.

"이선생과 박선생은 모두 잘 지내시는지요?"

"다들 평안하답니다."

임고는 박제가와 이덕무 모두 고매한 인품의 소유자라고 칭송을 한다.

"두 친구 다 내게 배운 이들인데, 변변찮은 재주를 이렇게까지 칭찬하시다니요."

"재상 문하에서는 재상이 나고 장수 문하에서는 장수가
난다더니만, 과연 헛말이 아니군요."

박제가와 이덕무가 무술년^{1778년} 황태후^{皇太后} 진향^{進香}

^{황태후 탄생일 열흘 전에 황제가 향을 바치는 예식} 의례 때 이곳을

지나다 하룻밤 묵어갔다는 말을 해준다. 호형항과 임고
두 사람은 우리를 극진하게 대접했다. 하지만 그들의
공부는 짧은 편이었다. 게다가 호형항은 외모도 단정하지
않아 시정 잡배의 분위기를 풍겼다. 임고는 수염이
아름다워 장자^{長子}의 풍모가 느껴지기도 했지만, 술잔을
주고받을 때에는 장사꾼의 행세를 떨치지 못하였다.
호형항은 「송하선인도」^{松下仙人圖}를, 임고는 그림 부채를
내게 선물하였다. 나 또한 부채 한 자루와 청심환 한 알로
답례했다.

그들과 술을 몇 잔 나누었다. 유리등^{琉璃燈} 한 쌍이 있는데
제법 값이 나가 보였다. 밤이라 다른 물건은 구경하기
어려웠다. 나는 자리에서 일어나며 돌아오는 길에 다시
방문할 것을 약속했다. 임고가 문 앞까지 전송해 주었다.
다소 섭섭한 얼굴이었다. 숙소로 돌아와서 호형항의
선물을 꺼내 보았다. 복건산 생강·국화차·귤병^{橘餠 귤 말린}

^것이었다. 장복에게 달이라고 해서 소주에 타 두어 잔을
마셨는데 맛이 꽤 훌륭했다.

성 밖에는 사성묘^{四聖廟}가 있고, 옹성 안에는 백의암^{白衣菴}이
있으며, 한길에는 패루가 두 개 있고, 초루^{譙樓 궁문이나 성문 등의}

^{바깥문 위에 높이 지은 다락집}에는 관제^{關帝}의 소상을 모셨다.

그림 부채
명나라 말기의 화가
장숭(蔣嵩)이 그린
「죽하포금」(竹下抱琴).

갑진일 7월 28일
甲辰日

/

아침에 개더니 오후엔 바람이 크게 불고
우레가 일었음. 빗줄기는 야계타에서만 못함

이날 풍윤성을 떠나 모두 80리를 간 다음 옥전성玉田城 밖에서 잤다.
옥전의 옛 이름은 유주幽州다. 옛날의 무종국無終國으로 소공召公의 봉지封地다.
『정의』正義 당나라 공영달이 지은 경전 주석서에 이르기를, "소공은 애초에 무종에 봉했다가
나중엔 계주薊州로 옮겼다" 하였고, 「시서」詩序 복상卜商이 지은 『시경』詩經 각 편의 해제에는,
"부풍扶風 옹현雍縣 남쪽에 소공정召公亭이 있으니, 이곳이 곧 소공의 채읍采邑
식읍食邑이다" 하였으나, 어느 것이 옳은지는 모르겠다.
고려보에 도달해 보니 모두 지붕을 이영으로 엮은 초가집들이라 무척이나

이날 연암의 여정로

새벽에 풍윤성豊潤城을 출발하여 고려보高麗堡까지 10리, 사하포沙河鋪까지 10리, 조가장趙家庄
2리, 장가장蔣家庄 1리, 환향하還香河까지 1리, 일명 어하교魚河橋라고 하는 환향하에서
민가포閔家鋪까지 1리, 노고장盧姑庄까지 4리, 이가장李家庄까지 3리, 사류하沙流河까지 8리,
모두 40리를 가서 점심을 먹었다. 사류하에서 양수교亮水橋까지 10리, 양가장良家庄 5리,
이십리포二十里鋪 5리, 십오리둔十五里屯 5리, 동팔리포東八里鋪 7리, 용읍암龍泣菴 1리, 옥전현玉田縣
7리, 모두 40리였다. 이날 총 80리를 왔다.

소공召公

소공은 기원전 11세기 때의 사람으로 주나라 무왕(武王)의 동생이다. 같은 형제인 주공(周公)과 함께 무왕의 아들인 어린 성왕(成王)을 보필하여 주나라 왕조의 기반을 확립시켰다. 무왕이 죽자 무왕에 의하여 멸망한 은나라 왕조의 후손 무경(武庚)이 동남방의 이민족인 이(夷) 등과 짜고 반란을 일으켜 은왕조를 부흥시키려고 하였다. 소공은 주공과 함께 젊은 성왕을 옹립하고 출정하여 반란을 진압했으며, 다시 동쪽의 산동반도(山東半島)에 있는 이족의 본거지까지 원정하여 동방경략의 대업을 이루었다. 주공은 성왕 초에 죽었으나 소공은 다음 왕인 강왕(康王) 때까지 생존하여 고령에도 불구하고 정치를 보살폈다.

초라한 느낌이 들었다. 묻지 않고도 이곳이 고려보임을 알아차릴 수 있었다. 병자호란 발발 이듬해인 정축년1637년에 포로로 끌려온 이들이 마을을 이룬 것이다. 중국 동쪽 편 천여 리에 논은 없는데, 이곳에서만은 논이 있다. 떡과 엿 등이 조선과 흡사했다. 이전에는 사신 일행이 당도했을 때 하인배들이 술이나 음식을 사 먹으면 값을 받지 않는 일도 더러 있었으며, 아낙네들도 내외를 하지 않았고, 고국 이야기가 나오면 눈물짓는 이도 적지 않았다. 사정이 이러다 보니 점차 잇속을 챙기려는 하인배들이 생겨나 술과 음식을 먹고도 값을 치르지 않으며, 그릇이며 의복까지 토색돈이나 물건 등을 억지로 달라고 하는 것하기도 하였다. 주인이 고국의 옛정을 생각하여 까다롭게 굴지 않으면 틈을 노려 도둑질을 일삼곤 하였다. 이런 탓에 고려보 주민들은 차츰 고국 사람들에 대해 염증을 느끼기 시작하여, 급기야는 사신 일행을 만나면 술과 음식을 감추어 두고 잘 팔려고 하지 않았고, 사정사정해야만 겨우 팔되 바가지를 씌우거나 선불을 요구했다.

그럴수록 하인들은 온갖 속임수를 동원해 사기를 침으로써 분풀이를 하고, 그러다 마침내 서로 원수를 대하듯 하게 되었다. 그래서 이곳을 지날 때면 일제히 소리 높여, "이놈들아, 네놈들 할애비가 오셨거늘 어찌 나와서 절을 하지 않느냐"고 욕하면, 고려보 사람들 역시 우리들을 향해 맞받아친다. 이런 지경에 우리 사신 일행은 이곳 고려보 풍속이 도리어 틀려먹었다고 욕을 해대니, 이 얼마나 한심한 노릇인가.

도중에 갑자기 비를 만났다. 비를 피하고자 어느 가게에 들어가니, 차를 내오며 대접을 잘 해주었다. 한참이 지났는데도 비는 멎지 않고 천둥 번개가 요란했다. 가게 앞마루가 자못 넓고 뜰은 백여 보 정도 되었다. 마루에서는 늙은 여인과 젊은 여인 다섯이 붉게 물들인 부채를 처마 밑에다 내어 놓고 말리고 있었다. 이때 별안간 말몰이꾼 하나가 알몸으로 뛰어들었다. 다 떨어진 벙거지를 쓰고 허리 아래는 겨우 헝겊 한 조각으로 가린 꼴이, 사람도 아니고 귀신도 아닌 몰골이라 흉측하기 짝이 없었다. 마루에 있던 아낙네들이 웃고 떠들다가 그 광경을 보고는 화들짝 놀라 붉은 물감을 내팽개치고는 모조리 달아나 버렸다. 몸을 기울여 쳐다보다가 얼굴이 붉어진 가게 주인이 소매를 걷어붙이고 단박에 자리를 박차고 나와 말몰이꾼의 뺨을 후려쳤다. 그러자 말몰이꾼이 거세게 대들었다.

"말 좀 먹이려고 보리찌꺼나 살까 하고 들어왔는데 난데없이 사람은 왜 치는 거요?"

"니놈은 예의도 모르느냐. 남의 집에 홀딱 벗고 달려드는 게 말이 되느냔 말이다."

말몰이꾼이 문 밖으로 달아나자 아직 분이 덜 풀린 가게 주인이 비를 무릅쓰고 뒤를 쫓는다. 말몰이꾼이 갑자기 몸을 돌려 씩씩대며 주인 가슴팍을 밀치니, 주인은 진흙탕 속에 나뒹굴고 만다. 말몰이꾼은 다시 발을 들어 주인의 가슴을 밟고는 이내 달아나 버렸다. 주인은 옴짝달싹 못한 채 죽은 듯 엎어져 있다가 얼마 후에 일어서 아픔을 못 이기고 비틀거린다. 온몸은 진흙투성이인 데다가 분풀이 할 곳도 없었다. 씩씩거리며 다시 돌아와서는 노기 띤 얼굴로 나를 째려보는데, 분위기가 영 심상치 않았다. 나는 눈을 더 내리깔고 강인한 인상을 풍기도록 자세를 고쳐 잡아 범접 못할 기세를 보여 준 후, 다시 낯빛을 부드럽게 해서 주인에게 말을 건넸다.

"하인놈이 몰상식해서 이런 일을 저질렀습니다. 부디 마음에 담아 두지는
마십시오."

그러자 주인이 노염을 거두고 미소를 지으며 답했다.

"제가 도리어 민망합니다. 어르신도 더이상 마음 쓰지 마십시오."

빗줄기는 더 세차지는데 오래도록 앉아만 있으려니 몹시 답답한 기분이 들었다.
주인이 방에 들어가 새 옷으로 갈아입고 여덟아홉 살쯤 되어 보이는 딸애를
데리고 나와서는 내게 인사를 올리라고 한다. 계집아이의 생김새는 다소 사나워
보인다. 주인이 웃으며 말한다.

"얘는 제 셋째 딸입니다. 전 아들이 없습니다. 어르신께선 인자하고 기품이
높으시니, 이 아이가 인사를 올리고 수양아버지로 모실 수 있게 해주십시오."

나 또한 웃으면서 대꾸했다.

"후의는 고맙습니다만, 그건 좀 곤란합니다. 나로 말하면 외국 사람인 데다 한
번 가면 다시 올 기약이 없습니다. 하여, 오늘 맺은 인연이 훗날 고통스러운
그리움이 될 뿐이니 이는 또 다른 업보가 될 것입니다."

주인은 그럼에도 불구하고 수양아비가 되어 달라고 간청하였으나, 끝내
사양했다. 만일 수양딸을 삼으면 정표로 귀국하는 길에 연경에서 좋은 물건을
사다 주어야 하는데, 이는 마두들 사이에서는 흔히 있는 일이라 한다. 참으로
괴이하고도 우스운 행태라 하겠다.

잠시 동안 비가 내리지 않고 서늘한 바람이 언뜻 일기에, 자리에서 일어나 문을
나섰다. 주인이 문까지 따라 나와 절을 하고 작별하는 모양이 자못 서운해
보인다. 청심환 한 알을 건네 주었더니 주인은 거듭 감사를 표한다. 검은 신을
신고 있는 것으로 보건대, 이곳 여인들은 아마도 만주족이지 싶다.

용읍암龍泣庵에 이르렀다. 그 앞쪽 큰 나무 밑으로 한량들 10여 명이 더위를

식히고 있다. 토끼를 놀리는 자도 있고, 악기를 연주하는 자도 있다. 마침
『서유기』西遊記를 연행하는 중이었다.

저녁에 옥전현玉田縣에 다다르니 무종산無終山이 있었다. 더러는 연나라 소왕昭王의
사당이 이곳에 있었다고 하기도 한다. 성 안으로 들어가서 한 점포를 조용히
구경하고 있던 차에, 어디선가 음악 소리가 흘러나오기에 정진사와 함께
구경하러 들어갔다. 방 앞쪽으로 젊은이 대여섯 사람이 앉아서 저와 피리를
불기도 하고 현악기를 연주하기도 하였다. 방 안으로 들어서니 어떤 사람이
단정한 모습으로 의자에 앉아 있다가 우리를 보고는 일어나 인사한다. 용모가
단아하고 나이는 쉰 남짓으로 보이며 수염은 희끗희끗했다. 이름을 적어 보여
주니 머리를 끄덕인다. 나도 이름을 물었지만 대답이 없다.

사방 벽면에는 유명한 서화가들의 작품이 걸려 있다. 주인이 일어나 작은
감실龕室 사당 안에 신주를 모셔 두는 장을 여니, 그 속에 주먹만 한 옥으로 만든 부처가
모셔져 있고, 부처 뒤편으로 관음상을 그린 작은 탱화 한 점이 걸려 있었다.
그림에는 "태창泰昌 명나라 광종光宗의 연호 원년元年 1620년 춘삼월春三月에 제양溧陽 구침邱琛
쓰다"라는 글귀가 적혀 있었다. 주인이 부처 앞에 나아가 향을 피우고 절을 한
다음 일어나 감실문을 닫는다. 그리고 다시 의자에 앉더니, 자기 이름을 써서
보여 준다. 이름은 심유붕沈由朋, 소주蘇州 출신이다. 자는 기하箕霞, 호는 거천巨川,
나이는 마흔여섯. 절도있고 과묵하며 정갈한 느낌의 사람이었다. 하직 인사를
하고 문을 나서려는 순간, 탁자 위에 청동으로 만든 사슴이 눈에 띄었다.
높이는 한 자 남짓 되는데, 푸른 비취빛이 깊은 멋을 내고 있었다. 두어 자쯤
되는 연병硯屛에는 국화가 그려져 있고, 그 표면에다가는 절묘한 솜씨로 유리를
붙였다. 서쪽 바람벽 아래로 푸른 꽃병이 있는데, 꽃병에는 푸른색이 도는
복숭아꽃 한 가지가 꽂혀 있다. 그 위에 커다란 검은색 나비 한 마리가 앉아
있기에, 처음에는 사람이 만든 것인 줄 알았다. 하지만 자세히 살펴보니, 푸른 듯

관음도

관음은 관세음보살의
준말인데, '모든 곳을
살피시는 분'이라는
뜻이다. 대자대비의
보살로 일반인들에게
가장 친숙한 보살이다.
옆의 그림은 원나라
초기의 화가 안휘(顔輝)가
그린 「수월관음도」
(水月觀音圖)이다.

관내정사

세계 최고의 여행기, 열하일기

금빛이 도는 진짜 나비였다. 꽃잎 위에 나비 다리를 붙여 놓아 말라 죽은 지가 꽤 오래된 듯하다.

벽 위에 한 편의 이상한 글이 걸려 있었다. 백로지白鷺紙에다 가는 글씨로 써서 격자格子를 만들어 가로로 붙여 놓은 것이 한쪽 벽을 다 채울 정도였다. 필체가 아주 좋았다. 벽 쪽으로 다가가 한 번 읽어 보니, 정말 천고의 기이한 문장이었다. 주인에게 물었다.

"저 벽에 걸린 글은 누가 지은 것이오?"

"모릅니다."

정진사가 물었다.

"이 글은 근래에 지어진 듯한데, 주인께서 쓴 글이 아닌가요?"

"저는 글을 읽을 줄 모를뿐더러, 이 글에는 작가의 성명조차 적혀 있지 않습니다. 한나라도 모르는 저 같은 놈이 위나라인지 진나라인지를 어찌 알겠습니까."

"그럼, 이 글은 어디서 구했소?" 내가 물었다.

"며칠 전에 계주 장에서 사들인 것입니다."

"그럼 내가 좀 베껴가도 되겠소?"

"물론이죠. 상관없습니다."

종이를 가지고 다시 오겠다는 약조를 남기고 저녁식사를 마친 다음 정진사와 함께 다시 방문했다. 방 안에는 이미 촛불 두 자루가 켜져 있었다. 내가 벽으로 가서 격자를 풀어 내리려 하니, 심유붕이 하인을 불러서 내려 주었다. 나는 다시 물었다.

"이게 정말 선생의 글이 아니란 말이지요?"

심유붕은 머리를 절레절레 흔들며 답한다.

"분명한 사실입니다. 저는 오래 전부터 부처님을 섬기며 거짓된 말을 부끄러워하고 조심하고 있습니다."

정진사에게 부탁하여 가운데서부터 옮겨 적으라 하고 나는 처음부터 베껴 내려갔다. 심유붕이 물었다.

"선생은 이걸 베껴 무얼 하시려는 건가요?"

"내 돌아가서 우리나라 사람들에게 한번 읽혀 모두 허리를 잡고 한바탕 크게 웃게 할 작정입니다. 아마 이 글을 보면 다들 웃느라고 입안에 든 밥알이 벌처럼 튀어나오고, 튼튼한 갓끈이라도 썩은 새끼줄처럼 툭 끊어질 겁니다."

숙소로 돌아와 불을 켜고 다시 훑어보았다. 정진사가 베낀 곳은 틀린 글자가 수없이 많고 빠뜨린 구절이 많아, 문리가 전혀 통하지 않았다. 그래서 대략 내 뜻으로 보태고 다듬어서 한 편의 글을 만들었다.

범의 꾸중 호질虎叱

범은 착하고 성스러우며 문무를 겸비하였고, 자애롭고 효성스러우며 슬기롭고도 어질며, 씩씩하고 용맹스러우며 기운차고도 사나워서 천하에 대적할 자가 없다. 그러나 비위狒胃 원숭이의 일종도 범을 잡아먹고, 죽우竹牛 검은빛 짐승도 범을 잡아먹고, 박駮 말 같은 짐승으로, 『산해경』에 따르면 흰 몸에 검은 꼬리를 지녔고 뿔 하나가 달렸다고 한다도 범을 잡아먹는다. 오색 사자五色獅子는 범을 큰 나무 구멍에서 잡아먹고, 자백玆白이란 짐승도 범을 잡아먹고, 표견豹犬 표범 닮은 개은 날아서 범과 표범을 잡아먹고, 황요黃要 표범과 비슷한 개의 일종으로 허리 위로 색깔이 누렇다는 범과 표범의 심장을 꺼내어 먹고, 활猾 뼈가 없는 동물은 범과 표범에게 일부러 먹혔다가 그 뱃속에서 간을 뜯어먹고, 추이酋耳 범만 먹는 짐승는 범을 만나기만 하면 찢어서 씹어 먹는다. 범이 맹용猛㺄을 만나면 눈을 감고 감히 뜨질 못한다. 그러나 사람들은 맹용은 무서워하지 않으면서 범은 두려워하니, 범의 위풍이 실로 대단하지 않은가.

범이 개를 잡아먹으면 취하고, 사람을 먹으면 신령하게 된다. 범이 한 번 사람을 먹으면 그 혼은 굴각屈閣이란 창귀倀鬼 잡아 먹힌 사람의 귀신가 되어 범의 겨드랑이에 붙어 산다. 그러면서 범이 남의 집 부엌으로 들어가도록 꼬드겨 솥전을 핥으면, 그 집 주인이 갑자기 배고픈 생각이 들게 되어 한밤중이라도 아내더러 밥을 짓게 한다. 범이 두번째 사람을 잡아먹으면 그 혼은 이올彛兀이란 창귀가 되어 범의 광대뼈에 붙어 산다. 이올은 높은 데 올라가서 산지기의 행동을 살피는데, 깊은 골짜기에 함정이나 화살을 감추어 놓았다면, 먼저 가서 그 덫을 풀어 버린다. 범이 세번째 사람을 잡아먹으면 그 혼은 육혼鬻渾이란 창귀가 되어 범의 턱에 붙어 살면서 죽기 전에 알고 지내던 친구들 이름을 자꾸 불러 댄다.

하루는 범이 창귀들을 불러 놓고 호령했다.
"해도 저물어 가는데 어디서 먹을 것을 구할까?"
굴각이 답한다.
"제가 전에 점을 쳐 보니, 뿔도 없고 날개도 없이 머리 빛깔은 검은 것이 눈雪 위에 발자국을 남겼는데, 비틀비틀 걸으며 뒷꼭지에 꼬리가 붙어 꽁무니를 감추지 못하는 놈이었습니다."
이올도 말했다.
"동문 쪽으로 먹을 것이 있습죠. 이름이 '의'醫라 합니다. 의란 놈은 입에 온갖 풀을 머금고 있는데 살코기가 향기롭습니다. 서문 쪽에도 먹을 것이 있습니다. 이름은 '무'巫라 합니다. 온갖 귀신에게 아양을 떠는 처지라 날마다 목욕재계를 하는 까닭에 몸이 깨끗합니다. 이 두 가지 고기 가운데 고르시지요."

1.
『주역』 태괘(泰卦)에
다음과 같은 말이 보인다.
"천지가 사귐이
태(泰)이니, 군주가
보고서 천지의 도를
재성하며 천지의
마땅함을 보상하여
백성을 돕는다."
주희는 이 부분을
설명하면서 '재성'(財成)은
지나친 것[過]을
덜어내기 위한 행위로,
'보상'(輔相)은 모자란
것[不及]을 메우기 위한
행위로 보았다. 군주는
이와 같이 하늘과
땅을 본받아서 법을
만듦으로써 그 혜택이
백성들에게 돌아가게
하여, 그들의 삶을 도울
수 있어야 한다.

범은 수염을 훑으며 성난 표정으로 말한다.

"'의'醫란 것은 '의'疑와도 같으니, 의심스런 바를 가지고 다른
사람들에게 시험을 해대는 통에 해마다 수만 명의 목숨을 앗아간다.
'무'巫란 '무'誣에 불과해. 귀신을 속이고 백성들을 기만하여 해마다
앗아가는 목숨이 수만은 된다. 사람들의 분노가 그놈들의 뼛속까지
스며들어 있다. 그것이 변하여 금잠金蠶 누에의 한 종류으로 금빛이 나는데
그 똥을 받아 음식에 두면 사람이 죽을 수 있다니, 독이 있어 먹을 수
없다."

육혼이 거든다.

"숲속유학자 무리를 뜻하는 유림儒林이라는 글자에 수풀 '림'林 자가 있기에 빗대어 쓴 말에
살코기가 있습니다. 인자한 심장과 의로운 쓸개에다가 충성스런
마음과 깨끗한 지조를 지니고 있지요. 예악을 실천하면서 입으로는
제자백가를 외우고 다니며 마음속으로는 만물의 이치를 통달했는데,
그 이름은 '석덕지유'碩德之儒 높은 덕망을 지닌 유학자라 합니다. 등살이
불룩하고 몸통은 기름져서 오미五味를 갖추고 있습니다."

범이 눈썹을 치켜세우며 침을 흘리고는, 하늘을 쳐다보고 웃음
짓는다.

"내 그 놈에 대해 더 듣고자 한다."

이에 창귀들이 다투어 범에게 아뢴다.

"한 번은 음陰이었다가 한 번은 양陽이 되는 것을 도道라 하는데,
저 유儒는 이를 꿰뚫고 있습니다. 또한 오행五行이 서로 낳고
육기六氣 음·양·비·바람·밝음·어둠가 서로 이끌어 주는데, 저 '유'가 이를
조화시킵니다. 그러니 잡수시기에 이보다 좋은 것은 없습니다."

범이 이 말을 듣고는 갑자기 낯빛을 바꾸며 마뜩찮은 목소리로
말한다.

"음양이란 하나의 기운이 나타났다 사라졌다 하는 것일 뿐인데,
그것을 둘이라 하니 그 고기가 잡스러울 것이다. 오행은 각기 제
나름의 특성이 있어서 애시당초 서로 낳는 관계가 아니거늘, 이제
구태여 오행을 자식과 어머니로 구분하고 심지어는 짠맛 신맛 등
다섯 가지 맛을 할당해 두었으니 그 맛이 순정하지 않을 것이다. 여섯
가지 기운은 스스로 움직이지 외부의 힘에 의해 펼쳐지거나 이끌리지
않는 법인데, 이제 망령되이 재성이니 보상이니' 하면서 사사로이

자신의 공로를 드러내게 하였다. 그것을 먹는다면, 질기고 딱딱하여
체하거나 구역질이 나지 않겠느냐."

그때 마침 정나라 어느 고을에 벼슬을 좋아하지 않는 척하는 선비가
하나 있었으니, '북곽선생'北郭先生이라 불리는 이였다. 나이 마흔에
손수 교감校勘 같은 종류의 여러 책을 비교해 차이 나는 것을 바로잡음한 책이 1만 권이요,
또 구경九經 아홉 개의 경전의 뜻을 풀이해서 책으로 엮은 것이 1만 5천
권이었다. 천자天子가 그 뜻을 가상히 여기시고, 제후諸侯들은 그
이름을 흠모하였다.
같은 고을 동쪽에는 젊은 나이에 남편을 잃은 아리따운 과부 한 명이
살고 있었는데, 그 이름을 '동리자'東里子라 하였다. 천자는 동리자의
절개를 갸륵히 여기시고 제후들은 어진 덕을 칭송하여 그 고을 사방
몇 리의 땅을 봉하고는 '동리과부지려'東里寡婦之閭 동리 과부의 마을라고
이름 붙였다. 동리자는 수절하는 과부였음에도 불구하고 그의 아들
다섯은 모두 성姓이 달랐다.
하루는 그 다섯 아들들이 한밤에 모여 "강 북쪽엔 닭이 울고 강
남쪽엔 별이 반짝이는 이 깊은 밤에 방 안에서 들리는 소리가 어찌
이리 북곽선생과 비슷한가" 하고는 서로 번갈아 가며 문틈으로
엿보았다. 동리자가 북곽선생에게 부탁하였다.
"오랫동안 선생님의 덕을 흠모하여 왔습니다. 원컨대 오늘밤
선생님의 글 읽는 소리를 듣고자 합니다."
북곽선생은 옷깃을 여미고 꿇어앉아서 시 한 장章을 읊는다.
"병풍에는 원앙새요, 반딧불은 반짝반짝, 가마솥과 세발솥, 무얼 본떠
만들었나. 흥이라[2]."
다섯 아들이 서로 말했다.
"『예기』禮記에 '과부댁 문에는 함부로 들어서지 않는다'고 했는데
북곽선생은 현자이시니, 저 사람이 북곽선생은 아닐 테고."
"내 듣기로, 정나라 성문이 헐어 여우 구멍이 생겼다던데."
"여우가 천 년을 묵으면 요술을 부려 사람 모양으로 변할 수 있다고
하던데, 저놈은 필시 여우가 북곽선생으로 둔갑한 것일 게야."
"여우의 갓을 얻는 이는 천만금을 지닌 부자가 되고, 여우의 신을
얻는 이는 대낮에도 그림자를 감출 수 있다지. 그리고 여우 꼬리를

2.
흥이라
흥(興)은 시가 형식
가운데 하나로서, 노래의
주제와 유사한 다른 일을
먼저 읊은 다음, 본래
주제를 읊는 방법이다.

3.

오상五常

'인'(仁), '의'(義), '예'(禮),
'지'(智), '신'(信)의
'오행'(五行 다섯 가지
덕행)을 가리키기도 하고,
'부의'(父義), '모자'(母慈),
'형우'(兄友), '제공'(弟恭),
'자효'(子孝)의 '오교'(五敎
다섯 가지 가르침)를
가리키기도 하며,
'부자유친'(父子有親),
'군신유의'(君臣有義),
'부부유별'(夫婦有別),
'장유유서'(長幼有序),
'붕우유신'(朋友有信)의
'오륜'(五倫 다섯 가지
인륜)을 가리키기도 한다.

얻는 자는 남을 잘 꼬드겨 자신을 좋아하게 만든다고 하던데. 우리
저 여우 놈을 잡아 죽여서 나눠 갖는 게 어떨까?"

이에 다섯 아들이 함께 어미의 방을 에워싸고는 안으로 들이닥쳤다.
북곽선생은 깜짝 놀라 부리나케 내빼면서 그 와중에도 행여 남들이
자신을 알아볼까 겁이 나 한 다리를 들어 목에다 얹고는 귀신마냥
춤추고 웃으며 문을 빠져나왔다. 그러고는 그렇게 달아나다가
벌판에 파 놓은 똥 구덩이에 빠지고 말았다. 똥이 가득 찬 구덩이
속에서 버둥거리며 무언가를 붙잡고 간신히 올라가 목을 내밀어
살펴보니, 범 한 마리가 길을 막고 있었다. 범이 이맛살을 찌푸리고
구역질을 하며 코를 막은 채 얼굴을 외면하고 말한다.

"아이구! 그 선비, 냄새가 참 구리기도 하구나."

북곽선생이 머리를 조아리며 앞으로 엉금엉금 기어 나와 세 번
절하고, 다시 꿇어앉아서 아뢴다.

"범님의 덕이야말로 참 지극합니다. 대인大人은 그 변화를 본받습니다.
제왕帝王된 자는 그 걸음걸이를 배웁니다. 남의 아들 되는 이는 그
효성을 본받고, 장수는 그 위엄을 취합니다. 그 명성은 신룡神龍과
나란하여 한 분은 바람을 일으키고, 다른 한 분은 구름을
만드십니다. 이 몸은 천한 신하로, 감히 범님의 다스림을 받고자
합니다."

범이 꾸짖으며 답한다.

"에잇! 가까이 다가오지 말렸다. 전에 내 들기로 '유'儒란 것은 '유'諛
아첨라 하더니 과연 그렇구나. 네가 평소에는 세상의 온갖 나쁜 이름을
끌어 모아 제멋대로 내게 갖다 붙이더니만, 지금은 서둘러 면전에서
아첨을 늘어놓으니 그 따위 말을 대체 누가 믿겠느냐. 천하의 이치는
하나일 따름이니, 범이 정말 악하다면 인간의 본성 또한 악할 것이요,
사람의 본성이 착하다면 범의 본성 또한 착한 것이다. 네 놈들이
하는 말은 모두 오상3을 벗어나지 않고, 경계하고 권장하는 것은 늘
사강四綱 예禮·의義·염廉·치恥에 있다.

그렇지만 사람 사는 동네에 코가 베이거나 발이 잘리거나 얼굴에
문신이 새겨진 채 다니는 자들은 모두 오륜을 어긴 자들이다. 이들을
잡아들이고 벌하기 위해 제 아무리 오랏줄이나 도끼, 톱 등을 써 대도
인간의 악행은 당최 그칠 줄을 모른다. 밧줄이나 먹바늘, 도끼나 톱

따위가 횡행하니, 악행이 그칠 리가 없다. 범의 세상에는 본래 이런
형벌이 없는데, 이로써 보면 범의 본성이 인간보다 더 어질다는 뜻이
아니겠냐?

범은 풀을 먹지 않고, 곤충이나 어류도 먹지 않는다. 강술 따위를
좋아하지도 않고, 새끼를 기르는 조그만 짐승들은 건드리지도
않는다. 산에 들어가면 노루나 사슴을 사냥하고 들판에서는 말이나
소를 공격하지만, 여태껏 말썽에 휘말리거나 음식과 관련된 구설에
오른 적이 없다. 그러니 범의 도道야말로 참으로 광명정대하다.

사람들은 범이 노루나 사슴을 먹으면 미워하지 않다가도, 소나 말을
잡아먹으면 원수라고 떠들어댄다. 그게 다 노루와 사슴은 사람에게
그다지 쓸모가 없지만, 소나 말은 네놈들에게 무척 쓸모가 있어 그런
것이 아니겠느냐.

그러나 말과 소가 수고를 다하여 짐을 싣고 또 복종하며 성심껏
네놈들의 뜻을 받드는 것은 아랑곳하지 않고, 날마다 푸줏간이 쉴
새도 없이 이들을 도살해서는 그 뿔과 털조차 남기지 않는다. 그것도

청대 중기 궁정화가
추일계(鄒一桂)의 그림
「호랑이」(虎)

모자라 노루와 사슴까지도 잡아먹어 버려, 산과 들에는 우리가
먹을 게 없는 지경에까지 이르렀다. 하늘이 이 문제를 공평하게
처리한다면 네놈을 잡아먹는 것이 마땅하겠느냐, 놓아 주는 것이
마땅하겠느냐.

대개 남의 것을 취하는 것을 도盜라 하고, 생명을 해치고 남에게 못된
짓 하는 것을 적賊이라 한다. 너희들은 불철주야 팔을 걷어붙이고
눈을 부라리며, 남의 것을 빼앗으면서도 부끄러운 줄을 모른다.
심지어는 돈을 형옛날 돈은 구멍이 났으므로 공방형孔方兄이라 불렀음이라 부르질
않나, 장수가 되려고 제 아내를 죽이질 않나[4], 이러고도 인류의
도리를 논할 자격이 있느냐.

어디 그뿐이냐. 메뚜기에게마저 양식을 빼앗고 누에한테서는
옷을 약탈한다. 벌을 가두어 꿀을 빼앗아 가고, 심지어 개미
알로 젓갈을 담가 조상들 제사에 올리기도 한다[5]. 그 잔인하고
야박함이 너희들보다 심한 경우가 또 어디 있단 말이냐. 네놈들은
이利를 말하고 성性을 논할 때, 걸핏하면 하늘을 끌어들이지만,
하늘이 명한 바로써 본다면 범이든 사람이든 다 같은 존재이다.
하늘과 땅이 만물을 낳아 기르는 인仁의 견지에서 논하자면, 범과

4.
사마천의 『사기』(史記)
「손자오기열전」
(孫子吳起列傳)에 다음과
같은 내용이 나온다.
"오기는 위나라 사람으로
용병을 좋아하였다.
일찍이 증자에게 배우고
노나라 군주를 섬겼다.
제나라가 노나라를
공격하자, 노나라에서는
오기를 장군으로
삼으려 하였으나 오기의
아내가 제나라 여자였기
때문에 그를 의심쩍게
생각하였다. 그러자
오기는 자신의 출세를
위해서 아내를 죽여
제나라 편을 들지 않을
것임을 밝혔다. 노나라는
마침내 그를 장군으로
삼았고, 오기는 병사들을
이끌고 나가 제나라를
크게 무찔렀다."

5.
『예기』, 「내칙」(內則)에
'단수 지해'라는 구절이
나오는데, 여기서 '단수'는
생강, 계피 따위를 섞어서
두들겨 말린 고기를
말하고, '지해'는 왕개미
알로 담근 젓을 말한다.
제수로 단수를 쓸 때
왕개미 알로 담근 젓갈을
썼다.

메뚜기·누에·벌·개미와 사람이 함께 길러져서 서로 거스르지
않아야 하는 법이다. 또 선악을 척도로 삼아 따져 보더라도, 벌과
개미의 집을 아무렇지도 않게 약탈하는 놈은 천하의 큰 도둑이 아닐
수 없고, 내키는 대로 메뚜기와 누에의 살림을 빼앗아 훔쳐 가는 놈은
인의를 해치는 큰 도적이 아닐 수 없다.

범은 지금까지 표범을 잡아먹은 적이 없는데, 이는 가까운 핏줄은
차마 해칠 수 없어서 그런 것이다. 그런 데다가, 범이 잡아먹는
노루나 사슴보다 사람이 잡아먹는 노루와 사슴의 숫자가 훨씬 많다.
범이 잡아먹는 소나 말의 수도 사람이 잡아먹는 소나 말보다는
훨씬 적을 것이고, 범이 사람을 먹는 수를 헤아려 보아도 사람들이
저희끼리 잡아먹는 수보다는 적을 것이다. 지난해 중국 관중關中
지방이 크게 가물었을 때 사람들끼리 서로 잡아먹은 것이 몇 만 명은
되었다 하고, 그보다 앞서 산동山東 지방에 물난리가 났을 때도 역시
수만 명을 서로 잡아먹었다 한다. 그렇기는 해도 사람들끼리 서로
잡아먹는 일을 저 춘추시대하고 견줄 수 있겠는가? 춘추시대에는
덕치를 행한다는 명분을 앞세워 일으킨 전쟁이 열일곱 번이었고,
보복을 목적으로 일으킨 싸움이 서른 번이었다. 흘린 피는 천리에
이어지고 쓰러진 시체는 백만 구나 되었다.

그렇지만 범의 세상에서는 홍수나 가뭄을 알지 못하기에 하늘을
원망하는 법도 없으며, 원수가 무엇인지 은혜가 무엇인지도 모른
채 살아가므로 다른 존재들에게 미움을 살 일도 없다. 천명을 알고
거기에 순종하므로 무당이나 의원의 간사한 속임수에 넘어가지도
않고, 타고난 바탕 그대로 천성을 온전히 실현하므로 세상 잇속에
병들지 않는다. 범을 착하고도 성스럽다睿聖고 하는 것은 이
때문이다. 범의 무늬를 관찰하면 천하에 그 문文을 드러내 보일 수
있다. 아주 작은 병기도 쓰지 않고 오로지 자신의 발톱과 이빨만을
사용하니 그 무예가 천하에 빛난다. 범과 원숭이를 그릇에다 새긴
것은 천하에 효孝를 넓히자는 뜻이다. 하루에 한 번 사냥하고서 그
먹이를 까마귀·솔개·참개구리·말개미 등과 함께 나눠 먹으니, 그
인仁이야말로 말로 다하기 어렵다. 고자질하는 자도 잡아먹지 않고
병든 자도 먹지 않고, 상 중인 자도 먹지 않으니, 그 의義야말로 다
표현하기 어렵다. 그런데 네놈들이 먹고사는 행태는 참으로 인仁과는

거리가 멀도다. 덫과 함정으로도 부족해서 새잡이·노루잡이 그물,
물고기잡이 그물, 큰 물고기를 잡는 그물, 수레·삼태 그물까지
만들었다. 처음 그물을 만든 자는 그야말로 뚜렷이 세상에 으뜸가는
화근을 마련해 놓은 자이다. 게다가 뾰족창, 쥘 창, 삼지창, 도끼,
세모창, 환도, 비수, 긴 창까지 생겨났다. 또 화포가 한 번 터지면
소리가 화산華山을 무너뜨리고 불기운은 음양을 흐트러뜨릴 정도다.
그 사나움이 천둥을 능가할 정도로 무시무시하다.
이러고서도 그 포악함을 충분히 드러내지 못하였는지, 이제는
부드러운 털을 빨아 아교를 붙여 날까지 만들었다. 형체는 대추씨
같고 길이는 한 치도 되지 않는데, 오징어 거품에다 적셨다가
이리저리 치고 찌른다. 굽기는 세모창 같고, 날카롭기는 작은 칼
같고, 예리하기는 긴 칼 같고, 갈라지기는 가지창 같고, 곧기는 화살
같고, 팽팽하기는 활 같다. 이 병기兵를 말함 한 번 움직이면 온갖
귀신들이 밤중에 울부짖는다 하니, 이처럼 잔혹하게 서로를 잡아먹는
것이 네놈들보다 더할 수가 있겠느냐.”
북곽선생이 한 발 물러나 엎드렸다가 엉거주춤 일어나 머리를 거듭
조아리며 말한다.
“옛글에 이르기를 비록 못된 사람이라 해도 목욕재계를 한다면
상제上帝라도 섬길 수 있다 하였습니다. 이 천한 신하, 감히 범님의
다스림을 받고자 합니다.”
북곽선생은 숨을 죽이고 조용히 귀를 기울였으나, 한참이 지나도록
아무 말도 들리지 않았다. 참으로 황송한 마음이 들어 손을 모으고
머리를 조아린 다음 고개를 들어 바라보니, 동녘은 밝아오고 범은
이미 사라진 후였다. 아침 일찍 밭을 갈러 가던 농부가 물었다.
“아니, 선생께선 어인 일로 이 아침에 들판에다 절을 올리십니까?”
북곽선생이 답했다.
“내 들으니, 하늘이 높다 하나 어찌 머리를 굽히지 않을 수 있으며,
땅이 두텁다 해도 발걸음을 조심스레 디디지 않을 수 있으랴
했거든[6].”

6.
『시경』「소아」(小雅)
'정월'(正月)의 일부이다.
해당 구절을 보면 다음과
같다.
"하늘이 높다고 하나,
감히 몸을 굽히지
않을 수 없으며, 땅이
두텁다고 하나, 발자국을
조심스레 떼지 않을 수
없노라. 길게 부르짖는
이 말이, 차례가
있고 이치가 있거늘,
슬프다 지금 사람들은,
어찌하여 독충의 행위를
하는고(몹쓸 짓을
하는고)."

호질 후지

연암 박지원이 말한다.

이 글에는 비록 지은이의 성명은 없으나 아마 가까운 시기에 중국 사람이 비분강개를 이기지
못하여 지은 것으로 보인다. 세상의 운세가 긴 밤의 어둠으로 접어들면서 오랑캐의 재앙이
맹수보다도 사납다. 선비들 가운데 부끄러움을 모르는 이는 글귀나 모아서 세상에 아첨을
해대는 형편이다. 이들이 하는 짓이란 무덤을 파헤치는 것과 비슷하여 시랑조차도 잡아먹기를
달게 여기지 않을 정도이다. 이제 이 글을 읽어 보면 말이 대부분 이치에 어긋나고 그 뜻은
거협胠篋・도척盜跖과 다르지 않다. 그러나 천하의 뜻있는 선비라면 어찌 한시라도 중국을 잊을
수 있겠는가.

지금 청나라가 세상을 다스린 지 겨우 4대에 불과하다. 그런데도 그 통치자들은 모두 문무를
겸비하고 장수를 누렸다. 지난 백 년은 태평스런 시대로서 천하가 두루 편안하고 조용했다.
이런 상황은 한漢・당唐 시절에도 없었던 일이다. 이렇듯 평화를 유지하면서 치적을 이루어가는
뜻을 살펴보니, 이 또한 하늘이 내린 제왕이 아닌가 싶다. 옛날 누군가가 일찍이 하늘이
순순히 명령한다는 말씀에 의문을 느껴 맹자에게 질문한 적이 있다. 맹자께서는 분명히
하늘의 뜻을 체득하셔서 말씀하셨다.

"하늘은 말로써가 아니라 행동과 일로써 보여 주신다."

나는 언젠가 이 대목을 읽다가 강한 의혹이 들어, 감히 이런 의문을 제기했다.

"행동과 일로써 보여 주신다면, 오랑캐가 중화의 문물을 변개시키는 것은 엄청난 치욕이다.
그러니 저 백성들의 원통함이 어떠하겠는가. 또 향기로운 제물과 비린내 나는 제물은 각기 그
덕德에 따라 달라지는 법이니, 그렇다면 귀신들은 대체 어떤 냄새를 찾아오시겠는가."

그런 탓에 사람이 처한 위치에 따라 본다면, 중화와 오랑캐는 명확히 다르지만, 하늘의
입장에서 본다면, 은나라의 우관이든 주나라의 면류관이든 다 나름의 때를 따라 마련된
것일 뿐이다. 유독 청나라 사람의 홍모紅帽에 대해서만 꼭 의심을 던질 이유가 없다. 이에
그동안 하늘이 정한다는 입장天定과 사람들의 뜻이 우선이라는 견해人衆가 유행하였고, 하늘과
사람이 서로 관련이 있다는 원리人天相與는 도리어 후퇴해서 기수氣數의 형세에 따르게 되었다.
현실 세계를 옛 성현의 말씀에 비추어 보아 부합하지 않으면, 사람들은 곧장 천지의 기수가
이렇구나 한다. 슬프다! 이것이 정말 기수의 문제란 말인가.

안타까운 일이다. 명나라의 왕택王澤은 이미 메말랐고, 중국의 뜻 있는 선비들도 변발로 머리를 바꾼 지 백 년의 세월이 흘렀다. 그럼에도 자나깨나 가슴을 치며 명나라 황실을 그리워하는 것은 어인 연유인가. 차마 중국을 잊지 못해서일 것이다.

그런가 하면, 청나라가 스스로를 도모하는 방식도 어설프기 짝이 없다. 과거 오랑캐 출신 왕조의 마지막 임금들이 늘 중화를 본뜨다가 쇠망하고 만 경험을 경계하여, 철비鐵碑를 새겨서 전정箭亭 파수 보는 곳에 묻었다. 그랬으면서도 스스로는 자신들의 의관을 부끄러워하면서 오히려 강약의 형세에 마음을 쏟으니 이 얼마나 어리석은 일인가. 문왕文王의 지략과 무왕武王의 공렬功烈로도 도리어 은나라 말기의 쇠망을 구제하지 못하였거늘, 하물며 사소한 의관제도를 굳이 고집할 필요가 있을까. 만약 싸움에 편리한지 여부를 가지고 그 의관을 살핀다면, 북쪽과 서쪽 오랑캐의 복장인들 전투용 복장으로 선택하지 못할 이유가 없다. 서북 오랑캐들로 하여금 중국 풍속을 따르게 할 수 있어야 진실로 강하다고 자부할 수 있을 것이다. 온 천하의 인민들을 욕된 구렁에 몰아넣고 홀로 호령하기를, '너희들이 잠깐 수치를 참고 우리의 풍속을 따른다면 진정 강하게 될지니'라고 하지만 그렇게 해서 정말 강해질 수 있을지는 의문이다.

설령 자기 복장을 강요한다고 해서 저 신시新市·녹림綠林의 사이에 눈썹을 붉게 물들이거나 머리에 노란 두건을 둘러서 스스로 다른 이들과 구별하고자 한 것처럼 되지는 못할 것이다. 가령 어리석은 백성들이 들고 일어나 쓰고 있던 홍모를 벗어 땅에 내팽개친다면, 청나라 황제는 앉은 자리에서 천하를 잃어버리게 될 것이다. 지난날 스스로 강하다고 자부하던 것이 도리어 쇠망의 실마리가 된다면, 철비를 세워 후세에 교훈으로 삼고자 한 일이 참으로 부질없는 노릇이 아니겠는가.

이 글이 원래는 제목이 없었는데, 글 속에서 '호질'虎叱이란 두 글자를 뽑아 제목으로 삼아 중원의 어지러움이 맑아지는 날을 기다리고자 한다.

「호질」의 의미

/

앞에서 보았듯이, 「호질」은 연암의 창작이 아니다. 옥전현의 한 가게에서 베껴쓴 것일
뿐이다. 그렇다고 연암의 역할이 축소되는 건 결코 아니다. 연암은 「호질」외에도
많은 글들을 '길 위에서' 건져올렸을 뿐 아니라, 「호질」이라는 절대기문을 발견했다는
것만으로도 그의 역할은 더할 나위 없이 크다. 더구나 정진사가 잘못 베껴 쓴 탓에
이리저리 고쳤다는 대목으로 보아, 연암의 문체와 사상이 깊이 각인되어 있음을 충분히
짐작할 수 있다.

그 동안 「호질」은 연암의 대표적 소설로 평가받았다. 하지만 실제로 「호질」의 스토리는
소설이라 이름붙이기 민망할 정도로 간략하고 성글다. '착하고도 성스럽고, 멋들어지는
데다 쌈도 잘하고, 인자한가 하면 효성스럽고, 슬기롭고도 어질며, 엉큼하고도
날래고, 세차고 사나워 천하에 대적할 자가 없는 존재', 그 이름도 빛나는 '범'이 있다.
사람고기를 먹고 싶어 깨끗한 인간을 탐색하던 중, 졸개인 창귀들이 '북곽선생'이라는
유학자를 추천했다. 학식이 높아 천자와 제후들이 한결같이 사모하는 선비였다. 그의
파트너는 동리자라는 수절과부다. 정절로 이름이 높았지만, 그녀에게는 각기 성이
다른 다섯 명의 아들이 있다. 결국 다섯 명의 남자들과 놀아났다는 뜻인데, 그러고도
정절녀로 표창까지 받았다니, 참, 대단한 열녀! 고매하기 이를 데 없는 북곽선생이
이 동리자의 방에 들어가 수작을 벌이다 다섯 아들에게 여우로 몰려 도망치던 중
똥통에 빠졌다. 범이 그 더러운 꼬락서니를 보고는 일장연설을 늘어 놓는다는 게
대강의 줄거리다. 북곽선생과 동리자의 스캔들이 워낙 기상천외하다 보니 다들 시선이
거기로 쏠리지만, 실제로 그 대목은 아주 소략하게 처리되어 있다. 그에 비하면 범이
졸개들에게 음양오행의 허실을 밝히는 첫대목과 범이 북곽선생에게 일장훈시를
하는 마지막 대목은 장황하기 이를 데 없다. 특히 마지막 대목, 곧 범의 훈시는 마치
대규모 군중 앞에서 웅변을 토하듯 길고도 유창하다. 그런가 하면, 손수 교정한 글이
1만 권이요, 책을 엮은 것이 1만 5천 권이나 된다는 북곽선생의 대응은 미미하기 짝이

없다. 범의 철학에 대응하여 언변으로 '맞짱'을 뜰 만도 하건만 그러기는커녕 완전
포복자세로 듣고만 있다가 범이 사라지자마자 어설픈 문자속으로 위장한 채 꿋꿋이
살아간다. 더럽고 치사하게. 참, 인간답다! 하긴, 오죽하면 범도 구린내가 심해 도저히
먹을 수 없다고 포기했을까마는. 이런 점에서 이 작품의 주인공은 '범'이다. 더 정확히는
'범의 말'이다. 범의 입을 통해 나오는 말들이야말로 이 작품을 천고의 기이한 문장으로
만들어 준다. 잘 음미해 보면, 범의 말은 단지 북곽선생의 위선이나 허위의식을 꾸짖는
수준에 머무르지 않는다. 그것은 인간문명의 훨씬 근원적인 것을 향하고 있다. 핵심을
간추리면, 인성과 물성은 하나라는 것. 즉, 인간과 동물 사이의 근본적 위계 같은 건
존재할 수 없다는 것이다. 그런데도 인간들은 수단방법을 가리지 않고 동물들을
착취함과 동시에 그 더럽고 비겁한 짓거리를 온갖 도덕적 명분을 동원하여 정당화하고
있다. 이런 식으로 범은 인간문명의 온갖 잔혹하고 이기적인 속성을 적나라하게
폭로하고 있다. 「호질」이 시대를 넘어 우리에게 강렬한 메시지를 던져 주는 이유가 바로
여기에 있다. 근대문명이야말로 동물의 무자비한 착취와 자연에 대한 약탈에 근거하고
있는 까닭이다.

을사일 乙巳日 7월 29일

/

맑음

이날 총 95리를 가서 방균점에서 묵었다.

산이 오목한 곳에 큰 나무가 있었다. 수백 년 동안 잎이 나지 않았는데도 가지와

줄기가 썩지 않아서 '고수'枯樹로 불린다. 송가장의 성 둘레는 2리인데, 명明

천계天啓 연간1621~1627년에 송씨宋氏 집안 사람들이 쌓은 것이다. '외랑'外郞이란

아전의 다른 호칭인데, 송씨는 이 지방의 큰 성바지로 일가 수백 명의 집안

형편이 다 넉넉하다. 명·청이 교체될 무렵, 송씨 집안 사람들이 성을 쌓고 서로

모여 이곳을 지켰다. 성 중앙에 높이 열 길이 넘는 세 채의 대臺를 세웠다. 성문

이날 연암의 여정로

옥전현玉田縣에서 새벽에 출발하여 서팔리보西八里堡까지 8리, 오리둔五里屯까지 7리,
채정교采亭橋까지 5리, 대고수점大枯樹店까지 10리, 소고수점小枯樹店까지 2리, 봉산점蜂山店까지
3리, 별산점鱉山店까지 12리, 송가장宋家庄을 구경하고 모두 47리를 가서 점심을
먹었다. 이어 별산점에서 이리점二里店까지 2리, 현교現橋까지 5리, 삼가방三家坊까지 2리,
동오리교東五里橋까지 16리인데, 동오리교는 '용지하龍池河 어양교漁陽橋'라고도 한다. 그곳에서
계주성薊州城까지 5리, 서오리교西五里橋까지 5리, 방균점邦均店까지 15리, 하여 모두 50리이다.

안녹산安祿山
사마르칸트의 소그드인과 돌궐계의 혼혈로 알려진 안녹산은 유주절도사(幽州節度使) 장수규(張守珪)의 눈에 든 뒤 전공을 세워 현종과 양귀비의 총애를 받아 평로(平盧)와 범양(范陽), 하동(河東)의 세 절도사(節度使)를 겸해 당시 병력의 3분의 1 가량을 장악한다. 대신 양국충(楊國忠)과 대립하여, 755년에 반란을 일으켜 뤄양(洛陽)에서 스스로 대연 황제(大燕皇帝)라 칭하였으나, 결국 둘째 아들 경서(慶緖)와 공모한 환관에게 피살되었다.

위로 망루를 올렸고, 집 뒤편에는 처마가 넷 달린 높은 누각을 세웠는데 맨 위층에다 금부처를 앉혔다. 난간에 기대어 멀리 내다보니 시야가 넓게 트였다.

청이 처음 이곳을 쳐들어 왔을 때 집안 사람들이 힘을 모아 이곳을 지켜냈고, 천하가 청의 손에 들어간 다음에도 나가서 항복하지 않았다. 청나라 사람들은 그 벌로 해마다 은 1천 냥을 바치게 하였다. 강희 말년이 되어서는 은 대신에 말 사료로 쓸 풀을 1천 단씩 내게 하였다. 성 안의 큰 집 십여 채는 모두 송씨 집안 사람들의 소유이며, 노비들도 오륙백 명이나 된다고 한다.

황성의 북동쪽에 자리잡은 큰 주둔지답게 계주 성읍은 번화하다. 산 위엔 안녹산安祿山의 사당이 있고 성 안에 돌로 세운 패루가 셋 있다. 패루 중 하나에는 금빛 글자로 '대사성'大司城이라 썼고 그 아래에 국자좨주國子祭酒 국자감의 버슬 이름의 3대 고증誥贈 공신이나 그의 선대에게 내리는 작호을 나란히 써 놓았다.

이곳 술맛은 관동에서 으뜸이라 하기에 주루酒樓에 들어가 여러 사람과 함께 흉금을 터놓고 취기가 오를 만큼 마셨다. 독락사獨樂寺에 들어가 보니, 정전正殿의 현판에는 '자비사'慈悲寺라 적혀 있었다. 그 뒤편으로는 2층 다락이 서 있고 그 안에 높이 아홉 길의 금부처가 세워져 있었다. 그 머리 위엔 자그마한 금부처 수십 개가 놓여 있다. 다락 아래쪽엔 비단 이불을 덮은 와불臥佛이 놓여 있고, 현판에는 '관음지각'觀音之閣이라 적혀 있다. 그 왼편엔

작은 글씨로 '태백'太白이라 써서 붙였다. 누군가 이르기를,
"저기 누워 있는 소상은 부처가 아니라 취해 잠들어 있는
이태백이랍니다" 한다. 행궁行宮 임금이 나들이 때 머물던 별궁이
있으나 문을 굳게 잠그고는 관람하지 못하게 한다.
숙소에 돌아오니 문 밖에는 장사꾼들이 구름처럼 모여
있었다. 말과 나귀는 서책·서화·골동품을 싣고 있었고,
곰은 여러 가지 재주를 부렸다. 뱀과 범도 재주를 부린
모양이었으나 이미 자리를 파한 뒤라 아쉽게도 보지는
못했다. 앵무새를 파는 자도 있었지만 해가 이미 기울어
털빛을 상세히 볼 수 없었다. 등불을 찾아 들고 오니
안타깝게도 그 장사꾼은 이미 가 버리고 없었다.

독락사 관음지각
독락사는 당나라
때 창건된 절이다.
절의 중심부에 있는
관음지각(위 오른쪽
사진)은 중국에서
현존하는 가장 오래된
목조 고층 누각이다.
이 누각 안에는 높이
16m의 관음상(왼쪽
사진)이 안치되어 있다.
안녹산이 난을 일으킬 때
이곳에서 처음 모의하여
기병(起兵)했다고 한다.

병오일 7월 30일
丙午日

/

맑음

이날 모두 82리를 가서 연교보에서 묵었다.

계주는 옛날의 어양漁陽으로, 북쪽에 반산盤山이 있다. 우뚝 솟은 봉우리가 깎아 세운 듯한데, 위는 넓고 아래는 좁아지는 그 모양이 마치 소반과 같아 '반산'이라 부른다. 혹은 이를 오룡산五龍山이라 부르기도 한다. 일찍이 읽은 원중랑袁中郎의 『반산기』에 기묘하고 뛰어난 경치라고 써 있어 꼭 올라가 보고 싶었지만 함께 갈 사람이 나서지 않아 포기했다.

산이 비록 가파른 형상을 하고 수백 리에 걸쳐 웅장한 모습으로 이어져 있으나 겉으로만 바위가 드러날 뿐, 그 속은 부드러운 흙이어서 과일나무가 무척이나

이날 연암의 여정로

방균점邦均店에서 별산장別山庄까지 2리, 곡가장曲家庄 2리, 용만자龍灣子 3리, 일류하一柳河 2리, 현곡자現曲子 2리, 호리장胡李庄 10리, 백간점白幹店 2리, 단가점段家店 2리, 호타하滹沱河 5리, 삼하현三河縣 5리, 동서조림東西棗林 5리, 모두 40리를 가서 점심 먹었다. 조림에서 백부도장白浮屠庄까지 6리, 신점新店 6리, 황친점皇親店 6리, 하점夏店 6리, 유하점柳河店 5리, 마이핍馬已乏 6리, 연교보煙橋堡 7리, 모두 42리이다.

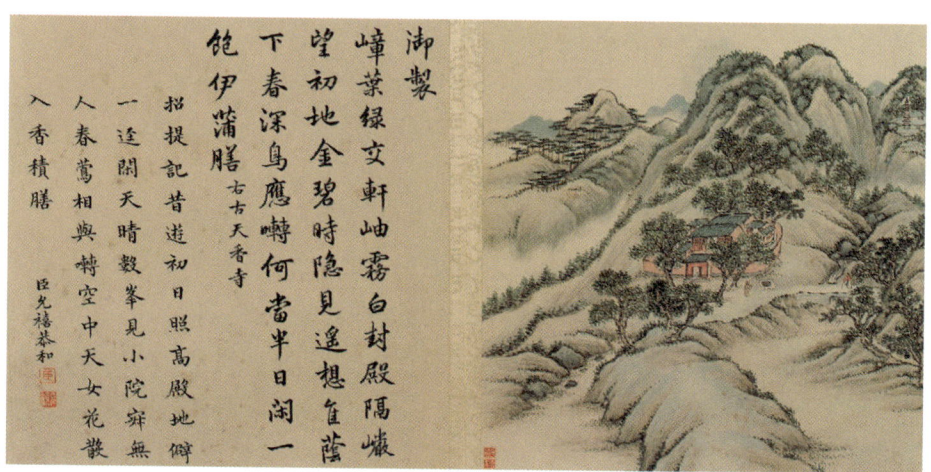

수 읊었지요.

광주리 가득 담긴 앵두 櫻桃一籃子
푸른 앵두 절반에 누런 앵두 절반 半靑一半黃
절반은 아들인 회왕에게 보내고 一半寄懷王
절반은 스승인 주지께 보내련다. 一半寄周贄

이걸 듣고는 누군가 주지周贄 구절을 회왕懷王 구절과 바꾼다면 운韻이 맞을 것
같다고 했지요. 그러자 안녹산이 노발대발하면서, '주지가 위에서 내 아들을
짓누르게 하라는 말인가!' 했답니다. 이런 시인에게 어찌 사당이 없을 수
있겠습니까?"
이 말을 듣고는 서로 한바탕 크게 웃었다.
향림사를 찾아 들어가니 불전에는 '향림암'香林菴이라 적혀 있고 불전 위쪽에는
금빛 글씨로 '향림법계'香林法界라 씌어져 있다. 강희제의 필치였다. 청 세조3대 황제
순치제의 여동생이 젊은 나이에 남편을 잃고 여승이 되어 이 암자에 머물렀는데
아흔 살까지 장수한 뒤 세상을 떠났다고 한다. 이 암자에는 비구니만이
거처하고 있다. 뜰 가운데에는 높이 수십 길이 되는 백송 두 그루가 있는데,
나무껍질도 푸른빛이 도는 흰색이었다. 암자 동편에는 작은 부도가 다섯 개
있고 좌우로 백송 세 그루가 있었다. 뜰에 푸른빛이 그득하고, 물결 치는 소리에
실려 서늘한 바람이 불어왔다. '백간점'이라는 이름도 줄기가 흰 이 소나무에서
연유한 듯싶다.
연경이 점차 가까워지자 수레와 말 달리는 소리가 마른하늘에 벼락 치듯
요란하다. 길 양편으로는 모두 부자들 무덤이 늘어서 있는데, 보통 집처럼
담을 올리고 멀리서 물을 끌어와 해자를 둘렀다. 문 앞의 돌다리는 무지개마냥

공중에 걸쳐 있는 듯하다. 이따금 돌로 패루를 만들어
세웠다. 해자 주변 갈대 사이로는 때로 콩깍지 같은
자그마한 배가 매여 있었다. 다리 아래 여기저기에는 고기
잡는 그물을 쳐 놓았다. 담 안에는 울창한 수목 틈으로
간간이 기왓골이나 처마가 드러나기도 하고, 호롱박
꼬트머리가 삐죽 솟아 있기도 하였다.

가게에서 잠시 쉬노라니 난간 너머로 예쁘장한 아이들 수십
명이 줄을 지어 노래하며 지나간다. 비단 저고리에 수놓은
바지를 입었는데, 옥 같은 얼굴에 살결은 눈처럼 희다.
박을 두드리는 아이, 피리를 불거나 비파를 뜯는 아이도
있다. 줄을 지어 천천히 노래하며 다닌다. 다들 곱게 치장을
하고 있다. 이들은 모두 연경에서 빌어먹는 남사당패로,
시장 거리를 돌아다니다 멀리서 온 장사꾼들의 눈에 들면
하룻밤을 같이 보내고 경우에 따라서는 몇 백 냥을 받기도
한다. 길옆으로 여기저기 놀이판을 벌려 놓았다. 햇빛을
가리기 위해 삿자리를 걸쳐 놓았다. 『삼국지』, 『수호지』,
『서상기』를 연행하는 이들은 높은 목소리로 노래를 부르고
연주를 한다. 아울러 온갖 장난감들을 죽 늘어 놓고
팔기도 한다. 장난감의 재료가 무척 희귀할 뿐만 아니라
솜씨 또한 정교하기 이를 데 없었다. 어떤 것은 건드리기만
해도 부서질 듯한데 그 값은 몇 냥이 훌쩍 넘는다. 은으로
무늬를 그려 넣은 탁자 위에는 관우의 상을 무수히 늘어
놓았는데 칼을 비껴 차고 말을 탄 모습으로, 크기는
겨우 두어 치 정도였다. 모두 종이로만 만들었는데도 그

『서상기』西廂記
원나라 때 극작가
왕실보(王實甫)가 지은
희곡 작품. 순수한
장생(張生)과 자신의
마음에 충실하지 못한
앵앵(鶯鶯)을 주인공으로,
세속적 도덕의 장애를
넘어 사랑을 키워나가는
내용의 작품이다.
이들의 애절한 사랑을
묘사한 부분은 명문으로
칭송받기도 했으며,
명나라 이후 크게
유행하면서 대중들의
인기를 끌었다. 그림은
『서상기』의 한 장면을
묘사한 것이다.

솜씨가 신비롭기 그지없다. 아이들 장난감인데도 이런 정도니, 나머지 것들은
짐작하고도 남음이 있다. 어쩌나 황홀하고 현란한지, 심신이 다 피곤했다.

배를 타고 호타하를 건너서 삼하현 성 안에 들어가 용주蓉洲 손유의孫有義 연암의
지기인 홍대용이 사행단으로 중국에 왔을 때 사귀었던 학자의 집을 찾았다. 용주는 벌써 달포
전에 산서山西 지방으로 가서 아직 돌아오지 않았다 한다. 그 집은 성의 동편
관왕묘關王廟 옆에 있는데 대여섯 칸 초가집이었다. 얼마나 빈한한지 쉬이
짐작이 갔다. 기침을 여러 번 해도 맞이하러 나오는 아이도 없고, 주렴 너머로
가느다랗게 여인네의 목소리가 들릴 뿐이었다.

"집 주인은 글 선생이 되어 산서 지방으로 가셨습니다. 집에는 저와 딸 아이
하나만 있습니다. 조선의 어르신께서 누추한 저희 집을 찾아주셨음에도 정중히
맞지 못해 송구스럽습니다."

아마 이런 뜻이었던 듯싶다. 나는 홍대용이 전해 준 편지와 선물을 주렴 앞에
놓고 나왔다. 허물어진 담 사이로 열대여섯 살쯤 되어 보이는 여자 아이가
보였다. 하얀 얼굴에 뽀얀 목덜미, 아마 용주의 딸인 듯하였다.

심하현은 옛날의 임후臨朐다.

정미일 8월 1일
丁未日

/
아침에는 맑고 찌는 듯 덥다가
오후에는 비가 오락가락 함.
밤엔 천둥이 치고 큰 비가 내림

이날 도합 63리를 왔다. 압록강으로부터 연경까지 모두 33참站 2,030리였다.
새벽에 연교보를 떠나 변계함, 정진사 등과 먼저 출발했다. 몇 리를 못 가 벌써
날이 밝았다. 갑자기 하늘을 찢을 듯한 천둥소리가 들렸다. 통주에서 천진까지
이르는 운하인 노하潞河에 있는 배들이 쏘아 대는 포성이라고 한다.
아침 노을이 어린 곳을 보니 멀리 갈대마냥 총총히 늘어선 돛대들이 보였다.
버드나무 위로는 뗏목 잔해와 풀뿌리가 많이 걸려 있었다. 열흘 전 연경에
큰비가 내려 노하가 범람하는 바람에 민가 수만 호가 잠기고 수많은 사람과
가축이 물에 떠내려 가거나 빠져 죽었다고 한다. 말 위에서 담뱃대를 가지고

이날 연암의 여정로

연교보에서 새벽에 출발하여 사고장師姑庄까지 5리, 등가장鄧家庄 3리, 호가장胡家庄 4리,
습가장習家庄 3리, 노하潞河 4리, 통주通州 2리, 영통교永通橋 8리, 양가갑楊家閘 3리, 관가장關家庄
3리, 모두 35리를 가서 점심을 먹었다. 관가장에서 삼간방三間房까지 3리, 정부장定府庄 3리,
대왕장大王庄 3리, 태평장太平庄 3리, 홍문紅門 3리, 시리보是里堡 3리, 파리보巴里堡 2리, 신교新橋
6리, 동악묘東岳廟 1리, 조양문朝陽門 1리, 서관西館에 드니 모두 28리이다.

팔을 뻗어야 겨우 버드나무에 남은 물난리의 흔적에 닿게 되니, 땅에서 몇 길이나 되는 높이였다. 넓고도 맑은 강에 늘어선 배들의 형상이 만리장성에 견줄 만하다. 십만 척이나 되는 큰 배에 모두 용龍을 그려 놓았다. 호북湖北의 전운사轉運使 지방에서 걷은 세곡의 운반을 맡아 하던 관청인 전운서의 벼슬아치가 어제 호북 지역 곡식 3백만 석을 싣고 왔다 한다. 한 배에 올라가 그 구조를 대략 살펴보니, 배의 길이가 총 10여 길 정도였다. 배 위로 널빤지를 깔고 이층집을 올렸으며, 선창에는 곡물이 가득 쌓여 있었다.

배 위에다 지은 집에는 난간을 꾸미고 기둥에는 그림을 그려 놓았다. 창문에는 무늬를 새기고 문에는 수를 놓았는데, 그 모양이 뭍의 건물과 다름이 없었다. 아래쪽은 창고, 위쪽은 누대였다. 패액과 주련, 장유帳帷 휘장와 서화 등이 빚어내는 분위기가 신선의 거처와 진배없었다. 지붕 위로는 쌍돛을 세웠는데, 가느다란 등나무로 여러 폭을 엮었다. 배는 온통 연분을 탄 기름을 두텁게 칠했고, 그 위에 노란 색으로 덧칠을 하였다. 이는 물 한 방울도 스며들지 못하게 하기 위함이니, 비가 내린다 한들 염려할 바 없었다. 배에 꽂은 깃발에는 '절강'浙江이니, '산동'山東이니 하는 따위의 이름이 큰 글씨로 적혀 있었다. 백 리 물길을 거슬러 오는 동안 배들은 대숲처럼 촘촘히 늘어서서, 남쪽 직고해直沽海를 곧장 통하여 천진위天津衛를 거쳐 장가만張家灣으로 모여드는 것이다. 그리하여 온 천하의 선박들이 모두 통주通州에 집결하게 되니, 노하의 선박들을 구경하지 않고서는 연경의 장관을 보았다 하기 어렵다.

삼사와 함께 다른 배에 오르니, 양쪽으로 채색한 난간을 두르고 그 앞에다 휘장을 쳐 놓았다. 창틀을 세워 문을 만들고, 좌우로 의장儀仗 격식을 갖춰 세우는 병장기과 깃발, 여러 가지 칼과 창을 세워 두었는데 다 나무로 만든 것들이다. 방 안으로 나무 곽 하나를 두고 그 앞에 의자와 책상을 마련하여 온갖 제기祭器를 늘어놓았다. 푸른 들창 아래쪽으로 상주 한 명이 의자에 몸을 기대고 있었다.

베옷을 입고 머리는 깎지 않아 두어 치나 되었는데, 그
행색이 흡사 중 같았다.

다른 사람과 말을 주고받을 기색은 없어 보였고, 앞에는
『의례』儀禮 한 권이 놓여 있었다. 부사가 앞에서 읍하자 상주
역시 읍하며 절을 한 다음, 다시 의자에 앉았다. 부사가
내게 필담을 해보라 했다. 내가 부사의 성명과 직함을 적어
보였더니 상주 역시 머리를 조아리며 답하였다.

"저의 성은 진秦이요, 이름은 경㻧이라 합니다. 호북
지방 출신이지요. 선친先親께서는 연경에서 한림원翰林院
수찬修撰을 지내셨습니다. 올해 칠월 구일에 세상을
떠나셨는데, 황제께서 토지와 돌아갈 배를 내려주셨기에
유해遺骸를 모시고 고향으로 돌아가는 길입니다. 상복을
입은 처지라 제대로 손님 접대를 하지 못합니다."

부사가 나이를 물었지만 아무런 대꾸가 없다. 부사가 다시
필담을 시도했다.

"중국에서는 다들 삼년상을 치르는지요?"

번화한 성시와 포구의 모습
위 그림은 건륭제의
성세 시기를 담은
「고소번화도」(姑蘇繁華圖
일명 성세자생도)의
일부분이다.

"성인께서 인정을 좇아 예를 마련하셨으니 저처럼 부족한 사람도 그렇게
따르려고 애씁니다."

"상례는 모두 주자朱子의 예를 따르는가요?"

"예. 한결같이 주자를 따릅니다."

창 밖 대나무 난간이 창문에 영롱하게 비쳤다. 근처 배들에서는 풍악소리가
요란스레 울린다. 낮게 깔린 안개와 구름 사이로 새들이 날며 누대의 아름다운
풍경이 창문에 비쳐 든다. 모래톱은 드넓게 펼쳐져 있고 돛단배들이 나타났다
사라졌다 한다. 아늑한 분위기에 빠져 배 위에 있다는 사실도 잊어버리고,
번화한 성시의 화려한 저택에서 강호江湖의 풍경을 즐기고 있는 듯한 착각에
빠져들었다. 부사가 몸을 돌려 웃으면서 "월파정月波亭 상주란 이 사람을 두고 한
말이겠군" 하기에, 나 또한 조용히 미소로 답했다.

정사가 사람을 시켜 구경할 것이 있으니 속히 돌아오라는 전갈을 보내왔다.
그래서 부사와 함께 일어나려는데 등 뒤편으로 무언가 쿵 떨어지는 소리가
났다. 부사의 비장인 이서구李瑞龜가 넘어져 민망해 어쩔 줄 모른다. 배 위에 깐
널빤지가 얼음처럼 미끄러워 제대로 서 있기가 힘들어서 그랬던 것이다. 부사도
발걸음을 떼면서 쩔쩔매며 주위 사람들이 부축하고 가던 중 몸을 돌리려다 그만
부축하던 사람들까지도 몽땅 한꺼번에 넘어지고 말았다. 쫘당!

휘장 안에서는 네 사람이 한창 투전을 하는 중이었다. 슬쩍 넘겨다 보니 모두
만주족의 글자여서 도무지 알 수가 없었다. 누군가 말했다.

"이것은 마조馬弔라고 합니다."

깊숙한 곳에다 탁자를 펼치고 구리 항아리, 두루미병, 주전자, 잔 등의 그릇을
늘어놓았는데 다 아름답고 기이한 것들이었다. 한쪽 문을 나서니, 정사와
서장관이 널빤지에 앉아서 선창 안을 내려다보고 있었다. 그곳은 주방이었는데,
머리에 흰 베를 두른 늙은 아낙네 둘이 가마솥에 녹두나물과 무, 미나리를

삶아서 찬물에 헹구고 있었다. 또 열대여섯 살쯤 되어 보이는 처녀 한 명이
있었는데, 무척이나 아름다웠다. 낯선 사람을 보고서도 수줍어하지 않고
무심하게 요조숙녀마냥 하던 일을 계속한다. 비단옷 주름은 물결처럼 살랑이고
하얀 팔목은 연뿌리처럼 매끈하다. 아마 상주 진씨의 시중을 드는 소녀로서
아침상을 준비 중인 모양이다. 배 양편에는 파초선芭蕉扇을 두루 꽂았다.
'한림'翰林·'지주'知州·'정당'正堂·'포정사'布政使라 적혀 있는데, 이는 죽은 사람이
거쳐온 벼슬이다.

강 여기저기서 뱃놀이가 한창이다. 작은 배에 붉은 일산을 펴 놓거나 푸른
휘장을 두르고 삼삼오오 그 아래 모여 낮은 의자에 기대 있기도 하고,
책·그림·향로·차도구 따위를 벌여 놓고 평상 위에 앉아 있기도 한다. 혹은
봉생鳳笙이나 용관龍管을 불거나 평상에 기대어 글씨를 쓰고 그림을 그린다.
더러는 술을 마시며 시를 읊기도 한다. 모두가 고인高人이나 운사韻士는 아니련만,
그윽한 정취가 풍겨 나온다.

배에서 내려 언덕에 오르니, 수레와 말이 길을 막아 오가기가 힘들 정도다.
동문을 거쳐 서문에 이르는 5리 동안, 외바퀴 수레 수만 대가 길을 메우고 있어
몸 돌릴 틈조차 없다. 말에서 내려 가게에 들어서니, 그 화려하고 번화함이
성경이나 산해관 따위에는 비길 바가 아니다.

간신히 길을 뚫고 조금씩 나아갔다. 저자 입구 현판에는 '만수운집'萬艘雲集 수많은
배들이 구름처럼 모여든다이라 씌어 있다. 큰 길가 이층 누각에는 '성문구천'聲聞九天이라
써 붙였다. 성 바깥으로 창고가 셋 있는데 그 모양을 성곽처럼 만들었다.
지붕에는 기와를 이고 그 위로 공기창을 내어 창고 안의 공기가 빠질 수 있게
하였다. 벽에도 구멍을 뚫어 습기가 차지 않도록 하고 강물을 끌어들여 창고
주위에 해자를 만들었다.

영통교¹에 도착했다. 영통교는 팔리교八里橋라고도 한다. 길이는 수백 길이고,

1.
영통교永通橋와
사자 조각
영통교(아래 사진)를
팔리교라고도 하는
이유는 통주의
시가지에서 8리 정도
떨어져 있기 때문이다.
다리의 난간에는 세밀한
부조가 새겨져 있다(위의
사진). 이 다리는 의화단
사건 때 최대의 격전이
벌어진 장소이기도 하다.

폭은 십여 장 정도다. 또, 십여 장 높이의 홍예虹霓 무지개 문가
있고 그 좌우로는 난간을 설치했는데, 난간 위에 수백 마리
사자를 조각해서 얹었다. 조각 솜씨가 기막히게 정교해서
마치 살아 있는 듯했다. 다리 밑으로 다니는 선박은
조양문朝陽門 북경의 동쪽문까지 이른 다음, 물막이문을 통해
다시 작은 배를 이용해 태창太倉까지 연결된다고 한다.
통주에서 연경까지 40리는 돌을 다듬어 길을 깔았다.
쇠 수레바퀴 맞닿는 소리가 더욱 커서 정신이 아득해질
정도다. 길 양편은 모두 무덤인데 담이 이어져 있고 나무가
울창해 봉분은 잘 보이지 않는다.
대왕장大王庄에 이르러 잠깐 쉬고 곧 떠났다. 길 왼편에 세
칸짜리 돌 패루가 있기에 말에서 내려 그 모양새를 보니,
이는 동국유佟國維 강희제 때의 충신의 묘지가 있는 곳이었다.
패루에는 그가 벼슬을 임명받을 때 황제가 내린 명령을
새겼고 윗층에는 여러 가지 조칙을 새겼다. 곧 다리를

건너 문 안에 들어서니 좌우에 8각의 화표주華表柱 무덤
앞 양쪽에 세우는 한 쌍의 돌기둥를 세우고 그 위에는 돌 사자를
앉혀 놓았다. 뜰 가운데엔 성을 쌓아 올려서 길을 냈는데
층대 높이가 한 발이나 된다. 길 좌우에는 늙은 소나무
수십 그루가 섰고, 3층으로 쌓은 돌대 위에 큰 비석
열셋을 세웠는데, 모두 동씨佟氏 삼대의 공로를 표창한
조칙들이다. 동국유는 융과다隆科多라고도 불리며 그 아내는
하사례씨何舍禮氏이다. 북쪽 담 밑에 떼를 입히지 않은 봉분
여섯이 나란히 있는데, 밑은 둥글고 위는 뾰족하게 석회로
번질번질하게 발랐다. 누런 기와집 수십 칸이 있는데 벌써
단청은 우중충한 데다, 층계는 무너지고 채색한 주렴은 다
해졌다. 집 안에는 박쥐똥만 가득할 뿐, 텅 비고 괴괴하여
지키는 자도 보이지 않는다. 마치 깊은 산중의 낡은 절과
같은 것이, 매우 괴이하기 짝이 없다. 짐작건대, 예전엔
훈벌이 혁혁하였던 집안이었으나 이제는 자손이 없어서
그런 것인 듯싶다.

동악묘에 이르자 심양에 들어갈 때처럼 삼사가 옷을
갈아입고 반열을 정비하였다. 통역관 오림포烏林哺,
서종현徐宗顯, 박보수朴寶秀 등이 먼저 도착하여 동악묘
뜨락에서 대기 중이었다. 그들은 모두 청 관리의 예복인
망포수보蟒袍繡補를 입고 목에는 조주朝珠 5품 이상의 청나라 관리가
목에 거는 염주를 걸었다. 말을 타고 앞에서 인도하여 조양문에
이르렀다. 조양문의 모양은 산해관과 다름없으나 먼지가
자욱하여 상세히 볼 수가 없었다. 물통을 실은 수레가 길

융과다 초상
융과다는 강희
말년에서 옹정 초기의
중신으로, 강희제의 비
효의인황후(孝懿仁皇后)의
동생이다. 강희제 때
보군통령에 올랐고,
옹정제 때는 이부상서를
역임했다. 동국유의
아들이기도 한데,
본문에서 동국유가
융과다라고도 불린다는
것은 착오인 듯하다.

2.
유정유일惟精惟一
순임금이 우임금에게
천하를 양위하면서
"인심은 위태하고
도심은 은미하니, 오직
정밀하고 전일하여야
진실로 중도를 잡을 수
있다"(人心惟危 道心惟微
惟精惟一 — 允執厥中)고
전한 말에서 유래한다.
정밀하게 살피고
전일하게 실행한다는
뜻이다. 『서경』
「대우모」에 나온다.

곳곳에다 물을 뿌리고 있었다.

사신은 곧장 예부禮部를 향해 표문表文과 자문咨文 공식적인
외교문서을 바치러 갔고 나는 그들과 헤어져 조명회와 함께
먼저 사관으로 갔다. 순치順治 초년에 조선 사신이 묵는
집사관을 옥하玉河 서쪽 기슭에 세우고 옥하관玉河館이라
일컬었다. 그 뒤에 아라사鄂羅斯 러시아가 그곳을 차지했는데
아라사는 소위 코쟁이들로, 성질이 어찌나 사나운지 청인도
그들을 제어하기 힘들어한다. 그래서 건어호동乾魚衚衕의
도통都統 만비滿조 강희제 시절의 외교관의 집에 사관인
회동관會同館을 세웠다. 만비가 도륙당할 때에 집안 사람
중에 자결한 이가 많은 탓에 그 집에 귀신이 많다고
한다. 경우에 따라 우리나라 별사別使 임시 사행와 동지사가
한꺼번에 들이닥치면 서관西館에 나누어 들게 하였다.
연전에 별사가 먼저 건어호동에 들었으므로 동지사로 온
금성위錦城尉 박명원. 그는 이 연행 3년 전에도 동지사로 연행온 일이 있었다가
서관에 머문 일도 있었다. 지난해 건어호동의 회동관이
불타 버린 뒤 지금껏 다시 짓지 못해서 이번에도 서관에
들었다.

애석하구나! 옛 역사에 이르기를, "문자文字가 생기기 전엔
연대年代와 도읍지는 상고할 길이 없다"고 하였다. 그러나
문자가 생긴 이후 21대 3천여 년 동안, 천하를 다스리는
데는 과연 어떤 방법으로 하였던가. 이른바 유정유일2이란
심법心法으로 했으리라. 하여, 나는 천하를 다스림에는
요堯·순씨舜氏가 있음을 알고, 홍수를 다스림에는

하우씨夏禹氏가, 정전井田 제도를 마련함엔 주공씨周公氏가, 학문의 선전엔
공자씨孔子氏가, 재정과 세금을 고루 분배함엔 관중씨管仲氏가 있음을 알 따름이다.
하지만, 알지 못하겠구나! 그밖에 또 얼마나 많은 성인이 심력을 기울였으며
그 총기를 펼쳤을 것인가. 또 얼마나 많은 성인이 기초하고 빛내고 다듬었을
것인가. 어디 그뿐이랴! 또 얼마나 많은 성인이 저 21대 3천여 년 동안 문자가
만들어지기 전에 심력을 기울이고, 총기를 펼치고, 기초하고, 빛내고 다듬었을
것인가. 생각건대, 여러 성인이 그 두뇌와 심력과 총기를 다 기울여 기초하고
빛내고 다듬은 것은, 자신의 사사로운 이익을 취하기 위함이었을까, 아니면
길이길이 만세토록 모두 함께 그 복락을 누리고자 하였음일까.

이러다 보니, 그 중에 누구라도 심술心術이나 사업事業이 서로 다르면 상대편을
바로 '우인'愚人이라 지목할 뿐 아니라, 가문과 나라를 말아먹을 자라고 신랄하게
헐뜯었던 것이다. 그러나 그들은 마음의 음탕함과 영리함이 도리어 성인을
능가하므로, 후세 사람들에게 오히려 환영을 받았다. 이를테면, 겉으로는 그의
몸을 배격하면서도 속으로는 은근히 그의 공훈을 본받고, 또 겉으로는 그를
욕하면서도 속으론 그 잇속을 챙겼던 것이다. 그리하여 천하의 온갖 기이한
술법과 음흉한 기교가 날로 증식되기에 이르렀다.

보라. 대개 궁궐을 옥과 구슬로 화려하게 꾸민 자는 걸桀과 주紂가 아니던가.
산을 허물어 골을 메워 만 리의 장성을 쌓은 자는 몽염蒙恬이었으며, 천하의
도로를 곧고 바르게 닦은 자는 진시황秦始皇이었다. 또 천하를 다스리려면 반드시
법法이 있어야 한다면서 나무기둥을 옮기기도 하고, 혹은 재를 버리는 일까지
간섭하여 그 제도를 통일시킨 자는 상앙[3]이 아니었던가. 이 네댓 사람은 역량과
재주와 정신, 기백과 계획성에 있어 족히 천지를 움직일 만하였다. 애초에는 이
우주 사이에서 성인들과 더불어 나란히 설 수 있었을 것이다. 허나, 불행히도
서계書契 문자文字가 이미 이룩된 뒤에 태어나는 바람에, 그들의 공과 이익의 누림은

만리장성

3.

상앙商鞅
법치(法治)를 주장한
진(秦)의 정치가.
효공(孝公)을 도와 법령을
제정하고, 정전제를
폐지하고, 세금과 부역의
체제를 정비하였다.
부국강병을 이루었으나
법을 너무 가혹하게
하다가 혜왕의 미움을
받아 거열형(車裂刑)을
당했다.

오로지 뒷사람에게로 돌아가고, 그 몸은 화단祸端 화를 일으킬 실마리이 되어 길이 우부의 오명을 면치 못하게 되었으니, 이 어찌 원통한 일이 아니겠는가.

그리고 나는 더욱 알지 못하겠도다. 저 21대 3천여 년의 사이에는 몇 명의 걸·주와 몽염, 진시황, 그리고 상앙이 있어서, 이런 전철을 밟았을 것인가. 세계가 생긴 후가 그러하니, 그 전의 일이야 가히 짐작할 수 있다. 이를 어찌 아는가 하면, 옛날에 진시황이 육국六國의 제도를 본떠서 아방궁의 전전前殿을 크게 지었으니, 곧 저 환쟁이들의 모사摹寫와도 같다. 육국의 선비들이 그들의 임금을 유세遊說할 때에는 모두 걸과 주를 욕하지 않은 이가 없었다. 그러나 걸과 주가 옥과 구슬로 꾸몄다는 궁궐은 결국 저 장화대章華臺 초楚의 누각와 황금대黃金臺 연나라 소왕의

궁전의 복사판에 불과하고, 장화대·황금대는 역시 아방궁의 윤곽에 지나지
않는다. 그런데 항우가 한번 불 질러서 곧 한줌의 재가 되고 만 것은 후세에
토목 공사만을 일삼는 사람들에게 좋은 거울이 될 일이었지만, 사실 그 본심은
내가 여기에 살지 못할 바에는 다른 이가 차지하는 꼴도 용납할 수 없었던 것에
불과하니, 그렇다면 저 팽성彭城 항우가 도읍을 정한 도시의 도시도 아방궁의 처지가
될 운명이었으나, 미처 하지 못하였을 따름이다. 또 소하蕭何 한 고조를 도와 천하를
평정하고 재상이 된 진나라의 관리가 미앙궁未央宮 한나라 고조 즉 유방의 궁궐을 크게 일으킬 때에,
귀와 눈이 없던 것도 아닌데 한 고조 유방은 짐짓 모르는 체하다가 궁궐이
다 세워진 다음에야 소하를 꾸짖고 나무랐다. 만약 이 꾸지람이 진심이라면
어째서 당장 소하를 죽여 저자에 조리돌리지 않았으며, 또 궁궐을 불태워 버리지
아니하였던가. 결국 이렇게 보자면, 앞서 육국의 것을 본떠서 아방궁의 전전을
지은 것은 곧 미앙궁을 위하여 터를 닦은 것에 지나지 않은 격이다.
조양문에 들어서니, 요·순의 유정유일의 심법이 이와 같으며, 우임금이 홍수를
다스린 일이 이와 같으며, 주공의 정전이 이러하고, 공자의 학문이 이러하고,
관중의 이재理財 재산을 잘 관리했던 이가 이러했으리라는 점을 넉넉히 짐작할 수
있겠다. 걸·주가 옥과 구슬로 궁궐을 치장한 것도 이런 법도에 지나지 않고,
몽염이 산을 허물고 골짜기를 메운 것도 이런 법도에 지나지 않으며, 진시황이
곧은 길을 닦고, 상앙이 제도를 통일시킨 것도 이런 법도에 지나지 않음을 알게
되었다. 어째서 그러한가? 성인이 일찍이 율律·도度·양量·형衡 등을 일률적으로
통일하여, 둥근 것은 그림쇠에 맞추고, 모난 것은 곡척曲尺에, 곧은 것은 먹줄에
맞추었다. 이 척도가 천하에 퍼지자 천하가 이를 기준으로 삼았고, 마침내
걸·주에게 전해져 그들도 역시 이를 기준으로 삼을 수밖에 없었다.
일찍이 성인우임금이 거대한 치수사업을 벌일 제 삼태기와 가래의 수효와
연장의 날카로움, 장인의 기교와 역부의 수가 어찌 몽염이 뫼를 헐고 골을 메워

만리장성을 쌓는 정도에 그쳤겠는가. 또 성인이 일찍이 천하의 밭이란 밭은 죄다 금을 그어 정전제도를 만들면서 그 밭두둑과 도랑 사이에는 수레 몇 채가 달릴 수 있도록 마련하였은즉, 그 곧고 바름이 어찌 천 리의 한길을 닦음만 못하였을 것인가.

성인이 일찍이 그 물음에 대답하여 나라를 다스리는 법을 말씀하셨으나 이는 다만 말뿐이었지, 몸소 행한 것은 아니었다. 그러나 후세의 임금들이 반드시 그 학문이 성인보다 나은 것이 아니로되 곧 이를 행할 수 있었다. 그러니 이 역시 어찌 중화中華의 민족만 그러하리오. 이적夷狄 출신으로 중원의 임금이 된 자치고 일찍이 도道를 계승하여 몸소 행하지 않는 이가 없었으며, 또 의식衣食이 넉넉한 뒤에야 예절을 지킬 수 있다 하였은즉, 후세의 임금들 중에 그 나라를 튼튼히 하고 그 군사를 굳세게 하고자 한 자가 차라리 각박하다, 무정하다 등의 평가는 받을지언정, 그 자신을 위해서 사리를 탐했다고 할 수는 없는 노릇이다. 또 그 심술의 기미를 살핀다든지, 혹은 그 사업을 공사公私의 사이에서 분별하자면, 저들이 정일精一의 방법을 알았다고는 할 수 없겠으나, 그 공리功利 효과의 측면에서 보자면, 비록 그 방법이 오랑캐에서 나왔다 할지라도, 그 여러 가지 미덕을 모아서 행함에 있어서는 역시 정일을 본받지 않음이 없었다. 그러므로 내가 앞서 이른바 재주와 역량이 하늘과 땅을 움직일 수 있다 함이 오늘날의 중국을 이룩한 것이며, 21대 3천여 년 동안의 모든 제도를 이에서 가히 상고할 수 있겠다.

이제 나라를 세워 '청'淸이라 하고, 도읍을 정하여 그 이름을 '순천부'順天府라 하니, 천문으로 보면 기성箕星 28수의 일곱째 별자리과 미성尾星 28수의 여섯째 별자리 사이였고, 지리로 말한다면 우공禹貢에서 이른바 기주冀州의 터전으로서, 고양씨高陽氏 오제五帝의 하나인 전욱顓頊는 유릉幽陵이라 하였고, 도당씨陶唐氏 요堯는 유도幽都, 우虞는 유주幽州, 하夏·은殷은 기주冀州, 진秦은 상곡上谷·어양漁陽이라

북경 도성도

하였으며, 한漢의 초기엔 연국燕國이라 하였다가 뒤에는 나누어서 탁군涿郡, 또 광양廣陽이라 하였으며, 진晉·당唐에서는 범양范陽이라 하였고, 요遼는 남경이라 하였다가 뒤에는 석진부析津府라 고쳤고, 송宋은 연산부燕山府라 하였고, 금金은 연경燕京이라 했다가 곧 중도中都라 고쳤으며, 원元은 대도大都라 하였고, 명明의 초년엔 북평부北平府라 하였다가, 태종 황제太宗皇帝 청나라 2대 황제 홍타이지가 이에 수도를 옮기고 순천부라 고쳐서 오늘 이곳에 수도를 세웠다. 그 성 둘레는 40리, 왼쪽으로 바다가 둘러져 있고, 오른쪽으로 태항산太行山을 끼고, 북쪽으로 거용관居庸關을 베고, 남쪽으로는 하수河水·제수濟水가 옷깃처럼 흐른다.

성문 가운데 정남 방향이 정양正陽, 오른편이 숭문崇文, 왼편이 선무宣武, 동남쪽이 제화濟化, 동북쪽이 조양朝陽, 서남쪽은 평택平澤, 서북쪽은 서직西直, 북서쪽은 덕승德勝, 북동쪽은 안정安定이라 한다. 외성外城의 문은 일곱이며, 자금성紫禁城에는 문이 셋이다. 궁성宮城은 주위가 17리로 문이 넷이며, 그 전전前殿을 태화太和라 하고 오로지 한 사람만이 거처하니, 그의 성姓은 애신각라愛新覺羅요, 그 종족은 여진女眞 만주부滿洲部요, 그 자리는 천자天子요, 그 칭호는 황제皇帝이고, 그 직책은 하늘을 대신하여 만물을 다스리는 일이다. 스스로를 일컬을 때는 '짐朕'이라 하고, 온 나라가 그를 높여 '폐하陛下'라 하며, 말씀을 내면 '조詔'라 하고, 호령을 하면 '칙勅'이라 한다. 머리에는 홍모紅帽를 쓰고, 마제수馬蹄袖를 입으며 그 자리가 전수된 지 4대로써, 연호를 세워 '건륭乾隆'이라 한다. 이 글을 쓴 자는 누구인가? 조선의 박지원이다. 때는 언제인가? 건륭 45년 가을 8월 초하루이다.

자금성 전경

태화전太和殿

태화전은 명나라 때 황제가 조정이나 국가의 의례를
행하는 나라의 중요한 행사가 거행되었던 곳이다. 황제
즉위, 탄생축하, 결혼, 왕후 책봉 등의 의식은 모두
이곳에서 열렸다. 이곳의 건축은 특히 장엄하고 숭고한
미를 띠고 있다.

태화전 내부

근신전謹身殿

근신전은 청나라 때는 '보화전'(保和殿)으로 개칭되었는데, 황제가
대신들을 불러 연회를 개최하던 장소였다.

근신전 내부

건청전乾淸殿

건청전은 황제가
거처하던 장소로, 황제의
침소가 있는 곳이다.

곤령전坤寧殿

곤령전은 왕후가 거처하던 장소이다. 규모는 건청전보다 작지만,
건축양식은 같다. 건청전의 건은 하늘을 뜻하고, 곤령전의 곤은
땅을 뜻한다.

곤령전 내부

무신일 8월 2일
戊申日

/

맑음

지난 밤 천둥이 치고 큰 비가 내렸다. 숙소는 아직 수리를 못해 창호지가 떨어진 상태였다. 새벽에 찬바람이 든 탓에 감기 기운이 있어, 음식을 먹지 못했다.

아침 일찍 예부禮部·호부戶部의 낭중郎中과 광록시光祿寺 제사나 조회를 맡아 보던 관아의 관원들이 아문衙門에 모여들었다. 쌀과 팥 대여섯 수레와 돼지·양·닭·거위·채소 등속이 바깥뜰에 가득차 있다. 각 부部의 관원이 의자를 나란히 하여 앉았는데, 감히 떠드는 자가 없었다.

정사에게는 날마다 관館의 찬饌으로 거위 한 마리, 닭 세 마리, 돼지고기 다섯 근, 생선 세 마리, 우유 한 병, 두부 세 근, 백면白麵 두 근, 황주黃酒 여섯 항아리, 김치 세 근, 차잎 넉 냥, 오이지 넉 냥, 소금 두 냥, 청장淸醬 여섯 냥, 감장甘醬 여덟 냥, 초醋 열 냥, 향유香油 한 냥, 화초花椒 산초 한 돈, 등유燈油 세 병, 밀랍초 세 자루, 우유기름 석 냥, 세분細粉 한 근 반, 생강 닷 냥, 마늘 열 뿌리, 능금 열다섯 개, 배 열다섯 개, 감 열다섯 개, 말린 대추 한 근, 포도 한 근, 사과 열다섯 개, 소주 한 병, 쌀 두 되, 나무 서른 근, 또 사흘마다 몽고양蒙古羊 한 마리씩을 준다.

부사와 서장관에게는 날마다 두 사람 몫으로 양 한 마리, 거위 두 마리, 닭 두 마리, 생선 두 마리, 우유 한 병, 고기 세 근, 백면 네 근, 두부 네 근, 김치 여섯 근,

화초 두 돈, 차잎 두 냥, 소금 두 냥, 청장 열두 냥, 감장 열두 냥, 초 스무 냥, 황주
열두 항아리, 오이지 여덟 냥, 향유 두 냥, 등유 두 종지, 쌀 네 되, 능금 열다섯 개,
사과 열다섯 개, 배 열다섯 개, 포도 닷 근, 말린 대추 닷 근, 그 밖의 과실은 닷새
만에 한 번씩 준다. 부사에게는 날마다 나무 열일곱 근, 서장관에게는 열다섯
근씩을 준다.

그리고 대통관大通官 통역관 3명과 압물관押物官 물품관리를 맡은 관원 24명에게는 날마다
각기 닭 한 마리, 고기 두 근, 백면 한 근, 김치 한 근, 두부 한 근, 황주 두 항아리,
화초 닷 푼, 차잎 닷 돈, 청장 두 냥, 감장 넉 냥, 향유 네 돈, 등유 한 종지, 소금
한 냥, 쌀 한 되, 나무 한 근씩을 주고, 또 공로가 있는 수행원 30명에게는 날마다
각기 고기 반 근, 백면 반 근, 김치 두 냥, 소금 한 냥, 등유 합하여 여섯 종지,
황주 합하여 여섯 항아리, 쌀 한 되, 나무 네 근씩을 주고, 공로가 없는 종인
221명에게는 날마다 각기 고기 반 근, 김치 넉 냥, 초 두 냥, 소금 한 냥, 쌀 한 되,
나무 네 근씩을 준다.

기유일 8월 3일
己酉日

/

맑음

해가 뜨고 비로소 관문關門을 열기에 곧장 시대와 장복을 데리고 관을 나와서
첨운패루瞻雲牌樓 아래쪽으로 걸었다. 태평차 한 대를 빌렸다. 수레는 나귀 한
마리가 끌고 간다. 주방廚房에서 하루치 물품을 주기에, 시대에게 돈으로 바꾸어
수레에 싣게 했다. 은 두 냥이 돈 2,200닢이었다. 시대는 수레 오른편에, 장복은
뒤쪽에 태우고, 선무문宣武門까지 내달렸다. 선무문의 모양은 조양문과 같다.
왼쪽으로 상방象房 코끼리를 기르는 곳이, 오른쪽으로 천주당天主堂이 있다. 문을 벗어나
오른편으로 돌아 유리창으로 들어갔다. 처음 거리에 '오류거'五柳居라는 세 글자를
적은 간판이 붙어 있었다. 이곳이 바로 도옥屠鈺의 책방이다. 지난해에 이덕무
일행이 여기서 책을 많이 샀다면서 즐겁게 오류거 이야기를 한 적이 있다. 지금
이곳을 지나고 보니 마치 옛 친구를 만난 듯하다. 이덕무가 나를 전송하면서
"당낙우唐樂宇를 찾아가시려면, 먼저 선월루先月樓로 가서 그 남쪽 편으로
돌아가십시오. 그럼 조그만 거리의 두번째 문이 곧 그의 댁이랍니다" 하였다.
수레를 몰아 양매서가楊梅書街에 이르러 우연찮게 육일루六一樓에 올랐다가
유세기兪世奇를 만나 잠시 이야기를 나누었다. 서황徐璜과 진정훈陳庭訓 등도
자리를 함께 했는데, 다들 괜찮은 선비들이었다. 날을 정해 이곳에서 다시

만나기로 약속하고 수레를 돌려 북쪽 골목으로 들어갔다. 길옆에 '선월루'라고
쓴 금빛 글씨가 보인다. 이곳 역시 책방이다. 곧장 수레에서 내려 두 하인과 함께
당씨의 집으로 들어서는데, 마치 낯익은 집을 찾아가는 느낌이었다. 문 앞에
하인 셋이 우리를 맞으며 말한다.

"어르신께선 아침 일찍 아문에 나가셨습니다."

"언제쯤이나 돌아오시느냐?"

"아침 예닐곱 시에 나가셔서 저녁 예닐곱 시면 돌아오십니다."

하인 하나가, 잠시 외관外館에 올라 땀이라도 식히라 하기에 따라서 들어가니,
용렬해 보이는 서생 하나가 나와서 맞이한다. 성은 주周라고 했으나 이름은
잊어버렸다.

전에 듣기로, 당낙우는 아들 다섯을 두었는데 하나같이 뛰어나다고 했다. 지금
두 아이가 방에서 내려와 공손히 인사하는데, 이 아이들이 당낙우의 아들임은
묻지 않아도 알 수 있었다. 두 아이에게 나이를 물었다. 큰 애는 열셋, 작은 애는
열한 살이었다.

"형의 이름이 장우張友이고, 아우의 이름이 장요張瑤가 아니더냐?" 하고 물으니,
둘이 함께 대답하고 묻는다.

"그렇습니다. 어르신께서 어찌 아시는지요?"

"너희들이 글 잘 읽는다는 소문이 조선에까지 알려졌단다."

얼마 있으니 그 집 하인이 파초잎 모양의 주석 쟁반을 들고 나왔다. 더운 차
한 그릇, 능금 세 개, 양매탕楊梅湯 한 그릇을 공손히 권한다. 그리고 하인이 그
집의 대부인 말씀이라면서 전하기를, 지난해에 조선에서 온 어른 두 분이 가끔
저희 집을 찾아주셨는데 여전히 무고한지 물으면서 혹 청심환을 가지고 온
게 있으면 한두 개 얻었으면 한다고 했다. 나는 지금은 가지고 있지 않으니
훗날 다시 올 때 가져다 드리겠다고 답을 전했다. 이 집의 연로한 마나님은 늘

내당의 여인들 그림은 작자 미상의 명나라 때 것이다.

동락산방東絡山房에 계시는데 연세가 여든이 넘지만 근력이 좋다는 말을 들은
적이 있다. 하인이 멀리 손으로 가리키며, "노마나님이 방금 중문에 나오셔서,
조선 분들의 옷차림을 구경하고 계십니다" 한다.

나는 똑바로 쳐다보기가 겸연쩍어서 못 본 체하였다. 붉은 종이로 만든 중머리
부채 두 자루와 여러 가지 빛깔의 종이를 장우와 장요에게 나눠 주고는, 열흘
안으로 다시 오리라 약속하고 곧장 일어서 문을 나섰다. 뒤를 돌아보니 그
마나님은 시종 둘의 부축을 받으며 여전히 중문에 서 계셨다. 멀리서 바라보니
백발이 머리를 덮었으나 몸은 건강해 보이고, 그 연세에도 여전히 화장을 곱게
하고 보석으로 치장하였다. 시대와 장복이 말했다.

"아까 당씨 집 늙은 마나님이 하인들을 시켜 우리를 좌우로 에워싸 뜰 가운데
세워 놓고는, 우리 옷 만드는 법을 보겠다며 소인들 옷을 벗기려 하였습니다.
소인들이 황공하여 감히 바로 쳐다보지 못하고, '날이 더워 걸친 거라곤,
홑적삼뿐입니다'라며 사양했습니다. 그런즉, 돌려 세워 보기도 하고 모로 세워
보기도 하고, 또 여러 하인을 시켜 깃고대와 도련을 들추어보고는, 술과 안주를
주더군요. 소인들 옷이 너무 너저분해 창피스러워 죽는 줄 알았습니다."

돌아오는 길에 회자관回子館 이슬람 교당을 구경하였다.

경술일 8월 4일
庚戌日

/

맑음. 삼복 더위나 다름없이
무척이나 더웠음

수레를 몰아 정양문을 나와 유리창을 지나면서 어떤 이에게 물었다.

"유리창은 모두 몇 칸이나 됩니까?"

"모두 27만 칸입니다."

정양문에서 가로로 뻗어 선무문에 이르기까지의 다섯 거리가 다 유리창이다. 국내외의 진귀한 물건들이 모여드는 곳이다. 나는 한 누각에 올라 난간에 기댄 채 탄식하였다. "이 세상에 진실로 한 사람의 지기만 만나도 아쉬움이 없으리라." 아아, 사람들은 늘 스스로를 보고자 하나 제대로 볼 수가 없다. 그런즉 때로 바보나 미치광이처럼 다른 사람이 되어 자신을 돌아볼 때야 비로소 자신이 다른 존재와 다를 바 없음을 알게 된다. 그리고 그런 경지에 이르러야 비로소 얽매임이 없이 자유로워진다. 성인은 이 도를 운용하셨기에 세상을 버리고도 번민이 없었고, 홀로 서 있어도 두려움이 없었다. 공자는 '남이 나를 알아주지 않더라도 성내지 않는다면 또한 군자가 아니겠느냐' 하였고, 노자老子도 역시 '나를 알아주는 이가 드물다면 나는 참으로 고귀한 존재로다' 하였다. 이렇듯이 남이 나를 알아주기를 원치 않아서 자신의 옷을 바꾸기도 하고, 자신의 외모를 바꾸거나 이름을 바꾸는 경우도 있었다. 이는 곧 성인과 부처, 현자와 호걸 등이

20세기 초의 정양문(위)과
선무문(아래) 풍경

세상을 하나의 노리개 정도로 간주하여, 천하를 다스리는
것과도 그 즐거움을 바꾸지 않는 까닭이다. 이럴 때,
세상에 단 한 사람이라도 자신을 알아보는 이가 있다면,
그 자취는 드러나게 된다. 실제로 세상에 자신을 알아주는
단 한 사람의 지기가 없었던 적은 없다. 요임금이 백성들을
살피기 위해 한미한 옷으로 바꿔 입었으나 '격양가'擊壤歌를
부르는 늙은이가 나타났고, 석가가 얼굴을 달리 하였으나
아난阿難 석가의 수제자이 그를 알아보았다. 태백太伯은 몸에
문신을 하고 남만南蠻으로 떠나갔으나 중옹仲雍이 뒤를
따랐고, 예양豫讓은 몸에 옻칠을 하였어도 알아보는 벗이
있었다. 삼려대부三閭大夫 굴원이 창백한 얼굴을 했어도 그를
알아보는 어부漁夫가 있었고, 범려가 오호五湖에 배를 띄울
때 서시西施가 그 뒤를 따랐다. 장록張祿이 객관에서 가만히
걸을 때에도 수가須賈가 있었다. 장자방張子房은 이교圯橋 위를
조용히 거닐다가 황석공黃石公을 만났다.

이제 나는 이 유리창 중에 홀로 서 있다. 내가 입고 있는
옷과 갓은 세상이 알지 못하는 것이고, 그 수염과 눈썹은
천하가 처음 보는 바이며, 반남潘南 연암의 관향의 박씨는 중국
천하가 들어 보지 못한 성씨이다. 여기서 나는 성인도 되고
부처도 되고 현자도 되고 호걸도 되려니, 이러한 미치광이
짓은 기자箕子나 접여接輿와 같으나 장차 어느 지기와 이
지극한 즐거움을 논할 수 있으리오. 누군가 공자께서 송宋
땅을 지나갈 때에 무슨 관冠을 쓰셨을까 묻는다면, 나는
웃으며 이렇게 대답하리라.

"아마 우물과 창고와 평상과 거문고가 벌여 있고, 바라볼 때는 앞에 계시더니 별안간 뒤에 계실 것이며, 또 물고기 가죽이나 표범 무늬처럼 변신이 잦았을 터이니, 누가 그 참된 모습을 알 수 있었으리오.[1]"

그렇기에 "선생님이 계신데 회(回)가 감히 죽을 수 있겠습니까[2]"라고 한 안회야말로 공자의 유일한 지기(知己)였을 것이다.

1.

우물과 창고와 평상과 거문고는 『맹자』의 순임금과 그 아우 상의 고사에서 유래한 것으로, 학자의 일상생활에 보통 있을 수 있는 네 가지를 말한다. 변신 이야기는 『주역』에 나오는 말로, 표범이 가을에 털을 갈아 아름답게 변하듯이 군자가 잘못을 뚜렷하고 과감하게 고쳐 선으로 옮겨 가는 행위가 빛이 난다는 의미이다.

누가 그 참된 모습을 알 수 있었겠냐는 말은 공자의 제자 안연이 스승의 도가 지극히 높아 따라가기 어려움을 탄식하면서 한 말이다. "부자의 도는 우러러볼수록 더욱 높고 뚫으려 할수록 더욱 견고하며, 바라보매 앞에 계시더니 홀연히 뒤에 계시구나" 하고 공자의 도가 무궁무진하며 표현할 수 없는 경지임을 말한 것이다.

2.

『논어』에 실린 고사. 공자가 광(匡)땅에서 위험을 느끼고 경계할 때 안회가 뒤쳐졌다가 나중에 쫓아와서 합류하였다. 공자가 안회에게 네가 죽은 줄 알았다고 말하자, 안회가 이렇게 대답했다고 한다.

북경의 이모저모 황도기략黃圖紀略

황성의 아홉 개 문皇城九門

북경 성의 둘레는 40리로, 그 생김이 마치 바둑판과 같다. 아홉 군데에 문이 있는데, 정남은 정양正陽, 동남은 숭문崇文, 서남은 선무宣武, 정동은 조양朝陽, 동북은 동직東直, 정서는 부성阜成, 서북은 서직西直, 북서는 덕승德勝, 북동은 안정安定이라고 부른다. 성 안에는 자금성이 있는데, 둘레는 17리다. 붉은 담장에 황색 유리 기와를 덮었다. 문에서 서북쪽을 지안地安, 남쪽을 천안天安, 동쪽을 동안東安, 서쪽을 서안西安이라 부른다. 자금성 안쪽이 곧 궁성인데 정남은 태청문太淸門, 제2문은 천안문天安門, 제3문은 단문端門, 제4문은 오문午門, 제5문은 태화문太和門이다. 후문은 건청문乾淸門인데, 건청문의 북쪽은 신무神武, 동쪽은 동화東華, 서쪽은 서화西華이다. 문의 누각은 모두 처마가 3겹으로, 문마다 옹성이 붙어 있다. 옹성에는 모두 2층 적루敵樓가 있다. 쇠로 싼 관문이 성문과 마주 서 있고, 좌우에는 편문이 있다. 그 정남쪽 1면은 외성으로 문이 일곱 개가 있는데 제도는 내성 구문과 동일하다. 정남이 영정永定, 남쪽 왼편이 좌안左安, 오른편이 우안右安, 동쪽이 광거廣渠, 서쪽이 광녕廣寧이다. 광거의 동쪽 모퉁이 문은 동편, 광녕의 서쪽 모퉁이 문은 서편이라 한다. 지안문 밖에는 북을 치는 누각이 있고, 그 북쪽 편에는 종을 치는 누각이 있다. 각루角樓가 6개이며, 수문水門이 3개다. 성을 두른 연못의 물은 옥천산에서 발원하여 고량교高梁橋를 지나 두 갈래로 갈라진다. 한 갈래는 성의 북쪽을 돌아 동쪽으로 꺾어 남으로 흐르고, 하나는 성의 서쪽을 돌아 남으로 꺾어 동으로 자금성에 흘러들어 태액지太液池가 된다. 이 물은 9문을 감돌아 아홉 개의 수문을 지나서 대통교大通橋에 이르는데, 동서편 기슭은 모두 벽돌과 돌로 쌓았다. 9문의 못 도랑에는 모두 큰 돌다리를 놓았다. 외성을 감싼 연못의 물 역시 옥천의 물이 갈라져 서각루에 이르러 성의 남쪽을 감돌아 흐른다. 또 동으로 꺾여 동각루에 이르러 7문을 거쳐 동쪽으로 운하에 들어간다. 7문에는 각기 다리 하나씩이 걸쳐 있다.

내성에는 16개의 큰 거리街와 24군데의 방坊 일종의 행정 구역으로 지금의 '동'과 비슷함이 있다. 태청문의 동쪽 방은 부문방敷文坊, 서쪽은 진무방振武坊이라 하고, 숭문문 안의 맞은편 방은 취일방就日坊, 선무문 안의 맞은편 방은 첨운방瞻雲坊, 동대가東大街의 사패루四牌樓는 이인방履仁坊, 서대가西大街의 사패루는 행의방行義坊, 태학의 동서로 마주보는 방은 성현방成賢坊, 부학府學의 동서로 마주보는 방은 육현방育賢坊, 제왕묘帝王廟의 동서로 마주보는 방은 경덕방景德坊이라 한다. 정양문을 나서 10리 밖 남교南郊에는 원구圜丘 동짓날 황제가 하늘에 제사를 드리는 곳가 있고, 정안문 밖으로 곧장 10리를 가면 북교北郊가 되어 방택方澤이 있다. 조양문 밖으로 곧장 10리를 가면 동교인데, 여기가 바로 해뜨는 곳이다. 또 부성문 밖으로 곧장 10리를 가면 서교로, 여기가 바로 달이 지는 곳이다.

태묘는 대궐의 왼쪽에, 사직은 대궐의 오른편에 있고, 육과六科는 단문의 좌우에, 육부六部와 백사百司는 태청문 밖 좌우에 있다.

내가 중국에서 돌아온 지 오래되어 당시를 회상하노라면 감감하기는 아침놀이 눈을 가리는 듯하고, 아득하기는 마치 새벽 꿈결의 넋 빠진 상태 같다. 그래서 남북의 방위가 바뀌기도 하고 이름과 실물이 바뀌기도 하였다. 하루는 정석치가 나를 위하여 『팔기통지』八旗通志에서 「황성일피도」皇城一披圖를 그려 주었다. 그림이 어찌나 생생한지 성지·궁궐·거리와 골목·관공서들이 마치 손금을 들여다보는 듯하고, 심지어 신발 끄는 소리까지 들리는 듯했다. 이에 요긴한 대목을 추려 『황도기략』이라 이름하였다. 대체로 북경의 도성 체제는 조정을 앞에 두고 저자를 뒤에 두며, 종묘를 왼쪽에, 사직을 오른쪽에 둔다. 아홉 개의 문과 아홉 개의 거리가 곧고 바르게 만들어졌는데, 도성이 바르게 되니 천하가 바르게 되었다.

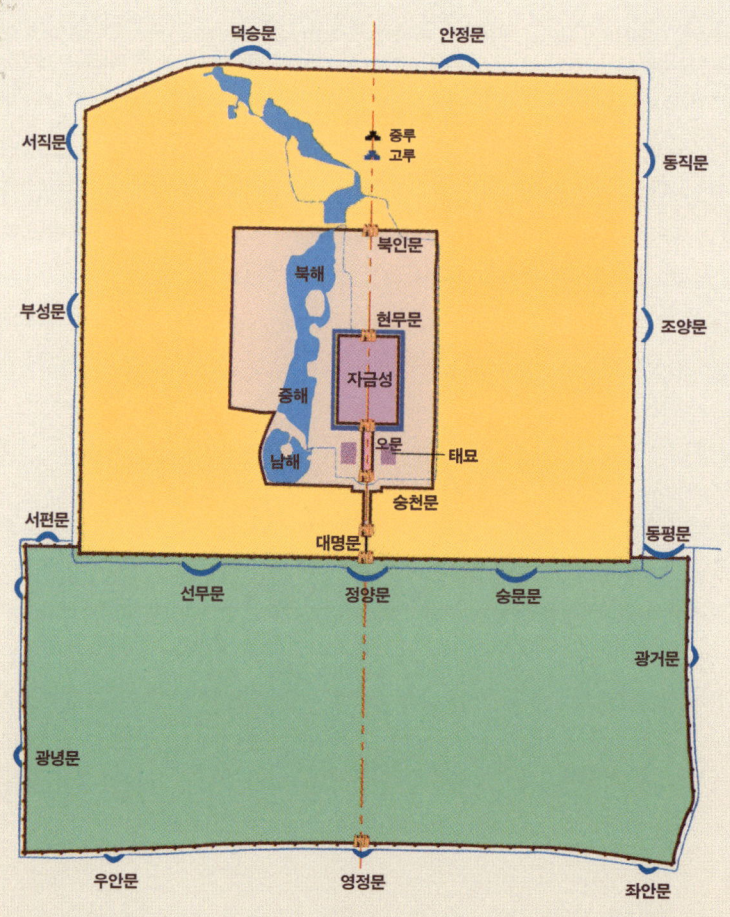

내성 9문의 용도

내성의 9개 문은 각각 그 용도가 달랐다.

정앙문
내성의 정문으로, 도시의 한가운데 있다. 황제 전용문으로 황제를 태운 가마가 다녔다.

조앙문
남쪽에서 북경으로 곡식을 싣고 올 때는 반드시 조양문으로 들어와 성 안의 곡물창고로 운반되었다. 황제가 붕어한 후 황제의 관을 내갈 때도 이 문을 사용했다. 우리나라 사신들이 성 안에 들어갈 때도 이 조양문을 통해서 들어갔다.

동직문
상문(商門)이라고도 하는데, 일반 민중들이 이 부근에서 상업을 했기 때문이다. 황제는 이 문에 발을 딛는 일이 없었다.

서직문
수문(水門)이라고도 불린다. 황제는 성 안의 물이 아닌 옥천산의 물을 가져다 마셨는데 그 물을 실은 수레가 다니는 문이었다.

숭문문
성 남쪽 중앙에는 양조업자들이 많이 살고 있어 이 성문에 출입하는 것은 주로 술을 실은 수레들이었다. 또 이 문에는 세관이 있었는데, 이곳의 세금관리들은 가렴주구로 악명이 높았다.

덕승문과 안정문
군대가 출정할 때는 덕승문을 통해 나가고, 개선할 때는 안정문을 통해 들어 왔다고 한다.

선무문
사문(死門)이라고도 한다. 사형수가 형장에 끌려갈 때 반드시 통과하는 장소였기 때문이다. 중국 남쪽 지방에서 오는 사람들도 주로 이 문을 이용했다.

부성문
도시 서쪽의 석탄 생산지에서 석탄을 도시로 운반할 때 출입하는 길이었다.

서관西館

서관은 첨운패루 안, 큰 거리 서쪽 백묘曰廟의 왼쪽에 있다. 정양문
오른편에 있는 것은 남관인데, 모두 우리나라의 사관이다. 동지사가
먼저 남관에 들고 별사가 뒤미처 올 경우 이 관에 나누어 든다.
누군가 말하길, 몰수당한 집이라고 한다. 앞 담이 10여 칸으로,
모란을 새긴 벽돌을 쌓아 올려 무늬가 영롱했다. 정사는 정당正堂에
거처하고 가운데 뜰에는 동서 양당이 있어 부사와 서장관이 나눠
거처한다. 나는 전당前堂에 묵었다.

만수산萬壽山

태액지를 파서 나온 흙으로 산을 만든 것이 만수산이다.
매산煤山이라고도 한다. 산 위에는 처마가 셋 달린 전각이
있고 법륜간法輪竿 네 개를 세웠는데, 여기가 바로 명明의
의종렬황제毅宗烈皇帝가 스스로 목숨을 끊은 곳이다. 항주 사람
육가초陸可樵와 이면상李冕相을 오룡정에서 만났다. 두 사람도
초행인지라 나처럼 길을 몰라 헤매는 처지였다. 그들은 옛사람의
기록을 주머니 속에 지니고 다니다 꺼내 보면서 때로는 회심의
미소를 짓기도 하고, 때로는 마주보고 깜짝 놀라기도 했다. 옛 기록과
딱 들어맞을 때도 있고 그렇지 않을 때도 있다 보니 그런 것이다.
저들은 중국인인데도 보고 들은 것이 서로 다르고 옛 기록에도

만세산(경산)
자금성 뒷쪽에 있는
만세산은 명나라
영락제가 자금성을
세우면서 붙인
이름이었는데, 나중에
청 왕조가 들어서면서
이름을 경산이라고
고쳤다. 또 매산이라는
이름은 주로 민가에서
불렀던 것인데, 궁성이
포위되었을 때를
대비하여 이 산에 석탄을
매립했다는 소문에서
생겨난 이름이었다.

오류가 있는데, 하물며 나 같은 변방의 외국인이야 더 말할 나위가 있으랴.

덕분에 나도 새로 알게 된 바가 있었다. 나는 처음엔 만세산萬歲山을 만수산萬壽山으로 알고 있었다. 중국 발음으로 만萬은 '완'이고 세歲는 '수'壽와 '쇄'麗를 우리말로 옮겨 표시해 보면 '쒀이'이기 때문에, 만수나 만세는 음과 뜻이 서로 비슷하다. 그래서 나는 산 하나에 두 가지 이름을 붙인 줄로만 알았다. 허나 지금 이들이 가지고 있는 옛 기록을 상고해 보건대 같은 산이 아니었다. 며칠 전에 구경한 토원산과 경화도가 바로 만세산이었다. 비유하자면, 사람들이 마주 앉아 얼굴을 확인하고 이름을 교환한 후에야 제대로 알게 되는 것이나 마찬가지인 셈이다.

자금성 안의 창고 체인각
황제에게 바치는 조공 물품을 보관한 곳. 1766년 사행의 일원으로 북경을 방문한 홍대용의 『을병연행록』에도 체인각에 대한 기록이 보인다. 당시 홍대용은 체인각 안도 볼 수가 있었는데, 창고에 물품들이 칸칸이 잘 정리가 되어 있고 물건의 들고남이 엄정하게 이루어지고 있는 것을 인상적으로 기록하고 있다.

체인각體仁閣

내무부의 관원 및 통관이 우리 역관의 입회 하에 우리나라에서 예물로 준비한 자주紫紬와 황저黃紵를 체인각에다 바쳤다. 때마침 재상으로 있던 이시요李侍堯의 가산을 접수하고 있었다. 이시요는 운귀총독雲貴總督 해명海明으로부터 금 200냥을 뇌물로 받았기 때문에 가산을 몰수당하는 것이다. 중국은 중앙이나 지방, 지위의 높고 낮음에 상관없이 관리들 모두에게 일정한 봉급이 있다. 그러나

지방관의 경우에는 일일이 나누어 주기가 번거로워 일정한 제도로 자리 잡기가 어려웠다. 만일 정한 금액 외에 사사로이 부과한 세금이 있다거나 실권자에게 뇌물을 바치거나 한다면, 아무리 털끝만 한 잘못일지라도 죄를 물어 뇌물과 살림을 죄다 몰수한다. 다만, 이때에 관직만은 박탈하지 않는데, 봉급은 한 푼도 주지 않으므로 처자식은 의지할 곳 없이 떠돌게 된다. 이 법은 명나라 때부터 있던 것으로 청나라에 들어와 한층 더 엄격해졌다.

내무부의 관원이 마주 앉아서 이시요의 재산을 접수하는 걸 보니, 다른 물건은 없고 모두 부인네들이 입는 표범가죽 옷 200여 벌뿐이다. 그 중 한 벌은 길이가 길고 털 가장자리는 금으로 용틀임수를 놓았다.

황제의 마구간御廐

마방은 황실의 말을 먹이는 곳으로, 전성문前星門 밖에 있다. 동서로 나무 울타리를 세워서 문을 만들었다. 불과 300여 필밖에 안 되는 말들이 모두 굴레를 벗고 제멋대로 뛰어다녔다. 대낮이 되어 말먹이꾼들이 울타리를 열고 채찍을 들어 부르는 시늉을 하자 말들이 양쪽의 마구간에서 일제히 뛰쳐나와 머리를 가지런히 하고 좌우로 갈라섰다. 북쪽 담장 밑에는 큰 우물이 있고, 우물가에는 커다란 돌구유가 있다. 사람 둘이 기계로 물을 길어 계속 구유 속으로 퍼 넣는다. 말먹이꾼은 채찍으로 말들을 열 마리씩 한 무리로 나누어 순서대로 들어가 물을 마시게 했다. 앞 대열이 일제히 마시고 일제히 물러나오면 이어서 다음 대열이 나가는데, 서로 앞서려고 다투는 법이 없이 들어가는 패는 오른편으로, 나오는 패는 왼편으로 질서 정연하다.

내가 "도대체 천자의 말이 이것뿐이냐" 하고 물었더니, 말먹이꾼이 웃으며 말한다. "천자는 만승萬乘이라 일컫습니다. 서울이나 지방에 살고 있는 어지간한 부자도 이 정도쯤은 다 가지고 있는 터에, 하물며 만승의 천자는 어떻겠습니까. 창춘원·원명원·서산 등지에 있는 것까지 치면 만 여 마리는 족히 될 것입니다. 황제의 장원인 남해자에도 역시 천리마가 있습니다만, 지금 천자께서 북방으로 거둥을 했기 때문에 좋은 말들은 모두 준화주遵化州로 갔답니다. 여기 남아 있는 것들은 모두 늙고 병들어 의장에나 쓸 수 있을 뿐입니다. 다들 60~70살씩은 먹었습죠."

그러고는 누런 말 한 필을 가리키면서, "이 말은 백세 살입니다"라며 입을 여는데, 이빨이 단 두 개뿐이다. 여물을 못 먹은 지가 벌써 30여 년이란다. 낮에는 고급 막걸리 두 동이를 먹고 아침저녁으론 엿밥과 보릿가루 두 되를 소주에 섞어 주면 구유에 대고 핥아 먹는다고 한다. 한 달에 삼품三品의 급료를 받으며, 황제가 때로 어찬을 내리면 반드시 두

청 궁정의 이탈리아인 화가

주세페 카스틸리오네
(Giuseppe Castiglione)는
밀라노에서 태어났다
(중국식 이름은
낭세녕郎世寧). 1709년
예수회에 들어갔고,
1715년 선교사로 청나라에
파견되었다. 서양화 기법을
중국에 전해 미술과 건축
분야에 영향을 주었다.
청나라의 궁정화가로서
강희제, 옹정제, 건륭제를
섬겼다. 바로크 양식을
도입한 별궁인 원명원을
설계하기도 했으며, 중국
전통 회화기법에 서양식
투시법 등을 도입, 중국과
서양의 회화교류에 큰
역할을 하였다. 오른쪽은
완전 무장을 한 채 말에
올라 남원(南苑)에서
열리는 팔기군의 열병식에
참석하려는 건륭제의
모습을 그린 작품이고,
아래는 백 마리의 준마를
그린 「백준도」 부분이다.

무릎을 꿇고 머리를 조아린다고 한다. 옹정雍正 때엔 하루 천 리를
갔다고 한다. 털빛이 정결하고 윤기가 흘러 그닥 늙어 보이지는
않으나, 작은 눈에 눈곱이 잔뜩 끼었다. 하지만 두 눈동자는 맑고
푸르러서 말갈인 같았다. 두 눈썹에는 터럭 대여섯 개가 남아 풀기
없이 축 늘어져 있고, 귓속의 흰털은 밖으로 흘러 나와 갈기 모양을
이루었다. 정강이만은 다른 말들보다 훨씬 탄탄하여 젊었을 때는
힘깨나 썼을 법하다. 한데, 말먹이꾼이 선물이라도 주길 바라는
눈치고, 생김새도 험상궂고 꾀죄죄한 걸로 보아 이런 자가 하는
말을 그대로 믿어도 될지 모르겠다. 해마다 삼복더위 때면 귀인들이
의장대 행렬을 갖추고 황제의 말들을 맞이하여 덕승문 밖 적수담에서
목욕을 시킨다.

종묘와 사직廟社

6과科는 단문端門 안에 있고, 6부府와 백사百司는 태청문 밖에 나누어
두었는데, 이것을 전조前朝라 한다. 태액지 북쪽의 신무문神武門 안은
후시後市라 한다. 종묘는 대궐 왼편에 있고, 사직社稷은 대궐 오른편에
있어 전후 좌우의 배치와 설비가 균형을 잡고 있으니, 이로써
통치자의 법식이 크게 갖추어진 것이다. 예전에 『수구기략』綏寇紀略

태묘太廟
태묘는 천안문, 단문,
오문을 연결하는 남북
방향 선의 동쪽에 있는
사당으로서, 그와
대칭되는 서쪽에는
사직단이 있었다.
명나라 영락제가 창건한
태묘를 청의 건륭제가
대규모로 개수했다. 명청
황실의 조상을 모신
곳이었는데, 중국 정부가
들어서면서는 '노동인민
문화궁'으로 개칭하여
각종 전시회를 여는
곳으로 사용하고 있다.

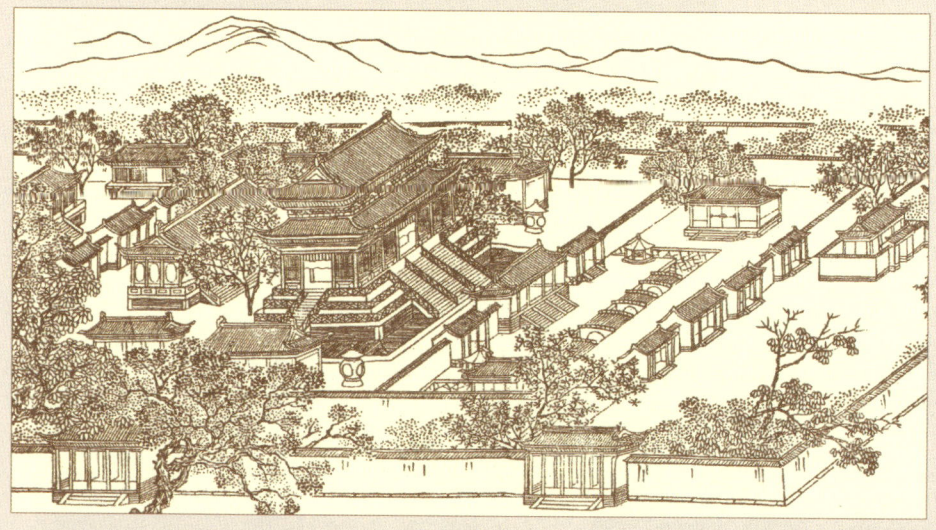

명말 청초의 시인 겸 화가였던 오위업吳偉業의 저서을 보면, "숭정崇禎 16년1643년
5월 북경에서 핏빛 비가 내리고 밤새도록 우레와 번개가 쳤으며,
태묘太廟의 신주가 거꾸러지고 보정寶鼎과 이기彝器들이 모두 녹아
내렸다"고 하였다. 또, "6월 23일 밤에는 봉선전奉先殿 묘문廟門에 벼락이
쳐서 쇠로 만든 문고리가 모두 용의 발톱에 녹아 내렸고 종묘 앞에
있는 돌 위에는 용의 누운 흔적이 남았다"고 하였다. 아아, 슬프다.
갑신년1644년 이자성의 난리는 천고에 없었던 일이다. 하늘이 무너지고
땅이 꺼지고 종묘가 뒤흔들리면서 드디어 애신각라씨의 판이 되고
말았으니 어찌 이 같은 큰 변괴가 없을 수 있겠는가.

천단天壇

천단은 외성인 영정문永定門 안에 있다. 담장의 주위가 10여 리나
되어 능히 말이라도 달릴 수 있을 정도다. 안에는 원구가 있는데
제1층의 넓이는 백여 보쯤 되고 높이는 한 길 남짓이나 되며, 바닥엔
푸른 유리벽돌을 깔았다. 난간의 네 둘레에는 모두 초록 빛깔의
유리기둥을 세웠고 사방으로 터진 층층대는 계단이 모두 아홉
오늘날 천단의 풍경　개다. 층층대의 넓이는 거의 두 발이고, 역시 푸른 유리 벽돌을

깔았다. 층층대의 양쪽 난간 역시 초록빛 유리 기둥으로 되어 있다.
제2층의 단면은 두 발 남짓 되는데 층계나 바닥, 난간의 구성은
1층과 동일하다. 원구의 밖에는 누런 기와를 이은 담장을 둘렀다.
사면에 기둥을 세워 성문[欞門]을 만들되, 원元·형亨·이利·정貞으로
이름을 붙여 동·서·남·북의 방위에 배속시켰다. 동쪽 제1단은
해, 서쪽 제1단은 달, 동쪽 제2단은 이십팔수二十八宿, 서쪽 제2단은
바람·구름·비·뇌정에게 제사를 올린다.

황궁우皇穹宇·신악관神樂觀과 태화전의 재궁齋宮·천고天庫·신주神廚 등은
모두 누런 유리 기와로 지붕을 덮었다. 신악관은 평일에는 음악과
무용을 연습시키는 곳이고, 태화전은 매번 큰 제사를 치르기 전 미리
예행연습을 하는 곳이다. 양·돼지·사슴·토끼 등을 기르는 우리가
있고, 북쪽 담장 아래로는 네모난 못을 20여 군데나 파 두었다.
겨울이 되면 여기서 얼음을 캐어 빙고에 저장한다. 제사에 쓰이는
물건을 정결하게 갖추고 있음을 알 수 있다. 정양문 아래 정남향으로
된 문은 항상 닫혀 있기에 이상하다 여겼더니, 누군가 "황제가 친히
천단에 제사를 지내러 갈 때만 정남향을 한 이 옹성문을 여는데 이
문은 기름 백 석을 부은 뒤에야 비로소 열린다"고 한다.

천단의 상징물인
신년전新年殿과 그 내부

범의 우리虎圈

황제의 마구간 뒤에는 범의 우리가 있다. 연대蓮臺 같이 성을 쌓고 그 위에 우물 정井 자로
들보를 걸치고 큰 철망을 덮었다. 담장에는 작은 구멍을 뚫고 쇠를 박아 울타리로 삼았다.
예전엔 범 두 마리가 있었는데, 한 마리는 최근에 죽었고 한 마리는 원명원으로 데리고 가
버려서 지금은 우리가 비어 있다. 황제가 거둥을 할 때는 반드시 범의 우리를 앞장세운다.
데리고 가다가 영 못마땅할 경우 황제가 친히 쏘아 죽인다고 한다.

풍금風琴

내 친구 담헌 홍대용은 일찍이, 서양인들의 기술을 논하면서 이렇게 말한 바 있다.
"우리나라 선배들 가운데 김가재金稼齋 김창업을 말함와 이일암李一菴 이기지를 말함 같은 이들은 모두
식견이 탁월하여 후배들이 가히 미칠 바가 아니지. 더구나 중국을 올바로 인식한 점도 높이
쳐줄 만하다네. 하지만 천주당에 관한 기록에는 다소 유감스러운 바가 없지 않네. 그도 그럴
것이 범상한 생각으로는 미칠 수 없는 바이고, 게다가 얼핏 보았을 테니 제대로 알아내기도
어려웠을 테지. 이후에 간 사람들의 경우엔 다들 천주당을 보긴 했으나 그저 괴이하게만 여겨
돌아보지도 않았으니, 사실은 보지 않은 거나 다름없다네. 그러다 보니 김가재는 건물이나
그림만 상세히 기록하였고, 이일암은 그림과 천문 관측의 기계만 자세히 점검했을 뿐, 풍금은
거들떠보지도 않았다네. 이 두 분이 음률에 밝질 못하여 잘 분별을 못했던 게야. 나 또한 귀로
소리를 밝게 듣고, 눈으로 만든 솜씨를 살피긴 했어도 그걸 고스란히 글로 옮기기는 쉽지
않으니 실로 유감스러운 일이구만."
그런 다음, 풍금에 대하여 아주 자세히 들려 주었다. 그래선지 여행 중에도 문득문득 담헌의
'풍금 이야기'가 떠오르곤 했다. 하여, 열하에서 북경으로 돌아오자마자 즉시 천주당을
찾았다. 선무문 안에서 동쪽으로 바라보니 지붕머리가 종처럼 생겨 우뚝 솟은 것이
있는데, 그것이 바로 천주당이었다. 북경의 동서남북에 각기 하나씩 있다는데 이것은 서편
천주당이다. '천주'天主라는 말은 천황씨天皇氏니 반고씨盤古氏니 하는 말과 같다.
이 사람들은 역서를 잘 꾸미고, 좀 색다른 방식으로 집을 짓고 산다. 그들은 하느님을 밝게
섬기는 것을 으뜸으로 삼으며 충효와 자애를 의무로 삼는다. 허물을 고치고 선을 닦는
것을 입문으로 삼으며, 사람이 죽고 사는 큰일에 대비하는 것을 궁극의 목적으로 삼는다.
저들로써는 배움의 근본이치를 찾아냈다고 떠들어 대고 있으나, 내가 보기엔 그렇지 않다.
뜻이 너무 고원하고 이론이 교묘한 데로 쏠리어, 하늘을 빙자해 사람을 속이는 죄를 범했으니
윤리 질서를 해치는 구렁에 빠지고 만 것이다.
천주당은, 높이는 일곱 길에 넓이는 수백 칸인데도 마치 쇠를 부어 만들거나 흙을 구워 놓은

것만 같았다. 명나라 만력 29년1601년 2월에 천진감세天津監稅 마당馬堂이
서양인 이마두利瑪竇 마테오 리치의 진귀한 물건과 천주 여상女像 성모마리아상을
바쳤다. 그러자 예부에서는 이렇게 명했다.
"대서양이란 회전會典에 실려 있지 않은 곳이어서 참인지 거짓인지
알 길이 없다. 그러니 적당히 참작해서 의관을 내려 주어 본국으로
돌아가게 하고, 북경에 숨어 있지 못하게 하라."
예부에서는 이 사실을 아예 황제에게 올리지도 않았다. 중국과의
교류를 시도한 서양인한테 아무런 벌을 주지 않은 건 대체로
이마두부터다. 건륭 기축년1769년에 천주당이 헐린 탓으로 소위
풍금이란 것은 남아 있지 않았다. 또 다락 위의 망원경과 여러 가지
표본기기들은 워낙 시간이 짧아 꼼꼼히 살펴볼 틈이 없었다. 이제
담헌의 풍금에 관한 이야기를 추억하면서 서글픈 심정으로 이 글을
쓴다.

서양화洋畵

천주당 한가운데 있는 벽과 천장에 구름과 사람들이 그려져 있다.
내 깜냥으론 헤아리기가 어렵고, 보통의 언어와 문자로는 형용할
수도 없었다. 내가 그림 속 인물들을 보려 하자, 번개처럼 번쩍하면서
먼저 내 눈을 잡아채는 무언가가 있었다. 화폭 속의 인물이 내 속을
꿰뚫어보는 것 같아 영 마땅치 않았다. 또 귀로 뭔가를 들으려
하자, 굽어보고 쳐다보고 돌아보고 곁눈질하는 그들이 먼저 내 귀에
뭐라고 속삭이는 듯했다. 마치 내가 숨기고 있는 것을 꿰뚫어보는 것
같아 부끄러워졌다. 내 입에서 뭔가를 말하려고 하자, 그들이 먼저
침묵을 깨고 놀연 우레 소리를 내며 다가오는 듯했다.
가까이 가서 보니 붓질이 성글고 거칠다. 다만, 귀·눈·코·입 등의
사이와 터럭·수염·살결·힘줄 등의 사이를 희미하게 갈라놓았을
뿐이다. 붓끝이 갈라진 곳을 살펴보니 꼭 숨을 쉬고 꿈틀거리는 듯
음양의 향배가 서로 어울려 밝고 어두운 데를 잘 드러내고 있었다.
한 여인이 무릎에 5~6세 된 어린애를 앉혀 두었는데, 어린애가
병든 얼굴로 여인을 바라보니, 여인은 차마 바로 보지 못해 고개를
돌리고 있다. 그런가 하면, 옆에는 시중군 대여섯 명이 병든 아이를

선무문 밖 천주당

굽어보고 있는데, 그 중에는 참혹해서 머리를 돌리고 있는 자도 있었다. 새 날개가 붙은 귀신 수레는 박쥐가 땅에 떨어진 듯했다. 그 옆에는 웬 신장神將이 발로 새의 배를 밟은 채, 손에는 무쇠 방망이를 쳐들고 새 머리를 짓찧고 있었다. 또 사람의 머리, 사람의 몸뚱이에 새 날개가 돋아난 자도 있었다. 하도 기괴망측하여 도무지 뭐가 뭔지 분간할 수가 없었다. 좌우 벽 위의 그림은 구름이 뭉게뭉게 쌓여 한여름의 대낮 풍경 같기도 하고, 비가 오다 갓 갠 바다 풍경인 듯도 하며, 날이 샌 산골 마을의 모습 같기도 하였다. 꽃봉우리 같은 구름에 햇살이 비쳐 무지개빛으로 퍼져 나간다. 먼 데는 까마득하고도 깊숙하여 뭇 귀신과 온갖 도깨비가 나타나 멱살을 붙들고 소매를 뿌리치며, 어깨를 비비고 발등을 밟고 서 있다. 가까운 놈이 멀리 뵈기도 하고, 얕은 데가 깊어 보이기도 하며, 숨은 놈이 드러나기도 하고, 가렸던 놈이 나타나기도 하는 등, 한마디로 모두가 허공에 등을 기대고 바람을 모는 형세였다.

천장을 우러러 보니 수많은 어린애들이 오색구름 속에서 뛰노는데, 허공에 주렁주렁 매달려 있는 것이 손으로 만지면 살결이 따뜻할 것만 같고, 팔목이며 종아리는 포동포동 살이 쪘다. 구경하는 사람들이 놀라서 눈이 휘둥그레져 떨어지면 받을 듯이 손을 바치고 고개를 젖혔다.

코끼리 우리象房

코끼리 우리는 선무문 안 서성 북쪽 담장 아래에 있다. 코끼리 80여 마리가 있는데, 코끼리들은 큰 조회 때 오문午門에서 의장을 서기도 하고, 황제가 타는 가마와 의장 행렬에 쓰이기도 한다. 코끼리도 몇 품의 녹봉을 받는다. 조회 때는 백관이 오문으로 들어오기를 마치면, 코끼리가 코를 마주 엇대고 문을 지킨다. 그러면 아무도 마음대로 출입할 수가 없다. 당번 코끼리가 때로 병이 나서 의장을 서지 못할 때에는 다른 코끼리가 대신해야 하는데 말을 잘 듣지 않는다. 코끼리 부리는 자가 병난 코끼리를 끌어다가 보여 주어야만 그제야 바꾸어 선다. 코끼리가 물건을 상하게 하거나 사람을 다치게 하는 죄를 범하면 칙명을 내려 매를 친다. 그러면 엎드려서 매를 다 맞은 뒤 마치 사람처럼 머리를 조아리고 사죄를 한다. 봉급도 물론 깎인다. 그리고 벌 받은 코끼리의 반열로 물러가 지낸다.

나는 코끼리 부리는 자에게 부채와 환약 한 알을 주고 코끼리 재주를 한번 시켜 보라 했더니 그 작자는 대가가 적다며 부채 한 자루를 더 부른다. 당장 가진 것이 없어서 나중에 더 가져다 줄 테니 먼저 재주를 시켜 보라 했더니, 그자가 코끼리를 슬슬 구슬린다. 하지만 코끼리는 눈웃음을 치며 절대 할 수 없다는 시늉을 한다. 할 수 없이 동행한 이에게 코끼리 부리는 자에게 돈을 더 주게 하였다. 코끼리는 한참 동안 눈을 흘겨보더니, 코끼리 부리는 자가 돈을 세어 주머니 속에 넣는 걸 보고서야 시키지도 않은 여러 가지 재주를 부린다. 머리를 조아리며 두 앞발을 꿇기도 하고, 또 코를 흔들면서 통소 불듯 휘파람도 불고, 또 둥둥 북소리를 내기도 한다. 대체로 코끼리의 묘한 재주는 코와 어금니에서 나온다. 예전에 코끼리 그림을 보았을 때 두 이빨이 뭔가를 찌를 듯 곧추 뻗어 있어 코는 늘어지고 이는 뻐드러진 줄 알았는데 이제 보니 그렇지 않다. 이빨도 다 아래로 드리워져 막대기를 짚은 것만 같고, 갑자기 앞으로 향할 때는 환도를 잡은 것 같기도 하며, 갑자기 마주 볼 때는 예^x 자 같이도 보여 그 쓰이는 법이 한두 가지가 아니었다. 역사서에 보면, 당나라 명황제 때에 코끼리 춤이 있었다고 한다. 코끼리가 춤을 추다니 그게 말이 되나 하며 속으로 의심을 했는데, 이제 보니 사람의 뜻을 잘 알아듣기로는 코끼리만 한 짐승이 없다. 그래서인가. 이런 말까지 전해진다. "숭정 말년에 이자성이 북경을 함락시키고 코끼리 우리를 지나갈 때에 뭇 코끼리들이 눈물을 지으면서 아무것도 먹지를 않았다."

코끼리는 꼴은 둔해 보여도 성질은 슬기롭고, 눈매는 간사해 보여도 얼굴은 덕스러웠다. 코끼리는 새끼를 배면 다섯 해 만에 낳는다고도 하고, 혹은 열두 해 만에 낳는다고도 한다. 해마다 삼복날이면 금의위錦衣衛 관교들이 깃발을 늘인 의장 행렬로 쇠북을 울리면서

상방의 코끼리들 모습
황제의 생일 등 국가적인 큰 행사가 있을 때면 코끼리들이 성 밖에 나와 의례를 행했다. 이 코끼리들은 지금의 베트남인 안남 등지에서 조공으로 바친 것들로, 궁 직속 기관인 상방에서 사육되었다.

코끼리를 맞아 선무문 밖의 연못에 가서 목욕을 시킨다. 이럴 때는
구경꾼이 수만 명에 이른다고 한다.

황금대黃金臺

노이점은 경술經術과 행실로 이름이 알려져 있다. 또 중화를 높이고
오랑캐를 배격하는『춘추』의 대의에 엄격한 터라 길 위에서도
사람을 만나면 만주인, 한인 가리지 않고 한결같이 "되놈아!" 하고
불렀다. 산천이나 누대들은 모두 누린내 나는 나라의 것이라 하여
쳐다보지도 않았다. 그러나 황금대나 사호석·태자하 같은 옛
유적지는, 길을 알지 못하거나 이름이 달라 가 보기 힘들지라도
기어코 찾아내고야 말았다. 하루는 나랑 같이 황금대를 구경하기로
약속하였다. 여러 사람들에게 황금대의 위치를 물어보았으나 아는
자가 없었다. 옛 기록을 찾아보기도 했으나 말이 다 달랐다.
노군이 어느 날 몽고인 박명博明으로부터 얻었다는
『장안객화』長安客話에서 초록한 내용을 보여 주었다. 거기에는
"조양문을 나서서 남쪽으로 못을 돌아가면 동남쪽 모롱이에
높다랗게 솟아 있는 흙 둔덕이 바로 황금대다. 해가 뉘엿뉘엿
서산으로 넘어갈 제 옛일을 슬퍼하는 선비가 이 대 위에 오르면
갑자기 옛날을 회상하면서 고개를 숙이고 하염없이 거닐게 된다"고
적혀 있었다. 노군은 몹시 서글퍼하면서 다시는 황금대 이야기를
꺼내지 않았다.
하루는 노군과 함께 동악묘의 연극 구경을 갔다가 돌아오는 길에
태사太史 고역생高棫生을 만났다. 그는 능사헌 야野라고 하는 사람과
함께 타고 있었는데, 마침 황금대를 찾아가는 중이라 하였다.
능사헌은 본시 월중, 곧 절강 지방 사람으로 기이한 인물이었는데,
나에게 함께 가자고 청하였다. 노군은 하늘이 정해 주신 인연이라며
좋아서 어쩔 줄 모른다. 막상 가서 보니, 두어 길 되는 허물어진 흙
둔덕에 불과했다. 주인 없는 황폐한 무덤처럼 보여, 황금대라는
이름이 무색한 지경이었다.

황성의 동쪽 문인 조양문

황금대기黃金臺記
조양문을 나서 못을 따라 남쪽 방향으로 가면 두어 길 되는 허물어진 둔덕이 하나 있다. 여기가 곧 옛날 황금대이다. "연나라 소왕[1]이 여기에다 궁전을 지은 뒤, 축대 위에 천금을 쌓아 놓고는 천하의 어진 선비들을 맞이하여 당시 최고의 강대국인 제나라에 맞서 원수를 갚고자 하였다"는 말이 전한다. 그러므로 옛일을 슬퍼하는 인사들은 이곳에 이르면 비감한 회포를 감추지 못하여 이 둔덕 위를 거닐면서 좀처럼 발길을 돌리지 못한다. 아아, 슬프다. 축대 위의 황금은 없어졌건만 기다리던 국사國士는 오지 않는구나. 세상에는 원수가 없는데도 원수를 갚으려는 일은 그칠 때가 없으니, 축대 위에 놓인 황금도 세상에서 사라질 수가 없구나. 나는 원수를 갚은 역사적 사건 가운데 가장 큼직한 사건을 끄집어내어, 천하에 황금을 많이 쌓아 놓은 자들에게 외쳐 고하런다.
진나라 때에 황금으로 제나라의 장수를 속여 적국인 제나라를 멸망시켰으니 원수를 갚은 공로는 몽염 장군이 가장 클 것이다. 그런데 당세의 뛰어난 지략가 이사李斯는 제후를 위하여 몽염에게 다시 복수를 하였으니, 천하의 복수하는 자들은 이에 이르러 좀 멈칫하였다. 얼마 뒤 조고趙高는 이사를 죽였고 자영子嬰은 조고를 죽였으며 항우는 자영을 죽였고 패공沛公은 항우를 죽였는데, 패공이 항우를 죽일 때 황금 4만 냥이 들었다. 그러나 서로 원수를 갚으면서 황금이 돌고 돌았을 테니 천 년이 지난 오늘날까지 그 금덩이가 어디에고 그대로 있으리라. 그걸 어찌 알 수 있는가.

연燕소왕昭王
전국시대 연나라의 임금이었던 소왕의 이름은 평(平)이다. 곽외(郭隗)와 추연(鄒衍), 낙의(樂毅) 등 어진 선비를 초빙하여 아버지 때 잃었던 땅을 제(齊)나라로부터 되찾았다.

연소왕과 황금대
연나라 소왕이 황금대를 쌓아 널리 천하의 인재를 구한 일을 두고 만든 유적지.

원위元魏 이주조爾朱兆의 난리 때 성양왕城陽王 휘徽는 황금 백 근을 가지고 있었다. 휘는 낙양령 구조인에게 가서 의탁하였다. 구조인 아래서 일하는 세 명의 자사刺史를 모두 휘가 발탁했기 때문이다. 구조인은 집안 사람들에게 "오늘 우리 집이 부귀하게 되었구나" 하고 말했다. 그러고는 휘를 겁주기 위해 포도대장이 올 거라고 말하고, 휘를 다른 곳으로 도망치게 했다. 길에서 그를 죽인 뒤에 그의 머리를 이주조에게 보냈는데, 이주조의 꿈에 죽은 휘가 나타나 "내게 황금 200근이 있었는데 구조인이 가로챘으니 빼앗아 가지도록 하라"고 하였다. 이주조는 꿈에서 시킨 대로 구조인을 잡아 금을 빼앗으려고 했다. 하지만 금을 얻지 못하자 구조인을 죽여 버렸다. 이로써 보자면, 원수는 갚았지만 황금은 여전히 존재한다는 증거가 아니겠는가?

오대五代 때에 성덕 절도사 동온기董溫箕는 황금 수만 냥을 가지고 있었다. 온기가 거란의 포로가 되자 지휘사 비경秘瓊이 온기의 일가족을 한꺼번에 죽여 한구덩이에 파묻고 금을 몽땅 빼앗았다. 진晉의 고조高祖가 왕위에 오르자 비경이 제주齊州 방어사防禦使로 부임하게 되었다. 비경이 그 금을 다 싸 가지고 위주로 가는데, 범연광范延光이 국경에서 복병을 하고 있다가 비경을 죽이고 금을 몽땅 빼앗았다. 연광은 또 이 금으로 인해 양광원에게 살해를 당하고, 광원은 다시 진출제에게 목숨을 잃었다. 그러자 광원의 부하 송안은 그 금을 털어다 이수정에게 바쳤다. 수정은 뒤에 주周 고조高祖에게 패하여 처자와 함께 불에 몸을 던져 목숨을 끊었다. 그렇다면, 그 금은 아직도 인간 세상에 남아 있을 것이다. 어떻게 알 수 있는가?

옛날에 도적 세 명이 힘을 합쳐 한 무덤을 도굴하여 금을 훔쳤다. 저희들끼리 "오늘은 피곤한 데다 돈도 많이 벌었으니 술 한 잔 해야 하지 않겠어?" 하였다. 그 중 한 명이 선뜻 일어나 술을 사러 가면서, 속으로 쾌재를 불렀다. '하늘이 내린 좋은 기회! 금을 셋이 나누지 않고 내가 독차지할 수 있겠지.' 이윽고 그자가 술에 독약을 타 가지고 돌아오자, 남아 있던 도적 둘이 갑자기 달려들어 그를 때려죽였다. 그들은 먼저 술과 안주를 배불리 먹고 금을 둘이 나누려고 했지만 둘 다 무덤 옆에서 죽고 말았다. 아, 슬프도다. 이 금은 반드시 길가에 굴러다니다가 또 다시 누군가의 손에 들어갔을 것이다. 우연히 그 금을 얻은 자는 가만히 하늘에 감사를 드렸으리라. 그렇지만 이 금이 남의 무덤에서 훔친 물건인지, 독약을 먹은 자들의 유물인지, 또 이 금 때문에 몇 천 몇 백 명이 독살되었는지는 감히 생각하지 못했을 것이다. 그런데도 세상에는 돈을 좋아하지 않는 이가 없으니, 어인 까닭인가?

원컨대, 천하의 인사들은 돈이 있다 하여 꼭 기뻐할 일도 아니요, 없다고 하여 슬퍼할 일도 아니다. 오히려 아무런 까닭 없이 갑자기 돈이 굴러올 때는 천둥처럼 두려워하고 귀신처럼 무서워하며, 풀섶에서 뱀을 만난 듯 오싹하며 뒤로 물러서야 할 터이다.

옹화궁雍和宮

옹화궁은 옹정 황제의 원당願堂이다. 세 겹 처마로 된 큰 전각이 있고,
그 속에 어마어마하게 큰 금부처가 있다. 열두 개의 사닥다리를 타고
올라가는데, 어두컴컴하여 마치 귀신의 소굴에 들어가는 것만 같다.
누각에 올라 처음으로 햇빛을 보는 건 사닥다리가 끝날 때이다.
누각은 사방을 난간으로 두르고 복판은 우물처럼 팠다. 여기에
올라야 겨우 금부처의 하반신에 도달하게 된다. 또 여기서부터는
사닥다리를 밟고 올라 칠흑같이 어두운 통로를 한참 지나야만 여덟
창문이 환하게 터진다. 누각 속 우물처럼 푹 꺼진 곳은 아래층과
같다. 여기에 와야 겨우 금부처의 등 절반이 보인다. 또, 다시 어둠
속을 발로 더듬어 올라가면 곧장 위층으로 나갈 수 있다. 이 부분에
이르러야 비로소 부처의 정수리와 나란히 서게 된다. 난간을 붙잡고
아래를 보니, 바람이 어찌나 센지 마치 소나무 숲에서 부는 것 같다.
이 절에 있는 중 3천 명은 모두 라마교의 승려다. 생김이 험상궂고
추하기 짝이 없었다. 다들 금실로 짠 가사를 질질 끌고 다녔다.
때마침 우중雨中 아침 10시경이라 여러 중들이 큰 전각으로 줄을 지어
들어간다. 다리가 짧은 바둑판만 한 의자를 늘어놓고 저마다 의자 한
개씩을 차지하여 편하게 걸터앉는다. 종이 울리니 승려들이 일제히
염불을 한다.
역관 이혜적李惠迪과 함께 대사전大士殿에 올랐다. 내심, 아홉 개의
성문뿐 아니라 즐비한 시가와 황성 전체가 눈 아래에 깔릴 것을

옹화궁과 옹정제 초상

기대했는데, 막상 창문을 열고 난간에 나서서 바라보니 곳곳에
누대가 겹겹으로 솟아 시야를 가렸다. 난간을 한 바퀴 빙 돌아 봐도
가슴만 답답할 뿐이었다. 아래를 내려다보니 다리가 후들거려 오래
서 있기도 어려웠다.

● 열마리의 명견
청의 궁정화가 주세페
카스틸리오네가 그린
「십준견도」(十駿犬圖)
중 네번째(맨위)와
다섯번째(바로 위) 그림

개 우리狗房

우리 안에 사냥개 몇 백 마리를 두었는데, 생긴 모양이 저마다
달랐다. 더러는 눕기도 하고 또는 웅크리기도 하여 그 모습이 한가해
보인다. 심심하여 졸음을 못 이기는 놈이 있는가 하면, 좋아라 하고
꼬리를 치는 놈도 있고, 일어나 사람들을 반기며 옷깃의 냄새를 맡는
놈도 있었다. 하품을 늘어지게 하는데 아래위 턱 사이가 거의 한
자나 되었다. 우리나라 사람들 몇 십 명이 몰려들어 복장과 음성이
생소했을 텐데도 놀라지도, 짖지도 않았다. 따라온 하인이 개 기르는
사람에게 육포를 주면서 재주를 한 번 시켜 보라 하였더니, 그 자가
육포를 두어 발 되는 장대 끝에 미끼처럼 매달고 개 한 마리를
불렀다. 누런 개 한 마리가 냉큼 뛰어나오는데, 개 여럿이 발을
종종거리고 섰을 뿐 경쟁을 하지는 않는다. 육포를 단 장대를 들었다
내렸다 하니, 개는 좌우로 껑충껑충 뛰면서 한 발로 끌어 잡아채려고
한다. 개 기르는 사람이 이리저리 뿌리치면서 물고기가 공중으로
뛰어오르듯 장대를 서너 길씩 올리니, 개도 따라서 높이 뛰어 그 긴
장대를 훌쩍 뛰어 넘는다. 날랜 모습이 질풍과 같다. 개 기르는 자가
소리를 질러서 개를 보내고, 또 다른 개를 불러 차례로 시험한다.
물건을 공중에 던져 개가 뛰어올라서 잡아채면 먹게 하고, 땅에
떨어지면 먹지 못하게 하였다. 따로 똥오줌 누는 데가 있어서 우리가
정결하고 깔끔했다.

공작포孔雀圃

푸른 놈 둘과 붉은 빛을 띤 놈 하나가 있는데 꼬리 끝의 금빛 동전
무늬는 똑같았다. 붉은 놈도 획 하고 몸을 한 번 돌리면 새파란
빛깔로 변하고, 푸른 놈도 한 번 몸을 돌리면 붉은 빛이 되면서 금빛

동전 무늬가 아청^{鴉青} 빛으로 변했다. 사람의 기침 소리를 들으면
온몸의 깃털이 갑자기 빛깔을 잃어버렸다가 눈 깜짝할 새에 처음
빛깔로 되돌아온다. 몸은 해오라기보다 조금 작고, 꽁지는 석 자가
넘는다. 그에 비해 정강이와 발은 추하게 생겨서 비단 옷에 짚신을
걸친 꼴이다. 참 민망한 일이다. 먹는 것이 뱀뿐이라 온 마당에
뱀의 흰 잔여물이 묻어 있어 자리가 몹시 더럽다. 사육사가 우리
하인들이 맨발로 걷는 것을 보더니 "뱀 뼈가 살에 들어가면 살이 바로
썩습니다요" 하면서 밟지 않도록 주의를 준다.

추일계^{鄒一桂}의 「공작도」

오룡정五龍亭

태액지에서 서남쪽 지척으로 가까운 물가에 채색된 정자 다섯 채가
있다. 각각은 징상^{澄祥}·자향^{滋香}·용택^{龍澤}·용서^{湧瑞}·부취^{浮翠}라 하고,
통틀어서 오룡정이라 부른다. 맑은 물결 일렁이는 넓디넓은 못에
금벽 단청의 그림자가 어른거릴 때면 멀리 뵈는 금오교^{金鰲橋} 위의
거마와 행인들이 까마득하여 마치 신선이 살고 있는 곳처럼 보인다.
뒷날 강소성 사람들과 놀면서 서호^{西湖}의 아름다운 경치를 물었다.
그들은 "서호를 못 보셨다면 오룡정이 바로 서호의 일부와 같습니다"
하고 대답한다.

이 정자를 언제 지었는지는 모른다. 명의 천순^{天順} 연간에 태소전^{太素殿}
뒤에 초가 정자가 있었다는데, 지금은 없어진 것으로 보아 이곳이
그 옛 터인 듯싶다. 자광각^{紫光閣}과 승광전^{承光殿}의 자줏빛 기와와 금빛
전각은 숲 속에 숨어 있다. 붉은 담장 안에 있는 채색 기와가 높고

오룡정
그림 윗 부분에 보이는
다섯 개 정자가
오룡정이다.

현재의 오룡정 모습

낮은 겹겹이 포개져 있다. 부사와 서장관과 함께 왔을 때는 마침 석양 무렵이라, 아스라한 아지랑이가 하늘거리는 광경이 더욱 기이하였다. 또 어느 맑은 날 아침에 갔더니, 돋아 오르는 햇살을 받아 더욱 아름다웠으나 다만, 정자 아래의 수많은 연줄기에 꽃이 없는 것이 아쉬웠을 뿐이다. 역관들은 "오룡정의 풍광은 아침과 저녁으로 그 경치가 천태만상으로 보기에 좋지만, 그래도 한여름 연꽃철만은 못하고, 여름 연꽃철도 역시 한겨울의 얼음놀이보다는 못합니다" 한다.

구룡벽의 모습

구룡벽九龍壁

오룡정을 거쳐 조그만 둔덕을 돌아서 한 대문에 들어서면 문 앞에 향장墻이 서 있다. 담은 높이가 대여섯 길은 되고 넓이는 여남은 발이나 되었다. 흰 사기 벽돌로 쌓고 아홉 마리 용을 새겨 놓았다. 용의 몸뚱이는 모두 몇 발씩이나 되고, 오색 빛깔 이외에 별도로 자줏빛·초록빛·남빛 등이 섞여 있다. 양각으로 도드라져 굴곡진 것을 자세히 보니 용의 사지·몸뚱이·머리·뿔들을 한켜 한켜 구워, 마주 붙였다. 오르내리고, 나는 모습이 자세를 갖춰 변화무쌍한데도 털끝만큼도 이은 흔적은 없었다. 마음먹고 자세히 들여다 보지 않으면 절대 알아챌 수가 없을 정도다. 향장은 옛 색문色門이나 다름없으니, 궁궐이나 관청, 사찰에 흔히 있는 것이다. 일반 여염집에서는 대개 대문 안에 세운다.

남해자南海子

숭문문을 나서 남으로 20리를 가면 큰 동물원이 있으니, 남해자라 부른다. 둘레가 160리나 된다. 원나라 때는 천자가 이곳에서 사냥을 했다고 한다. 명나라 때에는 담장을 두르고 해호海戶를 두어 지키게 하였다. 북경의 안팎에는 새들이 거의 보이지 않으니, 이는 울창한 숲이 없는 까닭이다. 남해자를 못 미쳐서는 몇 리에 걸쳐 울창한 숲이 끝없이 펼쳐지는데 까치니, 솔개니, 해오라기니, 황새니 하는 것들이 하늘에 가득하다.

역관 조달동이 뒤에 따라와서 "지금 해호 마을에는 역질이 크게 번져 들어갈 수 없고, 또 이미 해가 저문 탓에 가지도 못할 것 같습니다. 여기서 대홍교大紅橋가 20리, 대홍교로부터 안응대按鷹臺가 10여 리입니다. 이 사이에 큰 못 세 곳이 있는데 넓은 그 연못엔 일흔두 개의 다리가 놓여 있습지요. 전각과 누대는 길에서 보았던 것과 다를 바 없지만, 기르고 있는 기이한 새와 짐승들은 말을 달리며 보지 않고서는 다 구경할 수도 없지요. 지금 여기서 곧장 돌아가도 성문 닫는 시각까지 닿기는 어려울 듯합니다" 하며 한사코 말렸다. 나는 어쩔 수 없이 슬퍼하며 수레채를 되돌려야 했다. 천녕사天寧寺와 백운관白雲觀을 거쳐 바삐 정양문에 드니 벌써 황혼이 훌쩍 지났다.

북경 천녕사天寧寺
북위 때 창건되어 처음에는 광림사(光林寺)로 불리다가 이후 수·당을 거치며 홍업사, 천왕사 등으로 개명했다. 원대에 황폐해진 후 명나라 때 중건하여 천녕사라고 하였다. 8각 전탑(磚塔)인 천녕사탑은 요나라 때 건축이며 명·청대에 수리하였다.

회자관回子館

회자관이슬람 사원의 바깥문은 벽돌로 쌓았다. 건물 모양이 워낙 특이하여 천주당의 그것과도 달랐다. 문에 들어서서 몇 발자국 옮기기도 전에 개 두 마리가 와락 뛰어나와 입을 벌리고 으르렁거렸다. 깜짝 놀라 돌아서니 회회 아이 수십 명이 손뼉을 치면서 웃어 댄다. 문 안 양쪽에는 큰 기둥을 마주 세우고 기둥 아래에 몇 발쯤 되는 쇠사슬로 개의 목을 붙들어매 두었다. 문을 지키기 위해서다. 개가 사람을 볼 때면 달려들기는 하지만 사슬에 묶여 있어 사람 앞 몇 걸음 거리에서 멈춘다. 그러나 그 모습은 여전히 사납기 그지없다.

회회족 여인네 십여 명이 나와 우리를 보는데, 모두 남자처럼 건장했다. 볼은 붉고 광대뼈는 넓으며 눈썹이 푸르고 눈은 붉었다. 그 중 한 젊은 여인이 두어 살 난 어린애를 안고 섰는데, 얼굴이 꽤나 고왔다. 모두 흰 옷에 숱이 많은 머리털을 몇 가닥으로 땋아 등 뒤에 드리웠다. 머리 위에는 흰 모자를 얹었는데, 그 모양이 광대들이 쓰는 고깔 같았다. 옷은 우리나라 철릭과 비슷한데 소매는 더 좁았다.

유리창琉璃廠

유리창은 정양문 밖 남쪽 성 밑으로 뻗어서 선무문 밖까지 이른다. 이는 곧 연수사延壽寺의
옛터다. 송 휘종이 북쪽 금나라로 잡혀 갈 적에 정황후鄭皇后와 함께 연수사에 머물렀다. 지금은
공장이 되어 여러 가지 빛깔의 유리 기와와 벽돌을 만든다. 이 공장은 사람의 출입을 금하는
데다, 기와를 구울 때면 금기하는 것이 많아서 비록 전속 기술자라도 넉 달 먹을 식량을 갖고
들어가되 일단 들어가면 마음대로 나오지 못한다고 한다. 공장 바깥은 모두 점포인데, 재화와
보물이 넘쳐 난다. 서점 가운데 가장 큰 곳은 문수당文粹堂, 오류거五柳居, 선월루先月樓, 명성당鳴盛堂
등이다. 천하의 거인擧人과 이름 있는 선비들이 대부분 여기에서 묵는다.

공자묘를 다녀와서 알성퇴술謁聖退述

태학太學

북경 동북쪽 모퉁이에 있는 곳을 숭교방崇教坊이라 하고, 패루 네거리를
성현가成賢街라 하며, 패루 안은 모두 국자감國子監이라 씌여 있다. 영락永樂
2년1404년에 왼편의 묘廟와 오른편의 태학을 준공하였다. 선덕宣德 4년1429년
8월에는 대성전大成殿 앞 동무東廡와 서무西廡를 수리하였다. 태학이
원나라에 의해 더럽혀졌다고 하여 이부 주사吏部主事 이현李賢이 수리할
것을 건의하며 그 말을 따랐던 것이다. 정통正統 9년1444년 1월에 태학이
낙성되자, 천자가 친히 나와서 선성先聖에 참배하고 석전례를 거행하고,
이륜당彝倫堂에 물러나와 좨주祭酒 이시면李時勉에게 강의할 것을 명하였다.
홍치弘治로 연호를 고치고 나서 황제는 또 태학에 거둥하였다. 이때에
『성가임옹록』聖駕臨雍錄 명의 주홍모周洪謨 지음이라는 책이 편찬되었다. 황제의

태학의 전경

오늘날 공묘의 공자상

칙지勅旨 · 장주章奏 · 의례儀禮 · 문이文移 · 강의講義 · 관직官職 등에 관한 일을
빠짐 없이 기록해 둠으로써 태학의 제도가 완전히 갖추어졌다.
만력萬曆 경자년1600년에는 성전을 유리 기와로 바꾸었으니, 사업司業
부신덕傅新德의 청에 따른 것이었다. 숭정崇禎 14년1641년에 또 태학을
수리했는데, 낙성이 끝나고 8월에 천자가 태학에 거둥하여 좨주
남거인南居仁이 『서경』의 「고요모」편을 강의하고, 사업 나대임羅大任은
『역경易經』의 함괘咸卦를 강의하였다. 이때에는 벼슬의 문·무를
따지지 않고 3품 이상은 함께 앉아 청강하였으며 천자로부터 차를
하사받았다. 강의가 끝난 뒤 천자가 경일정敬一亭에 들러 세종世宗이 세운
송나라의 유학자 정이程頤의 사잠비四箴碑와 석고¹에 글자가 이지러져
손상된 것을 보고는, 다시금 수리하라고 명하였다.
『장안객화』長安客話에는, "국초國初에 고려에서 김도金濤 등 네 사람을
보내어 태학에 들었는데, 홍무洪武 4년1371년에 김도가 진사에 올라
귀국하였다"고 하였다. 또 『태학지』太學志를 상고해 보면, "융경隆慶
원년1567년에 천자가 국자감에 거둥하였는데, 조선 사신 이영현李榮賢 등
여섯 사람이 각기 품계에 맞는 의관衣冠을 갖추고 이륜당에 가서 문신
반열의 다음에 섰다"고 되어 있다.
나는 부사와 서장관을 따라 뜰에서 재배례再拜禮를 행하였다. 내가 얼마
전에 알현한 열하의 태학은 이를 본보기로 한 것이었다. 이제 이곳을
두루 살펴보니 명의 옛 제도를 본뜬 듯한데, 태화전에 비하면 조금
모자라긴 해도 그 정제된 격식은 비슷했다. 뜰의 넓이라든가 아래채
집들의 둘레는 역시 동악묘에 비교할 수 없을 정도로 대단했다. 위패는
모두 감실 속에 넣고 누런 휘장을 드리웠다.
강희 연간에 주자를 10철의 다음에 올려 모셨다. 거문고·비파·종·북
등의 악기가 성전 속에 놓여 있었다. 동무와 서무에 배향된
자가 백여 명인데, 그 위패가 설치된 품은 성전과 꼭 같았다.
태학에는 윤리를 강론하는 당이 일곱 곳인데, 각각은
회강會講 · 솔성率性 · 수도修道 · 성심誠心 · 정의正義 · 숭지崇志 · 광업廣業이라
부른다. 모두 여러 생도들이 공부하는 곳이다. 이륜당 앞에 심은
솔과 전나무는 "원元의 유학자 허형許衡이 손수 심었다"고 전해진다.
묘문에는 석고 열 개를 늘어놓았는데, 주 선왕宣王의 엽갈獵碣 수렵을
칭송하는 기념비이다. 더러는 "안로공顔魯公의 쟁좌위첩爭座位帖 안진경의 서첩 이름과

1.

석고石鼓
주나라가 선왕(宣王)의
업적을 칭송하여 돌에
새긴 것을 말한다. 중국의
각석 중에 가장 오래된
것으로서 모양이 북과
비슷하므로 석고라
일컫는다. 북경의
구국자감의 대성문
좌우에 있다.

장평숙張平叔의 금단사백자金丹四百字와 조문민趙文敏이 임모臨摹한 왕
우군王右軍의 악의론樂毅論·황정경黃庭經·난정정무본蘭亭定武本 등의 다섯
비碑가 모두 이 태학 안에 있다"고 말하나, 어디에 있는지 몰라서
보지도 못하고 돌아섰다.

북경 국자감의 유리패방

학사學舍

어제는 조교助敎 구양歐陽이란 사람이 국자감 안팎의 학사제도를
적어서 내게 보여 주었다. 내호內號로서 광거문廣居門의 오른편에 있는
것은 퇴성호退省號라 한다. 그 사방으로 이어진 것이 모두 49칸이다.
남쪽으로는 목욕탕과 뒷간이 있다. 퇴성문으로부터 점차 북쪽으로
꺾어져 서쪽에는 천天·지地·인人·지知·인仁·용勇·문文·행行·충忠·신
信·규規·구矩·준準·승繩·기紀·강綱·법法·도度 등의 글자로 표시한
방이 모두 18호가 있는데, 각 방의 넓이는 21칸씩이다. 도자호度字號의
북쪽에는 5칸 넓이의 보안당保安堂이 있어 감생監生 국자감에 속한 대학생 중
병자를 수용한다. 이륜당 뒤에는 격格·치致·성誠·정正 등의 번호를
붙인 사호가 있으니 전체가 98칸이다. 가정嘉靖 7년1528년에 경일정敬一亭
밖에 고쳐 세웠다. 동호東號는 문묘文廟의 왼편에 있어 모두 34칸이다.
대동호大東號는 거현방居賢坊의 새만백창賽萬百倉 서문가西門街에 있다. 문이
둘 있는데 하나는 등준호登俊號로 동서의 양쪽으로 잇달린 집이 모두
40칸이었고, 또 하나는 집영호集英號로 27칸이었다. 신남호新南號는
북성北城 두 갈래 길 동쪽 어귀에 있는데, 문 한 채에 동서로 방이
달려 모두 34칸이요, 남북으로는 4칸이다. 소북호小北號는 거현방
거리에 있고 문이 한 채요, 남북으로 집이 두 줄로 나뉘어졌는데 모두
80칸이다. 교지호交趾號는 국자감의 남쪽에 있고 문 한 채에 남북으로
나뉜 집 두 채가 모두 28칸이다. 서호西號는 성현가成賢街의 서북에 있고
국자감과의 거리는 50보쯤 되는데, 옛날 운간사雲間寺 터이다. 작은 방
10칸과 2층의 방 9칸에는 국자감의 속관들이 번갈아 묵는다. 북쪽
작은 방 4칸과 남쪽 1칸과 서쪽에 가까운 작은 방 16칸이 있는데,
이곳에는 감생監生들만 거처한다고 한다.
밤에 래원과 함께 계산을 해보니, 전부 580칸 정도다. 그밖에도
이륜당을 비롯하여 동서 편 두 강당과 서적고, 식량 창고와 식사장,

의약품을 두는 곳과 종과 북을 치는 다락, 부엌·목욕탕과 허물 있는 사람을 다루는 방, 박사博士가 머무는 대청과 계성사啓聖祠, 토지사土地祠 등이 얼마나 더 있는지는 알 수 없다고 한다. 구양의 이러한 기록은 아마도 외국 사람에게 자랑삼아 떠벌리는 것 같으나, 한漢이나 당唐에 비한다면 이미 쇠락한 감이 없지 않다.

송宋의 경력慶曆 연간1041~1048년, 왕공신王拱辰이 국자감을 맡고 있을 때였다. "한漢의 태학은 1천 8백 칸에 생도가 3만 명이었고, 당唐에 이르러서는 6천 2백 칸이나 되었다" 하였으니, 당시 학사의 넓음과 생도수의 많음은 뒷날 세상과 비교할 바가 아니다. 또 옛일을 상고해 보면, "명明의 홍무洪武 4년1371년에 천자의 명령으로 지방에서 뛰어난 수재들을 뽑아 국자감에 입학시켰다"라고 하였다. 당시는 난리가 이제 막 평정되어 집으로 가지 못하고 사방을 떠도는 이들이 아직도 많았을 무렵이었음에도 진여규陳如奎 등 2천 782명이 입학하였고, 26년에는 감생監生으로 열자悅慈 등 8천 124명을 얻게 되었다. 영락永樂 19년1421년에는 감생이 방영方瑛 등 9천 884명에 이르렀으나, 여전히 만 명을 채우지는 못했다. 옛날의 선비를 양성하던 성대함과 비교할 때, 차마 적다는 말조차 하기 부끄러운 지경이다.

이제 청淸은 나라를 세운 지도 이미 오래되어 국내가 승평하고 문물과 교화가 성하여 제 스스로 한이나 당보다야 나을 거라며 자부한다. 하지만 오늘 내가 여러 학사를 돌아보니 열에 아홉은 비어 있다. 게다가 며칠 전 석전釋奠을 지낼 때 대성문大成門 왼편 극문戟門의 왼편 벽에 써 붙여 둔 참례한 제생諸生의 명단을 본즉 겨우 4백여 명에 지나지 않는다. 그마저도 제생들은 모두가 만주인과 몽고인뿐이요, 한인은 하나도 없으니 이 무슨 까닭인가. 한인은 비록 벼슬을 하여 공경公卿에 이르렀다 하더라도 성 안에서는 집을 얻을 수 없으니, 이 아름다운 북경에 유학하는 선비들이 함부로 거처할 수 없기 때문인가. 아니면 중화족이 되놈의 종자와 함께 나란히 공부함을 치욕으로 여기기 때문인가. 그러나 여기에서도 오히려 본받고 기뻐할 만한 일이 없는 건 아니다. 이곳 서재와 학사들이 텅 비어 있다면 당연히 먼지에 파묻히고 잡풀이 돋았을 테지만, 씻고 닦아 깔끔하게 정돈하지 않은 데가 없어 탁자들은 가지런하고, 창호는 밝고 깨끗하였으며 종이는 바른 지 오래되었어도 하나도 찢어지거나 떨어진 곳이 없다. 이런 것은 비록 하찮은 일에 불과하지만 중국 법도의 대체大體를 짐작할 수 있게 한다.

관상대觀象臺

성첩보다 한 길 남짓 솟은, 성 옆의 높은 축대를 관상대라 한다. 대 위에는 여러 가지 관측하는 기계들이 있는데, 멀리서 보면 커다란 물레바퀴 같다. 이 기계로 천체와 밤낮의 교체 등을 연구한다. 관상대에 오르면 무릇 일월·성신과 풍운·기색의 변화하는 현상을 예측할 수 있다. 관상대 아래는 이것을 관할하는 흠천감欽天監이 있다. 그 정당正堂에 붙어 있는 현판에는 '관찰유근'觀察惟勤이라 씌어 있다. 뜰에는 여러 관측하는 기계를 놓아 두었는데, 모두 구리로 만들었다. 이 기계들의 이름을 알 수 없었을 뿐 아니라, 그 모양들도 모두 기이하여 사람의 눈과 정신을 얼떨떨하게 하였다. 대에 올라가면 성을 한눈에 굽어볼 수 있을 텐데, 지키는 자가 막아서 올라가지 못하고 돌아섰다. 대체로 대 위에 진열한 기계들은 아마도 혼천의渾天儀와 선기옥형璿璣玉衡과 같은 천문기구의 한 종류 같아 보였다. 뜰 한복판에 놓여 있는 물건들은 내 친구 정석치의 집에서 본 것들과 비슷했다. 정석치는 일찍이 대나무를 깎아 손으로 여러 가지 기계를 만들었다. 그러나 이튿날 가보면, 기계들을 모두 부서뜨려 더 볼 수가 없었다. 언젠가 홍대용과 함께 그의 집을 찾아갔는데, 두 친구가 서로 황黃·적도赤道와 남南·북극北極 이야기를 하다가 머리를 흔들기도 하고, 고개를 끄덕이기도 하였다. 나한테는 그 이야기들이 아득하기만 하여 이해하기가 어려웠다. 나는 자느라고 듣지 못하였지만, 두 친구는 새벽까지 어두운 등잔을 마주 대하고 이야기를 나누었다. 정석치의 말 중에, "우리나라 강진현康津縣 북쪽 끝에 나온 지역은 북극 몇 도인데, 황하黃河가 회수淮水에 들어오는 어귀와 직선으로 되어 있으므로 탐라耽羅의 귤이 바다를 건너 강진에만 오면 탱자가 된다네"라는 말이 기억에 남는다. 아마도 전혀 근거 없는 말은 아니리라.

고관상대 전경

시원試院

시원의 담 둘레는 5리 정도 된다. 벽돌로 쌓아 성과 같고, 도끼로 깎은 듯 매끄러웠다. 높이는 두 길이나 되는데, 그 위에는 가시를 올려 놓았다. 복판에는 큰 집이 한 채, 네 둘레에는 한 칸짜리 집 수천 채가 있는데 집 사이의 간격이 반 칸씩은 되었다. 좌우에는 창문을 내어 햇볕을 받아들이고, 앞에는 판자문을 내고, 가운데는 작은 온돌을 만들고, 부엌과 목욕탕까지 갖추었다. 바깥은 벽돌담으로 처마가 묻히도록 쌓았는데, 한 집도 허물어진 데가 없고 안팎이 정결하였다. 또한 담장을 뚫고 간사한 짓을 하고 싶어도 할 수 없을 정도로 담장은 철옹성처럼 견고해 보였다.

어제 낙제한 거인의 시권試券을 보았다. 길이는 두 자 남짓하고 넓이는 여섯 자인데 일반적으로 쓰는 책의 종이와 다름없었다. 우물 정井 자로 붉은 줄을 쳤는데, 해자楷字로 가늘게 쓸 경우 천 자 정도 쓸 수 있을 듯했다. 맨 첫머리에 붉은 도장으로 예부禮部라는 두 글자를 찍었고, 밑에는 봉미封彌 시험관이 봉하는 것가 되어 있었다. 예부에서 인쇄한 시험지로 응시자에게 나누어 준 모양이다. 답안 교열한 것을 보니, 옛사람의 글을 비평하라는 논제論題가 있고, 밑에는 본방本房이라 하여 직함과 성명을 갖춘 몇 줄의 비평문이 있다. 또 그 아래 여러 고시관의 성명이 죽 기록되어 있다. 평점란은 모두 붉은 글자로 썼는데, 칸 하나당 한 글자씩 적었으며, 상上·중中·하下 혹은, 차次·외外·경更 등의 차례를 매기지 않았다. 비록 낙제한 시험지라도 품평이 친절하고 상세하여, 응시자가 낙제한 이유를 알 수 있게 하였다. 그 정성스러운 품평에는 스승이 제자를 일깨우고 가르치는 뜻이 담겨 있었다. 과거를 치르는 자가 유감이 없도록 간명하고 엄격하며, 고시하는 절차는 자세하고도 주의 깊었다. 과연 큰 나라의 시험제도답다.

청나라 말기 옥하교 모습

조선관朝鮮館

조선 사신이 묵는 곳은 처음에는 옥하관玉河館이라 하여 옥하교玉河橋 위에 있었는데, 뒤에 아라사鄂羅斯 사람들에게 점령되었다. 지금은 정양문 안 동성東城 밑의 건어호동 한림서길사원翰林庶吉士院과 담 하나를 사이에 두고 있다. 연공사^{年貢使}가 먼저 오면 조선관에 머물고, 따로 별사가 더 오는 경우에는 서관^{西館}에 나누어 들므로 이곳을 남관^{南館}이라 한다.

작년에 창성위^{昌城尉} 황인점^{黃仁點}이 사행 왔을 때 남관에 불이 났었다고 한다. 한밤중에 불이 나 사람들은 솥에 물이 끓듯 뒤집어졌다. 폐백과 돈은 성 밑에 쌓아 둔 채 말 수백 필로 꽉 막힌 성문을 사람들은 먼저 빠져 나가려고 아우성이었다. 갑군 수천 명이 철통같이 호위하며 물수레 몇 십 대를 몰고 왔다. 물통을 두 통씩 어깨에 둘러매고 수레 물통에서 물을 거푸 길어 붓는데, 한방울의 물도 허투루 쓰지 않았다. 불 끄는 자는 모두 모직으로 만든 벙거지를 쓰고 갖옷을 입었는데 벙거지와 옷은 물에 다 젖었다. 긴 자루가 달린 도끼와 갈퀴, 낫과 창 등을 들고 불길을 헤치고 돌격하여 잠깐 사이에 불을 껐다. 일을 깔끔하게 처리했을 뿐 아니라, 흩어진 물건들 중에 한 가지도 잃어버린 것이 없었다고 한다. 이런 일만 보더라도 중국의 법도가 엄격하고 매사가 구차하지 않음을 알 수 있다.

동악묘를 다녀와서 동악묘기東嶽廟記

동악묘는 조양문에서 1리쯤 밖에 있다. 그 건물의 웅장하고 화려함은 연도沿道 큰 도로 좌우에 연하여 있는 곳에서 처음 보는 것이었다. 성경의 궁전도 이에 비하면 어림없었다. 묘문廟門의 건너편에는 패루 한쌍이 섰는데 파란 유리벽돌과 초록빛 유리벽돌로 쌓았다. 그 찬란하고 휘황함이 앞서 본 돌 패루를 능가한다. 이 사당은 원元의 연우延祐 원 인종의 연호. 1314~1320년 연간에 비로소 세웠고, 명明의 정통正統 명 영종의 연호. 1436~1449년 대에 더 넓혔다. 묘 안에는 인성제仁聖帝 동악태제東嶽太帝의 별칭. 병령공炳靈公 동악태제의 셋째 아들 · 사명군司命君 사람의 목숨을 맡은 귀신과 네 승상丞相 태제를 모신 네 정승의 소상이 있는데, 이들은 모두 원나라 소문관昭文館 태학사太學士 정봉대부正奉大夫 비서감경秘書監卿 유원劉元이 만든 소상으로, 유원의 솜씨는 그 교묘함이 천하에 짝이 없었다.

최근 청의 강희 경진1700년 3월에 불이 나서 전殿 · 무廡와 함께 사당 가운데 있던 모든 소상이 다 불타 버리고, 다만 양편의 도원道院만 남아 있었다. 강희 황제는 특히 내탕금內帑金 황제의 사용금을 내리고, 내외의 대소 관원들에게 명하여 비용을 돕게 해, 유친왕裕親王으로 하여금 그 공사를 감독하게 하였다. 비로소 이룩하자 황제가 친히 거둥하였고, 옹정 황제와 지금 황제 역시 내탕금을 내어 이를 수리하였다.

그 제일전第一殿에는 '영소화육靈昭化育'이라 써 붙였는데, 동악태제가 곤룡포와 면류관을 갖추었고, 모신 제신諸神은 왼편에 문文, 오른편에 무武가 늘어섰다.

탑 앞에는 몇 섬들이 쇠항아리에 칠을 담고 심지 네 개를 박아 불을 켜고는 철망을 둘러 두었다. 그리고 등불 앞에는 한 길이나 되는 쇠화로를 놓고 침향을 태웠다. 그리하여 칠등불에 푸른 불꽃이 번뜩이고, 전자篆字처럼 얽힌 연기가 푸르며, 술을 드리운 휘장에는 쇠풍경 소리가 댕그랑 울리는데, 전각은 침침해서 꿈속 같다. 그 제이전第二殿에는 여상女像 셋이 앉았는데, 역시 구슬로 꾸민 술을 드리웠고, 양편에서 모신 자도 모두 여선女仙들이다.

그 제삼전第三殿에는 무슨 신神을 본뜬 것인지는 알 수 없으나, 낭무廊廡에는 72조曹 36옥獄을 벌여 놓은 것이 기괴하여 천태만상이었다. 대臺 위에 놓인 값진 모든 그릇들은 거의 송宋 · 원元 시대의 관지款識가 많았다. 뜰 가운데에는 큰 비석 1백여 개가 섰는데, 조맹부趙孟頫가 쓴 것이 많고, 그 아우 세연世延과 우집虞集이 쓴 것도 있었다. 동서의 제일항第一行에 선 비석은 모두 누런 기와로 덮고, 그 위에는 고루鼓樓를 설치했는데, 동쪽의 것은 '별음鼈音'이라 하고, 서쪽의 것은 '경음鯨音'이라 하였다.

막북행정록

8월 5일부터 8월 9일까지,
닷새 동안의 기록이다.
연경에서 열하에 도달하기까지의
일들을 적었다.

나는 이제야 도를 알았다. 명심冥心이 있는 사람은 귀와 눈이 마음의
누累가 되지 않고, 귀와 눈만을 믿는 자는 보고 듣는 것이 더욱 섬세해져서
갈수록 병이 된다. 지금 내 마부는 말에 밟혀서 뒷수레에 실려 있다. 그래서
결국 말의 재갈을 풀어 주고 강물에 떠서 안장 위에 무릎을 꼰 채 발을
옹송거리고 앉았다. 한번 떨어지면 강물이다. 그땐 물을 땅이라 생각하고,
물을 옷이라 생각하고, 물을 내 몸이라 생각하고, 물을 내 마음이라
생각하리라. 그렇게 한 번 떨어질 각오를 하자 마침내 내 귀에는 강물
소리가 들리지 않았다. 무릇 아홉 번이나 강을 건넜건만 아무 근심 없이
자리에서 앉았다 누웠다 그야말로 자유자재한 경지였다.

막북행정록
서序

열하는 황제의 행재소行在所 임금이 궁을 떠나 있을 때에 머무는 임시거처다. 연경에서
동북쪽으로 420리에 있고, 만리장성에서는 200여 리 떨어져 있다.
『열하지』熱河志를 보면 이러하다.
"한나라 때는 요양要陽·백단白檀의 두 현으로 어양군漁陽郡에 속했고, 원위元魏
때에는 밀운密雲·안락安樂 두 군의 변계로 되었고, 당나라 때에는 해족奚族의
땅이 되었다. 요遼는 흥화군興化軍이라고 하여 중경에 소속시켰고, 금金은
영삭군寧朔軍으로 고쳐서 북경에 소속시켰으며, 원에서는 다시 상도로上都路에
속했다가 명에 이르러서는 타안위朶顔衛의 땅이 되었다."
이것이 바로 열하의 연혁이다. 이제 청이 천하를 통일한 뒤 비로소 열하라
이름하였다.
열하는 장성 밖의 요충지다. 강희제 때부터 여름이면 늘 황제가 이곳에 행차하여
더위를 피하곤 했다. 궁전들은 별반 화려한 장식 없이 소박하게 꾸며져 있다. 이
궁을 '피서산장'避暑山莊이라 부른다. 황제는 이곳에서 때로는 책을 읽고 때로는
숲과 시내 사이를 거닐며 유유자적 노닐었다. 겉으로는 태평하게 휴가를 즐긴
듯 보이지만, 그 속내는 험준한 요새인 이곳에서 몽고의 목을 틀어막고자

피서산장 전경(열하행궁도)

함이었다. 북쪽 변방 깊숙이 자리 잡아, 명목은 피서지만 사실은 황제 자신이 북쪽 오랑캐를 막고 있는 셈이다. 이는 마치 원나라 시절, 황제가 해마다 풀이 돋으면 수도를 떠났다가 풀이 시들면 남으로 돌아온 것과 같다. 대체로 황제가 북쪽 가까이 머무르면서 자주 사냥을 나서면 북방 오랑캐들이 함부로 내려와서 말을 방목하지 못한다. 그래서 황제의 행차 시기를 늘 풀이 돋아나고 시드는 때로써 정하는 것이다. 피서라 이름하게 된 연유도 바로 여기에 있다. 올봄에도 황제가 남방을 순행하고서 곧바로 이곳 열하로 왔다고 한다.

열하의 성지와 궁전은 해마다 늘어서, 저 창춘暢春과 서산西山의 여러 별궁들보다 더 화려하고 웅장하다. 또 산수의 경관도 연경보다 빼어나기에 황제가 해마다 이곳에 와서 머물게 된 것이다. 그러다 보니 오랑캐를 막기 위한 요새가 도리어 방탕한 놀이터가 되고 말았다. 이제 우리나라 사신단은 졸지에 열하로 오라는 분부를 받아 밤낮을 가리지 않고 정신없이 달려 닷새 만에 간신히 도착하였다. 짐작컨대, 그 노정이 400여 리는 훨씬 넘을 것이다. 열하에 와서 산동 도사都司 학성郝成과 함께 여정의 멀고 가까움을 논했는데, 그 역시 열하는 처음이라며 이렇게 설명했다.

"대개 열하에서 북경이 700여 리입니다. 강희 황제가 해마다 여기에서 피서를 했는데, 석왕碩王 황제의 아들과 액부額駙 공주의 남편, 즉 부마의 만주어, 그리고 각부 대신들이 닷새에 한 번씩 조회를 하게 했습니다. 그러나 열하까지 오는 도중은 여울이 소용돌이 치고, 큰 물결이 사납게 일고, 고개와 언덕은 높고 험준하여 모두들 여기까지 오기를 꺼렸지요. 그래서 강희 황제가 일부러 역참을 줄여 400여 리로 만든 것이지, 실제론 700리에 달하는 거리입니다. 모든 신하들이 수시로 말을 달려와서 황제께 일을 아뢰다 보니 이 먼 데를 실로 문지방 드나들 듯하게 되었습니다. 그러다 보니 몸이 말안장 위를 떠날 겨를이 없었지요. 이는 '편안할 때 오히려 위태로움을 잊지 말라'는 성군의 깊은 뜻이라고들 합니다."

1.

고염무顧炎武

명말 청초의 학자. 일생 동안 명나라가 만주족인 청나라에 멸망한 원인을 연구했다. 그는 중국의 사상적 토대가 되어 온 성리학의 주석서들을 버리고, 유학의 본래적 의미를 담고 있는 한나라 시대의 주석서로 돌아가자고 주장했다. 청나라 때 유행했던 고증학을 개척한 인물이다.

고염무[1]의 「창평산수기」昌平山水記에, "고북구역으로부터 북으로 56리를 가서 청송이란 곳이 한 참이고, 또 50리를 가서 고성이라 하는 곳이 한 참이며, 또 60리를 가서 회령灰嶺이란 곳이 한 참이고, 또 50리를 가서 난하라 하여 한 참이다" 하였으니, 이제 난하를 건너서 열하까지 40리인즉, 고북구로부터 이곳에 이르기까지 모두 256리다. 이것만 해도 『열하지』에 기록된 것보다 벌써 56리가 더 많다. 구외의 노정만 해도 이렇게 어긋나니, 장성 안이야 더 말할 나위가 없을 것이다.

이번 걸음은 우리나라 사람으로서는 처음일 뿐 아니라, 밤낮을 헤아리지 않고 달려온 터라, 마치 소경이 꿈결에 지나친 듯하였다. 때문에 누구 하나 역참이며 돈대를 자세히 보지 못했다. 『열하지』를 상고하니 420리라 한 바, 그대로 따를 수밖에 없다.

신해일 8월 5일
辛亥日

/

맑고 무더움

아침 사시[巳時 오전 9~11시]에 <u>사은 겸 진하 정사[1]</u>를 따라 연경을
나와 열하로 떠났다. 부사, 서장관, 역관 셋, 비장 넷, 그리고
하인들, 모두 합하여 일흔네 명에, 말이 쉰다섯 필이다.
처음 책문을 들어선 뒤, 길에서 자주 비를 만나고 강물이
넘치는 바람에 통원보에서는 대엿새를 그냥 허비해야 했다.
하여, 정사의 걱정은 밤낮으로 끊이지 않았다. 나는 마침 그
맞은편 캉에 묵었기 때문에 빗소리가 들리는 밤이면 정사와
함께 촛불을 밝힌 채로 밤을 지샜다. 그때마다 정사께선
휘장 너머로 이렇게 한탄하곤 했다.
"천하의 일은 예측할 수가 없는 법일세. 만일 황제께서 우리
일행더러 열하까지 오라 한다면 시간이 턱없이 모자랄
터인데, 그때는 장차 어찌 할 것인가? 설사 그게 아니더라도
만수절에는 기필코 그곳에 도착해야 하는데, 심양과 요양
사이에서 또 비에 막히기라도 한다면, 이야말로 속담에
'밤새도록 가도 문에 닿지 못했다'는 격이 되지 않겠는가."

1.

사은 겸 진하 정사
謝恩兼進賀正使
'사은사'와 '진하사'를
겸한 정사라는 말로,
곧 박명원을 가리킨다.
사은사는 중국 황제의
은혜에 사례하기 위해
보낸 사절이고, 진하사는
중국 황실에 경사가 있을
때 축하의 뜻으로 보낸
사절이다.

그러다가 아침이 되면 백방으로 물을 건널 계책을 세웠다. 주위 사람들이
위험하다고 뜯어말리면, "나랏일로 왔으니 설사 물에 빠져 죽는다 해도 그것이
내 본분이니, 다른 도리가 없네"라고 했다. 이때부터는 아무도 감히, 물이 넘쳐서
건너지 못하겠다는 말을 꺼내지 못했다. 때마침 더위가 기승을 부리고 때로는
비가 오지 않았는데도 마른 땅이 갑자기 물바다를 이루곤 했다. 천리 밖에서
폭우가 쏟아졌기 때문이란다. 기가 막힐 노릇이다.

물을 건널 때면 모두들 눈앞이 캄캄하여 얼굴은 새파랗게 질렸다. 이때 하늘을
우러러 잠깐이나마 목숨을 빌지 않은 자가 없었다. 간신히 건너편에 도달한
뒤에야 비로소 서로 돌아보며 위로하고 기뻐하기를 마치 죽은 사람이 다시
살아온 듯이 했다. 설상가상으로, 다시 앞에 있는 물이 이미 건너온 물보다 더
험하다는 말을 들으면 서로 마주 보며 아연실색할 뿐이었다. 그러면 정사는
담담한 어조로 이렇게 말했다.

"제군들은 걱정말게나. 이번에도 왕령王靈이 도우실 게야!"

그러고는 불과 몇 리도 못 가서 다시 물을 만나게 되었고, 심지어 어떤 때는
하루에 일고여덟 번이나 물을 건너기도 했다. 이렇게 쉴 참을 건너뛰며 정신없이
내달리다 보니 말들은 더위에 쓰러지고, 사람들 역시 더위를 먹어 토하고 싸고
하였다. 모두들 정사를 원망하고 난리가 아니다.

"열하에 갈 리야 만무할 텐데 이 지독한 더위에 이렇게 쉴 참을 거르다니, 지금껏
이런 일은 한 번도 없었소."

"나랏일이 아무리 중하기로, 정사께서 늙고 쇠약한 몸으로 쓰러지기라도 하면
도리어 일을 그르칠 텐데……."

"지나치게 서두르면 도리어 더딘 법이오."

"예전에 장계군長溪君이 진향사로 왔을 적엔 책문 밖에서 물에 막혀 침상을 쪼개
밥을 지어먹으며 무려 열이레를 묵었어도, 쉴 참을 건너뛰는 일은 없었습니다."

그렇게 죽기살기로 달려서 마침내 8월 초하룻날 연경에 닿았다. 사신은 곧
예부에 가서 표자문을 바치고 서관에서 나흘을 묵었는데도 별 기미가 없었다.
그러자 모두들 빈정거리기 시작했다.

"이럴 줄 알았다니까. 사신께서 우리 말을 곧이 안 들으시더니, 결국 이렇게 될
것을. 아, 그러게 일정이야 우리들이 훨씬 더 잘 알지. 역참을 차근차근 거치며
왔어도 열사흗날 만수절에는 넉넉히 오고도 남았을 텐데 말야."

이처럼 모두들 열하는 염두에도 두지 않았고, 사신도 차츰 열하로 갈 걱정을
내려놓기 시작하였다.

초나흗날, 밖으로 구경을 나갔다. 저녁 무렵 취하여 돌아와서 이내 곤히
잠들었다가 밤중이 되어서야 잠깐 깼다. 옆 사람들은 이미 깊이 잠든 뒤였다.
목이 몹시 말라 상방에 가서 물을 찾았다. 방안에 촛불을 밝혔더니, 정사가
인기척을 듣고는 나를 불렀다.

"아까 잠깐 졸았는데, 꿈결에 열하로 갔지 뭔가. 여정이 생시처럼 또렷하네그려."
"길에 오르신 뒤로 늘 열하 생각을 놓지 않고 계시다 보니, 꿈에서까지 나타나는
게지요."

물을 마시고 돌아와선 이내 코까지 골며 잠이 들었다. 꿈결에 별안간 요란스런
소리가 들려왔다. 뭇 사람들의 벽돌 밟는 발자국 소리가 마치 담이 무너지는 듯,
집이 쓰러지는 듯 어지럽기 짝이 없다. 깜짝 놀라 벌떡 일어나 앉으니, 머리가
어지럽고 가슴이 두근두근한다.

하루 종일 돌아다니다 밤에 돌아와 누우면 매일 관문이 굳게 잠겼다는 사실이
떠올라 마음이 울적하여 갖가지 망념에 사로잡히곤 했다. 이를테면, 옛날
원나라의 순제順帝가 북으로 도망갈 때 느닷없이 고려의 사신을 본국으로
돌아가게 했는데 고려 사신은 관문을 나선 뒤에야 비로소 명의 군대가 온
천하를 차지했음을 알았다. 그런가 하면, 가정제 때는 달단의 추장 엄답俺答이

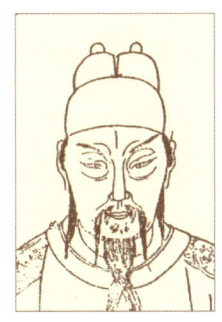

가정제嘉靖帝

명나라의 11대 황제로, 40여 년간 중국을 다스렸다. 만년에 도교의 연금술에 심취하여 불로선약을 만드는 데 돈과 시간을 쏟아 붓는 등, 정치에는 태만했다고 한다. 말년에는 몽고족의 하나인 달단 추장 엄답이 서북 변경을 침공해 수도인 북경이 여러 차례 포위당하기도 했다.

연경을 에워싼 적도 있었다.

어젯밤에 내가 변계함과 래원과 이 이야기를 하며 서로 웃었거늘, 이제 저렇듯 발자국 소리가 요란하니 어찌 놀라지 않겠는가. 영문은 모르겠으나 큰 변고가 생긴 것만은 틀림없이 싶었다. 황급히 옷을 주워 입고 있는데, 시대가 엎어지듯 고꾸라지듯 달려 왔다.

"곧 열하로 떠나게 되었답니다!"

그제야 래원과 변계함도 화들짝 놀라 일어나며, 아닌 밤중에 홍두깨를 맞은 듯, "관에 불이 났소?" 한다.

순간 장난기가 발동하여 "아, 글쎄, 황제가 열하에 거둥하여 연경이 비는 바람에 몽고 기병 십만 명이 쳐들어 왔다는군" 하자, 둘은 기겁을 하며 서로 부둥켜안고는 소리를 질러 댄다. "아이고! 이제 우린 다 죽었다!"

급히 상방으로 달려가니 온 관이 물 끓는 듯 하다. 통관 오림포와 박보수, 서종현 등이 새파랗게 질린 채로 황급히 달려온다. 가슴을 두드리고, 제 뺨을 치기도 하고, 제 목을 끊는 시늉을 하면서 울고불고 난리다.

"카이카이開開요. 카이카이."

'카이카이'란 목이 달아난다는 뜻이다.

또 펄펄 뛰면서 "아까운 목숨 달아나게 생겼네. 아이고, 이를 어째, 이를 어째. 어허" 한다. 까닭은 모르겠으나, 하는 짓거리들은 참 흉측하기 짝이 없다.

사연인즉 이러했다. 황제가 날마다 조선 사신을 기다리다가 사신이 왔다는 보고는 받았으나, 예부가 조선

사신을 열하 행재소로 보낼지 말지를 아뢰지도 않은 채 달랑 표자문만 올린
사실을 알고는 노발대발하여 감봉 처분을 내렸다. 그러자 상서 이하 예부의
관원들이 몸둘 바를 몰라 우왕좌왕하면서 우리 사신들에게 당장 짐을 꾸려
열하로 떠나라고 재촉하게 된 것이다.

이에 부사와 서장관이 모두 상방에 모여서 데리고 갈 비장들을 뽑았다. 정사는
주부 주명신, 부사는 진사 정창후鄭昌後와 낭청 이서구, 서장관은 낭청 조시학,
수역은 첨추僉樞 홍명복洪命福과 판사 조달동, 판사 윤갑종尹甲宗이 수행하기로
했다.

나 역시 함께 가고 싶은 마음이 간절했다. 그러나 먼 길을 겨우 쫓아 와서
안장을 끄른 지 얼마 되지 않아 피곤이 채 가시지도 않았는데, 또 다시 먼 길을
떠나자니 생각만 해도 끔찍한 노릇이요, 또 만일 열하에서 바로 본국으로
돌아가기라도 하면 연경 유람 계획은 수포로 돌아가고 만다. 예전에도 황제가
우리나라 사신단을 각별히 배려하여 곧바로 돌아가도록 한 특별 은전이
있었고 보면, 이번에도 그렇게 될 게 십중팔구 뻔한 일이었다. 그래서 갈까 말까
망설이고 있는데, 정사가 이렇게 충고했다.

"자네가 만 리 길을 마다 않고 여기까지 온 건 천하를 널리 구경코자 함이거늘,
대체 뭘 망설이는가. 만일 돌아간 뒤에 친구들이 열하가 어떻던가 하고 물어오면
뭐라 답할 텐가. 게다가 열하는 누구도 가 보지 않은 길인데, 이 천재일우의
기회를 그냥 놓칠 셈인가."

결국 나는 일행과 함께 떠나기로 마음먹었다. 정사 이하 수행원들의 직함과
성명을 적어서 예부로 보내어 역말 편에 먼저 황제에게 알리기로 하였는데 나의
성명만은 단자 속에 넣지 않았다. 본디 특별한 임무도 없거니와, 황제의 별상別賞
황제가 수행원에게 상으로 물품을 내려주는 것이 있을까 하여 미리 피한 것이다.

사람과 말들을 점검해 보니, 사람은 모두 발이 부르트고 말은 여위고 병들어

2.
『사기』(史記)에 나오는
말로 전국시대 제나라의
수도였던 임치의
번화함을 설명하는
말이다.

실로 제때에 열하에 당도할 것 같지 않았다. 이에 일행이
모두 마두를 빼고 견마잡이만 데리고 가기로 결정하였다.
어쩔 수 없이 나도 장복이를 두고 창대만 데려가기로 했다.
변계함과 참봉 노이점, 진사 정각, 건량 판사 조학동 등이
관문 밖에서 손을 잡고 서로 작별을 고하니, 여러 역관들도
다투어 손을 잡으며 무사히 다녀올 것을 빌었다. 떠나고
보내는 모습이 자못 처연했다. 함께 먼 이국땅까지 와서
또 다시 작별을 하게 되었으니 사람의 정이 어찌 그렇지
않겠는가. 마두들이 다투어 능금과 배를 사서 바치기에
각기 한 개씩 받았다. 첨운패루 앞에 이르자 모두들 말
머리에서 작별을 고하며 눈물을 떨구지 않는 이가 없다.
지안문에 이르니 집집마다 누런 유리 기와를 이어 올렸고,
문안 좌우에는 시전이 번화하기 이를 데 없다. 소위
**'수레바퀴는 서로 부딪히고 사람 어깨는 서로 스치니, 땀은
비 오듯 하고, 소매는 장막을 이루었도다'²** 하는 게 바로
이를 두고 한 말이었다. 문을 나서서 다시 북쪽으로 꺾어져
자금성을 끼고 돌면서 7~8리를 더 갔다. 자금성은 높이가
두어 길이나 된다. 밑바닥을 돌로 깔고 벽돌을 쌓아 올린
뒤, 누런 기와를 덮고 담장에는 주홍빛 석회를 칠했다.
벽은 마치 대패로 민 듯 빛나는 것이 왜칠을 한 것 같았다.
길 한가운데는 대여섯 발이나 되는 높은 돈대가 있고, 그
위에는 삼층 다락이 있다. 그 모양새는 정양문 누각보다
빼어나다. 돈대 밑에는 사방에 붉은 난간을 둘렀는데, 문이
있긴 하나 모두 잠겨 있고 병졸들이 그 앞을 지키고 섰다.

자금성 밖의 번화한 모습

근대 초기의
동직문東直門과 성루

어떤 이는 이것을 종루鍾樓라고 했다.

3~4리를 더 가 동직문을 나서니, 래원이 다가와 흐느끼며
작별을 고한다. 장복은 말 등자를 붙잡고선 흐느껴 울며
차마 손을 놓지 못한다.

"장복아, 울지 말고 이제 그만 돌아가거라."

내가 이렇게 타이르자 다음엔 창대의 손목을 잡고 더욱
구슬피 우는데, 눈물이 마치 비 오듯 한다. 단짝이 되어
이역만리를 왔는데 하나는 가고 하나는 남겨져야 하니,
인정이 실로 그럴 법도 하다.

이에 나는 말 위에서 생각하였다.

인간사 중에 가장 괴로운 일은 이별이요, 이별 중에서
생이별보다 더 괴로운 것은 없다. 하나는 살고 다른 하나는
죽는 그 순간의 이별은 굳이 괴로움이라 할 것도 못 된다.
왜냐하면 예로부터 자애로운 아버지와 효성스러운 아들,
신의 있는 남편과 올곧은 아내, 의로운 임금과 충성스런
신하, 피로 맺은 벗과 마음을 주고받는 친구들이 죽음을
앞두고 마지막 유언을 받들거나 또는 궤석에 기대어
명命을 받을 때, 서로 손을 잡고 눈물을 흘리며 뒷일을
당부하는 것은 천하의 부자·부부·군신·붕우가 똑같이
겪는 바이다. 그러므로 천하의 자애로움과 효성, 올곧음과
믿음, 의로움과 충성, 피로 맺은 우정과 진실한 마음
등은 한결같다 할 것이다. 사람마다 한가지로 겪는 바요,
사람마다 한결같이 솟아나는 정이라면 이것은 천하의
순리일 것이다. 그 순리를 행하는 것으로는 '삼 년 동안

막북행정록

세계 최고의 여행기, 열하일기

아버지의 가법을 바꾸지 말라'라든지, '죽은 사람을 살려 낼 수 있다'라고 말하는
데에 불과하다. 살아남은 자의 괴로움으로는 부모의 상에 너무 슬퍼하다 목숨을
잃는 이, 아들을 잃고 눈이 먼 이, 질동이를 두드리며 노래 부르는 이, 거문고
시위를 끊은 이, 숯을 머금고 벙어리가 된 이, 통곡을 하다 성을 무너뜨린 이[3],
나랏일을 위하여 몸을 송두리째 바친 이에 이르기까지 그야말로 각양각색이다.
하지만 죽은 이에겐 아무런 관계가 없으니, 그들에게 괴로움이란 없을 것이다.
그리고 천고에 임금과 신하 사이로는 반드시 부견과 왕경략[4], 당 태종과
위문정[5]을 일컬으나 나는 아직 경략을 위해 눈 멀고, 문정을 위해 시위를
끊었다는 말은 듣지 못했다. 오히려 무덤의 풀이 자라기도 전에 채찍을 던지고,
그 묘비를 쓰러뜨려 죽은 이에게 부끄러운 일이 되게 하였으니, 이로써 보자면

3.
공자의 제자 자하(子夏)는 노년에 서하로 물러가 살다가 아들을 잃고 상심하여 눈이 멀었다. 장자는 아내가 죽자
질동이를 두드리며 노래를 불렀고, 백아는 친구 종자기가 죽자 거문고 줄을 끊고 연주하지 않았다.
춘추시대 예양은 진(晉)나라의 대부 지백(智伯)의 원수를 갚기 위해 숯을 삼키고 벙어리가 되었다. 또 춘추시대
제나라의 기량(杞梁)이 전사하자 그 처가 시체를 안고 성 아래에서 통곡하니 성이 무너져 내렸다.

4.
부견苻堅과 왕경략王景略
부견은 5호16국시대 전진(前秦)의 임금이며, 왕경략은 뛰어난 정책과 군사전략으로 전진을 5호16국 중 가장 부강하고
영토가 넓은 나라로 만든 정치가이다. 왕경략은 동진(東晉) 정벌을 생각한 부견에게 남정(南征)보다는 내치(內治)에
전념하라는 유언을 남겼다. 그러나 그가 죽은 후 부견은 "우리 대군(大軍)의 무기인 채찍만 던져도 강의 흐름을 막을
수 있다(投鞭斷流)"고 장담하며 끝내 전쟁을 일으켰다. '채찍을 던졌다는 말'은 이 고사에서 연유한다. 결국 부견은
부하들에게 살해되었고, 전진은 서진에 의해 멸망하였다.

5.
당 태종과 위문정
위문정의 이름은 징(徵)으로 당나라의 뛰어난 정치가이자 강직한 신하로, 당 태종에게 직간을 서슴지 않았다.
창업보다는 수성에 힘쓰라고 충언했던 위징이 죽은 후 당 태종은 그 충언을 저버렸을 뿐 아니라 위징 무덤의 묘비까지
쓰러뜨리고 고구려 정벌에 나섰다. 정벌에 실패하자, 당 태종은 후회하며 자신이 쓰러뜨린 위징의 묘비를 다시 세우고
그 유족들을 후대했다고 한다.

6.
소무蘇武와 이릉李陵
한나라 무제 때 인물. 둘
다 오랑캐 땅에 있다가
19년 만에 소무만이
돌아가게 되었는데, 둘의
작별시에 '휴수상하량'
(携手上河梁)이란 구절이
있음.

살아남은 자로서 괴로움을 느끼지 않는 이도 있었던
것이다.

또 사람들이 흔히 삶과 죽음이 갈라지는 즈음에 서로
위안하는 말이라고는 고작 '이치를 받들라'는 것이
전부이다. 그건 곧 이치에 따르라는 말일 뿐이다. 만일 그
이치를 따른다면, 실로 천하에 괴로움이란 없을 것이다.
하여, 나는 말한다. "하나는 살고 하나는 죽는 그 순간의
이별이야 군이 괴로움이라 할 것이 못 된다"라고.

그러고 보면, 이별의 괴로움 중에 하나는 가고 하나는
남겨지는 때보다 더한 것은 없다. 그때는 무엇보다 그
이별의 장소가 슬픔을 부추기는 법이니, 그것은 정자도
아니요, 누각도 아니요, 산도 아니요, 들판도 아니요, 오직
물을 만나야만 한다. 그렇다고 꼭 큰 것으론 강과 바다거나
작은 것으론 도랑과 개천이어야 하는 건 아니다. 흘러가는
것이면 모두 물이 된다.

그러므로 천고에 이별을 겪은 이가 무수히 많았건만
사람들이 그 배경으로 유독 하수의 다리河梁를 꼽는 건
무엇 때문일까. 소무와 이릉[6]만이 천하의 다정다감한
사람이 아니건만, 무엇보다 하수의 다리란 곳이 이별하는
장소로 딱 어울렸기 때문이다. 이별이 그에 알맞은 장소를
얻었으니 그 슬픔이 가장 드높은 지경에 이르렀던 것이다.

저 하수의 다리는, 얕지도 깊지도 않고 잔잔하지도
거세지도 않은 물결이 돌을 끌어안고 흐느껴 우는 듯
흘러간다. 바람도 비도 없고 흐리지도 맑지도 않은 날,

막 북 행 정 록

세 계 최 고 의 여 행 기, 열 하 일 기

햇볕이 땅을 감돌아 어슴프레 비추고 있다. 하수 위 다리는 오랜 세월에 막 허물어지려 하고, 물가의 나무는 가지도 없이 고목이 되려 한다. 물 바깥의 모래톱은 앉고 서고 뒹굴 수 있고 물 속에서는 물새가 떴다 잠겼다 하며 노닌다. 이 가운데, 셋도 아니고 넷도 아닌, 오직 두 사람이 묵묵히 헤어지는 이별이야말로 천하의 가장 큰 괴로움이 아닐 수 없으리라. 강엄江淹은 그의 작품 「별부」別賦에서 이렇게 말한다.

말도 없이 혼이 사그라드는 건 黯然銷魂
오직 이별일 뿐이네. 唯別而已

세상에, 표현이 어찌 이토록 멋대가리가 없을까. 천하의 이별 중에 말 없이 하지 않는 이별이 어디 있고, 마음이 사그라들듯 아프지 않은 이가 또 어디 있단 말인가. 이는 고작 '이별 별'別 자에 대한 주석에 지나지 않는 바, 괴로움으로 쳐줄 것이 못 된다.

그러고 보면 이별을 하지 않고도 이별의 마음을 지닌 자는 오직 시남료市南僚 한 사람 뿐이다. "그대를 보내는 이들, 강가에서 발길을 돌리니 그대의 모습 이로부터 더욱 멀어져 가네"라는 구절은 참으로 천고에 길이 남을 애끓는 말이다. 물에 다다라 이별하니, 그야말로 이별이 제 장소를 얻은 까닭이다. 유우석劉禹錫이 상수湘水가에서 유종원柳宗元과 헤어진 뒤 5년 만에 옛길로부터 계령桂嶺을 나와 다시 상수가에 이르렀다. 그곳에서 그는 시를 지어 유종원을 그리워했다.

내 말은 숲을 배경으로 울고 我馬暎林嘶
그대를 싣고 가는 배는 산을 감돌아 사라지네. 君帆轉山滅

강가에서 이별하는 모습
그림은 명대 중기
문인화가 심주(沈周)의
「경강송원도」(京江送遠圖)
이다. 경강은 오늘날
진강(鎭江)으로,
강소성(江蘇省)에 있다.

7.
장교 차림 분장
'주립'(朱笠)은 붉은색
갓을, '패영'(貝纓)은
호박이나 수정 따위를
꿰어 만든 갓끈을 말하고,
'호수'(虎鬚)는 흰 새털,
'백우전'(白羽箭)은 흰
깃을 단 화살을 이르는
말이다.

천고의 유배객이 무수히 많건만, 이 시가 유독 애달프게
여겨지는 이유는 오직, 물가에서 이별했기 때문이다.
우리나라는 땅이 좁은 탓에 살아서 멀리 이별하는 일이
흔치 않아 그렇게 심한 괴로움을 겪는 경우는 드물다.
다만, 뱃길로 중국에 들어갈 때가 가장 괴로운 이별의
순간이었다.

우리나라 대악부大樂府 중에 「배따라기」라는 곡이 있는데,
방언으로 '배가 떠난다'는 뜻이다. 그 곡조가 어찌나
구슬픈지, 마치 애간장을 끊는 듯하다. 자리 위에 그림배를
놓아두고 나어린 기생 한쌍을 뽑아서 장교 차림으로
분장을 시킨다. <u>붉은 옷을 입히고, 주립·패영에 호수와
백우전을 꽂고</u>[7], 왼손엔 활시위를, 오른손엔 채찍을 쥐게
한다. 먼저 군례軍禮를 마친 다음, 첫 곡조를 부르면 뜰
가운데에 북과 나팔이 울려 퍼지고, 배에 탄 여러 기생들이
곱게 수놓은 비단 치마를 입고는 일제히 어부사를 부른다.
반주에 맞추어 둘째, 셋째 곡조를 부르는데, 처음과 같은
형식이다. 다음엔 역시 장교로 분장한 어린 기생 하나가 배
위에서 출범의 포를 쏘라고 노래하면, 이내 닻을 거두고

돛을 올린다. 동시에 여러 기생들이 일제히 노래를 불러 축하를 보낸다.

닻 들자 배 떠난다. 碇擧兮船離
이제 가면 언제 오리. 此時去兮何時來
만경창파에 가는 듯 돌아오소. 萬頃蒼波去似回

이것이 바로 우리나라에서 가장 구슬프게 눈물지을 때이다. 장복과 나는 어버이와 아들의 친함이나 임금과 신하의 의로움도 아니요, 남편과 아내의 지극한 정이나 절친한 벗의 사귐도 아니다. 그런데도 생이별의 괴로움이 이토록 지극한 걸 보면, 이별의 장소가 오직 강이나 바다, 또는 저 하수의 다리인 것만은 아닌 듯하다. 이를테면, 이국이나 타향에서라면 이별에 알맞지 않은 곳이 없는 셈이다.
아아, 슬프다. 예전 소현세자께서 심양에 계실 때 당시 신하들이 머물고 떠날 때나 사신들이 오가는 무렵에 그 심정이 오죽했을까. '임금이 욕되면 신하된 자 마땅히 죽어야 한다'는 것도 이 마당에선 오히려 평범한 말에 지나지 않는다. 차마 어찌 머물고 어찌 떠나갔으며, 차마 어찌 견디고 어찌 보냈을 것인가. 이것이야말로 우리나라에서는 제일 비통한 순간이었으리라.
아아, 슬프다. 내 비록 쥐벼룩같이 미미한 신하지만 백 년이 지난 오늘, 그저 시험 삼아 한번 떠올려 보기만 해도 정신이 싸늘하고 뼈가 시려 부서질 듯한데, 하물며 그 당시 자리에서 일어나 하직의 절을 올릴 즈음에야 말해 무엇 하겠는가. 당시 처지가 곤궁하고 위축된 것이 매우 심하고 의심스러워 꺼려지는 것이 너무 깊어서 눈물을 참고 소리를 삼키며 얼굴엔 참담함을 드러내지 못했으니, 그 심정이야 말해 무엇 하겠는가. 그 당시 남아 있는 신하들이 떠나가는 이들을 멀리서 바라볼 때 요동벌판은 끝없이 펼쳐지고 심양의 우거진 나무들은 아득한데, 사람은 콩알만큼 작아지고 말은 지푸라기처럼 가늘어져 눈길이 닿는 곳에 땅의 끝, 물의

끄트머리가 하늘에 잇닿아 그 경계가 사라져 버리고, 해는 저물어 관문을 닫아걸

때 그 애간장이 어떠했을꼬.

이런 이별이라면 어찌 반드시 물가만이 알맞은 장소이겠는가. 정자도 좋고,

누각도 좋고, 산도 좋고, 들판도 좋을 것이다. 어찌 꼭 흐느껴 우는 물결과

어슴프레 비추는 햇빛만이 우리의 괴로운 심정을 자아낼 것이며, 또 막 무너지려

하는 다리나 앙상한 고목만이 이별의 배경이 되겠는가. 저 화려한 기둥에 채색한

문지방이나 봄날의 푸르고 맑은 날씨라 해도 애달픈 이별의 풍경이 되고,

가슴을 치며 통곡하는 순간이 될 것이다. 이런 때를 만나면 설령 돌부처라도

돌아볼 것이고, 쇠로 된 간장일지라도 다 녹아 스러지고 말 것이니, 이야말로

우리나라에서는 정사情死하기에 가장 알맞은 때이리라.

이런 상념에 빠져 나도 모르게 20여 리를 갔다. 성문 밖은 쓸쓸하고 적막한

편이라 산천이 아무것도 눈에 들어오지 않았다. 해는 이미 저물었는데, 길을

잘못 들어서 수레바퀴를 쫓아간다는 것이 그만 서쪽으로 수십 리나 돌아가고

말았다. 양편에 옥수수밭이 하늘에 닿을 듯 아득하여, 길이 마치 깊은 웅덩이

속에 든 것 같았다. 당황해서 허둥거리는 사이에 고인 물에 무릎이 쑥 빠져

버렸다. 물이 스미도록 구덩이를 파 놓았는데 물이 그 위를 덮어서 잘 보이지가

않았던 것이다. 마음을 가다듬고 소경처럼 용을 써서 길을 헤쳐 나가보았더니,

이미 밤이 깊었다. 동직문은 지름길이었는데도 말 위에서 엉뚱한 생각을 하느라

수십 리나 돌아 나오고 말았다. 손가장孫家庄에서 저녁을 먹고 잠을 청했다.

임자일 8월 6일
壬子日

/

아침엔 맑다가 점차 무더워지더니 오후엔
비바람이 크게 불면서 천둥과 번개가 요란함
저녁 무렵이 되어서야 다시 갬

새벽에 길을 떠났다. 역 표지판에 '순의현계'順義縣界라 써 있다. 다시 수십 리를
가니 회유현계懷柔縣界가 나온다. 현성은 10여 리 혹은 7~8리 떨어져 있다고 한다.
수나라 문제文帝 시절에 말갈족이 고구려와 싸워서 패하자 그 추장 돌지계가
여덟 부족을 이끌고 부여에서 나와 귀순해 왔다. 그때 순주順州를 새로 설치하여
그들을 거주하게 하였다. 당나라 태종 때는 오류성五柳城을 주치州治로 하고
동돌궐의 추장 돌리가한突利可汗을 우위대장군右衛大將軍으로 삼아서 순주를
감독하게 하였고, 당 현종 때에는 탄한주彈汗州를 두었으며, 현종 직후에는
귀화현歸化縣이라 고쳤다. 또 후당後唐 장종莊宗 때는 주덕위周德威가 유수광劉守光을
쳐서 순주를 점령하였다 한다. 내 생각으론 순의와 회유 두 고을 땅이 곧 옛날의
순주인 듯싶다.
우란산牛欄山은 서북쪽으로 300리까지 뻗어 있다. 옛 늙은이들이 전하는
말에 따르면, 옛날에는 그 골짜기에서 황금소가 나와 신선이 그 소를 타고
노닐었다고 한다. 또, 구유처럼 생긴 돌이 있어서 음우지飮牛池라 불렸다고 하고,
이 산을 영적산靈蹟山이라고도 한다. 산 동쪽에선 조하潮河가 백하白河와 합류하고,
동북쪽엔 호로산狐奴山이, 서북쪽엔 도산桃山의 다섯 봉우리가 마치 다섯

손가락을 세운 듯 깎아질러 서 있다.

다시 수십 리를 가서 백하를 건너는데 그 근원은 새문塞門 밖이다.

석당령石塘嶺에서 장성을 뚫고, 황화의 진천鎭川, 창평昌平의 유하楡河 등 새문 밖의
모든 물과 합쳐져 밀운성 아래로 지나간다. 일찍이 원나라 승상 탈탈脫脫이
수리水利에 능한 자를 뽑아서 둑을 내고 논을 풀어 해마다 곡식 백여만 섬을
거두었다고 한다. 뒤에 명나라 태감太監 조길상曹吉祥이 땅을 몰수하여 국영지로
삼자, 세민細民 빈민들이 업을 잃었고 백하의 수리도 마침내 폐지되었다. 금나라
알리불斡離不이 순주에 들어와서 곽약사郭藥師를 백하에서 깨뜨렸다 했으니, 그게
바로 여기다. 이곳은 물살이 거칠고 급한 데다 탁하기까지 하다.

변방의 물은 모두 누런빛이다.

강가에는 겨우 작은 배 두 척밖에 없는데, 모래톱에는 앞다투어 건너려는 수레가
수백 대요, 사람과 말 또한 빽빽이 늘어서 있다. 오면서 길에서 보았는데, 누런
궤짝 수십 개를 막대에 가로질러 꿴 채 나르고 있었다. 뾰족한 것도 있고, 넓적한
것, 길쭉한 것, 혹은 높다란 것들도 있었다. 안에는 모두 옥그릇을 실었는데
회자국에서 바치는 조공이라 한다. 북경에서 세 낸 짐꾼이 짐을 나르고 회자
너덧 명이 이를 거느리고 가는 중이었다. 생김새로 보아 벼슬아치인 듯하다.
그 중 한 명은 회자국의 태자라 하는데, 몰골이 우락부락한 것이 몹시 사나워
보인다. 누런 궤짝을 배 안에 실어 놓고 삿대를 저어서 물가를 막 벗어나려는
순간, 우리 일행의 부역꾼들과 말몰이꾼들이 배에 펄쩍 뛰어 올라 첩첩이 쌓아
둔 궤짝 위에다 말을 세워 두었다. 배가 떠나려 하자 물가에 있던 회자가 놀라서
소리를 지르고 발을 굴러 댄다. 허나, 우리 부역꾼과 말몰이꾼들은 전혀 개의치
않고 먼저 건너갈 작정이었다. 내가 얼른 수역에게 이를 알리니, 수역이 크게
놀라서 우리 일행들에게 빨리 내리라고 호통을 쳤다. 회자들 역시 소리소리 질러
댔다. 겨우 배를 돌리게 한 뒤, 궤짝들을 모두 다시 내렸다. 그렇게 야단법석을

**청나라에 조공 온
부족들**
왼쪽의 두 사람이
달단족, 오른쪽의
두 사람이 묘족이다.

떨고 나서도 회자들은 우리 일행과 한마디도 다투지
않았다.

중류에 이르렀을 때였다. 갑자기 남쪽에서 한 조각 검은
구름이 거센 바람을 품고 밀려 왔다. 삽시간에 모래를
날리고 티끌을 말아 올려 자욱한 안개처럼 하늘을 덮어
버리니, 지척을 분간하기 어려울 지경이다. 배에서 내려
쳐다보니 하늘빛이 검푸르다. 여러 겹 구름이 주름처럼
접힌 채, 독기를 품은 듯 노여움을 발하는 듯 번갯불이
번쩍번쩍하고 벽력과 천둥이 몰아쳐 마치 검은 용이라도
튀어나올 듯한 모습이다.

밀운성을 바라보니 겨우 몇 리밖에 남지 않았기에
채찍을 휘둘러 서둘러 말을 몰았다. 바람과 우레가 한층
드세어지고 빗발이 비껴치기 시작하는데, 마치 사나운
주먹으로 뺨을 후려갈기는 듯하다. 하릴없이 재빨리 길가에
있는 낡은 사당으로 뛰어들었다. 사당 안 동관에는 두

사람이 책상을 사이에 두고 의자에 걸터앉아 분주하게 문서첩을 정리하고 있다. 밀운 역리가 이곳을 오고 가는 역말들을 적는 중이었다. 하나는 한자로, 또 하나는 만주 글자로 적고 있다. 글 가운데 언뜻 '조선'朝鮮이란 글자가 있기에 찬찬히 살펴보았다. "황제의 명령을 받들어 북경에 있는 병부는 조선 사신단에게 건장한 말을 제공하여 여정에 어려움이 없게 하라. 아울러 행리에 필요한 것들을 조금도 빠짐없이 공급하라"는 내용이었다. 사신 일행이 비를 피해 뒤따라 들어왔기에 수역을 끌어다 그 서류를 보게 했더니, 수역이 곧바로 사신한테 가지고 갔다.

역리들에게 내용을 구체적으로 물어보았더니 "저희들은 모르는 일입죠. 저희들은 그저 오가는 문서를 장부와 맞춰 볼 따름입니다요" 한다.

그러나 문서에 적힌 건장한 말은, 구하기도 어려울뿐더러 설령 그런 말을 준다 하더라도 탈 수가 없다. 여기 말들은 무척 날래고 건장해서 한 시간에 무려 70리를 달린다. 이름하여, 비체법飛遞法! 길에서 역말이 달리는 것을 보니, 노래하듯이 선창을 하면 뒤에서는 마치 범을 쫓듯이 응한다. 그 소리가 산골과 벼랑을 울리면 말이 일시에 굽을 떼어 바위나 시내, 숲이며 덩굴을 가리지 않고 훌훌 뛰어오르며 쏜살같이 내달린다. 그 달리는 소리가 마치 북을 치듯 소낙비가 퍼붓듯 거침이 없다.

우리나라에선 들쥐처럼 허약한 과하마果下馬 따위를 타면서도 앞에선 견마잡이가 끌어 주고 옆에선 부축까지

과하마

해준다. 그러고서도 떨어질까 벌벌 떠는데, 하물며 이렇게 날뛰는 역마를 대체
어떻게 탄단 말인가. 황제의 배려로 그런 말들을 타게 될까봐 도리어 걱정이다.
황제가 측근을 보내어 우리 사신을 호위하게 했는데, 그 일행이 방금 이곳을
지나쳤다고 한다. 길이 서로 어긋난 모양이다.

비가 좀 멎는 듯하여 곧 길을 떠났다. 밀운성 밖을 감돌아 7~8리를 갔다. 갑자기
건장한 되놈 몇이 큼직한 나귀를 타고 오다가 우리를 보고 손을 내젓는다.

"가지 마시유. 5리 앞에 있는 냇물이 크게 불어서 우리도 그냥 되돌아오는
길이라우."

채찍을 이마에까지 들어 보이며 한 마디 덧붙인다.

"물 깊이가 이만큼이나 됩니다. 당신네들 어깨에는 날개라도 돋쳤나 보우?"
이 말을 듣고 우리 일행은 얼굴이 하얗게 질려 서로를 돌아보았다. 일단 길
한가운데서 말을 내려섰다. 하지만 위에선 비가 내리고, 아래엔 땅이 질펀하여
잠시 쉴 곳조차 없다. 통관과 우리 역관들을 시켜서 물을 살펴보게 하였는데
돌아와 "물 높이가 두어 발이나 되어 도리가 없습니다요" 한다. 버드나무 그늘이
촘촘한 데다 바람결이 몹시 서늘하여 하인들의 홑옷이 모두 젖어서 덜덜 떨지

말을 조공으로 받는 건륭제(카스틸리오네 그림)

않는 자가 없다. 비가 잠깐 멎은 사이, 길 왼편 버드나무 너머에 새로 지은 조그만 행재소가 보이기에 그리로 곧장 말을 달렸다. 물이 빠지기를 기다리기로 하였다. 대개 연경에서부터 30리마다 길가에 행재소가 하나씩 있는데 창고와 곳간이 딸려 있다. 이 성 밖에 행재소가 이미 하나 있는데, 10리도 채 지나지 않은 여기에다 또 이 궁을 지은 것은 어인 까닭인가. 크고 화려하고 사치스런 품이 보통 목수의 솜씨가 아닌 듯싶었지만 춥고 배고파서 두루 구경할 경황이 없었다.

바야흐로 해가 홍라산紅螺山으로 질 무렵이다. 온 산봉우리의 푸른빛이 한덩이 붉은빛으로 물들고, 아계丫髻·서곡黍谷·조왕曹王의 여러 산이 금빛 구름과 수은 안개에 둘러싸였다. 『삼국지』에 "조조가 백단白檀을 거쳐 유성柳城에서 오환烏桓을 쳐부쉈다. 하여, 지금까지 그 산을 조왕이라 부른다"고 했는데, 바로 여기를 말한다. 한나라의 학자였던 유향劉向의 『별록』에는 "연나라에 서곡黍谷이란 땅이 있는데, 너무 추워서 오곡이 나지 않았다. 이에 추연鄒衍이 피리를 불어서 따뜻한 기운을 일으켰다" 했고, 『오월춘추』吳越春秋에는 "북쪽으로 한곡寒谷을 지나쳤다"

했으니, 모두 여기를 이르는 말이다. 내가 어렸을 때
'서곡에서 피리를 불다'는 고사를 과체시^{과거 볼 때 형식에 맞춰}
^{쓰는 시}의 주제로 삼은 적이 있었는데, 이제 바로 눈앞에서 그
산을 마주하게 되었다.

역관이 제독과 통관 등과 함께 머리를 맞대고 물을 건널
방도를 의논했다. "나아가도 물을 건널 수 없고 물러나도
밥 지을 곳이 없는데 날까지 저무니, 이를 어찌하면
좋을까?" 하니, 오림포가 말했다.

"여기는 밀운성에서 겨우 5리밖에 안 되는 곳이니 부득불
도로 성으로 들어가 물이 빠지기를 기다리는 수밖에
없습니다."

오림포는 나이 칠십이 넘은지라 특히 춥고 배고픈 것을
견디기 어려운 모양이다. 대개 이 변방의 길은 청나라 제독
일행도 일찍이 와본 적이 없다. 그러니 길도 모르는 데다
해는 저물어 사람의 그림자마저 드물어지니 아득히 갈

밀운댐의 모습
밀운은 북경에서 열하로
가는 중간 지점에 있는
곳으로, 황제의 행궁이
있었다. 현재는 댐이
조성되어서 유원지로
각광받고 있을 뿐만
아니라 북경에 물을
공급하는 매우 중요한
곳으로 꼽힌다.

바를 모르는 건 우리와 다름이 없었다.

내가 먼저 밀운성에 이르렀다. 길가의 물이 넘쳐서 말의 배에까지 닿았다.

성문에서 말을 세우고 일행을 기다려 함께 성 안으로 들어갔다. 뜻밖에 쌍등과 쌍촛불을 들고 나오는 이도 있고, 또 기병 십여 명이 앞으로 다가와 영접의 예를 취하였다. 뒤이어 밀운 지현知縣 현의 으뜸 벼슬아치이 몸소 나와 우리를 맞아 주었다. 통관이 먼저 가서 몇 마디 말을 건넸을 뿐인데, 그 거행이 이토록 재빠르다. 중국의 법은 비록 황족이라도 민가에는 머무르지 못하고, 반드시 점방 아니면 사당에 머물러야 한다. 우리 일행의 숙소로 정해진 곳은 관묘였다. 지현은 우리를 문까지 안내한 뒤에 바로 돌아갔다. 하지만 불행히도, 관묘에는 사신이 머물 거처가 없었다. 우리는 하는 수 없이 다시 관묘를 나와 숙소를 구하기 시작했다. 이미 밤이 깊어 집집마다 문을 닫아건 탓에 오림포가 백 번 천 번 두드리고 소리치고 한 끝에야 겨우 나와서 맞이하는 이가 있으니, 바로 소씨蘇氏의 집이었다. 소씨는 이 고을 아전으로 집이 화려하고 사치스럽기가 행재소나 다름이 없다. 주인은 이미 죽고 없고, 열여덟 살 난 아들이 나왔다. 눈매가 맑고 깨끗한 것이 인생의 풍파라곤 조금도 겪지 않은 얼굴이다. 정사가 불러서 청심환 한 알을 주자 여러 번 절을 해댄다. 몹시 놀라고 두려워하는 기색이다.

그도 그럴 것이, 막 잠이 들었을 즈음 문을 두드리는 이가 있어 나가 보니 사람 지껄이는 소리와 말 우는 소리가 시끌벅적한데, 모두 생전 처음 듣는 것이었을 테니. 게다가 문을 열자 벌떼처럼 뜰을 가득 메우는 사람들. 이들은 대체 어디 사람들인가. 고려인이라곤 난생 처음이니, 안남 사람인지 일본 사람인지, 유구 사람인지 섬라 사람인지 분간하지 못했을 것이다. 뒤집어 쓴 모자는 둥근 테가 몹시 넓어서 머리 위에 검은 우산을 받쳐든 것 같으니, 생전 처음 보는 것이라 "무슨 갓이 저런가, 이상한지고" 했을 것이며, 입고 있는 도포는 소매가 몹시 넓어서 너풀너풀 하는 품이 마치 춤을 추는 듯하니, 이 또한 처음 보는 것이라 "무슨 옷이 저런가, 괴이한지고" 했을 것이다. 또 말하는 소리도 '남남' '니니' '각각' 하니 이 역시 처음 듣는 소리라 "무슨 말소리가 저런가, 야릇한지고" 했을 것이다. 처음 본다면 주공의 의관이라도 놀라울 것이거늘, 우리나라 옷처럼 몹시 크고 고색창연한 경우야 어떠하겠는가. 사신 이하 역관들의 복장, 비장들의 복장, 군뢰들의 복장이 제각각 다르고, 거기다 역졸과 마두 무리는 맨발에 가슴을 풀어 헤쳤으며, 얼굴은 햇볕에 그을리고 옷은 다 해져서 엉덩이를 가리지 못한 데다 시끌시끌하게 지껄이며 "예~이" 하는 소리를 어찌나 길게 빼는지, 이 모두 처음이라 "무슨 예법이 저런가. 이상하고 야릇한지고" 했을 것이다. 아마도 그는 같은 나라 사람이 함께 왔다고는 생각지 못하고, 남만南蠻 · 북적北狄 · 동이東夷 · 서융西戎 등 사방의 오랑캐들이 한꺼번에 들이닥친 줄로 알았을 것이다. 그러니 어찌 놀랍고 떨리지 않으리오. 백주 대낮이라 해도 넋을 잃을 지경이거늘, 하물며 때 아닌 밤중에랴. 깨어 앉았을 때라도 놀라 자빠질 지경이거늘 하물며 잠결에서였으며, 산전수전을 다 겪은 여든 살 노인일지라도 벌벌 떨며 까무러치지 않을 수 없을 지경인데 더구나 열여덟 살, 약관도 되지 못한

청 관리의 모습

어린 사내였음에랴.

아무튼 이리하여 간신히 숙소는 구했건만 먹을 건 또 어찌 구할지 막막하기
그지없다.

역관이 "밀운 지현이 밥 한 동이와 채소·과실 다섯 쟁반,

돼지·양·거위·오리고기 다섯 쟁반, 차·술 다섯 병, 거기다 땔나무와

말먹이까지 보내왔습니다" 하자, 정사가 명한다.

"땔나무나 말먹이는 받아도 되겠지만 밥과 고기 등은 주방이 있는데 굳이 폐를
끼칠 필요가 있겠느냐. 받든 안 받든 부사, 서장관과 의논하도록 해라."

그러자 수역이 "연경에 들어오면 으레 동팔참東八站에서 음식을 제공하는
법이랍니다. 다만 이렇게 익힌 음식을 제공하지 않을 뿐이지요. 뜻밖에 성
안으로 되돌아오긴 했지만, 저들이 성주의 체면으로 이를 바쳤으니 무슨
명분으로 물리치겠습니까?" 한다.

이때 마침 부사와 서장관이 들어와 "황제의 명령도 없는데, 어찌 받을 수
있겠습니까. 마땅히 돌려보냄이 옳은 줄로 압니다" 하자, 정사도 "그렇소"
하고는, 곧 명령을 받들 수 없다는 뜻을 전했다. 그러자 십여 명의 짐꾼들이
끽소리도 없이 다시 지고 가 버린다.

이 참에 서장관은 하인들을 엄중히 단속하였다.

"만일 한 줌의 땔나무나 말먹이라도 받는 날이면, 반드시 치도곤을 당할 줄
알아라."

조금 있다가 조달동이 달려와 군기대신 복차산福次山이 왔음을 알린다. 황제가
특별히 군기대신을 파견하여 사신을 맞이하게 하였는데, 그는 원래 정해진 길인
덕승문으로 들어가고 우리 일행은 지름길로 동직문을 통과하는 바람에 서로
어긋나고 말았다. 그러자 밤낮을 헤아리지 않고 우리 뒤를 쫓아온 것이다.

"황제께옵서 사신을 고대하고 계십니다. 하오니 반드시 초아흐렛날 아침까지는

열하에 도착하셔야 합니다.”

복차산은 이렇게 연거푸 당부하고는 이내 가 버린다.
군기란 마치 한나라 때의 시중侍中과 같아서 황제를 늘
앞에서 모시고 앉았다가, 황제가 군기에게 명령을 내리면
그것을 의정대신議政大臣에게 전달한다. 비록 계급은 낮으나,
황제를 가까이서 모시는 처지라 ‘대신’이라 일컫는 것이다.
복차산은 나이가 스물대여섯쯤 되어 보이고 키가 거의
한 자쯤 되는데, 허리는 날씬하고 눈매는 가늘어 꽤나
멋있었다. 그는 말을 마친 다음, 화과자 하나를 먹고는
곧바로 말을 달려 휘익 가 버렸다.

벽돌이 깔린 대청은 시원하게 탁 트인 데다 탁자 위의
모든 물건은 깔끔하게 정돈되어 있었다. 하얀 유리 그릇에
불수감[1] 세 개를 담아 놓아 맑은 향내가 코를 찌른다. 의자
10여 개는 모두 무늬목으로 꾸몄고, 서편 바람벽 밑에는
등자리와 꽃방석, 양털보료 등이 깔려 있다. 구들 위에는
붉은 털방석을 깔았는데, 길이나 너비가 딱 맞춤형으로
되어 있다. 침대 위에 깔린 자리는 말총으로 쌍룡을 수놓아
오색찬란하였다. 두 하인이 그 위에 누워 있는 걸 보고
시대를 시켜 깨웠으나, 도통 일어날 생각을 않는다. 그러자
시대가 크게 호통을 쳐 쫓아 버렸다. 몹시 피로하기에 잠깐
그 위에 누웠더니 별안간 온 몸이 가려워서 미칠 지경이다.
한 번 긁었더니 굶주린 이들이 가득하다. 벌떡 일어나 옷을
터니, 이들이 후두둑 떨어진다.

밥이 익었느냐고 묻자, 시대는 빙그레 웃으며 “애초부터

1.
불수감佛手柑
귤의 일종으로 끝이
손가락처럼 갈라지고
향내가 매우 좋다. 위
사진처럼 갈라진 열매
끝이 부처님 손 같다고
해서 ‘불수감’이란 이름이
붙었다.

밥을 짓지도 않은 걸요” 한다.

이미 밤이 깊어 장차 닭이 울려고 할 즈음이라, 한 그릇의 물이나 한 움큼의
땔나무조차 구할 곳이 없다. 비록 사자 어금니같이 흰 쌀과 은이 말굽처럼 쌓여
있다 한들, 밥을 익힐 도리가 없었다. 부사의 주방 담당은 낮에 비가 내리기 전
이미 물을 건넜기 때문에 상방의 건량고乾糧庫지기인 영돌이 부사와 서장관의
주방을 겸하였긴 하나, 밥을 지을 기약은 아득하기만 했다. 하인들은 모두
춥고 굶주린 나머지 정신없이 곯아떨어져 버렸다. 때려서 깨워 보아도 일어나는
듯 했다가 바로 쓰러져 버린다. 할 수 없이 직접 주방에 들어가 보니 영돌이
홀로 앉아 허공을 쳐다보면서 긴 한숨만 내쉬고 있고, 나머지는 모두 종아리에
고삐를 맨 채 길게 뻗어 코를 골아 댄다. 간신히 수숫대 한 움큼을 얻어서 밥을
지으려 했으나 한 가마솥의 쌀에 반통도 못 되는 물을 부었으니 끓을 턱이 없다.
잠시 뒤 밥이라고 받아 본 건 물이 아예 쌀에 스며들지도 않아 쌀인지 밥인지
분간도 안 될 지경이었다. 한 순갈도 뜨지 못하고 정사와 함께 그냥 술이나 한
잔씩 걸치고는 바로 길을 나섰다. 닭이 서너 홰를 쳤다.

창대는 어제 백하를 건너다 맨발을 말굽에 밟히고 말았다. 말굽철이 깊이
박히는 바람에 쓰리고 아파 죽을 지경이란다. 창대 대신 견마잡을 하인도 없어
낭패가 이만저만이 아니었다. 그렇다고 한걸음도 옮기지 못하는 창대를 중도에
떨어뜨리는 것도 못할 짓이고 해서, 좀 참혹하긴 하나 기어서라도 뒤따라오게
하고 내가 직접 고삐를 잡고 나섰다. 사나운 물결이 길을 휩쓸고 간 뒤라
여기저기 깨진 돌들이 송곳니처럼 날카로웠다. 등불을 들었으나 그나마 세찬
새벽 바람에 훅 꺼져 버렸다. 하는 수 없이 동북쪽에서 흘러내리는 한 줄기
별빛만을 바라보며 앞으로 나아갔다. 냇가에 이르니, 물이 많이 빠지긴 했으나
여전히 말 배꼽에 닿을 정도였다. 창대가 춥고 주리고 졸린 데다 발병까지 난
몸으로 이 차디찬 물을 건널 것을 생각하니, 참으로 걱정스러웠다.

계축일 8월 7일
癸丑日

목가곡(穆家谷)에서 아침 식사를 하고 남천문(南天門)을 나섰다. 성은 큰 고개의
마루턱에 있고, 움푹 파인 곳에 문을 냈다. 이름은 '신성'(新城)이다. 옛날 흉노,
선비 등 북방의 다섯 오랑캐들이 중국을 호령하던 오호(五胡) 시절 후조(後趙)의 임금
석호가 단요를 추격한 적이 있었다. 그때 단요가 북연(北燕)의 임금인 모용황과
함께 역습하여 석호의 장수 마추를 쳐서 죽인 곳이 바로 여기다.

여기서부터 잇달아 높은 고개를 넘게 되었다. 오르막은 많으나 내리막이
적어지는 걸로 보아 지세가 점차 높아짐을 알겠다. 물살 또한 한층 사나워졌다.
창대가 이곳에 이르러 통증이 한층 심해져 부사의 가마에 울며불며 매달리고,
서장관한테도 눈물로 호소했다고 한다. 이즈음 내가 먼저 고북하(古北河)에
이르렀다. 부사와 서장관이 뒤따라오더니 창대의 꼴이 차마 눈뜨고 못 볼
지경이라며 뭔가 구제책을 세워 보라 하나, 나 역시 어쩔 도리가 없었다.

다행히 창대가 엉금엉금 기다시피 하면서 따라왔다. 중간에 말을 얻어 타고 온
모양이다. 주머니를 풀어 돈 200닢과 청심환 다섯 알을 주었다. "옛다, 이걸로
나귀를 빌려 뒤따라오너라."

드디어 강물을 건넜다. 일명 광형하(廣硎河)라 하는데, 백하의 상류다. 변방에

1.

유수광劉守光
당나라 말기
노룡절도사(盧龍節度使)
유인공(劉仁恭)의 아들로
심주(현재의 하북성)에서
태어났다.
청년기에 아버지와
관계가 틀어진 유수광은
907년 아버지를 공격해
유주를 함락시켰다. 이후
노룡절도사를 자칭하며
유주에서 안정된 기반을
닦은 유수광은 나날이
거만함이 더해 가며
폭정을 일삼았는데,
급기야 주변의 반대에도
불구하고 911년 제위에
앉기를 선언, 국호를
대연(大燕)이라 했다.
그러나 건국 직후부터
후당(後唐)의 창건자가
되는 이존욱(묘호
장종莊宗)의 공격을 받아
곧 본거지인 유주가
함락되었고, 그의 손에
참살당했다.

가까울수록 물살은 한층 거세진다. 수레며 말이며 강을
건너려는 이들이 줄줄이 늘어서서 배를 기다리고 있다.
제독과 예부낭중이 직접 채찍을 휘두르면서 이미 배에 오른
사람들까지 모조리 내리게 하고는 우리 일행을 먼저 건너게
해주었다.

저녁 무렵에는 석갑성石匣城 밖에서 밥을 지어 먹었다. 성의
서쪽에 갑匣처럼 생긴 돌이 있다 하여 역 이름을 '석갑'이라
하였다 한다. 옛날 유수광[1]이 도망왔다가 사로잡힌 곳이
바로 여기다. 식사가 끝나자마자 바로 길을 나섰다. 벌써
어두워지기 시작했다. 구불구불한 산길이 계속 되었다.
일찍이 왕기공王沂公 송나라때의 문인이 거란에 올린 서한 중
"금구전에 이르러 이정표도 척후도 없는 구불구불한
산길을 올라가는데 말 달린 시간으로 보아 대략 90리쯤
가니 고북구에 이르렀다"는 구절이 있는데, 지금
금구전이란 어디 있는지 알 길이 없다. 새북의 노정이 멀고
가까운 것은 옛사람도 잘 알지 못하는 모양이다.
때마침 대추가 반쯤 익어 마을마다 대추나무로 울타리를
쳤다. 대추나무 밭은 마치 우리나라의 청산·보은과
같았고, 대추는 모두 한 손에 쥐기 힘들 만큼 컸다. 밤나무
역시 숲을 이루었으나 밤톨은 몹시 자잘하여 우리나라
상주의 것과 비슷했다.
옛날에 소진蘇秦이 연나라 문공에게 "연의 북쪽에 밤과
대추의 생산지가 있는데 '하늘이 낸 마을'天府이라고
한답니다"라고 말한 곳이, 아마 여기 고북구를 이른 듯싶다.

고북구와 이어져 있는
사마대 만리장성

우리 일행을 구경하러 동네마다 사람들이 몰려들었다.
희한하게도, 나이가 지긋한 여인치고 목에 혹이 달리지
않은 이가 없다. 큰 것은 거의 뒤웅박만 하고, 더러는 서너
개가 연달아 달린 경우도 있었다. 열에 일고여덟은 모두
그러했다. 처녀들과 젊은 부인들은 분으로 단장을 했으나
목에 달린 뒤웅박만 한 혹을 가릴 수는 없었다. 남자들
중에도 늙은이는 간혹 커다란 혹이 달린 이가 있었다.
옛말에, "진나라에 사는 사람은 이가 누렇고, 험한 곳에
사는 사람은 목에 혹이 달린다. 안읍安邑은 진나라 땅이다.
대추가 잘 되는 곳이라 사람들이 단 것을 많이 먹어서
이빨이 모두 누렇다"고 하였다. 하지만 이곳은 대추나무가
밭을 이루고 있는데도 여인들의 이가 마치 박씨를 쪼개
놓은 듯 희고 고우니 어찌된 영문인지 모를 일이다.

『의방』醫方에 이르기를 "산골짜기의 물이 급하고 거센 까닭에 오래 마시면 혹이 많이 생긴다"고 하였다. 그러나 아무리 혹이 많은 이유를 험한 곳에 살기 때문이라 쳐도, 그것이 유독 여인네들한테만 많은 건 도무지 무슨 까닭인지 모르겠다.

잠시 성 안에서 말을 쉬었다. 시장터와 거리가 자못 번화했으나 집집마다 문이 닫혀 있다. 문 밖에는 양각등이 달려 있어 별빛과 뒤섞여 반짝이고 있다. 이미 밤이 깊어 두루 돌아다닐 수가 없었다. 술을 사서 조금 마시고는 바로 장성을 나섰다. 어둠 속에 군졸 수백 명이 있었다. 아마 검문을 하기 위해 서 있는 듯하다.

세 겹의 관문을 나온 뒤, 말에서 내려 장성에 이름을 새기려고 패도를 뽑았다. 벽돌 위의 짙은 이끼를 긁어내고 붓과 벼루를 행탁행장을 넣는 여행용 전대나 자루 속에서 꺼냈다. 꺼낸 물건들을 성 밑에 주욱 벌여 놓고 사방을 둘러보았으나 물을 얻을 길이 없었다. 아까 관내에서 잠깐 술을 마실 때 몇 잔을 더 사서 안장에 매달아 두었던 것을 모두 쏟아 별빛 아래에서 먹을 갈고, 찬 이슬에 붓을 적셔 크게 여남은 글자를 썼다. 이때는 봄도 아니고 여름도 아니요 겨울도 아닐뿐더러, 아침도 아니고 한낮도 아니요 저녁도 아닌, 곧 금신金神이 제때를 만난 가을철인데다 이제 막 닭이 울려는 새벽녘이니, 이 모든 것이 어찌 우연이기만 하겠는가.

막북행정록

다시 또 한 고개에 올랐다. 초승달은 이미 졌는데, 시냇물
소리는 더욱 요란히 들려온다. 어지러운 봉우리는
음침하기 그지없어, 언덕마다 범이 뛰어나올 듯 구석마다
도적이 숨어 있는 듯하다. 때로 긴 바람이 우수수 불어와
머리카락을 시원하게 쓸어 준다. 숫구치는 감회를 누를 길
없어, 따로 「밤에 고북구를 나서며」夜出古北口記를 썼다.
물가에 다다랐으나, 길은 끊어지고 물은 아득히 넓어서
도무지 막막하기만 했다. 그저 허물어진 집들 너덧 채만이
물을 의지하여 서 있을 뿐이었다. 제독이 말에서 내려 손수
문을 두드렸다. 수백 번 호통을 치고 나서야 겨우 주인이
얼굴을 내민다. 그러고는 문 앞에서 곧장 물 건너는 법을
가르쳐 준다. 돈 500닢으로 그를 고용하여 정사의 가마를
인도하게 해 마침내 물을 건넜다. 강이 어찌나 험하고
구불구불한지, 무려 아홉 번이나 건너고 나서야 겨우 물을

벗어날 수 있었다. 물 밑바닥의 돌엔 이끼가 끼어서 몹시 미끄러운 데다 물이 말의 배까지 넘실거리는 바람에 다리를 옹송그리고 두 발을 모은 채 한 손으론 고삐를 잡고 또 한 손으론 안장을 꽉 잡았다. 끌어 주는 이도 부축해 주는 이도 없건만, 그래도 떨어지지 않는다. 이로 인해 비로소 말을 다루는 데도 방법이 있음을 깨달았다.

대저 우리나라의 말 다루는 방법은 한마디로 위태롭기 짝이 없다. 옷소매는 넓고 한삼 역시 긴 탓에 두 손이 휘감겨 고삐를 잡거나 채찍을 휘두를라치면 몹시 거추장스럽다는 것이 첫번째 위태로움이다. 형편이 그렇다 보니 어쩔 수 없이 다른 사람이 견마를 잡게 하니, 온 나라의 말이 졸지에 병신이 되어 버린다. 이 때문에 고삐를 잡은 자가 항상 말의 한쪽 눈을 가려서 말이 자유롭게 달릴 수 없음이 두번째 위태로움이다.

말이 길에 나서면 사람보다도 더 신중하고 조심함에도 불구하고 사람과 말이 서로 마음이 통하지 않는 까닭에, 마부는 편한 땅을 디디고 말은 늘 구석진 곳으로 몰아넣는다. 그러니 말이 피하려는 데는 굳이 디디게 하고, 말이 디디고 싶어 하는 데는 강제로 밀어붙이는 꼴이 되고 만다. 그러므로 말이 거칠게 치받는 것은 평소 사람에 대한 노여움을 품고 있는 탓이다. 이것이 세번째 위태로움이다.

말의 한쪽 눈은 사람에게 가려진 데다, 나머지 한 눈으로는 사람의 눈치를 살피기 바빠서 온전히 길만 보고 걷지를 못하니 툭하면 넘어지기 일쑤다. 이는 결코 말의 허물이 아닌데도 그럴 때마다 채찍을 함부로 내리치니, 이것이 곧 네번째 위태로움이다.

우리나라의 안장과 뱃대끈안장을 얹을 때 배에 걸쳐 졸라매는 줄은 워낙 둔탁하고 무거운 데다 끈과 띠가 마구 뒤엉켜 있다. 이미 등에 한 사람을 실었는데 입에 또 한

사람을 매달은 격이니, 이는 한 필의 말이 두 필의 힘을 쓰는 것과 같아서 힘에
겨운 말이 종종 쓰러지곤 한다. 이것이 다섯번째 위태로움이다. 사람이 몸을
쓰는 것도 오른편이 왼편보다 나은 걸 보면 말 역시 그러할 것이다. 그런데도
사람들은 아무 생각 없이 말의 오른편 귀를 후려갈기곤 한다. 그러면 말은
아픔을 참을 수 없어 목을 비틀어서 사람과 함께 옆으로 걸으면서 채찍을
피하려고 하는데, 이 모습을 본 사람들은 그것을 사납고도 날랜 자태라 하여
기뻐해 마지않는다. 하지만 그건 절대 말의 성정이 아니다. 이것이 여섯번째
위태로움이다.

또한, 말이 늘 채찍을 받다 보니 유독 오른편 다리가 심하게 아플 수밖에 없다.
그러니 안장에 걸터앉을 때 견마잡이가 갑자기 채찍을 휘두르면 말이 몸을
뒤척여서 사람을 떨어뜨리게 된다. 그럴 때마다 말을 꾸짖어 대지만, 이 역시
말의 본의가 아니다. 이것이 일곱번째 위태로움이다.

문무를 막론하고 벼슬이 높으면 반드시 왼쪽으로 견마를 잡히게 한다.
이건 또 무슨 경우인지. 오른쪽 견마도 좋지 않거늘, 심지어 왼쪽에 견마를
잡히다니. 또 짧은 고삐도 불가한데 긴 고삐는 말해 뭐하겠는가. 사사로이
집안을 출입할 때는 혹 위의를 갖출 법도 하나, 임금의 수레를 모시는
신하로서 다섯 길이나 되는 긴 고삐로써 위엄을 보이려 하는 건 옳지 않다.
이는 문관도 불가한데 진영으로 나아가는 무장이야 더 말해 뭣하겠는가.
이것이야말로 스스로 얽매일 줄을 차는 격이니, 이것이 곧 여덟번째
위태로움이다.

무장이 입는 옷을 철릭이라 하는데, 이것이 곧 군복이다. 명색이 군복인데
어찌 소매가 중의 장삼처럼 넓단 말인가. 지금 말한 이 여덟 가지 위태로움이
모두 넓은 소매와 긴 한삼 때문이거늘 오히려 이러한 위태로움을 편안하게
여기다니, 실로 어처구니가 없다.

2.

백락伯樂과 조보造父

백락은 주나라 때의
사람으로 말의 품질과
감정을 한눈에 알아보는
인물이었고, 조보는
주나라 때의 전설적인
말몰이꾼이었다고 한다.

아아, 슬프다! 설사 백락으로 오른편에 견마잡히고 조보로
왼편을 따르게 하더라도[2] 이 여덟 가지의 위태로움에
직면한다면, 설령 여덟 필의 준마가 있다 한들 반드시
죽고 말 것이다. 옛날, 이일李鎰 임진왜란 때의 장수이 상주에서
진을 칠 때 멀리 수풀 사이로 연기가 오르는 것을 보고는
군관 한 사람을 시켜 가 보게 하였다. 그 군관이 좌우로
쌍견雙牽을 잡히고는 어깨를 들썩이며 가는데, 갑자기 다리
밑에서 왜병 둘이 내달아 칼로 말의 배를 벤 뒤, 군관의
목을 가져갔다. 어진 정승 서애西厓 유성룡柳成龍 공도
『징비록』徵毖錄을 지을 때 이 일을 기록하면서 웃음거리로
삼았다. 그런 난리를 겪고도 이 황당한 습속을 고치지
못하다니, 심하구나! 습속의 고치기 어려움이여!

여덟 필의 준마

준마(駿馬)는 동양에서
자주 그려졌던 소재의
하나이다. 청의
궁정화가였던 주세페
카스틸리오네 역시 여러
장의 말 그림을 남겼는데,
오른쪽 그림들은 모두
여덟 마리의 준마를 그린
「팔준도」(八駿圖)이다.

내가 이렇게 깊은 밤에 물을 건너는 것은 지극히 위태로운 일이다. 그러나 나는 말을 믿고 말은 제 발을 믿고 발은 땅을 믿으니 견마 잡히지 않는 효과가 이와 같구나.

수역이 주부한테 말했다.

"옛사람이 위태로운 것을 말할 때 '소경이 애꾸말을 타고 한밤중에 깊은 물가에 선 것'이라 했지요. 오늘밤 우리가 실로 그 같은 꼴이 되었구려."

내가 이렇게 대꾸했다.

"그것도 맞는 말이긴 하나, 위태로움을 제대로 아는 거라고 하긴 어렵소."

"어째서 그렇단 말씀이오?"

"소경을 보는 자는 눈 있는 사람이라 소경을 보고 스스로 그 마음에 위태로이 여기는 것이지, 결코 소경 자신이 위태로움을 느끼는 게 아니라오. 소경의 눈에는 위태로운 바가 보이지 않는데, 대체 뭐가 위태롭단 말이오?"

이렇게 주거니 받거니 하면서 서로 껄껄대고 웃었다. 하룻밤에 아홉 번 강을 건너자니 마음에 느낀 바가 적지 않기에 따로 글을 써서 엮어 두었다. 「하룻밤에 아홉 번 강을 건너다」一夜九渡河記가 그것이다.

밤에 고북구를 나서며 야출고북구기夜出古北口記

연경에서 열하로 갈 때 창평으로 길을 잡으면 서북쪽으로 해서 거용관居庸關으로 나오고, 밀운으로 길을 잡으면 동북쪽으로 해서 고북구로 나온다. 고북구로부터 장성을 따라 동쪽으로 산해관까지가 700리고, 서쪽으로 거용관까지가 280리다. 고북구는 거용관과 산해관의 중간에 위치한다. 험하기로는 고북구만 한 요새가 없다. 이곳은 몽고가 드나드는 목구멍에 해당하므로 겹겹의 관문을 만들어 험준한 요새를 누르고 있는 것이다. 나벽羅壁의 『지유』識遺에 이르기를, "연경 북쪽 800리 밖에 거용관이 있고, 거용관 동쪽 200리 밖에는 호북구虎北口가 있는데, 호북구가 바로 고북구다"라고 했다.

당나라 초기부터 고북구라고 불러서 중원 사람들은 장성 밖을 모두 구외라고 부른다. 구외는 해왕, 곧 오랑캐 추장의 본거지였다. 『금사』金史를 상고해 보면, "그 나라 말로 유알령留斡嶺이라고 부르는 곳이 바로 고북구다"라고 하였다. 대개 장성을 빙 둘러서 '구'口라고 일컫는 데가 백여 곳을 헤아린다. 산을 따라 성을 쌓았는데, 깎아지른 듯한 골짜기와 깊은 계곡이 아가리처럼 벌리고 있다. 물에 부딪쳐 구멍이라도 뚫리면 성을 쌓을 수 없기 때문에 정장亭鄣을 설치했다. 명나라 홍무 연간에 그곳을 지키기 위해 정장 1천 호를 두어 다섯 겹으로 닫아걸었다.

무령산을 따라 배를 타고 광형하를 건너 밤에 고북구를 빠져 나왔다. 때는 바야흐로 야삼경, 겹겹의 관문을 나와 장성 아래 말을 세웠다. 높이를 헤아려 보니 십여 장이나 된다. 붓과 벼루를 꺼낸 뒤 술을 부어 먹을 갈았다. 장성을 어루만지면서 벽 한 귀퉁이에 이렇게 썼다.

"건륭 45년 경자 8월 7일 야삼경, 조선의 박지원, 이곳을 지나노라."

그러고는 크게 웃으면서 말했다.

"내 한낱 서생일 뿐이로구나. 머리가 희끗희끗해져서야 비로소 장성 밖을 나가게 되다니."

옛날 몽염 장군은 "내가 임조로부터 일어나 요동에 이르기까지 성을 만여 리나 쌓았으니, 종종 지맥을 끊지 않을 수 없었다"고 했는데, 지금 장성을 보니 산을 파내고 골짜기를 메웠다는 말이 사실이었다.

아, 슬프다! 여기는 예로부터 수많은 전쟁이 벌어진 곳이다. 후당後唐의 장종이 유수광을 잡자 별장 유광준이 고북구에서 이겼고 거란의 태종이 산의 남쪽을 취하려고 먼저 고북구로 내려왔었다. 여진이 요나라를 멸망시킬 때 희윤이 요나라 군사를 대파한 곳도 바로 여기였으며, 연경을 취할 때 포현이 송나라 군사를 패퇴시킨 곳도 바로 여기였으며, 원나라 문종이 즉위하자 당기세가 군사를 주둔시킨 곳도 여기였으며, 산돈이 상도 군사를 추격한 곳도 여기였다.

그런가 하면, 몽고의 독견첩목아禿堅帖木兒가 쳐들어 올 때 원나라 태자는 이 관문으로 탈출하여 흥송興松으로 달아났다. 명나라 가정 연간1522~1566년에 엄답이 수도 북경을 침범할 때도 모두 이 관문을 경유하였다. 성 아래는 길길이 날뛰며 싸우던 전쟁터건만 지금은 온 천하가 전쟁을 멈춘 지 오래되었다. 오히려 사방으로 산이 둘러싸여 있어 수많은 골짜기들이 쓸쓸하고 적막하기만 했다.

때마침 상현이라 달이 고개에 드리워 떨어지려 한다. 그 빛이 싸늘하게 벼려져 마치 숫돌에 갈아 놓은 칼날 같았다. 마침내 달이 고개 너머로 떨어지자, 뾰족한 두 끝을 드러내면서 갑자기 시뻘건 불처럼 변했다. 마치 횃불 두 개가 산에서 나오는 듯했다. 북두칠성의 자루 부분은 관문 안쪽으로 반쯤 꽂혔다. 벌레 소리가 사방에서 일어나고 긴 바람이 싸늘하다. 숲과 골짜기도 함께 운다. 짐승 같이 가파른 산과 귀신 같이 음산한 봉우리들은 창과 방패를 벌여 놓은 듯하고, 두 산 사이에서 쏟아지는 강물은 사납게 울부짖어 철갑으로 무장한 말들이 날뛰며 쇠북을 울리는 듯하다. 하늘 저편에서 학 울음소리가 대여섯 차례 들려온다. 맑게 울리는 것이 마치 피리 소리가 길게 퍼지는 듯한데, 더러는 이것을 거위 소리라고도 했다.

후지|後識

우리나라 선비들은 태어나서 늙고 병들어 죽을 때까지 조선 땅을 벗어나지 못하는 신세다. 근래 선배 중에 오직 노가재 김창업과 나의 벗 담헌 홍대용만이 연경 땅을 밟았다. 전국시대 일곱 나라 중 연나라가 바로 여기이며, 우공禹貢의 구주九州 가운데 기冀가 바로 여기다. 천하의 관점에서 보자면 한 귀퉁이의 땅에 불과하지만 원·명으로부터 지금의 청에 이르기까지 천하를 통일한 천자들의 도읍지가 바로 여기였다. 말하자면, 옛날의 장안이나 낙양과 같은 곳이다.

소철蘇轍은 중국 선비지만 경사京師 중국 송나라의 수도 개봉에 와서 천자의 장엄한 궁궐과 창름·부고, 성지·원유 등이 광대한 것을 보고 나서야 비로소 천하가 크고 화려하다는 것을 알게 되었다며 크게 다행으로 여겼다. 하물며 우리 동쪽 선비로서야 그 크고 화려한 것을 한 번 보았을 때 얼마나 다행스럽게 여겼겠는가. 내가 이번 여행을 더욱 다행스럽게 여기는 점은 만리장성 밖으로 나와서 북쪽 변방에 이른 것이니, 이는 선배들도 일찍이 경험하지 못했던

일이다. 하지만 깊은 밤에 소경처럼 걷고 꿈결처럼 지나다 보니 아쉽게도 산천의 형세와
관방關防의 웅혼하고 기이한 바를 제대로 다 보질 못했다.

때마침 어슴푸레한 달빛이 비스듬히 비추고 있었다. 관내의 양쪽 벼랑은 깎아지른 듯 백 길
높이로 우뚝 섰고, 길은 그 사이에 있었다. 나는 어려서부터 담이 작고 겁이 많아 대낮에도
홀로 빈방에 들어가거나 밤에 침침한 등불을 만나면 언제나 머리털이 쭈뼛하고 심장이 쿵쿵
뛰곤 했다. 올해 내 나이 마흔네 살이지만 무서움을 타는 성정은 어릴 때와 같다. 지금 깊은
밤에 홀로 만리장성 아래 서 있으니, 달은 떨어지고 강물은 울며 바람은 처량하고 반딧불은
허공을 날아다닌다. 마주치는 모든 경계마다 놀랍고 신기하며 기이하기 짝이 없다. 그럼에도
홀연 두려운 마음이 없어지고 특이한 흥취가 왕성하게 일어나 공산公山의 초병草兵이나
북평北平의 호석虎石도 나를 놀라게 하지 못할 정도다. 이 점, 내 스스로 더더욱 다행스럽게
여기는 바이다.

다만 한스러운 것은 붓이 가늘고 먹이 말라 글자를 서까래만큼 크게 쓰지도 못하는 데다,
시를 지어 장성의 고사도 만들어 내지 못했다는 점이다. 조선으로 돌아가면 고을에서 다투어
몰려와 술을 주고받으며 열하에 대해 물을 것이다. 그러면 이 기록을 꺼내 놓고 머리를 맞대고
한 번 읽으면서 책상을 치며 이렇게 외쳐 보리라.

"기이하구나! 참으로 기이하구나!"

하룻밤에 아홉 번 강을 건너다 일야구도하기—夜九渡河記

두 산 틈에서 나온 하수는 돌과 부딪쳐 으르렁거린다. 그 솟구치는 파도와 성난 물결과
슬퍼하며 원망하는 여울이 놀라 부딪치고 휘감아 거꾸러지면서 울부짖는 듯, 포효하는 듯,
고함을 내지르는 듯 사뭇 만리장성을 깨뜨릴 기세다. 1만 대의 전차, 1만 명의 기병, 1만
문의 대포, 1만 개의 전고戰鼓로도 우르릉 쾅쾅 무너뜨려 짓누르고 압도하는 듯한 물소리를
형용해 내기엔 부족하다. 모래벌 위 거대한 바위는 한쪽에 우뚝 서 있다. 강둑의 버드나무
숲은 어둑하여 강의 정령들이 여기저기 뛰어다니며 사람들에게 장난을 거는 듯하고, 양옆에선
교룡과 이무기가 사람들을 물속으로 끌어들이려는 듯하다. 어떤 이는 이렇게 말한다.

"여기가 옛날 전쟁터인 탓에 강물이 저렇게 우는 거야."

하지만 사실은 그게 아니다. 강물 소리는 어떻게 듣느냐에 따라 전혀 달라진다.
내 집은 깊은 산속에 있다. 문 앞에 큰 시내가 있는데, 매번 여름철 큰비가 한 번 지나고 나면
물이 급작스레 불어나 항상 수레와 기병, 대포와 북이 울리는 듯한 굉장한 소리를 듣게 되고
마침내 그것은 귀에 큰 재앙이 되어 버렸다.
내 일찍이 문을 닫고 누워 가만히 이 소리들을 비교하며 들어본 적이 있었다. 깊은 소나무
숲이 퉁소 소리를 내는 듯한 건 청아한 마음으로 들은 탓이요, 산이 갈라지고 언덕이
무너지는 듯한 건 성난 마음으로 들은 탓이요, 개구리 떼가 다투어 우는 듯한 건 교만한
마음으로 들은 탓이다. 만 개의 축筑이 번갈아 소리를 내는 듯한 건 분노한 마음으로 들은
탓이요, 천둥과 우레가 마구 쳐대는 듯한 건 놀란 마음으로 들은 탓이요, 찻물이 보글보글
끓는 듯한 건 흥취 있는 마음으로 들은 탓이요, 거문고가 우조羽調로 울리는 듯한 건 슬픈
마음으로 들은 탓이요, 한지를 바른 창에 바람이 우는 듯한 건 의심하는 마음으로 들은
탓이다. 이는 모두 바른 마음으로 듣지 못하고 이미 가슴속에 자신이 만들어 놓은 소리를
가지고 귀로 들은 것일 뿐이다.
지금 나는 깊은 밤에 강 하나를 아홉 번이나 건넜다. 강은 새외塞外로부터 나와서 장성을 뚫고
유하와 조하, 황하와 진천 등의 여러 물과 만난 뒤, 밀운성 밑을 지나 백하가 되었다. 어제
배로 백하를 건넜는데 이곳은 그 하류 지역이다.
내가 아직 요동에 들어오기 전엔 바야흐로 한여름이었다. 뜨거운 태양 속을 가다가 홀연 큰
강이 앞에 닥치면 붉은 물결이 산처럼 솟구치는데, 그 끝이 보이지 않았다. 놀랍게도 천 리
밖에서 폭우가 쏟아진 때문이라 했다. 물을 건널 때면, 사람들은 모두 머리를 쳐들고 하늘만

바라보았다. 나는 그들이 머리를 들고 묵묵히 하늘에 기도를 하는 것이라 생각했는데 나중에
알고 보니 그게 아니었다. 소용돌이치면서 세차게 흘러가는 강물을 바라보노라면 몸은 물을
거슬러 올라가는 듯하고 눈은 물결을 따라 내려가는 듯 아찔하여 금방이라도 물에 빠질
것처럼 현기증이 일어난다. 그러니 사람들이 머리를 쳐들고 있는 건, 하늘에 기도를 올리는
게 아니라 아예 물을 피하여 쳐다보지 않으려는 것이다. 하긴, 그 와중에 잠깐 동안의 목숨을
위하여 기도할 틈이 어디 있겠는가.
이토록 위험한데도 사람들은 모두 하나같이 이렇게 말한다.

"요동벌판은 평평하고 넓기 때문에 강물이 절대 성난 소리로 울지 않아."

하지만 이것은 강을 몰라서 하는 말이다. 요하遼河는 울지 않은 적이 없었다. 단지 사람들이
밤에 건너지 않았을 뿐이다. 낮에는 강물을 볼 수 있으니까 위험을 직접 보며 벌벌 떠느라
그 눈이 근심을 불러온다. 그러니 어찌 귀에 들리는 게 있겠는가. 지금 나는 한밤중에 강을
건너느라 눈으로는 위험한 것을 볼 수 없다. 그러니 위험은 오로지 듣는 것에만 쏠리고, 그
바람에 귀는 두려워 떨며 근심을 이기지 못한다.
나는 이제야 도를 알았다. 명심冥心 깊고 지극한 마음이 있는 사람은 귀와 눈이 마음의 누累가 되지
않고, 귀와 눈만을 믿는 자는 보고 듣는 것이 더욱 섬세해져서 갈수록 병이 된다. 지금 내
마부는 말에 밟혀서 뒷수레에 실려 있다. 그래서 결국 말의 재갈을 풀어 주고 강물에 떠서
안장 위에 무릎을 꼰 채 발을 옹송거리고 앉았다. 한번 떨어지면 강물이다. 그땐 물을 땅이라
생각하고, 물을 옷이라 생각하고, 물을 내 몸이라 생각하고, 물을 내 마음이라 생각하리라.
그렇게 한번 떨어질 각오를 하자 마침내 내 귀에는 강물 소리가 들리지 않았다. 무릇 아홉
번이나 강을 건넜건만 아무 근심 없이 자리에서 앉았다 누웠다 그야말로 자유자재한
경지였다.
옛날 우임금이 강을 건너는데 황룡이 배를 등에 짊어져서 몹시 위험한 지경이었다. 그러나
삶과 죽음에 대한 판단이 먼저 마음속에 뚜렷해지자 용이든 지렁이든 눈앞의 크고 작은 것에
개의치 않게 되었다. 소리와 빛은 외물外物이다. 외물은 언제나 귀와 눈에 누가 되어 사람들이
보고 듣는 바른 길을 잃어버리도록 한다. 하물며 사람이 세상을 살아갈 때, 그 험난하고
위험하기가 강물보다 더 심하여 보고 듣는 것이 병통이 됨에 있어서랴. 이에, 내가 사는
산속으로 돌아가 문 앞 시냇물 소리를 들으면서 다시금 곱씹어 볼 작정이다. 이로써 몸가짐에
재빠르고 자신의 총명함만을 믿는 사람들을 경계하는 바이다.

186

갑인일 8월 8일
甲寅日

/

맑음

새벽에 반칸방半間房에서 밥을 지어 먹고 삼칸방三間房에서 잠깐 쉬었다.
산기슭에는 이따금씩 화려한 사당과 절들이 있는데, 개중에는 아흔아홉 층
백탑도 보인다. 탑과 사당을 지은 자리를 살펴보니, 별반 아름다운 경치가
없는 데거나 더러는 산등성이거나, 더러는 물이 흘러 떨어지는 곳이다. 이런
곳에다 거액의 돈을 허비한 건 대체 무슨 영문인지, 이런 것들이 헤아릴 수 없을
만큼 많았다. 허나 그 규모의 웅장함과 조각의 공교로움, 단청의 찬란함은
한결같았다. 하나를 보면 백을 미루어 짐작할 수 있을 정도로 똑같으니, 일일이
기록할 것도 없다.
열하에 차츰 가까워지니 사방에서 조공 행렬이 모여들기 시작한다.
수레·말·낙타 등이 밤낮으로 끊이지 않고 쿵쿵거리니, 그 소리가 마치
비바람이 몰아치는 것과도 같다. 그런데 어디선가 갑자기 나타난 창대가 말
앞에 절을 한다. 오, 이렇게 기쁘고 반가울 때가!
저 혼자 낙오되었을 때 고개 위에서 울고불고하고 있자니, 부사와 서장관이 그
측은한 꼴을 보고는 말을 멈추었다. 주방 짐을 실은 수레 중 혹시 짐이 가벼운
수레가 있으면 태워 주려 했으나 하인들이 없다고 하자 그저 민망한 표정으로

1.

회동사역관會同四譯官

관서(官署)의 이름.
수(隋)·당(唐) 이래
사방관(四方館)을
두었는데, 청초(淸初)에
회동관을 두면서,
'사이관'을
'사역관'(四譯館)으로
교체했다. 후에 이 둘을
합쳐서 회동사역관이라고
칭하고 홍려시(鴻臚寺)
소경(少卿)으로 하여금
이곳의 일을 담당하게
하고, 여러 제후국에서 온
사신들을 접대하는 일을
맡겼다.

2.

정찬사낭중精饌司郎中

'정찬사'(精饌司)의
장관(長官)을 가리킨다.
정찬사는 궁중의
연향(宴饗)과 제사를
담당하는 부서다.

지나가 버렸다. 다시 청 제독의 행차가 이를 즈음 창대가
더욱 서럽게 울부짖으니, 제독이 말에서 내려 따뜻하게
위로하고는 잠시 멈춰 서서 지나가는 수레를 세내어 타고
오게 해주었다는 것이다. 어제는 입맛이 없어 영 먹지를
못하자 제독이 창대에게 친히 먹기를 권하기도 했다고
한다. 오늘은 제독 자신이 세낸 수레를 타고 자기의 나귀는
창대에게 주어 타고 가게 하여, 그 덕에 다행히 일행을
따라올 수 있었다 한다.

"나귀가 어찌나 날래던지 귓가에 바람 소리가 휙휙 일
지경이었습니다요."

"그럼, 그 나귀는 지금 어디다 두었느냐?"

"제독께서 말씀하시기를, '네가 먼저 타고 가 공자公子
연암을 말함를 따르되 만약 길에서 내리고 싶거든 지나가는
수레 뒤에 나귀를 매어 두거라. 그러면 내가 뒤에 가면서
찾을 테니 조금도 걱정할 것 없다'라고 했습죠. 삽시간에
50리를 달려 고개 위에 이르러 수레 수천 대가 지나가기에
나귀에서 내려 맨 뒤에 있는 수레 끝에 매어 놓았습니다.
수레 모는 사람이 묻기에 멀리 고개 남쪽 길을 가리켜
보였더니 웃으면서 고개를 끄덕이던걸요."

제독의 마음씀이 후하기 그지없으니 참으로 고마운
일이다. 그의 벼슬은 회동사역관[1] 예부 정찬사낭중[2] 홍려시
소경이요, 그 품계는 정사품 중헌대부였으며 그 나이는
이미 예순에 가까웠다. 변방의 일개 마부를 위하여 이토록
자상하게 마음을 써 주다니. 비록 우리 일행을 보호하는

것이 그의 임무이긴 하나 그 처신의 소박함과 직무의 충실함에서, 가히 대국의
풍모를 엿볼 만하다. 창대의 발병이 조금 나아져서 견마를 잡힐 수 있게 된 것
또한 얼마나 다행한 일인지 모르겠다.

삼도량三道梁에서 잠깐 쉬고 합라하哈喇河를 건너, 황혼 무렵에는 큰 재 하나를
넘었다. 조공을 실은 수레들이 앞다투어 달려간다. 서장관과 고삐를 나란히
하여 가는데 깊은 계곡에서 갑자기 범의 으르렁거리는 소리가 두세 번 들려온다.
그러자 동시에 모든 수레가 길을 멈추고서 함께 고함을 친다. 소리가 천지를
진동할 듯하다. 아아, 굉장하구나! 별도로 「만국진공기」를 썼다.

열하까지 오는 나흘 밤낮 동안 한 번도 눈을 붙이지 못하였다. 그러다 보니,
하인들이 가다가 발을 멈추면 모두 서서 존다. 나 역시 졸음을 이길 수 없어,
눈시울은 구름장을 드리운 듯 무겁고 하품은 조수가 밀려오듯 쉴 새 없이
쏟아진다. 눈을 빤히 뜨고 사물을 보긴 하나 금세 기이한 꿈에 잠겨 버리고,
옆사람에게 말에서 떨어질지 모르니 조심하라고 일깨워 주면서도 정작 내
몸은 안장에서 스르르 옆으로 기울어지곤 한다. 솔솔 잠이 쏟아져서 곤한 잠을
자게 되니 천상의 즐거움이 그 사이에 스며 있는 듯 달콤하기 그지없다. 때로는
가늘게 이어지고, 머리는 맑아져서 오묘한 경지가 비할 데 없다. 이야말로 취한
가운데 하늘과 땅이요, 꿈속의 산과 강이었다. 바야흐로 가을 매미 소리가
가느다란 실오리처럼 울려 퍼지고, 공중에선 꽃들이 어지럽게 떨어진다. 깊고
그윽하기는 도교에서 묵상할 때 같고, 놀라서 깨어날 때는 선종에서 말하는
돈오頓悟와 다름이 없었다. 여든한 가지 장애팔십일난八十一難 불교에서 말하는 81가지의
미혹가 순식간에 걷히고, 사백네 가지 병불교에서 말하는 사람의 몸에 생기는 모든 병이
잠깐 사이에 지나간다. 이런 때엔 추녀가 높은 고대광실에서 한 자나 되는
큰상을 받고 아리따운 시녀 수백 명이 시중을 든다 해도, 차지도 덥지도 않은
온돌방에서 높지도 낮지도 않은 베개를 베고, 두껍지도 얇지도 않은 이불을

3.
유비가 조조 밑에 있을 때 조조가 "천하의 영웅은 그대와 나"라고 하자, 마침 벼락이 떨어져서 유비가 젓가락을 떨어뜨렸다는 일화가 있다.

덮고, 깊지도 얕지도 않은 술 몇 잔에 취한 채, 장주도 호접도 아닌 그 사이에서 노니는 재미와 결코 바꾸지 않으리라.

달콤한 잠의 유혹을 이기지 못한 나는 길가에 서 있는 돌을 가리키며 이렇게 맹세하였다.

"내 장차 우리 연암 산중에 돌아가면, 일천 일 하고도 하루를 더 자서 옛 희이선생希夷先生 송나라 때 진박陳博이란 도인으로 한번 잠들면 천 일씩 잤다보다 하루를 더 자고, 또 코 고는 소리를 우레처럼 내질러 천하의 영웅이 젓가락을 놓치게 하고[3], 미인이 기절초풍하게 할 것이다. 만약 이 약속을 어긴다면, 내 기필코 너와 같이 돌이 되고 말 테다."

꾸벅, 하며 깨어나니, 이 또한 꿈이었다.

창대가 가면서 뭐라뭐라 떠들어 대기에, 나 역시 주거니 받거니 하면서 가만히 살펴보니 잠꼬대가 그토록 생생하였다. 창대는 여러 날 동안 주린 데다 추위에 시달린 탓에, 학질에 걸린 듯 인사불성이었다. 밤은 이미 이경二更 밤 9~11시경즈음. 마침 수역과 동행하였는데, 그의 마부 역시 오한에다 크게 앓고 있기에 우리는 둘 다 말에서 내렸다. 다행히 역참이 불과 5리밖에 남지 않았다기에 병든 두 마부를 각기 말에 태웠다. 그런 다음, 흰 담요를 꺼내 창대의 온몸을 둘러싸고는 띠로 꽁꽁 묶은 뒤 수역의 마두더러 부축하여 앞장서게 하고 나와 수역은 걸어서 역참에 이르렀다. 때는 이미 밤이 깊어 있었다.

행재소가 있고 여염과 시전이 번화하였으나, 그 역참의

이름은 잊어버렸다. 아마 화유구樺楡溝인 듯싶다. 객점에 이르니 곧 밥상을
내왔다. 허나 심신이 이루 말할 수 없이 피로하여, 수저는 천 근이나 되는
듯, 혀는 백 근이나 되는 듯 움직이기조차 힘들다. 상에 가득한 나물이나
구이 요리가 모두 잠 아닌 것이 없을뿐더러, 촛불마저 아롱아롱 무지개처럼
뻗쳐 광채가 사방으로 퍼지곤 한다. 청심환 한 개로 소주와 바꾸어 마시니,
술맛이 기가 막히다. 마시자마자 곧 취하여 나도 모르게 스르르 베개 위로
곯아떨어졌다.

만국진공기 萬國進貢記

건륭 45년 경자년은 황제의 나이가 일흔이 되는 해다. 황제는 순행을 하던 중 남방에서 곧바로 북으로 열하까지 돌아왔다. 8월 13일이 바로 황제의 천추절天秋節이다. 특별히 우리나라 사신을 불러 행재소까지 와서 조회에 참여하도록 명했다. 나는 사신을 따라 장성을 나와 밤낮으로 길을 갔다. 길에서 보니 사방으로부터 공물을 바치는 수레가 만 대는 될 것 같았다. 또 사람들이 지고 낙타에 싣고 가마에 태워 가는데, 그 형세가 마치 비바람 치듯 했다. 들것에 메고 가는 건 물건 중에서 특히 정교하고 손상되기 쉬운 것들이라 하였다. 수레마다 말이나 노새를 예닐곱 마리씩 끌게 하였고, 가마는 노새 네 마리에 멍에를 지워서 위에 황색 작은 깃발에 모두 '진공'進貢 공물로 바치기 위한 물건이란 글자를 써서 꽂았다. 진공품들은 모두 붉은색의 탄자와 여러 빛깔의 모직, 삿자리, 등나무 자리로 감쌌다. 모두 옥으로 만든 기물器物들이라 한다.

수레 하나가 길에 넘어져 고쳐 싣고 있는데, 겉을 싼 등나무 자리가 마모되어 떨어져서 궤짝 한 쪽 면이 조금 드러났다. 궤짝은 황색 칠을 했는데 작은 정자 한 칸쯤 되었다. 가운데는 '자유리보○○일좌'紫琉璃普○○一座라고 썼는데, '보'普자와 '일'一자 사이에 두세 개쯤 되는 글자가 있었지만 자리 귀퉁이가 덮여 있어서 무슨 물건인지 알아볼 수가 없었다. 유리 그릇의 크기가 이 정도니, 다른 여러 수레에 실은 짐들도 충분히 짐작할 만하다.

날이 저물자 수레들이 다투어 길을 재촉해 댄다. 횃불이 마주 비치고 방울 소리는 땅을 흔들며 채찍 소리가 벌판을 울린다. 호랑이와 표범을 우리에 집어 넣은 수레가 10여 대다. 우리에는 모두 창문이 있으며 크기는 범 한 마리를 겨우 넣을 정도다. 호랑이들은 모두 쇠사슬로 목을 맸는데, 눈빛은 누렇고 푸르다. 바닥에 뒹굴고 있는 몸뚱이는 늑대같이 아주 나지막하고, 풍성한 털에 꼬리는 삽살개 같았다. 그 외에도 곰, 여우, 사슴 등이 있어 이루 다

강희제 육순 생일의 진공 행렬 그림

각국 사절단의 모습
청나라 때는 동양이나 중동에서뿐 아니라 서양 사절들도 왔었다(위 그림 오른쪽 아래 부분).
위 그림은 청대의 궁정화가였던 요문한(姚文瀚) 등이 그린 「만국래조도」(萬國來朝圖)이다.

기록할 수 없을 정도다. 사슴 중에 붉은 굴레를 씌워 말을 끌고 가듯 하는 것이 있었는데,
이는 길들인 사슴이다. 아라사鄂羅斯 개는 키가 거의 말만 하다. 온몸의 뼈는 가늘고 털이 짧다.
날래고 용감한 것이 우뚝 서면 정강이는 학처럼 야위었고, 꼬리는 뱀처럼 감아돌며, 허리와
배는 가늘다. 귀에서 주둥이까지는 한 자쯤은 되는데 이 부분이 모두 입이다. 호랑이나 표범도
쫓아가 죽일 수 있다고 한다. 큰 닭이 있는데, 모양은 낙타와 같고 높이는 3~4자나 된다. 발은
낙타 발굽 같은데 날개를 치면서 하루에 300리를 간다고 한다. 이것을 타조라고 부른다. 낮에
본 것은 모두 이런 종류였지만 우리는 위아래 할 것 없이 갈 길이 바쁘다 보니 아무 생각 없이
지나쳤던 것이다. 날이 저물자 하인들 중에 표범이 우는 것을 들은 사람이 있었다. 마침내
부사, 서장관과 함께 호랑이를 실은 수레에 가 보고서야 비로소 낮에 지나친 수레들 속에
옥그릇이나 보물뿐만 아니라, 천하의 기괴한 짐승들도 많았음을 알게 되었다.
잡희雜戱를 구경할 때, 아주 조그만 말 두 마리가 산호수를 싣고 전각 속에서 뛰쳐 나왔다.
크기는 겨우 두 자쯤이고 황백색인데, 갈기는 땅에 끌리고 힘차게 울며 뛰어 오르고 달리는
것이 준마의 기세를 갖추었다. 산호수의 가지가 오히려 말보다 컸다.
아침에 행재소 문 밖에서부터 혼자 걸어 객관으로 돌아오다가 어떤 부인 하나를 보았다.
태평차를 타고 가는데 얼굴에는 하얗게 분을 바르고 수놓은 비단 옷을 입었다. 수레 옆에는
한 사람이 맨발로 채찍질을 하면서 수레를 모는데, 아주 빨랐다. 머리카락은 짧지만 어깨를
덮었으며, 머리털 끝은 모두 양털처럼 말려 들어갔다. 금고리로 이마를 둘렀는데, 얼굴은
붉으면서도 살졌으며 눈은 고양이처럼 둥글다. 수레를 따라가면서 구경하는 사람들이 뒤섞여
검은 먼지가 허공에 넘쳐 났다. 처음에는 수레를 모는 자의 모양이 몹시 이상하여 수레 안의
부인을 미처 살펴보지 못했는데, 다시 한 번 자세히 보니, 이는 부인이 아니라 사람 모양을
한 짐승 종류였다. 손에는 원숭이처럼 털이 났고, 들고 있는 물건은 접부채 같았다. 얼핏 보니
얼굴은 아주 예쁘장했다. 그러나 자세히 살펴보니 늙은 할미 같은 것이 요사스럽고 사나워
보인다. 키는 겨우 몇 자쯤 된다. 수레의 휘장을 걷어 올려 좌우를 돌아보는데, 눈은 마치
잠자리 같았다. 이 짐승은 남방에서 나는 것으로 능히 사람의 뜻을 이해할 수 있다 한다. 어떤
사람은 이것을 가리켜 산도山都 원숭이의 일종라고 했다.

을묘일 8월 9일
乙卯日

/

맑음

사시_{巳時} 오전 9시~11시에 열하에 들어 태학에 머물렀다. 닭이 울 녘에 먼저 떠나서
수역과 동행하였다. 도중에 난하가 건너기 어렵다는 말이 있기에 수역이 마주
오는 사람마다 붙들고 난하의 소식을 물었다. 모두들 "예니레는 기다려야 겨우
건널까 말까 합니다" 한다.

강가에 이르니 구름처럼 모여든 수레와 말이 수천을 헤아릴 지경이다. 물은 넓고
거세어서 누런 흙탕물이 소용돌이치며 흘러가는데, 행재소 앞의 물살이 가장
세다.

난하는 독석구_{獨石口}에서 나와 옛 홍주_{興州}의 지경을 거쳐 북례_{北隷}로 흘러든다.
『수경』_{水經} 중국 각지의 하천과 수계를 간단히 기록한 지리서의 주석에는 "유수는 어용진에서
나와 사야를 거치며 굽이굽이 돌아서 1,500리를 흘러 장성에 든다"고 하였다.
겨우 작은 배 너덧 척이 있었다. 사람은 많고 배는 작으니, 도무지 물을 건널
방도가 없다. 그나마 말을 탄 사람들은 물결이 얕은 곳을 골라 힘겹게라도
건넌다지만, 수레는 그리 할 수도 없는 노릇이다. 석갑_{石匣}에서 가마 탄 사람을
하나 만났다. 말 탄 이들 십여 명이 뒤를 따르고 있었다. 네 사람이 가마채를
어깨에 메고 5리에 한 번씩 교대를 하는데, 말 탄 사람이 내려서 서로 바꾸어

메곤 하였다. 우리 일행과 앞서거니 뒤서거니 하며 가는데, 병부시랑兵部侍朗의
행차가 지나간다. 가마는 녹색 우단으로 가리고 삼면에 유리를 붙여서 창을
내었다. 하지만 안에 탄 사람은 늘 깊이 들어앉아 있어 통 얼굴을 볼 수가
없었다. 병부시랑은 모자를 벗어 창 한쪽 구석에 걸어 놓고 종일토록 책을
읽었다.

어제는 시종이 갑 속에서 책 하나를 꺼내 바치는데, 제목이
『오자연원록』五子淵源錄이었다. 창 안에서 손을 내밀어 책을 받는데, 팔뚝이랑
손가락이 옥같이 희었다. 또 창 안에서 『이아익』爾雅翼 송대 나안羅顔의 저서 한 권을
내준다. 목소리며 손길이 모두 여인네같이 곱다. 이곳에 이르자 그가 가마에서
내렸다. 가마 휘장을 걷고 시종들이 가마 안의 책을 꺼내 각기 한 권씩 나누어
품속에 간직한다. 다시 말에 오르는 그를 보았는데 눈썹과 눈매가 수려하고 몇
줄기 하얀 윗수염이 듬성듬성한 것이, 참으로 미남자였다. 시종들은 두서너 명씩
말에 올라 탄 뒤, 둥둥 떠서 물을 건넌다.

모자에 푸른 깃을 꽂은 자가 언덕 위에 서서 채찍으로 지휘하면서 우리 일행을
먼저 건너게 하였다. 비록 짐짝에다 '진공'進貢이니 '상용'上用 황제의 어용御用이니
하는 깃발을 꽂은 것일지라도 먼저 건너지 못하게 하였다. 또 배 위에 뛰어오른
자의 차림새가 관원처럼 보이더라도, 꼭 채찍을 휘둘러 아래로 쫓아 버렸다. 이
사람은 행재낭중行在朗中으로, 황제의 명을 받들어 물을 건너는 일을 점검하는
자이다.

개중에 쌍가마 넷이 유독 눈에 띄는데, 그 크기가 정자나 누각만 하다. 배 안으로
메고 들어가는 품이 마치 무거운 산을 들어 알 위에 내려놓듯 조심스럽다.
낭중들도 채찍을 거두고 한걸음 물러서서 찌를 듯한 위세를 피하려 한다. 그
가마꾼들의 눈에는 하늘도 없고 땅도 없고 물도 없고 사람도 없으니, 타국
사람이야 더 말할 나위도 없다. 그들의 안중엔 다만 자신들이 메고 있는

가마만이 있을 뿐이니 나는 도무지 알지 못하겠다, 저 속에 대체 어떤 보물이
들어있기에 가마꾼들의 기세가 저토록 당당한 것인지.

강을 건너 십여 리를 가니, 환관 셋이 와서 박보수와 함께 말머리를 대고 몇
마디를 나눈 뒤 곧 말을 돌려 가 버렸다. 또 환관 하나가 오림포와 말고삐를
나란히 하고 가면서, 뭔가 이야기를 나누고 있다. 내용은 알 수 없으나, 오림포의
낯빛이 자주 변하고 두려워하는 기색을 보이곤 한다. 박보수와 서종현이
끼어들려 하면 오림포가 손짓하여 가까이 오지 못하게 한다. 분위기가 심상치
않은 것으로 보아 뭔가 은밀한 이야기인 듯싶다. 그 환관 역시 이내 말을 달려
가 버렸다.

산모퉁이 하나를 돌아서니, 언덕 위에 돌을 깎아 세운 듯 봉우리가 탑처럼 마주
서 있다. 기이하고 교묘한 데다 높이가 백여 길이나 되어 쌍탑산이라 불리게
되었다고 한다. 환관이 연이어 와서 사행이 어디까지 왔는지 알아보고 간다.
예부에서는 태학에 들라는 뜻을 알려 왔다.

며칠 동안 산골길만 다니다가 열하에 들어가니, 궁궐이 장려하고 좌우에 시전이

경추봉(봉추산)의 모습

10리까지 뻗쳐 있어 실로 장성 밖의 큰 도회지라 할 만하다. 바로 서쪽에는
봉추산 한 봉우리가 우뚝 서 있다. 높이가 백여 길이나 되는 다듬잇돌이나
방망이 같은 것이 하늘을 향해 꼿꼿이 솟아 있으며, 비스듬히 비치는 노을빛을
받아 찬란한 금빛을 내뿜는다. 강희 황제가 '경추산'磬埀山이라고 이름을 고쳤다
한다. 열하성의 높이는 세 길이 넘고, 둘레는 30여 리이다. 강희 52년1713년에 돌을
섞어서 얼음 무늬로 쌓아 올리니, 이것이 이른바 '가요문'哥窯紋이다. 민가의 담도
모두 이 방식으로 하였다. 성 위에 성가퀴를 쌓긴 했으나 여느 담과 다를 바가
없고, 오히려 지나오면서 본 여러 고을의 성곽만 못하였다.

또한 이곳에 삼십육경三十六景이 있다 한다. 한 나라의 옛 요양要陽·백단白檀·
활염滑鹽 세 고을의 땅이니, 한나라 경제景帝가 이광李廣에게 "장군은 군사를
거느리고 동으로 달려 백단에서 깃발을 멈추라"는 조칙을 내린 것이 곧 이곳을
가리킨다. 거란의 아보기阿保機가 활염滑鹽의 허물어진 성을 고쳐 쌓았는데, 세속
사람들은 이를 '대흥주'大興州라 일렀고, 명나라 상우춘常遇春이 먀속丩速 원나라의
이름난 장수을 전녕全寧으로 몰아서 깨뜨리고 대흥주로 나아가 머물렀다는 곳이
바로 여기다.

지난해에 태학을 새로 지었다는데, 그 제도는 연경과 다름이 없다. 대성전과
대성문은 모두 겹처마에 누런 유리 기와를 이었고, 명륜당은 대성전의 오른편 담
바깥에 있다. 당 앞의 행각에는 일수재日修齋·시습재時習齋 등의 편액이 붙어 있고,
그 오른편에는 진덕재進德齋·수업재修業齋 등이 있다. 당 뒤에는 벽돌을 얇고 넓게
간 대청이 있고 좌우에 작은 재실이 있어서, 오른편엔 정사가, 왼편엔 부사가
머물렀다. 서장관은 행각 별채에 들고 비장과 역관은 모두 한 재실에 들었으며,
두 주방은 진덕재에 나누어 들었다. 대성전 뒤와 좌우 별당과 별채는 이루 다
기록하기 어려울 만큼 많고 화려하기 그지없다. 한데 우리 주방으로 인해 많이
그슬리고 더럽혀졌으니, 참으로 애석한 일이다.

고북구 장성 밖에서 들은 기이한 이야기 구외이문口外異聞

반양盤羊

반양은 사슴의 몸통에 가는 꼬리가 달렸으며 두 뿔이 구부러졌고,
등에는 쭈글쭈글한 무늬가 있었다. 밤이면 뿔을 나뭇가지에 걸고
자서 다른 짐승의 침범을 예방한다. 모양은 노새처럼 생겼으며, 떼를
지어 다니고, 더운 날씨에 먼지와 이슬이 서로 엉켜 뿔 위에 풀이 나곤
한다. 혹은 그를 영양羚羊이라 하고, 또는 완양羱洋이라 부른다.
『설문』[1]에는 영양은 커다란 양羊으로 가는 뿔이 돋쳤다 하였고,
육전[2]의『비아』埤雅에는 완양은 오吳의 양과 비슷하게 생겼으나 그보다
크다고 하였다.
이번 만수절萬壽節을 맞아 몽고에서 이를 황제께 드렸고, 황제는
반선班禪에게 공양했다 한다.

고려주高麗珠

중국 사람들은 우리나라 진주를 보배로 여겨 고려주高麗珠라 부르고
있다. 빛깔의 담백함이 차거硨磲 조개 종류와 같다. 요즘 중국 사람들이
모자 챙 앞에 한알씩을 달아서 앞뒤를 표시한다. 우리나라 진주는
무게가 8푼 이상이면 보물로 인정하는데, 황제의 것은 7돈이나 되며
악몽과 가위눌림을 막는 보물로 삼았다. 황후의 것은 6돈 4푼인데,
흰 가지처럼 생겼다고 한다. 건륭 30년[1765년]에 황후가 고려주를
잃어버렸는데, 회회回回족 출신 후비后妃가 황제가 거둥할 때 호위하는
의장병의 집에서 이 진주를 찾아냈다고 황후를 참소讒訴하여, 황후가
폐출당하고 냉궁冷宮 황제의 총애를 잃은 황후나 후비를 연금시켰던 곳에 갇히었다.
귀주貴州 안찰사 기풍액이 모자에 단 고려주는 빛깔이 좋지 못하였다.
기풍액이 그 진주가 육칠 리六七釐 1리는 길이로는 0.3밀리미터 무게로는 0.0375그램에
값이 은 40냥이라기에, 나는
"이 진주는 우리나라 토산土産이 아닙니다. 가끔 대합을 먹다가
입 안에서 발견되기도 하는데, 이를 육주陸珠라 하나 너무 잘아서
보배로울 것이 없지요. 부녀들의 머리꽂이와 귀이개 따위에 꾸민 것은

1.
『설문』說文
중국 한나라 때
허신(許愼)이 만든
문자해설서『설문해자』
(說文解字)의 약칭.
14편 541부로 나누어
9,353자와 이체자(異體字)
1,163자를 수록한
『설문해자』는 후세
자서의 모범이 되었다.
진·한 이래 한자의
자형(字形)·자의(字義)·
자음(字音)을 연구하는
데 있어서 가장 기본적인
참고문헌이다.

2.
육전陸佃
북송 시대 관리이자
학자. 왕안석(王安石)에게
사사하여 학문적 영향을
받았지만, 신법(新法)에
대해서는 찬성하지
않았다. 구법당의
인재들을 기용할 것을
주장하고 그 여당(餘黨)을
가혹하게 처벌하는 것에
반대하다가 모함을
받아 쫓겨난 뒤 죽었다.
문자학에 정통하여
자서인『비아』(埤雅)를
저술하였다.

대체로 왜산倭産이며 붉은 빛깔을 띠니 제법 보배롭다 할 수 있습니다"
하였다. 기 안찰사는 웃으며, "아닙니다. 이건 조개 껍질을 둥글게 갈아 만든 것으로, 진주가
아닙니다. 귀국의 진주를 높게 치는 것은 조개 기운이 없이 천연적으로 보배로운 빛깔이 나기
때문이지요" 한다. 이 말이 이치에 맞기는 하나 나는 모르겠다. 우리나라 진주가 어디에서
나며, 또 누가 캐어서 이처럼 세상에 널리 퍼지게 되었는지.

사답砟答

내가 약국 주인에게 "귀 점포에는 희귀한 약재도 갖추어져 있습니까?"
하고 물었더니, 주인이 "초목草木과 금석金石은 물론이고 이름을 지적하신다면 곧
보여드리겠습니다" 한다.
"희귀한 진품珍品 이름이 갑자기 떠오르지 않는군요" 하였더니,
주인이 동쪽 바람벽 아래에 놓인 붉게 칠한 궤짝을 가리키며
"저 속에 있는 사답砟答 한 개야말로 정말 희귀해서 얻기 어려운 약재이지요" 한다.
"사답이란 무슨 물건입니까?" 하고 물었더니,
주인은 웃으며 일어나 "구경하시는 거야 무방합니다" 하고 궤를 열어 둥근 돌 하나를 꺼내
놓는다. 크기는 두어 되들이 바가지와 비슷하고 모양은 거위알처럼 생겼다.
내가 "이건 수마석水磨石이 아닙니까, 웬 희롱이십니까?" 하였더니,
주인은 "어찌 감히 일부러 무례를 범하겠습니까? 이것은 타조알인데 이름도 모르는 괴상한
병도 고칠 수 있답니다" 하였다.

동의보감東醫寶鑑

우리나라 서적으로 중국에서 출판된 것은 극히 드문데, 오직 『동의보감』東醫寶鑑 25권이
성행하고 있다. 그 판본이 정묘精妙하기 짝이 없다. 우리나라의 의술이 널리 퍼지지 못하고,
우리나라에서 나는 약재가 바르지 못해 선조 대왕께서 태의太醫 허준許浚, 유의儒醫 고옥古玉
정작鄭碏, 의관醫官 양예수楊禮壽, 김응택金應澤, 이명원李命源, 정예남鄭禮男 등에게 명하여 편찬국을
설치하고 책을 편찬하게 하였는데 대궐 안의 의방醫方 5백 권을 내어 참고 자료로 삼게 하였다.
선조 병신년1596년에 시작하여 광해군 3년 경술년1610년에 완성하였으니, 때는 만력萬曆 명나라 제13대
황제 신종神宗의 연호 38년이었다. 지금 중국 간행본의 서문이 꽤 잘 되어 있다. 그 내용은 이렇다.

"『동의보감』은 옛 명나라 때 조선의 양평군陽平君 허준의 저작이다. 조선 사람들은 본래

문자를 알며, 글 읽기를 좋아하였다. 허준의 집안 또한 세족世族이다.
만력 때의 허봉許篈·허성許筬·허균許筠 세 형제가 모두 문장으로
이름을 날렸으며, 누이 경번景樊은 그 재명才名이 더욱 그 오빠들보다
뛰어났으니, 중국 변방의 여러 나라들 중에서 가장 걸출하였다.
책명에 '동의'東醫라고 한 것은 무슨 의미일까. 그 나라가 동쪽에
있으므로 의醫 자 앞에 동東이라 붙인 것이다. 옛날 이동원李東垣은
『십서』十書를 지어 북의北醫로서 강소江蘇·절강浙江 지방에서 행하였고,
주단계朱丹溪는 『심법』心法을 지어 남의南醫로서 관중關中 지방에서
유명하였다.³ 지금 양평군은 비록 궁벽한 외국에서 태어났으나 능히
책을 지어서 중국에 유행되었으니, 대체로 글이란 전해지기 마련인
것으로, 지역에 한계가 있는 것이 아니다.
또 '보감'寶鑑이란 무슨 의미일까. 햇빛이 뚫고 비치는 곳에는
오래 묵은 음기陰氣가 풀리듯이 살이 나뉘고 살갗을 가르는
것처럼 사람들로 하여금 책장을 펼치면 분명하고 명백하게
거울처럼 환해짐을 의미하는 것이다. 옛날 나익지羅益之 원대의 의학자가
『위생보감』衛生寶鑑을 짓고, 공신龔信 명대의 어의이 『고금의감』古今醫鑑을
지었을 때 모두 이름에 '감鑑'을 썼으나, 과장한다는 혐의는 받지
않았다.
가만히 경험하고 그것을 말하건대, 사람에게는 오장五藏 뿐이요,
병은 칠정七情 희노애락애오욕喜怒哀樂愛惡慾의 7가지 감정에 그치는 것이다. 그
사이 타고난 품이 편벽되었는가 온전한가, 전염됨이 얕은가 깊은가,
증상의 변이가 통하는가 막히는가의 두 가지 증후가 있고, 맥의
움직임에는 부浮 맥진 때 표면에 대서 느끼는 것·중中 살짝 눌러 느끼는 것·침沈 깊게 꾹
눌러 느끼는 것의 삼부三部가 있으므로, 자세히 살펴보면 마치 밭이랑처럼
갈라져 있어 넘을 수 없거니와 횃불처럼 밝아서 가릴 수도 없을
것이다. 그리고 대황大黃 한약의 일종이 체한 것을 내리는 줄 알면서도
속을 차갑게 하는 것인 줄은 알지 못하며, 부자附子가 보허補虛하는
줄만 알고 독을 끼친다는 것을 모른다. 그러므로 깊은 도를 깨친
사람은 병이 나기 전에 다스리고 이미 병 든 뒤에 약을 쓰지 않는
법이니, 병이 난 뒤에 다스림은 가장 하책下策임에도 다시금 용의庸醫
의술이 용렬하고 평범한 의사에게 맡긴다면 어찌 병이 낫겠는가. 심지어
사사로운 이익을 품은 자는 애초에 병 없는 사람을 다스려 공적을

3.
금원사대가金元四大家
중국의 금나라,
원나라 시대를 풍미한
의학상의 4대학파이다.
동양의학사에 있어서
이때는 백가쟁명의
시대였다. 대표적인
인물이 유완소(劉完素),
장종정(張從正), 이동원,
주단계 등이다. 이들
4대가의 학설은 당시와
후세의 의학에 지대한
영향을 끼쳤다.

4.

황제내경黃帝內經

중국의 가장 오래 된
의서(醫書)인 『황제내경』은
중국 고대의 전설 속 인물인
황제(黃帝 별칭 헌원씨)와
명의(名醫)인 기백의
문답형식으로 기술되어
있다.
「소문」(素問)과
「영추」(靈樞)의 2부로
되어 있는데, 「소문」은
자연철학의 처지에서
병리학설을 주로 다루었고,
「영추」는 침구에 관한
내용을 다루었다.

5.

한우충동汗牛充棟

수레에 실어 운반하면
소가 땀을 흘리게 되고,
쌓아올리면 들보에 닿을
정도의 양이라는 뜻으로,
장서(藏書)가 많음을
이르는 말. 중국 당나라 때
문장가 유종원(柳宗元)이
쓴 다음과 같은 글에서
유래된 고사다. "공자가
『춘추』(春秋)를 지은
지 1,500년이 되었고
『춘추전』을 지은 사람이
다섯 사람, 온갖 주석을 한
학자들이 1천 명에 달한다.
…… 그들이 지은 책을
집에 두면 대들보까지 차고
밖으로 내보내면 소와 말이
땀을 낸다(其爲書處則充棟
宇 出則汗牛馬)."

남기려 하고, 처음 의원에 종사한 자는 병자를 이용하여 공부하려
한다. 『주역』의 '무망无妄의 병은 약을 쓰지 않으면 기쁨이 있으리라'는
점괘나, 『논어』의 '남쪽 사람들 말에 사람이 항심恒心이 없으면
무당이나 의원도 될 수 없다'는 경계는 이런 무리들 때문에 있는
듯하다. 옛날에 편작扁鵲이 이르기를 '사람들의 병은 병자가 많은
것이고, 의원의 병은 치료법이 적은 것이다' 했으나, 헌원씨軒轅氏와
기백岐伯[4] 이후로 대대로 명의名醫가 있어서 오늘에 이르러서는 그
저술의 번다함이 거의 한우충동[5]할 만큼이니 치료법의 적음을 걱정할
일은 없을 것이다. 그러나 그들의 의술을 써서 병에 듣고 안 듣는
것이 있으니, 옛 사람들이 각기 학설을 끼친 탓이 아니겠는가. 대체로
정미롭게 선택하지 못한 자는 설명이 상세하지 못하고, 하나에
집착하는 자는 옳은 길을 해치게 된다. 이는 병을 고치고자 하면서
그의 마음은 고쳐주지 못하고, 마음을 고치고자 하면서 그의 뜻과
통하지 못한 까닭이다.

이제 이 책을 살펴보면 제일 먼저 내경內景편으로 근원을 거슬러
올라가 다지고, 그 다음 외형外形편에서 그 말단까지 소통시키고,
다음에 잡병雜病편에서 그 증세를 분간하며, 마지막에 탕약과
침구편으로 그 방법을 정했다. 그 중에서 인용한 책으로는
『천원옥책』天元玉冊부터 『의방집략』醫方集略까지 모두 80여 종에
이르는데, 모두가 우리 중국의 책들이고, 동국東國 조선의 책은 불과
3종뿐이었다. 옛 사람이 이룩한 방법을 따르면서 능히 신통하게
밝혀낸 것이 있어서 하늘과 땅 사이의 결함을 보충하고 4대大
땅·물·불·바람에 양기陽氣를 베풀었다. 이 책은 이미 황제께 올려서
국수國手 이름난 의사임이 인정되었으나, 비각秘閣에 간직되어 세상 사람이
엿보기 어려웠다. 얼마 전에 차사鹺使 염운사鹽運使의 별칭 산좌山左 왕공王公이
월粤 광동·광서·운남·귀주의 총칭지방을 맡았을 때, 당시 의원들이 잘못
치료하는 경우가 많음을 딱하게 여겨 사람을 수도北京에 보내어 이를
베끼게 하였으나, 미처 간행하지 못한 채 그곳에서 떠나고 말았다.
순덕順德에 살고 있는 명경明經 좌한문左翰文은 내가 총각 때부터 사귄
친구였는데, 이를 안타깝게 여겨 이 책을 간행해 널리 전할 것을
생각하였다. 그리하여 3백 민緡 엽전을 꿰어 놓은 엽전 뭉치이 넘는 돈을 썼으나
조금도 아끼는 기색이 없었다. 대체로 그 마음은 병든 생명을 건지고

물건을 이롭게 하자는 마음이었고, 그 일인즉 음양을 조화시키자는 것이었다. 천하의 보배를 마땅히 천하와 같이 하고자 한 좌군의 어진 마음이 크도다. 판각이 끝난 뒤에 나에게 서문을 부탁하므로 기꺼이 그 글을 쓴다.

건륭乾隆 31년 병술1766년 난추蘭秋 7월의 별칭 상완上浣 상순에 호남湖南의 소양邵陽·예릉醴陵·흥녕興寧·계양桂陽의 현사縣事를 지내고 경오庚午·임신壬申·계유癸酉·병자丙子년 사과四科 호광향시湖廣鄕試의 동고관同考官 시험볼 때 들어가 시험을 관찰하던 직책이었던 번우番禺 지금의 광둥성 광저우 지역의 능어凌魚가 쓰다."

내 집에는 좋은 의서가 없어서 매양 병이 나면 사방 이웃에 돌아다니며 빌려 보곤 했다. 지금 이 책을 보고 꼭 사고 싶었으나, 문은紋銀 말굽 모양의 은으로 청나라 때 화폐 닷 냥을 구하기 어려워 한탄스런 마음으로 돌아오면서 다만 능어가 쓴 서문만을 베껴 뒷날의 참고 자료로 삼고자 한다.

왕월王越의 시권試券

왕월王越 명나라 때의 관리의 시권試券 과거를 볼 때 글을 지어 올리던 종이이 바람에 날려 우리나라에 떨어져서 그 종이를 중국에 가는 사신 편에 부쳤더니, 중국에서 이 일을 기록하면서 유구琉球 오늘날 일본 오키나와 일대에 있었던 독립국라고 잘못 기록하였다. 당시 왕월은 풍력風力이 있다고 해서 사법관의 직책에 등용되었다 한다. 일찍이 『낭야만초』琅琊漫鈔를 보니 이런 일화가 있었다.

성화成化 연간1465~1487에 태감太監 명나라, 청나라 때 환관의 우두머리 왕고王高가 휴가를 받아 집에 나와 있을 때 병부상서兵部尙書 아무개가 찾아갔는데 마침 도어사都御史 왕월과 호부상서戶部尙書 진월陳鉞 역시 왔다. 왕고가 한참 있다가 나와서 여러 사람 앞에 읍하고 자리에 앉아 말하기를,
"옛날 왕진王振이 일을 처리할 때 여섯 명의 대신이 사사로이 찾아간 일이 많았기 때문에 사람들은 정치를 제멋대로 결정하고 단행한다고 뒷말을 하였습니다. 오늘 여러분들이 이렇게 찾아오셨으니 어찌 외인들이 나를 걸어 시비하지 않으리라고 할 수 있겠습니까. 또 여러분은 나를 방문하였지만 어떤 사람으로 나를 알고 있단 말입니까?" 하니,
병부상서는 "귀공은 성인이외다" 하였다.
이 말을 들은 왕고는 정색하며 말했다.
"위대한 교화력을 지닌 이를 일컬어 성인이라 하므로, 공자께서도 '내가 어찌 감히'라고 말씀하셨는데 하물며 내가 누구인데 성인이라 말할 수 있겠습니까."
이 말을 듣고 여러 사람들은 숨을 내쉬지도 못하였다고 한다.
그 당시 병부상서는 비록 이름을 숨겼으나 공론은 가릴 수 없었다. 그렇다면 이른바 왕월의 풍력風力은 어디 있을 것인가.

6.
몽고인과 고려인의 혼혈
애유지리납달은 원나라
소종(昭宗)이다. 북원의
2대 황제이며 원나라로는
12대 황제이다.
이름은 아유르시리다르
(Ayusiridara)이며,
원 혜종의 장남으로,
어머니는 고려 출신
기황후이다.
기황후의 후원으로
황태자에 책봉되었던
소종은 1367년 아버지
혜종에 의해 행정과
군사 면에서 칸(Khan)에
필적하는 권한을 받았으나
그 사이 강남 지역에서는
명나라를 세우는
주원장(朱元璋)이 세력을
확대하고 있었다.
1370년 혜종이 응창에서
급사하고 명군에
쫓기자 소종은 몽골
고원 중앙의 옛 도시
카라코룸(Karakorum)으로
도망갔다. 여기서 그는
칸으로 즉위하고 연호를
선광(宣光)으로 하였다.
몇년 뒤 소종은 고려
공민왕에게 편지를 보내
같은 칭기즈칸의 후예로서
명나라에 대항하여 싸울
것을 요청하였으나
공민왕은 이를 거절하고
원(元)나라에 빼앗겼던
땅까지 되찾았다.

천순 7년 회시 때 공원에서 난 화재

천순天順 7년1463년 2월에 회시會試를 보이던 중 공원貢院 중국에서 과거를 실시하던 시험장에 불이 났다. 그러자 감찰어사監察御史 초현焦顯이 바로 대문을 닫아 걸어 출입을 못하도록 하여 타 죽은 응시자가 90여 명이나 되었다고 한다.

고려사를 증명함證高麗史

주곤전朱昆田 청의 문학가은 죽타竹垞 주이준朱彛尊의 호의 아들이다. 그는 "원元 순제順帝가 북으로 달아나 응창應昌에 와서 머물러 있을 때 태자 애유지리납달愛猷識里臘達 6이 왕위를 잇고 화림和林으로 옮겨가 선광宣光이라고 연호를 고쳤으니, 고려에서는 그를 북원北元이라 불렀으며 신우辛禑는 일찍부터 그 연호를 받아들였다. 그때는 명나라 홍무洪武 10년1377년이다. 그 이듬해 두질구첩목아豆叱仇帖牧兒가 즉위하자 북원은 고려에 사신을 보내어 이를 통고하였고, 이어서 연호를 천원天元이라 고친 뒤 이 역시 고려에 통고하였다. 이것이 모두 정인지鄭麟趾의 『고려사』에 실려 있다. 순제를 이어서 연호를 세운 자는 선광까지만이 아니다"라고 말했는데, 대체로 순제라는 칭호는 중국이 부르는 이름이요, 혜종惠宗이란 묘호廟號는 원나라 최후의 왕에게 붙인 시호諡號이다. 그 뒤에 중국이 겨우 선광의 시호가 소종昭宗이라는 것밖에 모르고 본즉 천원의 즉위는 역사 편찬가가 생략한 것일 것이다. 그리하여 이 사실들은 『고려사』에 의거하여 증명하려고 한 것이리라.

세상의 몽환이 본래 이와 같으니, 거울 속에서 보여 준 염량세태와 다를
것이 없다. 인간 세상에서 벌어지는 오만 가지 일들, 즉 아침에 무성했다가
저녁에 시들고 어제의 부자가 오늘은 가난해지고 잠깐 젊었다가 갑자기
늙는 따위의 일들이 마치 '꿈속의 꿈' 이야기를 하는 것이나 다름이 없다.
죽거나 살거나, 있거나 없는 일들 중에 무엇이 참이고, 무엇이 거짓이리오.
그러므로 내, 세상에 착한 마음을 지닌 사내와 보살심을 지닌 형제들에게
말한다. 환영인 세상에서 몽환 같은 몸으로 거품 같은 금과 번개 같은
비단으로 인연이 얽어져서 기운에 따라 잠시 머무를 뿐이니, 원컨대 이
거울을 표준 삼아 덥다고 나아가지 말고, 차다고 물러서지 말며, 지금
가지고 있는 돈을 흩어서 가난한 자를 구제할지어다.

태학유관록

전편(前篇)에 이어서
8월 9일부터 8월 14일까지,
열하에서 머물었던
6일 동안의 기록이다.

을묘일 8월 9일
乙卯日

/

맑음

1.
'모'(某)는 '아무개'라는
뜻이다. 박명원이 자신의
삼종형이므로 이름을
직접 쓰지 않고 '모'라고
표기한 것이다.

오전 내내 길 위에 있다가 사시巳時 오전 9시~11시가 되어서야
태학에 들어갔다. 사시 전까지의 일은 길에서 적었고, 사시
이후의 일은 「태학유관록」에 쓴다.

날이 몹시 더웠다. 말에서 내려 곧장 뒤채로 갔다. 한 노인이
모자를 벗은 채 의자에 걸터앉아 있다가 나를 보더니
의자에서 내려와 반갑게 맞이한다. 나도 인사를 올리고,
자리에 앉았다. 노인이 물었다.

"벼슬이 몇 품이나 되시는지요?"

"저는 그저 일개 생원으로 삼종형 대대인人大人을 따라
관광차 왔습지요."

중국인들은 정사를 '대대인', 부사를 '얼대인'乙大人
이대인二大人의 다른 말이라고 부른다. 얼은 둘째라는 의미다.
성명을 묻기에 써서 보여 주었다.

"대대인의 존함과 관직, 품계는 어떻게 되는지요?"

"성함은 모[1]요, 일품에 부마 내대신입니다."

"한림 출신이신가요?"

"아닙니다."

"저는 이런 사람이올습니다."

노인이 붉은 명함 한 장을 보여 준다. 오른편에 가는 글씨로, "통봉대부通奉大夫 대리시경大理寺卿을 지낸 윤가전[2]"이라 씌어 있다. 내가 물었다.

"공께선 이미 관직에서 물러나셨는데 무슨 일로 이 먼 변방까지 오셨습니까?"

"황제의 명령을 받들기 위해서지요."

2.
윤가전에 대한 연암의 글

연암은 『열하일기』 「경개록」 편에 열하에서 만난 인물들의 출신과 이력, 성격 등을 소개하고 있다. 이 책 「태학유관록」에 실린 연암의 인물 소개는 모두 「경개록」에서 가져온 것들이다.

"윤가전(尹嘉銓)은 옛날 조나라 땅인 직례(直隷) 박야(博野) 사람이다. 호는 형산(亨山)이고, 통봉대부 대리시경 벼슬을 지내고 은퇴했으니 이때 나이는 일흔이었다. 올해 봄에 사직서를 올려 물러나기를 청하매 황제가 특히 2품의 관모와 의복을 하사하여 총애함을 나타내었다. 시와 글씨, 그림에 조예가 깊은데, 그의 시는 『정성시산』(正聲詩刪) 중에 많이 실려 있다. 『대청회전』(大淸會典)을 편찬할 때 한림 편수관으로 있었다. 또 황제와 동갑이었으므로 더욱이 총애를 입었다. 특히 행재소까지 와 희대에서 악곡을 듣고 「구여송」(九如頌)을 지어 바치매 황제가 크게 기뻐하여 81종의 극본 중에 가장 먼저 이 「구여송」을 연출하게 하였다. 그는 황제의 시 벗이라 한다. 나에게 「구여송」 한 본을 주었다. 어느날 상자 속에서 부채 하나를 꺼내어 그 자리에서 괴석(怪石)과 총죽(叢竹)을, 그리고 위에 5절 시를 써서 내게 주었다. 이어서 주련 한 쌍도 써 주었다. 또 하루는 양(羊) 한 마리를 통째로 쩌놓고 왕민호와 나를 초청하여 함께 먹게 하고 그 밖에도 온갖 엿과 과실들을 내왔다. 이는 나를 위해 마련한 것이다. 키는 7척이 넘고 외모와 행동이 말쑥하면서도 얌전하였다. 두 눈동자가 맑아 안경을 쓰지 않고서도 가는 글씨를 잘 썼으며 그림도 잘 그릴 정도로 건강하여 쉰 살이 조금 넘어 보였다. 하지만 수염과 머리칼은 하얗게 세었다. 솔직하면서도 화평해 보이는 사람이다. 내게 연경으로 돌아가거든 반드시 찾아와 달라며 자기 집 약도를 그려 주었다. 또 내게 술을 끊을 것과 여색(女色)을 멀리 할 것을 충고하였다. 그 뒤 연경에 돌아와 그에 대한 평판을 들어보니 모두들 그를 당나라 때 시인 백거이(白居易)에 견주었다. 그때 마침 그가 황제를 모시고 역주(易州)에 있어 오랫동안 돌아오지 못하는 바람에 끝내 다시 만나지 못하였다. 그와 함께 고금의 악률과 역대의 정치에 대한 의견을 주고받았는데 모두 「망양록」(忘羊錄)에 실렸다."

그때, 옆에 있던 이도 자기를 소개하였다.

"저도 조선 사람입니다. 이름은 기풍액[3]이며, 경인년1770년 문과에 장원하여 현재 귀주 안찰사를 맡고 있습니다."

윤가전이 기풍액의 말을 받아 이렇게 말했다.

"하기야 이젠 사해가 모두 동포 형제 아닙니까. 혹 고려의 박인량이 선생 가문의 큰 어른이신가요?"

"아닙니다. 주죽타朱竹坨의 『채풍록』採風錄에 기록된 박미朴瀰란 어른이 저의 5대조이십니다."

기풍액이 고개를 끄덕이며 "과연 학문이 뛰어난 집안이군요"라며 중얼거렸다. 이에 윤가전이 "왕어양王漁洋의 『지북우담』池北偶談 강희 30년에 지어진 책으로 각종 고사를 기술함에 그 어른의 시문이 상세히 실려 있습니다. 옛말에 '제비와 기러기는 서로 등지어 날고, 소와 말은 미치지 못한다'는 말이 있습니다. 남북이 다르고, 제나라와 초나라 사이처럼 아득히 떨어져 있다는 뜻이지요. 한데, 하늘이

3.

기풍액에 대한 연암의 글

기풍액(奇豊額)은 만주 사람으로, 자는 여천(麗川)이고 귀주 안찰사를 맡고 있었으며, 나이는 37세였다. 그는 원래 우리나라 사람인데 중국에 들어간 지 4대째라고 한다. 본국에서 자기 선조의 근본은 모르는데, 다만 본성이 황씨라고 한다. 키는 8척에 얼굴도 희멀건하고 풍채도 좋았으며 위엄 있는 태도를 잘 취했다. 또 그는 박학한 데다 글도 잘 짓고 우스갯소리도 잘하였다. 그러나 몹시 교만하여 누구나 눈 아래로 내려다 보았다. 특히 그는 윤가전을 멸시하는 빛을 노골적으로 드러냈다. 하지만 윤공은 모르는 척하고 늘 표정이나 말씨를 겸손하게 하였다. 윤공은 기공보다 나이가 20여 세나 많고 벼슬도 조금 높은 편이나 한인인 탓에 나그네 같은 처지가 되고 말았다. 기풍액의 방은 내가 묵고 있는 곳과 문이 마주 보이는 곳에 있어, 내가 윤공을 만나려면 반드시 그의 문 앞을 지나치게 된다. 그래서 내가 기풍액에게 들르면, 윤공은 눈치도 없이 뒤쫓아 들어온다. 그러나 잠깐 지체했다가 곧 일어서며 다른 곳에 약속이 있다고 핑계를 댄다. 그러면 기풍액은 웃으며 "다른 데 간다네" 하면서 돌아앉으며 손가락질을 한다. 한번은 윤공 역시 돌아앉아서, "저 비둘기 눈깔이 아직도 탈을 벗지 않고 있군"(鳩眼未化) 하며 험담한 적도 있다. 만주족과 한족이 서로 원수처럼 미워하는 것이 이 정도였다.

기묘한 인연을 지어 책에서 접했던 어른의 후손을 이 먼 변방에서 만나게 되었습니다그려” 하고 말을 받았다.

이때 앉아 있던 이들 중 한 사람이 한숨을 지으면서 “그의 책도 읽고 시도 읊었는데 그를 알 수 없다니요?” 하였다. 기풍액이 “그분은 돌아가셨지만 여기 후손이 계시지 않소” 하고 내게 물었다.

“조선의 올 농사는 어떻습니까?”

“유월에 압록강을 건넜으니 추수가 어떤지는 잘 모르겠습니다. 올 적에는 비도 때맞춰 내리고, 바람도 순조로웠답니다.”

이때 옆에 있던 또 한 사람이 자기를 소개한다. 이름은 <u>왕민호</u>[4], 과거를 준비하는 <u>거인</u>[5]이란다. 왕민호가 물었다.

“귀국은 땅의 크기가 얼마나 됩니까?”

“기록에는 5천 리라 적혀 있습니다. 하지만 단군 조선은 요임금 때랑 같은

4.

왕민호에 대한 연암의 글

왕민호(王民皥)는 강소(江蘇) 사람으로, 나이는 54세였고, 사람됨이 순박하고 꾸밈이 없었다. 지난해에 승덕부(承德府)에 태학을 창건하기 시작해, 올해 봄에 일이 끝나자 황제가 친히 석채례(釋菜禮)를 행하였다. 거인(擧人)의 몸으로 이곳에서 학업에 정진하고 있으면서도 올해 4월의 회시(會試)에 응하지 않았다. 8월 황제가 칠순 대경(大慶)을 맞이하자 거듭 회시를 보았으나 그는 응하지 않았다. 내가 “어째서 과거를 보러 가지 않으셨습니까?” 하고 물었더니, 그는 “나이가 늙었으니까요. 백발로 고시장에 나타난다는 건 실로 부끄러운 일이거든요” 하였다. 왕군은 어른의 풍모를 갖추고, 호는 곡정(鵠汀)이라 한다. 따로 「곡정필담」(鵠汀筆談)과 「망양록」(忘羊錄)을 썼다. 키는 7척이 넘고, 곤궁하여 생기는 근심을 숨기지 못한 채 가끔 한숨을 내쉬곤 하였다. 단지 하인 하나가 있어서 서로 의지하였을 뿐이다. 하루는 나를 초대하여 함께 식사하였다.

5.

거인擧人과 수재秀才

‘거인’(擧人)은 과거를 준비하는 사람으로, 연암 박지원이나 담헌 홍대용이 북경에 갔을 때 보았던 중국 지식인들은 대개가 이 거인들이다. 여기서 과거는 북경에서 보는 ‘회시’(會試)를 말하는데 이 회시를 볼 자격을 갖춘 이들을 이른다. 이 자격을 갖추기 위해서는 자기 지방에서 보는 일종의 지역예선인 ‘향시’(鄕試)에 합격해야 한다. ‘수재’(秀才)는 향시를 준비하기 위해 자신들이 속한 부(府)·주(州)·현(縣)의 부학(府學)·주학(州學)·현학(縣學) 등의 교육기관에서 공부하는 이들을 말한다. 수재가 향시에 붙으면 거인이 되고, 북경으로 올라와서 치르는 회시에 합격하면 ‘진사’가 된다.

시대고, 기자 조선은 주나라 무왕 때의 봉국이며, 위만
조선은 진나라 때 위만이 연나라 백성들을 이끌고
피난 온 나라였습니다. 다들 한 귀퉁이만을 점유했기
때문에 그 시대야 어디 5천 리가 되었겠습니까? 이후
고구려·백제·신라를 통합한 고려 때에 와서야 규모가
좀 커졌는데, 그때도 동서로 1천 리, 남북으로 3천 리
정도 되었을 뿐이죠. 사실 중국의 역대 역사서에 조선의
인물, 동식물 및 풍속 등을 기록한 부분들은 실제 사적과
사뭇 달라서, 모두 기자·위만 때의 조선이지 오늘의
조선은 아닙니다. 역사를 쓰는 이들은 대개 외국에 대한
건 간략하게 다루기 때문에 아무 생각없이 옛날의 기록을
베낄 따름입니다. 하지만 풍토와 습속이란 제각기 시대에
따라 다른 법이지요. 우리나라로 말하자면, 오로지 유교를
숭상하여 예악과 문물이 모두 중화를 본받아서 예로부터
'소중화'小中華라 불렸답니다. 나라의 규모라든가 사대부의
몸가짐과 태도가 송나라 때와 조금도 다름이 없습니다."
"과연 군자의 나라라 할 만하군요."
왕민호는 크게 고개를 끄덕이며 내가 적은 글을 한참 동안
바라본다. 윤가전이 말을 이었다.
"찬란하게도 기자의 유풍이 이어진다니 참으로
존경스럽습니다. 그리고 공의 선조이신 박미 어른에
대한 기록은 명나라 때의 『시종』詩綜이란 책에서 본 적이
있습니다. 한데, 그에 대한 소전小傳이 없으니 안타까운
일이로군요."

기자箕子
기자는 은나라 때
사람으로 폭군
주임금에게 충언을
하다가 쫓겨났다. 후에
동쪽으로 와서 기자
조선을 세웠다고 전한다.

"그나마 남아 있는 소전에도 누락되거나 틀린 곳이 아주 많습니다. 제 5대조의
휘諱는 미彌요, 자는 중연仲淵, 호는 분서汾西입니다. 문집 네 권이 국내에서
간행됐지요. 명나라 만력 때1573~1619년 어른으로, 선조 임금의 부마인 금양군이
바로 그분입니다. 시호는 문정공이구요."

윤가전은 내가 쓴 쪽지를 얼른 거두어 품속에 넣는다. 이것으로 『시종』에
누락된 대목을 보충해야겠다고 한다. 그러자 왕민호와 기풍액이 다른 오류들도
바로잡아 달라고 요청한다.

"기억이 또렷하지 못하니 책을 놓고 고증을 하면 좋겠습니다."

내가 이렇게 제안하자, 기풍액은 왕민호를 돌아보며 무어라 수군거리고
윤가전과도 자못 오랫동안 무슨 말인가를 주고받았다. 이윽고 왕민호가 쪽지에
'명시종'明詩綜이란 석 자를 쓰더니 심부름할 사람을 큰 소리로 불렀다. 이어서
한 소년이 달려와 손을 모으고 대령한다. 소년은 왕민호가 건네준 쪽지를
들고는 바람처럼 내달린다. 아마도 책을 구하러 가는 모양이다. 소년은 금세
돌아왔으나 빈손이었다. 기풍액이 다시 또 한 사람을 불러 쪽지를 건네주자, 그
사람도 잽싸게 뛰쳐나가더니 금방 돌아왔다. 역시 빈손이었다. 왕민호가 머쓱한
표정으로 나를 돌아보며 이렇게 말했다.

"허, 참. 변방엔 도무지 서점이 없나 봅니다."

"괜찮습니다. 우리나라에 이달李達이란 시인이 있었는데, 호가 손곡蓀谷입니다.
그런데 중국의 어떤 책을 보니 이달의 시가 실렸는데 다른 대목에 또 손곡의
시가 있더군요. 아마도 이달과 손곡이 다른 사람인 줄 알았나 봅니다."

세 사람이 서로 돌아보면서 크게 웃으며 이렇게 맞장구친다.

"맞습니다. 맞아요. 치이鴟夷, 도주陶朱, 범려范蠡가 한 사람인 경우와
마찬가지지요."

이때 윤가전이 갑자기 바삐 일어서면서 붉은 명함 석 장과 자기가 지은

구여송九如頌『시경』에 나오는 아홉 가지 축복을 건네며 인사를 한다.
"선생의 형님인 대대인박명원을 말한다을 뵙고 싶은데 안내를 좀
해주시겠습니까?"

그러자 다른 사람들도 윤대인이 조정에 나가야 하니 후일
다시 만나자며 따라 일어섰다.

윤가전은 모자와 의복, 조주朝珠를 갖춰 입고는 나를 따라
정사의 캉炕 방 앞에 이르렀다. 정사의 숙소는 대문으로
나가는 길목에 있었다. 나는 적이 당혹스러웠다. 다른
사람들이 윤공이 조정에 나가 보아야 한다기에, 이렇듯
바로 따라나설 줄은 생각도 못했기 때문이다.

정사는 밤낮으로 시달리다 이제야 겨우 자리에 누운
참이었고, 더구나 나는 부사와 서장관을 소개해 줄
만한 위치에 있지도 않았다. 게다가 우리나라 양반들은
나면서부터 존귀한 체하는 태도가 심해, 중국 사람을 보면
만주족이건 한족이건 구분하지 않고 싸잡아 '되놈'이라
부르며 깔본다. 거만한 체 하는 것이 몸에 굳어져, 그것이
아예 태생적 습속이 되어 버린 지 오래다. 저들이 어떤
인물인지, 어느 정도의 관직에 있는지는 숫제 알려고도
하지 않는다. 그러니 마음을 터놓고 대할 리야 더더욱 없는
법이다. 설혹 인사를 시켜 준다 해도 개나 소처럼 푸대접할
게 틀림없다. 어디 그뿐이랴. 쓸데없는 일을 벌였다고
한소리 들을 게 뻔했다. 윤가전은 이런 속사정도 모르고
뜰에 서서 나의 처분을 기다리고 있으니 참으로 난감한
노릇이다. 할 수 없이 안으로 들어가 자초지종을 아뢰었다.

청나라 관리의 모습
청대에 모자, 의복,
조주를 갖춰 입은
관리의 모습으로,
위 사진의 인물은
청나라 말기 대표적인
정치가의 한사람인
리훙장(李鴻章)이다.

정사는 한참 동안 내 말을 듣더니, "거참, 곤란하게 되었구먼. 그래도 나 혼자서 만날 수는 없는 노릇이고, 어쩌면 좋을꼬?" 하고 중얼거렸다.

나는 연로한 손님을 오래도록 뜰에 서 있게 하는 것이 몹시 민망하여, 밖으로 나가 "정사께서 밤낮을 가리지 않고 진창길을 오시느라 지칠 대로 지치셔서, 정중히 맞이하지 못할까 염려하십니다. 훗날 찾아 뵙고 답례를 드리겠다고 하옵니다" 하고 말했다.

"아, 네에" 하고 윤공은 한 번 읍하고 물러났으나, 무안한 기색이 역력했다.

표연히 가마를 타고 떠나는데, 가마의 휘황찬란한 장식이 참으로 귀인의 것임에 분명했다. 시종 10여 명은 모두 비단 옷을 입고 수놓은 안장에 올라탄 채 가마를 호위하고 가는데, 바람결에 그윽한 향기가 훅하고 풍겨 나왔다.

통관이 당번 역관에게 물었다.

"당신네 나라에서는 부처를 숭상합니까? 나라 안에 절은 얼마나 있습니까?"

이에 수역이 들어와 사신에게 묻는다.

"통관은 별 뜻 없이 그냥 묻는 말이 아닌 듯한데, 뭐라 답할까요?"

삼사가 의논하여 수역에게 지시했다.

"우리나라의 습속은 본래 부처를 숭상하지 않기 때문에 시골엔 간혹 절이 있으나 도성에는 없다고 하여라."

잠시 후, 군기장경軍機章京 소림素林이 태학관으로 들어왔다. 그러자 삼사가 캉에서 내려 동쪽을 향해 앉았다. 좌향坐向 집터나 묏자리의 등진 방위에서 정면으로 바라보이는 방향을 따른 것이었다. 소림이 황제의 조서를 읽어 주었다.

"조선 정사는 이품二品 끝의 반열에 서라."

이는 황제께 하례를 드리는 날, 어느 반열에 서야 할지를 미리 알려 주는 것이다. 전에 없던 과분한 대접이라고 한다. 소림은 조서를 전하자마자 나는 듯이 몸을 돌려 가 버렸다. 또 예부에서도 전갈을 보내왔다.

"오른쪽 반열에 사신이 서는 일은 전례 없는 은혜를 베푼 것이니 의당 황제께 답례를 올려야 할 것이오. 감사의 뜻을 담아 예부에 글월을 바치면 곧 황제께 올리겠소."

사신이 곧 답신을 보냈다.

"소신이 비록 황제로부터 천고에 드문 특별한 은총을 입었사오나, 사사로이 감사의 예를 올림은 도리에 어긋날 듯합니다. 전례는 어떠하온지요?"

예부에서는 해서 나쁠 거 없다며 독촉이 빗발치듯 하였다.

건륭 황제는 나이가 이미 일흔이다. 재위에 오른 지 오래라 권세를 한손에 휘어잡고 있을 뿐 아니라, 총명도 여전했고 혈기 또한 왕성했다. 하지만 천하가 태평하고 제왕의 위세가 날로 드세짐에 따라 점차 변덕스럽고 사나워져서 감정의 기복을 종잡을 수 없게 되었다. 그러자 조정의 신하들은 모두 그때그때 눈가림을 상책으로 삼고, 오로지 황제의 마음을 기쁘게 하는 것만을 능사로 여겼다. 지금 예부에서 정문呈文 상급 관아로 올리는 공문을 이렇게 재촉하는 것도 그런 맥락에서 나온 일이다. 가만히 살펴보건대, 그 지시는 전적으로 예부에서 나온 것임에 분명했다.

당번 역관의 말에 따르면 예전에 심양까지 사행이 갔을 때도 글월을 올려서 사은을 표하라 한 적이 있는데, 이번 일도 그와 다를 게 없을 거라고 한다. 이에 부사와 서장관이 상의하여 글월을 만들어서 예부에 보내어, 곧 황제에게 바치게 하였다. 아울러 예부에서 또 내일 오경새벽 4시경에 궐내에 들어가 삼가 황제의 은혜에 감사하는 인사를 올리라 하였다.

저녁 식사가 끝난 뒤 다시 윤가전의 숙소로 갔다. 왕민호는 다른 방으로 옮겨 갔고, 기풍액은 중당에 남아 있었다. 그래서 윤가전과 함께 기풍액의 처소에서 이야기를 나누었다. 윤공은 쾌활하고 소탈한 사람이었다. 아까 바빠서 이야기를

옹정제와 건륭제
주세페 카스틸리오네가
그린 젊은 날의 건륭제와
그의 아버지 옹정제의
모습이다.

다 마치지 못했다면서, 『시종』에서 누락되거나 잘못된 대목을 알려 달라고 부탁했다. 나는 틀린 대목들을 이것저것 지적해 주었다.

"우리나라의 선배 학자들은 태어나서 병들고 늙어 죽을 때까지 바다 저편의 한 모퉁이를 떠나지 못한 채, 반딧불이 사라지고 버섯이 마르는 것처럼 잦아드는 처지랍니다. 그러니 비록 하잘것없는 시문이라도 큰 나라의 책에 수록된다는 건 실로 영광스런 일이지요. 그렇지만 불행히도 우물에 빠진 모수毛邃나 좌중을 놀라게 한 진공陳公처럼 이름이 잘못 기록된 경우가 적지 않습니다. 예컨대 선배 유학자 중에 이이李珥라는 어른이 있는데, 호는 율곡입니다. 또 이정구李廷龜라는 상공이 있는데, 호는 월사月沙입니다. 그런데 『시종』에는 이정구의 호가 '율곡'이라 잘못 기록되어 있답니다. 또 월산대군月山大君 조선 9대왕 성종의 형은 공자公子인데, 이름이 '정婷'이라 그런지 여자로 잘못 알려져 있구요. 그런가 하면, 허봉의 누이동생 허난설헌은 여관女冠, 즉 여도사라 기록되어 있더군요. 우리나라엔 본디 '도관'이니 '여관'이니 하는 것이 없답니다. 또 그의 호를 경번당景樊堂이라 기록했으니, 이는 더욱 잘못된 것입니다. 허난설헌이 김성립이란 자에게 시집갔는데, 김성립의 얼굴이 아주 못생겼더랬죠. 그래서 벗들이 그를 놀리느라 그의 처 허씨가 당나라의 미남 시인이었던 두번천杜樊川을 사모한다는 말을 지어낸 것입니다. 규중의 아녀자가 시를 읊는 것도 그다지 칭찬할 만한 일이 아닌데, 거기다 두번천을 연모한다는 말까지 사방에 퍼졌으니 어찌 기가 막히지 않겠습니까."

윤공과 기공 모두 크게 웃었다. 문 밖에 아이놈들이 서 있다가 영문도 모른 채 덩달아 따라 웃는다. 웃음소리만 듣고 따라 웃는 격이다. 그리고 나 역시, 아이놈들이 뭣 때문에 웃는지도 모르면서 덩달아 웃음보를 터뜨렸다. 그러다 보니 한참 동안 웃음이 꼬리에 꼬리를 물고 이어졌다.

영돌이 찾아왔기에 나는 그만 일어났다. 두 사람이 문 밖까지 전송해 주었다.

217

6.
석전제釋奠祭
음력 2월과 8월의
상정일(上丁日)에
문묘(文廟)에서 공자를
비롯한 4성(4명의 성인,
곧 복희씨, 문왕, 주공,
공자) 10철(공자의 제자
중 뛰어난 10사람으로
안회, 자공, 자로 등)
72현(공자의 문하생
72명)을 제사 지내는
의식.

마침 달빛이 뜰에 가득하고, 담 너머 장군부에선 이미 초경
넉 점저녁 8시 12분~8시 36분 사이을 치는 야경 소리가 사방에
울려 퍼진다. 상방에 들어가니 하인들이 휘장 밖에 누워
코를 골고 있다. 정사도 깊이 잠들었다. 짧은 병풍 하나를
가려 나의 잠자리를 봐 두었다. 윗사람이든 아랫사람이든
일행 모두가 꼬박 닷새 밤을 새운 끝이라 다들 곯아떨어진
모양이다. 정사의 머리맡에 술병 두 개가 있기에 흔들어
보니, 하나는 비고 하나는 차 있다. 이렇게나 달이 밝은데
어찌 마시지 않을 수 있으랴. 술병을 기울여 잔에 가득 따라
마시곤, 불을 끄고 조용히 나왔다.

홀로 뜰 가운데 서서 밝은 달빛을 바라보고 있노라니, 담
밖에서 '할할' 하는 소리가 들려온다. 장군부에 있는 낙타가
우는 소리다. 명륜당으로 나오니, 제독과 통관의 무리가
각기 탁자를 끌어다 한데 붙여 놓고 그 위에서 잠들어 있다.
아무리 오랑캐놈들이기로, 저 꼬락서니하고는. 그들이 누워
자는 자리는 곧 선성先聖·선현先賢께 석전제[6]를 거행할 때
쓰는 탁자다. 어찌 감히 이를 침상으로 대용할 수 있으며,
또 어찌 감히 그 위에 엎어져 잘 수 있단 말인가. 모두 붉은
칠을 한 탁자들이 백여 개나 되었다.

오른편 행각行閣 궁궐·절 등의 정당 앞이나 좌우에 줄지어 이어진 행랑에
들어가 보니, 역관 셋과 비장 네 명이 한 구들에 엉켜
자는데 목덜미는 엇갈리고 정강이를 서로 걸친 채,
아랫도리는 가리지도 않고 있다. 모두들 천둥 소리를 내며
코를 골아 댄다. 어떤 놈은 고꾸라진 병에서 물이 콸콸

쏟아지는 소리 같고, 어떤 놈은 나무를 켤 때 톱니가 긁히는 소리 같고, 또 어떤 놈은 혀를 차며 사람을 꾸짖는 소리 같고, 어떤 놈은 쿵쿵거리며 남을 원망하는 소리 같다. 만 리 길을 함께 오면서 죽을 고생을 하였으니, 그 정분이야 오죽 애틋하랴. 친형제와 다름이 없어 생사를 함께 할 정도일 것이다. 그런데도 같은 침상에서 다른 꿈을 꾸는 꼴이라니, 그들의 간담은 초나라와 월나라 사이처럼 멀기만 하다. 담뱃불을 붙이려고 나오니, 장군부에서 개 짖는 소리가 들려온다. 마치 표범 소리인 양 사납게 으르릉거린다. 거기에 응답이라도 하려는 걸까. 야경 치는 소리가 마치 깊은 산중의 접동새 우는 소리 같다.

뜰 가운데를 거닐기도 하고, 달려 보기도 하고 혹은 간격을 맞춰 걸어 보기도 하면서 그림자와 더불어 한참을 희롱하였다. 명륜당 뒤의 늙은 나무들은 그늘이 짙게 드리웠다. 찬 이슬이 방울방울 맺혀 잎마다 구슬이 달린 듯했고, 또 구슬마다엔 달빛이 어리었다. 담 너머에서 또 삼경의 두 점밤 11시24분~11시 48분을 쳤다.

아아, 슬프구나. 이 좋은 달밤에 함께 구경할 사람이 없으니. 어찌 우리 일행만이 잠들었을까. 도독부의 장군도 잠들었으리라. 쓸쓸함을 달래며 방으로 들어가 쓰러지듯이 베개에 머리를 묻고 그대로 곯아떨어졌다.

병진일 8월 10일
丙辰日

/

맑음

영돌이가 와서 잠을 깨웠다. 당번 역관과 통관이 문 밖에 모여, 늦었다고 연신
재촉을 해댄다. 하도 시끄러워 다시 눈을 붙였다 금방 잠이 깨 버렸다. 시간을
알리는 북소리가 아직도 쟁쟁하다. 노곤한 데다 단잠이 들어 꼼짝도 하기
싫은데, 벌써 머리맡에 아침 죽을 갖다 놓았다. 억지로 한술 뜨고 따라가 보니
'광피사표'光被四表란 현관을 단 패루가 있었다. 등불 아래로 보이는 시장통의
모습은 연경은 물론 심양이나 요동에도 미치지 못했다.

대궐 밖에 도착했는데도 아직 날이 새지 않았다. 통관은 사신을 인도하여 큰
묘당에 들어가 쉬게 하였다. 이곳은 지난해 새로 지은 관제묘인데 이삼층으로
올린 누각, 깊숙한 전당, 첩첩이 올린 행랑에 아로새긴 조각이 귀신의 솜씨인
양 공교롭다. 단청 또한 휘황찬란하여 눈을 빼앗길 지경이다. 중들이 이 모습을
구경하느라 정신이 없다. 묘당 곳곳에는 연경의 벼슬아치들 및 각국의 왕들이
많이 묵고 있다고 한다. 당번 역관이 와서 말을 전한다.

"어제 예부에서는 정사와 부사의 사은 절차에 대해서만 말했으니, 이는 황제가
정사와 부사만을 오른쪽 반열에 참여하도록 명한 것입니다. 서장관은 사은의
절차가 없는 것 같습니다."

피서산장 궁전 구역
피서산장은 크게 궁전
구역과 원경(苑景)
구역이라고 하는 정원
구역의 두 부분으로
나뉘는데, 궁전 구역은
산장의 남부에 위치한다.
이 피서산장 그림은 청대의
화가 냉매(冷枚)의 작품이다.

이에 서장관은 관제묘에 머물고, 정사와 부사는 궐 안으로 들어갔다. 나도
따라 들어갔다. 대궐의 모든 전각은 단청을 꾸미지 않았고, 단지 '피서산장'이란
편액만이 붙어 있을 뿐이다. 통관의 안내로 오른편 행랑에 있는 예부의 조방, 곧
대기실로 들어갔다.

한족 출신 상서尙書 황제와 신하 사이에 오가는 문서를 맡아 보던 벼슬 조수선曹秀先이 의자에서
내려와 정사의 손을 잡고 매우 깍듯하게 맞이하면서 먼저 앉으라고 권한다.
정사가 손을 들어 사양하며 조상서에게 먼저 앉기를 청하였다. 조공 역시 손을
들어 연방 정사에게 먼저 앉으라고 권한다. 정사는 네다섯 번이나 힘껏 사양하며
먼저 앉기를 청하였으나 조공이 끝내 사양하자, 하는 수 없이 부사랑 같이 먼저
캉에 올라앉았다. 그런 다음에야 비로소 조공이 의자에 걸터앉는다.

우리 사신들의 의관은 조공의 모자와 복장에 비하면 호사스러운 신선처럼
보였다. 그러나 말이 통하지 않으니 인사를 나누고 접대하는 행태는 서먹하고
뻣뻣하여 저들의 세련되고 은근한 솜씨에 도저히 비길 바가 아니었다. 하긴,
어색하고 서툰 모습이 도리어 점잖은 태도처럼 보일 법도 하다. 정사가 조공에게
서장관의 거취에 대하여 물었다.

"오늘 사은엔 함께 할 수 없고, 후일 생신 축하 때는 함께 나와도 무방합니다."
말을 마치고 조공은 곧 일어났다. 통관이 이어서 만주인 상서 덕보德甫가
들어온다고 알린다. 사신이 문까지 나가 읍하고 맞아들이자, 덕보 역시 답례를

피서산장 금산상제각金山上帝閣

피서산장 기망루綺望樓

하며 말한다.

"먼 길에 별고 없으셨는지요. 어제 황상께서 내리신 각별한 은총에 대해선 잘
아시겠지요?"

"황은이 망극하와 몸둘 바를 모르겠소이다."

덕보는 껄껄거리며 뭐라 뭐라 했으나 먹은 것이 목에 걸리기라도 한 듯 말소리가
꺽꺽하여 '옹'인지 '앙'인지 분명치가 않았다. 대개 만주인들은 이런 식으로
말하는 경우가 많다. 그 역시 말을 마치자마자 몸을 돌려 가 버린다.

내옹관內饔官이 요리 세 그릇을 내왔다. 백설기와 돼지고기 구이와 과실이었다.
떡과 과실은 누런 쟁반에, 돼지고기는 은쟁반에 담았다. 예부낭중이 곁에
있다가, 황제의 아침 수랏상에서 세 그릇을 하사한 것이라고 일러 준다.
곧이어 통관이 사신을 인도하여 전각 문 밖까지 나가 '세 번 절하고 아홉 번
조아리는'三拜九叩頭 중국식 예를 행하고 돌아왔다. 만주인 예부시랑 아숙이란
자가 와서 다시 한번 이번에 내린 황은이야말로 정말 각별하기 그지없는
것이라고 전한다.

"그러니 귀국은 의당 예단을 더 보내야 할 것이오. 그러면 사신과 종관에게도
마땅히 상금을 더 내리리다."

사신은 다시 조방으로 들어가고, 나는 대궐 밖으로 먼저 나왔다. 대궐 밖에는
수레와 말이 빽빽이 들어서 있었는데, 말은 모두 담을 향해 있었다. 붙잡지도
않고, 끌어매지도 않는데 목각 인형들처럼 꼼짝도 하지 않는다. 문 밖에서
갑자기 사람들이 양편으로 갈라서며 찬물을 끼얹은 듯 잠잠해진다. 모두들
황자가 오신다며 수군거린다. 잠시 후, 한 사람이 말을 탄 채 궁궐 안으로
들어가고, 따르는 이들은 모두 말에서 내려 걸어갔다. 황제의 여섯째 아들
영용永瑢이었다. 얼굴은 흰데, 심하게 얽은 자국이 나 있다. 콧날은 납작하고
작으나 광대뼈가 툭 튀어나왔으며 흰자위가 많고 눈에 삼시울쌍꺼풀이 끼었다.

어깨가 넓고 가슴이 떡 벌어진 것이, 체격은 건장하지만
귀티라곤 전혀 없어 보인다. 하지만 글을 잘 짓고 글씨와
그림에도 능하여 현재 『사고전서』 총재관으로 인망이
높다고 한다.

얼마 전 강녀묘에 들렀을 때, 벽 사이에 간직해 둔
황제의 셋째 아들과 다섯째 아들의 시를 본 적이 있다.
다섯째 아들의 호는 등금거사藤琴居士다. 그의 시는 몹시
쓸쓸하고 글씨마저 가냘파서, 재주는 있으나 부유하고
귀한 기상이라고는 도무지 찾을 수가 없었다. 등금거사는
호부시랑 <u>김간[1]</u>의 조카요, 간은 상명祥明의 종손이다. 상명의
조부는 본디 의주인으로 옹정제 때 중국에 들어가 벼슬이
예부상서에 이르렀다. 간의 누이는 궁중에 들어가서 귀비가
되어 건륭 황제의 총애를 받았다. 건륭제는 귀비가 낳은 이
다섯째 아들에게 뒷일을 맡기려 했으나 연전에 일찍 죽어
버리는 바람에, 지금은 영용이 총애를 독차지하여 지난해에
서장에 가서 법왕인 반선을 맞아 왔다고 한다. 죽은 아들이
읊은 시는 스산하기 이를 데 없고, 산 아들의 모습엔
황족의 기상이라곤 전혀 없으니, 장차 청 황실의 미래가
어찌 될지 모를 노릇이다.

마두 득룡은 가산 사람으로 40여 년 동안 줄창 연경에
드나든, 이른바 '중국통'이다. 이날 득룡이 많은 사람들
틈에 있다가 멀리서 나를 부른다. 인파를 밀치고 가
보았더니, 마침 한 늙은 몽고왕부족장 한 사람과 서로 손을
잡고 한창 이런저런 이야기를 나누고 있었다. 몽고왕은

사고전서四庫全書
건륭제의 명에 따라
1772년 시작하여
1782년에 완성한 중국
최대의 총서. 궁중에서
소장하던 서적 외에도
민간 소장 서적을 골라
모아서 네 부문으로
나누었다. 7부를
간행하여 여러 서고에
나누어 보관했다.

1.
김간金簡
김간의 선조는
조선사람이었으므로
조선과 청나라 사이에
외교문제가 발생했을
때 도움을 받기도 했다.
김간은 『사고전서』 편찬
시 부총재를 지내면서
조선의 인쇄기술을
도입하여 방대한 책을
인출하는 데 크게
기여하기도 했다.

노년의 건륭제(왼쪽)와 청년기 건륭제(오른쪽)

모자에 홍보석을 달고 공작 깃을 꽂았다. 나이는 여든하나요, 키가 거의 한
길이나 되는데 몸은 구부정하다. 얼굴 길이는 한 자 남짓에 살결은 검은 바탕에
회백색이다. 몸을 부들부들 떨며 체머리를 흔드는 것이, 썩은 나무등걸처럼
금방이라도 거꾸러질 듯하다. 온몸의 기력이란 기력은 모두 입으로 모인
듯했다. 이런 늙은이라면, 설령 그가 묵돌冒頓 중국 한나라 시대 흉노의 세번째 왕으로 내·외
몽고를 정복하여 유목민의 대국가를 세웠고, 한나라 고조를 격파했다이라 해도 조금도 두렵지 않을
것이다. 희한하게도, 수행하는 자가 수십 명이건만 아무도 그를 부축해 주지
않는다.

건장하고 기운이 세어 보이는 또 다른 몽고왕이 있기에 득룡과 함께 가서 말을
붙여 보았다. 그는 내 갓을 가리키며 뭐라 뭐라 묻고는 말을 못 알아들어선지,
가마를 타고 쌩 하니 가 버린다. 득룡은 일단 귀인이면 한 번씩 읍하고 말을

붙여 본다. 그러면 그들도 모두 읍하여 답례하며 대꾸해
준다. 득룡이 나한테도 자기처럼 해보라고 권한다. 허나
나는 중국말을 이제 막 배운 터라 매우 어색할 뿐 아니라,
관화는 더욱 서툴러서 도무지 입이 열리질 않았다. 곧이어
관제묘에 들어가니 사신들은 벌써 옷을 갈아입고 나와
있었다. 모두 함께 숙소로 돌아왔다.

아침 식사가 끝난 뒤에 후당에 들어가니, 거인 왕민호가
나를 맞이한다. 왕민호의 호는 곡정鵠汀이고, 산동도사
학성郝成과 한 방에 거처하고 있었다. 학성²의 자는
지정志亭이요, 호는 장성長城이다. 왕민호가 우리나라에서
과거시험을 볼 때 어떤 문자로 무슨 글을 지어 바치는지
궁금해하기에 간략하게 대강을 일러 주었다. 또 혼인
예법을 묻기에 관혼상제는 모두 『주자가례』³를 따른다고
알려 주었다.

"가례는 주자께서 미처 완성하지 못한 책이지요. 그래서
중국에선 반드시 이것만을 따르지는 않습니다. 귀국의 미덕
몇 가지를 들려주시면 고맙겠습니다."

"우리나라가 비록 바다 한쪽 귀퉁이에 자리잡고 있지만,
그래도 네 가지 좋은 풍속이 있답니다. 유교를 숭상하는
것이 첫째 미덕이요, 황하처럼 큰 강이 없으니 대홍수가
일어날 걱정이 없는 것이 둘째 미덕이요, 고기와 소금을
다른 나라에서 수입하지 않는 것이 셋째 미덕이요,
여자들이 두 지아비를 섬기지 않는 풍속이 넷째
미덕이랍니다."

2.
학지정에 대한 연암의 글
학성은 흡(안휘성安徽省의
지명) 사람이다. 자는
지정(志亭)이요, 호는
장성(長城)이다. 현재
산동도사(山東都司)로
근무 중이다. 비록
무인(武人)이었지만
학문이 넓고 아는
바가 많으며, 키는
8척이요, 붉은 수염과
번쩍이는 눈동자에
단단한 골격을 지녔다.
나와 함께 밤낮으로
이야기를 이어가도
조금도 피로한 내색을 안
했다. 그의 저서는 대개
시화(詩話)이다.

3.
주희와 『주자가례』
『주자가례』는 명나라
때 구준(丘濬)이 집안이
지켜야 할 예법인 가례에
관한 주자의 학설을
수집해 만든 책이다. 주로
관혼상제의 네 가지 예에
대한 사항을 담았다.

4.
납채納采
'납폐'(納幣)라고도 한다.
혼인할 때 사주단자의
교환이 끝난 후 정혼
성립의 증거로 신랑집에서
신부집으로 폐물을
보내는 의식을 말한다.
결혼 전날 또는 며칠 전에
한다.

학성이 왕민호를 돌아보며 뭐라 뭐라 말을 주고받는다.
왕민호가 훌륭한 풍속이라며 칭찬을 하자, 학성이 묻는다.
"여자들이 지아비를 바꾸지 않는 풍속이 온 나라에 다 통할
수 있습니까?"
"미천한 백성이나 하인들까지 모두 그렇다는 건 아닙니다.
하지만 명색이 사족士族이라면, 아무리 가난하고 삼종三從의
길이 끊어졌다 해도 평생 과부로 수절한답니다. 이와 같은
일이 하인들에게까지 영향을 미쳐 절로 풍속이 된 지가
400년이 되었습니다."
"법으로 금하고 있는 건가요?"
"아닙니다. 그렇지는 않습니다."
"중국에서도 이 풍속이 고질적인 폐단이 되었지요. 납채⁴만
하고 초례醮禮를 치르지 않았거나, 합환주만 나누고
첫날밤을 치르지 않았는데도 불행히 사고가 있으면 평생
과부로 수절합니다. 이런 경우는 그나마 나은 편이죠.
대대로 집안끼리 정이 두터우면 뱃속에 든 아이들을 서로
약혼시키거나 혹은 더벅머리에 겨우 젖니를 간 어린애를
두고 부모끼리 언약을 했다가 한쪽에 불행한 일이 생기면
독약을 마시거나 목을 매어 합장되기를 청하는 경우도
있답니다. 이는 예에 크게 어긋나는 일이므로 군자들은
그런 것을 '시체를 따라 도망가는 짓'尸奔이라 비웃기도
하고, 또는 '절개를 구실로 바람피는 것'節淫이라 부르기도
합니다. 국법으로 이를 엄격히 단속하여 그 부모에게
죄를 주기도 하지만 결국엔 습속으로 굳어져 버렸지요.

이것은 동남 지방이 특히 심합니다. 그리하여 유식한 집안에서는 여자가
성년이 된 뒤에야 비로소 통혼을 하게 되었지만 그나마 그것도 근자에 와서야
시작되었답니다.”

나는 고개를 끄덕이며 이렇게 말을 받았다.

“『유계외전』留溪外傳에 보면, 효자가 간을 베어 그 어버이의 병을 낫게 한 일이
있습니다. 또 명말의 유명한 효자인 조희건은 가슴을 가르고 염통을 꺼내려다가
잘못해서 창자를 한 자 남짓 베어 내어 이것을 삶아 그 어머니의 부스럼을
고쳤으나, 나중에는 그 상처가 아물어 아무렇지도 않았다고 합니다. 이를
본다면, 손가락을 잘랐다거나 똥을 맛보았던 것은 대수롭지 않은 일이며, 혹은
눈 속에서 죽순을 캐었다거나 얼음 구멍에서 잉어를 잡았다거나 하는 것들은
어리석은 일인 셈이죠.”

이번에는 왕민호가 고개를 끄덕이며 말했다.

“그런 일이야 아주 흔하지요.”

다시 학성이 말을 받았다.

“최근에도 산서성에서 효자의 정문을 세웠다는데, 참으로 기이한 일이지요.”

“정말 눈 속에서 죽순을 캐고 얼음 구멍에서 잉어를 잡았다면, 이는 천지의
기운이 완전히 문란해졌다는 뜻 아닙니까?”

왕민호가 이런 말을 하도 진지하게 하는 바람에 다들 한바탕 크게 웃었다.

“육수부가 임금을 업고 바다에 뛰어들어 죽고, 장세걸이 향을 사른 후 배가
전복되었으며, 방효유가 십족十族의 멸함을 달갑게 받았고, 철현鐵鉉이 기름에
튀겨 죽음을 당했던 일들은 모두 예사롭지 않은 경우입니다. 이 정도가 되지
않으면 장쾌하다고 쳐주지도 않으니, 후세에 와서 충신과 열사가 되기는 실로
어려운 노릇입니다.”

학성이 탄식하니 왕민호가 대답한다.

"천지가 개벽한 지 오래고 보니, 크게 장쾌한 일이 아니면
이름을 날릴 수 없는 것이지요. 장자가 '어찌 크게 탄식하며
효자를 말하랴' 한 것이 바로 이 때문이었죠."

"아까 왕선생께서 천지의 기운이 온통 문란하다고
하신 말씀이 옳습니다. 하지만 단술을 고아서 소주를
만들었다면 더이상 그 술의 순도를 논해선 안 되고, 일단
담배를 피웠다면 그 담배가 맵느니 어떠니 더이상 말해선
안 되지요. 만약 일일이 거론하고 깊이 따진다면, 다시금
절의를 배척하는 의론이 일어날 것입니다."

내가 이렇게 대꾸하자, 왕민호는 깊이 동감을 표하면서
이번에는 우리나라의 의복에 대해 물었다. 나는 대강
저고리와 치마, 쪽 찌는 법 등에 대해 이야기하고 원삼圓衫과
당의唐衣의 모양새를 대충 탁자 위에 그려 보였다. 그러자
멋지다고 야단들이다. 곧이어 학성은 선약이 있다며 금방
돌아올 테니 기다려 달라며 자리를 떴다. 학성이 떠나고
왕민호가 말했다.

"저 사람은 무인이면서도 문재文才가 참 풍부합니다.
요즘 세상에 보기 드문 인물이죠. 지금은 사품四品 병관
자리에 있습니다. 그건 그렇고, 귀국의 부인네들도 전족을
합니까?"

"아닙니다. 말이 나와서 말인데, 한족 여인네들의
활굽정이처럼 생긴 신은 차마 눈뜨고 못 보겠더군요.
뒤뚱거리며 땅을 밟고 가는 꼴이 마치 보리씨를 뿌리는 듯
왼쪽으로 기우뚱 오른쪽으로 기우뚱, 바람도 하나 없는데

원삼(위), 당의(아래)

저절로 쓰러지곤 하니 참, 그게 뭔 짓인지 모르겠습디다."

"전족은 처음 전쟁포로로부터 시작되었는데, 이걸 통해
시대의 운세를 점쳐 볼 수 있답니다. 명나라 때엔 부모에게
그 죄를 물었고, 청조에 와서도 이에 대한 금령이 몹시
엄격했으나 끝내 이를 막을 수가 없었지요. 청나라가
세워진 후, 한족 남자들은 청나라 풍속을 따라 변발을 해야
했지만 여자들은 따르지 않아도 되었습니다. 그러자 오히려
여자들은 자신들이 한족임을 드러내기 위해 더더욱 전족을
고수하게 된 거지요."

"모양도 흉하고 걷기에도 불편한데, 대체 왜 전족을
합니까?"

"만주 여자들과 똑같이 보이는 게 부끄러워서 그럴 겁니다."
왕민호는 이렇게 쓰고는, 금세 붓으로 지워 버렸다.
그러더니 바로 이어서 이렇게 썼다.

"죽어도 고치지 않는답니다."

"삼하에서 통주로 오는 길에, 머리가 허옇게 센 늙은 거지
여인이 머리에 꽃을 가득 꽂고 발엔 전족을 한 채 말을
따라오면서 구걸을 하는데, 마치 배불리 먹은 오리처럼
뒤뚱뒤뚱 자빠지고 엎어지고 하지 뭡니까. 제가 보기엔
만주 여인네들보다 훨씬 흉하더군요."

"그러니 삼액三厄이라 하지요."

"삼액이요? 그게 뭡니까?"

"남당南唐때 장소랑張宵娘이 송나라 궁궐에 잡혀 왔습니다.
한데 그 발맵시가 어찌나 작고 예쁘던지, 송나라 궁녀들이

전족한 귀부인의 모습
전족은 특히 명나라 때
성행했는데, 이때 발 전체
길이가 10cm 정도인 것이
이상적으로 여겨졌다.
사진은 청나라 말기
운남 지방의 귀부인들로,
전족에 궁혜를 신고 있다.

망건통

그걸 본뜨느라 헝겊으로 발을 꽁꽁 싸맨 것이 마침내
풍속을 이루었지요. 원나라 시절에 이르면 한족 여인네들은
전족을 하여 스스로 원나라 여인네들과 다르다는 표시로
삼았지요. 명나라 때 와서는 이를 법으로 금했는데도 아무
소용이 없었습니다. 만주족 여인네들이 전족을 '음란함을
조장한다'誨淫 하여 비웃는다지만 이는 참으로 억울한
일입니다. 이것이 바로 족액足厄에 해당합니다.
또 홍무 연간 고황제가 미행으로 신락관에 거둥했을
때의 일입니다. 황제는 한 도사가 망건을 매어 머리칼을
싸매고 있는 것이 편해 보이자, 이를 빌려 거울 앞에서 써
보고 크게 기뻐하여 마침내 그 제도를 천하에 시행토록
명령을 내렸답니다. 그 뒤로 실 대신 말총으로 머리를 꼭
졸라매게 되어 망건 자국이 선명하게 나게 되었지요. 이를
호좌건虎坐巾이라고 부릅니다. 앞이 높고 뒤가 낮아서 흡사
범이 쭈그리고 앉은 것 같다고 해서 붙여진 이름이지요.
또 수건囚巾이라고 부르기도 합니다. 죄수가 쓰는 두건이란
뜻이죠. 당시에 벌써 '천하의 두액頭額이 모두 그물 속에
갇혔다'고 비웃는 사람이 있었으니, 대개 이를 불편하게
여긴 사람이 많았기 때문입니다."
그러면서 붓으로 내 이마의 망건을 가리키며 놀린다.
"이것이 바로 두액이 아닙니까?"
나도 웃으면서 그의 변발한 이마를 가리키며, 맞받아쳤다.
"이 번들번들한 이마야말로 과연 '액'額이겠군요."
그러자 곡정은 참담한 표정으로 고개를 끄덕이면서

명나라 때 남성(왼쪽)과
청나라 때 남성(오른쪽)의
머리모양

'천하두액'天下頭額 이하의 글자를 모두 지워 버렸다.

"이 담배는 만력 말년에 절동과 절서 지역에 널리 유행했습니다. 이 물건은
사람들이 가슴을 막히게 하고 취해 쓰러지게 하는 천하의 독초이지요. 먹어서
배가 부른 것도 아니건만 천하의 좋은 밭에서 나는 귀한 곡식과 이문利文이
같고, 부녀자와 어린아이에 이르기까지 고기보다 더 즐기며 차나 밥보다
더 좋아합니다. 쇠붙이와 불을 입에 당겨 대니, 이 또한 세상 운수라 해야
할지. 아무튼 이보다 더 큰 변괴가 어디 있겠습니까. 선생께서도 혹시 담배를
즐기십니까?"

"네, 그런 편입니다."

"저는 즐기지 않습니다. 전에 한번 시험삼아 피어 보았더니, 곧 취해 쓰러질 것
같고 구역질이 나서 죽을 뻔 했지요. 이야말로 구액口뜬이라 아니할 수 없더군요.
귀국에서도 누구나 담배를 피우겠죠?"

"네. 그렇지만 부형이나 어른들 앞에선 감히 피우지 못합니다."

"그렇겠죠. 다른 사람에게 독한 연기를 뿜는 것도 불공스런 일인데 감히 부형
앞에서 그럴 수 있겠습니까?"

담배 피는 서민들
그림은 김홍도의
『단원풍속도첩』에
실린 장터길 풍경
부분이다. 너나없이 모두
곰방대를 물고 담배를
빨고 있다. 조선시대
이옥이 쓴 담배에 관한
글인『연경』(烟經)에는
금연해야 하는 때가 나와
있는데, 어른 앞에서,
제자가 스승 앞에서, 이불
위에서, 기침병 앓는 병자
앞에서 등의 때이다.

"그뿐 아니라, 입에 긴 대를 물고 어른을 대하는 게 몹시

거만하고 무례한 일이기 때문이지요."

"담배는 토종입니까? 아니면 중국서 사 가는 겁니까?"

"만력 연간에 일본에서 들어와, 지금은 토종이 중국 것과 별

차이가 없습니다. 청나라가 아직 만주에 있을 때에 담배가

우리나라에서 중국으로 들어갔지요. 그 종자는 본디

일본에서 왔기 때문에 남초라 이릅니다."

"본시 일본에서 나온 것이 아니라, 서양 배편으로 온

겁니다. 서양 아미리사아亞彌利奢亞 아메리카의 임금이 여러 풀을

맛보다가 마침내 이 풀을 얻어 백성들의 입병을 낫게 했다는군요. 인간의 비장은
토土에 속하므로 허하고 냉하여 습기가 차면 벌레가 생기고, 그것이 입에까지
번지면 바로 죽습니다. 이에 불로써 벌레를 쳐 목木을 이기고 토를 도와 해로운
기운을 이겨 내고 습기를 제거하여 신통한 효과를 거두었으므로 영초靈草라
일컬은 것이지요."

"우리나라에서도 이를 남령초南靈草라 부르지요. 만일 그 신통한 효과가 이와
같고, 수백 년 동안 온 세상 사람이 다함께 즐긴다면 역시 세상 운수가 여기에
있는 게 아닐까요. 선생이 말씀하신 세운론도 실로 좋은 말씀입니다. 만약 이
풀이 아니었다면, 천하 백성이 모두 입병으로 죽었을지 누가 알겠습니까."

나는 진심으로 고개를 끄덕이며 대답했으나 왕민호는 고개를 가로저었다.

"저는 담배를 즐기지 않는데 나이 예순에 아직 입병이라곤 없습니다. 학성 역시
즐기지 않지요. 서양 인종들이 대체로 허황하여 이익을 낚는 재주가 교묘하니,
어찌 그 말을 다 믿을 수 있겠습니까."

그때 마침 학성이 돌아왔다. 왕민호와 내가 나눈 필담을 차근차근 훑어보더니,
담배에 대한 구절에 이르러서는 먹으로 권점을 치며 이렇게 말했다.

"이거 아주 독하지요."

이에 우리는 서로 웃었다. 곧이어 작별 인사를 나누고 숙소로 돌아왔다.

잠시 후, 군기대신이 황제의 명령을 받들고 와서 전했다.

"서번의 성승당시 열하에 있던 판첸라마를 말함을 알현할 생각이 없는가?"

"황제께서 이 보잘것없는 사신들을 한 나라 백성과 다름없이 보시니 중국
인사들과는 거리낌 없이 왕래할 수 있지만, 다른 나라 사람과는 함부로 교제할
수 없습니다. 그것이 우리나라의 법입니다."

군기대신이 휭하니 가버린 뒤, 모두 얼굴에 수심이 가득하다. 당번 역관들은
허둥지둥 분주하여 술이 덜 깬 사람들 같았다. 비장들은 공연히 성을 내며

투덜거렸다.

"거 참, 황제의 분부가 고약하기 짝이 없네. 망하려고 작정을 했나. 그럼, 그렇고말고. 오랑캐가 다 그렇지 뭐. 명나라 때야 어디 이런 일이 있었겠어?"

수역은 그 와중에도 비장을 향해 핀잔을 준다.

"지금『춘추』대의를 논할 때가 아닐세."

조금 있다가 군기대신이 다시 급히 말을 달려와서 황제의 명령을 전한다.

"서장의 성승은 중국인이나 다름없으니, 즉시 가 보도록 하라."

이에 사신들이 심각한 표정으로 대책을 논하였다. 어떤 이는 친견을 하게 되면 종국엔 아주 난처한 일에 연루될 거라 하고, 또 어떤 이는 예부에 글을 보내 이치에 맞는지 따져 보자고 한다. 당번 역관은 이 사람 저 사람 말에 맞춰 건성으로 "예예" 할 뿐이다.

나야 한가롭게 유람하는 처지인지라 조금도 참견할 수 없을뿐더러 사신들 또한 내게 자문 같은 걸 구할 생각도 하지 않았다. 이에 나는 내심 기꺼워하며 마음속으로 외쳤다.

"이거 기막힌 기회인 걸."

손가락으로 허공에다 권점을 치며 속으로 생각을 요리조리 굴려보았다.

"좋은 제목이로다. 이럴 때 사신이 상소라도 한 장 올린다면, 천하에 이름을 날리고 나라를 빛낼 텐데. 한데, 그리 되면 군사를 일으켜 우리나라를 치려나? 아니지. 이건 사신의 죄니, 그 나라에까지 분풀이를 할 수야 있겠는가. 그래도 사신이 운남이나 귀주로 귀양살이 가는 건 어쩔 수 없는 일일 게야. 그렇다면 차마 나 혼자 고국으로 돌아갈 수야 없지. 그리 되면 서촉과 강남 땅을 밟아 볼 수도 있겠군. 강남은 가까운 곳이지만 저기 저 교주나 광주 지방은 연경에서 만여 리나 된다니, 그 정도면 내 유람이 실로 풍성해지고도 남음이 있겠는걸."

나는 어찌나 기쁜지 즉시 밖으로 뛰쳐나가 동편 행랑 아래에서 건량마두 이동을 불러냈다.

"이동아, 얼른 가서 술을 사 오너라. 돈일랑 조금도 아끼지 말고. 이후론 너랑 영영 작별이다."

이동은 아리송한 표정으로 술을 사들고 왔다. 술을 금방 비우고 들어갔더니만, 아직도 설왕설래 중이다. 예부의 독촉이 빗발 같아서 명나라 때의 하원길夏原吉 명나라 때의 이름난 관리. 배짱이 두둑하기로 유명했다처럼 위세가 등등한 자라도 즉각 명령에 따라야 할 형편이었다. 아무래도 수가 없었다. 일단 명을 따르기로 하고 안장과 말을 정돈하였는데 그러다 보니 시간이 지체되어 해가 이미 기울었다. 게다가 오후부터 날씨가 몹시 더웠다. 행재소의 대궐문을 거쳐 성을 돌아 서북쪽을 향해 절반도 채 못 갔을 즈음, 별안간 황제의 명령이 떨어졌다.

"오늘은 이미 늦었으니, 사신은 돌아가서 다른 날을 기다리도록 하여라."

이에 다들 놀란 눈으로 서로 돌아보다 풀이 팍 죽어 되돌아왔다.

성승이란 서번의 승왕이다. 반선불이라 부르기도 하고, 장리불이라 부르기도 한다. 중국인들은 대부분 그를 존숭하고 따르기 때문에 살아 있는 부처, 곧 활불活佛이라 일컫는다. 스스로 이르기를 42대째 환생한 몸으로, 전생엔 중국에서 많이 태어났으며 지금 나이는 마흔셋이라고 한다. 지난 5월 20일 열하로 맞아들여, 별도로 그를 위한 궁궐을 짓고 황제의 스승으로 섬기고 있다고 한다. 누군가 말했다.

"반선을 따르는 수행자들이 엄청 많았지요. 국경을 넘어온 뒤엔 점차 줄었지만, 그래도 수천 명이 넘었습니다. 그들 모두 은밀히 병장기를 감추고 있건만 황제만 이를 모른답니다."

이는 측근들이 퍼뜨린 말인 듯하다. 또 거리에서 아이들이 부르는 황화요에도 이를 예언하는 말이 담겨 있다고 한다. 이 시는 욱리자郁離子가 지은 것이다.

"붉은 꽃 다 지고 누런 꽃 피는구나."

반선

'반선'은 티베트에서
관음보살의 화신으로
추앙받는 판첸라마를
말한다. 이 당시 제6대
판첸라마는 건륭제의
70세 생일을 축하하기
위해 걸어서 열하까지
왔다.

붉은 꽃이란 청나라의 붉은 모자를 가리키고, 누런 꽃이란 몽고와 서번의 누런 모자를 가리키는 것이다. 또 한 노래에는 이런 말도 있다.

"원래는 옛 물건이니 누가 정말 주인인고."

이 노래 역시 몽고를 가리켜 부른 것이다. 몽고는 지금 48부족이 두루 강성한 상태이며, 그 중 토번이 가장 강하고 사납다. 토번은 서북의 호족이자 몽고의 별부로서 황제가 가장 두려워하는 상대다.

박보수가 예부에 가 이것저것 탐문하고 와서 말을 전해 준다.

"황제께서 '그 나라는 예를 아는데 사신들은 예를 모르는구먼' 했답니다."

그러자 통관들이 모두 가슴을 치며 울부짖고 난리다.

"아이고~ 우린 이제 다 죽었습니다요."

이는 본래 통관 무리들이 잘하는 짓거리라 한다. 비록 털끝만큼 작은 일일지라도 황제의 명령과 관계된 것이면 무조건 죽는 시늉을 하기 일쑤인데, 하물며 중도에 돌아가라고 한 것은 황제의 불편한 심기를 드러낸 것이 분명함에랴. 또 '예를 모르는구먼'이라는 말은 황제가 불편한 심기를 노골적으로 드러낸 것이니 통관들이 가슴을 치며 우는 것도 괜한 엄살만은 아닌 듯했다. 그러나 그 행동거지들이 하도 흉측하고 왈패스러워, 보는 이로 하여금 요절복통 하게 하였다. 우리나라 역관들 역시 두렵긴 마찬가지일 텐데도, 눈썹 하나 까딱하지 않았다.

저녁 때 예부에서 알려 왔다.

"내일 식후나 모레 아침에 황제께서 사신을 접견하실 테니, 일찍 서둘러 늦지 않도록 하라."

저녁밥을 먹은 후에 윤가전을 찾아갔다. 마침 홀로 앉아 담배를 피우다가, 손수 담배를 담아 불을 붙여 권하며 물었다.

"대대인께선 옥체 평안하십니까?"

"황제 덕택에 별고 없습니다."

윤가전이『계림유사』에 대해 묻기에 나는 열수 지방의 방언과 다름없다고

답했다. 그는 또 우리나라에『악경』樂經이 있느냐고 물었다.

말하는 도중에 기풍액이 와서 '악경'이란 글자를 보고는 그 역시 궁금해했다.

"귀국에 또 안회가 지은 책이 있다고 하던데요. 중국에 오는 사신이 이 두 종류의

책을 지니고 오면 압록강을 건너지 못한다 들었습니다. 정말입니까?"

"공자가 계신데 안회가 어찌 책을 지었겠습니까. 또 진시황이『시경』과『서경』을

불살랐는데, 어찌『악경』만 빠뜨렸겠습니까?"

"참말 그렇겠지요."

"게다가 중국은 문명의 중심지이니, 만일 우리나라에 정말로 이 두 책이 있어

중국으로 가지고 가려는 자가 있었다면, 응당 뭇신령들이 보호해 주었을

겁니다. 그런데 어찌 강물을 못 건너겠습니까?"

"옳은 말씀입니다.『고려지』가 일본에서 나왔으니까요."

"『고려지』는 몇 권이나 됩니까?"

"난완 무공련武公璉이 초鈔한『청정쇄어』蜻蜓瑣語에 고려서목이 있습니다."

기풍액이 나를 데리고 나와 달을 구경하는데, 달빛이 대낮같이 밝았다.

"저 달 속에 만일 또 하나의 세계가 있다면, 달에서 땅을 바라보는 이가 있어

난간 밑에 기대서서 달에 가득 찬 땅의 빛을 구경할 테지요?"

내 말에 기공이 난간을 치면서 감탄해 마지않는다.

"그것 참, 기이한 말이로군요! 어허."

피서산장 연파치상

연파치상(烟波致爽)은 피서산장에서 경치가 아름다운
서른여섯 곳을 뽑은 36경(景) 중 제1경으로, 황제의 침실이
있는 침궁(寢宮)이다. 강희제와 건륭제 등이 이곳에서 묵었고,
19세기 중반에 영불 연합군이 북경을 침공했을 때 서태후
일행이 피난을 와 머문 곳도 '연파치상'이었다.

정사일 8월 11일
丁巳日

/

맑음

날이 새자 사신이 궁궐로 들어갔다. 상서 덕보는 사신과 문안 인사를 나누며
말했다.
"내일은 황제께서 불러들이는 명을 내리실 겁니다. 오늘도 명이 없으리라곤
장담할 수 없으니 잠깐 조방朝房 대기실에 앉아서 기다리십시오."
사신 일행이 조방에 들어가자 황제가 또 어찬 세 그릇을 내렸다. 종류는 어제
내린 것과 같았다. 나는 궐문 밖으로 나가 한가롭게 주위를 둘러보았다. 길은
어제 아침보다 더 혼잡하여 검은 먼지가 허공에 자욱했다. 길가 찻집과 주점에는
수레와 말이 들끓었다. 새벽같이 일어난 탓에 시장기가 느껴져 혼자 사관으로
돌아왔다. 그 길에 한 젊은 중을 보았다.
준마를 타고 검은 비단으로 만든 네모난 관을 쓰고 공단으로 지은 도포를
입었다. 얼굴도 아름답고 의관도 말쑥하여 중이라는 게 아까울 지경이었다.
의기양양하게 지나치던 중은 아주 큰 노새를 타고 오는 사람과 딱 마주쳤다.
둘은 말과 노새 위에서 서로 반기며 악수를 나누더니 느닷없이 안색이 달라졌다.
잠시 후, 둘의 목소리가 높아지나 싶더니 급기야 말과 노새를 탄 채로 치고 받기
시작한다. 중이 두 눈을 사납게 부릅뜨며 한 손으론 상대방의 가슴을 움켜잡고,

청 황제 생일 당시의 북경 거리풍경

다른 한 손으론 머리를 마구 내리쳤다. 노새를 탄 자는 몸을 기울여 피하느라
모자가 떨어져 목에 걸렸다. 그 역시 체구가 건장하고 머리와 수염은 약간
희끗희끗한데, 기색을 살피니 중에게 약간 밀리는 듯했다. 엎치락뒤치락하더니
결국 둘이 서로 부둥켜안은 채 안장에서 떨어지고 말았다. 처음엔 노새를 탔던
자가 중을 타고앉았다. 그러나 곧바로 역전되어 다시 중이 위에 올라탔다. 둘
다 한 손으로 상대의 가슴을 누르고 있는 바람에 주먹질을 할 수가 없자 서로
얼굴에 침만 뱉어 댄다. 주인들이 난리법석을 떠는 동안, 노새와 말은 나무처럼

마주서서 꼼짝도 하지 않았다. 늘상 하던 짓이라 그런 건지, 아니면 뜬금없는
짓이라 그런 건지는 모를 일이다. 신기하게도, 둘이 뒤엉켜 한 덩어리가 된 채
길을 가로막고 있는데도 에워싸고 구경하는 이도 없고 뜯어말리는 자도 없었다.
둘은 눈을 치켜뜨기도 하고 내려다보기도 하면서, 씩씩대고 헉헉거릴 뿐이었다.
한 과일 가게에 들렀다. 제철 과일이 산더미처럼 쌓여 있다. 중국돈 100전으로 배
두 개를 사 가지고 나왔다. 맞은편 술집 깃발이 난간 앞에 펄럭이고, 은호銀壺와
주병酒瓶이 처마 밖에서 너울너울 춤을 춘다. 푸른 난간은 허공에 걸쳐 있고, 금빛
현판은 햇빛에 번쩍거린다. 양옆의 술집 푸른 깃발에는 이런 구절이 씌어 있다.

신선은 옥패 풀어놓고 神仙留玉佩
공경은 금초구 벗어놓네. 公卿解金貂

다락 아래에는 수레와 말들이 묶여 있고, 다락 위에선 사람 소리가 벌 떼나
모기 떼처럼 웅웅거렸다. 발길 닫는 대로 올라가 보니, 계단이 열둘이다. 탁자를
빙 둘러 의자에 앉은 사람이 혹은 서넛, 혹은 대여섯씩 되었다. 모두 몽고나
회회인들인데, 무려 수십 패거리나 되었다. 몽고인이 머리에 쓰고 있는 것은
꼭 우리나라 쟁반처럼 생겼다. 두건이 없고 위는 양털로 꾸민 것을 누렇게
물들였다. 혹 갓을 쓴 자도 있는데, 모양은 우리나라의 전립과 같았다. 혹은
등나무나 가죽으로 만들어 안팎에 금칠을 하고, 혹은 오색 빛깔로 구름 무늬
같은 것을 그렸다. 모두 누런 웃옷에 붉은 바지를 입었다.
회회인은 대체로 붉은 옷을 입었으나, 검은 옷을 입은 이도 많았다. 붉은
모직으로 고깔을 만들어 썼는데, 모자가 너무 길어 앞뒤로만 테를 둘렀다.
모양은 마치 돌돌 말린 연잎이 물속에서 막 솟아 오른 것 같다. 또 약을 가는
쇠방망이처럼 두 끝이 뾰족하여 다소 경망스러워 보였다.

내가 쓴 갓은 전립, 즉 벙거지 비슷하여 은을 새겨 장식하고 꼭지에는 공작 깃을 꽂았으며 턱은 수정 끈으로 매는 것이었다. 그러니, 저들 오랑캐 눈에는 내가 과연 어떻게 보일지.

만주족이고 한족이고 간에 중국인은 하나도 없었다. 두 오랑캐들은 모두 사납고 우락부락하여 다락에 올라온 것이 심히 후회가 되었다. 하지만 이미 술을 청한 터라 그냥 나갈 수도 없기에 할 수 없이 좋은 의자를 골라 앉았다.

중국에 조공하는 외국인들의 모습, 직공도職貢圖
중국 풍속화의 소재 가운데 하나인 '직공도'는 중국의 궁정에 조공하는 이민족들의 모습을 그린 것이다. '직공도' 중 가장 오래된 것은 남북조시대 양(梁)의 원제(元帝)가 아버지인 무제(武帝) 때의 조공을 묘사한 것이다(그림 맨위. 이 그림은 송대의 모사본이다). '직공도' 중 유명한 작품으로는 당대(唐代)의 화가 염립본(閻立本)의 것이 있다(그림 위에서 두번째 왼쪽). 이 그림은 외국 민족들이 당의 황제에게 기이한 물건을 조공하러 오는 광경을 그린 것이다. 위에서 두번째 오른쪽 그림은 원대(元代)의 임백온(任伯溫)이 그린 '직공도'이며, 바로 위 그림은 명대(明代) 구영(仇英)이 그린 것이다.

술집 심부름꾼이 와서 몇 냥어치 술을 마실지를 묻는다. 여기서는 술을 저울에
무게를 달아 판다. 나는 술 넉 냥을 따라 오라고 했다. 심부름꾼이 가서 술을
데우려 하기에 기세 좋게 외쳤다.

"어이! 데우지 말고 찬 술 그대로 달아 와!"

심부름꾼이 웃으면서 술을 따라 가지고 오더니 작은 잔 둘을 탁자 위에 먼저
벌여 놓는다. 나는 담뱃대로 그 잔을 확 쓸어 엎어 버렸다.

"큰 술잔으로 가져 와!"

그러고는 큰 잔에다 술을 몽땅 따른 뒤, 단번에 주욱 들이켰다. 오랑캐들이 모두
눈이 휘둥그레진다. 호오~ 탄식하는 소리가 들리는 듯하다. 기가 꺾인 기색이
역력하다. 중국은 술 마시는 법이 점잖아서 한여름에도 반드시 데워 마신다.
심지어 소주까지도 데워 마신다. 거기다 술잔은 콩알만 하다. 한데도, 잔을 이에
대고 홀짝홀짝 마신다. 단번에 털어 넣는 법이 절대 없다. 다른 오랑캐들 역시
술 마시는 법이 대개 이런 식이다. 큰 잔으로 마시거나 한꺼번에 주욱 들이키는
풍속 같은 건 일체 없다. 그러니 내가 넉 냥이나 되는 찬 술을 단숨에 들이켜는
걸 보고 얼마나 놀랐겠는가.

하지만 이건 어디까지나 저들을 겁주기 위해 부러 대담한 척한 것일 뿐이다.
솔직히 이건 겁쟁이가 호기를 부린 짓이지 용기있는 행동은 아니다. 내가 찬술을
따라 오라고 했을 때 여러 오랑캐들의 눈이 휘둥그레졌고, 단숨에 주욱 들이켜는
걸 보고는 거의 기절 직전이었다. 겁먹은 기색이 역력했다. 기선 제압에 성공한
셈이었다. 그러고선 엽전 여덟 푼을 꺼내어 술값을 치르고는 여유 있게 몸을
일으키려는데, 아뿔사! 오랑캐들이 모두 의자에서 내려 머리를 조아리며 다시
자리에 앉기를 청하는 게 아닌가. 그 중 한 놈이 제 자리를 비우고는 나를 붙들어
앉힌다. 딴엔 호의를 베푼 것이다. 순간 내 등에서 식은땀이 흘렀다.

순간, 하나의 장면이 떠올랐다. 어린 시절, 하인들이 끼리끼리 모여서 술 마시는

걸 본 적이 있었다. 그때 주령酒令가운데 이런 게 있었다.
"평소 대문 앞을 지나치면서도 집이라곤 들어가 본
적이 없는데, 나이 일흔에 득남하고 보니 등에서 진땀이
흐르네."[1]
내 성미가 본디 웃음을 참지 못하는 터라, 그걸 보고는
사흘간이나 허리가 시큰거릴 정도로 웃어 댔다. 오늘 아침
만 리 변방에서 예기치 않게 뭇오랑캐들과 더불어 술을
마시게 되니 만약 주령을 세운다면 마땅히 '[술김에 호기를
부리다] 등에서 진땀이 흘러내리네'라고 해야 할 것이다.
이런 나의 속도 모르고, 한 오랑캐가 술 석 잔을 부어
놓고는 탁자를 두드리면서 마시기를 권한다. 나는 벌떡
일어나 사발에 남은 차를 난간 밖으로 휙 내버린 다음,
거기다 석 잔을 한꺼번에 다 부어 단숨에 쭈욱 들이켰다.
잔을 내려놓자마자 즉시 몸을 돌려 한 번 읍한 뒤 큰
걸음으로 후다닥 충계를 내려왔다. 머리끝이 쭈뼛하여
누군가 뒤에서 쫓아오는 것만 같았다.
나는 황급히 한참을 걸어 큰길까지 나와서야 비로소 크게
한숨을 내쉬었다. 다락 위를 쳐다보니, 웃고 지껄이는
소리가 왁자했다. 아마도 나에 대해 떠들어 대는 모양이다.
태학관으로 돌아왔으나 끼니때가 아직 멀었기에
윤가전에게 들렀더니, 조정에 나가고 없었다. 그래서
기풍액에게 갔더니, 그 또한 숙소에 없었다. 다시 왕민호를
찾아갔더니 그가 「구정시집서」毬亭詩集序를 내어 보인다.
문장이 그다지 좋지도 않을뿐더러 시종일관 강희 황제와

지금 황제의 성덕과 대업을 요·순처럼 높인 것이 지나치게 번다하였다. 다
읽기도 전에 창대가 와서 "아까 황제께서 사신을 부르시더니 활불을 접견하라
하셨습니다요" 한다.

숙소로 돌아와 서둘러 밥을 먹고는 의주 비장과 함께 사신 일행을 뒤쫓아
대궐로 걸어 들어갔으나, 사신은 이미 반선의 처소로 가고 없었다. 곧장 궐문을
나오는데, 마침 황제의 여섯째 아들이 문에 이르러 막 말에서 내리고 있었다.
말은 문 밖에 매어 두고, 시종들에 둘러싸여 바쁜 걸음으로 들어간다. 어제는
말을 탄 채 그대로 들어가더니 오늘은 말에서 내려 걸어 들어가니, 어찌된
영문인지 모르겠다.

궁성을 끼고 왼편으로 돌아드니 서북쪽 일대의 궁궐과 사찰들이 면면이 눈에
들어온다. 거기에는 4~5층짜리 누각도 있다. 이는 "상강에 배를 타고 굽이굽이
돌아들 제, 형산 아홉 봉우리 그 얼굴 다 뵈누나" 했던 것과 같은 경지였다.
숙위하던 장정들이 모두 나와서 구경하다가 내가 혼자 방황하는 것을 보고는
서로 다투어 멀리 서북쪽을 가리킨다. 강을 끼고 가노라니, 물가에 흰 군막이
수천 개나 있는데, 모두 군역 중인 몽고병이었다. 또 북녘으로 눈을 돌려 멀리

하늘가를 바라본즉, 두 눈이 별안간 아찔해진다. 반공반공중으로, 땅에서 그리 높지 않은
허공에 솟은 황금 궁궐이 아스라이 눈에 들어와, 번쩍번쩍 빛을 내뿜은 탓이다.
강에는 거의 1리나 되는 다리가 놓여 있다. 다리 난간을 꾸민 단청과, 그 위에
앉거나 지나가는 사람들의 모습이 한 폭의 그림 같았다. 다리를 건너려는데
모랫가에 있던 사람이 급히 다가오며 손을 휘젓는다. 건너지 말라는 뜻인
듯했다. 마음이 몹시 바빠 말을 자꾸 채찍질하는데도 도리어 더딘 것 같아 말을
두고 강을 따라 올라갔다. 돌다리 위에 조선 사람들이 많이 오가는 모습이
보였다. 문에 들어서니 기암괴석이 층층이 계단을 이루었다. 솜씨가 어찌나
교묘한지 귀신의 손에서 나온 듯했다. 마침내 사신 일행을 만났다.
"대궐에서 바로 오는 바람에 미처 알리지 못했지 뭔가. 이제라도 왔으니
다행일세."
모두들 나더러 구경벽癖이 심하다고 놀려 댄다.
연경의 숲에서도 초록이니 다홍이니 자주니 파랑이니 하는 색색 빛깔 기와로
이은 집을 본 적이 있다. 정각누閣 꼭대기에 금빛 호로병을 세운 경우를 더러
보기는 했으나, 지붕 위에 금 기와를 올린 건 보지 못했다. 지금 이 궁전을 덮은

황금 누각

태
학
유
관
록

기와가 순금인지 도금인지는 알 수 없다. 2층 대전이 둘,
누각이 하나, 문이 셋이다. 그 나머지 전각은 형형색색의
유리 기와를 했다. 그럼에도 황금 기와에 그 찬란함을
빼앗겨 보잘것없어 보였다. 동작대銅雀臺의 기와는 가끔
캐어서 묵은 벼루로 쓰지만 이는 가마에 구운 것이요,
유리가 아니었다.

유리 기와는 언제부터 시작된 것인지 모르겠다. 옛시인이
"옥섬돌에 금지붕이여" 하던 것이 정말 오늘날 보는 것과
같은 것인지는 알 수 없다. 역사책에 기록된 것으로는,
한나라 성제가 사랑하는 소의, 곧 조비연 자매[2]를 위하여
집을 지을 제 그 체砌를 모두 구리로 싸고 황금을 입혔다고
한다. 그에 대해서는 안사고가 이렇게 주를 달았다. "'체'란
문지방이니, 구리로 그 위를 싸고, 또 금을 입혔다."
또 사전에서 "바람벽 가운데 가끔 황금 항缸을 해 박고,
남전산에서 나는 옥과 진주와 비취의 날개로 장식하였다"
했는데, 복건이 이르기를 "'항'이란 벽 가운데 가로지르는
것이다" 하였고, 진작은 "금환金環으로 꾸민 것이다" 하였다.
반고[3] 같은 역사가는 황금이란 글자를 어찌나 여러 번
되풀이했는지, 천 년 뒤에도 책을 펼치면 오히려 눈이
부시고 휘황할 지경이다. 그러나 이들은 고작 벽이나
문지방에 금칠한 정도만을 보고 그처럼 과장했을 뿐이다.
만약 조비련 자매에게 이 전각을 보였다면 분명 앙탈을
하며 침대에 쓰러져 울면서 끼니를 걸렀을 것이다. 그리고
설사 성제가 그 앙탈을 들어주고 싶다 해도 당시의

2.
조비연趙飛燕 **자매**
한나라 최고의
미녀들. 조비연은
한나라 성제(成帝)의
후비로, 원래 이름은
조의주(趙宜主)였으나,
나는 제비처럼 춤을 잘
추어 '비연'(飛燕)이라
불리게 되었다. 사람의
손바닥 위에서 춤을
출 정도로 가벼웠다고
한다. 조비연의 여동생
합덕(合德) 또한 조비연
못지않은 미녀로 성제의
총애를 받았다.

3.
반고班固
반고는 후한 초기의
역사가로, 『사기』를
지은 사마천과 종종
비교가 되어 왔다.
20여 년에 걸쳐 기전체
역사서인 『한서』(漢書)를
집필하였다. 이 과정에서
국사(國史)를 함부로
개작한다는 이유로 옥에
갇히기도 하였다.

4.
『주역』「계사전」에 '글이란 하고 싶은 말을 다 나타내지 못하고, 말이란 원래의 생각을 모두 나타내지 못한다'라는 문장이 보인다. 멋진 광경을 글로는 다 표현해 낼 수 없다는 것을 강조하기 위해 주역의 '말로 생각을 모두 나타낼 수 없다'(言不盡意)를 '그림으로 뜻을 다할 수 없다'(圖不盡意)로 바꾼 것이 아닌가 한다.

명신들은 모두 선비 출신들인지라 반드시 옛 경서를 끌어대며 결사 반대했을 것이니, 성제의 역량으로도 어찌할 수 없었으리라.

설혹 그 자매의 뜻대로 되었다 하더라도 반고의 필력으로 과연 이를 어떻게 포장했을지 모를 일이다. "금으로 된 궁전이 어리어리하구나" 하고 금방 지워 버렸을 것이요, 또 "금으로 된 대궐이 하늘 높이 솟았구나" 하고 한번 읊어 본 뒤, 바로 지워 버렸을 것이다. "2층 대궐을 세우고 기와에 황금을 칠했다" 거나 아니면, "임금께서 황금전을 세우셨네" 하였을까. 비록 그가 양한 시대의 대문호라고 하지만 제대로 다 표현해 낼 도리가 없었을지니, 이는 천고의 작가가 남긴 한恨이 아닐 수 없겠다.

예컨대, 궁실을 아무리 잘 그린다 해도 궁실에는 사면이 있고 안팎이 있으며 또 덧놓이고 겹친 곳도 없지 않다. 비록 서양의 그림이 제아무리 교묘하다 한들 다만 한 면만을 그렸으니 남은 세 면은 그릴 수 없을 것이요, 밖은 그려도 속은 그릴 수 없는 것이다. 복전複殿 · 첩사疊榭와 회랑回廊 · 중각重閣은 단지 그 날아갈 듯한 처마와 아련한 대마루를 모사했을 뿐이요, 그 파고 새김이 섬세하여 털끝 같으니, 그림으로는 다 표현해 낼 수가 없다. 이는 곧 천고의 화가가 남긴 한이리라. 그러므로 우리 공부자께서 이미 "글월은 말을 다 전달할 수 없고, 그림은 뜻을 다 표현할 수 없다"[4]고 탄식하셨던 것이다.

천하에 사찰과 도관이 수없이 많건만, 금을 입힌 것은

다만 산서성에 있는 오대산의 금각사뿐이다. 당 대종代宗 대력大曆 2년767년에

왕진王縉이 정승이 되자, 오대산의 중 수십 명을 사방에 보내 시주를 모아 이

절을 짓게 하였다. 구리쇠로 기와를 굽고 금을 입히느라 비용이 수만금이나

들었다는데, 아직도 남아 있다고 한다. 지금 이 기와 역시 구리쇠로 굽고 금을

씌웠을 것이다.

내가 요양의 거리에서 잠시 쉴 때였다. 모두들 앞다투어 내게 황금을 가지고

왔는지를 물었다. 금은 조선의 토산품이 아니라고 말해 주었더니, 다들

비웃었다. 심양·산해관·영평·통주를 지나칠 때에도 금을 묻지 않는 이가

없었다. 내가 늘상 똑같이 대답하면, 그들은 제 모자 꼭대기를 가리키면서, 그게

바로 조선 금이라고들 했다.

연암협에 있는 우리집이 송도에 가까워서 가끔 그곳에 드나들곤 했었다. 송도는

연경에 드나드는 장사치들의 거점이었다. 해마다 칠팔월서부터 시월까지 금값이

폭등하여 한 푼중에 엽전으로 마흔다섯 닢, 또는 쉰 닢씩 하지만 조선에서는

금을 쓸 곳이 별로 많지 않다. 문무 이품二品 이상의 금관자나 금띠만 해도

수요가 그다지 많지 않을뿐더러, 그마저도 흔히들 서로 빌려쓰곤 한다. 또

시집가는 색시의 가락지나 머리꽂이도 그리 많지 않다. 그러다 보니 금은 그

가치가 흙이나 별 차이가 없거늘, 이곳에서 금이 이토록 귀하게 취급되는 건

어인 까닭일까.

압록강을 건너기 전, 박천博川 땅에 이르러 길 옆에 말을 세우고 버드나무 밑에서

땀을 훔치고 있을 때였다. 한 떼거리의 사람들이 남부여대男負女戴 남자는 등에, 여자는

머리에 짐을 인다는 뜻으로 사람들이 살 곳을 찾아 떠돌아다닌다는 말를 하고 어디론가 가고 있었다.

모두 8~9세 되는 사내와 계집아이들을 데리고 가는 품이 마치 흉년에 정처 없이

떠돌면서 빌어먹느라 유리걸식流離乞食을 하는 것 같았다. 내 이를 이상히 여겨서

어디로 가느냐고 물었더니, 성천 금광으로 가는 중이라 한다. 손에 든 기구를

살펴보니 나무 바가지 하나, 포대 하나, 끌 하나뿐이다. 끌로 흙을 파낸 다음, 포대에 담아서 바가지로 이는 것이다. 온종일 흙 한 포대만 파내면 별로 애쓰지 않고도 먹고 살 수 있단다. 조그만 계집아이들이 흙을 잘 파기도 하려니와, 원체 눈이 밝아서 금을 잘 찾아낸다고 하기에 하루 종일 일을 하면 금을 얼마나 얻느냐고 물었다.

"그건 운에 달렸지요. 하루에 여남은 알을 얻는 때도 있고요. 운이 없으면 서너 알에 그치기도 하죠 뭐. 운수대통하면 단박에 부자가 되기도 하구요."

"그럼, 그 알 모양은 얼마만 한고?"

"거의 낟알만 합지요."

금을 캐는 것이 농사짓는 것보다 이익이 낫다 한다. 한 사람이 하루에 얻는 금이 적어도 예닐곱 푼쭝은 되기 때문이다. 그걸 돈으로 바꾸면 두세 냥이나 된다. 그러다 보니 농장을 떠나 여기로 모여드는 농사꾼들뿐 아니라, 사방의 건달패와 놈팽이들까지 가세하여 절로 부락을 이뤄 무려 십여만 명이 들끓게 되었다. 아울러 쌀이며 술과 밥, 떡과 엿 같은 것을 파는 장사치들이 산골에 그득하다 하는데, 나는 도무지 알지 못하겠노라. 그 많은 금들이 대체 어디로 가는지, 또 금을 그렇게 많이 캐내는데도 금값이 더욱 오르는 건 어인 연유인지. 일이 그러하니, 내 어찌 이 기와에 물들인 것이 우리나라 금인지 아닌지까지 알 수 있으랴.

청나라 초기에 새해에 진상하는 예물 목록에서 가장 먼저

걸인들 모습

금을 면제해 준 것은 금이 조선의 토산품이 아니라고
간주해서였다. 이제 만일 간교한 장사꾼들이 법을 어기고
이를 몰래 팔다가 혹시라도 청의 조정에 알려지게 되면
단단히 사단이 날지도 모른다. 더욱이, 황제가 이미
황금으로 지붕을 칠했으니 조선에도 금광을 개발할까
겁난다.

대臺 위 작은 전각문의 창호지는 모두 우리나라 종이로
도배하였다. 창틈으로 들여다보니 안이 텅 비어 있다.
의자·탁자·향로·화병 등이 모두 운치 있어 보인다.
하인들을 문 밖에 남겨 두고는 절대 함부로 들어오지
말라고 엄명했건만, 어찌된 일인지 조금 뒤에 다들 기어
올라왔다. 역관과 통관들이 크게 꾸짖자, 이렇게 말했다.
"아이쿠. 쇤네들이 감히 함부로 들어왔겠습니까요?
저희들이 못 들어갈까봐 문지기가 손수 안내해 주기에
이렇게 올라온 겁니다요."

여기에 대한 것으로는 따로 적어 「찰십륜포」에 엮어 두었다.
정사가 말하기를, 아침에 황제가 음식을 내려준 뒤 조금
지나서 궐에 오라는 명령이 떨어졌다고 한다.

통관의 인도로 사신 일행이 정문 앞에 이르렀다. 동쪽
협문에 시종하는 여러 신하들이 서거나 혹은 앉아 있었다.
상서 덕보와 낭중 몇 사람이 와서 사신의 출입을 주선하는
절차를 지시하고 갔다. 곧 군기대신이 황제의 뜻을 받들어
"그대의 나라에도 사찰이 있으며, 관제묘도 있는가?"
묻고는, 곧이어 황제가 정문으로 나와 문 안의 벽돌을 깔아

승덕(열하)에 있는 관제묘
관우를 모신 사당인
관제묘는 복과 재물을
비는 도교의 사원 역할을
한다. 이 관제묘는 지금도
피서산장 정문 옆쪽에
자리하고 있다.

놓은 자리에 앉았다. 의자와 탁자도 내오지 않고, 다만 평상에 누런 보료를 깔았을 뿐이다. 좌우의 시위는 모두 누런 옷을 입었는데, 그 중에서 칼을 찬 자는 서너 쌍, 누런 일산을 받들고 선 자는 두 쌍이다. 모두들 엄숙한 표정이다. 먼저 회회국[回回國 이슬람 국가]의 태자가 앞으로 나아가 몇 마디 아뢰고는 곧 물러 나왔다. 이어서 사신과 세 통관을 나오라 하매, 모두 나아가 무릎을 꿇었다. 무릎이 땅에 닿을 뿐, 뒤를 붙이고 앉지는 않았다. 황제가 물었다.

"국왕께선 평안하신가?"

"평안하옵니다."

"만주말을 할 줄 아는가?"

"약간 아옵니다."

상통사 윤갑종이 만주말로 이렇게 대답했다. 그러자 황제가 좌우를 돌아보며 환하게 웃었다. 황제는 모난 얼굴에 희맑고도 약간 누런 빛을 띠었으며, 수염은 반쯤 희었다. 황제는 제 나이보다 한 십 년은 젊어 보여 기껏해야 예순가량 되어 보였다. 얼굴이 뽀얀 것이 춘풍화기[春風和氣 봄바람과 같은 온화한 기운]를 지녔다.

사신이 반열로 물러서자 무사 예닐곱이 차례로 들어와 활을 쏜다. 살 하나를 쏘고는 반드시 꿇어앉아서 고함을 친다. 과녁을 맞힌 자가 두 명이다. 과녁은 풀로 엮어 놓은 우리나라의 것과 흡사하고, 한복판에는 짐승 한 마리를 그려 놓았다. 활쏘기가 끝나자 황제가 곧 돌아갔다. 사신 역시 물러나왔다. 문 하나를 채 나오기도 전에 군기대신이 와서 황제의 전갈을 내린다.

"사신은 곧장 찰십륜포['대승大僧이 살고 있는 곳'이라는 뜻의

달라이라마 은상

티베트 말로 가서 반선 액이덕니額爾德尼를 접견하라."

옛 기록 살펴보건대, 서번은 저 멀리 사천·운남의 밖에 있는 서장의 땅으로, 당나라 때는 토번이라 불렸다. 반선이란 서번 말로는 빛 혹은 지혜라는 뜻이다. 강희 59년1720년에 책망아라포원策妄阿喇布坦 몽고 서부에 있던 오이라트족의 장수이 납장한拉藏汗을 유인하여 죽인 다음 그 성지를 점령하여 묘당을 헐어 버리고 번승의 지위를 박탈하였다. 대신 도통 연신을 평역장군으로, 갈이필을 정서장군으로 삼고는 새로 봉한 달라이라마를 보내어 서장 일대에 황교를 진흥시켰다 한다. 이 황교라마교의 별칭라는 것이 무슨 도인 줄은 모르겠으나 몽고의 여러 부족이 숭배하는 교임에는 틀림없다. 서장이 혹 침략의 조짐을 보이면 강희 황제 때부터 친히 황제의 군사인 육군六軍을 거느리고 영하 지역까지 장수를 보내 동란을 진정시킨 적이 한두 번이 아니었다. 건륭 을미년1775년에도 토사土司 원나라 이후 서남 지방에 둔 벼슬로, 회유책으로 그 지역 추장을 주로 임명함 삭락목索諾木이 사천 서북쪽 금천金川에서 반기를 들었을 때 서장 길이 막히는 걸 두려워한 황제가 아극돈의 아들 아계를 정서장군으로, 풍승액·명량을 부장으로, 해란찰·서상을 참찬으로, 복강안·규림 등을 영대로 삼아 군사를 이끌고 가서 평정한 적이 있다.

서장의 땅은 황제가 친히 보호하는 곳이요, 그 법왕은 천자가 스승으로 섬기는 바이다. 또 황黃을 그 교의 이름으로 지은 걸로 보아 황제黃帝와 노자의 도를 숭배함이 아닌가 싶다. 서장 사람들의 옷과 갓은 모두 누렇고, 몽고인들 역시도 이를 본받아서 누런빛을 숭상한다. 그토록 괴팍한 황제가 어찌 황화요만은 꺼리지 않는지 참으로 궁금하다.

액이덕니는 서번의 승려의 이름이 아니라, 서번의 땅 이름이다. 땅 이름으로 별호를 삼으니, 괴이하고도 황당하여 그 요령을 얻기 어렵다. 사신은 비록 억지로 나아가 반선을 보았으나 마음속으로는 불평이 이만저만이 아니었으며,

당번 역관들은 오히려 일이 날까 전전긍긍하며 어물쩍 넘어간 것을 다행으로 알았고, 하인들은 모두 속으로 번승과 황제를 욕하고 비방하였다. 이로 보건대, 만국의 공통된 군주로서 한 가지의 거조擧措 말이나 행동을 하는 태도, 혹은 어떤 일을 꾸미거나 처리하기 위한 조치라도 삼가지 않을 수 없음을 알 수 있겠다.

태학에 돌아오니, 중국의 사대부들은 모두 내가 반선을 만나 본 것을 대단한 영광으로 생각하였다. 특히 그 도술의 신통함을 칭찬해 마지않았으니, 시세에 영합하는 풍조가 이런 수준이었다. 대개 예로부터 세도의 부침이나 인심의 선악이 하나같이 위로부터 이끌어지지 않는 바가 없었다.

학성의 집에서 술을 마셨는데 이날 밤, 달이 유난히 밝았다. 서로 주고받은 이야기는 「황교문답」黃教問答에 싣는다.

외팔묘外八廟

피서산장이 건립된 이후, 강희제와 건륭제는 동쪽과 북쪽 산기슭에 라마교 사찰 12개소를 창건한다. 부인사博仁寺, 부선사博善寺, 보녕사普寧寺, 보우사普佑寺, 안원묘安遠廟, 보락사普樂寺, 보타종승지묘普陀宗乘之廟, 광안사廣安寺, 수상사殊像寺, 나한당羅漢堂, 수미복수지묘須彌福壽之廟, 광연사廣緣寺 등이 그것이다. 조정에서는 이들 가운데 여덟 곳에 공식적으로 라마승을 파견하고 급료를 지급하였는데, 이들을 구외팔묘口外八廟 또는 외팔묘라고 한다. 후에는 피서산장 주변의 모든 사찰을 '외팔묘'라고 부르게 되었다. 현재는 부인사, 보녕사, 안원묘, 보락사, 보타종승지묘, 수미복수지묘, 수상사 등 일곱 군데만이 남아 있다. 이 사원들은 피서산장을 중심으로 배치되어 있어서, 마치 여러 별들이 달을 둘러싸고 빛나는 것처럼 느껴진다. 사원 건물들은 대부분 한족, 몽고, 티베트 등 여러 민족들의 건축 양식이 조화를 이루고 있다. 또한 만주어, 중국어, 몽고어, 티베트어로 쓴 황제의 비문이 각 사원 앞에 1기씩 서 있다.

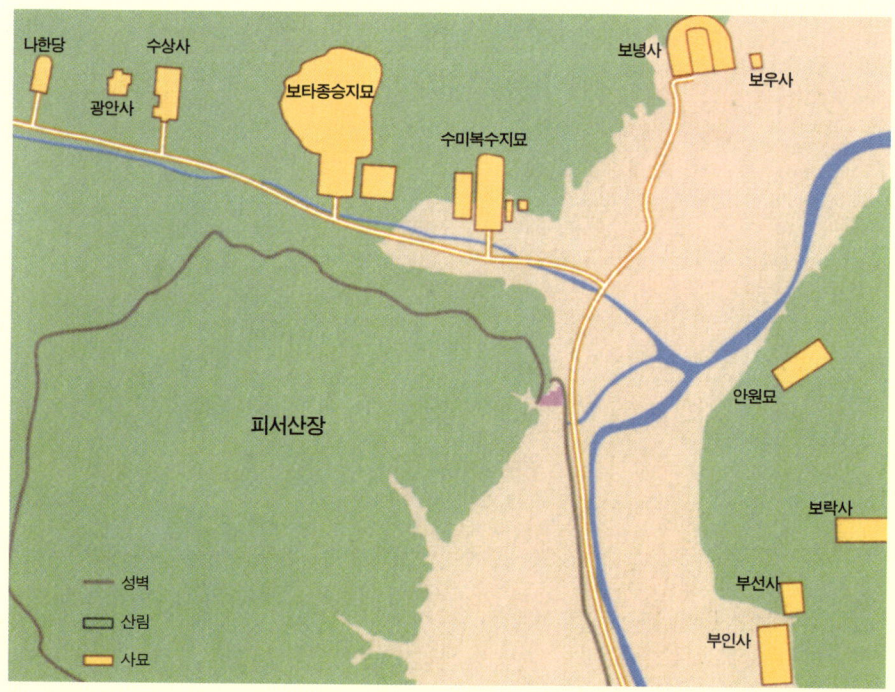

외팔묘 위치

외팔묘 전경 그림

보타종승지묘

1767년(건륭 32년) 건립을 시작하여 건륭제가 60세
되던 1771년에 완공된 사묘로, 외팔묘 중에서는 규모가
가장 크다. 이 사묘는 기본적으로 티베트 라싸에 있는
포탈라궁의 축소판이라 해도 과언이 아닐 만큼 그대로
모방하여 건립하였다. 관세음보살이 살고 있다는
보타산을 사묘의 이름으로 내세운 것에서도 알 수
있듯이, 이 사묘는 살아 있는 관세음보살이라고 추앙
받는 달라이라마 8세에 대한 건륭제의 무한한 존경을
담은 곳이다. 아울러 티베트와 몽고를 비롯한 변방
지역이 자신에게 귀순해 오기를 기원하는 의미도 담고
있다. 40여 칸의 군루(群樓)가 회랑의 형태를 이루면서
3층 건물(밖에서 보면 마치 7층처럼 보이지만)을 형성하는
대홍대(大紅臺)는 아름답고 장엄하면서도 정교한
건축과 조각들로 빛난다. 건물 곳곳에는 건륭제의 친필
현판과 비석이 위치해 있으며, 특히 대홍대의 주건물인
'만법귀일전'(萬法歸一殿)은 화려함의 극치를 자랑한다. 그
건물의 지붕은 청동에 금박을 입한 것인데, 햇빛에 빛나는
금빛 찬란한 지붕은 멀리서도 볼 수 있을 정도다.

부인사

부선사와 함께 외팔묘 중에서 가장 오래된 건물이다. 두 절은 앞뒤로
나란히 지어졌기 때문에 부인사를 전사(前寺), 부선사를 후사(後寺)라
부르기도 한다. 1713년(강희 52년)에 강희제의 회갑을 축하하기
위해 방문한 몽골 귀족들이 황제를 위한 사찰 건립을 상소하였는데,
이를 계기로 강희제는 피서산장 주변에 부인사와 부선사 등의
사찰을 건립하기 시작하였다. 열하가 있는 승덕(承德) 한가운데를
흐르는 무열하의 동쪽에 위치한 이 절은, 한족의 전통적인 가람(伽藍)
배치와 양식에 따라 지어졌다. 가장 앞쪽에 산문(山門)을 시작으로
천왕전(天王殿), 주불전(主佛殿)과 후전(後殿)을 일직선으로 배치한
뒤, 양쪽으로 종루(鐘樓), 고루(鼓樓), 배전(配殿) 등의 건물과 많은
정원을 배치하였다. 부인사의 주건물인 자운보음전(慈雲普蔭殿)에는
가섭불, 석가모니, 미륵불 등 삼세불(三世佛)을 봉안하였다.

보락사

피서산장을 둘러보노라면 동쪽 방면으로 거대한 절굿공이처럼 우뚝 서 있는 바위가 보인다. 그 바위를
흔히 방추산(棒槌山) 또는 경추봉(磬錘峰)이라고 하는데, 보락사는 그 아래쪽에 있다. 보녕사와 안원묘 등이
건설됨으로써 변방의 여러 귀족들이 줄을 이어 귀순하였다. 이에 건륭제는 국사(國師)인 장가(章嘉)의 제안을
받아들여 절을 지었는데, 그것이 바로 보락사이다. 보녕사의 가람 배치를 그대로 이어받기는 했지만, 북경
천단(天壇)에 있는 기년전(祈年殿)과 비슷한 모습으로 지은 욱광각(旭光閣)이 절의 한가운데 위치해 있다. 높이
7미터, 길이 및 너비가 각각 30여 미터나 되는 장방형 석대 위에 둥근 겹처마와 황금빛 유리 기와를 얹은 2층
건물은 보기만 해도 장엄하다. 욱광각 안에는 나무로 만든 만다라 모형이 있는데, 현재 중국에서 가장 크다고
한다. 정중앙에는 남녀가 포옹한 모습의 상락왕불(上樂王佛)이 모셔 있는데, 이 부처는 지혜를 상징한다. 욱광각
천정의 용 문양은 조각이 섬세하고 아름다운 것으로도 정평이 나 있다.

보녕사

1755년(건륭 20년)에 착공하여 1759년(건륭 24년)에
완공된 사묘이다. 이 사묘는 건륭제 시기 피서산장 밖에
세운 최초의 사찰인데, 중가르 부족의 달와제 반란세력을
평정한 기념으로 건립된 것이다. 절의 앞쪽은 전형적인
중국식 가람 배치를 따르고 있지만, 대웅보전을 중심으로
그 뒤쪽으로는 티베트의 양식을 따르고 있다. 절 안에는
세계 최대의 목조 관세음보살상을 봉안하고 있기 때문에
흔히 '대불사'(大佛寺)로 불리기도 한다. 이곳에 봉안되어
있다는 목조보살상은 천수천안관세음보살상으로, 높이
22.28미터, 허리 둘레 15미터, 무게 110톤이나 된다.

찰십륜포 札什倫布

찰십륜포란 서번 말로 '대승이 거처하는 곳'이란 뜻이다.
피서산장에서 궁성을 돌아 오른쪽으로 봉추산을 바라보면서
북쪽으로 십여 리쯤 가면 열하가 나온다. 그 너머에 산을 기대어
동산을 만들었는데, 언덕을 뚫고 산모롱이를 끊어 버려서 산이
뼈대만 드러내고 서 있다. 언덕이 갈라지고 암벽이 깎이면서 바윗돌이
제멋대로 굴러 마치 신선들이 산다는 십주삼산十洲三山 신선이 살고 있다는
열 군데의 섬과 세 군데의 산의 형상처럼 되었다. 짐승이 입을 벌리고 새가
날개를 펼친 듯, 구름이 흩어지고 우레가 터지는 듯하다. 공중에는
다섯 개의 다리가 놓여 있으며, 다리에서 길을 내어 층계를 만들었고,

봉추산

수미복수지묘(찰십륜포묘)
 피서산장 북쪽 담벽에 올라 맞은편 산기슭을 바라보면 보타종승지묘가 보이고, 그 오른쪽으로 수미복수지묘가
보인다. 이 사묘는 1780년(건륭 45년), 당시 티베트에서 건륭제의 70세 생일을 맞아 피서산장을 방문한 판첸라마
6세를 위해서 지은 건물이다. 당시 판첸라마 6세는 티베트에서 이곳까지 걸어서 왔다고 한다. 판첸은 이곳에서
불경을 강의하기도 했는데, 건륭제는 이곳까지 찾아와서 향불을 올리거나 판첸과 함께 앉아 불경을 암송하거나 불교
의식을 관람하기도 했다. 이 때문에 이 건물을 반선행궁(班禪行宮)이라고도 하고, 찰십륜포묘(札什倫布廟)라고도 한다.
티베트의 시카체를 모방한 이 사묘는, 석가모니불을 정중앙에 모시고 주변에는 판첸라마 6세가 집정하던 보좌 등이
배치되어 있다. 사묘 가장 뒤쪽 높은 곳에는 8각 7층의 만수유리탑(萬壽琉璃塔)이 우뚝 서 있다.

황금 기와

평평한 곳에는 용과 봉이 새겨져 있다. 길을 따라 흰 돌로 된 난간이 구부러지고 휘어져 문에까지 이어져 있다. 두 개의 각문이 있는데 모두 몽고 군사가 지키고 있었다. 안으로 들어서니 땅에는 벽돌을 깔아 층계로 세 개의 길을 만들어 놓았다. 흰 돌로 된 난간에는 모두 구름과 용이 새겨져 있고, 세 갈래로 나뉘어진 길은 끝에 이르러 다시 하나로 합쳐졌다. 다리에는 다섯 개의 구멍이 있고 대의 높이는 다섯 길이나 된다. 무늬 있는 돌로 난간을 둘렀는데, 돌마다 해마나 기린 같은 짐승들을 새겨 놓았다. 비늘과 뿔과 갈기와 발굽들은 모두 돌의 빛깔에 맞추어 색깔을 입혔다. 대 위에는 전각 둘이 있는데 전각은 모두 겹처마에 황금 기와를 이었다. 집 위에는 황금으로 된 용 여섯 마리가 날아오를 듯 꿈틀거리고 있다. 둥근 정자와 휘늘어진 집, 겹으로 된 다락과 포개진 전각, 드높은 누각과 층층이 이어진 행랑들은 모두 푸른빛·초록빛·자줏빛·남빛의 유리 기와로 뒤덮여 있다. 억만금의 비용이 들었음에 분명했다. 화려한 채색은 신기루를 능가하고, 아로새긴 솜씨는 귀신도 부끄러워할 만하다. 텅비고 신묘하여 천둥이 몰아칠 듯하고, 그윽하기는 새벽기운 같았다. 라마 수천 명이 모두 붉은 선의禪衣를 끌면서 누런 좌계관左髻冠 머리를 왼쪽으로 묶은 관을 쓰고 팔뚝을 내놓은 채, 문이 미어지도록 몰려들어 왔다. 다들 맨발 차림에 얼굴은 칼로 깎아 놓은 듯 각이 져 있다. 검붉은 안색에 코는 크고 눈은 움푹 들어갔으며, 넓적한 턱에다 곱슬곱슬한 수염이 달려 있다. 손과 발에 모두 고리 모양의 띠를 했고, 금으로 된 귀고리를 달고 팔뚝에는 용 무늬를 그려 넣었다. 전각 속 북쪽 벽 아래에 침향으로 연꽃 탁자를 만들어 놓았다. 높이는 어깨에 닿을 정도다. 반선은 가부좌를 틀고 남쪽을 향해 앉아 있었다. 황금빛 우단으로 된 관을 썼는데 말갈기 같은 털이 달려 있었고 생김새는 가죽신 모양으로 높이가 두 자 남짓이나 되었다. 금으로 짠 선의는 민소매에 왼쪽 어깨를 거쳐 온몸을 감쌌다. 오른편 옷깃 겨드랑이 밑으로 팔뚝을 드러냈는데 굵기는 허벅지만 하고 역시

기와를 장식하고 있는 황금 용

263

금빛이었다. 얼굴빛은 누렇고 둘레가 예닐곱 뼘이나 되어 보였다. 수염이 난 흔적은 전혀 없고, 코는 쏠개를 달아맨 것 같았다. 눈썹은 두어 치나 되고 흰 눈동자가 겹쳐 있어 몹시 음침하고 어두워 보였다.

왼쪽에는 나지막한 상 두 개가 있어 몽고왕 둘이 무릎을 맞대고 앉아 있다. 얼굴이 모두 검붉은 빛이다. 한 명은 뾰족한 코에 이마는 드높고 수염이 없었고, 다른 한 명은 얼굴은 깎아 놓은 듯한데 올챙이 수염이 났고, 누런 옷을 입고 있었다. 서로 마주 보며 중얼거리다가 다시 머리를 들고 뭔가를 듣는 듯했다. 라마 두 명이 오른편에서 모시고 섰고 군기대신은 라마의 밑에 서 있다. 황제를 모실 때는 누런 옷을 입고, 반선을 모실 때는 라마의 옷으로 바꾸어 입었다. 조금 전에 황금 기와가 햇빛에 번쩍이는 것을 보다가 전각 속에 들어가니, 전각 안이 침침한 데다 그가 입은 옷이 모두 황금 비단으로 짠 것이라 피부색까지 노랗게 비쳐 마치 황달병에 걸린 사람 같았다. 몸 전체가 온통 황금빛에 감싸여 꿈틀꿈틀한다. 살은 많고 뼈는 적어서 맑고 영특한 기운은 찾을 길이 없다. 우람한 덩치로 방을 가득 채우고 있긴 하나 도무지 위엄이라곤 찾아보기 어렵다. 몽롱하기가 마치 「수신해약도」水神海若圖를 보는 듯했다.

황제가 내무관을 시켜서 옥색 비단 한 필을 들고 가 반선에게 바치게 했다. 내무관이 손수 비단을 세 등분하여 사신에게 나누어 주었다. 라마교에서 예물로 쓰는 비단인 '합달'哈達이 바로 이것이다. 반선 최초의 전생은 파사팔巴思八이다. 파사팔은 토파의 한 여인이 낳았다고 한다. 하루는 그 여인이 새벽에 물을 긷다가 웬 수건이 물 위에 떠 있는 것을 보고 무심결에 주워 허리에 둘렀는데 잠시 후 그 수건이 점점 기름처럼 엉기더니 이상한 향기가 났다. 먹어 보니 감미롭기 그지없으면서 마치 사내와 접촉하는 것 같은 느낌이 들었고, 마침내 파사팔을 낳았다고 한다.

파사팔은 나면서부터 신령스럽기 이를 데 없었다. 원나라 세조가 사막에 있을 때였다. 파사팔이 어려서부터 『능가경』을 비롯하여 불경을 1만 권이나 왼다는 소문을 듣고, 사신을 보내어 맞아 오게 하였다. 만나 보니 과연 지혜롭고 명랑하며 몸 전체가 향기로 가득 차 있는 데다 걸음걸이는 천상의 존재인 듯하고 목소리는 율려에 꼭 맞는지라, 황제가 마치 여래를 본 듯이 기뻐했다. 황제께서 음을 맞춰 몽고의 새 글자를 만들어 천하에 반포하는 한편, 그에게는 대보법왕이란 호를 하사하였다. 법왕이라는 명칭은 이로부터 비롯되었다 한다.

아무튼 이런 연유로 반선을 친견하는 자는 반드시 수건을 바치는 것이 관습이 되었다. 황제 역시 반선을 친견할 때마다 누런 수건을 바친다고 한다. 군기대신이 말하기를, 황제도 머리를 조아리고 황제의 여섯째 아들도 머리를 조아리며 부마도 머리를 조아리는 마당에 조선 사신도 머리를 조아려 절을 올리는 게 마땅하다고 했다. 사신은 이 문제 때문에 이미 아침에 예부와 한바탕 다툰 바 있다.

"머리를 조아리는 예절은 천자의 처소에서나 하는 것인데, 어찌 천자에 대한 예절을 번승

원나라 세조
쿠빌라이(오른쪽)와
파사팔(왼쪽)의 만남

따위에게 쓸 수 있단 말이요?"

사신은 거세게 항의했지만, 예부에서도 뜻을 굽히지 않았다.

"황제 또한 스승의 예절로 대우할 뿐 아니라, 사신은 황제의 조칙을 받들고 온 마당에 같은 예로 처신해야 마땅하지 않겠는가."

사신 역시 막무가내였다. 마침내 상서 덕보가 화가 머리 꼭대기까지 올라 모자를 벗어 땅에 집어던지고는 캉 위로 쓰러지면서 언성을 높였다.

"시끄러. 빨리 가, 빨리 가란 말이야."

이렇게 한바탕 소동을 피운 다음, 결국 여기까지 오게 된 것이다. 제독이 사신을 인도하여 반선 앞에까지 이르렀다. 군기대신이 두 손으로 수건을 받들어 사신에게 넘겨준다. 사신은 수건을 받아서 머리 높이로 들어 반선에게 바쳤다. 반선은 꼼짝 않고 앉은 채로 이것을 받아 무릎 앞에 놓으니, 수건이 탁자 아래까지 휘늘어진다. 일행이 차례로 수건 바치기를 마친 다음, 반선은 그것을 다시 군기대신에게 넘겨준다. 군기대신은 수건을 받들고 오른편에서 모시고 섰다.

사신이 막 돌아서려 하자, 군기대신이 오림포에게 눈짓을 하였다.

사신에게 절을 하라는 신호를 보낸 것이다. 하지만 사신은 이를
알아차리지 못하고 머뭇머뭇 물러서더니 몽고왕의 아랫자리에
앉았다. 앉을 때는 허리를 조금 구부리고 소매를 대충 들어 올린
다음, 털썩 앉아 버렸다. 군기대신은 당혹해하는 기색이 역력했으나
이미 앉아 버린 뒤라 아예 못 본 체하였다. 이어서 제독이 반선에게
수건을 올리면서 공손하게 머리를 조아렸다. 오림포 이하 나머지
사람들 역시 마찬가지였다.

차를 몇 차례 돌린 뒤, 반선은 사신에게 직접 여기까지 온 이유를
물었다. 말소리가 전각 안을 울려 마치 항아리 안에서 소리를
지르는 것 같았다. 미소를 띠면서 머리를 숙여 좌우편을 두루
살펴보는데, 미간을 찡그린 채 눈동자가 반쯤 드러나도록 눈을
가늘게 뜨고 속으로 굴리는 품이 시력이 좋지 않은 것 같았다.
눈동자가 가늘고 몽롱해질수록, 맑은 기운은 더욱 없어 보였다.
라마의 말을 몽고왕에게 전하자, 몽고왕은 군기대신에게, 군기대신은
다시 오림포에게, 오림포는 또 우리 역관에게 전하니, 그야말로
오중五重 통역인 셈이다. 그 와중에 상판사 조달동이 일어나 팔뚝을
걷어붙이며 욕지거리를 해댄다.

"흥, 만고에 흉악한 작자로군. 어디 제명에 죽나 보자."
나는 민망하여 제발 그만두라고 눈짓을 했다. 그런 중에도 라마
수십 명이 붉고 푸른 갖가지 색깔의 모직과 붉은 보료, 서번의 향과

**청대에 만들어진
총카파상**

조그마한 황금 불상을 메고 와서 등급대로 선물을 나누어 준다.
그러자 군기대신은 받들고 있던 수건으로 불상을 싸서 사신에게
넘겼다. 사신은 일어서서 밖으로 나왔다. 군기대신은 반선이 하사한
물건들을 펼쳐 본 뒤, 황제께 아뢰기 위하여 말을 달려 갔다.
이윽고 사신 일행은 문을 나왔다. 한 50~60보쯤 가서 절벽을 등지고
소나무 그늘이 진 모래 위에 둘러 앉았다. 밥을 먹으면서 사신이
고심을 털어놓았다.
"우리들이 번승을 대하는 예절이 너무 거칠고 거만해서, 예부의
지도에 많이 어긋나고 말았어. 저이는 만승 천자의 스승인지라,
앞으로 우리에게 뭔가 불이익이 없을 수 없을 게야. 그가 하사한
선물을 거절하면 불경함이 가중될 터이고, 받자니 대의명분에
어긋나니, 장차 이를 어찌하면 좋을꼬?"
워낙 순식간에 일어난 일이라 받아야 할지 말아야 할지, 혹은
마땅한지 않은지를 따지고 말고 할 겨를이 없었다. 모두 황제의
조서에 매인 일인 데다 저들의 일처리는 마치 번갯불에 콩 볶듯,
별똥별이 떨어지듯 삽시간에 이루어진다. 그러니 우리 사신의 딱한
처지는 다만 흙으로 뭉치고 나무로 깎은 허수아비와 다를 바가 없다.
또 통역은 중역인 데다 전달하고 말고 할 틈도 없어 피차의 통역관이
귀머거리와 벙어리가 되어, 마치 허허벌판에서 졸지에 괴상망측한
귀신을 만난 꼴이 되고 말았다. 물론 사신은 교묘한 말솜씨와 느긋한
요령이 있긴 했지만 장황스레 늘어놓을 처지가 아니고, 저들 역시
그렇게 하지 못한 건 실로 정황이 그렇게 돌아갔던 탓이다. 사신은
일단 이렇게 결정을 내렸다.
"지금 우리가 머무르는 곳은 유학을 공부하는 태학관이라 불상을
가지고 들어갈 수가 없으니, 역관을 시켜 불상을 둘 곳을 찾아보게
하라."
이때 서번인, 한인 할 것 없이 구경꾼들이 담벼락 같이 빽빽하게 우리
주위를 둘러쌌다. 군뢰들이 몽둥이를 휘둘러 쫓았지만 흩어졌다가는
곧 다시 모여들곤 했다. 무심코 둘러보는데, 수정 구슬이 달린 모자를
쓰거나 푸른 깃을 꽂은 내신들이 뒤섞여서 몰래 염탐을 하고 있었다.
영돌이 큰 소리로 나를 불렀다.
"사신께서 언짢은 기색으로 오랫동안 잘잘못을 따지고 수군대는

것이 저들에게 공연히 의심을 산 게 아닐까요?"

아닌 게 아니라, 전에 황제의 조서를 전하던 소림이란 자가 내 등 뒤에 서 있었다. 나와 눈이 딱 마주치자 잽싸게 사람들 틈으로 들어가더니 말에 올라타고는 어디론가 가 버렸다. 군중 속에서 어떤 두 사람이 역시 말을 타고 달려가는데, 자세히 살펴보니 둘 다 환관들이다. 박불화朴不花 원나라 조정의 고려 출신 환관가 원나라에 들어가고부터 원의 내시들이 우리나라 말을 많이 배웠고, 명나라 시절에도 용모 준수한 조선 고자들을 뽑아 내시들에게 조선말 공부를 시켰다. 그러니 지금 우리를 엿보고 간 두 사람 또한 어찌 조선말을 모른다고 할 수 있겠는가. 소림과 푸른 깃을 꽂은 자 역시 말을 세우고 꽤 오랫동안 있다가 갔는데, 그 오고가는 동작이 하도 날래서 마치 물찬 제비 같았다. 이들의 태도가 이토록 교묘하다 보니, 사신과 담당 역관들도 이 자들이 와서 엿듣는 것을 이제서야 겨우 알아차렸다. 거기다 반선에게 받은 불상도 아직 처치하지 못한 터라, 자리를 파하지도 그냥 돌아가지도 못한 채 망연자실하여 앉아 있을 뿐이었다.

그후 이야기(동불사후지銅佛事後識)

소위 동불은 높이가 한 자 남짓한 것으로 호신불이라 한다. 중국에선 먼 곳을 떠나는 여행자들에게 이것을 선물하는 풍속이 있다. 그러면 여행자들은 이것을 가지고 아침 저녁으로 공양을 드린다. 서장 풍속에는 해마다 공물을 바칠 때, 부처 1구로써 방물을 삼는다. 그러니 이번 이 동불도 법왕이 우리 사신을 위해서 여행의 안녕을 기원하는 가장 아름다운 폐백으로 하사한 것이다. 그러나 조선에선 한 번이라도 부처와 인연을 맺으면, 평생에 허물이 된다. 하물며 이것을 준 자가 번승임에랴. 오늘 저 반선이 우리에게 준 불상은 길이가 거의 한 자나 될 뿐 아니라, 나무로 새긴 데다 금을 입힌 것이니 요물이 붙지 않았으리라고 누가 장담하겠는가. 얼떨결에 받긴 했으나, 상하가 모두 꿀단지에 손 빠뜨린 듯이 어찌할 바를 모르는 판이다. 내가 밤에 정사께 물었다.

"처리할 방도는 마련하셨습니까?"

"벌써 수역을 시켜 작은 궤짝을 하나 만들라 했네."

"잘하셨습니다."

"뭘 잘했단 말인가?"

"강에 띄우시려는 거 아닙니까?"

이 말에 정사도 웃고, 나도 웃었다. 이 불상을 길가에 있는 사찰에다 그냥 버린다면 중국의 노여움을 입을까 두렵고, 또 이를 가지고 입국하면 물의를 일으킬 게 불을 보듯 뻔하다. 그러니, 저들과 우리나라의 국경 사이에 있는 물에다 띄워 바다로 보내 버리는 수밖에 없을 터, 그렇다면 그 장소로는 압록강이 가장 좋을 것이다.

뒷이야기지만, 연경으로 돌아오자마자 사신들은 그 폐백들을 모두 역관들에게 주어 버렸다. 그러나 여러 역관들 역시 똥오줌처럼 더럽게 여겨 은 90냥에 팔아 일행의 마두배들에게 나누어 주려고 했다. 하지만 마부들조차 이것으로는 술 한 잔도 먹을 수 없다며 난리를 떨었다. 『춘추』 대의에 투철하다면 투철하다 하겠지만, 다른 나라 풍속에서 본다면 고리타분한 촌티를 면치 못했다 할 것이다.

황교에 대한 특별 보고서 황교문답黃敎問答

정탐이 불가한 이유

남의 나라에 들어가는 자들 가운데 간혹 이렇게 말하는 이들이 있다. "내가 적국을 염탐하는 건 잘하지" 혹은 "내가 남의 나라 풍속을 살피는 덴 도가 텄지"라고. 하지만 나는 그 말을 믿지 않는다. 남의 나라에 들어간 자가 어떻게 길에 다니는 사람을 붙들고 느닷없이 그 실정을 캐물을 수 있단 말인가. 이것이 첫째 불가한 일이다. 언어가 서로 달라서 뜻이 통하지 않을 테니, 이것이 두번째 불가한 일이다. 중화의 안과 밖이 워낙 달라서 절로 혐의가 드러날 터이니 이것이 세번째 불가한 일이다. 말이 얕으면 그 실정을 제대로 파악하지 못할 테고, 말이 깊으면 금기에 저촉되기 쉬우니, 이것이 네번째 불가한 일이다. 물어서는 안 되는 걸 물으면 정탐을 하고 있음이 드러날 것이니, 이것이 다섯째 불가한 일이다. 자기 나라에서도 그 지위에 있지 않으면 그 정사政事를 꾀하지 않는 것이 그 나라에 사는 도리일진대, 하물며 다른 나라에서는 어떻겠는가. 남의 나라에 들어갈 때는 도리상 그 나라가 크게 금지하는 것이 무엇인지 물어본 연후에 들어가는 것이 마땅하다. 그러니 대국의 경우야 말할 나위도 없다. 이것이 여섯째로 불가한 일이다. 더욱이 그 나라 장수나 재상들의 어짊과 부당함, 풍속의 맑음과 혼탁함, 만주족과 한족이 등용되고 배제되는 상황과 명나라의 옛 실정은 절대 물어서는 안 될 것이다. 아니, 감히 물을 생각조차 해서도 안 된다. 저들도 물론 대답하지 않을 뿐 아니라, 감히 대답할 생각조차 아니 할 것이다. 또 돈이나 곡식, 군사와 산천의 형세 등에 대해서도 마땅히 물어서는 안 된다. 저들 또한 이를 의심하고 이상하게 여길 것이다. 무엇 때문에 그런가 하니, 돈과 곡식은 국가의 허실에 관계되는 바요, 산천의 형세는 관문 혹은 요충지와 관계되는 것이기 때문이다. 옛날 사람들은 항상 말을 주고받는 사이에 교화와 시간, 혹은 관리들의 등급 같은 것을 점치곤 했다. 또 노래와 음악을 두루 열람해 본 뒤에 시장 물가의 높고 낮음을 알아맞히기도 하였다. 옛사람만 한 안목도 없으면서 한갓 소소한 글이나 한두 마디 말만으로 타국의 실정을 알아내기란 실로 어려운 일이다. 하물며 사방의 바다가 광대하여 가이없는 대국에서일까보냐.

천하의 형세

내가 열하에 이르러 천하의 형세를 헤아려 본 것은 다섯 가지였다. 황제는 해마다 열하에 거둥하는데, 열하는 장성 밖의 궁벽한 땅이다. 천자는 무엇이 아쉬워서 이 변방의 거칠고 황폐한 땅에 와서 거하는 것일까? 명목은 '피서'避暑라 하지만 사실은 천자가 직접 변방을 방비하기 위한 것이다. 이로써 몽고의 강성함을 가히 알 수 있다. 황제는 서번의 승왕을 맞아 스승으로 떠받들고 황금 전각을 지어 바쳤다. 천자는 또 무엇이 아쉬워서 이처럼 도리에 어긋나는 황당한 예를 행한 것일까? 명목은 '스승'으로 대접하는 것이라 하지만 실상인즉, 전각 속에 가두어 두고 하루라도 세상이 태평하기를 기원하는 것이다. 이것을 보면 서번이 몽고보다 더 강성하다는 걸 알 수 있다. 결국 이 두 가지 일은 황제의 마음이 몹시 괴롭다는 걸 말해 주는 셈이다.

사람들의 글을 보면 비록 그것이 심상한 두어 줄 편지라 해도 반드시 역대 황제들의 공덕을 늘어놓는 한편, 당세의 은택에 감격한다는 말을 덧붙인다. 이는 모두 한인들의 글이다. 스스로 명나라의 유민으로서 늘 두려움을 품고 있으면서, 혹시나 의심받지 않을까 하는 경계심 때문에 입만 열면 칭송을 하고 붓만 들면 아첨을 해대는 것이다. 이로써 보건대 한인들의 마음 또한 괴롭다는 것을 알 수 있다.

티베트 귀족 의상

사람들과 필담을 할 때 그들은, 별로 특별한 수작을 한 것이 아니라 해도 말을 마친 뒤에는 곧 불살라 버리고 쪽지 하나 남겨 두지 않는다. 비단 한인들만 그러는 것이 아니다. 만주인들은 더욱 심하다. 만주인들은 그 직위가 황제와 밀착해 있기에 법령이 엄혹하다는 것을 잘 알고 있기 때문이다. 이러고 보니 비단 한인들의 마음만 괴로운 것이 아니라, 천하를 법으로 금하고 있는 만주인들의 마음도 괴로운 것이다.

저자에서 파는 벼루 한 개의 값이 백 냥이 넘으니, 참 슬픈 일이다. 천하에 일이 생기면 주옥이 굴러다녀도 거두어들이지 않지만, 태평한 때는 기왓장이나 벽돌이 땅에 묻혀 있어도 반드시 캐내는 법이다. 부귀한 자들은 심심풀이로 취하고, 빈천한 자들은 눈을 부릅뜨고 찾아내 깊이 간직한다. 취미로 감상하는 자는 우연히 한 번씩 만져 볼 뿐이지만, 우둔한 자는 발이 부르트도록 쏘다니며 기필코 찾아낸다. 그러고는 밭 갈다가 튀어나온 것, 낚시질하다가 건져낸 것, 송장 냄새 진동하는 무덤 속에서 파낸 것까지도 '천하의 보물'이라 하며 떠받든다. 그러니 천하의 보물을 감상하는 마음 또한 괴롭다 할 것이다. 이러고 보면 한 조각 돌로도 족히 천하의 대세를 점칠 수 있거늘, 하물며 천하의 괴로움이 돌보다 더 큼에 있어서랴. 이제 태워 버리고 남은 필담 가운데 반선에 관련된 이야기만 추려 보았다. 이름하여 '황교에 대한 특별보고서!'

활불의 보경寶鏡

찰십륜포에서 먼저 숙소로 돌아오니, 학성이 나를 맞으면서 묻는다.

"선생께선 잠깐이라도 활불을 접견하셨는지요? 어떻게 생겼습디까?"

"공께서는 보지 못하셨습니까?"

"활불은 깊고 삼엄한 곳에 거처하기 때문에 아무나 접견할 수가 없답니다. 더구나 그는 신통한 법술로 사람의 장부를 꿰뚫어 본다고 합니다. 그곳에는 보경寶鏡을 하나 걸어 놓았는데 음탕한 마음을 먹으면 푸른빛으로, 탐내고 훔치고 싶은 마음을 품으면 검은빛으로, 남에게 화를 입히려는 마음을 지니면 흰빛으로 비친답니다. 오직 일심으로 부처를 공경하는 사람이라야 붉은 놀이 누런 빛을 띠면서 상서로운 구름과 우담바라 같은 것이 거울 표면에 서린다고 하는군요. 그러니 이 오색경이야말로 실로 두려운 것이지요."

"그건 진시황의 조담경照膽鏡을 본떠서 만든 이야기인 듯싶습니다. 하지만 조담경 역시 야담일 뿐인데, 어찌 믿을 수 있겠습니까."

"벽에 오색경이 걸려 있지 않던가요?"

나는 '오색경이야말로 실로 두렵다'에 동그라미를 치면서 물었다.

"공께서 푸르고 검고 흰, 이 세 가지 마음을 지니지 않았다면 무엇 때문에 이 거울이 그토록 두렵단 말입니까?"

"『법화』法華니, 『능엄』楞嚴이니 하는 모든 불경의 게偈들은 사람들을 위협하여 그 책에 경의를 표하지 않으면 곧 화를 입는다고 반복해서 말하지요. 중생들이 두려움과 경외심에 사로잡혀 착한 길로 돌아가게 하려는 것입니다. 그 점에서는 그 거울도 크게 다르지 않습니다. 거울은 글자가 없는 경전이요, 경전은 또 구리로 만들지 않은 거울인 셈이지요. 내가 비록 열흘 동안 담백한 음식을 먹고, 열흘 내내 목욕을 했다고 해도, 혹시 간 한 귀퉁이나 폐 한 구멍에 터럭만 한 흠이라도 있다면 어찌 세 가지 빛깔이 나타나지 않으리라고 장담할 수 있겠습니까."

이렇게 말하면서, 학성은 바로 종이를 찢어서 불 속에 던진다. 이어서 또 이렇게 말한다.

"진실로 신통하긴 하답니다. 활불에게 절을 하는 자가 모자를 벗고 머리를 조아리면 활불이 친히 손으로 이마를 만져 줍니다. 이때 활불이 웃음을 머금으면 큰 복을 받게 되고, 만일 웃지 않으면 복이 그리 크지 않다는군요. 만약 활불이 눈을 감으면 절하던 사람이 크게 떨게 되는데, 이때 향을 피우면서 뼈저리게 참회를 해야 합니다. 그러면 죄와 허물이 자연 소멸될 뿐 아니라, 두 번 다시 나쁜 짓을 하지 않게 됩니다. 이렇듯 활불은 말을 하지 않고 가르침을

설법 듣는 건륭제

주는데, 손 한 번 어루만지는 것만으로도 공덕이 이와 같습니다. 화석친왕和碩親王 황제의 왕자들에게
내렸던 작위과 화석액부황제의 사위들에게 내렸던 작위는 매일 아침 활불 앞에 절하고 머리를
조아리지만, 외인들이나 보통 관원들이 활불을 친견하기란 실로 어렵지요."
내가 학성에게 활불의 내력을 물었더니, 이렇게 답했다.
"건륭 40년1775년에 서방 사람들 사이에서는 활불 법왕이 세상에 나타났다는 둥 이 법왕은
능히 40세 전생의 일까지도 안다는 둥의 말들이 자자했지요. 지금의 몽고 48부가 강하다지만
그들은 서번을 가장 무서워하고, 서번의 여러 나라들은 활불을 가장 무서워한답니다.
활불이란 곧 '장리대보법왕'藏理大寶法王입니다. 명나라 시절, 양삼보楊三寶와 여러 고승들이
서역의 불교국을 두루 편력한 일이 있었지요. 오사장烏斯藏은 중국에서 1만여 리나 떨어져 있는
나라입니다. 거기에는 대보법왕과 소보법왕이 있어 서로 번갈아 가면서 환생을 한다는군요.
모두 도술을 갖추었을 뿐 아니라 나면서부터 신성하기 이를 데 없었지요. 지금의 활불은
전생에 옛 원나라 시절 서천 지방의 불자로서 대원제大元帝의 스승이었답니다.
지난해에 내각의 영공永公이 황제의 여섯째 아들을 모시고 불교의 예법을 갖추어 가서 활불을
맞아 왔습니다. 그런데 활불은 이미 황제의 신하들이 올 것과 그들이 북경을 떠나는 날짜,
그리고 그들의 이름까지도 다 알고 있었다는군요. 거처하는 곳은 모두 황금으로 지었고
사치하고 화려한 품은 중국보다 더하더랍니다."

추사시鄒舍是

이때 갑자기 문 여는 소리가 나자, 학성은 급히 글을 쓰던 종이를 비벼서 움켜쥐었다. 문이
열리고 같은 숙소에 있는 왕민호가 들어왔다. 뒤따라 들어오는 이는 왕공과 같이 있는
추사시다. 이들은 모두 거인으로서, 객이 되어 장성 밖에서 노니는 처지이다.
지난해에 열하에 태학을 신설하였는데, 북경의 태학 제도를 본떴다. 두 사람은 태학에
머무르며 수학하던 중에 나를 방문하기 위해 여기로 온 것이다. 학성이 둘을 향하여 마치 책을
낭송하는 것 같은 목소리로 뭔가를 자세히 설명해 준다. 둘은 학성의 말을 들으면서, 책상
위에 권점圈點 글의 중요한 곳이나 잘된 부분을 표시하기 위해 찍는 둥근 점 쳐 놓은 데를 손으로 가리키곤 한다.
보아하니, 내가 한 말을 전하는 모양이다. 왕민호가 내 성명과 자와 호를 써서 추사시에게
보였다. 왕공은 이미 구면이지만 추사시는 초면인 까닭이다. 추사시가 물었다.
"귀국은 불교가 어느 때부터 시작되었나요?"
"소량蕭梁 중국 위진남북조시대 남조의 제3왕조인 소연蕭衍이 세운 양나라를 말함 대통大通 527~529년 연간에 중 아도阿道가
처음으로 신라에 들어왔지요."
"귀국의 사대부들은 세 가지 교 가운데, 무엇을 가장 숭상합니까?"

"신라와 고려시대에는 사족 중에 비록 현명한 이라 해도 불교를 공부하지 않는 자가 없었습니다. 허나 우리나라李帝는, 나라가 선 지 400년에 이제는 가장 어리석은 선비들도 오로지 공자의 글을 외우고 익힐 뿐입니다. 국내의 명산에는 비록 전대에 세운 이름난 사찰들이 있으나, 모두 퇴락해 버렸습니다. 또 절에 있는 중들이란 대개 천한 무뢰배로서 종이나 신발 만드는 걸 생업으로 삼고 있지요. 명색은 중이지만 불경을 읽을 줄도 모르는 처지인 셈이니 누가 배척하고 말고 할 것도 없이 불교는 저절로 끊어질 것입니다. 그리고 도교는 본디 없었기 때문에 도관道觀도교 사원역시 없습니다. 그런 까닭에 소위 이단의 교는 금지하고 말고 할 것도 없이 저절로 나라 안에 설 수 없게 되었지요."

추사시가 말했다.

공자, 석가모니, 노자
명말의 화가 정운붕
(丁雲鵬)이 그린
「삼교도」이다.

"가히 천하의 낙원입니다그려. 이단의 폐해는 성인들이 이미 우려한 것으로, 사람끼리 서로 잡아먹는다는 말까지 있었지요. 처음 그 말을 들었던 사람들은 분명 과하다고 생각했을 겁니다. 그런데 실제로 요즈음 산중에 종종 사람을 잡아먹는 도사가 있어 어린애 기르기가 더욱 힘들어졌습니다. 순한 양기를 가진 아이가 쪄 먹기에 가장 좋다더군요. 그래서 백성들은 밤에는 아이를 궤 속에 감추어 두고도 잡혀갈까 걱정할 지경이랍니다. 지방 관청에서 이를 적발하고 도관을 불살라 버리면, 다시 그 이름을 중의 명단에 올리든가 아니면 절간에 몸을 숨기든가 한답니다. 심지어 방중의 비술이나 악성 종기에 쓰이는 기이한 처방들은 모두 이런 가난한 도사가 만든 것입니다. 그리하여 많은 사람들이 즐겨 따라다니며 몰래 이 술법을 배우고 있으니, 해괴하기 이를 데가 없지요. 중국의 불교와 도교는 그 본지가 심하게 어그러졌으니, 앙루仰漏가 '이름은 중인데, 실상은 도교'라고 말한 것은 바로 이를 두고 하는 말입니다."

앙루는 몽고인 경순미의 자字이다. 나와 이야기를 나눌 때 그가 "중이라고는 하지만 실제론 도사 노릇을 한다"는 말을 한 적이 있다. 내가 전에 이를 학성에게 말해 주었더니, 그가 기억해 두었다가 추사시에게 말해 준 모양이다. 추사시가 또 물었다.

"귀국에도 예전에 신승神僧이 있었나요? 그 이름을 듣고 싶습니다."

"우리나라가 비록 바다 한 귀퉁이에 있긴 하지만, 풍속은 유교를

1.

담인噉人
활불을 모욕하여 이르는
말로 사람을 잡아먹는
자라는 뜻.

숭상하여 예나 지금이나 뛰어난 선비와 걸출한 학자가 적지
않습니다. 그러나 지금 선생이 묻는 바는 이들에 대한 것이 아니라,
도리어 신승에 관한 것이로군요. 우리나라 풍속은 이단의 학문을
숭상하지 않아 신승이 없기 때문에 실로 대답할 것이 없습니다."
추사시의 용모는 제법 의젓하게 생겼다. 그러나 그의 언사는 하도
제멋대로여서 칭찬하는 것 같기도 하고, 조롱하는 것 같기도 했다.
둘러치기에다 속임수가 많아 매사에 나를 업신여기는 것처럼
느껴졌다.
다시 추사시가 물었다.
"선생의 이번 여정은 활불에게 경배를 올리기 위함인가요? 아니면
황제의 탄신을 축하하기 위함인가요?"
그 사이에 학성은 잠깐 밖으로 나가고 없었다.
"물론 만수절을 축하하기 위함이지요. 황제의 조칙이 없었다면
어떻게 이 열하까지 왔겠습니까. 어제 활불을 접견한 것 역시 황제의
분부에 따른 것일 뿐입니다."
왕공이 옆에서 덧붙였다.
"박선생은 사신이 아니고 그 족형族兄 성과 본이 같은 일가 가운데 같은 항렬의 형뻘
되는 남자되는 어른을 따라 유람차 오신 거랍니다."
추사시는 한참 동안 나를 뚫어지게 보더니, 이렇게 물었다.
"선생께선 담인¹이 무섭지 않던가요?"
"담인이 무엇입니까?"
"양련진가楊璉眞加 원나라 때의 승려인데 송나라 · 역대 황제의 능을 전부
도굴했다가 다시 세상에 난 것이지요."
순간, 왕공의 얼굴빛이 싹 변하더니 추사시와 말다툼을 한다. 무슨
말을 주고받았는지는 모르겠으나, 두 사람의 안색이 좋지 않은
것으로 보아 왕공이 추사시를 책망하는 듯했다. 그러던 중에 학성이
돌아와 자리에 앉았다. 필담을 나눈 종이를 보고는 급히 손으로
찢더니 입에 넣고 씹었다. 그러면서 한참 동안 말없이 추사시를
노려보았다. 내가 잠시 한눈을 파는 사이에, 입으로 나를 가리키면서
추사시에게 눈을 주었다. 학성은 그러다 우연히 내 눈과 마주치자
몹시 부끄러운 기색을 보였다.
나는 반선의 내력을 더 자세히 알고 싶었다. 하지만 추사시의 말에

무슨 곡절이 있기에 저렇게 조심하는가 싶어 감히 더 묻지를 못했다.
추사서는 차를 마신 후에 바로 돌아갔다. 학성 역시 다른 일이 있었고
나 역시 일어나니, 왕공도 뒤따라 나왔다.

양련楊璉

어느날 윤가전을 찾아갔더니, 대궐에 들어가서 아직 나오지 않았다.
다시 학성의 처소에 들렀으나 아무도 없었다. 발길을 돌려 막
나오려 하는데, 마침 출타했던 학성이 돌아왔다. 나를 보더니 몹시
반가워하면서 손을 이끌고 자기 방으로 들어갔다. 모자를 벗어 벽에
걸고 나서 차를 청하며 이렇게 말했다.

"추생은 광사狂士이니 두 번 다시 만나지 마십시오."
"광사라니, 그게 무슨 말씀이신지요?"
"그의 뱃속에는 늘 비분강개한 기운이 부글부글 끓고 있지요. 남과
토론을 할 때면 기를 쓰고 남을 이기려고 합니다. 그러다 보니
늘상 남을 비난하기 일쑤지요. 선생께서 그런 기질을 모르셔서 혹
주먹질을 당하지나 않을까 조마조마했습니다."
"내가 미치지 않고야, 그런 미친 짓엔 미치지 못하겠군요."
"저 같은 사람으로도 그 어리석음에 미치기는 어렵지요."
이렇게 주고받으면서 서로 크게 웃었다.
"그런데, 활불이 양련²의 후신이라고 드러내 놓고 말하는 것을 왜
그토록 꺼려하시는지요?"
"양련을 끌어다 활불을 욕하니, 제가 그를 미치광이라 하는
것입니다."
"양련이 왜 욕이 되는 거지요?"
학성은 참담한 표정을 지으며 말했다.
"차마 입에 담기도 싫습니다."
"왕팔³이나 마박륙馬泊六처럼 아주 심한 욕인가요?"
학성은 손사래를 치면서 이렇게 설명한다.
"아닙니다, 양련은 원래 서번의 중입니다. 원나라 때 중국에
들어와 송조宋朝의 왕릉을 도굴하여 보물과 구슬을 산더미 같이
모았습니다. 전쟁 때보다 더 심하게 했지요. 그는 신기한 비술에다

2.
양련楊璉
양련진가(楊璉眞伽).
원나라 때의 승관(僧官).
원 세조(쿠빌라이)
14년(1277년)에
강남석교총통
(江南釋教總統)이 되어
강남지역 불교 업무를
총괄하였다. 남송(南宋)의
황제와 황후들 및
공경대신들의 능 1백여
개를 도굴하고 보물들을
훔쳤으며, 유골을
황야에 방치하기도 했다.
관리들이 사형에 처할
것을 주청했지만 세조가
허락하지 않고 사람과
토지들만 환수하도록
했다. 아래 사진은
양련진가 석상.

3.

왕팔王八

'자라'의 속칭으로 바람난 아내를 둔 남자를 뜻한다. 중국 민간에는 수컷 자라는 생식행위를 할 수 없기에 뱀 수컷의 정자를 빌어 암컷 자라에게서 새끼를 낳게 한다는 속설이 있다.

산을 쪼개는 보검까지 지니고 있었던 터라 주문을 외우면서 검으로 한 번 치면 비록 남산에 석곽石槨이 아무리 깊이 묻혀 있다 해도 열리지 않는 게 없었답니다. 땅을 두드리면 금으로 만든 오리나 옥으로 만든 물고기가 절로 튀어나오고, 구슬로 짠 옷과 옥으로 된 궤짝이 어지럽게 벗겨졌으며, 심지어 시체를 달아매고서 수은을 짜내거나 시체의 뺨을 쳐서 진주를 찾아내기도 했습니다. 그래서 강남 사람들은 저주를 퍼부을 때, '밥을 해서 곰보 양련에게 갖다 바칠 놈'이라고 한다는군요. 추생은 활불이 양련과 같은 서번 사람이라 그를 빗대어 한바탕 욕을 한 것이지, 실제로 활불이 양련의 후신이라서 그런 건 아닙니다."

"아니 그렇다면 뭣 때문에 그렇게 활불을 욕 해대는 건가요?"

"유학을 업으로 삼다 보니 활불을 이단이라 여겨 그러는 거지요."

"근데 유학이 본업이라면, 지난번엔 또 어째서 유학자를 그렇게 욕했을까요?"

"그러니까 미치광이라는 거지요. 하늘의 우레도 무서워 않고 왕법도 두려워하지 않으며, 성인도 욕하고 부처도 욕하여, 저 하고 싶은 대로 실컷 욕을 해대야만 분이 풀리는 작자랍니다."

그러면서 학성은 내게, 두 번 다시 추사시를 찾지 말 것을 부탁했다. 추사시가 위험하고 망령된 인물이라는 뜻에서 한 말이었다. 나는 그러겠다고 대답했다.

천자만년수天子萬年樹

"라마란 어떤 종족을 말하는 것인가요, 아니면 몽고의 부족 가운데 하나인가요?"

"아닙니다. 라마란 서번 말로 덕이나 지혜라는 의미로, 중을 가리키는 말입니다. 지금도 몽고에선 중이 되면 모두 라마 복장을 차려입습니다. 북경의 옹화궁에 있는 중들도 모두 라마라고 부릅니다. 만인이건 한인이건 라마에게 의탁하여 중이 되는 자가 많은데, 이것은 라마가 되면 의식이 풍족해지기 때문이지요. 대체로 원이나 명나라 시절에는 번승이 몸소 사신이 되어 조공을 바쳤습니다. 그때 3, 4천 명이 넘는 사람들을 데리고 국경에

들어오는데, 그 수행원들은 생기는 게 많아서 더러는 변방에 머문
채 돌아가지 않은 자도 있었습니다. 홍무洪武 1368~1398년 초년에는
번승을 높이 받들 뿐 아니라, 아끼고 사랑하기를 지극하게 하였지요.
영락 연간으로부터 무종武宗 1506~1521년 때에 이르기까지는 대우가
더욱 융숭해져서 수도 안에 있는 여러 절간에 머물게 하고는
극진하게 대접했습니다. 금년 봄에는 금으로 궁전을 세우고 활불을
맞아다 거기에 살게 했지만 옛날 원이나 명나라 때에 비하면 좀
미흡한 편이지요. 서번의 여러 법왕들의 궁전은 황금 기와와 백옥
충대로 되어 있는 데다, 문과 난간에는 침향沈香이나 강진降眞 향나무의
일종 · 오목烏木 화류 같은 목재를 쓰고, 창에는 수정과 유리를 달았으며,
벽은 모두 화제火齊 운모雲母의 일종나 슬슬瑟瑟 구슬의 일종로 만든답니다.
거기에 비하면 지금 거처하는 곳은, 흙으로 된 계단에 가시나무
집인 셈이지요. 따라서 그곳에 오랫동안 머물기를 즐기지 않고, 굳이
돌아가기를 청한다고 합니다. 황제는 내년에 오대산으로 거둥을 할
때 법왕을 친히 산서까지 전송해 주기로 약속하고, 기일까지 정해
놓았다고 합니다. 그리고 활불은 음률에 밝아 팔풍⁴을 점치고 10개국
말에도 능하답니다."
"10개국 말에 능한데, 무엇 때문에 이중으로 통역을 할까요?"
"비록 소리엔 밝다 해도 즉석에서 뜻이 바로 통하기야 하겠습니까?
법왕은 여기로 올 적에 신령스러운 나무 한 그루를 뽑아 화분에 담아
가지고 왔답니다."
"신령스러운 나무라니, 그게 무엇인가요?"
"이름을 천자만년수天子萬年樹라고 합니다. 엇갈린 줄기와 뒤엉킨
가지가 모두 천자만년天子萬年이란 글자 모양을 이루고 있습니다.
장자가 말한 3천 년으로 봄을 하고, 3천 년으로 가을을 한다는
'명령冥靈'이 바로 이 나무라고 합니다."
"마치 집안에 있는 매화의 연한 가지를 붙들어 매어 옆으로 비스듬히
눕혀 놓은 식 아닙니까? 그거야 사람의 교묘한 재주지, 어디 하늘이
만들었다 할 수 있겠습니까?"
"아닙니다. 잎새의 힘줄이 모두 천자만년이란 글자로 되어 있습니다."
학성은 이렇게 말하고는, 그 잎새를 직접 그려서 보여 주었다.
"공께선 일찍이 이 나무를 본 일이 있습니까?"

4.
팔풍八風
불교에서 말하는 인심을
선동하는 여덟 가지
사정으로, 쇠(衰 쇠퇴함),
이(利 이로움), 훼(毁 비난),
예(譽 명예), 칭(稱 칭찬),
기(譏 꾸짖음), 고(苦 고통),
낙(樂 즐거움)을 말한다.
여덟 방향에서 불어오는
바람에 만물이 흔들리듯,
사람의 마음이 위의 여덟
가지에 의해 흔들리는
것을 비유한 말이다.

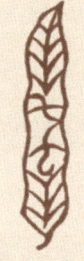

학성이 그린 잎사귀

5.
난파欒巴
난파는 후한(後漢)의
촉군(蜀郡) 사람이다. 설날
아침 조회 때 술이 취한
채 지각을 하게 된 난파가
술을 입에 머금고는
서남쪽을 향하여
뿜었는데 이를 본 다른
관리가 크게 불경하다고
여겨 난파를 심문했다.
난파는 술을 뿜어서 고향
성도(成都)의 불을 끄기
위한 것이라고 답했다.
관리를 보내서 그 말을
확인해 보니 아침 나절
성도에 큰 불이 났었는데
점심 즈음에 큰 비가
내려서 불이 모두 꺼졌고,
그 비에서는 술냄새가
났다고 했으니, 과연
난파의 말과 같았다.

"직접 보지는 못했고, 이름은 들은 적이 있습니다. 요나라의 뜰에
있던 명莫이나 초나라 나무인 영虀 같은 것이 그것이지요. 온 사해에
향기를 퍼뜨려 만국을 두루 평안하게 해주는데, 사철 내내 꽃이
핀답니다. 꽃은 모두 열두 잎으로 되어 있다는군요. 꽃봉오리가 처음
터지는 것으로 초하루가 되어 달이 밝아짐을 알고, 꽃이 하루 한 잎씩
피어 열두 잎이 다 피면 보름이 되어 달이 이지러지기 시작함을 알게
됩니다. 또, 꽃이 하루에 한 잎씩 말라 들어가 꼬투리가 떨어지면
그믐이 되었음을 안다고 합니다. 그래서 이것을 명수莫樹, 혹은
영수虀樹라고도 부르지요."

비를 보내다
"또 일찍이 활불이 황제와 마주 앉아 차를 마시다가 갑자기 남쪽을
향하여 찻물을 휙 뿌리더랍니다. 황제가 놀라서 그 연유를 물었더니,
방금 700리 밖에서 큰불이 나 1만 호나 되는 인가가 불타고 있기에
불을 끄기 위해 비를 조금 보낸 것이라고 하더랍니다. 그런데 그
다음날 부신郙臣이 달려와 이렇게 아뢰는 게 아니겠습니까? 정양문
밖 유리창에서 불이 나 누각까지 타 버릴 정도였는데, 불기운이
어찌나 세던지 인력으로는 도저히 끄지 못하겠더랍니다. 그런데 문득
한낮 구름 한 점 없는 맑은 하늘에 홀연히 동북방으로부터 큰비가
몰려오는 바람에 순식간에 불이 꺼졌다는 겁니다. 그리고 놀랍게도
차를 뿌려 비를 보낸 시각과 꼭 맞더랍니다."
"저도 북경에 도착하기 전, 길에서 이 같은 이야기를 적잖이
들었습니다. 난파5도 술을 뿜어 비를 만들었다는데 이 정도가 무슨
기이할 것이 있겠습니까. 또 북경에서 이곳까지는 400여 리인데
어째서 700리라고 하는 겁니까?"
"그러니까 그의 영험이 신통하다는 거지요. 원래는 700리인데,
황제께서 늘 이곳에 머물러 있다 보니 화석 친왕을 비롯한 각부
대신들이 여기까지 오는 것을 꺼리게 되었습니다. 하여, 황제께서
특별히 각 참의 숫자를 줄여 400리로 만들어 놓고는 항상 말을
달려와 아뢰도록 하였지요. 이것은 바로 편안할 때에 위태로운 것을
잊어서는 안 된다는 성인의 뜻에서랍니다."

학성과 말할 때면 내가 매양 동점東漸하는 교화를 예찬하고, 사해에
퍼지는 문교文敎로 마무리하곤 했다. 그 때문에 그는 나와 말하는
것을 즐겨했다. 또 추사시가 망발을 저지른 뒤끝이라 짐짓 장황하게
말을 늘어놓아 그 상황을 무마하려 했다. 학성과 나눈 이야기는
여기까지이다.

윤회와 환생

저녁에 윤가전을 찾아가 물었다.

"법왕이 남의 몸을 빌려 태어나는 것과 윤회는 어떻게 다릅니까?"

"남의 몸을 빌려 태어나는 것은 환생이라고 합니다. 이 몸뚱아리란
바람과 비, 더위와 추위에 시달리는 까닭에 머리털은 학처럼 희어지고
가죽은 닭처럼 쭈그러져 늙어 사그라들지 않을 수 없습니다.
그리하여 마침내 흙이나 물, 바람, 비 등으로 화해 버리게 마련이지요.
하지만 밝게 빛나는 지혜와 금강의 보체寶體는 본디 젊지도 늙지도
않는 것입니다. 장작 하나가 다 타고 나면 다른 나무로 불이 옮겨
붙는 것과 같은 이치이지요. 비유컨대, 천 리를 가는 자가 집을
짊어지고 다닐 수는 없는 노릇이라, 반드시 숙소를 옮겨 가면서
길을 가는 것과 같은 이치라 할 수 있습니다. 비록 천하에 다정한
사람이라 해도 주막집에 정이 들었다고 그대로 눌러앉았다는 말은
듣지 못했습니다. 불이 장작에 인연하여 일어나면 잠시 동안은 불과
나무가 서로 뒤엉켜 뜨겁게 타오르지만, 불이 다른 나무로 옮겨 붙고
나면 이미 타버린 재를 연모하는 법은 없지요. 법왕이 다른 몸에
태어난다는 것도 이런 말일 겁니다.

환생은 윤회와 다릅니다. 사실 이 윤회설이란 불가의 율법입니다.
저들이 말하는 윤회설은 당시 임금들이 제정한 규범으로, 오복五服과
오형五刑의 조항을 다 갖추고 있습니다. 상을 주는 것과 사형에
처하는 바가 각기 공교로운 문장을 이루고 있어 마치 거울에
비추는 듯합니다. 공과 죄가 나타나기도 전에 우선 법조항부터 갖춘
셈이지요. 불교를 믿는 자들은 세간의 공과 죄가 정당하지 않고 상과
벌은 믿을 수 없다고 생각합니다. 즉, 발로 밟을 수 있고 눈으로 보는
것만으로는 부족하다 여겨, 깊고 어두워 가늠하기 어려운 곳으로

청나라 때 승관의 복장

달라이라마와 황제
그림은 5대 달라이라마가
청나라의 3대 황제인
순치제(順治帝)를
알현하러 북경에 와서
만나는 모습이다.

옮겨, 들을 수도 볼 수도 없는 상황에서 권면하고 벌을 주려는
것이지요. 옛사람들이 말한, '임금의 권세를 은밀히 조종한다'는 것이
바로 이것입니다.

그렇다고 해서 우리 유가에서 반드시 그들을 원수처럼 공격할
필요는 없습니다. 성인이 도를 펼치고 교를 전하는 것 역시 이와 같은
면이 있기 때문입니다. 또 천지는 한없이 크고, 풍속 또한 제각기
다를 뿐 아니라, 기운도 각기 다르고 편벽된 바가 있습니다. 하여,
이치 또한 경우에 따라 다를 수밖에 없습니다. 마치 물이 그릇의
모양에 따라 둥글기도 하고 모나기도 한 것과 같은 셈이죠. 따라서
고금 천하에 윤회 또한 없다 할 수 없고, 환생 또한 없다고 할 수
없습니다. 화식火食을 끊는 사람도 없지 않고, 장생불사하는 사람
또한 없지 않습니다. 그러므로 이러한 이치를 완전히 부정하는 것도
미혹에 빠진 것이요, 이런 이치를 전적으로 긍정하는 것 역시 미혹에
빠진 것입니다. 간혹 이 같은 이치가 있을 수도 있는데, 이 간혹 있을
수 있는 것을 가지고 만 가지 이치를 다 꿰어 맞추려 하거나 천하를
온통 바꾸려 한다면, 그건 더욱 미혹에 빠진 것입니다."

"진·한 이래로 천하를 다스린 자들은 모두 이단이었습니다. 진은
형법으로 천하를 하나로 병합하였고, 한은 노장의 도로 백성을 족히
풍요롭게 하였습니다. 성인은 이단이 인의를 가로막을까 근심하지만,
지금 법왕이 말하는 환생의 술법으로 천하를 다스린다 해도 인의에
크게 어긋나지 않고 올바른 질서를 세울 수도 있을 것입니다. 물론
요·순의 도에까지야 이르지는 못할 테지만요."

황교黃敎

윤가전은 눈을 감고 한참 동안 입속으로 뭔가 중얼거리는데, 마치
염불을 하는 것 같았다. 얼마 후에야 눈을 뜨더니 빙그레 웃으면서
말했다.

"선생의 말씀이 지극히 옳습니다. 이단과 우리 도를 비교해 보면,
비록 삿됨과 올바름, 순수함과 잡스러움의 차이가 있긴 하지만,
이로움을 일으키고 어짊을 행하며 잔악함을 물리치고 살육을 없애려
하는 점에 있어서는 서로 통하는 면이 없지 않습니다."

"법왕의 법술을 무슨 도라고 합니까?"

"소위 '황교'⁶라고 합니다."

"황교란 황제와 노자의 도를 말하는 건가요? 아니면 황백 비승⁷의 법술을 말하는 건가요?"

"천지간에는 별난 세상, 별난 사람이 다 있어서 이 도는 무명無名을 귀하게 여깁니다. 그에 따르면, 맑고 참되고 편안하고 즐거운 것이 생이라면, 때에 맞추어 돌아가는 것이 죽음이랍니다. 산다고 해서 특별히 즐거울 것도 없고, 죽는다고 해서 특별히 슬플 것도 없습니다. 계속 몸을 바꾸어 가며 환생하기 때문에 억만 겁을 겪어도 변함이 없지요, 벼슬하는 것도 좋아하지 않으며, 아는 것도 모르는 듯이 하고, 모르는 것도 다 깨달은 듯이 합니다. 전쟁과 살생을 좋아하지 않으며, 이 세상은 한낱 꿈으로, 사물은 헛되고 망령된 것으로, 언어는 거짓된 것으로, 고정된 것들은 허탄한 것으로, 사랑하고 그리워하는 것은 걸림돌로 간주합니다. 부처도 아니고 선禪도 아니며 생각도 없고 걱정도 없으니, 이야말로 천지간의 별세계이자 별종의 학문인 셈입니다. 옛날의 지인至人이나 신인神人들의 도라 할 수 있죠. 그래서 자신을 위함도 없고, 공적도 없는 학문입니다.

자휴子休가 말한 바 '정신을 가다듬으면 백성이 병이 없고, 풍년이

6.

황교黃敎와 총카파

황교는 라마교의 한 종파로, 14세기에 총카파가 일으킨 티베트 불교의 중심 종파이다. 노란색 옷과 모자를 착용해서 황교라고 한다.

7.

황백黃白 비승飛昇

황백은 도가에서 말하는 단약을 구워서 금은을 만드는 방법이고, 비승은 몸을 솟구쳐 높은 곳으로 오르는 것을 말한다. '비승의 법술'이란 신선이 되어서 하늘로 올라가는 술법을 이른다.

총카파와 여덟 명의 제자

든다'고 한 것과, 요임금이 '고산姑山 · 분수汾水를 보고 망연히 그 천하를 잊어버렸다'고 한 것이 바로 이 도에 해당합니다. 비단 서번의 여러 나라들뿐 아니라, 몽고의 여러 부족들 역시 이 황교를 받들지 않는 자가 없습니다. 이 나라의 정치와 교화는 위로는 요순시대에 필적하여 교화가 미치는 곳이면 모두 다 순종하여 변방이 태평했습니다. 싸우고 죽이는 것, 침략하고 도적질하는 것을 특히 꺼리니, 그들의 황교 또한 중국의 교화에 적잖은 보탬이 될 테지요."

개똥

마침 윤가전이 다른 볼일이 생기는 바람에 곧바로 일어나 기풍액의 처소로 갔다. 기풍액은 나에게 사천어사四川御史 단례端禮의 칠언절구 50수를 내 보인다. 황제가 공작의 깃털을 하사한 데 대하여 읊은 것이다. 무관이 사품 이상의 지위가 되면 모자 앞에 깃을 다는 법인데, 문관 역시 황제로부터 하사를 받으면 이것을 달게 되므로 이를 영광스럽게 여긴다.

시가 어찌나 섬세하고 아름다운지, 절묘한 울림이 있었다. 만당晚唐과 원나라 때의 시풍이었다. 기풍액이 나에게 비평을 청했지만 나는 한사코 사양했다. 그런데도 굳이 또 청한다. 그는 아마 내 재능과 안목을 보고 싶었던 모양이나, 나는 나대로 졸렬함을 드러내고 싶지 않아서 끝내 사양하였다. 기풍액이 즉시 운율 틀린 곳을 세 군데나 지적하더니, 다시 접어 탁자 위에 놓았다. 이어 윤가전의 율시 하나를 보여 주면서 붓으로 몇 군데에 점을 찍었다. 그러더니 웃으면서 이렇게 말했다.

"이건, 개똥狗屎이로군. 일하는 꼬락서니도 이 수준일 테지."

"어찌 그리 야박하십니까?"

그러자 기풍액은 즉시 '개똥'狗屎 두 자를 찢어서 입에 넣고 씹어 버린다. 나는 크게 웃으며 말했다.

"어른을 조롱하더니 개똥 씹는 벌을 자청하는군요."

기풍액 역시 크게 웃었다. 조금 있다가 윤가전이 들어왔다. 셋이 둘러앉아 이야기를 나누다가 윤가전이 다시 나갔다. 순간, 우리 둘은 서로 쳐다보고 웃었다.

무오일 8월 12일
戊午日

/

맑음

새벽에 사신이 조회에 참례하여 연례악을 들었다. 나는 너무나 피곤하여 자리에 눕자마자 곯아떨어졌다. 일어나 아침을 먹은 뒤 슬슬 궐내로 들어갔다. 사신이 조회에 참례한 지 꽤 되었다는데, 당번 역관 및 여러 비장들은 뒤에 떨어져 궁문 밖 낮은 언덕 위에 대기중이었다. 통관들 역시 들어가지 못한 상태였다. 담장 안 가까운 곳에서 음악 소리가 새어 나와 문틈으로 들여다보았지만 아무것도 보이지 않았다. 담장을 따라 옆으로 몇 걸음 떨어진 곳에 작은 각문이 하나 있었다. 두 쪽 가운데 한 쪽이 열려 있기에 슬쩍 들어가 보려 하였더니 군졸 몇이 앞을 막았다. 그저 문 밖에서 멀찌감치 바라보기만 하라는 것이다. 문 안에 있는 사람들은 모두 문을 등진 채 즐비하게 늘어서 있는데, 마치 나무 인형을 세워 놓은 듯 꿈쩍도 않는다. 도무지 틈이라곤 없이 빽빽하였지만 사람들 머리통 사이로 간신히 들여다보니, 소나무와 잣나무가 울창한 푸른 동산 하나가 언뜻 보이다 말다 한다. 또 울긋불긋한 적삼에 수놓은 도포를 입고, 얼굴에는 붉은 연지를 바른 자가 허리 위까지 보이는데, 아마도 초헌[1]을 탄 것 같았다. 무대까지의 거리는 멀지 않으나 워낙 깊숙하여 마치 먹어도 맛을 알 수 없는 꿈속의 성찬이나 다를 바 없었다. 문지기가 담배를 달라기에 바로 내주었다.

1.

초헌軺軒
조선시대에 종 이품
이상의 벼슬아치가 타던
수레. 긴 줏대에 외바퀴가
밑으로 달려 있고, 앉는
부분은 의자 비슷하게
되어 있으며 두 개의 긴
채가 달려 있다.

어떤 사람이 내가 오랫동안 까치발을 하고 선 것을 보고는
걸상 하나를 가져다가 그 위에 올라서서 보라고 한다. 나는
한 손으로 그의 어깨를 잡고 또 한 손으로 문지방을 짚고
그 위에 올랐다. 무대가 한눈에 들어왔다. 배우들은 모두
한족의 의관을 차려입고, 사오백 명이 번갈아 나아갔다
물러섰다 하면서 일제히 노래를 부른다. 하지만 걸상을
딛고 서 있자니 오리가 횃대를 타고 있는 듯 힘들고
위태로워, 다시 내려와 작은 언덕의 나무 그늘 밑으로 옮겨
앉았다.

날이 몹시 더운데도 구경꾼들이 담처럼 빽빽이 둘러서
연희를 구경하느라 정신이 없다. 그들 중에 수정 꼭지를
여러 개 단 사람이 있었으나 그가 어떤 관원인지는 알 수
없었다. 한 젊은이가 문을 나서는데, 사람들이 모두 그를
피한다. 그 젊은이가 잠시 발을 멈추고 시종들에게 뭐라
말을 하며 돌아보는 모습이 몹시 사나워 보였다. 사람들이
모두 겁을 내며 숨을 죽였다. 군졸 두 명이 채찍으로
사람들을 몰아내니, 회회인이 발끈하며 일어나서 두
군졸의 뺨을 치고 한주먹으로 때려 눕혔다. 젊은 관원은
눈을 흘기며 사라져 버린다. 누구냐고 물었더니 호부상서
화신和珅이라고 한다. 눈매가 곱고 준수한 외모로, 예민하게
보이긴 하는데 덕성은 좀 부족해 보였다. 나이는 이제
서른하나라 한다.

화신은 애초 난의사鑾儀司 황제가 거둥할 때 필요한 사무와 의장을 맡은
관서 호위 군졸 출신으로, 성격이 교활하고 윗사람의 비위를

잘 맞춘 덕분에 불과 대여섯 해 만에 갑자기 귀한 자리에
올라 황성구문을 관장하는 제독이 되었다고 한다. 병부상서
복융안과 함께 황제를 곁에서 모시는 까닭에 그의 권세가
조정을 뒤흔들었다. 이시요가 해명에게 뇌물 받은 일을
적발하고, 우민중의 집을 몰수했을 뿐 아니라, 아계 장군를
내친 것 또한 화신이었다. 모두 금년 봄과 여름 사이에
일어난 일들이다. 때문에, 사람들은 기세에 눌려 화신을
똑바로 쳐다보지도 못한다고 한다. 황제는 겨우 여섯 살 된
딸을 화신의 어린 아들과 약혼시켰다. 나이가 많아지면서
황제는 성정이 급해져서 툭하면 좌우 시종들을 매질하기
일쑤였다. 그럴 때마다 궁인이 이 어린 딸을 황제 앞에 데려다
놓으면 황제가 금세 노여움을 푼다고 한다. 그만큼 이 어린
딸을 사랑한다는 뜻인데, 그런 딸을 화신에게 주었으니
화신의 권세가 어느 정도인지 가히 짐작할 만하다.
이날 조회 반열에는 차와 음식이 세 차례나 내려졌다. 사신
역시 조정 대신들과 마찬가지로 떡 한 그릇씩을 받았다.
떡은 황색과 흰색 두 층으로 되었고, 네모반듯하며 빛깔은
누런 밀랍 같았다. 찰지며 곱고 기름져 칼로 잘 갈리지
않는데, 그 위층은 옥처럼 윤기가 나고 기름졌다. 떡 위에는
한 선관仙官을 만들어 세웠다. 수염과 눈썹이 살아 움직이는
듯하고 도포와 홀이 화려했다. 그 좌우에는 몹시 기묘한
솜씨로 다시 선동仙童을 세웠다. 이는 밀가루에다 사탕가루를
섞어 만든 것이다. 옛말에 <u>나무인형을 만드는 것도 옳지
않다</u>² 했거늘, 하물며 사람들이 먹는 음식을 이렇게

2.
공자가 시체와 한 무덤에
묻는 부장(附葬)에 쓰는
나무인형을 두고 "이것을
처음 만든 사람은 후손이
없을 것이다" 하고
비난했다는 예화가 『맹자』
「양혜왕」편에 보인다.

만들어서야. 여남은 종류의 사탕 한 그릇, 양고기 한 그릇씩을 내렸다. 또 조정 대신들에겐 채색 비단과 수놓은 주머니 등을, 정사에게는 채단 다섯 필, 주머니 여섯 쌍, 담뱃대 하나를 내리고, 부사와 서장관에게는 그보다 조금씩 줄여서 하사하였다. 차등을 두고자 한 것이다.

이날 저녁에는 구름이 끼어 달빛이 몹시 흐렸다.

기미일 8월 13일
己未日

/

새벽에 잠시
비가 내리다 곧 쾌청해짐

사신이 만수절 축하례에 참석하기 위하여 대궐로 들어갔다. 나는 푹 자고
일어나 천천히 걸어서 대궐 밑에 이르렀다. 사람들이 누런 보자기로 싼 일곱
개의 짐보따리를 궐문 앞에 둔 채 쉬고 있었다. 보따리 안에는 옥으로 만든
그릇과 골동품이 담겨 있고, 또 보통 사람만 한 커다란 금부처 한 구가 들어
있다. 모두 호부상서 화신이 진상하는 물품이라고 한다. 이날도 음식을 세
차례나 내리고, 또 사신에게 백자로 만든 차항아리 하나, 찻잔과 받침대 한 벌,
실로 엮은 빈랑 주머니 하나, 칼 한 자루, 자양차가 담긴 주석 항아리 하나씩을
주었다. 저녁에는 어린 환관이 네모난 주석 항아리 하나를 또 선사하였다. "이건
차茶로군요"하고 통관이 설명해 주었다. 그러자 환관은 바로 가 버렸다.
누런 비단으로 항아리 입구를 봉해 놓았기에, 마개를 풀어 보니 빛이 누런 듯
붉은 것이 술 같았다. 서장관이 "이게 바로 황봉주黃封酒인가 보네" 한다. 맛이
달고 향기가 좋으나 전혀 술 같지가 않았다. 다 따르고 나자 여지 몇 알이
떠오른다. 한 잔씩 마시곤, 다들 술맛이 좋다고 한마디씩 한다. 비장과 역관들
중 술을 마실 줄 모르는 자들은 한 잔도 입에 대지 않았다. 크게 취할까봐
그런 것이다. 통관들이 목을 길게 뽑으며 침을 흘려 대니 수역이 나머지 몇

건륭제 만수절 행사 때 북경 거리 모습

모금을 얻어다 주었다. 서로 나눠 마시고는 역시 궁중 술맛이 다르다며 탄복해

마지않는다. 그러더니 모두들 서로 돌아보며, "어어~ 취하는걸" 한다.

이날 기풍액이 명륜당에서 산책을 하는데 한 사람이 대야를 들고 그 뒤를

따랐다. 기풍액은 선 채로 낯을 씻은 다음 수건으로 닦고 다시 걸어가다가

멀리서 나를 보고는 "박공!" 하고 부른다.

바로 쫓아갔더니 "아까 황제가 하사한 누런 비단으로 봉한 것, 맛 좀 봅시다"

한다. 즉시 돌아와서 병을 기울여 보니 한 잔쯤 남았기에 들고 갔다. 기풍액이

맛을 보더니 크게 웃었다.

"이것은 술이 아니라 여지즙입니다. 여지는 나무에서 떨어져 하루가 지나면 바로

향기와 빛깔이 변해서 만 분의 일도 성하질 못합니다. 설령 꿀에 담가 두어도

열에 아홉은 그 빛깔과 맛이 변하기 십상이지요. 처음 나무에서 땄을 때는, 입이

열이고 손이 열 개라도 그 맛을 이루 형용하기 어렵지요.
저도 종종 하사받은 적이 있습니다. 실은 어제도 받았구요."
그러면서 한 잔을 따르더니 소주 대여섯 잔에 타서 내게
권한다. 한 잔을 마셔 보니, 맑은 향기가 술기운을 타고
입안에 가득하니 풍미가 비할 데 없었다. 그럼, 조금 전에
우리 일행들이 꿀물을 마시고 향내가 좋다고 말한 것이나
여지즙을 맛보고 취한다고 말한 건 종소리를 듣고서 해를
측량하거나 매실을 쳐다보며 갈증을 푸는 것과 무엇이
다르단 말인가?
내가 잔을 다시 기풍액에게 돌렸더니, 그는 머리를
흔들면서 한사코 사양하며 말한다.
"저는 불교의 계율을 좋아서 술을 끊은 지 이미
오래되었답니다. 소동파의 시 중에 '날마다 여지 삼백
알을 먹어야 영남인이 될 수 있지'라는 구절이 있습니다.
저는 지금 관찰사의 자리에 있기 때문에 항상 여지를
먹는답니다. 여기서 영남이란, 옛날의 유배지를 말하는
것이지요."
이날 밤 달빛이 유난히 밝았다. 기공과 함께 명륜당으로
나가 난간 아래를 거닐다가 달을 가리키면서 물었다.
"달의 몸체는 항상 둥근데 햇빛을 빙 둘러 받기 때문에
땅에서 보면 달이 찼다가 기울었다 하는 것이 아닐까요.
오늘밤 온 세상 사람들이 일제히 달을 본다면, 보는 장소에
따라 달이 살찌기도 하고 여위기도 하며, 짙기도 하고
옅기도 하지 않을까요. 별이 달보다 크고 해가 땅보다

여지荔枝
'리치'(litchi)라고도 불리는
여지는 중국 남부가
원산지이며, 과수로 흔히
재배한다. 양귀비가 즐긴
과일로도 잘 알려져 있다.

1.
천원지방天圓地方
옛날에는 '하늘은 둥글고,
땅은 네모나다'고
인식했다.

큰데도, 보기엔 그렇지 않은 이유는 멀고 가까운 차이
때문이 아닐까요. 만약 그것이 참이라면, 해와 땅과 달은
모두 허공에 나란히 둥둥 떠 있는 별이라고 할 수 있을
것입니다. 별에서 땅을 볼 때에도 또한 그렇게 보일 테지요.
결국, 이 땅과 해와 달이 서로 꿴 듯이 이어져 세 별이
반짝반짝 빛나는 것이 저 삼태성이나 다름없지 않습니까.
땅 표면에 붙어 있는 갖가지 만물은 모두 모양이
둥글둥글할 뿐, 네모진 것은 하나도 없습니다. 방죽方竹과
익모초 줄기가 네모졌다지만, 이것 역시 네모반듯하다고는
할 수 없지요. 세상 어디서건 네모반듯한 물건은 찾을
수가 없거늘, <u>무엇 때문에 유독 이 땅만을 가리켜 네모난
물건이라고 할까요.</u>¹ 만일에 땅덩이가 네모졌다고 하면,
월식을 할 때에 달을 검게 먹어 들어가는 변두리가 왜
활등처럼 둥글게 보일까요.
땅덩이가 네모지다고 우기는 자는 뭐든 방정方正해야
한다는 대의에 입각해서 물체를 이해하려 하지요. 반대로,
땅덩이가 둥글다고 주장하는 자는 보이는 형체만 믿고
대의는 염두에 두지 않지요. 이런 의미에서 땅덩이를 보자면
형태로는 둥글고, 대의로 말하면 방정하다고 해야 하지
않을까요.
해와 달은 오른쪽으로 수레바퀴처럼 돌아, 도는 궤도가
해는 크고 달은 작으며 도는 주기가 해는 늦고 달은
빠르므로 한 해와 한 달은 각각 일정한 도수에 맞는답니다.
그러니 해와 달이 땅을 둘러싸고 왼편으로 돈다는 말은

그야말로 우물 안 지식이 아니겠습니까.

땅덩이의 본체는 둥글둥글 허공에 걸려, 사방도 없고 위아래도 없이 쐐기 돌
듯 돌다가 햇빛을 처음 받게 되면 날이 샌다고 하는 것이 아닐까요. 또 지구가
계속 돌아 해를 처음 받은 지점과 점차 어긋나고 멀어져서, 정오도 되고 해가
저물기도 하여 밤과 낮이 되는 거구요. 비유컨대, 창의 뚫어진 구멍으로부터
햇살이 새어 들어와 콩알만 하게 비친다고 합시다. 창 아래에 맷돌을 햇살
비치는 자리에 놓고, 바로 그 자리를 먹으로 표시해 둔 다음, 맷돌을 계속 돌리면
먹자국은 햇살 비친 자리에 그대로 남아 있을까요, 아니면 그 사이가 점차
멀어져 갈까요. 맷돌이 한 바퀴를 돌아 다시 그 자리에 돌아오면, 햇살이 비친
자리와 먹자국은 잠시 마주 포개졌다가는 또 다시 떨어지게 될 것이니, 지구가
한 바퀴 돌아 하루가 되는 것도 이런 이치가 아니겠습니까.

또 등불 앞에 놓인 물레를 가만히 두고 보면, 물레가 돌 적에는 바퀴의
군데군데가 등불 빛을 받고 있지요. 그렇다고 해서 등불이 물레바퀴를 돌고
있는 것은 결코 아닐 겝니다. 지구의 밝고 어두운 이치 역시 이런 게 아닐까요.
해와 달은 원래부터 뜨고 지는 것도 아니요, 또 오고 가는 것도 아닌데 땅이
고요하다고 굳게 믿어 돌지 않는다고 생각했으니, 이는 실로 착각이었던 거지요.
명백한 이론을 찾지 못하자 춘·하·추·동을 가리켜 그 방위에 따라 논다고[游]
하기도 하구요. 논다는 것은 나아갔다 물러났다, 올라갔다 내려갔다 하는
행위를 말하는 것이니, 차라리 돈다고 함이 어떨까요.

아마 저 착각에 빠진 사람들은 이렇게 말할 것입니다. 땅덩이가 돌면 땅 위에
있던 일체의 물건들은 엎어지고 자빠지고 기울어져 떨어져 버릴 거라고.
만일에 그것들이 떨어진다면 어느 땅에 떨어질까요. 만일 그렇다면, 저 허공에
달린 별들과 은하수는 기운에 따라 돌면서도 어찌하여 떨어져 쏟아지지 않고
그대로 있을까요. 또 움직이지도 돌지도 않는다면, 어째서 썩지도 부서지지도

2.
옛 사람들은 심한 풍랑이
일 때, 바다에 반사되는
일광이 불꽃이라고
생각했다.

흩어지지도 않고 그대로 유지될 수가 있을까요.

땅 거죽에 생물들이 붙어 사는데, 둥근 표면에 발을 붙이고 누구나 머리에 하늘을 이고 있지요. 비유하면, 수많은 개미와 벌들이 혹은 가장자리에 붙어 가기도 하고, 혹은 천장에 매달려 살기도 하는데, 그들의 처지에서 보면 대체 어디가 가로이고 어디가 세로이며, 또 누가 바로고 누가 거꾸로 매달렸다고 하겠습니까? 지금도 이 땅 밑에는 응당 바다가 있으니, 생물들이 쏟아지고 떨어질까봐 걱정하는 사람도 있을 텐데, 땅 밑 바다는 누가 둑을 쌓아서 쏟아지지 않고 그대로 차 있는 것일까요. 저 하늘에 총총한 별들은 크기가 얼마만 할까요. 또한 그 거죽은 지구나 다름없지 않을까요. 별에 껍질이 있다면 생물이 붙어살지 않을까요. 만일에 생물이 있다면, 각기 세상을 열어 새끼까지 쳐 가면서 살지 않을지요.

지구는 둥글어 본래 음양이 없는데, 마치 살림꾼이 동쪽 이웃에서 불을 빌리고 서쪽 집에서 물을 얻듯 붉은 해로부터 불을 받고 맑은 달로부터 물을 얻으니, 한쪽은 불이요 또 한쪽은 물인지라 이를 소위 음양이라 하는 것이 아닐까요. 이를 억지로 오행이라 이름을 붙여 상생이니 상극이니 하는데, 그렇다면 큰 바다에 풍랑이 일 때에 불꽃이 너울너울 타오르는 건[2] 어인 연유일까요. 얼음 속에는 누에빙잠水蠶가 살고, 불 속엔 쥐화서火鼠가 살고, 물 속에는 고기가 살지요. 저들 각종 생물들은 저마다 살고 있는 자리를 땅이라 합니다.

만일 달 속에도 세계가 있다면, 오늘 이 밤에 어떤 두 명의
달 세계 사람이 난간에 기대어 지구를 바라보면서 땅빛의
차고 기우는 이야기를 나누고 있을지 그 누가 알겠습니까."
기풍액이 껄껄 웃으며 말했다.

"거, 참으로 기이한 이야기로군요. 땅이 둥글다는 이야기는
서양 사람들이 처음 말했지만 땅덩이가 돈다는 말은
하지 않았습니다. 한데, 선생은 이 학설을 스스로 터득한
것인가요, 아니면 어느 스승으로부터 이어받으신 건가요?"

"사람의 일도 모르는 터에 하늘의 일을 어찌 알겠소.
저도 본래 도수학度數學에는 어둡습니다. 장자같이 식견이
아득히 깊고 넓은 분도 우주에 대해서는 버려 두고
논하지 않았지요. 제가 스스로 터득한 지식이 아니라
그저 귀동냥한 것에 불과합니다. 제 친구 홍대용은 지식이
한량 없이 깊고 넓어서 일찍이 저랑 달구경을 하면서
장난삼아 이런 이야기를 지어냈답니다. 상식에는 어긋나는
이야기지만, 성인의 지혜를 가진 이라도 이 학설을
깨뜨리기는 어려울 겁니다."

"하하하. 그분을 만나뵙기는 꿈에서도 어려울 테고, 혹시
저술 같은 게 있습니까?"

"아직 저서는 없습니다. 선배 되시는 김석문³이란 분이
일찍이 삼환부공설三丸浮空說 세 가지 구체(해·달·지구)가 공중에 떠
있다는 주장을 펼친 적이 있는데, 그 친구가 장난삼아 이
학설을 부연한 것입니다. 그러나 그도 실제로 관찰하여
얻은 건 아니구요, 또 일찍이 남더러 꼭 이것을 믿어 달라고

3.
김석문金錫文
조선 숙종 때의
학자(1658~1735).
조선 최초로 지전설을
주장한 사람이다.
본관은 청풍(淸風),
자(字)는 병여(炳如),
호(號)는 대곡(大谷).
그의 지전설은 청에서
활약하던 서양 신부의
『오위역지』(五緯曆指)에
소개된 내용에 영향을
받은 것으로 보인다.
그의 지전설은 직접적인
천문 관측을 통해
자연과학적 논리로
얻은 것이 아니었으며,
자신의 저서인
『역학도해(易學圖解)』
서문에서 밝혔듯이
성리학의 미비점을
보충하기 위한 설명의
하나로 우주관을 설명한
것이었다. 또한 김석문은
일정한 시기를 주기로
인류역사와 문명,
자연현상이 흥망성쇠를
되풀이한다는 순환론적
역사철학을 주장하였다.

한 적도 없답니다. 나 역시 오늘 밤 달구경을 하다가, 문득 그 친구 생각이 나서

한바탕 말을 늘어놓았을 뿐입니다."

기풍액은 한족이 아니었다. 그래서 홍대용이 일찍이 연경에서 항주 인사들과

교류했던 일을 터놓고 이야기할 수가 없었다. 기공이 나에게 요청한다.

"김석문 선생이 지은 시 중에서 아름다운 구절 몇 개만 들려주실 수 없을까요."

"그 어른의 시에 대해서는 들은 바가 없습니다."

밤이 깊어 이슬이 차가워지자 기공이 나를 자기 방으로 이끌었다.

촛불을 네 자루나 켜 놓고, 큰 교자상에 음식을 잘 차려 두었다.

특별히 나를 위해서 차린 것이다. 화려한 떡香糕 세 그릇, 각색 사탕 세

그릇, 용안육龍眼肉·여지·낙화생落花生·매실 서너 그릇, 닭·거위·오리

등을 몸통 그대로 차려 놓았다. 또 통돼지를 껍질만 벗겨서

용안육·여지·대추·밤·마늘·후추·호두·살구씨·수박씨 등과 함께 쪄서

떡같이 만들었는데, 맛은 달고 기름질 뿐 아니라 너무 짜서, 먹기는 어려웠다.

떡이나 과실들은 모두 한 자 넘게 높이 쌓아 올렸다. 음식을 다 물리고는, 다시

채소와 과실만 각기 두 접시씩 차리고 소주 한 주전자로 조금씩 대작해 가면서

조용히 이야기를 나누었다. 닭이 두 번이나 울고야 자리를 파하고 숙소에

돌아와 누웠다. 쉬이 잠을 들이지 못하고 뒤척거렸는데, 어느덧 하인들이

일어나라고 깨운다.

경신일 8월 14일
庚申日

/

맑음

삼사는 날이 밝기 전에 대궐에 들어가고, 나는 혼자서 실컷 잠을 잤다. 아침에
일어나 윤가전을 찾아갔으나 만나지 못했다. 다시 왕민호를 찾아 함께 시습재에
들어가서 악기 구경을 했다. 거문고나 비파는 모두 길고 넓으며, 솜을 넣은 붉은
비단 주머니로 쌌다. 종鍾과 경磬은 시렁에 달아맸는데 역시 두툼한 비단으로
덮었다. 축어祝敔와 같은 악기도 모두 진기한 비단으로 집을 만들어 두었다. 대개
거문고와 비파 등은 모양이 너무 크고 칠 또한 지나치게 두꺼웠으며, 젓대와
퉁소 같은 악기는 궤짝 속에 단단히 채워 넣은 바람에 구경할 수가 없었다.
왕민호가 그 이유를 설명하였다.
"악기는 보관이 매우 어렵지요. 습기 차는 곳도 피해야 되고, 너무 건조한
곳도 좋지 않습니다. 오죽하면 거문고 위에 앉은 먼지는 사자학獅子瘊이라
하고, 거문고 줄에 낀 손때는 앵무장鸚鵡瘴이라 하며, 생황의 구멍에 말라붙은
침은 봉황과鳳凰過라 하고, 종이나 경에 떨어진 파리똥은 나화상癩和尙이라 할
정도겠습니까."
그때, 웬 미소년 하나가 황급히 시습재 안으로 들어오더니 눈을 부라리면서 내
손에 든 작은 거문고를 빼앗아 부리나케 집에 넣는다. 왕민호는 몹시 겁을 내며

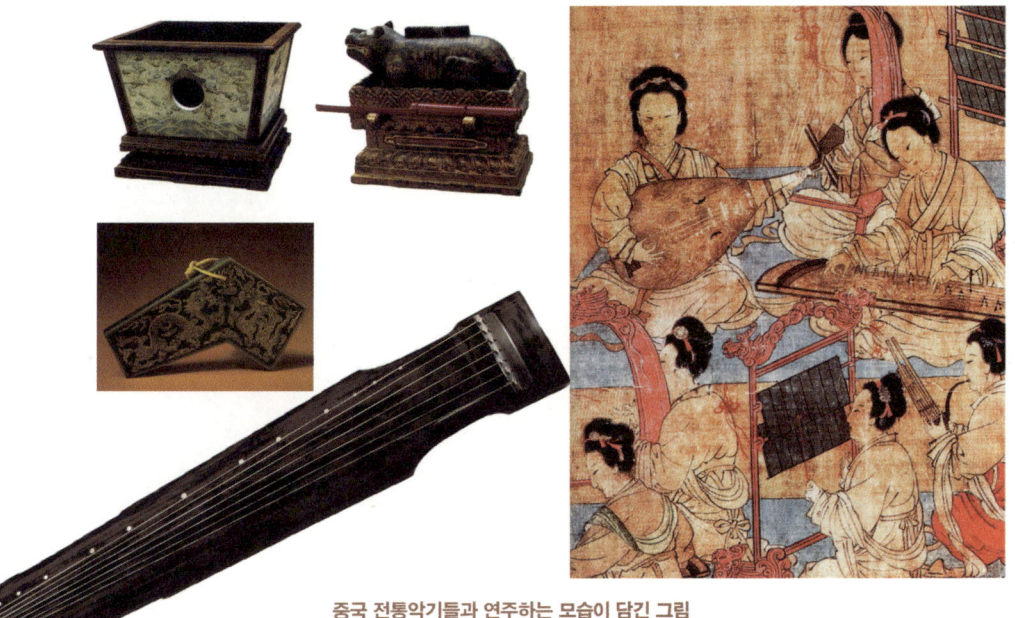

중국 전통악기들과 연주하는 모습이 담긴 그림
악기 그림에서 맨위 왼쪽이 축(祝), 오른쪽이 어(敔). 축은 음악을 시작할 때, 어는 그칠
때 울렸다. 그 아래는 역시 타악기인 경(磬)이고, 그 밑이 우리 거문고의 원조격인 현악기
고금(古琴)이다.

내게 나가자고 눈짓을 한다. 그러자 그 소년은 별안간 웃으면서 나를 붙들더니
청심환을 달라고 한다. 나는 없다고 하고는 곧바로 나와 버렸다. 그 소년은 몹시
무안한 기색이었다. 사실 내 허리 전대 속에는 청심환 여남은 알이 남아 있었다.
하지만 그의 행동이 하도 무례하고 괘씸하여 한 알도 주기가 싫었다. 그 소년은
왕민호에게 한 번 읍하고는 가 버린다.

"누굽니까?"

"윤가전 대인을 따라 북경에서 온 자랍니다."

"저 아이가 악기를 관리하나요?"

"아니요. 아무런 상관이 없답니다. 오로지 조선의 청심환을 얻어내기 위해 염치
불고하고 선생을 속이려 수작을 부린 거지요. 마음에 두지 마십시오."

무심코 문 밖을 나서자, 마침 수백 필의 말이 떼를 지어 문
앞을 지나갔다. 한 목동이 아주 큰 말을 타고서 수숫대 한
자루를 쥐고 그 뒤를 따라갔다. 그 뒤에는 소 30~40마리가
지나가는데, 코도 꿰지 않고 뿔도 잡아매지 않았다. 뿔은
길이가 모두 한 자 남짓하며 빛깔은 푸른 것이 많았다.
당나귀 몇 십 마리도 그 뒤를 따라간다. 목동이 방망이처럼
생긴 긴 지팡이로 맨 앞의 푸른 소를 힘껏 한 대 후려갈기자
소가 놀라 튀어 내달린다. 그러면 다른 소들도 따라서
내달리는데, 그 모습이 마치 대오를 이루어 행진하는 것
같았다. 아침 나절 방목을 하러 나가는 중이었다. 한가로이
다니며 살펴보니, 집집마다 대문을 열어젖히고 말, 나귀, 소,
양 몇 십 마리씩을 밖으로 내몰았다.
돌아와서 태학관 밖에 매어 둔 우리 말의 갈기를 보니,
참으로 한심스럽다. 내 일찍이 석치石癡 정철조[1]와 우리나라

말에 관해 이야기한 적이 있었다.

"불과 몇 십 년 안에 담배통을 말구유로 삼아 베갯머리에서 말을 먹이게 될 거야."

"응? 아니, 그게 무슨 말인가?"

"하하. 모르겠나? 늦가을에 난 병아리에게 여러 차례 씨를 받으면 사오 년 뒤에는 베개 속에서 꼬끼오 하고 우는 꼬마 닭이 된다네. 이놈을 침계枕鷄라고 부르는데, 말도 역시 종자가 작아지기 시작하면 나중에 더 작아져서 침마枕馬가 되지 말란 법이 있겠는가."

"크하하하. 그렇구면. 늙을수록 새벽잠이 점점 더 줄어들 텐데, 이젠 베개 속에서 나는 닭 울음소리까지 듣게 되겠구면. 그런데 그리 되면 침마를 타고 뒷간을 가도 이상할 게 없겠네그려. 그나마 요즘 시속에선 말 흘레 붙이는 것을 크게 꺼려 해서, 수놈 암놈 할 것 없이 모두 동정인 채 늙어 죽을 판일세. 국내의 말이 몇 만 필은 족히 될 테지만, 흘레를 붙이지 않으면 대체 무슨 수로 번식을 한단 말인가. 결국 해마다 말 몇 만 필을 잃는 셈이니, 몇 십 년 안에 침마고 뭐고 간에 다 멸종되고 말 걸세."

실상 내가 연암협에 간 이유는 일찍부터 목축에 뜻을 두었기 때문이다. 연암협은 첩첩산중에 자리잡고 있다. 양쪽이 다 개간하지 않은 골짜기인 데다가 온갖 풀이 무성하여 마소, 노새, 나귀 등 몇 백 마리를 치고도 남을 정도로 넉넉했다. 나는 일찍이 말 기르는 법에 대하여 이렇게 논한 적이 있었다.

우리나라가 이토록 가난한 까닭은 대체로 목축이 제대로 자리 잡지 못한 탓이다. 우리나라에서 목장으로 가장 큰 곳은 탐라 한 곳뿐이다. 그곳의 말들은 모두 원 세조 때 방목한 종자로, 사오백 년을 두고 내려오면서 종자를 한 번도 갈지 않았다. 그러다 보니 결국 용매龍媒나 악와渥洼에서 나는 준마들이 과하果下나 관단款段 꼬마 말 같은 조랑말이 되고 말았다. 이치상 지극히 당연한

일이다. 대궐을 지키는 장수들에게 이 과하와 관단을 내려
주니, 고금 천하에 이런 느림뱅이 조랑말을 타고 적진을
향하여 달린 적이 있었겠는가. 이것이 첫째로 한심한
일이다.

대궐에서 기르는 말에서부터 장수들이 타는 말에
이르기까지 토산 품종이라곤 하나도 없고, 모두가
요동이나 심양 등지로부터 사들인 말들이다. 한 해에
새로 생기는 말이라고는 겨우 너댓 필에 불과하니, 만일
요동이나 심양 길이 끊어지는 날이면 또 어디에서 말을
얻을 것인가. 이것이 둘째로 한심한 일이다.

임금을 호위하며 행렬할 때면 백관들은 말을 빌려 타기도
하고 혹은 나귀를 타고 임금의 뒤를 따르기도 하는데,
이렇게 되면 제대로 된 위의를 갖출 수 없으니 이것이
셋째로 한심한 일이다.

또 문신으로 초헌을 탈 수 있는 자들은 말을 탈 일도 없고,
말을 먹이기도 어렵기 때문에 탈 것을 아예 없애 버린다.
자제들을 태우기 위해 겨우 작은 나귀나 기를 뿐이다.
옛날에는 백 리의 강토에 불과한 나라라도 대부에 이르면
수레 열 대 정도는 갖추었다. 우리나라는 둘레가 몇 천 리나
되는 나라로서 정승이나 재상쯤 되면 수레를 최소 백 대
정도는 갖추고 있어야 할 것이다. 그런데 오늘날 우리나라
대부의 집안에서는 수레 몇 대도 찾아보기 어려우니, 이것이
넷째로 한심한 일이다.

훈련원, 금위영, 어영청, 이 세 군영의 초관들은 다들 백

조랑말, 나귀, 노새
조랑말(제일 위 사진)은
키가 작은 말 품종으로
한국의 제주마도
조랑말이다. 제주마는
특히 체구가 더 작고
온순하다. 나귀(중간
사진)는 짐 나르는 데
주로 이용되는데, 말보다
느리지만 잘 넘어지질
않아 거친 지형에서도
무거운 짐을 잘 나른다.
노새(맨 아래 사진)는
수탕나귀와 암말의
교배로 생긴 잡종인데,
새끼를 낳을 수 없다.

명의 군졸을 거느린 장수임에도 불구하고 말 한 필도 갖출 능력이 없다. 그러다
보니 한 달에 세 번씩 치르는 훈련에선 임시로 말을 빌려 탄다. 혹시라도, 말을
빌려 타고 전쟁에 나간다는 소리가 이웃나라에 알려질까 두렵다. 이것이 다섯째
한심한 일이다.

서울 영문에 있는 장수들이 이런 지경이니, 팔도에 주둔한 기병들이야 말해
뭣하겠는가. 이것이 여섯째 한심한 일이다.

나라 안에 있는 역말은 모두 토산이다. 한데 그 중에서 좀 나은 놈이라도 한
번 사신을 치르고 나면 죽거나 혹은 골병이 들거나 한다. 왜냐하면 사신들이
타는 쌍가마가 몹시 무거운 데다, 네 명의 교군이 말 양 옆에 붙어서 가마에 탄
사람이 흔들리지 않도록 가마채를 붙잡고 가기 때문에 결국 말은 이 교군들까지
싣고 가는 격이 된다. 말 등에 실린 짐이 무거울수록 말은 괴로워 빨리 달릴
수밖에 없고, 말이 달릴수록 짐의 압박은 더해지기 때문에 마침내 죽지 않으면
병이 드는 것이다. 말이 이렇게 자꾸 죽어 나가면 그에 비례하여 말값은 날로
뛰어오르게 되니, 이것이 일곱째 한심한 일이다.

말 등에다 짐을 싣는 일은 천하에 틀려먹은 노릇이다. 우리나라에서는 수레가
잘 다니지 않다 보니, 관청에서고 민간에서고 짐이란 짐은 오직 말에만 의존하여
말의 능력은 아랑곳하지 않고 무거운 짐을 엄청 실어 댄다. 그래서 힘쓸 만한
먹이를 준다는 것이, 여물죽만 무작정 먹이는데 급기야 말 정강이는 힘을 못
쓰게 되고 발굽은 흐물흐물, 한 번만 흘레를 겪으면 뒤를 못 가누게 된다.
바로 이런 이유로 요즘 세속에서는 흘레하여 새끼치는 것을 금하는 것이다.
이러고서야 말이 어디서 생길 것인가. 이는 다름이 아니라, 말을 다루는 솜씨가
틀렸고 말을 먹이는 방법이 옳지 못하며 좋은 종자를 받을 줄 모르고 관원들이
말 기르는 방법에 무식하기 때문이다. 그러면서 채찍을 잡고 말을 타는 자마다
우리나라엔 좋은 말이 없다고 떠들어 댄다. 참 어처구니가 없는 노릇이다.

임인발(任仁發)이 그린 「구마도」(九馬圖)

말을 다루는 솜씨가 틀렸다고 말한 것은 무엇 때문인가. 무릇 동물의 성질이란
것도 사람이나 다름없어 힘들면 쉬고 싶고, 답답하면 풀고 싶고, 굽으면 펴고
싶고, 가려우면 긁고 싶어지게 마련이다. 비록 사람들이 여물을 줘야 먹는
처지이지만, 때로는 제 마음대로 편하게 늘어지고도 싶을 것이다. 그러므로
반드시 이따금 굴레와 고삐를 풀고 물가에 놓아 주어 답답한 기운을 풀어
줘야 한다. 이것이 곧 동물의 성질에 따라 그 뜻을 맞추어 주는 일이다.
우리나라에서는 말을 먹일 때 뱃띠와 굴레가 느슨해질까 염려하여 될수록
단단히 졸라맨다. 그리하여 빨리 달릴 때엔 견마 잡히는 고통에서 벗어나지
못하고, 쉴 때엔 몸을 긁거나 땅에 뒹구는 재미를 맛보지 못한다. 사람과 말이
서로 뜻이 통하지 않아 사람은 툭하면 욕질이요, 말은 언제나 사납게 노기를
띤다. 이 때문에 말을 다루는 솜씨가 틀렸다고 말한 것이다.
한편, 말을 먹이는 방법이 옳지 못하다고 말한 것은 무엇 때문인가. 목마를 때
물 마시고 싶은 심정은 굶주릴 때 밥을 찾는 것보다 더 간절하다. 우리나라
말들은 이제껏 찬 물을 마셔 본 적이 없다. 그런데 말은 성질상 익힌 음식을
가장 싫어한다. 뜨거운 것은 병이 되기 때문이다. 콩이나 여물에 소금을 뿌리는
것은, 짜게 하여 물을 마시게 하기 위해서이고, 물을 마시게 하는 것은 오줌을
잘 누도록 하기 위해서이며, 오줌을 잘 누도록 하는 것은 몸에 지닌 열을 풀게
하기 위해서이다. 냉수를 먹이는 것은 정강이를 굳세게 만들고 발굽을 단단하게

조맹부가 그린 「욕마도」(浴馬圖)

만들기 위해서이다. 그런데 우리나라 말들은 삶은 콩과 끓인 죽을 먹기 때문에 하루 종일 달리고 나면 당장 신열을 못 이겨 병이 되고, 한 끼만 굶어도 기운을 못 써 느리고 둔해진다. 이 모두가 익힌 음식을 먹인 탓이다. 군마일 경우 죽을 먹이는 것은 더더욱 잘못이다.

또 종자를 잘 받지 못한다고 말한 것은 무엇 때문인가. 말은 커야지 작은 건 쓸모가 없으며, 건장해야지 약해선 못쓰며, 잘 달려야지 노둔해서는 못쓰는 법이다. 말에 무거운 짐을 싣고 먼 길을 갈 게 아니라면 몰라도 만일 그것이 필요하다면 이런 토산 말로는 단 하루도 한 집안의 일조차 제대로 치러 내지 못할 것이다. 또한 군사적 목적에 사용하는 거라면, 이런 토산말로는 단 하루도 군사를 치러 내지 못할 것이다.

오늘날 조선과 청국 두 나라는 태평한 시절을 누리고 있는 까닭에 암놈과 수놈 몇 십 필을 청구한다 하더라도 대국에서 그 정도야 아낌없이 내줄 것이다. 만일 외국에서 말을 구하여 사사로이 기르는 일이 미심쩍어 보인다면, 해마다 드나드는 사신들 편에 몰래 사들일 수도 있을 것이다. 어찌 편법이야 없겠는가? 그리하여 서울 근교에 풀이 잘 자라는 땅을 골라, 10년 동안 새끼를 쳐서 점차로 탐라를 비롯한 여러 목장에 퍼뜨려 종자를 개량해야만 할 것이다. 새끼를 치는 방법은 반드시 『주례』周禮와 월령月令을 표준으로 삼아야 한다. 『주례』에서 "말을 먹일 때 수놈이 4분의 1을 차지해야 한다"는 구절에 주석을 달기를, "말의 성질에 맞추고자 함이니 동물은 기질이 같으면 마음도 같다"고 했다. 정사농鄭司農은 "4분의 1은 암놈 세 마리에 수놈 한 마리를 말한다"고 했다. 월령에 보면 "늦봄 삼월에 종마와 종우를 암놈 있는 목장에다 풀어놓는다"고 되어 있다. 청의 학자 진혜전秦蕙田은 "말 먹이는 사람은 종마를 교대하여 부리되 너무 피로하지 않게 하여 기운과 혈기를 안정되게 할 것이요, 또 말을 맡은 관리는 반드시 여름에는 수놈을 멀리 두어야 한다"고 하였다. 이는 암말이 새끼를 뱄을 때는 수놈을 멀리 두어 암놈 곁에 못 가도록 하는 것을 말 번식의 기본으로 여겼기 때문이다. 이 모두 옛 임금들의 '때에 맞춰 만물을 길러 내어 만물의 성정을 다 살린다'는 뜻을 이어받은 것이다.

지금 중국에서는 매년 화창하고 풀이 파릇파릇 돋는 봄날에 수놈 목에다가 방울을 달아 풀어놓고 홀레를 붙인다. 수놈 임자는 그 대가로 은 닷 돈을 받는다. 만일 태어난 망아지나 노새가 수컷이고 잘 달리는 경우엔 은 닷 돈을 더 받는다. 태어난 망아지나 노새가 잘 달리지 못하거나 털빛이 좋지 않거나 길들이기 어려울 경우엔, 반드시 수놈의 씨를 말려 종자를 퍼뜨리지 못하게 하여 특별히 크고 길들이기 쉬운 종자만 가려낸다.

우리나라에서는 목장을 감독하는 관리들이 이런 생각을 못하고 토산말로만 종자를 받기 때문에 낳으면 낳을수록 종자는 점점 더 작아져, 똥통이나 땔나무 한 짐조차 실어 나르지 못하는 지경에 이르렀다. 한 나라의 군대에서 대체 그런 종자를 어떻게 쓴단 말인가.

관원들이 말 기르는 법에 무식하다고 말한 것은 무엇 때문인가. 우리나라의 사대부들은 보통의 허드렛일은 일체 가까이 하지 않으려 한다. 옛날 어떤 이는 사람들이 모인 자리에서 말에게 콩을 좀 더 주라고 했다가, 이조 전랑의 자리에서 떨려난 적이 있었다. 그런가 하면 근자엔 어떤 학사가 말을 아주 좋아하여 말을 보는 기술이 백락[2]이나 다름없을 정도였다. 그러자 사람들은

2.

백락伯樂

춘추시대 천리마를
잘 골라냈다고 하는
손양(孫陽, 위 그림)의
자(字). 말을 감별하는
뛰어난 안목을 인재를
알아보는 눈에 비유한
'백락일고'(伯樂一顧,
명마도 백락을 만나야
세상에 알려진다)라는
고사의 주인공.

3.

도위都尉

후한시대에는 무뢰배들을
관직에 기용하는 경우가
종종 있었다. 이 때문에
"양의 염통으로 요리를
잘하는 자는 도위 벼슬에
오르고, 양 머리로 요리를
잘하는 자는 관내후
벼슬에 오른다"라는 말이
돌았다고 한다.

칭찬을 해주기는커녕 도리어 "옛적에는 양고기 잘 굽는
도위[3]가 있다더니, 지금 세상에는 말 잘 다루는 학사가
다 있네" 하며 비웃어 댔다. 그 습속의 치우침이 이런
지경이다. 그 결과, 말 기르는 일을 한 나라의 큰 정책으로
생각하지 않고 도리어 수치로 여겨 하인들의 손에만 맡겨
두니, 직책은 감목監牧이지만 사람은 양반 벼슬아치인지라
말 기르는 법에 대해선 도통 알지 못한다. 이는, 능력이
없어서가 아니라 배우기를 꺼려하기 때문이다.

옛날 당나라 초기에, 암말과 수말 3천 필을 구해 적수의
언덕에서 농우 땅으로 옮기고는, 태복太僕 목축을 맡은 고관
장만세張萬歲 당 태종 때 저명한 목축가로 하여금 관리하게 하였다.
그 덕분에 놀랍게도 정관貞觀 627년에서 인덕麟德 665년
연간에 이르기까지 말이 무려 70만 필로 늘어났다. 무후
때부터 점차 줄어들긴 했으나, 당 현종 때만 해도 24만
필이 여전히 남아 있었다. 다시 왕모중王毛仲·장경순張景順
등으로 하여금 십여 년 동안 열심히 기르게 한 결과, 43만
필로 불어났다. 개원 13년725년 당 현종이 동쪽으로 가서
태산에 제사를 지낼 때, 말 몇 만 필을 털빛에 따라 죽 세워
놓았는데, 멀리서 본 모습이 비단처럼 아름답게 보였다고
한다. 이것은 그 관직에 꼭 맞는 사람을 얻었기 때문이다.
실로 말을 좋아하고 말 기르는 법을 잘 아는 사람을
찾아 맡긴다면, 비록 '말 잘 다루는 학사'라는 비웃음을
당할지라도 태복의 벼슬에 꼭 맞는 사람을 찾았다고 할
것이다.

한 사람이 와서 연암 박선생이 누구냐고 물었다. 기풍액의 하인이 나를
가리키자, 그는 마치 옛 벗을 만난 듯 기쁜 표정으로 내게 읍하면서 말을 전한다.

"저는 광동 안찰사 왕선생의 청지기입니다. 우리 선생께서 지난번에 선생님을
만나 뵙고는 무척 기뻐하시며 내일 정오에 다시 찾아가 환담을 나누겠다고
하십니다. 절강에서 만든 부채에 금칠로 손수 그리신 것을 올리겠다고
하십니다."

"지난번 왕공의 과분한 사랑을 받고도 아무런 보답을 못했는데, 먼저 귀한
선물까지 받게 되다니 예의가 아닌 듯하오이다."

"지금 선물을 가지고 온 건 아닙니다. 왕선생께서 몸소 가져오실 겁니다.
선생님께서는 부디 내일 정오에 출타하지 말아 주십시오."

"그렇게 하지요. 실례지만 선생께서는 본적과 존함이 어떻게 되시는지요?"

"저는 강소성 사람으로, 성은 누鏤가요, 이름은 일왕一旺이며, 호는 원우鴛玗라
합니다. 왕선생을 따라서 광동에 들어갔지요. 그런데 박선생님께서는 고국을
떠나신 지 몇 해나 되었는지요."

"금년 오월에 고국을 떠났습니다."

"우리 광동에 비하면, 문 앞뜰을 나선 것이나 다름없군요. 한데, 귀국 황제의
연호는 무어라 부릅니까?"

"무슨 말씀이시온지."

"황제의 기원 연호 말입니다."

"조선은 중국의 제도를 받들어 쓰는데, 어찌 연호가 따로 있겠습니까. 금년이 곧
건륭 45년이죠."

"귀국은 중국과 대등한 천자의 나라가 아닙니까?"

"만방이 모두 한 천자를 받들고, 온 천하가 모두 대청大淸이며, 해와 달이 다
건륭이지요."

상평통보

"그렇다면 관영寬永이니 상평常平이니 하는 연호는 어디에서
나온 것입니까?"

"그건 또 무슨 말씀이신지."

"제가 바다에서 표류해 온 귀국의 배에서 보았는데,
관영통보寬永通寶를 잔뜩 실었더군요."

"그건 일본 사람들이 감히 붙인 연호입니다. 우리나라
연호가 아니라오."

누원우는 그제서야 고개를 끄덕인다. 그의 행동거지와
말하는 태도는 나름 여유가 있고 단아하긴 했으나 왠지
좀 무식해 보였다. 당초 무슨 깊은 뜻이 있어서 물은 것도
아니요, 또 돈이 금지된 품목이라서 물어본 것도 아니었다.
'귀국 황제'라는 표현에서 이미 그의 무식함을 알고도
남음이 있다. 우리나라의 표류한 배가 돈을 실었다 한들
그 자체야 괴이쩍을 일이 아니지만, 그렇다고 관영통보를
잔뜩 실었을 리가 있겠는가. 그는 정말로 관영통보와
상평통보를 혼동하여 모두 우리나라 돈인 줄 알았던
모양이다. 그는 진정으로 우리나라에서 중국의 정월을
그대로 쓰는 걸 몰랐고, 그 때문에 관영이니 상평이니
하는 것을 보고는 우리나라에도 따로 연호가 있는 것으로
간주했던 것이다. 하지만 그건 그저 무식한 것일 뿐, 어떤
나쁜 의도를 갖고 물어본 것은 아니었다.

누원우는 차를 다 마시고 다시 부탁한다.

"내일은 부디 다른 데 출입을 말아 주세요."

내가 고개를 끄덕이니 그는 작별을 못내 아쉬워하며 한 번

읍하고 돌아갔다. 수역에게 물었다.

"무엇 때문에 돈을 금하는 겐가?"

"따로 조약을 맺은 일은 없지만, 우리나라나 중국이나 돈을 통용하진 않습니다. 또 중국의 허락 없이 우리나라가 사사로이 돈을 주조하는 것도 온당한 일은 아니지요."

"꼭 그런 건 아니네. 옛날 제나라 태공이 크고 작은 아홉 곳의 관부를 두어 재물을 관리했지만, 주나라 천자는 이를 금한 적이 없었네. 또 돈을 처음 쓰기 시작한 때는 숙종 경신년1680년으로, 올해로 벌써 101년이 되었으나, 청나라 초기에도 이런 조약이 들어 있지 않았었네. 우리나라에서는 세종 때 돈을 한번 주조하여 7, 8년간 사용하다가 민간에서 불편하게 여기는 바람에 다시 지폐를 쓰게 되었지. 인조 때 다시 돈을 주조했지만 만들자마자 폐기한 적도 있고……. 모두 민간에서 불편하게 여겨 그랬던 것이지, 청을 두려워해서 그랬던 것은 아닐세. 오늘날 북쪽 지방에서 돈 대신 베를 통용하는 것은 국경이 가깝기 때문일세. 하지만 관서 지방은 의주에서부터 압록강가의 작은 고을까지 돈을 통용하고 있지. 이렇듯, 지역마다 달라서 도무지 종잡을 수가 없다네. 그런데 중국에 표류한 우리 배의 돈을 무슨 연유로 금한단 말인가."

"지금부터라도 역원에서는 몇 년 동안 임시방편이나마 중국 돈을 통용하는 것이 좋을 듯합니다. 우리나라 은은 자꾸만 귀해지고 중국 물건 값은 날로 오르니, 이 때문에 역원의 손해가 막심하지요. 은 한 냥을 중국 돈 7초鈔와 교환하니, 만일 중국 돈을 통용한다면 우리나라에서 돈을 주조하는 비용이 줄어들 테고, 또 그리 되면 돈은 저절로 흔해지고 이익은 막대해질 것입니다."

그러자 이제까지 옆에서 말 없이 이야기를 듣고만 있던 주주부가 한마디 한다.

"조선통보는 한나라 때의 오수전ᵃ보다도 더 가치가 있고 오래된 돈이라, 신통력이 있어 점치는 데에 많이들 쓴다는군요."

4.
오수전五銖錢
한 무제 때 삼수전이
지나치게 가볍다 하여
새로 만든 돈(위 사진).

5.
공문십철孔門十哲
『논어』에 소개되어 있는
공자의 훌륭한 제자
10명으로, 덕행에는 안연,
민자건, 염백우, 중궁이고,
언어로는 재아와
자공이고, 정사로는
염유와 자로이고,
문학으로는 자유와
자하였다.

"오래되어 신통력이 있다니, 그게 무슨 말인가."

"조선통보는 기자 때 만들어진 돈이라 그렇다는 거지요. 중국 사람들이 보면 당연히 보물로 여길 텐데, 갖고 오지 못해 참 애석합니다."

"허허, 이 사람아, 그런 말도 안 되는 소리를. 이 돈은 세종 때 주조한 돈이야. 기자 때에 대체 해서체楷字가 어디 있었단 말인가. 송나라 동유董逌의 전보錢譜를 보면 우리나라 돈 네 종류가 실렸는데, 삼한중보·삼한통보·동국중보·동국통보 등이 그것이라네. 그걸 보면 모르겠나."

오후에는 세 사신이 대성전을 참배했다. 주자를 높여 공문십철[5]의 아랫자리에 모셔 두었다. 신위神位엔 모두 붉은 칠을 하여 반짝반짝 윤이 나고 글씨는 금색이다. 옆에는 같은 내용을 만주 글자로 병기했다. 대성문 바깥벽에는 검은 돌을 세우고, 강희·옹정과 지금 황제의 훈시와 황제가 지은 학규學規를 새겨 놓았다. 뜰에 새운 비석은 작년에 세운 것으로, 이 또한 황제가 세웠다고 한다. 대성전 뜰에는 한 길 남짓 되는 향로가 놓였는데, 아로새긴 솜씨가 아주 정교했다. 전각 안의 모든 신위 앞에는 작은 향로가 놓여 있다. 모두 '건륭 기해년 제작'乾隆己亥製이라고 새겨져 있다. 모든 신위 앞에는 붉은색 구름 무늬의 비단으로 휘장을 드리웠다. 양쪽 행랑채 안쪽의 신위 앞에 설치된 양식도 전각 안과 똑같이 장엄하고 화려하여 이루 다 형용할 수 없을 정도다. 삼사는 돌아와 각기 차례로 청심환 몇 알과 부채 몇 자루씩을 추사시와 왕민호에게 선물하였다.

숭정 갑술년^{1634년} 6월 20일에 명의 칙사 노유령이 환관으로 우리나라에 온 적이 있었다. 24일에 성균관에 나아가 성현에 참배하면서 그는 그 자리에 참석한 유생들에게 백금 오십 냥을 내려 주었다. 그런데 지금 우리 사신들은 큰 나라의 성묘에 참배하면서 수학하고 있는 두 명의 거인에게 변변찮은 청심환과 부채 따위나 선사하고 있으니, 정말 부끄러운 일이다. 나는 두 선비에게 가서 사과를 올렸다.

"창졸간에 나선 나그네의 처지라 가지고 온 것이 없어, 변변치 않은 환약과 부채뿐이니 부끄럽기 짝이 없습니다."

두 선비는 허리를 굽혀 사례한다.

"주인으로 앞길을 인도한 것뿐이니 수고랄 게 뭐 있겠습니까. 여러 대인께서 이토록 분에 넘치는 선물을 주시니 진심으로 감사드릴 따름입니다."

저녁을 치른 뒤에, 왕민호가 어린 학도 편으로 붉은 쪽지 한 장을 보내 왔다.

"왕민호는 삼가 연암 박선생님께 부탁을 드립니다. 수고스럽겠으나 천은 두 냥으로 청심환 한 알만 사 주셨으면 합니다."

나는 천은을 바로 돌려보내고 진짜 청심환 두 알을 보내 주었다.

저물녘에 황제로부터 사신은 황성으로 돌아가라는 명령이 내려왔다. 일행은 밤이 이슥하도록 부산하게 길 떠날 차비를 꾸렸다. 나는 한밤중에 기풍액과 작별하였는데, 그는 그때 나에게 다음과 같이 간곡히 부탁했다.

"저는 18일에 열하를 출발하여 25일에는 북경에 도착해서, 26, 27, 28일 사흘 동안은 두루 작별 인사를 다니고, 9월 6일에는 선산에 성묘를 갔다가 9일에는 집으로 돌아와 11일에는 귀주로 떠날 예정입니다. 떠나기 전날은 당연히 집에 있을 터이니 꼭 한번 저에게 들러 주십시오."

나는 그러마고 답하고, 다시 왕민호에게 작별의 인사를 하였다. 그가 눈물을 흘리며 "이 밤에 이별을 하면, 다시 볼 수 없겠군요. 이제 달밝은 날이면 그 심회를 어찌하오리까" 한다.

이는 지난번 만났을 때, 다음에는 추석날 밤에 명륜당에서 만나 이야기를 하자고 약속한 바가 있었기 때문이다. 다시 학성에게 갔으나 그는 다른 곳으로 자리 나가고 없었다. 이어 윤가전에게로 가서 작별의 인사를 나누니, 그는 눈물을 닦으며 말한다.

"내 나이 늙어 아침저녁 풀잎에 맺힌 이슬과 같은 신세라오. 선생은 한창 활동할 나이니 또 다시 연경에 오게 되면 응당 오늘 밤을 떠올려 주시기 바라오."

그리고는 술잔을 들어 달을 가리키며 서글픈 어조로 말했다.

"달 아래 이별을 하고 보니, 훗날 선생이 그리울 적엔 저 달을 보며 만 리 밖에 계신 선생을 본 듯 여기겠소이다. 보아하니 선생께선 술도 잘하시고, 또한 왕성한 나이신지라 응당 여색에도 빠지기 쉬우니, 이제부턴 부디 몸가짐을 바로 하시기 바랍니다. 저는 18일에 연경으로 돌아갑니다. 만일 선생이 그때까지 귀국하지 않으시거든 간절히 바라건대, 꼭 다시 한번 찾아 주십시오. 동단패루東單牌樓 둘째 골목 두번째 집 대문 위에 대리시경大理寺卿이란 편액이 붙어 있는 곳이 바로 제 집입니다."

우리는 마침내 서로 악수하고 작별하였다.

천하의 형세를 논하다 심세편審勢編

연암 박지원은 말한다.

중국을 유람하는 사람에게는 다섯 가지 망녕된 바가 있다. 지위와 문벌을 서로 높이는 것은 본래 우리나라의 비루한 습속이다. 학식 있는 사람은 국내에 있을 때에도 양반입네 내세우는 것을 부끄럽게 여긴다. 하물며 변방의 일개 사족 주제에 도리어 중국의 오래된 종족을 깔보려 함에 있어서랴. 이것이 첫번째 망녕됨이다.

중국의 붉은 모자나 마제수줍고 긴 소매에 말발굽형의 수구補口 복장은 한족뿐만 아니라 만주족 역시 부끄러워한다. 그러나 그들의 예속과 문물은 사방 오랑캐 중에서도 가장 뛰어나다. 우리는 그들과 겨루어 한 치도 잘난 것이 없는데도 오직 조막만 한 작은 상투 하나를 가지고 천하에 자신을 뽐내려 한다. 이것이 두번째 망녕됨이다.

옛날 월정 윤근수가 명나라에 사신으로 갔다가 길에서 어사 왕도곤[1]을 만난 적이 있는데 길 한 편에 숨을 죽이고 비껴서서 먼지 자욱한 행차를 바라본 것만으로도 영광으로 생각하였다고 한다. 이제 중국이 변하여 오랑캐가 되었다 해도 '천자'라는 칭호는 여전히 유지하고 있다. 그러니 각부의 대신들은 곧 천자의 공경인 셈이다. 옛날이라 해서 더 높다든지, 요즘이라고 해서 더 낮다든지 하지는 않을 것이다. 그런데도 사신으로 간 사람들은 관장官長을 뵙는 예식을 갖추어야 함에도 공식 석상에서 절하고 읍하는 것을 수치스럽게 여겨 걸핏하면 어떻게든 모면해 보려고 한다. 그리고 그것이 하나의 관례가 되었다. 어쩌다가 그들을 만나도 대체로 거만하게 행동하는 것을 높은 풍취로 여기고 공손하게 행동하는 것은 욕되다고 생각한다. 저들이 비록 이에 대하여 심하게 질책하지는 않는다 하더라도 속으로는 우리 쪽의 무례함을 경멸하고 있을지 어찌 알겠는가. 이것이 세번째 망녕됨이다.

우리나라 사람은 한문을 안 뒤로는 모든 글을 중국에서 빌려 읽었다. 그러다 보니 중국 역대의 일을 이야기하는 것치고 '꿈속에서 꿈'을 점치는 꼴 아닌 것이 없다. 상투적인 공령문功令文 과거시험을 볼 때 쓰는 문체이나 운치 없는 시문이나 짓는 처지에, 툭하면 '중국에는 볼 만한

왕도곤汪道昆

중국 명나라의 문인. 자는 백옥(伯玉) 또는 옥경(玉卿), 호는 남명(南冥). 가정(嘉靖) 연간에 진사(進士)가 되었다. 척계광(戚繼光)과 왜(倭)와의 전쟁에 참가하여 공을 세워 안찰어사(按察御史)에 발탁되었고, 이후 여러 차례 승진을 거듭하여 병부시랑(兵部侍郎)까지 올랐으나, 벼슬을 버리고 고향으로 내려갔다. 시문으로 세상에 이름을 떨쳐 왕세정(王世貞)과 더불어 양사마(兩司馬)로 불리기도 하였다.

2.

아홉 유파, 구류九流

구류란 공자의
유가(儒家), 노자의
도가(道家), 한비자의
법가(法家), 묵자의
묵가(墨家), 여불위의
잡가(雜家), 혜시의
명가(名家), 추연의
음양가(陰陽家), 허행의
농가(農家), 소진·장의의
종횡가(縱橫家)를 말한다.

문장이 없다'고 말한다. 이것이 네번째 망녕됨이다.

중국의 선비들은 강희 이전만 해도 모두 명나라의 유민이었으나, 강희 이후에는 청나라 황실의 신하요 백성이다. 진실로 청나라에 충절을 다하고 법률과 제도를 높이 받드는 것이 마땅하다. 갑자기 낯선 이와 대화를 하면서 나라의 실정을 외국 사람에게 알린다면 이들은 곧 청나라의 반역자가 되는 셈이다. 그러나 우리나라 사람은 중국 선비들이 황제의 은택을 칭송하는 걸 보기만 해도, 문득 "『춘추』의 의리를 읽기나 했겠어?" 하면서 말끝마다 연燕·조趙의 저잣거리에 비분강개한 노래를 부르는 선비가 없다고 탄식을 한다. 이것이 다섯번째 망녕됨이다.

중국의 선비들에게는 세 가지 어려움이 있다. 그들은 한번 거인이 되면 모든 역사서와 경전을 사안에 따라 변증해야만 하고 제자백가와 아홉 유파[2]도 그 근원과 지류를 섭렵하여 문답을 할 때면 '메아리가 치듯' 즉시 대답을 해야 한다. 그렇게 하지 않으면 선비가 되기에 부족하다고 할 수 있다. 이것이 첫번째 어려움이다. 그들은 마음이 너그럽고 행동이 우아하며 예를 차릴 줄 안다. 편안하고 아름다운 모습에는 거만한 태도가 없다. 마음을 텅 비워 사물을 접하여 대국으로서의 체면을 잃지 않는다. 이것이 두번째 어려움이다. 작거나 크거나, 멀거나 가깝거나, 무엇이든 법을 두려워한다. 법을 두려워하므로 벼슬에 신중하고, 맡은 바 직무에 신중하므로 제도가 한결같다. 모든 백성들이 일을 나누어 자발적으로 열심히 종사한다. 이것이 세번째 어려움이다.

우리나라 사람들이 다섯 가지 망녕됨을 가지게 된 것은 사실 명나라 유민들의 자기 모멸에서 연유한다. 그러나 그들이 스스로를 능멸하는 실제 내용 역시 중국의 죄가 아니며, 그들이 원래부터 가지고 있던 세 가지 어려움 또한 우리나라 사람이 능멸하고 말고 할 사안이 결코 아니다.

남북조 시절 양梁의 명장이었던 진경지가 위나라에서 남쪽으로 돌아온 후, 북방 사람들을 매우 존중하였다. 주이가 이를 이상하게 여겨 물었더니, 진경지는 이렇게 답하였다.

"진·송 이후로 낙양을 황폐한 땅으로 여겼습니다. 장강 이북이 모두 오랑캐가 되었다고 생각했기 때문이지요. 그런데 지난번 낙양에 가서야 비로소 의관을 갖춘 사족들이 모두 중원에 있다는 걸 알게 되었습니다. 예법이 잘 갖추어져 있는 데다 뛰어난 인물들이 많아서 그 풍요로움이 이루 형용할 수가 없을 지경이더군요."

이로 보건대 '망양의 탄식'[3]은 예나 지금이나 같은 심정이라는 걸 알겠다. 내가 열하에 있는 동안 중국의 사대부들과 어울린 적이 많았다. 범상하게 이야기를 나누는 중에도 날마다 내가 모르던 것을 많이 알게 되기는 했지만, 화제가 당시 정치의 득실이라든지 민정의 향배 따위에 미치면 도무지 알아낼 방법이 없었다. 옛글에 이런 말이 있다.

"그 예법을 살펴서 그들의 정치를 알며, 그 음악을 듣고 그들의 덕을 안다. 그렇게 한다면 백세가 흐른 뒤에 백세 이전의 왕을 비교해 보더라도 어긋남이 없을 것이다."

하지만 이미 자공의 재주와 계찰의 지혜가 없으니 비록 여러 가지 악기와 춤추는 도구가 날마다 앞에 펼쳐져 있어도 정치와 도덕의 근원을 알아채지 못한다. 하물며 입만 열면 태고적 음률을 운운해 대고서야 어찌 그 시대의 쇠퇴함과 융성함을 알 수 있겠는가. 게다가 갈피도 없거니와 짐짓 실정에 맞지도 않는 허랑한 질문을 해대니 이 무슨 꼬락서니인지.

대개 중국 선비들은 그 기질이 자랑하는 것을 좋아하고 학문이 해박한 것을 귀하게 여긴다. 그들의 논리는 경전과 역사서를 종횡무진 넘나들면서 고담준론을 일삼는다. 그러나 우리나라 사람들은 말씨가 아름답지 못한 데다 질문에 급급해서 대뜸 요즘 정세에 대해 말하거나 스스로 자기 의관을 자랑함으로써 중국인들이 자신들의 옷차림을 부끄러워하는지 어떤지를 살핀다. 어떤 경우엔 단도직입적으로 명나라를 잊지 않았느냐고 물어 상대의 말문을 막히게 한다. 이런 일들은 그들이 피하는 일일뿐 아니라 우리에게도 손해가 막심하다. 그러므로 그들의 환심을 사려면 반드시 대국의 명성과 교화를 찬양하여 먼저 그들을 안심시켜야 한다. 또 중국과 우리가 하나라는 것을 보여 주어 그들의 의구심을 가라앉혀야 한다. 그러는 한편, 예악에 관심을 보임으로써 그들의 고상한 취향에 맞춰 주어야 하며 틈틈이 역대의 사적을 높이 띄워주되, 최근의 일은 언급하지 말아야 한다. 뜻을 공손히 하여 배우기를 청함으로써

3.
망양望洋의 탄식
넓은 바다를 보고 감탄한다는 뜻으로, 남의 원대함에 감탄하고 나의 미흡함을 부끄러워 함을 비유하는 말이다.

그들이 마음 놓고 이야기하도록 유도해야 한다. 아무것도 모르는 척하면서 마음을 울적하게 만든다면 그들의 눈가에는 진심과 거짓이 드러날 수 있을 것이다. 그렇게 되면 웃고 대화하는 사이에 그들의 실정을 탐지할 수 있으리라. 이것이 내가 문자 밖에서 터득한 방편이다.

아! 중국의 유학은 그 기세가 점차 쇠퇴하여 천하의 학문이 하나에서 나오지 않게 되었다. 주희와 육구연[4]의 주장이 갈라진 이후, 양편은 수백 년 동안 서로 원수처럼 헐뜯으며 미워하였다. 그러다 명나라 말기에 이르러, 천하의 학자들이 모두 주희를 조종祖宗으로 삼게 되면서 육구연을 따르는 이는 드물게 되었다. 청나라 사람이 중국을 장악하고 나서는 학문의 중심과 사람들의 추세를 은밀히 살폈다. 그러고는 주희를 십철의 반열에 올려 배향하면서 온 천하에 외쳤다.

"주자의 도가 바로 우리 황실에서 대대로 이어온 학문이다."

마침내 천하 사람들이 만족스럽게 여겨 기꺼이 심복하는 사람도 있었고, 이것으로 겉을 잘 꾸미면서 세상에 아부하는 자도 있었다. 그러니 육구연의 학문은 거의 끊어질 지경이었다.

아! 그들이 어찌 진실로 주희의 학문을 알아서 그것을 취했겠는가. 천자의 높은 지위에 앉아 겉으로만 숭모하는 척하였을 뿐이다. 이를테면, 중국의 대세를 살펴서 그것을 먼저 차지한 뒤, 온 천하 사람의 입에 재갈을 물려서 자기들을 감히 오랑캐라고 부르지 못하도록 하는 것에 그 뜻이 있었던 것이다. 무엇을 통해서 그렇다는 것을 알 수 있는가. 주희는 중국을 높이고 오랑캐를 배척하였다. 그러자 황제는 일찍이 저술을 통하여 송나라 고종이 『춘추』의 대의를 알지 못하였다고 배척하였고, 송의 간신 진회[5]가 화친을 주장한 죄상을 성토하였다. 주자가 유학의 경전을 집대성하자 황제는 천하의 선비를 모아서 천하의 글을 몽땅 거두어들여

4.

육구연陸九淵
중국 남송(南宋)의 유학자(1139~1192). 호(號)는 상산(象山). 우주는 이(理)로 충만한 것이며, 인간에 있어서는 '그 마음이 곧 이[心卽理]'라는 명제를 정립하고, 이로써 심(心)을 성(性)과 정(情)으로 구별한 주희의 학설에 반대했다. 그의 심즉리설은 왕양명(王陽明)이 실천에 중점을 두는 심학(心學)으로 계승됨으로써 육왕학파(陸王學派)로 성립되었다.

5.

진회秦檜
남송의 정치가. 금나라 군대가 장방창(張邦昌)을 세우는 것을 반대하는 글을 올렸다가 휘종과 흠종 두 황제를 따라 포로로 금나라에 갔다가 몇년 뒤 돌아왔다. 이후 19년을 집정하면서 자신과 의견이 다른 사람은 배척하고, 여러 차례 대옥(大獄)을 일으켰다. 1142년 회하(淮河)와 진령산맥(秦嶺山脈)을 잇는 선을 국경으로, 금나라와 남송이 중국을 남북으로 나누어 점유하기로 합의했는데, 그 조건으로 송나라는 금나라에 대하여 신하의 예를 취하고, 세폐(歲幣)를 바쳤다. 유능한 관리였지만 정권 유지를 위해 옥사(獄死)를 일으켜 반대파를 억압했기 때문에 후세의 주자학파로부터 혹독한 비난을 받았다. 그의 손에 옥사한 악비가 민족의 영웅으로 존경받는 데 반해 그에게는 간신이라는 낙인이 찍혔다.

『도서집성』과 『사고전서』 등을 편찬했다. 그러고는 천하 사람들에게 외쳤다.

"이것이 바로 주자가 남기신 말씀이며, 주자가 남긴 종지宗旨다."

걸핏하면 주자를 높이 받든 이유는 다른 데 있는 것이 아니다. 이것은 천하 사대부들의 목덜미에 걸터앉아 그들의 목구멍을 누른 채 그 등을 어루만지는 격이다. 천하의 사대부들은 대부분 예의절목의 구구한 항목에 골몰하여 자기가 무엇을 하고 있는지도 깨닫지 못한다.

어떤 이는 이렇게 말한다. "청나라 사람들이 중국의 예문을 숭상하면서도 만주의 옛 풍속을 바꾸지 않는 것은 무엇 때문인가?"

또 어떤 이는 이렇게 말한다. "그것만으로는 저들의 마음을 헤아릴 수 없지."

그렇지만 저들은 이렇게 말할 것이다.

"우리는 천하를 이익으로 삼을 생각은 없다. 우리는 다만 명나라 황실을 위하여 크게 원수를 갚으려는 것뿐이다. 천하가 오래도록 텅 비어 있을 이치는 없을 터, 우리는 천하를 위하여 중국 땅을 다스리다가 새로운 주인이 나타나면 그 즉시 모든 것을 거두어 동쪽으로 돌아갈 것이다. 그러므로 우리 조상의 옛 제도를 감히 고치지 않는 것이다."

그러면 어떤 사람들은 이렇게 말한다. "그건 그렇다 치고, 그러면 무엇 때문에 온 천하로 하여금 강제로 자신들의 법을 따르게 한단 말인가? 그것만으로도 그들의 저의를 알고도 남음이 있다."

그러면 저들은 이렇게 말할 것이다.

"제왕이란 문자와 수레바퀴를 똑같이 하여 제도를 통일할 뿐이다. 청나라의 신하라면 마땅히 지금 제왕의 제도를 따라야 하고, 청나라의 신하가 아니라면 따르지 않으면 그뿐이다."

중국의 동남 지역은 문물이 발달한 곳이어서 분명 가장 먼저 난을 일으킬 염려가 있었다. 그들은 경박함을 좋아하고 의론 펼치기를 즐긴다. 이 때문에 강희제는 강소·절강 지역을 여섯 차례나 순행하여 은밀히 호걸의 마음을 막아 버렸다. 지금 황제는 그 뒤를 밟아서 다섯 차례나 그곳을 순행하였다. 천하의 우환거리는 늘 북쪽 오랑캐에게 있는 탓에, 강희제 시절에는 그들의 항복을 받아낸 뒤에도 열하에 행궁을 세우고 거기에 머물렀다. 그러자 몽고의 강력한 군대도 중국을 번거롭게 하지 않았다. 이처럼 오랑캐로써 오랑캐를 방비하게 되니, 군비는 절약되고 국경 방어는 굳게 다져져서 지금의 황제는 친히 군대를 통솔하여 그곳을 지키고 있는 셈이 된다. 서번이 비록 강하고 억세긴 하지만 황교를 몹시 공경한다. 이에 황제는 그 풍속을 따라 몸소 번승을 모시고 사원을 찬란하게 꾸밈으로써 그의 마음을 기쁘게 하였다. 그리고 명목상 '왕'으로 봉하여 그의 세력을 포섭하였다. 이것이 바로 청나라가 천하를 제어하는 방법이다.

만주족은 중국의 한인에 대해서만은 마치 무심한 척하지만 속내는 그렇지 않았다. 천하의 백성들이야 세금만 적게 해준다면 절로 안정될 것인즉, 그렇게만 하면 자신들의 모자와 의복, 제도를 편히 여겨 결코 반대하지 않으리라 여겼다. 다만 천하 사대부들을 안정시킬 방법이 없는지라 임시방편으로 주희의 학문을 높여서 선비들의 마음을 크게 위무한 것이다. 그렇게 되면 호걸은 감히 노여워할지언정 대놓고 비판은 못할 것이며, 천박하고 위선적인 자들은 시속의 뜻을 따라 일신의 이익만을 꾀하리라. 한편으로는 남몰래 중국 선비들을 약하게 만들고, 한편으로는 문화적 교화라는 명분을 취한 것이다. 진시황처럼 '분서갱유'를 하지 않고도 이들 선비는 글자나 교정하는 일에 골몰하느라 그 정신이 취진국聚珍局 사고전서를 만드는 곳에서 산산이 흩어져 버린다.

아! 천하를 어리석게 만드는 방법이 실로 교묘하고도 깊다고 하겠다. 이른바 '책을 사서 모아들이는 재앙이 불살라 버리는 재앙에 비해서 심하다'는 것은 바로 이를 두고 하는 말이다. 그러므로 중국 선비들은 가끔 주희를 반박하면서도 전혀 거리낌이 없었으니, 어떤 이는 모기령 같은 사람에 대해서 '주자의 충신'이라는 둥, '진리를 지켜낸 공이 있다'는 둥, '은인의 집과 원수를 맺었다'는 둥의 말을 거침없이 내뱉기도 한다. 현실은 바로 이러했다. 이것으로 그들의 숨겨진 의도를 충분히 파악할 수 있을 것이다.

아! 주희의 도는 마치 해가 중천에 떠오른 것과 같이 세계 만방이

건륭제의 남방 순시
건륭제는 국내 정세가 불안하다고 생각되면 직접 군대를 이끌고 그 지역을 순시하거나 반란을 진압하곤 했다. 아래 그림은 건륭제 일행이 남방 순시를 하기 위해 북경의 정양문을 나서는 모습이다.

모두 우러러 보는 바이다. 황제가 개인적으로 존숭했다 한들 주희에게 무슨 누가 되겠는가. 그런데도 중국의 선비들이 그것을 부끄러워하는 것은 대개 그들이 겉으로는 존숭하는 척하면서 안으로는 세상을 억누르는 밑천으로 삼는 것에 격분해서이다. 그러므로 가끔 한두 가지 집주集註의 그릇된 곳을 핑계로 백 년 동안의 번뇌와 원한의 기운을 씻으려는 것인즉, 오늘날 주자를 반박하는 사람은 옛날 육구연의 학문을 따르던 이들과는 명백히 다르다는 점을 알 수 있다.

그렇지만 우리나라 사람들은 이런 속내를 알지 못한 채 잠깐 중국 선비를 접촉할 때 대수롭지 않은 말이라도 일단 주희와 어긋나는 바가 있을라치면 눈이 휘둥그래지며 깜짝 놀라 그들을 육구연의 무리라고 배척하곤 한다. 또 귀국해서는 이렇게 말한다. "중국에는 육구연의 학문이 크게 번성하여 유학의 도가 땅에 떨어졌더구만. 쯧쯧." 그러면 듣는 사람 역시 그 본말은 따져 보지도 않은 채 마음속에서 먼저 분노를 일으킨다. 아! 유학을 어지럽히는 사문난적의 성토가 비록 멀리 중국까지 미치지는 못할지라도, 이단을 용납한 잘못은 진실로 용서받지 못하리라. 엄계연암협에 있는 시내 이름 꽃그늘 아래서 술을 마시면서 꽃잎에 맺힌 이슬에 붓을 적셔 이 글을 쓴다. 뒷날 중국을 유람하다가 마음껏 주희를 반박하는 이를 만나면, 반드시 범상치 않은 선비로 여기고 이단이라면서 무조건 배척하지 말고 차분히 대화를 이끌어 그 속내를 알아내야 할 것이다. 그러면 이를 통해 천하의 대세를 엿볼 수 있으리라.

곡정 왕민호와 나눈 말들 곡정필담鵠汀筆談

어제는 윤가전과 이야기를 나누다 해가 저무는 줄도 몰랐다. 윤공은 피곤을 못 이겨 때때로 졸다가 머리를 병풍에 부딪치곤 하였다. 이 모습을 보고 나는 왕민호에게 말했다.

"윤공께선 몹시 피곤해 보이십니다. 저는 이만 물러갈까 합니다."

"조는 사람은 졸게 내버려 두세요. 신경쓸 거 없습니다."

윤공이 잠결에 설핏 왕민호가 하는 말을 듣고는 그를 향해 두어 마디 뭐라고 했다. 왕공은 머리를 끄덕이더니 즉시 필담 초고를 거두고는 윤공과 함께 일어났다. 윤공은 노인인 데다 나 때문에 일찍 일어나 한낮이 지나도록 쉬지 않고 이야기를 나누었으니, 완전 녹초가 된 것이다. 왕민호가 다음 날 아침밥을 같이 먹자기에 나는, 이야기 판이 벌어질 때마다 늘 해가 짧은 게 걱정이니, 내일은 아예 일찌감치 오겠다 말하며 일어섰다. 왕공도 좋다고 대꾸했다.

이튿날 새벽, 사신이 일어나 조회에 나갈 때 나도 함께 나와 왕민호에게로 갔다. 아직 해가 뜨기 전이라, 촛불을 밝혀 놓고 이야기를 나누었다. 학성도 같이 있었다. 윤가전은 첫새벽에 이미 조회를 하러 대궐로 나가고 없다. 밥을 먹으며 셋이 대화를 나누노라니 수십 장의 종이가 쉽게 소비되었다. 인시寅時 새벽 4시경부터 유시酉時 저녁 6시경까지 무려 열네 시간이나 쉬지 않고 이야기를 나누었다.

기하학

왕민호가 먼저 말문을 열었다.

"선생께서는 기하학에 정통하시다면서요?"

"무슨 말씀이신지?"

"기풍액 공이 '고려에서 온 박공자'는 기하학에 정통하다면서 크게 칭찬하더군요. 그 사람 말로는 선생께서 '달 속에 어떤 세계가 있다면 마땅히 이 땅과 같을 것이다. 이 땅은 저 허공에 걸려 있는 하나의 작은 별일 것이고, 그 빛이 퍼져서 달 가운데에 가득할 것'이라고 하셨다면서요. 선생께서 펼치셨던 그런 논법은 실로 경천위지經天緯地 온 천하를 잘 계획하여 다스림의 재주라고 할 만합니다."

"허 참. 솔직히 저는 기하학의 '기'자도 엿본 적이 없습니다. 지난 밤에 우연히 기공과 함께 대청에서 달을 구경하다가, 저도 모르게 기이한 흥취가 일어나 그냥 두서 없이 지껄여 본 것입니다. 그저 한담에 불과하지요."

"그렇게 겸손할 것까지야. 말이 나온 김에, 땅의 빛에 대한 이론地光說을 좀더 듣고 싶습니다.

만일 이 땅에 빛이 반사된다고 한다면 그것은 햇빛을 받아서 생기는
걸까요, 아니면 이 땅이 스스로 빛을 내는 걸까요?"
"마치 꿈에서 푸른 글씨로 쓴 부적을 읽은 듯하여 지금은 다
잊어버렸습니다."
"저 또한 평소 저만의 독특한 견해를 가지고 있지만, 감히 다른
사람들에게 이야기해 본 적이 없습니다. 혹시나 천하 사람들이
놀라고 괴이하게 여길까 두렵기 때문이지요. 그래서인지 무언가
탯덩이처럼 가슴속에 쌓여 통 내려가질 않는답니다. 특히 겨울과
여름철이 되면 더욱 괴롭기가 그지없어요. 선생의 기이한 이론도 그런
답답한 심사에서 나온 듯한데, 아닌가요?"
"하하하. 그럴지도 모르겠군요. 그렇다면 우리 둘 다 이 자리에서
남김없이 털어 버립시다. 잘하면 몇 년 묵은 병을 약 한첩 안 쓰고
시원하게 고칠 수 있겠는걸요."
"하하하. 아니올시다, 아니에요. 자, 그럼 먼저 하세요."
"손님이 먼저 나서는 건 예의가 아니지요."

숟가락

조금 뒤 밥상이 들어왔다. 먼저 과일과 나물을 차리더니 다음으로
차와 술, 떡, 그리고 돼지고기 볶음과 달걀지짐 등이 올라왔다. 밥은
가장 마지막에 나왔다. 하얀 쌀로 지었고, 양곱창국을 곁들였다.
중국 음식을 먹을 때는 모두 젓가락만을 사용한다. 그리고 권하고
받고 하면서 퍼질러 앉아 작은 잔으로 흥을 돋군다. 긴 숟가락으로
밥을 푹 떠서 한꺼번에 배를 불린 뒤 밥상을 물리는 우리네 방식과는
달리, 이따금 작은 국자로 국물을 뜨기만 했다. 국자는 숟가락과
비슷하면서 자루가 없어서 술잔 같았다. 또 발이 없어서 모양은
연꽃잎 한 쪽과 흡사했다. 나는 국자를 잡아 밥을 퍼 보았지만 그
밑이 깊어서 먹을 수가 없기에 학성에게 이렇게 말했다.
"빨리 월나라 왕을 불러 오시오."
"그게 무슨 소립니까?"
"월왕의 생김새가 긴 목에, 입은 까마귀 부리처럼 길었다더군요."
내 말을 들은 학성은 왕민호의 팔을 잡고 정신없이 웃어 댄다.

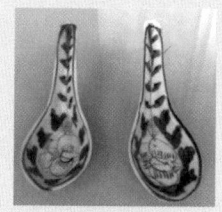

청대에 만들어진 작자勺子
술이나 죽 등을 풀 때
쓰는 도구를 작자라고
한다. 같은 말 구기.

웃느라 입에 들었던 밥알을 튕겨내면서 재채기를 수없이 해댄다. 간신히 웃음을 그친 다음,
이렇게 물었다.

"귀국에서는 밥을 뜰 때에 뭘 씁니까?"

"숟가락을 씁니다."

"모양은 어떻게 생겼나요?"

"작은 가지 잎과 비슷합니다."

나는 식탁 위에 숟가락 모양을 그려주었다. 그러자, 두 사람은 더더욱 허리가 부러져라 웃어
제낀다. 학성이 시 한 구절을 읊조렸다

"저 가지 잎이 대체 무엇이길래 何物茄葉匕
　혼돈에다 구멍을 뚫었는가 鑿破混沌竅."

이어서 왕민호도 한 구절을 읊었다

"여러 영웅들 손이 젓가락 빌리느라 분주했다네 多少英雄手 還從借箸忙."

"『사기』에 보면 '기장밥은 젓가락을 사용하지 않고, 여럿이 함께 밥을 먹을 때는 손을 비비지
않는다'고 나와 있습니다. 중국에 들어온 뒤로는 숟가락을 본 적이 없으니, 옛사람들은
기장밥을 손으로 먹었던 건가요?"

"아닙니다. 그렇진 않습니다. 우리도 숟가락이 있기는 합니다만 그다지 길지는 않습니다.
기장밥이든 쌀밥이든 젓가락을 쓰는 것이 보통이지요."

땅이 빛나는 까닭

학성이 이어서 내게 질문을 했다.

"자, 이제 땅의 빛에 대한 학설을 다시 들려주실까요?"

"정 그러시다면 한번 해보겠습니다. 그저 허황한 말이라 생각하고 들어 주시면
고맙겠습니다."

"네, 그렇게 하지요."

왕민호에게 질문을 하면서 본격적으로 이야기를 시작했다.

"낮이면 만물이 모두 환하게 빛나다가 밤이면 온통 캄캄해지는 건 무슨 까닭입니까?"

"그야 낮에는 햇빛을 받으니 밝은 것이죠."

"만물은 그 자체로는 빛을 내지 못하니 본체는 어둡지 않은 것이 없습니다. 예컨대, 어두운
밤에 거울을 들여다보면 목석처럼 아무것도 비치지 않지요. 이는 비록 거울이 비추는 성질을
지니고 있긴 하지만 스스로 빛을 내지는 못함을 말해 주는 것입니다. 햇빛을 빌린 연후에야
빛을 내기 때문에 그 반사하는 곳에 그림자가 생깁니다. 물과 밝음의 관계도 마찬가지입니다.

이제 저 땅덩어리 밖으로 바다가 둘러 있는 건 비유하자면 커다란 유리거울과 같습니다. 만일 달나라에서 이 땅을 바라본다면 우리와 마찬가지로 상현이니 하현이니 보름이니, 그믐이니 초하루니 하는 현상이 있겠지요. 불교의 설에 의하면, 저 달 속에서 춤추는 듯한 것이 곧 이 땅에 있는 산과 강의 그림자라고 합니다. 이는 달이 둥글고 텅 비어 밝기만 한 것이어서 마치 거울이 물건을 비추듯 대지를 그대로 복사한다고 생각한 겁니다. 이른바 철요형凸凹形이란 것도 그림의 복사본처럼 산과 강의 높낮이가 달 가운데 그대로 비친 것이지요. 이는 모두 땅과 달의 본체는 아닙니다. 그리고 제가 달 속의 세계라고 말할 때, 거기에 정말로 하나의 세계가 있다는 건 아닙니다. 땅의 빛을 설명하기 위해 달 속의 세계를 임시로 끌어 왔을 뿐이지요. 달의 위치에서 이 땅을 바라본다면 이 땅 위에서 저 달의 밝음을 바라보는 것과 다르지 않을 겁니다."

나의 대답에 왕민호가 대꾸했다.

"옳습니다. 만약 달 속에 세계가 있다면 당연히 산하가 있을 것이고, 산하가 있다면 당연히 솟은 곳과 움푹한 곳이 있을 터이니, 멀리서 서로 바라본다면 응당 그와 같을 것입니다. 굳이 이 땅의 빛이 아니어도 그림자가 절로 생길 테지요. 그래서 말인데, 제가 보기엔 햇빛을 빌려서 그림자를 낸다기보다는 물건들마다 그 자체에 빛이 있는 것 같습니다. 대체로 사물이 크면 신神이 지키는 법이고, 물건이 오래되면 정기가 어리는 법, 늙은 조개가 구슬을 토하여 그 빛이 어두운 밤을 밝혀 주는 것은 바로 신과 정기가 한곳에 모인 까닭입니다. 이 땅덩이야말로 오래된 거대한 진주 같은 것이니, 신과 정기가 저절로 빛을 발할 것은 당연하지 않을까요? 비유하자면 군자가 화순함이 마음속에 쌓이면 그 아름다움이 밖으로 드러나는 것과 같습니다. 저 허공에 가득한 별과 은하수를 살펴보더라도 다 본체에서 발하는 빛이 있습니다."

학성은 웃으며, '달 속의 세계에서 이 땅의 빛을 바라본다'는 구절과 '이 땅은 바로 거대한 진주'라는 부분에 권주를 치며 말한다.

"두 분께서는 한번 달나라에 가셔서 항아에게 소송을 해서 판결을 받아야겠습니다. 그때에 저한테 증인 서 달라고 하지 마십시오."

왕민호는 크게 웃으면서 '항아에게 소송을 해서 판결을 받으라'는 구절에 권주를 친다.

달나라

왕민호가 물었다.

"만일 달 가운데에 세계가 있다면, 그 세계는 어떤 것일까요?"

"저는 아직 달나라에 가본 적이 없으니 그걸 어찌 알겠습니까. 그저 저 달나라 역시 이 땅과

마찬가지로 아주 미세한 티끌이 쌓여서 이루어졌으리라 상상할
따름이지요. 티끌과 티끌이 서로 결합하여, 그 엉기는 것은 흙이 되고,
거친 것은 모래가 되며, 단단한 것은 돌이 되고, 축축한 것은 물이
되며, 따스한 것은 불이 되고, 단단히 맺힌 것은 쇠가 되고, 매끄러운
것은 나무가 되지요. 움직이면 바람이 되고, 찌는 듯 무더워 기운이
빽빽하면 여러 가지 벌레로 변화하게 됩니다. 우리 인간들이란 바로
그 여러 벌레 가운데 하나일 뿐입니다. 만일 달나라가 음의 기운으로
땅을 이루고 있다면 그 물은 티끌에 해당하고 그 눈[雪]은 흙일
것이고, 그 얼음은 나무일 것이고, 그 불은 수정일 것이고, 그 쇠는
유리일 것입니다. 아, 물론 정말 그럴 거라는 말은 아닙니다. 그저
마음속으로 상상해 본 것일 뿐이죠.
또한 우리 인간들은 불에 들어가면 타 버리고 물에 빠지면
가라앉습니다. 그렇지만 인간은 일찍이 불과 물을 떠난 적이
없었으니, 다른 세계의 눈으로 본다면 물과 불 속에 인간이 살고
있는 것처럼 보일 겁니다. 모든 벌레 중에서 물 속에 살고 있는 것은
고기와 자라만이 아닙니다. 비록 비늘과 껍질 있는 것들이 주로 물에
산다고는 하지만 날개나 털이 있는 족속 가운데서도 물에 결붙어
지내는 놈들이 있지요. 물고기와 자라를 육지에 놓아두면 죽어
버립니다. 하지만 개중에는 진흙 속에 깊이 숨어 사는 놈도 있으니,
비늘과 껍질 있는 족속도 일찍이 흙을 떠난 적이 없었습니다. 감히
여쭤보건대, 천하에는 진정 몇 개의 세계가 더 있을까요?"
"서양 사람들의 기록을 믿는다면, 구국狗國·귀국鬼國·비두국飛頭國·천
흉국穿胸國·기굉국奇肱國·일목국一目國 등 갖가지 기괴한 나라들이 있는
모양입니다. 이는 보통 생각으로는 미칠 바가 아니지요."
학성의 대답에 왕민호가 말했다.
"『산해경』에도 그런 내용이 있습니다."
"천하에 그런 기이한 나라들이 얼마나 더 있는지도 알 수 없는
마당에, 저 달에 하나의 세계가 있다 해도 이치상 그닥 괴이할 건
없겠지요."
내가 대꾸하자 왕민호가 말을 잇는다.
"달나라가 있든 없든 우리가 사는 티끌 세상에는 아무런 관계가
없으니, 이른바 '월나라 사람이 살쪘거나 말랐거나 진나라

달나라 계수나무와 토끼
그림은 청대 화가
장부(蔣溥)의 「월중계토도」
(月中桂兔圖)이다.

사람한테는 아무런 관계가 없다'는 말과 같은 셈이지요. 이것은 옛 성현들도 논의하지 않았던 것인데, 이제 선생의 말씀을 듣고 보니 제 고민거리가 순식간에 사라져서 마치 광한궁에 앉아 얼음 비단을 입고 얼음 술을 마시며 백이와 오릉 진중자와 함께 서로 주거니 받거니 하는 듯합니다. 그렇다면 공자가 '뗏목을 타고 바다로 떠나겠다'고 했을 때 자로가 뒤따르겠다고 했듯이 만일 선생이 서늘하게 바람을 타고 허공을 난다고 하시면 저 또한 감히 따라나설 것입니다."

"그럼 저는 토끼나 두꺼비가 된다 해도 사양치 않을랍니다."

학성의 이 말에 우리는 모두 한바탕 흐드러지게 웃었다.

지전설地轉說, 지원설地圓說

"우리 유학자들도 근래에는 땅이 둥글다는 설地球之說을 자못 믿습니다. 대저 땅은 모나고 정지되어 있고, 하늘은 둥글고 움직인다고 하는 설은 우리 유학자의 명맥이지요. 한데, 서양 사람들이 그것을 혼란스럽게 만들어 버렸습니다. 선생은 어떤 학설을 지지하시는지요?"

왕민호의 물음에 내가 "선생은 무엇을 믿으시는지요?"라고 되물으니, 왕민호는 "제가 비록 손으로 육합六合 천지와 사방의 등마루를 어루만지지는 못했습니다만, 땅이 둥글다는 설이 더 믿을 만하다고 여기고 있습니다" 한다. 나는 말했다.

"하늘이 만든 것치고 모가 난 것은 없습니다. 모기 다리, 누에 궁둥이, 빗방울, 눈물, 침 등속이라 해도 둥글지 않은 건 없습니다. 저 산하와 대지, 일월성신도 모두 하늘이 만든 것이지만 그 중에 모난 별이 있다는 말은 들어 보지 못했습니다. 그러니 지구가 둥글다는 것은 의심의 여지가 없지요. 제가 비록 서양 사람들의 저서를 본 적은 없지만 일찍이 지구가 둥근 것은 의심할 바 없다고 생각해 왔습니다. 대저 그 형태는 둥글지만 그 덕은 반듯하며, 그의 사공事功은 움직이지만 그 성정은 고요합니다. 만일 저 허공이 이 땅덩이를 편안히 놓아둔

마테오 리치의 「곤여만국전도」

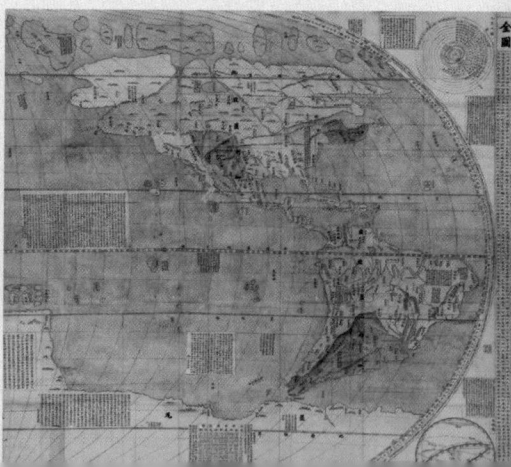

상태에서 움직이거나 구르지 못하게 우두커니 공중에 매달려 있게만 한다면 이는 곧 썩은 물과 죽은 흙에 지나지 않으니, 즉시 썩어서 사라져 버렸을 겁니다. 어찌 저토록 오랫동안 한곳에 멈춘 채 수많은 사물을 지고 실을 수 있으며, 황하와 한수처럼 큰물들을 담고서도 쏟아지지 않도록 지탱할 수 있겠습니까. 지금 이 지구에서, 모든 구역이 서로 통하여 갖가지 종류의 사물이 머리는 하늘을 향하고 발은 땅에 붙이고 서 있는 것은 어디건 마찬가지입니다. 서양인들이 땅덩어리가 둥글다고 하면서도 그것이 구른다는 사실은 말하지 않았으니, 이는 둥근 것은 반드시 굴러간다는 이치를 모르는 것입니다. 그러므로 제 개인적으로는 저 땅덩어리가 한 번 구르면 하루가 되고, 달이 땅덩어리를 한바퀴 돌면 한 달이 되며, 해가 땅덩어리를 한바퀴 돌면 한 해가 되고, 세성歲星 목성의 다른 이름이 지구를 한바퀴 돌면 일기一紀 12년가 되며, 항성恒星 스스로 빛을 내는 고온의 천체로, 여기서는 해를 말한다이 지구를 한바퀴 돌면 일회一會 1만 800년가 된다고 생각합니다. 뿐만 아니라 저 고양이의 눈동자를 보고서도 역시 땅이 돈다는 사실을 증명할 수 있습니다. 고양이의 눈동자는 열두 시각의 변화를 가지니, 한 번 변하는 순간에 땅덩어리는 벌써 7천여 리나 달리는 꼴입니다."

내 이야기를 들은 학성이 말했다.

"이거야말로 토끼 주둥이에 건곤이 있고, 고양이 눈에 천지가 있다고 할 만하군요."

"우리 조선의 근래 선배로 김석문이라는 분은 '삼환부공설'을 주장하였고, 저의 벗 담헌 홍대용 또한 지전설을 창안한 바 있습니다."

나의 설명에 학성은 다시 물었다.

"그럼 담헌 선생은 김석문 선생의 제자가 됩니까?"

"아닙니다. 김석문 선생은 돌아가신 지 벌써 백 년이나 되었으니 스승 제자 관계가 될 수가 없지요."

내가 대답하자, 왕민호가 물었다.

"김선생의 자와 호는 무엇입니까? 또 저서는 몇 편이나 있습니까?"

"글쎄요. 자와 호는 잘 기억이 나지 않습니다. 저서도 물론 없구요. 담헌 홍대용 역시 저서가 없습니다. 나더러 자기를 대신하여 책을 써 보라고 권한 적은 있었습니다. 평소 분주하게 지내느라 짬을 내지 못했는데, 엊저녁 우연히 기공과 함께 달구경을 하다가 그 친구 생각이 나면서 이런저런 생각이 절로 일어난 거지요. 저의 망녕된 생각으로는 서양인들이 지전설을 말하지 않은 건 만일 땅덩어리가 돈다면 모든 전도躔度 천체운행의 도수가 예측불가능해질 것이므로, 이 땅덩어리를 붙들어서 말뚝을 꽂듯이 한곳에다 안정시켜 놓아야 측량하기에 편리하리라는 생각이었을 겝니다."

"호오. 그렇군요. 저는 원래 이런 학문에는 도통 어두웠답니다. 그저 한두 가지 엿보는 정도였지만, 그 이상으로 노력을 기울이지는 않았습니다. 이제 선생의 말씀은 서양인들이 펼친 것과도 차이가 있으니 그게 맞다고 하기도 어렵고, 그르다고 배격하기도 어렵군요.
하지만 선생의 논변은 아주 정밀하여 한마디 한마디가 투명하기 그지없습니다그려."
왕민호가 크게 깨달은 듯 답하였다.

야소(예수)교

내가 말을 시작했다.

"그건 그렇고, 저는 만 리 길을 걸어서 귀국에 관광하러 온 신세입니다. 이 참에 서양인을
꼭 한번 만나고 싶었습니다. 갑자기 열하로 들어오는 바람에 아직 천주당을 구경하지
못했습니다. 지금이라도 칙명을 받들고 우리나라로 돌아가게 된다면 아마 생전에 다시는
연경에 들어올 가망이 없습니다. 그렇게 되면 평생 서양인을 만날 길이 없으니, 참으로
한스러운 바입니다. 이제 듣자 하니 서양인도 사절단으로 이곳에 머물러 있다 합니다. 혹시
그들과 아신다면 좀 소개해 주시길 바랍니다."

"이런 일은 원래 공적인 일이라 함부로 주선하지 않는 법입니다. 게다가 이곳은 황제를
알현하러 온 축하사절단으로 인산인해를 이루고 있어 그들을 찾아내기도 쉽지 않습니다.
공연히 헛수고하지 마십시오."

이때, 저녁에 잡무가 있다며 학성이 먼저 일어나 필담을 한 초고 대여섯 장을 거두어 가지고
가 버린다. 왕민호가 이어서 말했다.

"대저 저 서양인들이 말하는 야소는 중국의 군자나 토번의 라마와 비슷합니다. 야소는
한결같은 마음으로 하늘을 공경하여 온 천지에 교리를 세웠지만, 나이 서른에 극형을 당하고
말았답니다. 해서, 그 나라 사람들이 몹시 애모하여 야소회를 설립하고는 그를 신으로
공경하여 '천주'라 부르게 되었지요. 그래서 야소회에 들어간 자는 반드시 비통해하면서
야소의 수난을 잊지 않는다고 합니다. 야소는 어릴 적부터 네 가지 맹세를 했습니다. 성욕을
끊고 벼슬 욕심을 버리며 천하에 가르침을 펼치고 다시는 고향으로 돌아가지 않겠다는 것
등이 그것입니다. 부처를 배격했건만 천당, 지옥 같은 윤회설은 독실하게 믿었다고 합니다.
명나라 만력 연간에 서양인 사방제라는 이가 광동 지역에 왔다가 죽었고, 그 뒤를 이어 이마두
등 여러 사람들이 들어왔습니다. 그들의 교리는 '일一'을 밝히는 것으로 종지를 삼고, 수신을
요체로 세우고, 충효와 자애를 실천하며, 개과천선하는 것을 입문으로 삼으며, 삶과 죽음
같은 큰일을 미리 준비하여 근심이 없도록 하는 것을 최종 목표로 삼는답니다. 서방의 모든
나라들이 이 가르침을 신봉한 지 벌써 천여 년이 되었는데 나라가 오래도록 태평하다고
합니다. 허나, 그 말이 너무 과장되고 허탄하여 중국 사람들은 믿는 이가 별로 없습니다."

"만력 9년1581년에 이마두가 중국으로 들어와 북경에 머무른 지 29년이나 되었습니다. 그에

북경 천주당 모습

따르면, 야소는 한나라 애제 원수 2년기원전 1년에 대진국로마제국에서 태어나 서해 밖에서 그 가르침을 펼쳤다고 합니다. 그런데 어쩐 일인지 한나라 원수 연간에서 명나라 만력 연간까지는 무려 천오백여 년이나 되건만 중국책에는 '야소'라는 두 글자가 전혀 보이질 않습니다. 야소가 바다 너머에서 태어난 탓에 중국에까지 그 이름이 전해지지 않은 걸까요, 아니면 오래 전에 듣기는 했지만, 이단이라는 이유로 역사에 기록하지 않은 걸까요? 대진국은 불름拂菻이라고도 한다더군요. 그런데 '구라파'는 서양을 통틀어 부르는 이름일까요? 홍무 4년1272년, 날고륜이 대진국에서 중국으로 와서 고황제高皇帝를 뵌 적이 있습니다. 그때 야소교에 대해서는 아무 말도 하지 않았으니, 그건 또 무엇 때문일까요? 대진국에는 애초에 야소교란 것이 없었는데 이마두가 처음 천신天神을 빌려 중국인들을 현혹시킨 걸까요? 천당과 지옥이라는 윤회설을 독실하게 믿으면서 불교를 마치 원수처럼 비방하는 것은 또 무엇 때문일까요? 『시경』에 이르기를 "하늘이 사람을 내시니, 사물이 있으면 법칙이 있다"天生烝民有物有則고 하였습니다. 불교의 학문은 형체가 있는 사물을 허깨비같이 허황된 것이라고 여겼으니, 이는 바로 모든 백성에게 사물과 법칙이 없다는 뜻입니다. 그에 반해, 야소교는 하늘의 이치를 기氣로 여겼습니다. 『시경』에 이르기를, "하늘의 모든 일은 소리도 없고 냄새도 없다"上天之載 無聲無臭고 하였습니다. 지금 야소교에서는 천상의 세계에는 소리도 있고 냄새도 있다고 생각합니다. 이 두 종교 중에서 과연 어느 쪽이 더 나을까요?"

"서학이 어찌 감히 불교를 비방할 수 있겠습니까. 불교는 정말 고원하고 오묘합니다. 다만 비유가 많아서 끝내 귀착지가 없으니, 깨닫고 보면 결국 남는 건 '환'幻이란 한 글자뿐이지요. 저 야소교는 본래 불교의 찌꺼기를 어정쩡하게 얻은 겁니다. 중국에 들어와 중국 글을 접한 뒤, 중국인들이 불교를 배격한다는 것을 알고는 즉시 그걸 본받아 불교를 배척하기 시작한 거지요. 그런 다음, 중국의 경전에서 상제나 주재자 같은 말을 빌려 와서 우리 유학에 아부하였습니다. 그 본령이야 원래 명물과 도수에서 벗어나지 않으니 이는 우리 유학의 제이의第二義에 떨어진 셈입니다."

일월日月의 숨은 뜻

윤가전은 궁궐에서 나와 곧바로 우리가 있는 곳으로 왔다. 품속에서 자색 마노^{瑪瑙 석영, 단백석,} ^{옥수玉髓의 혼합물로 보석이나 장식품으로 쓰인다}로 만든 담배통과 황색 보자기로 싼 이상한 비단 두 필을 꺼내서 보여 준다. 하나는 검푸른빛 우단에 도화꽃을 수놓은 것이고, 또 하나는 고동색 운문단에 금실로 신선과 부처를 수놓은 것이다. 다 황제로부터 하사받은 것이다. 왕민호는 감탄을 연발하고, 윤가전은 매우 흡족한 표정을 지었다.

내가 물었다. "왕공께서는 아직도 과거를 그만두지 않으셨습니까?"

"이미 단념한 지 오랩니다. 선생은 어떻습니까?"

"저도 마찬가지입니다."

"머리가 허연 처지에 과거를 본다는 건 선비의 수치지요."

그때 윤공은 붓을 잡고 뭔가를 쓰려다가 혼자 크게 웃더니 왕민호에게 뭐라고 뭐라고 한다. 그러자 왕공 역시 크게 웃는다. 이에 내가 말했다.

"두 분 선생께서 이토록 웃으시는 걸 보니 무척 재밌는 일인가 보군요. 그 이유를 모르니 두 분의 즐거움에 참여할 수가 없네요."

그러자 두 사람은 더욱 크게 웃어 젖혔다. 윤가전이 말했다.

"강희 기묘년^{1699년} 과거 시험에 102세 된 거자^{擧子}가 있었습니다. 성은 황, 이름은 장^章으로, 광주 불산 사람이었지요. 그가 말하기를, '이번 과거에 급제를 못하면 임오년^{1702년} 다음 번 과거를 보러 올 것이요, 그때도 급제를 못하면 을유년^{1705년}, 내 나이 108세 될 때에는 꼭 급제를 하고야 말 것이다. 그러고 나서 나라를 위해 온힘을 다 기울이겠다'고 했다더군요."

그 말을 듣고 나 역시 포복절도하였다.

"크하하핫! 그 사람은 을유년 과거에 급제를 하긴 했나요?"

그러자 두 사람은 고개를 저으면서 또 한번 크게 웃어 댔다. 왕민호가 말했다.

"그가 급제를 못했기 때문에 세인의 입에 오르내리게 된 거지요. 만일 급제를 했다면 어디 화젯거리나 되겠습니까? 하하하."

과거 시험장의 모습

1.
『설부』에 실린 '한날천'
설부(說部)는
1103년, 손목(孫穆)이
서장관(書狀官) 자격으로
고려를 다녀간 뒤에
쓰여진 일종의 견문록인
『계림유사』(鷄林類事)를,
원(元)의 도종의(陶宗儀)가
채록·편찬한 책이다.
따라서 『설부』에서는
『계림유사』에 수록되어
있던 고려시대의
풍속이나 말들을 찾아볼
수 있다. 여기서는 고려말
'천'(天)의 음(音)이
'한날'(漢捺)로 표기되어
있다.

윤가전이 사공도의 시구를 하나 읊조렸다.

"저 바보, 아교로 해와 달을 붙이려 하네."痴欲粥膠粘日月

이때 해는 이미 저물어 방안이 침침하여 촛불을 켜 놓은 상태였다.
내가 시구로 응대했다.

"인간 세상에 굳이 촛불 켤 필요 있나 不須人間費膏燭

해와 달 쌍으로 걸려 천지를 비추는 것을 雙懸日月照乾坤."

그러자 왕민호가 손사래를 치면서 먹으로 '쌍현일월' 네 글자를 지워
버린다. 대개 일日·월月을 쌍으로 쓰면 '명'明 자가 되기 때문이다.
나로서는 '점교'膠粘라는 글귀에 대구를 맞춘 것인데, 그는 혹시라도
명나라를 연상시킬까봐 몹시 꺼린 것이다.

내가 입은 흰 모시옷은 해가 저물자 좀 서늘해졌다. 때마침 달은 추녀
끝에 걸려 있었다. 이야기를 마치고 우리들은 섬돌 계단에서 함께
산책을 하였다.

말과 글

연경에 들어가서 필담을 해보면 능란하지 않은 이가 없었다. 그러나
신기하게도 그들이 지었다는 글을 보면 모두 필담보다 훨씬 못했다.
중국은 한문을 자신들의 말로 삼고 있기 때문에 경·사·자·집이
모두 입속에서 흘러나오는 성어였다. 하지만 억지로 시문을 지으면
본래의 의도를 잃고 글과 말이 어긋나 버린다. 글보다 필담이 더 나은
건 바로 이 때문이다. 그에 반해, 우리나라의 문장은 아득한 고대의
문자를 다시 조선의 난해한 방언으로 번역하는 격이니 말과 뜻이
모두 아귀가 맞지 않게 된다.

아, 나는 그제서야 비로소 우리의 문장법이 중국과 다르다는 것을
알게 되었다. 중국 사람들은 말에서 출발하여 글자를 배우는 것으로
나아가고, 우리나라 사람들은 글자에서 시작하여 말을 배우는 데로
옮겨간다. 중국의 문장법이 왜 그런가 하니, 글자로 인하여 말을
배우면 말은 말대로 글은 글대로 따로 따로 노는 까닭이다. 예를
들어 '천'天 자를 읽을 때 '한날천'漢捺天[1]이라고 한다면, 이는 글자 밖에
다시 한 겹 난해한 언문이 있게 되는 격이다. 어린애들은 애당초
'한날'이 무슨 말인 줄도 모르는데, 더군다나 천을 어찌 안단 말인가.

코끼리를 통해 본 우주의 비의 상기象氣

만일 진기하고 괴이하며 대단하고 어마어마한 것을 볼 요량이면
먼저 선무문宣武門 안으로 가서 상방象房을 구경하면 될 것이다. 내가
연경에서 본 코끼리는 열여섯 마리였는데 모두 쇠사슬로 발이 묶여
움직이는 모양을 보지는 못했다. 그런데 지금 열하 행궁 서쪽에서
코끼리 두 마리를 보니, 온몸을 꿈틀거리며 가는 것이 마치 비바람이
지나가는 듯 실로 굉장하였다.

예전에 동해 바닷가를 새벽에 지나가다가 파도 위에 말처럼 서
있는 물체를 본 적이 있다. 무수히 많기도 하고 모두 집채만큼
크기도 하여, 물고기인지 짐승인지 통 알 수가 없었다. 해가 뜨기를
기다렸다가 자세히 보려고 했지만 해가 떠오르기도 전에 모두 바다
속으로 숨어 버렸다. 지금 열 걸음 거리에서 코끼리를 보며 생각해
보건대, 그때 동해에서 보았던 것과 참으로 흡사했다.

그 몸체를 생각해 보면 소의 몸뚱이에 나귀의 꼬리, 낙타의 무릎에
호랑이의 발, 짧은 털, 회색 빛깔, 어진 모습, 슬픈 소리를 가졌다.
귀는 구름을 드리운 듯하고 눈은 초승달 같으며, 두 개의 어금니
크기는 두 아름이나 되고 키는 1장丈 남짓이나 되었다. 코는
어금니보다 길어서 자벌레처럼 구부렸다 폈다 하며 굼벵이처럼
구부러지기도 한다. 코끝은 누에의 끝 부분처럼 생겼는데 거기에
족집게처럼 물건을 끼워서 둘둘 말아 입에 집어넣는다.

어떤 사람은 코를 부리라고 착각하고 다시 코끼리의 코를 찾는데,
코가 이렇게 생겼을 거라고는 생각하지 못하기 때문이다. 어떤
사람은 코끼리의 다리가 다섯 개라고 하고, 어떤 사람은 코끼리의
눈이 쥐와 같다고 하지만, 이는 대개 코와 어금니 사이에만 관심을
집중하기 때문에 그런 것이다. 몸뚱이를 통틀어 가장 작은 놈을
가지고 보기 때문에 엉뚱한 오해가 생기는 것이다. 대체로 코끼리
눈은 매우 가늘어서 마치 간사한 사람이 아양을 떨 때 눈이 먼저
웃는 것처럼 보인다. 그러나 그 어진 성품은 바로 이 눈에서 나온다.
강희 황제 때였다. 남해자[1]에 사나운 범 두 마리가 있었다. 키운 지
오래되었는데도 길을 들이기가 어렵자 황제가 노하여 범을 상방에

구르카족의 코끼리 조공
구르카족은 원래 인도
중부에 살았으나
이슬람교도에 의해
14세기경 네팔로
이동해 그곳에서 터를
잡고 자신들의 왕국을
건설했다. 위 그림은
건륭제 때 구르카족이
공물로 바친 코끼리
그림이다.

1.

남해자南海子
북경 숭문문(崇文門)
남쪽에 있는 동물원으로,
원나라 때는 천자가
이곳에서 사냥을 하기도
하였다. 연암이 이
남해자를 본 이야기는 이
책 「관내정사」 '북경의
이모저모' (황도기략) 편에
실려 있다.

가두게 했다. 그랬더니 코끼리가 크게 놀라 코를 한번 휘두르는
바람에 범 두 마리가 그 자리에서 죽었다고 한다. 코끼리는 의도하지
않았는데 범을 죽인 셈이 된 것이다. 코끼리는 단지 범의 냄새를
싫어하여 코를 휘둘렀을 뿐인데, 거기에 범이 잘못 맞았던 것이다.
아, 사람들은 세상의 사물 중에 터럭만 한 작은 것이라도 하늘에서
그 근거를 찾는다. 그러나 하늘이 어찌 하나하나 이름을 지었겠는가.
형체로 말한다면 천天이요, 성정性情으로 말한다면 건乾이며, 주재하는
것으로 말하자면 상제上帝요, 오묘한 작용으로 말하자면 신神이니,
그 이름도 다양하고 일컫는 것도 제각각이다. 이理와 기氣를 화로와
풀무로 삼고, 뿌리는 것과 품부하는 것을 조물造物로 삼아, 하늘을
마치 정교한 공장이工匠로 보아 망치·도끼·끌·칼 등으로 조금도
쉬지 않고 일을 한다고 생각한다.
그런 까닭에 『주역』에 이르기를 "하늘이 초매草昧를 만들었다"고
하였다. 초매란 그 빛이 검고 그 모양은 흙비가 내리는 듯하여,
비유를 하자면 새벽이 되었지만 아직 동이 트지는 않은 때에
사람이나 사물이 분별되지 않는 상태와 같다. 나는 알지 못하겠다.
캄캄하고 흙비 자욱한 속에서 하늘이 과연 어떤 물건을 만들어
냈을까. 국수집에서 보리를 갈면 작거나 크거나 가늘거나 굵거나 할
것 없이 뒤섞여 바닥에 쏟아진다. 무릇 맷돌의 작용이란 도는 것일
뿐이니, 가루가 가늘거나 굵거나 무슨 의도가 있었겠는가.
그런데도 사람들은 "뿔이 있는 놈에게는 윗니를 주지 않는다"고
말한다. 이는 마치 사물을 만들면서 빠뜨린 게 있는 듯 여기는
것이니, 잘못된 생각이다.
감히 묻는다.
"이빨을 준 건 누구인가?"
사람들은 대답하리라.
"하늘이 주었다."
다시 묻는다.
"하늘이 무엇 때문에 이빨을 주었을까?"
사람들은 이렇게 대답하리라.
"씹게 하려는 것이다."
다시 이렇게 물어보자.

"사물을 씹도록 한 것은 무엇 때문인가?"
그러면 사람들은 이렇게 대답하리라.
"그게 바로 '이치'^理입니다. 새나 짐승들은 손이 없으므로 반드시
부리나 주둥이를 구부려 땅에 대고 먹을 것을 구하지요. 그러므로
학과 같이 다리가 높은 새는 목을 길게 만들 수밖에 없는 것이지요.
그래도 혹 땅에 닿지 않을까 염려하여 부리를 길게 만들었습니다.
만일 닭의 다리를 학의 다리처럼 길게 만들었다면 뜨락에서 굶어
죽었을 겁니다."
나는 크게 웃으면서 다시 말하리라.
"그대들이 말하는 '이치'란 것은 소·말·닭·개에게나 해당할 뿐이다.
하늘이 이빨을 내린 것이 반드시 구부려서 사물을 씹도록 한 것이라
해보자. 그러면 지금 저 코끼리에게는 쓸데없는 어금니를 심어 주어
땅으로 고개를 숙이면 어금니가 먼저 닿는다. 이런 모습은 오히려
씹는 것에 방해가 되는 게 아닌가?"
어떤 사람은 이렇게 말할 것이다.
"그것은 코가 있기 때문이다."
그러면 나는 이렇게 말하리라.
"긴 어금니를 주고서 코를 핑계로 댈 양이면, 차라리 어금니를 없애고
코를 짧게 하는 게 낫지 않은가?"
그러면 더이상 우기지 못하고 슬며시 굴복하고 만다. 우리가 배운
것으로는 생각이 소·말·닭·개 정도에 미칠 뿐, 용·봉·거북·기린
같은 짐승에게까지는 미치지 못한다. 코끼리가 범을 만나면 코로
때려 죽이니 그 코야말로 천하무적이다. 그러나 쥐를 만나면 코를 둘
데가 없어서 하늘을 우러러 멍하니 서 있을 뿐이다. 그렇다고 쥐가
범보다 무서운 존재라 말한다면 조금 전에 말한 바 이치가 아니다.
대저 코끼리는 오히려 눈에 보이는 것인데도 그 이치를 모르는 것이
이와 같다. 하물며 천하 사물이 코끼리보다도 만 배나 더한 것임에랴.
그러므로 성인이 『주역』[2]을 지을 때 '코끼리 상'^象자를 취하여 지은
것도 만물의 변화를 궁구하려는 까닭이었으리라.

2.
『주역』에서 우주 변화의
이치를 사상(四象)이
팔괘(八卦)를 낳고 팔괘가
육십사괘를 낳는 식으로
설명하는 것을 이르는
말이다.

환타지아 환희기幻戲記

1.

요술쟁이가 대야에 손을 씻고 수건으로 깨끗하게 닦은 뒤에 얼굴을
정제하고 사방을 돌아보면서 손바닥을 치고 이리저리 뒤집어 여러
사람들에게 보인다. 그런 뒤에 왼손 엄지 손가락과 둘째 손가락을
모아서 환약을 만드는 듯 혹은 이나 벼룩을 잡듯 비벼 대니, 갑자기
자그만 물체가 생겨난다. 겨우 좁쌀만 한 크기의 물체를 연거푸
비벼 대니 점점 커져서 녹두알만 해지고 차차 앵두만 하다가 다시
빈랑檳榔만 하더니 달걀만 해졌다. 이에 두 손바닥으로 재빨리 비벼
굴리니 점점 더 둥글고 커져서 노랗고 흰 것이 거위알만 해졌다.
크기가 거위알만 해지더니 그 다음엔 별안간 수박만 해진다.
요술쟁이는 무릎을 꿇고 가슴을 벌린 채로 더 빨리 비벼 장구를
끌어안듯 하더니, 팔뚝이 아프게 느껴질 즈음 동작을 그쳤다. 그가
탁자 위에 놓은 물체는, 그 모양은 둥글고 빛깔은 샛노랗고, 크기는
동이만 한 것이 다섯 말 들이가 되어 보이며, 손으로 들 수가 없을
정도로 무겁고 매우 단단했다. 돌이나 쇠도 아니며 나무나 가죽도,
흙도 아니었다. 둥글게 만들어진 것이 이름 붙일 수도 없었으며
냄새도 향기도 없어 도무지 알 수 없는 제공[1]같았다. 요술쟁이는
천천히 일어나 손뼉을 치면서 사방을 둘러보더니 다시 그 물체를
만진다. 그가 부드럽게 굴리고 따뜻하게 쓰다듬으니 물체는 한결
부드러워지고 손으로 가볍게 치니 물거품처럼 점점 줄어들다 마침내
사라져서, 순식간에 다시 손바닥에 놓일 만큼 작아진다. 다시 두
손가락으로 집어서 비비다가 한 번 튀기니, 바로 사라진다.

1.
제공帝工
『산해경』에 나온 귀신
새의 이름으로, 마치
누런빛의 주머니같이
생겼다고 한다.

2.

요술쟁이는 계란보다 조금 작은 둥근 수정 구슬 두 개를 탁자 위에
놓았다. 그 중 한 개를 집어 입을 벌리고 넣으니, 목구멍은 좁고
구슬은 커서 삼키지를 못한다. 구슬을 토해 내어 도로 탁자 위에
놓는다. 다시 광주리 속에서 계란 두 개를 꺼내 두 눈을 부릅뜨고

목을 늘인 채로 알 하나를 삼킨다. 마치 닭이 지렁이를 삼키고 뱀이 두꺼비 알을 삼켰을 때처럼 알이 목 속에 걸려서 거죽에 혹이 달린 것처럼 보였다. 다시 알 하나를 삼키니 인후를 틀어막았는지 재채기를 하고 구역질을 한다. 목에 핏대가 서자 요술쟁이는 자기가 한 짓이 후회막심인 듯, 마치 살고 싶지 않은 듯이 대젓가락으로 목구멍을 쑤시니 젓가락이 꺾어져 땅에 떨어진다. 요술쟁이는 이제 어쩔 수 없다는 듯 입을 쫙 벌려 사람들에게 보여 주는데, 목구멍 속에서 조금 하얀 것이 보인다. 그가 가슴을 치고 목을 두드리며, 답답해하고 쩔쩔매는 꼴을 보고 사람들은 "으이구, 경솔하게 알량한 재주를 자랑하더니만은, 결국 저렇게 죽고 마는구나" 하였다. 요술쟁이는 묵묵히 듣고 있다가 마치 귓불이 가려운 듯이 귀를 긁어 댄다. 무슨 의심이 난 듯 손가락 끝으로 귓구멍을 후벼 흰 물건을 끄집어내는데, 앗! 바로 계란이었다. 요술쟁이는 오른손으로 그 계란을 쥐고 여러 사람들에게 두루 보여 주더니, 왼쪽 눈에 넣었다가 오른편 귀에서 뽑아내고 오른쪽 눈에 넣었다가 왼편 귀에서 뽑아내며, 콧구멍에 넣었다가 뒤통수로 뽑아낸다. 목에는 아직도 계란 한 개가 그대로 걸려 있었다.

3.

요술쟁이는 흰 흙덩이로 땅에 큰 동그라미를 치더니 사람들을 동그라미 밖에 둘러앉게 했다. 그 다음에 모자를 벗고 옷을 끄르더니 시퍼렇게 간 칼을 내어 땅 위에 꽂았다. 그러고는 다시 댓가지로 목을 쑤셔 계란을 깨뜨리려 했다. 땅을 버티고 서서 한번 토해 내려 해도 계란은 끝내 나오지 않았다. 이에 그 칼을 빼어 좌에서 우로, 우에서 좌로 휘두르다가 공중을 쳐다보며 위로 던졌다가 손바닥으로 받더니 또 한번 하늘 높이 던진다. 그 다음, 하늘을 향하여 입을 벌리니 칼끝이 바로 떨어져 입속에 꽂힌다. 순간, 사람들은 얼굴빛이 변하여 모두 벌떡 일어나고 깜짝 놀라 말을 잃었다. 요술쟁이는 여전히 고개를 젖히고 두 팔을 늘이고 한참을 뻣뻣이 선 채, 눈 한 번 깜박하지 않고 하늘을 똑바로 쳐다보면서 한참 있다가 칼을 삼키기 시작한다. 병을 기울여 뭔가를 마시듯 목과 배가 서로 마주 응하여 불룩거리는 것이, 마치 성난 두꺼비 배 같다. 칼고리가 이에 걸려 칼자루만 넘어가지 않고 남아 있는데 요술쟁이는 양 손을 땅에 짚고 엎드려 칼자루를 땅에 쿡쿡 다진다. 이와 칼고리가 부딪쳐 딱딱 소리가 난다. 다시 일어나 주먹으로 칼자루의 머리를 친 뒤 한 손으론 배를 만지고, 다른 한 손으론 칼자루를 잡고 내두른다. 그러자 뱃속에서 칼이 오르내리는데 그 모습이 마치 살가죽 밑에다 붓으로 줄을 긋는 것 같아 어떤 사람들은 가슴이 섬뜩하여 똑바로 쳐다보질 못했고, 또 어린애들은 무서워하며 울며 달아났다. 바로 이때였다. 요술쟁이는 손뼉을 치고 사방을 돌아본 후 늠름하게 똑바로 서서 뽑아든 칼을 천천히

2.

빈과와 사과
중국에서는 능금, 곧
임금(林檎)이라는 품종을
사과라고 통용했다.
우리나라의 경우,
고려시대에 중국의
빈과(蘋果)가 들어오고
나서 그 맛이 인기가 좋아
이후로 '사과'가 되었다.
즉 빈과는 곧 우리나라의
사과를 일컫는 말인
셈이다. 그러나 당시
사과는 중국에서 빈과라
불린 '신품종'을 이르는
말이었기에, 엄밀히 말해
사과(沙果)와 능금은 같은
것이 아니다. 다만, 이름이
전하는 과정에서 다소
변화를 겪은 듯하다.

두 손으로 받들어 보인다. 뽑아낸 칼을 사람들의 눈앞에 일일이
확인시키면서 인사를 하는데, 칼끝에 묻은 핏방울엔 아직도 더운
기운이 제법 많이 남아 있다.

4.
요술쟁이는 수놓은 모직물 보자기를 탁자 위에 펼쳐 놓았다. 보자기
한 자락을 약간 들어 주먹만 한 자주색 돌 하나를 집어 칼끝으로
조금 찌른다. 그리고 돌 밑에 잔을 바치니 돌에서 소주가 흘러내린다.
그러다가 잔이 차면 그치는데, 사람들은 다투어 돈을 내고 술을
사 먹는다. 사괴공史蒯公을 청하면 돌에서 사괴공이 흘러나오고,
불수로佛手露를 청하면 돌에서 불수로가 흘러나오며, 장원홍壯元紅을
청하면 장원홍이 흘러나온다 사괴공·불수로·장원홍은 모두 술 이름. 그야말로
청하는 대로 응하는 것이다. 한줄기 매운 향기가 몸속에 들어가면
이내 볼이 붉어진다. 그러다 갑자기 계속해서 수십 잔을 채우던 돌이
홀연히 없어져 버렸다. 그런데도 요술쟁이는 놀라거나 당황하지
않으며, 그저 멀리 흰구름을 가리키면서 말했다.
"돌이 하늘 위로 올라갔소이다."

5.
요술쟁이는 손을 보자기 밑에 넣어 빈과² 세 개를 끄집어냈다. 잎도
붙어 있고, 연한 가지까지 있는 빈과 하나를 우리 일행에게 사라고
청한다. 우리 일행은 머리를 휘휘 저으며 말했다.
"네가 항상 말똥으로 사람을 희롱한다던데."
요술쟁이는 웃기만 하고 아무런 변명도 하지 않는다. 그런데도
사람들은 다투어 빈과를 사 먹는다. 그제서야 우리 일행도 사겠다고
한다. 요술쟁이는 처음에는 아끼는 듯 머뭇거리다가, 잠시 뒤에
하나를 집어 준다. 이에 우리 일행이 한 입 베어 먹고는 바로 토했다.
그의 입에는 말똥이 가득 차 있었던 것이다. 온 저자 사람들이 배를
잡고 웃었다.

6.

요술쟁이는 은행 한 소반을 땅 위에 놓는다. 그러고는 큰 항아리로
그 소반을 덮어 두고 공중을 향해 주문을 왼다. 한참 만에 열어
보니, 은행은 보이지 않고 전부 산사山查 한약재의 일종만 있었다. 다시
그 항아리로 덮고 공중을 향해 주문을 외우다가 한참 만에 열어
보니, 산사는 온데간데 없고 모두 두구荳蔲 한약재의 일종가 되어 있다.
다시 항아리를 덮고 공중을 향해 주문을 외우다가 한참 만에
열었더니, 두구가 모두 붉은 오얏이 되어 있었다. 다시 항아리를
덮고 주문을 외우다가 한참 만에 열었더니 이번에는 붉은 오얏이
모두 염주가 되었다. 전단栴檀 남양 지방에서 나는 명향名香으로 여러 개의
포대³ 목상木像을 조각하였는데, 그 하나 하나가 웃음을 머금었고 또
뚱뚱하다. 끈 하나에 108개를 꿴 것이, 무척이나 가지런했다. 아무리
뚫어져라 보아도 어디서부터 시작하여 세어야 할지 모를 노릇이었다.
이때 요술쟁이는 사방을 돌아보면서 손뼉을 쳐 대며 사람들을
불러 모아 묘한 술법을 자랑했다. 다시 그 항아리를 덮어서 땅 위에
엎었다가 뒤집으니, 항아리는 밑으로, 소반은 위로 가게 되었다.
곁눈질을 하면서 화가 난 듯이 소리치고 한참 만에 열어 보인다.
염주는 하나도 없고 맑은 물이 철철 넘친다. 한 쌍의 금붕어가 항아리
속에서 활발히 노는데, 물을 먹고 진흙을 토하며 헤엄쳐 다닌다.

7.

요술쟁이는 한 자 넓이쯤 되는 자기 쟁반 다섯 개를 탁자 위에
놓는다. 또 가는 댓개비 수십 자루를 탁자 아래 놓는데, 댓개비의
크기와 길이는 화살과 비슷하고 모두 끝을 뾰족하게 깎았다. 한
자루 댓개비 끝에 쟁반을 얹고 대를 돌려 대니, 쟁반은 기울지도
않고 삐뚤어지지도 않는다. 쟁반이 조금 느리게 돌면 다시 손으로
쳐서 빨리 돌게 한다. 쟁반이 빨리 돌다 보니, 미처 떨어질 사이도
없었다. 쟁반이 조금 기울면 다시 댓가지로 질러 올린다. 그러면
쟁반이 한 자 넘게 높이 솟았다가 똑바로 댓개비에 그대로 내려 앉아
다시 팽팽 돈다. 요술쟁이가 이것을 오른쪽 신 속에 꽂아 놓는데도
쟁반은 저절로 돌고 있다. 다시 또다른 한 개비로 쟁반을 처음처럼

3.
포대화상布袋和尚
포대화상은 늘
커다란 자루를 메고
다니던 당나라의
계차(契此)스님을
말한다(포대는 말 그대로
자루를, 화상은 수행을 많이
한 스님을 뜻함). 계차는
그 자루 속에 든 어떤
것이든 중생이 원하는
대로 다 내주었다고 한다.

청나라 말 오창석吳昌碩이
그린 「포대화상도」

돌리다가 왼편 신 속에 꽂는다. 또 한 개비로 돌리다가 오른편 옷깃에 꽂고 다른 하나는 왼편 옷깃에 꽂는다. 또 다른 댓개비 끝에 쟁반을 얹어 흔들면서 돌리는데, 손으로 칠 때마다 쟁쟁거리는 소리가 난다. 이때 요술쟁이가 댓개비 하나에 다른 댓개비를 잇달아 꽂아 쟁반은 무겁고 댓개비는 길어지니 중간이 절로 구부러졌지만, 쟁반은 떨어지지도 않고 계속 돈다. 댓개비 10여 개를 이으니, 높이가 지붕 위에까지 닿는다. 요술쟁이는 죽 하나로 이었던 댓개비를 하나씩 천천히 빼어 옆에 있는 사람에게 주며 탁자 위에 놓게 한다. 이때 요술쟁이는 댓개비 하나를 담뱃대처럼 물고 입에 문 댓개비 끝에 높은 댓개비를 세우고는, 두 팔을 늘어뜨리고 한참 동안 뻣뻣이 서 있었다. 이때 구경꾼들 중 누구 하나 온몸이 짜릿하지 않은 이가 없었으니, 이는 쟁반이 아까워서 그런 것이 아니라 보기에 너무 위험해 보여서다. 별안간 바람이 일어 댓개비 중간이 부러졌다. 이에 사람들이 일제히 놀라 소리를 치자, 요술쟁이는 역시 재빨리 쫓아가 쟁반을 슬며시 받아서 다시 공중 1백 척 높이로 던져 놓고 느긋하게 사방 구경꾼을 돌아본다. 그러고는 편안하면서도 가뿐하게 쟁반을 받으면서, 자랑하는 빛도 없고 뽐내는 기색도 없이 마치 옆에 사람이 없는 듯 담담했다.

8.

요술쟁이가 금호로병金胡蘆瓶을 탁자 위에 놓고, 또 공작의 깃털이 꽂혀 있는 녹동綠銅 화병을 내놓았다. 그런데 조금 있다 보니 금호로병이 간 곳이 없다. 요술쟁이는 이내 구경꾼들 중의 한 사람을 가리켰다.

"저 노인네가 감추었네."

그러자 그이는 벌컥 화를 낸다.

"어찌 이리 무례하단 말이냐."

요술쟁이가 웃으며 말한다.

"노인께서 거짓말을 하시다니요. 호로병은 바로 어르신네의 품속에 있습니다."

노인은 더욱 성을 내고 욕을 하면서 옷을 털어 보인다. 그러자 품 속에서 땡그랑 하고 호로병이 떨어진다. 온 저자 사람들이 일제히

건륭연간에 만들어진
호로병

웃음을 터뜨린다. 노인은 묵묵히 있다가 슬그머니 옆의 사람 등 뒤에 가서 숨는다.

9.
요술쟁이는 탁자 위를 깨끗이 닦고 도서를 진열한다. 조그만 향로에 향불을 피우고 흰 유리
접시에 큰 대접만 한 복숭아 세 개를 담아 두었다. 탁자 앞에 바둑판과 검고 흰 바둑알을
담은 통을 놓고 초석을 단정하게 깔아 놓는다. 휘장으로 잠깐 탁자를 가렸다가 조금 후에
걷었더니 구슬관에 연잎 옷을 입은 사람, 신선의 옷과 신발을 걸친 사람, 맨발에 나뭇잎으로
옷을 해 입은 사람, 마주 앉아 바둑을 두는 사람, 지팡이를 짚은 채 옆에 서 있는 사람, 턱을
고이고 앉아서 조는 사람 등 여럿이 보인다. 모두가 수염이 아름답고 얼굴은 예스럽고
기이하다. 접시에 담긴 복숭아 세 개에 갑자기 가지가 돋고 잎이 붙더니, 그 끝에 꽃이 핀다.
구슬관을 쓴 이들이 복숭아 한 개를 따서 서로 나누어 베어 먹는데 먹다 뱉은 씨를 땅에
심는다. 그런데, 또 다른 복숭아 한 개를 절반도 채 못 먹었는데 땅에 심은 복숭아가 벌써
몇 자를 자라서 꽃을 피우고 열매를 맺는다. 또 바둑 두던 자들은 갑자기 머리가 반백이
되더니 금방 하얗게 세어 버린다.

10.
요술쟁이는 커다란 유리 거울을 탁자 위에 놓고 시렁을 만들어 세우는데, 이때 사람들을
불러서 문을 열고 거울 속을 구경하게 한다. 여러 층 누각과 몇 겹 전각에 단청을 곱게
했는데, 관원 한 사람이 손에 파리채를 잡고 난간을 따라 천천히 걸어간다. 어여쁜 계집들이
서너 명 짝을 지어 보검을 지니거나 금병을 들고, 혹은 생황을 불거나 비단 공을 차는데,
구름 같은 머리와 아름다운 귀고리가 묘하고 곱다. 방 안의 수많은 기물들은 종류마다
보배롭지 않은 것이 없어서, 세상에서 가장 부귀해 보인다. 사람들은 구경하는 데 푹 빠져서
그것이 거울인 줄도 잊어버리고 부러움을 이기지 못해 거울을 뚫고 들어가려 한다. 이때
요술쟁이는 구경꾼들을 꾸짖어 물리치고 거울 문을 닫아 한동안 보지 못하게 한다.
요술쟁이는 한가로이 걷다가 사방에 대고 무슨 노래를 부르고는 또 거울 문을 열어
사람들에게 보여 준다. 전각은 적막하고 누사纍纍는 황량한데 일월이 얼마나 지났는지
아름다운 여인들은 어디론가 가고 없고, 한 사람이 침상 위에서 옆으로 누워 자는데 옆에는
아무런 기물도 없다. 손으로 귀를 받쳤고 정수리에서는 김 같은 것이 모락모락 솟아나는데,
처음은 가늘고 끝은 둥글어서 모양이 마치 늘어진 젖통 같다. 종규가 누이를 시집보내고
올빼미가 장가를 드는데, 버들 귀신이 앞에서 인도하고 박쥐가 이마에서 나오는 김을 타고

4.

종규鍾馗

중국 민간전설에 나오는
요괴를 쫓는 신으로,
애초에 종규(終葵)라는
말에서 나왔다. 전설에
따르면 당 명황(明皇)이
큰 귀신이 작은 귀신을
잡아먹는 꿈을 꿨는데,
이때 큰 귀신이 자신을
종규라 하면서 이전에
무과(武科)에 응시했으나
급제하지 못하여 죽은 후
세상의 요괴를 모두 없앨
것을 결심했다고 말했다.
명황은 잠에서 깨어
화가 오도자(吳道子)에게
종규의 모습을 그리게
했는데, 찢어진 모자와
누추한 옷차림에
애꾸눈, 왼손엔 귀신을
오른손엔 귀신의 눈을 든
모습이었다고 한다.
오른쪽 그림은 청대
화가 왕소(王素)가 그린
「종규도」이다.

올라가서 안개 속에서 노닌다. 잠자던 사람은 기지개를 켜면서 깨어나려다가 또 잠이 드는데, 갑자기 두 다리가 수레바퀴로 바뀐다. 오, 맙소사! 아직 바퀴살은 만들어지지 않았는데도 구경꾼들 중 이를 섬뜩하게 여기지 않는 사람이 없어 거울을 가리고는 등을 돌리고 달아나 버린다.

세상의 몽환이 본래 이와 같으니, 거울 속에서 보여 준 염량세태와 다를 것이 없다. 인간 세상에서 벌어지는 오만 가지 일들, 즉 아침에 무성했다가 저녁에 시들고 어제의 부자가 오늘은 가난해지고 잠깐 젊었다가 갑자기 늙는 따위의 일들이 마치 '꿈속의 꿈' 이야기를 하는 것이나 다름이 없다. 죽거나 살거나, 있거나 없는 일들 중에 무엇이 참이고, 무엇이 거짓이리오. 그러므로 나, 세상에 착한 마음을 지닌 사내와 보살심을 지닌 형제들에게 말한다. 환영인 세상에서 몽환 같은 몸으로 거품 같은 금과 번개 같은 비단으로 인연이 얽어져서 기운에 따라 잠시 머무를 뿐이니, 원컨대 이 거울을 표준 삼아 덥다고 나아가지 말고, 차다고 물러서지 말며, 지금 가지고 있는 돈을 흩어서 가난한 자를 구제할지어다.

11.
요술쟁이는 큰 동이 하나를 탁자 위에 놓고 수건으로 깨끗하게 닦고 붉은 옷감으로 위를 덮는다. 금방이라도 무슨 요술을 부릴 듯하다. 동작을 하던 중에 품 속에서 접시 하나가 쨍그렁 하고 떨어지면서 붉은 대추가 흩어진다. 사람들이 일제히 웃고 요술쟁이도 역시 웃는다. 그릇과 도구를 주워 담고 이내 연희를 마쳤다. 이는 재주가 없어서가 아니라 바야흐로 날이 저물어 마칠 때가 되었으므로 일부러 파탄을 내어 사람들에게 본래 이 모든 요술이 거짓임을 보여 주고자 한 것이다.

환희기 후지 — 도로 눈을 감고 가시오

이날 홍려시소경鴻臚寺少卿 조광련趙光連과 의자를 나란히 하고 요술을 구경한 뒤, 내가 조경에게 말했다.
"눈이 시비를 분별하지 못하고 진위를 살피지 못한다면, 눈이 없다 해도 아무 상관이 없을 것입니다. 항상 요술을 부리는 이들에게 속는 것은 눈이 망령되기 때문인데, 이 경우 밝게 본다는 것이 도리어 탈이 된다고 할 수 있지요."
"비록 요술을 잘하는 자가 있더라도 소경은 눈속임하기가 어려울 테니, 눈이란 과연 믿을 만한 것일까요."

내가 말했다.

"우리나라에 서화담(徐花潭)이란 분이 있는데, 그분이 길에서 주저앉아 엉엉 우는 자를 만났습니다. '네, 어찌 우느냐?' 묻자, 그자가 이렇게 대답했습니다. '제가 세 살에 소경이 되어 바야흐로 40년이 되었습니다. 이전에는 걸음을 걸을 땐 발을 의지해서 보고, 물건을 잡을 땐 손을 의지해서 보았습니다. 목소리를 들어 누구인지를 분별할 때는 귀를 의지해서 보았고, 냄새를 맡아 무슨 물건인지 살필 때에는 코를 의지해서 보았습니다. 다른 사람들은 두 눈만 가졌지만 나는 팔과 다리, 코와 귀 모두 눈이 아닌 것이 없었습니다. 어디 다만 팔과 다리와 귀와 코뿐이었겠습니까. 날이 이르고 늦은 것은 낮의 피로함으로 보고, 물건의 형용과 빛깔은 밤에 꿈으로 보아서, 아무런 장애도 없고 의심과 혼란도 없었습니다. 한데, 아까 길을 걸어오다가 홀연히 두 눈이 맑아지고 동자가 저절로 열려 눈을 뜨고 보니, 천지는 드넓고 산천은 마구 뒤섞이어 만물이 눈을 가리고 온갖 의심이 마음을 막게 되었습니다. 팔과 다리와 귀와 코는 뒤죽박죽 착각을 일으켜 온통 이전의 일상을 잃어버리고 말았습니다. 급기야 살던 집까지 잊어버려 돌아갈 방법이 없는지라 이렇게 울고 있습니다.' 화담 선생이, '네가 네 지팡이에게 물어보면 지팡이가 알아서 할 것 아니냐' 하였더니 그는 '내 눈이 이미 밝았으니 이 지팡이를 어디에 쓰겠습니까' 하였습니다. 그러자 선생이 말했지요. '도로 네 눈을 감아라. 바로 거기에 네 집이 있을 것이다.' 이로써 보자면, 눈이란 그 밝음을 자랑할 것이 못 됩니다. 오늘 요술을 구경하는 데도 요술쟁이가 눈속임을 한 것이 아니라 실은 구경꾼들이 스스로 속은 것일 뿐입니다."

양귀비
일본 에도시대 후기의 문인화가 다카쿠 아이가이(高久靄崖)가 그린 「양귀비도」.

"그렇습니다. 사람들은 조비연(趙飛燕)은 너무 파리하고 양귀비는 너무 살쪘다고들 합니다. 무릇 '너무'라고 하는 말은 '지나치게 심하다'는 말입니다. 그런데 살찌거나 파리하다고 말하고 나서 또 심하다는 말을 덧붙인 걸로 보아, 그들은 분명 절세의 가인이 아닌 게 틀림없습니다. 다만 한나라 성제(成帝)와 당나라 현종(玄宗)의 눈이 살찌고 파리한 데 홀렸을 뿐이지요. 세상에 광명한 눈과 진정한 소견이 사라진 지 오랩니다. 태백이 몸에 먹으로 문양을 그리고 약을 캔 것은

효도로써 요술을 부린 것이고, 예양豫讓이 몸에 옻칠을 하고 숯을
먹은 것은 의리로써 요술을 부린 것이며, 기신紀信 한 고조 때의 장수이 누런
덮개에 털을 왼편에 달아 수레를 꾸민 것은 충성으로써 요술을 부린
것이지요. 패공沛公 한 고조가 천자가 되기 전의 봉호은 깃발로 요술을 부렸고기신이
한 고조 대신 깃발을 들고 항우에게 항복함, 장량張良은 돌로 요술을 부렸으며,
전단田單 제나라의 장수은 소로, 초평初平은 양으로, 조고趙高는 사슴으로,
황패黃覇 한나라 선제宣帝 때의 승상는 참새로, 맹상군은 닭으로 요술을 부렸고,
치우蚩尤는 동두銅頭와 철액鐵額으로 요술을 부렸으며, 제갈량은
목우유마木牛流馬로 요술을 부렸습니다. 왕망이 금등金縢에서 명을 청한
것은 요술이 되다가 만 것이요, 조조가 동작대銅雀臺에서 향을 나눈
것은 요술의 파탄이요, 안녹산의 적심赤心이나 노기盧杞 당나라 덕종 때의
간신의 남면藍面 얼굴이 귀신의 얼굴처럼 생김은 모두 졸렬한 요술에 속합니다.
예로부터 부인들이 더욱 요술을 잘 부렸으니 포사의 봉화[5]나 여희의
벌[6] 같은 것이 그런 경우지요.
그런가하면 성인이 신성한 도로써 교화를 베푸는 데에도 역시
그런 면이 없지 않습니다. 나는 요임금 시절 뜰에 난 풀이 아첨꾼을
가려내고 순임금이 지은 소악韶樂을 들고 봉황이 날아왔다는
고사에는 감히 의심을 품지 못합니다. 그렇지만 황룡이 배를 등에
진 일이나 주나라 무왕 때 붉은 까마귀가 집에 들어온 일 따위는
도무지 믿을 수가 없습니다. 예로부터 신성한 사람이든 범속한
사람이든 누구나 한 가지씩은 이해하기 어려운 일이 있습니다. 혹은

5.
포사褒姒와 유왕
서주西周의 마지막 왕인
유왕幽王은 자신이
특별히 아꼈던 포사가
한 번도 웃질 않자, 거짓
봉화를 올려 각 지역의
제후들을 모았다. 다급한
일인 줄 알고 달려온
제후들이 아무 일도 없는
데 당황해하는 모습을
보고, 비로소 포사가
웃었다. 이 일로 인해 얼마
후 견융의 침입을 받아
진짜 봉화를 올렸을 때는
제후들이 모이지 않아
결국 유왕은 죽고 포사는
사로잡혔다.

6.
여희驪姬의 벌
여희는 진晉나라 헌공의
애희로, 일부러 자신의 옷
속에 벌을 넣어 태자를
모함하여 죽였다.

포사와 유왕

**7.
상처 딱지를 즐겨 먹는 자**
남송(南宋) 때
유옹(劉邕)은 상처 딱지를
먹기 좋아하니 복어 맛과
같다고 여겼다. 일찍이
맹영휴가 부스럼을
앓아 그 딱지가 침상에
떨어져 있자 유옹이 주워
먹었다고 한다.

**8.
나귀 울음소리를
좋아하는 자**
진(晉)나라 때의
손초(孫楚)는 벗
왕제(王濟)가 죽자 매우
슬피 곡을 했다. 그런데
곡을 마치고는 왕제가
생전에 자신이 내는 나귀
울음소리를 좋아했다면서
나귀 울음소리를
내었다고 한다.

상처 딱지를 즐겨 먹는 자[7]가 있는가 하면, 혹은 나귀 울음소리를 좋아하는 자[8]도 있는바, 이를 두고 요술이라 해도 괜찮을 것이요, 천성이라 해도 또한 무방할 것입니다. 요술의 술법은 비록 천변만화를 하더라도 두려울 게 없습니다. 그러나 천하에 두려워할 만한 요술이 있으니, 그것은 크게 간사한 자가 충성스러운 체하는 것과 향원鄕愿 시골에서 군자인 척 행세하는 위선자이면서 덕행이 있는 체하는 것일 겁니다."

"호광胡廣 동한 말엽 여섯 임금을 섬긴 신하이 여러 차례 공경을 지낸 것은 중용으로 요술을 부린 것이며, 풍도馮道가 5대에 걸쳐 정승 자리에 오른 것은 명철함으로 요술을 부린 것이니, 이렇게 보자면 웃음 속에 칼을 품는 것이 입 속으로 칼을 삼키는 것보다 더 혹독한 일이 아닐까요."

우리는 한바탕 크게 웃으면서 자리를 털고 일어났다.

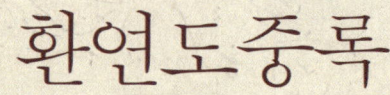

환연도중록

8월 15일부터 8월 20일까지
엿새 동안의 기록이다.
열하에서 연경으로 돌아오기까지의
일들을 적었다.

여러 역관들이 모두 내 방으로 모여들었다. 술과 안주가 조금 있기는
했지만 먼 길을 오가느라 완전히 입맛을 잃었다. 모든 사람이 내 곁에 놓인
봇짐을 힐끗거린다. 그 속에 귀한 물건이라도 들었을까 잔뜩 기대하는
모양이다. 나는 결국 창대를 시켜 보따리를 풀어서 속속들이 헤쳐 보였다.
다른 물건은 아무것도 없고 다만 붓과 벼루뿐이었다. 두툼하게 보인 건
모두 중국인들과 필담을 했던 초고와 여행 중에 쓴 일기였다. 그제야 모든
사람들이 미심쩍은 게 풀렸다는 듯이 활짝 웃으며 말한다. "어쩐지 정말
이상하더라구. 출발할 땐 분명 행장이 가벼웠는데, 돌아올 땐 짐 보따리가
너무 크더라니." 장복도 머쓱해하면서 창대에게 소리를 내지른다.
"별상금은 어디 됐냐?"

신유일 辛酉日 8월 15일

/

맑고 약간 서늘함

사신 일행이 모여서 의논을 한다.

"이제 연경으로 돌아가야 할 판인데 예부에서 우리나라 사신을 완전히 무시하고 우리가 올린 정문[1]의 내용을 몰래 고쳤지 뭡니까. 참 어처구니가 없는 일입니다. 우리가 아무런 이의도 제기하지 않는다면 앞으로 문제가 더욱 커질 거 같습니다. 그러니 예부에 정문을 제출하여 그들이 몰래 고쳤다는 사실을 밝힌 연후에 길을 떠나야겠소이다."

역관에게 정문을 작성케 하여 예부에 제출하자 제독은 크게 두려워했다. 아마 덕상서德尙書에게 먼저 알렸기 때문인가 보다. 상서 등도 크게 두려워하면서 우리에게 겁을 준다.

"이 일에 대한 책임을 우리 예부에 떠넘기려는 것이냐? 예부가 죄를 얻는다면, 너희 사신들은 괜찮을 성싶은가? 너희들이 보낸 정문이야말로 글의 의도가 모호하여 성의를 표하는 내용이 전혀 없었다. 그래서 내가 너희들을 위해 실상에 의거하여 잘 꾸며서 그 영광스럽고 감격해하는

1.

정문呈文

하급 관청에서 상급 관청으로 보내던 공문서. 주로 동일한 계통이 관청 사이에 행해지는데, 한 면(面)에 다섯 줄로 쓰는 것이 특징이다.

2.

이제현李齊賢

고려 후기의 문신·학자·문인. 자는 중사(仲思), 호는 익재(益齋). 고려 충렬왕 때(1301년) 나이 15세로 성균시(成均試)에 장원하고 이어 문과에 급제, 이후 정계의 요직을 두루 거쳐서 1356년 문하시중(門下侍中)에까지 올랐다. 당대의 명문장가이자 학자였고, 조맹부(趙孟頫)의 서체를 도입하여 유행시키기도 했다. 저서로는 『익재집』, 『역옹패설』(櫟翁稗說) 등이 있다. 이제현의 이력에서 특기할 만한 점은 1314년 충선왕의 부름을 받아 원나라 연경(燕京)에 건너가 만권당(萬卷堂)에 머물며 그곳에서 당대의 원나라 명사들인 염복(閻復)·조맹부 등과 교우하였던 일이다. 또 그는 서촉(西蜀)의 명산 아미산(峨眉山), 절강(浙江)의 보타사(寶陀寺), 감숙성(甘肅省)의 타사마(朶思麻) 등 세 번에 걸쳐 중국 내륙까지 먼 여행을 하기도 했다.

심정을 잘 드러내 주었다. 그런데 오히려 너희들이 이런 짓을 하다니. 이는 뭣보다 제독의 허물이 크다고 해야겠지."

상서는 정문을 아예 열어 보지도 않고 물리쳤다. 사신이 그제야 제독을 맞아들여 정황을 자세히 물어보았지만, 하도 장황하여 무슨 말인지 당최 알아들을 수가 없었다. 예부에서는 사람을 보내 즉시 길을 떠나도록 재촉해 댄다. 사신 일행의 떠나는 시간을 곧 위에다 아뢰겠다는 것이다. 이렇게 닦달을 하는 건 아마도 정문을 다시 제출하지 못하게 하려는 수작이리라.

할 수 없이 아침을 먹은 뒤에 즉시 길을 떠났다. 벌써 시간은 정오를 넘기고 있었다. 뽕나무 아래에서 사흘 밤을 묵어도 오히려 미련이 남는다는데, 하물며 나는 공자를 모시고 엿새나 묵었음에랴! 더욱이 내가 머물렀던 곳이 깔끔하고 우아하여 마음속에 오롯이 새겨졌음에랴! 내 일찍부터 과거를 폐하여 진사도 못 되어, 비록 국학에서 학문을 닦고자 해도 그럴 수 없는 처지였다. 그러다 이제 갑자기 만 리나 떨어진 변방 바깥에서 엿새 동안 노닐다 보니 내가 원래부터 이렇게 지냈던 듯한 착각이 든다. 이 어찌 우연한 일이겠는가. 우리나라 선비 중에 멀리 중국 한복판에서 노닐어 본 사람으로 신라의 최치원이나 고려의 이제현[2] 같은 분들이 있기는 하다. 비록 그분들이 서촉과 강남 땅을 두루 밟았다고는 하지만, 중국 북쪽 변방에 와 볼 기회는 전혀 없었다.

앞으로 천 년 동안 몇 사람이나 다시 이곳을 밟을지는

모르겠다. 송나라의 기공沂公 왕증王曾과 정공鄭公 부필富弼과 영빈穎濱 소철蘇轍이
거란으로 사신갈 제 고북구를 지나던 그 수레 자국과 말 발자국이 눈에 선하다.
아아, 운명의 예기치 않음이 이와 같구나!

광인점廣仁店, 삼분구三盆口를 거쳐 쌍탑산雙塔山에 이르러 말을 멈추고 멀리
바라보니, 그 모습이 참으로 기이하기 짝이 없다. 바위의 빛과 결은 마치
우리나라 동선관洞仙館의 사인암舍人巖과 비슷하고, 탑처럼 높이 솟은 산은
금강산의 증명탑처럼 뾰족하게 둘이 마주 서 있다. 아래 위의 넓이가 똑같아서
남에게 의지하거나 붙들어 줄 것도 없고, 한쪽으로 기우뚱하거나 옆으로
기울어지지도 않았다. 똑바르고 단정하며 정교하고 화려하여 웅장하기
그지없다. 비치는 햇살과 구름 기운이 비단처럼 현란하다.

난하灤河를 건너 하둔河屯에서 묵었다. 이날 모두 40리를 왔다.

**쌍탑산과 금강산
증명탑**證明塔
오른쪽 그림은
건륭제가 직접 그린
「쌍탑산도」이며,
왼쪽 페이지 아래
그림은 김홍도가
그린 「금강산도」의
별본(別本)으로 알려진
『해산첩』에 실린
증명탑이다.

임술일 8월 16일
壬戌日

/

맑음

동틀 무렵 길을 나서 왕가영王家營에서 점심을 먹었다. 황포령黃鋪嶺을 넘다가 스무
살 남짓 되어 보이는 귀족 청년 하나를 만났다. 붉은 보석과 푸른 깃이 달린
모자를 쓰고 검은 말을 타고 가볍게 달려간다. 한 사람이 앞에 서고 뒤를 따르는
자들이 30여 기騎나 된다. 모두들 준마에 금빛 안장을 얹었으며, 차림새는
산뜻하면서도 화려하다. 활을 찬 사람, 조총을 멘 사람, 다창茶鎗 차의 싹을 든 사람,
화로를 든 사람 등 가지가지다. 그들은 번개처럼 말을 달리면서도 물렀거라
하고 소리치는 일 없이, 다만 말발굽 소리만 낼 뿐이다. 말몰이꾼을 붙들고
물어봤더니, 황제의 친조카 예왕豫王이라고 한다.
태평차가 그 뒤를 따른다. 힘센 노새 세 필로 멍에를 씌웠다. 초록 우단으로
가리개를 하고 사방으로는 유리를 붙여서 창을 냈다. 지붕 위는 파란 실그물로
덮고 네 모서리엔 술을 드리웠다. 일반적으로 귀족들이 탄 가마나 수레는
모두 이런 것들로 꾸며서 지위와 위엄을 표시한다. 수레 안에서는 그림자만
어른거리다가 간혹 여인의 소리가 들린다. 조금 뒤 노새가 멈추더니 오줌을
누고, 우리의 말도 덩달아 오줌을 눈다. 수레 안에 있던 한 여인이 북쪽 창을
밀치니 몇 명이 다투어 얼굴을 내민다. 아름답게 올린 트레머리는 구름이

궁녀들의 모습
그림은 청대의 궁정화가
초병정(焦秉貞)이 그린
「궁녀도」이다.

서린 듯하고 반짝이는 귀고리는
별처럼 흔들린다. 금빛 꽃과 파란
줄구슬이 꿈결처럼 영롱하게 얽혀
있고, 아리따운 화장은 낙수의 놀란
기러기처럼 어여쁘기 그지없다. 여인은
조금 뒤 조용히 창을 닫고 홀연
가버린다. 따르는 이는 모두 셋인데,
예왕을 모시는 궁녀들이라 한다.
마권자馬圈子까지 가서 묵었다. 이날
80리를 갔다.

계해일 8월 17일
癸亥日

/

맑고 따뜻함

새벽에 길을 떠나 청석령을 지났다. 때마침 황제가 계주薊州
동릉[1]에 행차한다 하여 도로와 교량을 닦아 놓았다.
한가운데로는 치도馳道 말달리는 길를 쌓았다. 각 고을에서 미리
장정을 징발하여 높은 데는 깎고 깊은 곳은 메운다. 맷돌로
다지고 흙손으로 발라서 마치 베를 펴놓은 듯 판판하다.
표지를 세웠는데 먹줄로 그은 듯 곧아서 조금이라도
굽거나 기우뚱한 곳이 없다. 치도의 넓이는 두 길이요

1.

동릉東陵
북경 북쪽 하북성
준화현에 있는 청나라
역대 왕들의 묘.
역주(易州)에 있는 서릉에
상대하여 이르는 말로,
세조·성조·고종 등의
능이 있다. 아래 사진은
동릉의 전경.

관제묘
거용관 부근에 있는
관제묘의 모습이다.

좌우의 협로는 각각 한 길 남짓하다. 『시경』에 "주나라 가는 길이 숫돌처럼 바르구나"라고 했는데, 이제 이 길이 숫돌처럼 만들어지고 있으니 그 비용이 적지 않을 것이다. 삼태기를 메거나 물을 지고 가는 이들이 곳곳마다 떼를 이루었다. 허물어지면 즉시 흙으로 메우고, 한 번 말발굽이 지나가면 흙손질을 한다. 나무를 교차시켜 새끼줄로 묶어서 사람들이 치도 위로 다니는 걸 금지하고 있다. 그러나 우리나라 사람들은 반드시 그 나무를 거꾸러뜨리고 새끼줄을 끊으면서 지나간다. 나는 얼른 마부에게 일러 치도 밑으로 가게 했다. 내가 감히 그 위로 못 가서가 아니라, 차마 못할 짓이기 때문에 그런 것이다.

길 한 쪽에는 몇 걸음마다 반드시 돌담을 쌓아 두었다. 어깨 정도의 높이에, 넓이는 대략 여섯 자쯤 되는 것이 마치 성에 있는 성가퀴와 비슷하다. 다리에는 모두 난간이 설치되어 있다. 돌난간에는 천록수天祿獸 상상 속의 동물나 사자 같은 짐승들이 마치 살아 있는 듯 입을 쩍 벌리고 있다. 나무 난간은 단청이 무척 화려하다. 강이 넓은 곳엔 노끈으로 나무를 묶어서 광주리처럼 만들었다. 둘레는 거의 한 칸, 길이는 한 길 정도로 안에 자갈을 채워 물 속에 꽂아 다리 기둥을 만든다. 난하나 조하潮河 같은 곳에는 모두 수십 척의 큰 배를 띄워서 부교浮橋를 만들었다.

세 칸짜리 방에서 아침을 먹을 때 우리 일행이 점방에 들어갔다. 어제 만났던 예왕이 관왕묘에 들렀는데, 우리가 든 점방과는 아래윗집 사이다. 따라온 시중꾼들은 모두 다른 점방에 흩어져 떡, 고기, 술, 차 따위를 사 먹었다.

우연히 관왕묘의 묘당에 들어가게 되었다. 문에는 문지기도 없고 뜰 안은
고요하여 인적이 없다. 나는 예왕이 그 안에 머무르고 있다는 걸 몰랐다. 뜰
가운데에는 석류가 소담스럽게 달려 있고, 낮은 소나무는 용이 서린 듯 뒤틀려
있다. 주변을 서성거리며 구경하다가 마루턱을 오르려 할 때였다. 아름다운 청년
하나가 모자를 벗고서 머리를 번쩍이며 문 밖으로 나오더니 나를 보고 웃으며
맞는다.

"씬쿠."辛苦

이 말은 고생하는 걸 위로한다는 뜻이다. 나는 얼른 대답했다.

"하오아."好阿

이는 우리나라식으로 하면 문안 인사에 해당한다. 섬돌 위로는 아로새긴 난간이,
난간 아래에는 의자 두 개가 있다. 그 중에서 붉은 탁자를 놓고는 나에게
"쭈어줘"坐著하고 말을 한다. 주인이 손님에게 앉으라고 권하는 말이다. 혹은
"칭줘 칭줘"請坐라고도 하고, 혹은 "쭈어저 쭈어저"라고도 하며, "칭 칭 칭"請을
연거푸 말하기도 한다. 이는 정중하고도 간곡한 마음을 보이는 것이다. 오는
도중에 어떤 집을 들르든지 매번 주인들은 그렇게 한다. 이것이 보통 손님을
접대하는 예절이다. 청년이 모자를 벗고 사복을 입었기에 처음에는 그가
주지스님인 줄 알았다. 그런데 꼼꼼히 살펴보니 주지가 아니라 예왕인 듯싶었다.
그래도 나는 모른 척하고 그를 범상하게 대했다. 그 역시 거만하고 고귀한
태도를 보이진 않았다. 붉은빛이 얼굴에 넘치는 걸로 보아 아침에 술을 꽤나
마신 것 같았다. 손수 술 두 잔을 따라 내게 권하기에, 연거푸 두 잔을 기울였다.

"만주말을 할 줄 아시오?"

"모릅니다."

그러다 별안간 난간 밑을 향해서 토하기 시작한다. 술이 폭포처럼 쏟아진다.

"량아."凉呵 시원하다

늙은 내시 하나가 방 안에서 담비 갖옷을 가지고 나오더니 예왕의 등을 덮어
주며 나에게 나가라고 손짓을 한다. 나는 바로 일어서서 나왔다. 돌아보니 그는
여전히 난간에 기대서 밑을 굽어보고 있었다. 그의 행동은 몹시 경박하고 얼굴은
창백한 것이, 위엄이라고는 조금도 없었다. 마치 시정배의 아들 같았다.

아침을 먹은 뒤에 즉시 길을 떠나 몇 십 리를 갔다. 뒤쪽으로는 백여 명 정도
되는 사냥꾼들이 말을 타고 멀리 산 밑으로 달려간다. 새매를 팔뚝에 얹은 10여
명이 말을 타고 산골짜기 부근으로 흩어져 가고 있다. 한 사람은 큰 독수리를
팔뚝에 앉혀 놓았다. 독수리의 다리는 개의 다리처럼 튼실하고 누런 살비늘이 온
정강이에 번쩍인다. 검은 가죽으로 머리를 싸매고 눈을 가렸다. 나머지 것들도
모두 눈을 가리고 있다. 독수리들이 물체를 보고 함부로 날개를 퍼덕이다가
다리에 생채기를 내거나 담이 작아질까봐 그런 것이다. 또 그렇게 해야만 눈의
정기를 기르고 사나운 의지를 온전히 지닌다고 한다.

나는 말에서 내려 모래 위에 앉아 담뱃대에 불을 붙였다. 그들 중 활과 살을
두른 이가 말에서 내려 자기 담뱃대에 담배를 넣더니 내게 와서 불을 청한다.
무슨 일행인지를 물었더니 이렇게 말한다.

"황제의 조카 예왕께서 황손 두 분과 함께 열하에서 북경으로 돌아오시는 길에
사냥을 하시는 겁니다."

"얼마나 잡았소?"

"사흘 동안 메추라기 한 마리 잡았어요."

등 뒤에서 수숫대 부러지는 소리가 들리더니 한 사람이 밭 한가운데서 말을
타고 나는 듯이 달려나왔다. 그는 화살을 메기고 안장 위에 엎드린 채 말을
달린다. 얼굴은 눈처럼 희다. 담배에 불을 붙이던 자가 그를 가리키며 한마디
한다.

"저이가 열한 살 되신 황손입니다."

그는 토끼 한 마리를 쫓아 달려갔다. 토끼는 달아나다가 모래 위에 넘어져
뒹군다. 말을 달려서 재빨리 쏘았지만 맞히지는 못하였다. 토끼는 다시 일어나
산 밑으로 도망쳤는데, 백여 명이 달려가 에워싼다. 먼지가 하늘을 뒤덮고
총소리가 연이어 터진다. 그러더니 갑자기 포위를 풀고 가 버린다. 순간,
먼지 그림자가 자욱하더니 사냥하던 무리가 아득히 보이지 않는다. 토끼를
잡았는지는 모르겠으나, 말 달리는 재주만큼은 어른이나 아이나 할 것 없이
기가 막히다.

책문으로부터 연산관에 이르기까지는 높은 산과 험한 고개에 나무가 울창하여
때때로 새들이 지저귀더니, 요동에 들어오면서부터 연경에 도착하기까지 2천
리 길에는 하늘이나 땅이나 짐승의 흔적이 보이지 않았다. 때마침 장마가
지고 날씨는 찌는 듯하다. 그 탓인지 숲속이나 풀더미 사이로 벌레며 뱀이며
개구리 소리조차 들리지 않고 두꺼비 뛰는 것도 보이지 않는다. 벼가 한창 누럴
때임에도 참새 한 마리 없고, 물가 모래톱 근방에도 물새 한 마리 보이질 않는다.
이제묘 앞 난하에서 처음으로 두 쌍의 갈매기를 보았다. 까마귀나 까치, 솔개
따위는 흔히 사람 사는 마을로 모여들기 마련이지만 이곳에선 좀처럼 보기
힘들다. 하늘을 새까맣게 뒤덮으며 날아다니는 우리나라 들녘 풍경과는 많이
다르다. 변방의 수렵 지대에는 날짐승과 들짐승이 많으리라 생각했는데, 지금
보니 이곳의 모든 산은 갈수록 헐벗어 새 한 마리 보이질 않는다. 오랑캐들의
사냥 형편이 이런 정도였다니. 그들은 도대체 어느 곳에서 말을 달리며 사냥을
하는 것일까. 짐승들을 몽땅 잡아서 이미 씨가 말랐는데 대체 이런 식으로
사냥을 하는 것이 가당키나 한 건지, 아니면 짐승들이 별도로 숨어 있는 숲이나
습지가 따로 있는 건지는 알 길이 없다.

강희 황제가 등극한 지 20년 되던 해였다. 오대산에 놀러 갔다가 범이 숲속에서

사냥하는 건륭제
건륭제가 열하의
피서산장에서 사슴
사냥을 하는 모습이다.

뛰어나오자 황제가 직접 활을 쏘아서 죽였다. 그때 산서
도어사都御史 목이새穆爾賽와 안찰사按察使 고이강庫爾康이
황제에게 아뢰어 그곳을 사호천射虎川이라 명명하였고
범의 가죽은 대문수원大文殊院에 간직하여 지금까지 그대로
전해온다. 황제는 또 친히 화살 서른 대를 쏘아 토끼
스물아홉 마리를 잡았다. 또, 송정에서 사냥할 때에는 큰
범 세 마리를 쏘아 죽였는데 이 장면을 그림으로 그려서
민간에서 사고 판다니 실로 기묘한 활솜씨라 하겠다.
이제 여러 왕자들이 사냥을 하면서 저토록 빨리 말을
달리는 걸 보니 재빠르고 호탕한 건 집안 내력인 모양이다.
만일 그 순간 수수밭에서 범 한 마리가 뛰어나왔더라면 그
어린 공자가 의기양양하게 활을 쏘았을 테고, 만 리 길을

떠나온 나 또한 한바탕 장쾌한 구경을 맛보았을 텐데, 참
아쉽다.

장성 밖에 이르렀다. 산에 성을 쌓았으므로 들쭉날쭉
높낮이와 굽이가 생겼다. 요충지에는 높이가 예닐곱
길, 너비가 열너덧 발 되는 속이 텅 빈 돈대를 세웠다.
일반적으로 요충지에는 40~50걸음마다 돈대가 하나씩
있고, 덜 중요한 곳에는 200걸음 정도마다 돈대 하나씩을
둔다. 돈대마다 백총百總 무관 벼슬 이름이 지키고, 열 개의
돈대를 천총千總 지휘관에 해당하는 무관직이 지킨다. 그리하여
1~2리 어름마다 방울 소리가 들린다. 만일 어떤 사람이
경보를 울릴 일이 있을 땐 좌우에서 봉화불을 들어 서로
나누어 전달하므로 수백 리 거리라도 순식간에 알려져
모두들 신속하게 대비한다. 이는 모두 명나라의 이름난
장군인 **척계광**[2]이 남겨 놓은 책략이라 한다.

옛날 전국 시대에도 장성이 있었다. 조나라의 이목李牧이
10만 이상의 흉노를 크게 격파하고 첨람襜襤을
전멸시켰으며 임호林胡 · 누번樓煩 등을 깨뜨리고 장성을
쌓았다. 대代와 음산陰山 지역부터 고궐高闕에 이르기까지
변방의 관문을 만들어 운중雲中 · 안문雁門 · 대군代郡 등 여러
고을을 설치했다. 진秦나라는 의거義渠 감숙성 지방에 있던 부족를
멸한 뒤 비로소 농서隴西 · 북지北地 · 상군上郡 등에 장성을
쌓아 오랑캐를 막았다. 연나라는 또 동쪽 지역의 오랑캐를
깨뜨려 천 리 땅을 넓히고 장성을 쌓았는데, 조양으로부터
양평에 이르기까지 상곡上谷 · 어양漁陽 · 우북평右北平 · 요동

2.
척계광戚繼光
명나라의 장수이자
병법가. 왜구가 기승을
부릴 때 새로운 진법으로
수많은 전승을 올렸다.
『기효신서』(紀效新書)
등의 병서가 있다.

금산령장성
북경과 하북성의
경계 부근에 있으며
고북구에 인접해 있는
금산령장성은 명나라 때
척계광이 쌓은 성벽이다.

등의 여러 군을 설치했다. 이처럼 진·연·조 모두 세 곳의
변방에 관문을 설치하였다. 그들이 장성을 쌓은 것은
오래 전의 일이고, 쌓아 놓은 장성을 서로 이어 놓으면 북,
동, 서쪽으로 뻗은 것이 족히 만 리는 되었다. 진나라가
제후를 통일하고 천자가 되자 몽염장군에게 장성을 쌓게
하였다. 지형을 따라 험한 곳을 이용하여 변방을 제압하되,
임조臨씀兆로부터 요동에 이르기까지 성이 만 리까지 뻗었다.
그렇다면 몽염이 옛 성을 모두 증축하고 수리했단 말인가,
아니면 연·조의 옛 성터에 새로 쌓았다는 것인가. 몽염은
"이 성이 임조에서 시작되어 요동까지 잇닿았다"고 말한
바 있다. 성이 만여 리나 뻗으면서 그 사이에 지맥을 끊지
않을 수는 없었을 것이다. 게다가 사마천은 북쪽 변방에

가서 몽염이 진나라를 위해 쌓은 장성이 모두 산을 끊고
골짜기를 메운 모습을 본 뒤 그가 백성의 힘을 가벼이
허비한 사실을 책망하였다. 그렇다면 이 성은 정말 몽염이
쌓은 것으로, 연·조의 옛 성이 아니란 말인가.
성은 모두 벽돌로 쌓았다. 벽돌은 모두 한 틀에서 찍어
내어 두께와 크기가 털끝만큼도 차이가 없다. 성의 기초가
되는 밑 부분은 돌을 다듬어서 쌓았는데, 땅 밑으로 들어간
부분이 다섯 층이고 땅 위로 드러난 부분이 세 층이라 한다.
간간이 무너진 곳도 있다. 두께를 헤아려 보니 다섯 길
가량 되는데, 흙을 섞지 않고 완전히 벽돌로만 쌓았다. 벽돌
사이에는 석회를 종잇장처럼 얇게 발랐다. 벽돌을 살짝
이어 붙인 것이 마치 아교로 나무를 붙여 놓은 듯하다.
성은 안쪽이나 바깥쪽이나 모두 먹줄로 그어서 깎은 것
같다. 아래는 넓고 위는 좁아서 대포나 충차[3]라도 단박에
깨뜨리기는 어렵게 되어 있다. 대개 그 바깥 벽돌은 떨어져
나갔지만 그 안에 쌓은 것은 그대로 남아 있었다.
담결핵을 고치는 처방으로 천 년 묵은 석회에 식초를
타서 떡처럼 만들어 붙이는 방법을 쓴다. 오래도록 해묵은
석회로는 장성만 한 게 없어 사신들이 오가는 편에 으레
이것을 구하곤 하였다. 내가 어렸을 때 주먹만큼 큰
석회 덩어리를 본 적이 있었는데, 지금 와서 보니 그게
가짜였다는 걸 알겠다. 길을 가다가 만난 중국 성의 제도는
장성과 똑같은데, 어떻게 주먹만큼 큰 석회 덩어리를 얻을
수 있었으랴. 또 어떻게 변방 북쪽으로 나가서 이것을 구해

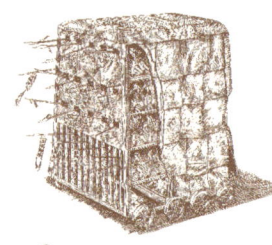

3.
충차衝車
충차(위 그림)는
임충(臨衝)이나
대루(對樓)라고도
부르는데, 갑옷으로
둘러싼 공성탑을 말한다.
춘추전국시대에 출현하여
공성전에서 많이
사용되었다.

올 수 있었겠는가. 아마도 다 무너진 국내의 성에서 얻은 것임에 틀림없다.

돌아오는 길에 고북구에 들렀다. 지난번 변방의 관문을 나갈 때에는 밤 깊은 시간이라 두루 살펴보질 못했는데, 지금은 한낮이어서 수역과 함께 잠깐 모래사장에서 쉬었다.

드디어 첫번째 관으로 들어서니, 말 수천 필이 관문을 메우고 있다. 두번째 관문을 들어서자 군졸 40~50명이 칼을 차고 죽 늘어서있고, 또 두 사람이 의자를 맞대고 앉아 있다. 나는 수역과 함께 말에서 내려 천천히 걸어갔다. 두 사람은 흔쾌히 앞으로 와서 읍하고 위로의 말을 정성껏 건넸다. 그 중 하나는 머리에 수정관을 썼고, 또 하나는 산호관을 썼다. 그들은 모두 수어참장守禦參將이라 한다.

후진後晉 개운開運 2년945년에 거란의 왕 덕광德光이 쳐들어 왔다가 호북구虎北口로 돌아가게 되었는데, 그는 진晉나라가 태주泰州를 함락하고 다시 군대를 끌고 남쪽으로 내려간다는 소식을 들었다. 거란의 임금은 수레奚車에 앉아 철요기鐵鷂騎에게 말에서 내려 사방에서 진나라의 방어진을 뚫고 들어가도록 명령하였다. 장성을 둘러 '구'口라고 부르는 곳이 무려 수백인데, 산서성의 태원太原 분수汾水의 북쪽에도 호북구라는 지명이 있다. 그때 덕광의 군사는 기양祈陽으로부터 북으로 갔던 것이니 그 길이 아니고, 아마도 유주幽州와 단주檀州의 호북구가 바로 이 관문이었을 것이다. 당唐의 선조 중에 호虎라는 휘諱가 있으므로 호虎를 바꿔서 고북구古北口라 하였으리라 추정된다.

송나라 사람이 지은 『사료행정록』使遼行程錄에서는 "단주檀州로부터 북으로 80리를 지나고, 거기에서 또 80리를 가서 호북구관에 이르렀다"고 했다. 단주의 고북구도 호북구라고 불렀던 것이다.

송나라 선화宣和 3년1121년에 금나라가 요나라 군대를 고북구에서 깨뜨렸다. 가정嘉定 2년1209년에는 몽고가 금나라에 침입하여 고북구에 이르자 금나라는

물러나 거용관居庸關을 지켰다. 원元 치화致和 원년1328년에 태정제泰定帝의 아들
아속길팔阿速吉八이 상도上都에서 왕위에 오른 후 여러 길로 나누어 군대를
보내서 연나라의 철첩목아鐵帖木兒를 대도大都 북경을 말함에서 칠 때였다.
탈탈목아脫脫木兒는 고북구를 지키면서 상도에서 온 군대와 의흥宜興에서 싸웠다.
명明 홍무洪武 22년1389년에는 연왕燕王에게 명령을 내려 군대를 고북구로 내서
내안불화乃顏不花를 이도迤都에서 습격하게 했다. 영락永樂 8년1410년에는 고북구
소관小關 입구를 막아 버리고 대관大關의 바깥문은 겨우 사람 하나와 말 한 필만
드나들 수 있게 했다. 지금 이 관에는 다섯 겹이나 되는 문이 있지만 메운 흔적은
없다.

대개 이 관은 천고의 전쟁터이다. 천하가 한 번 어지러우면 백골이 산처럼 쌓이니
진실로 '호북구'虎北口, 즉 '범 아가리'라 할 만하다. 허나 지금은 바야흐로 백여
년 동안이나 태평시절이 계속되고 있다. 사방 경내에는 전쟁 소리가 들리지
않고, 삼과 뽕나무가 빽빽하며, 어디서건 개와 닭 울음소리가 들려온다. 이토록

고북구 장성

회수 치수도

느긋하고 풍족한 생활은 한·당 때 이후로 처음이다. 그들은 무슨 덕으로
이런 태평성대를 누리는 것일까. 그러나 성세도 지극하면 반드시 쇠퇴하는 법.
백성들이 전쟁을 치르지 않은 지가 오래되었으니, 아아, 흙더미가 무너지듯, 혹은
기왓장이 와르르 무너지듯 한꺼번에 쇠하지 않을까 걱정이다.

관關은 산 위에 있어서 비록 수많은 산봉우리로 둘러싸여 있지만 오히려 큰
사막을 바라볼 수 있다.『금사』金史에 의하면 "정우貞祐 2년1214년에 물이 넘쳐 흘러,
쇠로 마구리기다란 물건 끝을 막음를 한 고북구의 관문이 떠내려 갔다"고 한다. 대개
북방 오랑캐들이 중국을 업신여기는 것은, 땅이 상류에 웅거하여 그 형세가 마치
암키와를 세워 놓은 듯하기 때문이다.

중국에는 커다란 근심 두 가지가 있다. 황하의 범람과 오랑캐의 침입이
그것이다. 우禹임금의 아버지 백곤伯鯀은 오랑캐들이 날뛰고 업신여길 것을
충분히 예견하였다. 그래서 유주幽州와 기주冀州를 통하게 하고 항산恒山과
대군代郡을 뚫어서 구주九州의 물을 당겨 사막에 끌어 대고는 중국이 도리어 그
상류에 웅거하여 오랑캐를 제압하려 했다. 당시의 사악四岳 사방의 산악을 맡은
책임자 역시 그의 제안을 옳게 여기고 한번 시험해 보려 하였다. 요임금은 물을

오늘날 황하의 모습

거꾸로 흐르게 하는 것이 옳다고 여기지는 않았지만 백곤의 변론이 몹시도
강력하여 반박을 하지 못했다. 우임금도 물을 역행시키는 것이 이치에 맞지
않는다는 걸 알긴 했지만, 백곤의 재주와 지혜가 워낙 뛰어나다 보니 감히
말리지를 못했다. 『서경』의 '하늘의 뜻을 어겨 백성을 못살게 하고, 명령을
어기며 화합을 깨뜨린다'는 구절이 바로 그것이다. 대개 백곤의 사람됨이 사납고
꼬장꼬장한 데다 자기 생각을 지나치게 믿어 의심치 않았던 때문이다. 그는
오직 오랑캐의 침입만을 우환으로 삼을 뿐, 황하의 범람은 가볍게 여겨서 지형도
헤아리지 않고 공사 비용도 아끼지 않았다. 그리하여 기어코 물길을 거꾸로 파서
흐르게 하였으니, 『맹자』에 나오는 '물이 거슬러 흐르는 것을 강수洚水라 하는데,
강수란 곧 홍수洪水다'라는 말이 바로 여기에서 비롯된 것이다. 그러나 뚫고
파고 터뜨리고 다지는 사이에 지대가 점점 높아지면서 뜻하지 않게 흙이 저절로
메워지게 되었는데 '백곤이 홍수를 막았다'는 기록은 바로 이것을 말한다. 절로
그렇게 된 것이 아니라면 백곤이 무슨 마음으로 이처럼 큰물을 메워 스스로
죄를 범하였겠으며, 당시의 사악과 십이목十二牧 열두 고을의 관리은 어찌하여 다들

한 목소리로 그를 힘써 추천하였을 것이며, 요임금은 어떻게 무려 9년 동안이나 가만히 앉아서 그가 실패할 것을 기다렸을 것인가.

아아, 만일 백곤이 이 사업을 완성했더라면, 중국이 오랑캐를 막는 것이나 황하의 범람을 막는 계책 두 가지가 한꺼번에 이룩되어 그의 덕이 영원토록 빛나서 그 크고 위대한 업적이 우임금보다 더 높이 칭송되었을 것이다.

내가 어렸을 때 한 어른이 위와 같은 내용으로 변론을 하는 것을 들은 적이 있었다. 그런데 지금 이곳 지형을 보니 그건 완전히 틀린 말임을 알겠다.

이태백은 자신의 시에서 "황하의 물은 천상에서 흘러오네"라고 읊었다. 그건 일반적으로 그 지형이 서쪽이 높은 탓에 황하가 마치 하늘에서 흘러오는 듯하다는 의미다. 관내 점방에서 점심을 먹었다. 벽에는 황제가 직접 쓴 칠언절구 한 수가 걸려 있다. 공민孔敏이라는 사람에게 하사한 것이다. 황제가 남쪽 지역을 순행하고 열하로 돌아올 때, 곡부曲阜의 공씨들이 식솔들을 모두 이끌고 나와서 알현했다. 이에 황제가 그들을 격려하는 의미에서 시를 지어 공씨 가문의 문장門長인 공민에게 내려 준 것이다. 공민은 이 시에 발문을 써서 황제의 깊은 은총을 칭송하고 널리 펼쳐 보이며 이것을 돌에 새긴 뒤 탁본하여 널리 퍼뜨렸다. 그러면서 점방의 주인에게도 한 장 주고 갔단다. 시는 졸작이지만 글씨는 잘 썼다. 주인이 나에게 사라고 조른다. 슬쩍 가격을 물어보았더니 은자 서른 냥을 부른다.

식사를 마치자마자 즉시 길을 떠나 세번째 관문에 들어섰다. 양쪽 벼랑의 석벽은 깎아 놓은 듯 천 길 높이로 서 있다. 그 가운데로는 수레 한 대가 지날 수 있는데, 아래는 깊은 계곡과 커다란 바위가 여기저기 쌓여 있다. 기왕증沂王曾과 정부필鄭富弼이 일찍이 거란에 사신으로 갈 때에도 이 길을 거쳐서 갔기에, 그의 행정록行程錄에는 이렇게 기록되어 있다.

"고북구는 양 옆으로 험준한 벼랑이 있고, 그 사이에 길이 있는데 겨우 수레가 드나들만 한 넓이다."

이 내용으로 보건대 그가 이곳을 지나갔음을 알 수 있다. 한 절에서 묵었는데,
거기에 소철蘇轍의 시가 새겨져 있었다.

어지런 뫼 빙둘러 있어 길이 없나 싶었는데 亂山環合疑無路
작은 길 뒤엉겨서 시냇가를 감돌아 든다. 小徑첀回長傍溪
꿈 속에서 서촉 길 헤매는 듯하지만 彷彿夢中尋蜀道
흥주의 동쪽 골짜기요 봉주의 서쪽일세. 興州東谷鳳州西

『송사』宋史에 의하면 이렇게 되어 있다.

건륭제 친필 탁본
왼쪽은 건륭제의 친필을 탁본한 것이다. 새겨진 시의
내용은 다음과 같다.
"십 년 세월 맞이하면서
아홉 번을 이곳에서 편히 쉬었지.
그림 병풍 같은 청산은 이 노인의 눈에 들어 있고
대나무 가마는 내시의 어깨에 있구나.
자연의 뜻에 내 마음 맞으니
시구의 운율일랑 따지지 말거나.
빠르구나, 숲속으로 은퇴하겠다는
십 년 기약 그리 멀지 않다니."
건륭제는 황제의 자리에 오른 지 60년이 되는 해에
황제 지위를 물려주고 은퇴하겠다는 말을 한 적이
있다. 할아버지인 강희제가 60년간 재위했었기
때문에, 손자 입장에서 할아버지보다 더 오래 황제
자리에 있을 수 없다는 뜻에서였다. 그렇게 말한
것이 10년 전이었는데, 벌써 자신이 은퇴할 때가
가까이 되었다면서 세월이 얼마나 빠른가 탄식하는
내용의 작품이다.

소식(왼쪽)과 소철

"원우元祐 연간1086~1094년에 소철이 그의 형 소식을 대신하여 한림학사가 되었고, 얼마 뒤 예부 상서의 직무를 대리하여 거란에 사신으로 갔다. 그의 관반館伴 시독학사侍讀學士 왕사동王師同이 능히 소순蘇洵, 소식의 문장과 소철이 지은 복령부茯苓賦를 외었다."

그렇다면 이 시는 바로 소철이 사신으로 갈 때 이곳을 지나다가 쓴 것일 터. 절에 살고 있는 중은 겨우 둘뿐으로, 난간 밑에 오미자 두어 섬을 한창 말리고 있었다. 내 그곳을 지나다 우연히 몇 알을 주워서 입에 넣었는데, 중 하나가 보고 있다가 별안간 화를 버럭 내고 눈을 부릅뜨며 소리를 지른다. 하는 짓이 험악하기에 나는 얼른 일어나서 난간가로 비켜섰다.

우리 일행 중 마두 춘택이 때마침 담뱃불을 붙이러 들어섰다가 그 상황을 보더니 크게 노하여 곧장 앞으로 나아가 욕을 퍼붓는다.

"우리 어르신께서 날씨가 더워 갈증이 나셔서 이 자리에 널려 있는 쌔고 쌘 것들 중에서 겨우 몇 알을 씹어 해갈이나 해볼까 하신 거다. 야, 이 양심도 없는 까까중놈아, 하늘에도 높은 하늘이 있고, 물에도 깊은 물이 있는 법이다. 높낮이도 분간 못하고 깊이도 못 재는 이 당나귀 같은 놈아. 이렇게 무례하게 굴다니, 이게 무슨 경우냐?"

그러자 중은 자기 모자를 벗어 들고는 입가에 게거품을 물고 어깨를 삐딱하게
한 채 까치걸음으로 나와 소리를 지른다.

"너희들 영감이 나하고 무슨 관계가 있어? 너는 높은 하늘이 두려울지 모르지만
나는 하나도 안 무서워. 제 아무리 관노야關老爺『삼국지』의 관우를 말함가 신령스럽고
마른 하늘에 날벼락이 친다 한들 내가 무서워 할 게 뭐 있냐?"

춘택이 댓바람에 그의 뺨을 한 대 올려 부친다. 그러더니 조선말로 말도 안 되는
욕지거리를 쏟아붓는다. 그제야 중이 뺨을 감싸 쥐며 비틀비틀 들어가 버린다.
나는 목소리를 높여 춘택에게 소란 떨지 말라고 야단을 쳤다. 그러나 춘택은
노기가 등등하여 즉시 그 자리에서 한바탕 죽도록 팰 기세다. 또 다른 중은
부엌문에 서서 웃음을 머금은 채 어느 편도 들지 않을뿐더러 아예 말리지도
않는다. 춘택은 그 녀석을 또 한 주먹으로 패서 엎어 버리더니 욕을 해댄다.

"우리 어르신께서 이 일을 만세야萬歲爺 황제를 높여서 하는 말 앞에 아뢰어서 네놈의
대가리를 빠개 버리든지, 이 절을 완전히 쓸어서 아주 평지를 만들어 버릴 테다."
중도 일어나 옷을 털면서 욕을 한다.

"너희 어른이 공짜로 오미자를 가져갔잖아. 그런데 도리어 네놈을 시켜 사발만
한 주먹으로 되갚다니, 이게 무슨 도리냐."

말은 이렇게 하지만 그의 기색은 차츰 사그라진다. 춘택은 더욱 성을 내면서
욕을 해댄다.

"그게 무슨 공짜냐? 그걸 한 말을 드셨냐, 한 되를 드셨냐? 그까짓 눈곱만
한 작은 알갱이 때문에 우리 어르신의 높은 면목을 깎아내린단 말이냐? 만일
만세야께서 이 상황을 알게 되신다면, 그 순간 너 같은 까까중놈의 대가리는
한방에 부숴 버릴 거야. 네놈이 우리 어르신은 무서워하지 않는다 쳐도
만세야까지도 두렵지 않단 말이냐?"

그 중은 더욱 기가 죽어서는 다시 대거리를 하지 못한다. 춘택은 이때 또
엄청나게 많은 욕을 해댔는데, 툭하면 만세야를 팔아먹곤 한다. 이날 이 시간,
만세야의 두 귀가 당연히 간지러웠으리라. 춘택이 말끝마다 황제를 들먹이면서
허세를 부리는 꼴이란 정말 사람들을 포복절도하게 한다. 그 고약한 중 녀석은
진짜로 '만세야'라는 석 자를 마치 천둥이나 귀신이라도 되는 양 두려워한다.
춘택이 벽돌 하나를 뽑아서 때리려 하자 두 중은 모두 멋쩍게 웃으며 달아나
숨어 버린다. 조금 뒤 웃는 얼굴로 다가오더니 산사 열매 두 개를 바치면서
청심환을 달라고 한다. 애당초 이렇게 소란을 떤 건 청심환을 얻으려는
수작이었던 것이다. 그 심보는 괘씸하기 짝이 없었지만 나는 곧 청심환 한 알을
주었다. 그러자 청심환을 받아 든 중은 머리를 무수히 조아린다. 진짜 염치가
없다. 산사는 살구처럼 크기는 하지만 너무 시어서 먹을 수가 없다.

옛 성인은 물건을 주고받는 일에 있어서 매우 조심했다. 옳은 것이 아니면
지푸라기 하나라도 남에게 주지 않고, 옳은 것이 아니면 지푸라기 하나라도
남에게 받지 않았다. 대저 지푸라기는 세상에 지극히 작고도 하찮은 물건이어서
만물로 치지도 않으며, 지푸라기 하나를 주고받는 일은 논의거리도 되지 못한다.
그래서 지푸라기와 같은 하찮은 물건까지도 조심하라는 성인의 말에서 청렴이
도가 너무 지나치다는 느낌을 지울 수 없었다. 그런데 오늘 오미자 사건을 겪고
나니 비로소 지푸라기에 대한 성인의 말씀이 지나친 것이 아님을 깨달았다.
아아, 성인이 어찌 나를 속이겠는가. 오미자 몇 알은 정말 지푸라기처럼
보잘것없는 물건인데, 그걸 빌미로 저 미련한 중은 나에게 이토록 무례한
행위를 했으니 상식에 어긋난 짓이라 할 만하다. 그렇지만 이것 때문에 싸움이
일어나서 주먹다짐에까지 이르렀고, 바야흐로 그들이 싸우게 되자 분한 마음을
참지 못하여 피차 간에 생사를 걸었던 것이다. 이런 상황이 되면 비록 오미자 몇
알일지라도 재앙은 산더미처럼 커졌으니, 작고 하찮은 물건이라 해서 결코 얕볼

수 없다는 걸 알겠다.

옛날 춘추시대에 종리鍾離에 살고 있던 한 여인이 초나라 여인과 뽕나무를
가지고 다투게 되었다. 결국 이 사건은 두 나라의 전쟁을 불러왔다. 이것과
비교해 보면, 몇 알 오미자가 성인이 말씀하신 지푸라기 하나보다 많을 뿐, 그
옳고 그름을 따지자면 초나라 여인이 뽕나무를 가지고 싸운 것과 다를 바 없다.
만일 춘택과 중이 싸우다가 목숨을 잃는 변고라도 생겼더라면, 군사를 일으켜
죄를 문책할 일이 없다고 누가 장담하겠는가.

내 공부가 성글고 얕아서 애초에 오얏나무 아래서 갓끈을 바로잡고 오이밭에서
신발끈을 매다가 의심을 받는 상황을 초래하고 말았다. 공짜로 오미자를
가져갔다는 욕을 먹었으니, 부끄러움과 두려움을 어찌 이길 수 있겠는가.

길을 따라 열하로 달려가는 빈 수레가 헤아릴 수 없이 많다. 이는 황제가
준화遵化, 역주易州 등지로 행차할 예정이라 짐을 실으러 오가는 것이다. 짐을
싣고 나오는 낙타가 몇 천 몇 만이나 떼를 지어 간다. 큰 놈이나 작은 놈이나
할 것 없이 모두 엷은 흰빛에 누런빛을 살짝 띠었다. 털은 짧고 머리는 말과
비슷하지만 작은 눈은 양과 같고 꼬리는 소와 같다. 다닐 때에는 반드시 목을
움츠리고 머리를 쳐드는 것이 마치 날아가는 해오라기와 같다. 무릎에는 두 개의
관절 마디가 있고 발굽은 두 쪽으로 쪼개졌다. 걸음걸이는 학과 같고 소리는
거위와 같다.

옛날 가서한哥舒翰이 서하西河에 있을 때, 그의 주사관奏事官이 장안으로 갈
때면 항상 흰 낙타를 타고 하루에 500리를 달렸다고 한다. 후진 개운 2년에
부언경符彦卿이 거란의 철요기를 대파하자 거란의 왕이 수레를 타고 달아날
때, 적병이 급하게 추격해 오자 거란의 장수 덕광이 낙타 한 마리를 잡아 왕을
태워서 달아났다고 한다. 그런데 지금 낙타가 걸어가는 걸 보니 더디고 둔해서
추격해 오는 적군에게 사로잡히는 걸 면하기 어렵겠다. 아니면 그놈들 중에서도

석계륜石季倫이 탔던 소처럼 잘 달리는 녀석이 혹 있었을지도 모를 일이다.
고려 태조 때 거란이 낙타 40마리를 보내온 일이 있었다. 태조는 거란이 무도한
나라라고 생각해서 그 낙타들을 다리 밑에 열흘이나 묶어 놓아 모두 굶겨
죽였다. 거란이 무도한 나라일지는 몰라도 낙타야 무슨 죄가 있겠는가. 낙타는
하루에 소금 몇 말과 꼴 열 단 정도를 먹는다. 우리나라는 목장의 규모가 작고
일꾼들이 몸집이 작아서 실로 이런 큰 짐승을 기르기가 어렵다. 또 낙타에
물건을 싣고 싶어도 집들이 나지막하고 골목이 좁아서 수용하기가 어렵다.
그러니 낙타는 쓸모 없는 물건이 되고 만 것이다. 지금까지도 그 다리 이름을
탁타교橐駝橋라고 부르는데 개성 유수부에서 3리쯤 되는 거리에 있다. 다리
옆에는 '탁타교'라고 쓴 비석을 세웠지만, 이 지역 사람들은 그냥 '약대다리'라
한다. 이 지역 사투리로 약대는 낙타, 다리는 교량이라는 뜻이다. 여기서 또
와전되어 '야다리'가 되었다. 내가 처음 개성에 놀러 갔을 때 탁타교를 물었더니
어느 곳에 있는지를 아는 사람이 없었다. 아아, 결국은 아무런 뜻도 없는
사투리만 남았구나.
이날 80리를 갔다.

갑자일 8월 18일
甲子日

/

맑음. 저녁에 보슬비가 내리다가 곧 그침.
오후에는 바람이 크게 불고 우레가 치면서
소나기도 쏟아짐

동틀 무렵 길을 떠났다. 차화장申花莊, 사자교獅子橋를 지나니
행궁이 있다. 목가곡穆家谷에 이르러 점심을 먹고 즉시 길을
나섰다. 석자령石子嶺을 지나 밀운에 이르자 청나라 종실의
모든 왕과 보국공輔國公 황실로서 봉토와 작위를 받은 자, 수많은
관리들이 제가끔 연경으로 돌아가느라고 길에 잇닿아
있다. 백하에 와 보니 나루에 모여든 사람들이 서로 먼저
건너려고 시끄럽게 다툰다. 한꺼번에 건너기 어려워서 이제
막 부교를 매고 있다. 대부분 돌을 운반하는 배들이었고,
사람이 타고 건널 수 있는 배는 한 척밖에 없다. 지난번
열하로 들어갈 때에는 군기가 나와서 우리를 맞이해 주고
낭중은 강을 건너는 일을 감독하고 황문黃門은 길을 인도해
주었다. 제독과 통관들이 친히 강가에서 채찍으로 지휘하여
그 기세가 산을 꺾고 강을 메울 만큼 당당했는데, 이제
연경으로 돌아오는 길에는 근신近臣의 보호와 전송은커녕
황제 또한 한마디 위로의 말씀도 없다. 사신들이 번승

고북구에 있는 만수행궁

1.
대우가 달랐다

대우가 달랐다는 부분의 원문은 '불승권여' (不承權輿)다. 이는 『시경』(詩經) 「진풍」(秦風) '권여'(權輿)편에 나오는 구절이다. 처음에는 큰집과 좋은 음식으로 융숭하게 대접하더니 이제는 처음과 달라졌다는 내용의 시이다. 『모시서』(毛詩序)에 의하면, 이것은 강공(康公)이 처음에는 어진 사람들을 모아 정치를 잘 해보려고 하다가 끝내는 그들을 잊어버린 사실을 풍자하는 노래라고 한다.

접견하기를 꺼려한 탓이다. 열하로 갈 때와 올 때의 대우가 이토록이나 달랐다.[1]

저 백하는 며칠 전에 건너던 물이고 모래 언덕은 지난번에 서 있던 곳이다. 제독이 손에 들고 있는 채찍이나 물 위에 떠 있는 배도 그때와 같은 것이다. 그러나 제독은 말 한마디 없고 통관은 그저 머리를 숙이고 있다. 저 강산은 유구한데 세상 인심은 삽시간에 달라져 버렸다.

아! 대저 시세時勢란 이렇게 믿지 못할 것이로구나. 권세가 있을 적에는 모두들 미친 듯 달려오더니, 눈 한 번 돌리는 사이에 시세가 바뀌고 대접은 싸늘해진다. 어디에도 기댈 데 없이 마치 진흙소가 바닷물에 풀어지듯, 얼음산이 햇빛에 녹아 버리듯, 천고의 모든 일이 이처럼 흘러가니 이 어찌 슬프지 않으리오.

갑자기 먹장구름이 사방을 뒤덮더니 바람과 우레가 크게 일어난다. 갈 때에 비하면 그렇게 무서운 정도는 아니었지만, 갈 때나 올 때 모두 이런 폭우를 만나는 게 참으로 이상하다.

명나라 천순天順 7년1463년, 밀운과 회유에 큰비가 내려 백하가 몇 길이나 불어 밀운의 군기고軍機庫와 문서방文書房이 떠내려 갔다는 기록이 있다. 이곳은 옛 전쟁터다. 거센 바람과 미친 듯한 비가 수시로 일어나고 번개와 우레가 노한 듯 치는 걸 보면 억울한 원혼이 아직도 풀리지 않았나 보다.

우리가 지나온 강과 나루터에서 본 배들은 그 모양이 다

제각각이다. 이곳 백하의 배 역시 우리나라의 나룻배와 비슷하지만, 어떤 것은 톱으로 배의 허리 부분을 잘라서 다시 밧줄로 묶어 하나를 만든 것도 있다. 한 척도 이상한데, 이런 배가 세 척이나 된다.

글자에는 형상을 본뜬 것이 많다. 도舠, 접艓, 책舴, 항航, 맹艋, 정艇, 함艦, 몽艨 등은 모두 배의 모양에 따라 글자가 만들어진 것이다. 모든 사물이 다 그러하다. 우리나라에서는 작은 배를 '걸오'傑傲 거룻배, 나룻배는 '날오'捏傲, 큰 배는 '만장이'漫藏伊, 짐을 운반하는 배는 '송풍배'松風排, 바다로 나가는 배는 '당돌이'唐突伊, 상류로 다니는 배는 '물우배'物遇排라 하고, 관서 지역에서는

청대의 나루 풍경
그림은 명말 청초의 화가였던 번기(樊圻)의 산수화로 항저우의 중요 나루터였던 강간(江干)을 그린 그림의 부분이다.

배를 '마상이'馬上伊라고 부른다. 이렇듯 명칭과 만드는 법이 다 다른데도
우리나라에서는 배를 나타낼 때 '선'船이라는 한 글자만 쓴다. 물론
도·접·책·맹 등의 글자도 쓰긴 했지만 중국배의 형상을 본떠 만든 명칭인지라
우리 배의 실상과는 맞지 않는다.

이때, 40~50명의 기병이 회오리 바람처럼 달려왔다. 그 기세가 교만하고 사나운
것이, 마치 우리나라의 지친 하인배들과 잔약한 말들을 업신여기는 것 같다. 그
기병들은 한꺼번에 배에 올랐는데, 제일 뒤에 따라오던 기병 하나는 팔에 푸른빛
큰 매를 앉히고 채찍을 휘두르며 단번에 배에 뛰어올랐다. 순간, 말의 뒷굽이
허방을 딛고 매와 함께 거꾸로 뒤집히면서 물 속으로 떨어졌다. 첨벙거리며
다시 일어서려고 허우적거렸지만 아무런 힘도 못쓰고 이리저리 휩쓸렸다.

한참을 그러더니 물 위로 나와서 힘겹게 배에 올랐다. 매는 마치 기름 등잔에
던져진 나방 같은 꼴이고, 말은 오줌에 빠진 쥐새끼 같았다. 그의 비단 옷과
아름다운 채찍은 가련하게도 물이 뚝뚝 떨어져 몸둘 곳이 없다. 그런데도 말에게
채찍질을 하니 매는 더욱 놀라 날개를 퍼덕이며 날뛴다. 자기를 과시하면서 남을
업신여기는 행동에 대한 인과응보가 즉시 닥치는 것은 족히 경계로 삼을 만했다.
강을 건넌 뒤에 그를 따르는 기병에게 누구냐고 물었더니, 그는 말 위에서 몸을
기울여 채찍으로 진흙 위에 '사천장군'四川將軍이라고 쓴다. 늙어서 날랜 기세가
줄어 그런 듯했다.

부마장駙馬莊에서 머물렀다. 객점은 성 밑에 있는데, 이 성이 바로 회유현懷柔縣이다.
밤에 문을 나와 바로 돌아서니 20~30명 혹은 백여 명씩 기병들이 무리를 이루어
달려가는데, 각 대열마다 등불 하나가 앞을 인도할 뿐이다. 모두 귀족인 듯싶다.
수레와 말 달리는 소리가 밤새 끊이지 않는다.

이날 65리를 갔다.

을축일 8월 19일
乙丑日

/

맑음. 간혹 빗방울이 뿌렸지만 오후가 되자
더욱 맑아져 날이 뜨거웠음

새벽에 회유현을 출발하였다. 남석교南石橋에 이르러 점심을
먹었다. 올해 들어 처음으로 홍시를 먹어 보았다. 네
방향으로 골이 진 데다 턱이 있어서 그 모양은 우리나라의
'반시'盤枾와 비슷하지만, 달고 연하고 물이 많다. 이 감은
계주의 반산盤山에서 나는데, 반산은 감·배·대추의
산지라고 한다. 임구林溝를 지나 청하淸河에서 묵었다.
큰 길로 곧바로 이어진 것으로 보아 지난번 열하로 갈
때의 길과는 다르다는 걸 알겠다. 가는 길에 어떤 묘당에
들어갔다. 강희 황제의 어필로 '좌성우불'左聖右佛이라고
금빛 편액을 달아 놓았다. 좌성은 바로 관운장이다.
양쪽 주련에는 그의 도덕과 학문을 기리는 글귀로
가득했다. 중국에서 관우를 높이 받들기 시작한 것은
명나라 초기부터다. 심지어는 그의 이름을 기휘忌諱하여
패관기서에서조차도 모두 관모關某라 지칭한다. 그리하여
명·청 무렵에는 공문서나 장부에도 관성關聖이니

관우의 모습

관부자關夫子니 하고 높여 부르게 된다. 그 그릇됨과 천박함을 그대로 답습하여
천하의 사대부들까지 학문의 대상으로 삼았다. 소위 학문이란 신중히
생각하고愼思 명확히 판별하고明辨 상세히 묻고審問 널리 배우는 것博學을 말한다.
덕성만을 존숭하기에는 부족하므로, '묻고 배우는 것'問學을 더 말한 것이다.
옛날 우임금은 좋은 말을 해주는 사람에게 절을 했고 아무리 짧은 시간이라도
허비하는 일이 없었다고 한다. 안연顔淵은 같은 잘못을 두 번 범하지 않았고
노여움을 남에게 옮기지도 않았다고 한다. 그런데도 학문에 정진하는 데
있어서는 늘상 부족한 부분이 있는 듯이 했다. 그 부족한 부분을 제거하려면
사욕을 이겨내고 예를 회복克己復禮 해야만 한다. '나'라는 것은 인간의 사사로운
욕망에 지나지 않는다. 만일 터럭 하나라도 그 욕망이 내게 붙어 있다면
성인은 그것을 원수나 도적처럼 보아 반드시 잘라 내고 남김없이 없애
버렸다. 『서경』에는 "상商을 쳐서 기어코 이기겠다" 하였고, 『역경』에는 "고종이
귀방鬼方을 쳐서 3년 만에 이겼다" 고 하였다. 3년 동안이나 전쟁을 하면서도
얼마가 걸리든 반드시 이기고야 말겠다는 것은, 진실로 싸움에서 이기지 못할
경우 그 나라를 제대로 된 나라로 생각할 수 없기 때문이다. 그와 마찬가지로
자기 자신의 사사로운 욕망을 이겨낸 뒤에야 비로소 예를 회복할 수 있는
법이다. 여기서 '회복한다'復는 것은 터럭 하나라도 미진한 것이 없다는 말이다.
해와 달이 일식이나 월식으로 사라졌다가 원래의 둥근 모습을 회복하고,
잃었던 물건을 되찾으면 그 무게가 조금도 줄지 않는 것과 같은 이치다.
그러니 지혜智와 어짊仁과 용맹勇의 세 가지 훌륭한 덕三達德을 갖추지 않는다면
학문을 완성할 수 없는 것이다. 관운장의 의로움과 용맹은 예를 회복하기에
충분했으나, '학문'이라는 관점에서 그를 칭송한다면 다름아닌 『춘추』의 대의에
밝았기 때문일 것이다. 그는 일찍이 오吳와 위魏가 『춘추』 대의에 어긋난 점을
비판했으니, 하물며 사람들이 자신을 망녕되이 높여서 '제'帝라고 칭하는 것을

어찌 편안히 받아들이겠는가. 만일 그의 영혼이 살아 있다면 이처럼 명분에
어긋난 칭호를 결코 받지 않았을 것이요, 만일 그의 영혼이 사라졌다면 또
이렇게 아첨한들 무슨 이로움이 있겠는가. 오경박사五經博士 역시 성현의 후예로서
이어받는 직위이다. 동야씨東野氏 주공周公의 후예 · 공씨孔氏 공자의 후예 · 안씨顏氏 안회의
후예 · 증씨曾氏 증자의 후예 · 맹씨孟氏 맹자의 후예 등은 의당 성현의 후예라 할 수 있지만,
관씨關氏 관우의 후예를 성인의 후예라 하여 동야씨와 공씨 사이에 넣는 것은 참으로
부당한 일이다. 게다가 운남성雲南省 곤명의 문묘에서는 왕희지를 '서성'書聖이나
'필종'筆宗으로 떠받들어 제사를 올리고 있는데, 그것은 명백한 잘못이다.
이렇듯 성인의 도는 아득해져서, 오랑캐들은 번갈아 중국의 주인 노릇을
하면서 제각각의 방법으로 천하를 어지럽혔다. 이런 와중에 올바른 학문은
실낱같은 명맥을 유지하고 있을 뿐이다. 그러니 천 년 뒤의 사람들이 『수호전』을
정사正史로 삼지 않으리라는 것을 어찌 알겠는가. 어떤 사람은 "남만 · 북적이
줄곧 중국의 황제 노릇을 한다면, 왕희지를 문묘에 모시고, 『수호전』을
정사로 삼고, 공자와 안자 대신에 석가를 모신다 해도, 나는 전혀 유감이 없을
거요"라고 말하기도 한다. 참으로 웃기는 이야기다.
이곳에 이르자 연경으로 돌아가는 관원들이 더욱 많아졌고, 열하로 들어가는
빈 수레가 밤낮으로 끊이지 않는다. 마부나 역군들 중 몇 사람이 멀리 서남쪽
일대의 돌산을 가리키면서 그게 '서산'西山이라고 한다. 수많은 봉우리들이 구름
속에 나오며 은은히 비치고, 산 위에는 구름 낀 하늘 사이로 흰 탑이 뾰족뾰족
서 있다. 병풍 같은 산봉우리엔 비취빛이 뚝뚝 떨어질 듯하고 그림 같은
봉우리는 푸른빛으로 둘러싸여 있다.
두 녀석이 말을 주거니 받거니 하는 걸 들으니, 수정궁水晶宮 · 봉황대鳳凰臺 ·
황학루黃鶴樓 등에 붙어 있는 그림이 모두 강남의 풍광을 본떠서 그린 것이라고
한다. 출렁거리는 호수 한가운데에 흰 돌로 다리를 만들었는데, 그 이름이

서산西山의 풍경

서산은 북경의 서쪽에 있는 산이라고 하여 붙은 이름이다. 북경 인근의 명소로 명승고적이 많이 있으며, 소나무와 자작나무, 측백나무 등 산림 자원이 풍부하다. 현재 '자연보호구역'으로 지정되어 있다. 위 그림은 '연경 8경'의 하나로 꼽히는 '서산청설'(西山晴雪)을 청대 화가 장약징(張若澄)이 그린 것이다.

'수기'繡綺, '어대'魚代巾, '십칠'十七 등이다. 이들은 모두 수십 보 넓이에 백여 길이나 된다고 한다. 무지개를 늘혀 놓은 듯 꿈틀거리며 좌우로는 돌난간이 둘러 있다. 용으로 장식한 배와 비단 돛이 다리 밑으로 드나든다. 이는 40리 밖의 물을 끌어서 만든 호수라고 한다. 호수 돌구멍에서 물이 뿜어져 나오는데 이것이 바로 옥천玉泉이다. 황제가 강남 지방을 순행하면서 유람할 때나 막북 지역에 머물게 되면 반드시 이 샘물을 마신다고 한다. 물맛이 천하제일이다. 이 옥천수홍玉泉垂紅 옥천에 붉은 기운을 드리움은 연도팔경燕都八景 중의 하나로 꼽힌다. 마두인 취만翠萬은 이곳에 벌써 다섯 번이나 와봤고, 역졸인 산이山伊는 두 번이나 구경했단다. 그러더니 두 녀석은 함께 서산 구경을 가자고 약속을 한다.

병인일 8월 20일
丙寅日

/

맑음. 새벽에 비가 잠간 왔으나
금세 그치고 약간 서늘해짐

동틀 무렵 길을 떠났다. 20여 리를 가서 덕승문^{德勝門}에 이르렀다. 이 문을 설치한
방식은 조양문이나 정양문 등 황성의 구문과 똑같다. 이곳의 바닥은 진흙탕이
몹시 질척거리는데, 혹시라도 잘못 디디면 빠져나오기가 어려울 듯하다. 목동 몇
사람이 수천 마리 양 떼를 몰고 가느라 온통 길을 막고 있다.

덕승문은 원대에는 건덕문^{建德門}이었는데, 명나라 홍무 원년^{1368년}에 대장군
서달^{徐達}이 지금의 이름으로 고쳤다고 한다. 덕승문 밖 8리쯤에 있는 옛 토성
터는 원나라 때 쌓은 것이다. 정통^{正統} 14년^{1449년} 10월 기미일에 먀선이 상황^{上皇}을
모시고 토성에 올랐다. 통정사참의^{通政司參議} 왕복^{王復}을 좌통정으로 삼고,
중서사인^{中書舍人} 조영^{趙榮}을 태상시소경^{太常寺少卿}으로 삼아서 토성에서 상황을
뵙게 하였는데, 그곳이 바로 여기다. 『명사』^{明史}에는 이렇게 기록되어 있다.

"먀선이 상황을 옆에 끼고 자형관^{紫荊關}을 돌파하고 곧장 들어와서 연경을
엿보았다. 병부상서 우겸^{于謙}이 석형^{石亨}과 함께 부총병^{副摠兵} 범광무^{范廣武}를
거느리고 덕승문 밖에 진을 치고 먀선과 맞섰다. 병부의 일을 시랑 오녕^{吳寧}에게
맡긴 뒤 성문을 모두 닫고 친히 싸움을 독려하며 명령하였다.

'싸움에 임하여 군졸을 돌보지 않고 먼저 물러나는 자가 있다면 그 장수는 목을 벨 것이다. 또한 장수를 돌보지 않고 먼저 물러서는 군사가 있다면 뒤의 부대가 앞의 부대의 목을 벨 것이다.'

이에 장수와 군졸들이 죽음을 각오하고 필사적으로 그 명령에 따랐다. 다음 날, 적군이 덕승문을 엿보자 우겸이 석형에게 빈 집 속에 군사를 매복하도록 하고는 기병 몇을 보내서 적을 유인했다. 적군은 기병 1만 명을 거느리고 와서 접근했는데, 이때 복병이 일어나 먀선의 아우 발라字羅가 포탄에 맞아 죽었다. 5일 뒤에 먀선이 먼저 싸움을 걸었지만 응전하지 않았다. 게다가 싸워도 이로울 게 없어 강화를 요청하였으나 끝내 뜻대로 되지 않았다. 결국 먀선은 상황을 모시고 북쪽으로 떠났다."

이제 덕승문 밖의 마을이나 시장은 번화하고 북적거려 정양문 밖과 다를 바 없다. 태평세월이 오래되어 가는 곳마다 모두 그러했다.

객관에서 묵었다. 역관과 비장, 하인들은 길 왼편에서 일제히 기다리고 있다가 말에서 내리자 다투어 내 손을 잡으며 그간의 노고를 위로하는데 래원만은 보이지 않는다. 그는 나를 맞이하려고 혼자 일찍감치 밥을 먹고 멀리까지 나갔는데, 동직문으로 가는 바람에 서로 길이 어긋난 것이다. 창대는 장복을 보더니 이별 뒤에 속상했던 심정을 다 풀기도 전에 대뜸 이렇게 말한다.

"너 주려고 별상금別賞金을 받아왔단다."

장복 역시 창대의 안부를 묻기도 전에 웃는 얼굴로 상금이 몇 냥인지를 묻는다.

"천 냥. 반은 떼어 주마."

"황제는 봤냐?"

"물론 봤지. 호랑이 눈에 코는 화롯덩이 같고, 옷을 벗은 채 발가숭이로 앉아 있던걸."

"머리에는 뭘 쓰고 있더냐?"

"황금 투구를 썼더라. 나를 부르더니 커다란 잔에 술을 하사하면서, '서방님을 잘 모시고 험한 길을 꺼리지 않고 왔다니 참 기특하구나' 하더라. 그리고 정사께는 일품각로一品閣老, 부사께는 병부상서兵部尙書를 내리셨지."

몽땅 거짓말이었지만 장복이도 이 말에 속아 넘어갔을 뿐 아니라 하인들 중에 제법 사리를 아는 자들도 믿지 않는 이가 없었다.

그러던 중에 변군과 조판사가 나와 뛸 듯이 기뻐하며 맞이한다. 그러고는 서로 손을 잡고 길 옆 주점으로 들어갔다. 술집의 파란 깃발에는 두 구절의 시가 쓰여 있다.

서로 만나 장한 마음에 그대와 마시려고 相逢意氣爲君飮
수양버들가에 말을 매고 높은 다락에 오르노라. 繫馬高樓垂柳邊

이제 수양버들에 말을 매고 높은 주루에 올라 술을 마셔 보니, 이 시가 눈앞의 경물을 있는 그대로 드러냈음을 알겠다. 누각은 아래 위 모두 40여 칸이나 된다. 아로새긴 난간과 그림을 그린 기둥은 금빛과 푸른빛 단청으로 휘황찬란하고, 벽에는 분칠을 하고 창에는 비단을 발라 아스라이 신선이 사는 곳 같다. 좌우에는 역대 명필들의 글씨와 그림이 수없이 펼쳐져 있고, 또한 아름다운 시구도 많이 걸려 있었다. 이는 대개 조정의 관리들이나 명사들이 저물녘에 구름처럼 모여들어 술을 한 잔 머금고는 시를 짓고 글씨를 비평하고 그림을 논하면서 질탕하게 노닐다가 남긴 것들이다. 날마다 이렇게 하지만 어제 남긴 작품들이 오늘이면 다 팔려 나간다. 이런 일은 술집이라면 모두 부러워하는 이야기다. 그래서 서로 다투어 의자·탁자·그릇·골동품 등을 사치스럽게 치장하고 온갖 화초를 늘어놓아 시의 소재로 제공한다. 잘 만든 먹과 아름다운

2층 주점의 모습
그림은 명나라 때 남경(南京)의 번화한 모습을 그린 「남도번회도」(南都繁會圖)의 부분이다.

종이, 귀한 벼루, 좋은 붓도 모두 준비되어 있다.

옛날 양무구楊無咎가 어떤 기생집에서 놀다가 낮은 바람벽 위에 절지매折枝梅 매화 가지를 그린 그림 한 폭을 그렸다. 오가는 사대부들이 이 그림을 보려고 찾아 들었고, 그 덕에 이 기생집은 나날이 번성하였다. 그러나 얼마 뒤 그림을 도둑맞게 되자, 이때부터 이 기생집에는 수레와 말이 갑자기 줄었다고 한다. 또 장일인張逸人은 일찍이 최씨崔氏의 주점에 이와 같은 시 한 편을 쓴 적이 있다.

무릉성 안에 최씨네 술은 武陵城裏崔家酒

하늘에는 있을망정 지상에는 없으리. 地上應無天上有

구름처럼 노니는 이 내 몸 술 한 말 마시고 雲遊道士飮一斗

흰 구름 깊은 저 골짜기에 취한 채 누웠다오. 醉臥白雲深洞口

주점에는 이때부터 손님이 더욱 많아졌다고 한다. 보통, 중국의 명사와 관원들은 기생집이나 술집에 드나드는 것을 꺼리지 않았다. 송의 이름난 학자 여조겸呂祖謙이 가훈으로 다방과 술집에 드나드는 것을 경계한 것은 바로 이 때문이다.

술 마시는 풍속은 세상에서 우리나라 사람들이 가장 험하다. 술집이라고 하는 곳은 모두 항아리 구멍처럼 생긴 들창에 새끼줄을 얽어서 문을 만든다. 길 왼쪽 소각문엔 짚을 꼬아 만든 새끼로 발을 드리우고 쳇바퀴로 만든 등롱燈籠을 매달아 둔다. 이런 건 필시 술집이라는 표시다. 우리나라 시인들이 사용하는 '푸른 깃발'은 실제로 볼 수 있는 풍경이 아니다. 술집 지붕 위로 솟아 나온 깃발을 나는 한 번도 본 적이 없다.

우리나라 사람들의 술 배는 너무 커서, 반드시 이마를 찌푸리며 큰 사발의 술을 한 번에 들이켠다. 이는 들이붓는 것이지 마시는 게 아니며, 배 부르게 하기 위한 것이지 흥취로 마시는 게 아니다. 그러므로 술을 한번 마셨다 하면 반드시 취하게 되고, 취하면 바로 주정을 하게 되고, 주정을 하면 즉시 싸움질을 하게 되어 술집의 항아리와 사발들은 남아나질 않는다. 풍류와 운치라고는 눈곱만큼도 없다. 그러고선 오히려 중국식으로 술을 마시면 전혀 배가 부르지 않다며 비웃는다. 지금 이 호사스러운 술집을 압록강 동쪽으로 옮겨 놓는다면 아마 하룻밤도 지나지 않아 그릇과 골동품을 두들겨 깨고, 아름다운 화초를 꺾고 밟아 버릴 것이다. 실로 안타까운 일이다.

내 친구 이주민李朱民은 풍류를 알면서도 운치가 있는 선비다. 그는 평생토록 기갈병에 걸린 사람처럼 중국을 사모했지만, 술을 마시는 법만은 중국의 옛 법도를 좋아하지 않았다. 그는 술잔의 크기는 물론이고 술의 좋고 나쁨도 따지지 않았다. 손에 잡히면 즉시 기울여서 입을 벌리고 단번에 들이붓는다.

친구들은 이주민의 술버릇을 두고 '복주'覆酒 잔을 엎어 술을 한 번에 털어 넣는다는 의미라
놀리며 가볍게 농담을 하곤 했다. 그 역시 이번 연행길에 우리와 함께 올
예정이었지만, 누군가 주정이 심하다고 그를 헐뜯는 바람에 취소되었다.
나는 그와 함께 10년 동안이나 술을 마셔왔지만, 술을 마실 제 그는 얼굴에
단풍빛 홍조도 띠우지 않고 토하지도 않는다. 마시면 마실수록 오히려
단정해졌다. 다만, 잔을 엎어 술을 한 번에 털어 넣는 것이 흠이라면 흠이었다.
이주민은 늘 이런 전고를 끌어대며 우스갯소리를 하곤 했다.
"옛날 두보杜甫도 술을 엎었습디다. 그는 '아이야 손 안의 술잔을
엎으려무나'라고 읊었잖아요. 이건 입을 벌리고 비스듬히 누워 아이들에게 술을
엎어 넣으라는 게 아니겠습니까?"
그러면 사람들이 배꼽을 잡으며 왁자하게 웃곤 했다. 만리타향에서 술잔을
잡으니 뜬금없이 그 친구가 생각난다. 이주민이 오늘 이 시간 어느 술자리에
앉아 왼손으로 술잔을 잡고 만리타향에 노니는 나를 생각할지도 모를 일이다.
열하로 갈 때 묵었던 객관에 다시 들었다. 벽 위에 붙었던 몇 폭 주련과 자리
주변에 남겨두었던 생황笙簧·철금鐵金 등이 모두 그대로 있다. "병주를 바라보니
이곳이 도리어 나의 고향인 듯"이라는 옛시구는 마치 이를 두고 한 말인 듯하다.
저녁을 먹은 뒤, 주부 조명위가 자기 방에 신기한 볼거리가 있다고 자랑하기에
얼른 가 보았다. 문 앞에 화분 10여 개를 벌여 놓았는데 모두 이름을 알 수 없는
화초들이다. 흰색 유리 항아리는 높이가 두 자쯤 되어 보인다. 침향沈香으로
만든 가산假山 역시 두 자쯤 되어 보이고, 석웅황으로 만든 필산筆山 붓을 꽂는
도구의 일종의 높이는 한 자가 넘는다. 대추나무로 받침을 한 청강석靑剛石
필산은 괴성魁星 무늬가 절로 만들어졌을 뿐만 아니라 흑단목黑檀木으로
다리를 달았는데, 그 값은 화은花銀 30냥이라 한다. 기서奇書 수십 종류가 있다.
『지부족재총서』知不足齋叢書나 『격치경원』格致鏡源 등은 모두 값이 너무 비쌌다.

조명위는 20여 차례나 연행을 한 탓에 북경을 마치 자기 집처럼 여긴다. 또
중국어에 매우 익숙할 뿐 아니라 물건을 매매할 때에는 값의 고하를 그리
심하게 따지지도 않아서 단골 가게들이 많다. 그래서 으레 그가 거처하는 방에
물건을 진열하여 한 번씩 구경하도록 해준다. 지난해 창성위昌城尉가 정사로 왔을
때였다. 건어호동에 있는 조선관에 화재가 나서 미리 들여 놓았던 장사치들의
물건이 모두 재가 되었는데, 조명위의 방은 다른 방에 비해 피해가 혹심했다.
매매된 물건을 제외하고도 불에 탄 것들이 대부분 희귀한 골동과 서책이라,
값으로 따지면 무려 화은 3천 냥 어치나 되었다. 물건들은 모두 융복사隆福寺와
유리창에서 온 것이었다. 단골 가게들이 모두 조명위의 방을 빌려서 진열해
놓았기 때문에 보상을 요구하지는 않았다. 그런데 그런 일을 겪었음에도
불구하고 전과 다름없이 올해 또 이 방에 물건을 진열하여 보는 사람들의
마음과 눈을 즐겁게 해준다. 확실히 대국의 풍속이 그다지 각박하지는 않은
듯하다.

밤에 객관에서 묵었다. 여러 역관들이 모두 내 방으로 모여들었다. 술과 안주가
조금 있기는 했지만 먼 길을 오가느라 완전히 입맛을 잃었다. 모든 사람이
내 곁에 놓인 봇짐을 힐끔거린다. 그 속에 귀한 물건이라도 들었을까 잔뜩
기대하는 모양이다. 나는 결국 창대를 시켜 보따리를 풀어서 속속들이 헤쳐
보였다. 다른 물건은 아무것도 없고 다만 붓과 벼루뿐이었다. 두툼하게 보인
건 모두 중국인들과 필담을 했던 초고와 여행 중에 쓴 일기였다. 그제야 모든
사람들이 미심쩍은 게 풀렸다는 듯이 웃으며 말한다.

"어쩐지 정말 이상하더라구. 출발할 땐 분명 행장이 가벼웠는데, 돌아올 땐 짐
보따리가 너무 크더라니."

장복도 머쓱해하면서 창대에게 소리를 내지른다.

"별상금은 어디 됐냐?"

옥갑에서 밤들이 주고받은 이야기 옥갑야화玉匣夜話

옥갑玉匣에 돌아와서 여러 비장들과 침상을 이어 놓고 밤새도록 이야기를 나누었다. 누군가
말했다. 옛날에는 연경의 풍속이 순후하여 역관들이 만금이라도 흔쾌히 빌려 주곤 했지만
요즘은 다들 사기치는 데만 골몰하고 있으니, 사실 그 유래는 우리나라 사람들에게서
비롯하였다. 30년 전의 일이다. 빈손으로 연경에 들어온 한 역관이 있었다. 본국으로 돌아갈
때가 되자, 자신이 묵었던 집 주인 앞에서 마구 흐느껴 울기 시작했다. 주인은 놀라서 그
연유를 물었다.
"흐흐흑. 압록강을 건너 올 때 다른 사람의 돈을 몰래 지니고 왔었는데, 그 일이 발각되는
바람에 제 돈까지 몽땅 관청에 몰수당하고 말았습니다. 이제 완전 빈털터리가 되었으니,
돌아간다 한들 어떻게 먹고살지 참, 막막할 따름입니다. 차라리 여기서……."
그러더니 순식간에 칼을 빼어 들고는 자신의 목을 찌르려 했다. 주인이 깜짝 놀라서 와락
그를 껴안고 칼을 빼앗으며 말했다.
"몰수된 돈이 대체 얼마나 됩니까?"
"3천 냥입니다."
주인이 그를 다독이며 이렇게 위로했다.
"대장부가 몸을 버리는 것이 걱정이지, 돈이 없는 것이 무슨 걱정입니까? 이제 여기서 죽게
된다면 당신 처자식은 대체 어찌 살란 말입니까? 내, 당신에게 만금을 빌려 드리지요. 5년
정도 착실히 장사를 하면 모르긴 해도 만금은 더 얻을 거요. 그때 가서 본전만 갚으시구려."
그렇게 만금을 얻게 되자, 역관은 본격적으로 무역을 하여 큰돈을 벌어 돌아갔다. 당시
아무도 그 내막을 몰랐기 때문에 모두들 그의 재능을 신통하게만 여겼다. 그는 결국 5년 만에
큰 부자가 되었는데, 그 즉시 역원의 명부에서 자신의 이름을 빼 버린 다음, 다시는 연경으로
들어가지 않았다. 시간이 한참 흐른 뒤, 역관의 친한 친구 가운데 연경으로 들어가는 이가
있었다. 역관은 그를 불러다 이렇게 부탁을 했다.
"연경 저잣거리에서 만일 아무 객주집 주인을 만나게 되면 그이는 분명 내 안부를 물을 걸세.
그러면 온 집안이 염병에 걸려 죽었다 전해 주게."
"아니, 여보게. 그렇게 허황된 거짓말을 어찌 한단 말인가? 허참, 말도 안 되는……."
"만일 그렇게만 하고 오면 내 자네에게 돈 백 냥을 주겠네. 어떤가?"
"허허, 것 참……."
그 친구는 연경에서 과연 그 객주집 주인을 만나게 되었고, 주인은 정말로 역관의 안부를

물었다. 그 친구는 부탁받은 대로 대답을 해주었다. 그러자 주인은 얼굴을 가리고
대성통곡을 하면서 눈물을 비오듯 흘렸다.

"하늘이시여, 하늘이시여! 어찌하여 그 착한 사람의 집에 이토록 참혹한 재앙을 내리신단
말입니까? 끄윽 끄윽."

한참을 흐느끼던 주인은 금 백 냥을 내주면서 이렇게 말했다.

"처자식도 다 죽었다니 제사를 지내 줄 사람도 없겠군요. 고국으로 돌아가시면 내 대신
금 오십 냥으로 제물을 갖추어 제상상을 차리고, 나머지 오십 냥으로는 재齋를 올려 그의
명복을 빌어 주십시오."

그 친구는 몹시 당황했다. 하지만 이미 엎질러진 물이라, 하는 수 없이 금 백 냥을 받아서
돌아왔다. 그런데 이게 웬일인가! 돌아와 보니 그 역관의 집안이 진짜로 염병에 걸려
몰사를 해버린 게 아닌가. 그는 놀랍고 두려워서 그 돈 백 냥으로 객주집 주인을 대신하여
재를 올려 주었다. 그러고는 죽을 때까지 다시는 연행을 하지 않았다. 차마 그 객주집
주인을 볼 면목이 없었기 때문이다.

이 이야기가 끝나자 모두들 혀를 끌끌 찼다.

"허, 참 끔찍한 이야기로세. 내가 아는 역관은 그와는 정 반대라오. 지사知事 이추李樞라는
인물인데, 그는 평소 돈 이야기를 한 적도 없고, 40여 년 동안 연경을 드나들었지만 자기
손에는 은을 쥐어 본 적도 없었다는군요. 역관이면서도 실로 기상이 단정한 군자의 풍모가
있었답니다."

그러자, 누군가 분위기를 바꾸자며 역관 홍순언洪純彦의 이야기를 꺼냈다. 당성군唐城君
홍순언은 명나라 만력 때의 이름난 역관이다. 연경에 갔을 때 한 기생집에 놀러 간 적이
있었다. 거기서는 기생 얼굴에 따라 놀이채의 등급을 정했는데, 개중에는 천금이나 나가는
기생도 있었다. 홍순언은 호기심이 발동하여 천금을 내어 그 기생에게 하룻밤 수청을
들기를 요청했다. 그 기생은 나이 열여섯에 과연 빼어난 미모를 지니고 있었다. 그녀는
홍순언과 마주 앉더니 흐느껴 울면서 말했다.

"제가 몸값을 그렇게 올린 건 천하의 남정네들이 대부분 쪼잔하기 짝이 없어 선뜻 천금을
버릴 이가 없으리라 생각하여 잠시 동안이라도 모욕을 면하려 한 것입니다. 그렇게
하루하루 버티면서 창관의 주인을 속이는 한편, 만에 하나 의기를 지닌 남자가 나타나
제 몸값을 치러 주고 첩실로 삼아 주기를 바랐던 것입니다. 제가 이곳 창관에 들어온
지 닷새가 지났지만 감히 그런 통 큰 남자가 없었는데, 오늘 다행히 그런 분을 만나게
되었군요. 그러나 공께서는 외국인이라 저를 데리고 본국으로 돌아가시기는 법적으로
어려울 테고, 이 몸은 오늘밤 한 번 더럽혀지면 다시 돌이키기는 어렵겠지요. 흑흑."

"저런! 듣고 보니 참 안됐구나. 한데, 대체 무슨 연유로 여기까지 오게 되었는고?"

"저는 남경 호부시랑 아무개의 딸인데, 아버지께서 뇌물 사건으로 투옥되시고
말았습니다. 하여 스스로 기생집에 몸을 팔아서 아버지의 목숨을 구해 드리려 한
것입니다."

"오, 그렇게 된 것이로군! 낭자, 그런 사정은 전혀 몰랐소. 내, 낭자의 몸값을 치러 주겠소.
액수가 얼마나 됩니까?"

"2천 냥입니다."

홍순언은 즉시 그녀에게 그 돈을 주었다. 그녀는 홍순언을 '은부'恩父라 부르며 수없이
절을 올리고는 서로 헤어졌다. 그 이후로 홍순언은 이 일을 전혀 마음에 두지 않고 있었다.
그러다가 훗날 다시 중국에 들어가게 되었을 때의 일이다. 가는 도중 길가에서 사람들이
자꾸 '홍순언이 들어오느냐'고 물어 대서 좀 의아하긴 했지만, 그다지 마음에 담지는
않았다. 그러다 황성 근처에 이르자 길 원편에 휘장을 성대하게 준비해 놓고는 홍순언을
맞이하면서 '병부 석노야石老爺께서 모셔 오랍니다' 하였다. 얼떨결에 석씨의 집에 이르니
석상서가 반갑게 맞이하며 절을 올렸다.

"은장恩丈 은혜를 입은 장인이시군요. 공의 따님이 어르신을 기다린 지 오래되었습니다."

"아니, 그게 무슨 말씀이신지."

손을 잡고 내실로 들어가니 이번에는 잘 차려입은 그의 부인이 마루 아래서 절을 올렸다.
홍순언은 황공하여 어찌할 바를 몰랐다. 그러자 석상서가 웃으면서 이렇게 말했다.

"하하하. 장인께서는 따님을 잊으셨나 보군요?"

홍순언은 비로소 그 부인이 예전에 창관에서 자신이 풀어준 낭자라는 사실을 알게
되었다. 그녀는 창관에서 나오자마자 곧 석성石星의 계실繼室이 되었는데, 귀부인이 된
뒤에도 손수 비단에다 늘 '보은'報恩 두 글자를 수놓으며 홍순언을 잊지 않고 있었다.
그렇게 재회를 한 뒤, 홍순언이 다시 돌아가게 되자, 그녀는 보은단報恩緞 및 각종 비단과
금은 등 온갖 선물을 싸 주었다. 임진왜란이 일어났을 때 석성은 마침 병부에 있었다.
그는 힘써 조선 출병을 주장했는데, 이는 그가 조선 사람을 의롭게 여긴 때문이라 한다.
홍순언 이야기가 끝나자 분위기는 한층 고조되었다. 또 누군가 정세태鄭世泰에 대한
이야기를 끄집어냈다. 객주집 주인 정세태는 조선의 상인들과도 가까웠는데, 그의 부는
연경에서도 으뜸갈 정도였다. 하지만 정세태가 죽자 집안이 한순간에 망하고 말았다.
그에게는 손자 하나가 있었는데, 얼굴이 곱고 예쁘장하여 어려서부터 배우로 일을 했다.
임가는 정세태가 살아 있을 때 회계를 보던 이였는데 정세태가 죽고 나서 거부가 되었다.
한번은 극장에서 예쁘장한 어린 광대를 보고 애처롭게 여기던 차, 우연한 기회에 그가
정씨 집안의 손자라는 걸 알게 되었다. 놀랍고 반가워서 서로 껴안고 한참을 울었다.
마침내 천금을 주어 그를 극단에서 빼내어 집으로 데리고 왔다.

"잘 대우해 드려라. 이 분은 우리 가문의 옛주인이시다. 극단 출신이라고 해서 천시하면 안된다."

그리고 그가 어른이 된 뒤에는 자신의 재산 절반을 떼 주어 생업을 잇게 했다. 정세태의 손자는 통통한 몸에 살결은 희었으며 얼굴은 아름다웠다. 하지만 별 하는 일 없이 연 날리기만 하면서 황성 안을 노닐 뿐이었다.

정세태 이야기가 끝나자, 누군가 변승업 이야기를 꺼냈다. 변승업은 병에 걸리자 자신이 평생 모은 재물이 어느 정도나 되는지 알고 싶어했다. 회계 장부를 모조리 모아 놓고 통계를 내어 보니 변승업의 재산은 은 50여만 냥에 이르렀다. 그의 아들이 이렇게 청했다.

"들고 나는 것이 번잡한 데다, 이렇게 들낙거리다 보면 재산이 차츰 줄어들 겁니다. 이제 그만 한꺼번에 다 거두어들이는 게 어떨지요."

그러자 변승업은 크게 화를 내면서 이렇게 꾸짖었다.

"닥쳐라! 이는 서울 도성 안 만호萬戶의 명줄이다. 그걸 하루아침에 끊어 버리라니, 말이 되는 소리냐?"

변승업은 나이가 들자 자손들에게 이렇게 경계하였다.

"나는 평생 지위가 높은 공경들을 많이 섬겨 보았다. 그러나 나라의 권력을 한손에 틀어쥐고서 자기 집안 살림살이나 챙기는 위인치고 그 부귀영화가 삼대를 이어지는 경우를 보지 못했다. 지금 나라 안에서 재물을 늘리고자 하는 이들은 우리집 재물이 드나드는 것을 가지고 그 기준을 정하니 이 또한 권세에 다름아니다. 내, 이를 흩어 버리지 않는다면 장차 후손들에게 재앙이 닥치고 말 게야."

그 집안이 자손은 번창했지만 대대로 가난했던 것은, 변승업이 그렇듯 재산을 사방에 흩어 버렸기 때문이다.

이쯤 되자, 나도 입이 근질거려 가만 있을 수가 없었다. 변승업에 대해서라면 나도 좀 아는 바가 있기 때문이다. 일찍이 윤영尹映이라는 사람에게서 변승업의 부富에 관한 말을 들은 적이 있다. 그가 그렇게 엄청난 재물을 쌓기까지는 '운명적인' 사건이 있었다. 사실 변승업의 조부 때에는 돈이 몇 만 냥에 지나지 않았다. 그러나 허씨 성을 지닌 한 선비로부터 은 십만 냥을 얻은 뒤로 마침내 장안 최고의 갑부가 되었다고 한다. 허생과 변부자의 운명적인 만남! 윤영이 내게 들려준 그 이야기는 이러하다.

허생 이야기 許生傳

허생은 묵적골에 살았다. 남산 밑으로 가면 우물 위쪽에 오래된 은행나무가 서 있다. 그 나무를 향하여 사립문이 빠끔하게 열려 있고, 그 문을 지나 안으로 들어가면, 비바람도 가리지 못하는 초가집 두어 칸이 서 있다. 거기가 바로 허생의 집이다. 허생은 글읽기를 좋아하여 생계를 돌보지 않아, 그의 아내가 바느질품을 판 것으로 근근이 입에 풀칠을 했다. 하루는 그 아내가 몹시 배가 고파 울면서 말했다.

"당신은 평생 과거도 보지 않으면서 글은 읽어 대체 뭣에 쓰시려오?"

"허허허! 내 글읽기가 아직 영글지 않았구료."

"그럼, 공장이 노릇이라도 하지 그러우?"

"공장이 일이란 애초 배우질 않았으니 어쩌겠소?"

"그럼, 장사꾼도 있잖아요?"

"장사야 밑천이 없으니 어쩌겠소?"

그러자 그 아내가 버럭 화를 내며 야단을 쳐 댔다.

"아니, 당신이란 작자는 밤낮으로 글만 읽더니, 겨우 '어쩌겠소' '어쩌겠소' 하는 말만 배웠구려. 공장이 노릇도 못한다, 장사도 못한다, 그러면 도적질이라도 할 것이지, 그건 대체 왜 못하는 거유?"

순간, 허생은 책을 덮고 벌떡 일어나며 말했다.

"애석하구나! 내가 글읽기를 시작할 제, 본디 10년을 기약했는데, 7년 만에 접게 될 줄이야!"

사립문을 나서긴 했지만, 아는 사람이 하나도 없었다. 허생은 곧바로 운종가로 가 저잣거리에 있는 사람들에게 물었다.

"한양에서 제일 부자가 누구요?"

어떤 사람이 변씨 氏라고 말해 주자 허생은 무작정 그 집을 찾아갔다. 허생은 변씨에게 길게 읍을 한 후 대뜸 이렇게 말했다.

"내 비록 가난하긴 하지만 조금 시험해 보고 싶은 일이 있습니다. 그대에게 만금을 빌리고자 합니다."

"좋소이다."

변씨는 즉시 만금을 내주었다. 허생은 고맙다는 인사 한마디 없이 돈을 가지고 돌아갔다. 변씨의 자제와 빈객들이 보기에 허생은 영락없는 거지였다. 허리에 두른 실띠는 술이 마구 뽑혀 있었고, 가죽신의 뒷굽은 하도 닳아서 너덜너덜했다. 주저앉은 갓에 도포는 어찌나 까무잡잡한지 마치 그을음이 앉은 것 같았다. 그런가 하면, 코에서는 맑은 물이 줄줄

홀러내렸다. 허생이 나가자 다들 크게 놀라며 말했다.

"어르신, 저 손님을 아시는지요?"

"모르네."

"아니, 알지도 못하는 사람한테 단번에 만금이나 던져 주시다니요? 게다가 이름도 묻지 않으셨습니다요."

"모르는 소리! 대개 남에게 뭔가를 구하고자 하는 사람은 반드시 자기 포부를 과장하여 신용을 얻으려 하는 법이다. 그러다 보면 얼굴빛은 점점 비굴해지고, 말은 중언부언을 면치 못하게 되지. 그런데 봐라! 저 손님은 옷과 신이 비록 남루하기 짝이 없지만, 말은 간결하고 눈빛은 오만하며 얼굴엔 부끄러운 빛이 조금도 없질 않더냐. 일체 물질적인 것에 의존하지 않고 스스로 만족할 줄 아는 인물임이 분명하다. 그가 시험하고자 하는 바가 결코 작지 않은 데다, 나 또한 그에게 시험해 보고 싶은 바가 생겼다. 주지 않겠다면 그만이려니와 어차피 만금을 줄 바에야 성명 따위를 물어서 뭣하겠느냐?"

한편, 허생은 만금을 얻은 뒤 곧장 안성으로 갔다. 안성이야말로 경기와 호남 지역이 교차하는 곳이자 삼남의 어귀라며 그곳에 머물러 살았다. 그러고는 대추, 밤, 감, 배, 감자, 석류, 귤, 유자 등을 두 배의 가격으로 몽땅 사들였다. 허생이 과일을 매점해 버리자 온 나라가 잔치나 제사를 치르지 못하게 되었고, 결국 얼마 지나지 않아 허생에게 두 배 가격으로 팔았던 장사꾼들은 도리어 열 배의 가격으로 다시 사갈 수밖에 없었다. 허생은 탄식했다.

"고작 돈 만금에 한 나라가 휘청거리니, 이 나라 경제 규모가 얼마나 얄팍한지 짐작할 만하구나."

허생은 다시 칼, 호미, 베, 명주, 솜 등을 가지고 제주로 들어가서 이번에는 말총을 몽땅 거두어 들였다.

"몇 년 안에 온 나라 사람들이 머리를 싸매지 못할 거야."

아니나 다를까. 얼마 안 되어 망건 값이 열 배나 뛰었다.

허생은 한 늙은 뱃사공에게 물었다.

"바다 너머에 사람이 살 만한 빈 섬이 있던가?"

"있습지요. 전에 태풍으로 표류했던 적이 있습니다. 서쪽으로 사흘 밤낮을 떠다니다 어떤 빈 섬에 닿았더랬죠. 제 생각으론 사문沙門·장기長崎 부근인 듯 싶은데, 꽃과 나무가 무성하고 과실 열매가 절로 익으며, 사슴이 떼지어 노닐고, 고기들은 사람을 보고도 놀라지를 않더군요."

허생은 크게 기뻐하면서 말했다.

"날 그곳으로 데려다 주게. 그러면 자네도 부귀를 누릴 수 있을게야."

사공은 그의 말대로 바람을 타고 동남쪽으로 향하여 그 섬을 찾아 갔다. 허생이 높은 곳에 올라 섬을 둘러 보며 쓸쓸히 말했다.

"땅이 천 리가 못 되니 무엇을 할 수 있으랴. 그러나 흙이 기름지고 샘물이 달콤하니 부가옹富家翁 노릇 정도는 하겠군."

"섬이 텅 비어 인적이 없는데, 누구와 함께 사신단 말씀이신지요?"

"덕이 있으면 사람은 절로 모여드는 법일세. 덕이 없을까 걱정이지, 사람이 없는 게 무슨 걱정인가?"

이때 변산에는 떼도적 수천 명이 들끓고 있었다. 주와 군에서 군졸을 징발하여 잡아들이려 했으나 도무지 여의치가 않았다. 도적 떼들 또한 감히 밖으로 나와서 노략질을 할 엄두를 내지 못하여 바야흐로 굶주리고 고단한 형편이었다. 허생은 도적들 소굴로 들어가 그 괴수를 꼬득였다.

"천 명이 천금을 빼앗아 온다면 얼마씩 나누어 가지느냐?"

"1인당 한 냥씩입죠."

"아내는 있느냐?"

"없수."

"그럼, 밭은 있느냐?"

도적들이 웃으며 말한다.

"나 원 참, 밭이 있고 아내가 있다면 미쳤다고 도적질을 하겠수?"

"그렇다면 어째서 아내를 얻어 살림을 차리고, 소를 사서 밭을 갈지 않느냐? 그러면 도적이라는 욕을 들어먹을 일도 없을 테고, 쫓겨서 잡힐 걱정 따위도 없이 부부의 즐거움을 누리며 오래도록 잘 먹고 잘 살 수 있을 텐데."

"아, 누가 그걸 모른답니까? 하지만 그러려면 밑천이 있어얍죠."

"껄껄껄! 하는 짓이 도둑질이면서 어찌 돈이 없는 걸 근심한단 말이냐. 좋다! 내 너희들을 위해 밑천을 마련해 주마. 내일 바다 위에 붉은 깃발이 바람에 나부끼는 걸 보면 그게 돈을 가득 실은 배라 여기면 된다. 너희들 마음대로 가져가도록 해라."

허생이 이렇게 공언을 하고 가 버리자 도적들은 모두 그를 미친놈이라고 비웃었다. 그래도 다음 날, 혹시나 하고 바닷가에 나가 보니 과연 허생이 배에 30만 냥의 돈을 싣고 와 있었다. 다들 화들짝 놀라 죽 늘어서서 절을 하며 말했다.

"대장님! 이제부터 대장님의 명령만 듣겠습니다."

"그래? 좋다! 어디 힘 닿는 대로 마음껏 지고 가 보아라."

말이 떨어지기 무섭게 도적들이 앞다투어 돈을 자루에 담아 어깨에 지었지만 한 사람이 백 냥을 넘지 못했다. 허생이 말했다.

"쯧쯧. 네놈들 힘이 고작 백 냥을 들기에도 부족한 판에, 어찌 도둑질을 할 수 있겠느냐. 그렇다고 평민이 되고자 한들 이미 도적 명부에 올라 있으니 그것도 어렵겠지. 내 여기서 기다려 줄 터이니, 다들 백 냥씩 짊어지고 가서 마누라감과 소 한 마리씩을 구해 가지고 오도록 해라."

"옙!"

힘차게 대답한 뒤, 도적들은 즉시 사방으로 흩어졌다.

허생은 그 사이에 2,000명이 1년 동안 먹을 식량을 준비해 두었다. 마침내 한 명도 낙오하지 않고 다 도착하자 몽땅 배에 싣고 무인도로 들어갔다. 도적 떼가 사라지자 온 나라가 조용해졌다.

섬으로 들어간 허생과 그 무리들은 나무를 베어 집을 짓고 대나무를 엮어 울타리를 만들었다. 땅 기운이 워낙 두텁다 보니 온갖 곡식이 크고 무성하여 밭을 갈거나 김을 매지 않아도 줄기 하나에 이삭이 아홉 개나 달렸다. 어찌나 풍성하게 거두었던지 삼 년 먹을 식량은 쟁여 두고 나머지는 모두 배에 싣고 장기도로 갔다. 장기도는 일본의 속주로서 31만 호나 되는 곳인데, 마침 큰 기근이 들었던 차였다. 허생은 가지고 간 식량을 풀어 사람들을 먹이고는 은 백만 냥을 얻었다.

"이제야 겨우 약간의 시험을 해보았구나."

허생은 이렇게 탄식하고 즉시 남녀 2천 명을 모두 불러 놓고 명령했다.

"내가 처음 너희들과 함께 이 섬에 들어올 제, 애초에는 일단 풍요롭게 먹고 살게 한 뒤 따로 문자를 만들고 의관을 창제할 생각이었다. 허나, 땅은 작고 내 덕은 부족하니 이제 그만 여기를 떠나련다. 아이가 태어나서 숟가락을 잡으면 반드시 오른손으로 잡도록 가르치고, 하루라도 생일이 빠르면 먼저 먹게 하여라."

허생은 자신이 탄 배만 빼고 나머지 다른 배들을 모조리 불살랐다. "가는 이가 없으면 오는 이도 없을 테지." 또 은 50만 냥을 바다 속에 던져 버렸다. "바다가 마를 때면 누군가 얻을 때가 있을 테지. 백만 냥이면 나라 전체에도 용납할 곳이 없는데 하물며 이 작은 섬이겠는가." 마지막으로 문자를 아는 사람은 모두 데리고 나왔다. "이 섬에 화근^{禍根}을 잘라 버려야지" 하면서.

이어 허생은 온 나라 안을 두루 돌아다니며 가난하고 의지할 데 없는 사람들을 구제하는 데 써 버렸다. 그러고 남은 돈이 십만 냥. "이것으로 변씨에게 빌린 걸 갚을 수 있겠군." 허생은 변씨를 찾아갔다.

"나를 기억하겠소?"

"아니, 이게 누구요? 얼굴빛이 하나도 나아지지 않은 걸 보니 내가 준 만금을 잃어버린 게로군."

"하하하. 무슨 소리! 재물 따위로 얼굴빛을 아름답게 만드는 건 그대들의 일일 뿐!
만금으로 어찌 도를 살찌울 수 있단 말인가."

이에 은 십만 냥을 변씨에게 주며 말했다.

"내가 한때의 굶주림을 참지 못해 10년 공부를 미처 끝내지 못했으니, 그대의 만금에
부끄러울 따름이오."

변씨는 크게 놀라 절을 하며 십분의 일의 이자만을 받으려 했다. 이에 허생은 크게 화를
내며 말했다.

"그대는 어찌 나를 한갓 장사치로 본단 말인가."

허생이 옷자락을 뿌리치고 가 버리자 변씨는 몰래 뒤를 밟았다. 허생은 곧장 남산 밑을
향하더니 초라한 오두막으로 들어갔다. 근처 우물가에서 한 노파가 빨래를 하고 있었다.
변씨는 노파에게 허생이 들어간 작은 집을 가리키며 누구의 집이냐고 물었다.

"허생원 댁입니다요. 가난하긴 했지만 글읽기를 아주 좋아했습죠. 어느 날 아침에 훌쩍
집을 나간 게 벌써 5년째랍니다. 달랑 그 아내 혼자 살고 있는데, 생원님이 떠나신 날에
제사를 지낸다더군요."

변씨는 그제야 그의 성이 허씨라는 것을 알고 탄식하며 돌아왔다. 이튿날 자기의 은을
모두 가지고 가서 그에게 바쳤다. 허생이 말했다.

"내가 정녕 부유해지고 싶었다면 백만 냥을 버리고 십만 냥만 남겼겠는가. 이제부터는
그대 덕으로 살아갈 테니, 자주 와서 나를 보살펴 주시게나. 식구를 헤아려서 식량을 보내
주고 몸의 치수에 맞춰 옷감을 주면 되네. 평생 그리만 해주면 족하이. 어찌 재물 때문에
내 정신을 번거롭게 하겠는가."

변씨는 갖은 수단으로 허생을 달랬지만 어쩔 도리가 없었다. 이때부터 변씨는 허생에게
부족한 것이 있으면 곧바로 보내 주었고 허생 또한 흔쾌히 받았다. 어쩌다 변씨가 좀
지나치다 싶게 보내줄 때면 오히려 언짢아하며 이렇게 말했다.

"어찌하여 나에게 재앙을 주는가."

하지만 변씨가 간혹 술을 들고 오면 허생은 몹시 좋아라 하며 주거니 받거니 취할 때까지
마셔 댔다. 몇 해를 그렇게 지내는 동안 두 사람의 우정은 날로 두터워졌다. 하루는
변씨가 조용히 허생에게 물었다.

"5년 동안 대체 어떻게 백만금을 벌었습니까?"

"그거야 아주 쉬운 일이라네. 조선의 배는 외국과 통하지 못하고, 수레는 국내에 두루
다니지를 못하지. 그러다 보니 온갖 물화가 이 안에서 만들어져 이 안에서 소비되고
말지. 무릇 천금이란 작은 재물에 불과하네. 모든 물건을 사기에는 부족하지만 그것을
열로 쪼갠다면 백금 열 개가 되고, 그 정도면 열 가지 물건은 충분히 살 수 있지. 물건이

가벼우면 돌리기가 쉽기 때문에 설령 한 가지를 밑진다 해도 나머지 아홉 가지는 남는
법이야. 이건 통상적으로 이익을 취하는 방법이자 소소한 장사치들이 흔히 쓰는 방식이네.
그런데 만금이면 모든 물건을 사재기에 충분하기 때문에 수레에 실린 것이면 수레를
통째로 살 수 있고, 배의 경우엔 배 안의 물건을, 고을의 경우엔 고을의 물건을 전매할 수
있지. 마치 그물에 코가 있어서 전체를 완전히 엮어 버리듯 할 수 있는 것이라네. 또 뭍에서
나는 산물 만 가지 중에 한 종류만 몰래 유통을 정지시켜 버린다든지, 물에서 나는 물고기
중에 한 종류만 몰래 정지시킨다든지, 의약품 재료 만 가지 중에 하나만 슬그머니 멈추게
해보게나. 아마 모든 장사꾼들의 돈줄이 말라 버릴 거야. 그렇지만 이는 백성들을 해치는
방식이지. 훗날 나라의 일을 맡은 자들이 만약 내 방식을 쓴다면 반드시 나라를 병들게
하고 말 걸세."
"그럼 처음에 선생은 내가 만금을 내줄 것이라는 걸 어찌 아셨습니까?"
"꼭 자네만이 아니라, 만금을 지닌 자라면 주지 않을 수 없었을 걸세. 나는 내 재주가
만금을 벌 수 있다고 여겼네. 그렇지만 운명은 하늘에 달려 있는 것이라, 어찌 그것을
장담할 수 있겠는가. 그러므로 내 재주를 이용할 줄 아는 사람이 있다면, 그는 필시
복이 있는 사람임에 틀림없다 생각했네. 반드시 재물이 눈덩이처럼 불어날 테고, 그건
실로 하늘의 명인데, 어찌 주지 않을 수 있겠는가. 또 만금을 얻은 뒤에는 그 사람의
복에 기대서 시행하는 것이니, 움직이는 즉시 성공하기 마련이지. 그렇지 않고 만약 내가
사사로이 뭔가를 취하려 했다면 그 성패는 알 수 없었을 거야."
"요즘 사대부들은 남한산성에서의 치욕을 갚고 싶어합니다. 그야말로 지조 있는 선비가
팔을 걷어붙이고 지략을 떨칠 시기인 셈이죠. 그런데 당신 같은 재주로 어찌하여 어둠
속에 숨어서 세상을 마치려는 겁니까?"
"옛부터 어둠에 잠긴 자가 얼마나 많았던가. 조성기趙聖期는 적국에 사신으로 보낼
만한 재주를 지녔건만 평생 벼슬 하나 없이 포의로 늙어 죽었고, 유형원柳馨遠은 군량을
조달하기에 충분했지만 바다 한 귀퉁이에서 서성거리고 있네. 국정을 도모하는 이들도
그 정도야 알 수 있는 일이지. 나로 말할 거 같으면, 아홉 나라 왕의 머리를 살 수 있을
만큼 은을 모으긴 했지만, 이 나라에선 소용이 없기 때문에 바다 속에 던져 버리고 온
것이라네."
변씨는 크게 한숨을 쉬고는 이내 가 버렸다. 변씨는 원래 정승 이완李浣과 친분이 두터운
사이였다. 이완 공은 당시 어영대장御營大將을 지내고 있었다. 한 번은 이공이 변씨와
이야기하다가 "위항委巷과 여염閭閻 사이라 해도 더불어 큰 일을 할 만한 인재가 있던가?"
하고 물어보았다. 변씨가 허생에 대해 이야기하자 이공은 깜짝 놀라며 말했다.
"기이하구먼! 정말 그런 사람이 있단 말인가. 이름은 무어라 하던가?"

"소인이 그분과 알고 지낸 지 3년이나 되었습니다만, 아직도 그 이름을 모릅니다."

"실로 기이한 인물일세. 자네, 나와 함께 가 보세나."

밤이 되자 이공은 아랫사람들을 물리치고 변씨와 단 둘이서 허생의 집으로 찾아갔다. 변씨는 이공을 문 밖에서 기다리게 하고는 먼저 들어가 허생을 만나 이공이 온 연유에 대해 상세히 말했다. 허생은 못 들은 척하며 말했다.

"자네가 차고 온 술병이나 빨리 푸시게나."

그러고는 더불어 즐겁게 마셨다. 변씨는 이공이 오랫동안 바깥에 서 있는 걸 민망하게 여겨서 여러 번 말을 꺼냈지만 허생은 이에 일체 응대하지 않았다. 밤이 이미 깊은 뒤에야 허생이 말했다.

"자, 그럼 손님을 불러 볼까."

마침내 이공이 들어왔지만 허생은 일어설 생각도 하지 않았다. 그러자 이공은 몸 둘 바를 몰라 했다. 그는 허생에게 나라에서 어진 이를 구하는 뜻을 설명했다. 허생은 손을 홰홰 내저으며 말했다.

"밤도 짧은데 웬 말이 이리도 긴가? 듣기에 몹시 지루하구만. 그대는 지금 무슨 벼슬을 하시는가?"

"대장입니다."

"그렇다면 나라의 믿음직한 신하시로군. 내가 와룡선생臥龍先生 같은 분을 천거한다면 그대가 임금께 요청하여 삼고초려하게 할 수 있겠나?"

이공은 머리를 숙이고 한참 있다가 말했다.

"어렵겠습니다. 그 다음 계책을 듣고 싶습니다."

허생이 화를 내며 이렇게 말했다.

"다음 계책이라고? 나는 아직껏 '제이의'第二義를 배워 본 적이 없네."

하지만 이공이 여러 번 재촉하자 허생이 입을 열었다.

"명나라가 망할 때, 그 병사들이 중국을 탈출하여 동쪽으로 왔네. 조선에 묵은 은혜가 있다는 이유에서였지. 그러나 그들은 여기저기를 전전하면서 외로운 홀아비 생활을 하고 있지. 그대가 조정에 요청하여 종실의 딸들을 뽑아 골고루 시집보내고, 훈척勳戚 권귀權貴들의 집을 빼앗아서 그들의 거처를 마련해 줄 수 있겠는가?"

이공은 고개를 숙이고 한참 있다가 말했다.

"어렵겠습니다."

허생이 고개를 가로저으며 길게 탄식했다.

"이것도 어렵고 저것도 어렵다 하면, 대관절 무슨 일을 할 수 있다는 건가? 좋아, 그러면 가장 쉬운 일이 있는데 그건 할 수 있겠는가?"

"부디 듣기를 원합니다."

"무릇 천하에 대의를 외치고자 한다면 우선 천하의 호걸들과 관계를 맺지 않을 수 없고, 다른 나라를 정벌하고자 한다면 먼저 첩자를 쓰지 않고서는 불가능한 법이라네. 청나라가 갑자기 천하를 맡게 되었으니, 우리는 아직 중국 사람들과는 서먹한 사이 아닌가. 조선은 다른 나라보다 먼저 청에 항복을 했으니 저들은 우리를 깊이 믿고 있지. 진실로 그들에게 요청하여 우리나라 자제들을 보내 학교에도 넣고 버슬도 하도록 하게. 당나라와 원나라 때처럼 말이야. 장사치들의 출입도 금하지 말아 달라고 요청하고! 그러면 저들은 반드시 기뻐하면서 우리를 친근하게 여겨 그걸 허락할 테지. 그러면 나라 안의 자제들을 뽑아서 머리를 깎고 되놈의 옷을 입히고, 선비들은 가서 빈공과賓貢科 당나라 때 외국인이 보게 하던 과거시험에 응시하고, 평민들은 멀리 강남 땅으로 장사를 하러 가서 그들의 모든 허실을 엿보면서 그곳 호걸들과 관계를 맺는 것이지. 그런 후에야 모쪼록 천하의 일을 도모할 만하고 나라의 치욕을 씻을 만하다고 할 수 있는 것이라네. 만약 주씨朱氏 명나라 황족를 구하여도 얻을 수 없다면 천하의 제후들을 이끌고 하늘에 적임자를 추천해야겠지. 일이 잘되면 우리나라는 대국의 스승이 될 것이요 잘못되어도 백구伯舅의 나라제후국 가운데 가장 큰 나라 정도는 될 것 아닌가."

이공이 낙담한 표정으로 대답했다.

"사대부들이 모두 삼가 예법을 지키고 있는 마당에 누가 선뜻 머리를 깎고 되놈 옷을 입겠습니까."

그러자 허생은 불같이 화를 내며 말했다.

"사대부라는 것들이 대체 뭐하는 놈들이더냐? 이夷·맥貊의 땅에 태어나서 사대부로 자칭하니 어찌 미련한 게 아니더냐. 바지저고리는 순전히 하얗기만 하니 이는 상喪을 당한 사람의 복색이고, 머리털을 모아서 송곳처럼 찌르듯 맨 건 남쪽 오랑캐의 방망이 상투에 불과하다. 대체 뭐가 예법이라는 것이냐? 번오기樊於期는 사사로운 원한을 갚기 위하여 자기 머리가 잘리는 것을 마다하지 않았고, 무령왕武靈王은 나라를 강하게 만들려고 호복胡服 입는 걸 부끄러워하지 않았다. 지금 너희들은 대명을 위해서 원수를 갚고자 하면서도 머리카락 하나를 아끼고 있다. 이제 장차 말 달리기, 칼 치기, 창 찌르기, 활 쏘기, 돌팔매 던지기 등을 해야 하는데도 그 넓은 소매를 고치지 않으면서 스스로 예법이라고? 내가 처음으로 세 가지 말을 해주었는데, 너는 그 중 한 가지도 할 수 없다고 했다. 그런 놈이 나라에 신임 받는 신하를 자처하다니, 신임 받는 신하가 실로 이 정도란 말이냐? 이런 머리를 베어 버려도 아깝지 않을 놈 같으니라구!"

허생은 좌우를 돌아보며 칼을 찾더니 막 찌르려 했다. 이공은 너무 놀라 뒷 들창으로 빠져나와 재빨리 집으로 돌아갔다. 이튿날 다시 찾아갔지만 허생은 이미 집을 비우고 떠나간 뒤였다.

허생 후지許生後識

내 나이 스무 살1756년 무렵, 봉원사에서 글을 읽고 있었다. 한 손님이 있었는데, 그는 식사를 아주 조금밖에 하지 않았으며 밤새도록 잠도 자지 않고 도인법導引法 도가에서 선인이 되기 위한 양생법의 하나을 행하고 있었다. 그리고 정오가 되면 문득 벽에 기대앉아서 약간 눈을 감고 용호교龍虎交 도가의 양생법를 하였다. 연배가 상당히 높았으므로 나는 그에게 공손히 대하였다. 그때 그가 나에게 허생의 일과 염시도廉時道・배시황裵是晃・완흥군부인完興君夫人 등에 대한 이야기를 해주었는데, 몇 만 마디 말이 계속 이어지면서 몇 날 밤을 끊이지 않았다. 그 이야기는 기괴하고 신기하여 모두 들을 만했다. 그때 그는 자신의 이름이 윤영이라고 했다. 이때가 바로 병자년1756년 겨울이다.

그 뒤 계사년1773년 봄에 서쪽으로 유람을 갔다가 비류강에서 배를 타고 십이봉十二峯 밑까지 이르렀다. 그곳에 작은 암자가 있었는데, 윤영은 스님 한 사람과 이 암자에서 살고 있었다. 그는 나를 보더니 뛸 듯이 기뻐하면서 서로 안부를 물었다. 18년이라는 세월에도 그의 모습은 예전 그대로였다. 나이가 여든 살쯤 되었을 텐데도 걸음걸이는 날아가는 듯 빨랐다. 나는 그에게 허생 이야기 중에 한두 가지 모순되는 점을 물어 보았다. 노인은 즉시 풀이를 해주었는데, 마치 어제 일처럼 또렷이 기억하고 있었다. 그러고는 이렇게 말했다.

"자네는 예전에 한유韓愈의 글을 읽더니……."

또 이렇게 말했다.

"자네는 예전에 허생을 위해 전傳을 쓰고 싶다고 하더니, 글은 완성되었는가?"

나는 아직 짓지 못했노라고 사과하였다. 이야기를 하는 도중에 그를 '윤노인'이라고 불렀더니 대뜸 이렇게 말하는게 아닌가.

"내 성은 신辛가지 윤가가 아니야. 자네 뭔가 잘못 알고 있구먼."

"네에? 아니, 무슨 말씀을. 그럼, 이름은 어찌 되십니까?"

"내 이름은 색穡일세."

나는 그를 힐난하면서 말했다.

"노인장의 옛 성함은 '윤영'이 아닙니까. 이제 무슨 연유로 '신색'이라고 고치셨는지요?"

그러자 노인은 크게 화를 내며 말했다.

"자네가 잘못 알고서 남더러 성명을 고쳤다는 겐가?"

내가 다시 따지려 했더니 노인은 더욱 화를 내며 푸른 눈동자를 번뜩였다. 나는 그때서야 노인이 기이한 뜻을 품은 분이라는 것을 알아챘다. 어쩌면 폐족廢族 조상이 큰 죄를 짓고 죽어 그 자손이 벼슬을 할 수 없게 된 족속이거나 또는 좌도左道 사교・이단異端으로서 다른 사람을 피하여 자취를 감추고 사는 사람이리라. 알 수 없는 일이다. 내가 문을 닫고 떠나려 하자 노인은 혀를 차며 말했다.

"쯧쯧, 애처로운 일이야. 허생의 아내야 당연히 다시 굶주렸겠지."

또 광주 신일사에 한 노인이 있었는데 사람들은 삿갓 이생원이라고 불렀다. 나이는 90여 세나 되었지만 힘으로는 호랑이를 움켜쥐었고, 바둑과 장기를 잘 두었으며, 이따금씩 우리나라 옛 일을 이야기하면 바람이 일듯 얘깃거리가 많았다. 그의 이름을 아는 이가 없었지만 그 생김새를 듣고 보니 윤영과 매우 비슷했다. 나는 그를 한번 더 보고 싶었지만 끝내 보지 못하고 말았다. 세상에는 실로 이름을 감추고 깊이 숨어 살면서 세상을 가벼이 대하는 이들이 있는 법이니, 유독 허생에 대해서만 그런 혐의를 둘 수야 있겠는가.

평계平谿 국화 밑에서 술을 조금 마신 뒤에 붓을 잡아 연암이 쓴다.